Die Andere
Bibliothek

Begründet von
Hans Magnus Enzensberger

Grigori Kanowitsch

Ewiger Sabbat

Aus dem Russischen übersetzt
von Waltraud Ahrndt

Inhalt

Vögel über dem Friedhof

Erster Teil

Dem Andenken meiner Mutter

Die Andere Bibliothek

Berlin, im Februar 2014

Liebe Leserinnen und Leser,
liebe Freunde der »Anderen Bibliothek«,

beim Schreiben meiner Zeilen an Sie habe ich die besonderen Gedenktage des vergangenen Monats vor Augen – die Befreiung von Auschwitz, des belagerten Leningrad.

Ein besonderes »Buch der Erinnerung« ist auch der auf Russisch verfasste Roman des bei uns vergessenen litauischen Autors Grigori Kanowitsch, der heute in Israel lebt. Die vernichtete jiddische Lebenswelt seiner Kindheit in den 30er-Jahren nährt das Kolorit seiner bildhaften lebendigen Prosa, ihren Klang und ihre unverwechselbare Gestimmtheit zwischen skurrilem Witz und heiterer Melancholie.

Aber, liebe Leserinnen und Leser, darin steckt keine Verklärung eines verlorenen Kindheitsparadieses, sondern ein Wunsch: der nach Leben! Es kann »kein Paradies für Sklaven« geben, so hat Grigori Kanowitsch es einmal in einem Gespräch ausgedrückt.

Das macht seine Literatur so kraftvoll und so dauerhaft.

Lesen Sie wohl!
Ihr

Christian Döring

I

»Du wirst fahren, Daniel, mit mir in die Stadt«, sagte Großmutter, und mein Herz frohlockte. Wahrscheinlich begriff ich an diesem Tag endlich, wozu der Mensch es überhaupt hat. Zum Freuen natürlich, ja doch. Die Hände, die sind zum Arbeiten und Essen da, die Füße, um auf den Markt, in den Laden und ins Bethaus zu gehen, der Kopf, um sich Gebete und allerlei Weisheiten zu merken, der Mund, damit einer den anderen anhalten kann, etwas zu tun, und auch zum Fluchen – das Herz aber hat der Herrgott dem Menschen zum Freuen gegeben. Wozu denn sonst?

»Und was werden wir dort machen?« fragte ich leise, ohne Großmutter anzusehen, denn ich fürchtete, sie mit meiner Freude zu erzürnen. Großmutter selbst freute sich niemals, und sie nahm wenig Rücksicht auf andere, die sich öfter freuten als sie. »Der Mensch, Daniel«, pflegte die alte Frau zu sagen, »kommt auf die Welt, um zu leiden. Wer nicht leidet, der ist kein Mensch.«

Natürlich übertrieb Großmutter. Ich, zum Beispiel, litt nicht, und dennoch war ich kein Vogel, kein Hund, sondern eben ein Mensch. Einmal allerdings – in meinem sechsten Jahr – hatte mich eine Ahnung gestreift von dem, worüber Großmutter so hartnäckig redete. Doch mein Leid währte nicht lange – einen Tag oder zwei. Ich war überzeugt, daß Mama sich einfach totgestellt hatte, damit man sie endlich aus Großmutters Haus forttrüge – die beiden stritten sich wirklich allzusehr wegen jeder Kleinigkeit, besonders wegen mir, obwohl ich, wie alles im Hause außer Großmutter selbst, auch nur eine Kleinigkeit war, eine dickköpfige und ungehorsame. Ein oder zwei Tage glaubte ich, Mama würde sich besinnen und zurückkommen. Sie besann sich aber nicht.

Als ich älter war, lief ich fast jeden Morgen auf den Friedhof und vertraute Mutter alle meine Geheimnisse an.

Manchmal kam der einbeinige Totengräber zu mir, strich mir über das Haar mit seiner krummen, rindenharten Hand und sagte geheimnisvoll-düster: »Jaja, Daniel, so ist das nun ...«

Früher war der Totengräber Soldat gewesen, er hatte gegen den japanischen Zaren gekämpft und im Krieg die Haare und ein Bein verloren. Aber er schien das nicht zu bedauern und versicherte allen in unserem Marktflecken, so sei es sogar besser, eine Erleichterung für den ganzen Körper, dumm nur, daß er für Schuhe doppelt bezahlen müsse, und das wär doch sehr ungerecht – wozu brauche er den zweiten Schuh, der müsse sowieso auf den Müll geworfen werden, er könne ihn ja nicht durch ganz Litauen tragen und dafür einen rechten Fuß von Größe dreiundvierzig suchen.

Wie Großmutter hartnäckig über die Leiden sprach, die den Menschen vom Tag seiner Geburt bis zur Todesstunde nicht loslassen, so sprach der Totengräber mit heiserer, brüchiger Stimme über die allgegenwärtige Ungerechtigkeit: Gott ist ungerecht, der Teufel ist ungerecht, von den Menschen erst gar nicht zu reden. So ist das nun.

Ich hörte dem Totengräber zu und war anderer Meinung, denn mir kam alles in der Welt gerecht vor: auch, daß der Totengräber ohne sein Bein zurückgekehrt war (kann es denn anders sein, wenn man ehrlich kämpft, mit Pulver und mit Kugeln?), und auch, daß er jedesmal einen Schuh auf den Müll werfen mußte (kann man etwa den Krämer zwingen, das Schuhwerk einzeln zu verkaufen, nicht paarweise?).

Vom linken Bein des Totengräbers träumte ich öfters. Ich sah im Traum ganz deutlich, wie es übers Feld irrte, das ärmste, und einen Partner suchte. Ringsum liegen abgerissene Köpfe, Arme, Beine, und es irrt umher und kann kein passendes finden, Schuhgröße dreiundvierzig ... Ich erwachte, schnellte im Bett hoch, ertrank in Finsternis wie in einem Sumpf und brüllte: »Großmutter! Großmutter! Das Bein!«

»Gleich, gleich«, murmelte die zu Tode erschrockene Großmutter und eilte an mein Bett, sich in ihrem langen Nachthemd verheddernd. »Hab keine Angst, Daniel!«

Mit zitternder Hand entzündete sie die Lampe, dabei brabbelte sie überm Feuer heftige und zusammenhanglose Worte, wie eine Hexe.

»Welches Bein? Zeig her!«

»Das Bein vom Totengräber!« Ich riß die schlaftrunkenen Augen auf. »Großmutter! Großmutter!« wiederholte ich unter Tränen und warf mich gegen die flache, vom löcherigen Hemd bedeckte Brust, die nach gebrauchtem Bettzeug roch, nach Wärme und nach Leiden. Mit der brennenden Lampe in der Hand erinnerte die Großmutter an einen großen Nachtfalter, es sah aus, als würde sie sich gleich die Flügel versengen und fieberhaft zu flattern beginnen, verletzt und hilflos.

»Pui! Pui!« Mit vor Schreck trockenem Munde spuckte die alte Frau, und ich wurde ruhig durch ihr Spucken, durch das löcherige Hemd und den anheimelnden Dämmer, in dem träge – wozu sollte sie sich beeilen! – die Wanduhr mit dem langen rostigen Pendel tickte.

»Und was werden wir dort machen?«

Alle meine Gedanken galten der Stadt, der bevorstehenden Reise. Die Freude quoll aus mir heraus wie ein Erkältungsfieber. Ich zitterte, ich mußte sogar husten.

Großmutter legte ihre Hand, leicht und warm wie eine Plinse, auf meine Stirn und sagte: »Du glühst ja, Strolch.«

»Das kommt von der Freude«, erwiderte ich und erschrak.

»Von der Freude?«

»Hm.«

»Herrgott!« rief Großmutter aus. »Hast du schon solches gehört? Vor Freude kann einer weinen, tanzen, singen, sie umarmen sich, sie hüpfen, sie werden verrückt ... «

Und da der Herrgott in der Tat noch nicht gehört hatte, daß jemand vor Freude hustete, fuhr sie noch heftiger fort: »Wenn Freude Husten macht, dann ist der glücklichste Mensch im Ort unser Schwindsüchtiger, der Lehrer Henoch Rapoport.«

»Reb Henoch hustet Blut, nicht vor Freude«, widersprach ich und mußte ausgerechnet jetzt abermals husten.

»Erkältet bist du, Freundchen«, sagte Großmutter. »Komm, zieh dein Hemd aus! Schröpfköpfe werd ich dir gleich ansetzen.«

Leb wohl, Stadt!

Schröpfköpfe waren Großmutters ein und alles. Sie setzte sie der ganzen Straße an – Getauften und Ungetauften, Einheimischen und Fremden –, wenn sich nur ein Rücken dafür fand. Sie verwahrte sie in der Kommode, die einem Grab und zugleich einem Grabstein ähnelte, und den Schlüssel trug sie am Busen wie ein Kreuz.

»Morgen früh ist es aus und vorbei mit deiner Freude«, sagte die alte Frau giftig und setzte den ersten Schröpfkopf, wie eine Pflanze ins Gartenbeet.

»Vielleicht lassen sie uns rein«, sagte Großmutter, während sie mich mit einer dicken angerauhten Decke zudeckte.

»Wo rein?« Mein Rücken brannte, wie Feuer von dürrem Laub – und nun auch noch die Decke drüber!

»Ins Gefängnis.«

»Ins Gefängnis?« rief ich froh und wäre beinah aufgesprungen mitsamt den an meinem Körper haftenden Näpfchen.

»Ich will noch einmal hinfahren vorm Tode«, fügte die Alte leise hinzu.

»Vor wessen Tod?« Mir wurde die Kehle trocken. Die Schröpfköpfe lösten sich von meinem Rücken und fielen aufs Bett, wie reife Äpfel.

»Denkst du, deine Großmutter wird ewig leben?«

Das fehlte noch, daß sie ewig lebte. Solange ich sie kannte, starb sie immerzu: jedes Jahr, jeden Tag, jede Stunde. Aber richtig gestorben war sie kein einziges Mal. Bei anderen starben Großmütter sogar recht oft, meine aber tat nur so. Manchmal, wenn Großmutter mich mit dem Riemen peitschte oder mit dem Stock schlug oder am Ohr zog, träumte ich geradezu davon, sie möge sterben: ausholen, den Riemen aus der Hand verlieren und zu Boden fallen, dann brächte man sie auf den Friedhof zum einbeinigen Totengräber, ihrem früheren Bräutigam, der ehemalige Bräutigam höbe unter einer Kiefer ein Loch aus und grübe sie ein, wie er meine Mama eingegraben hatte.

Großmutter nahm ihre wundertätigen Schröpfköpfe von meinem flammendroten Rücken, verschloß sie, wie Geld, in der Kommode und sagte: »Bleib liegen! Ich gehe zum Markt.«

»Geh nur! Geh!«

Sie drohte mir mit dem runzligen Zeigefinger, der an einen verrosteten kopflosen Nagel erinnerte, um den Kopf band sie sich ein Tuch mit Fransen, die herabhingen wie Großvaters Schnurrbart, dann nahm sie einen großen, mit Gänseflaum verklebten Flechtkorb und ging hinaus.

Ich blieb allein. Nebenan, im anderen Zimmer, hantierte Großvater mit seinen Uhren. Fürs Uhrmacherhandwerk war er zu alt (so behauptete Großmutter), seine großen, haarbewachsenen Ohren hörten von Tag zu Tag schlechter, und nur selten brachte jemand aus unserem Marktflecken ihm eine Uhr zur Reparatur. Großmutter wollte ihn überreden, als Wächter zum Herrn Krämer zu gehen (Diebe hatten den Krämer zweimal kahlrasiert, wie Friseur Damski schadenfroh erzählte). Aber Großvater war nicht einverstanden.

»Meine Sache sind Uhren. Wenn die stehenbleiben, ist es aus, auch mit mir.«

Aus Langeweile hatte Großvater viele Male – ich selbst hatte zehnmal gezählt – unseren Regulator mit dem langen Pendel repariert, trotzdem ging er falsch.

Kaum hatte sich hinter Großmutter die knarrende, vom Holzwurm zerfressene Tür geschlossen – wie kann es bloß Spaß machen, Bretter zu knabbern? –, schon kam Großvater leise ins Zimmer.

Das hatte ich gewußt, daß er kommen würde. Ließ er etwa eine Gelegenheit aus, auf Großmutter zu schimpfen? In ihrer Gegenwart war er stumm, wie der Herrgott selbst. Doch die Alte brauchte nur das Haus zu verlassen, schon erschien er, klein, glatzköpfig, mit zifferblattglattem Schädel, und machte Großmutter schlecht, als sei sie gar nicht seine Frau, sondern nur so um sieben Ecken mit ihm verwandt.

»Hat sie Schröpfköpfe gesetzt?«

»Ja.«

»Bist erkältet?«

»Nein.«

»Warum hast du es dir gefallen lassen?«

»Wegen dem Gefängnis.«

Großvater setzte sich auf den Bettrand und schielte zur Uhr, die mit ihrem Ticken an die Wand pochte, wie ein Specht mit dem Schnabel an eine Kiefer.

»Daniel! Gib es zu!«

»Was denn?«

»Du machst sie kaputt?«

»Wen?«

»Die Uhr.« Er blickte verloren an die Wand, und in seinen farblosen, allmählich erblindenden Augen flackerte etwas wie Kränkung oder auch Ratlosigkeit.

»Ich mache sie nicht kaputt.«

»Also macht sie es?«

»Warum soll Großmutter sie kaputtmachen?«

»Warum?« Großvater kratzte sich die Glatze, als wolle er dort einen entschwindenden Gedanken herauspolken, und als er ihn herausgepolkt hatte, fuhr er fort: »Deine Großmutter will, daß ich nicht mehr ein Uhrmacher bin, ich soll ihr helfen, Federkissen zu stopfen, oder soll zum Krämer als Wächter gehen. Dabei hab ich doch, Daniel, mein Lebtag auf die Zeit geachtet: daß keine einzige Sekunde verlorengeht und auch keine rückwärts entflieht Verstehst du?«

»Nein.«

»Eines Tages wirst du verstehen.«

»Alles ist bei dir eines Tages, Großvater. Eines Tages verstehst du's, eines Tages bekommst du solch ein Ding.«

»Du bekommst es. Ich schwör's dir. Aber sag, macht sie sie kaputt?«

»Niemand macht sie kaputt Sie geht von selber kaputt. Vor Alter.«

»Also du hast auch Angst ...«

»Ich hab keine Angst vorm Alter.«

»Eines Tages schlag ich deine Großmutter tot«, sagte Großvater wehleidig. »Dann kann sie sie nicht mehr kaputtmachen.«

Ein andermal hätte ich Großvater vielleicht die Wahrheit gesagt, doch dies war ein besonderer Tag, mit anderen nicht zu vergleichen. Letzten Endes war es ja nicht so wichtig, ob die Uhr an der Wand tickte oder nicht, sowieso sah niemand außer Großvater sie an, hörte niemand ihr zu. Was konnte die Uhr schon erzählen. Nichts. Wenn man etwas erfahren wollte, mußte man auf den Markt gehen oder ins Bethaus oder an den Fluß zu Pranas.

»Großvater«, sagte ich ausweichend. »Großmutter und ich fahren in die Stadt, ins Gefängnis.«

Großvater war kein bißchen erstaunt. Er schien nur noch ärgerlicher zu werden, er strich über die Falten auf seiner Stirn, wie der Hochzeitsmusikant Leiser über die Saiten seiner Geige streicht.

»Ich werde Vater sehen.«

»Na und?«

»Ich habe ihn noch nie gesehen.«

»Ein Bösewicht ist dein Vater«, nuschelte Großvater und strich mir über den Kopf. »Aus ihm hätte ein großartiger Uhrmachermeister werden können. Was für ein Gehör er hatte! Und was für Augen!«

»Wieso ist er ein Bösewicht, wenn du ihn doch so sehr lobst?«

Großvater kramte seinen Tabaksbeutel aus der Tasche, schüttete ein paar Krümel Tabak heraus und drehte sich ein Stäbchen. Er rauchte schon lange nicht mehr, aber wenn er aufgeregt war, steckte er immer eine Selbstgedrehte in seinen mäuselochkleinen Mund, ohne sie anzuzünden, und saugte lange daran.

»Wegen was haben sie ihn denn abgeholt?« fragte ich, obwohl ich im voraus wußte, Großvater würde nicht antworten. Großmutter hatte ihm allerstrengstens befohlen zu schweigen.

»Da war eben was«, knurrte der alte Mann.

»Was denn?«

»In deinem Alter habe ich auch nicht alles gewußt.«

»Ich verrate dir, was mit der Uhr ist, und du mir, was mit Vater ...«

Kaum hatte ich das ausgesprochen, da waren in der Diele Schritte zu hören, doch herein kam nicht Großmutter, wie ich erwartete, sondern herein schob sich der einbeinige Totengräber Josef in seinem abgetragenen Schafpelz, den er winters wie sommers nicht ablegte. Sein Holzbein verklemmte sich in einem Spalt zwischen den Dielenbrettern, und er zog lange und angestrengt, um es freizubekommen, so wie Schuhmacher Jonas, wenn er die Ahle aus einer Schuhsohle zieht.

An Feiertagen trafen Großvater und der Totengräber sich beim Gottesdienst, und auf dem Heimweg kehrten sie, heimlich, ohne Großmutters Wissen, bei Dragazki in der Kneipe ein, ein Gläschen Wodka zu trinken und nach Herzenslust über dies und jenes zu plaudern, hauptsächlich über die allgegenwärtige Ungerechtigkeit.

»Wenn du das Zeitliche segnen wirst, Alter«, sagte dann wohl Josef, der in der Kneipe sein Holzbein abschnallte und wie ein Scheit unter den Tisch legte, auf dem verloren die zwei Gläser glitzerten, »dann such ich dir ein Plätzchen, daß alle vor Neid platzen. Ich grab dich so tief ein, daß deine Alte auf keinen Fall hinfindet, wenigstens in jener Welt soll sie dich in Ruhe lassen.«

»Aber vielleicht stirbst du früher als ich«, wandte Großvater gutmütig ein, berauscht von Großmut und von Freiheit.

»Ich kann gar nicht sterben, Alter«, versicherte der Totengräber dem Großvater. »So ist das nun.«

»Warum kannst du nicht?«

»Wer soll denn die Toten begraben? Laß, zum Beispiel, sterben einen Schneider. Na und? Schneider gibt's wie Sand am Meer, zu denen kannst du kommen, sie nähen dir alles, sogar das Totengewand. Oder einen Uhrmacher. Uhrmacher haben wir im Flecken mehr als Uhren. Aber Totengräber gibt es nur einen für alle. Ehe da ein neuer geboren wird, ehe man den anlernt ...«

»Ein Totengräber ist kein Uhrmacher. Der braucht nicht lange zu lernen. Dem drückst du einen Spaten in die Hand, zeigst ihm die Stelle und sagst: Grab, Freundchen!« knurrte Großvater.

»Wenn man dich hört, könnte jeder Totengräber sein. Nein, Alter ... Auch unser Handwerk hat seine Kniffe.«

»Nun hört bloß auf«, rief der Wirt ärgerlich. »Da habt ihr euch ja was zum Quasseln ausgesucht. Paßt lieber auf den Bengel auf. Der steckt gleich deinen Stumpf in Brand, Josef. He du, Daniel, kommst du wohl unterm Tisch vor, du Galgenstrick!«

Während Großvater und der Totengräber stritten, saß ich manchmal unter dem Tisch und betrachtete das Holzbein. Das roch so, wie es in einer alten verfallenen Hütte riecht, nach

Schimmel und nach Lehm. Einmal hätte ich es wirklich beinahe in Brand gesteckt, doch der Totengräber nahm mir die Streichhölzer weg.

»Mein Bein, Daniel, brennt nicht und geht auch im Wasser nicht unter. So ist das nun ... Willst du Totengräber werden?«

»Nein.«

»Dummchen«, sagte der Totengräber gutmütig. »Es ist der ruhigste Posten auf Erden. Niemals hörst du ein hartes Wort vom Herrn oder von der Herrin.«

»Wer sind sie denn, eure Herren?«

»Der Herr ist Gott, die Herrin der Tod. So ist das nun ...«

Großmutter fürchtete sich vor ihm.

Er hatte meine Mama eingegraben. Aber waren es nicht viele, die er in seinem langen Leben eingegraben hatte? Unter den Kiefern ruhten auch seine Frau und seine zwei Söhne.

Jedes Jahr kaufte Josef im Laden einen neuen Spaten, und wenn er ihn durch den Marktflecken trug, glänzend und mit neuem weißem Stiel, dann folgten ihm aller Blicke in ehrfürchtiger Angst.

»Guten Tag«, grüßte der Totengräber und sah mich erstaunt und mitleidig an. »Bist krank, Daniel?«

»Ein bißchen.«

»Und ich warte die ganze Zeit, wann du endlich zu mir in die Lehre kommst. Ich will aus dir machen einen Meister, wie es in unserem Ort noch keinen gab. Dich werden sie auch aus anderen Orten zum Begräbnis holen. Vielleicht sogar aus der Hauptstadt.«

»Ich hab schwache Arme«, wich ich aus.

»Die werden noch stärker«, sagte der Totengräber und reichte Großvater seine krumme, rindenharte Hand.

»Einen Fußboden habt ihr!« warf er dem Großvater vor, als er mit dem Holzbein abermals in eine Dielenritze geriet.

»Setz dich«, sagte Großvater. »Und nimm es ab.« Er tippte mit dem Finger an den Holzstumpf.

»Ich bleibe nicht lange. Kannst du mir nicht borgen ...«

»Du weißt doch: Das ganze Geld hat sie.«

»Ach was, ich brauche kein Geld. Die Katze.«

»Die Katze?« Dem Großvater fiel vor Erstaunen die Selbstgedrehte aus dem Mund.

»Ich kann mich nicht retten vor Mäusen. Nachts rumoren sie, machen wohl Hochzeit oder was. Sind ganz frech geworden.«

»Na hör mal, gibt's etwa keine Katzen im Ort? So viele laufen herum!« Großvater wies mit der Hand in Richtung Straße.

»Freilich laufen sie herum, aber ich hab mir die Füße auch abgelaufen.«

»Unsere Katze taugt rein gar nichts mehr«, beharrte Großvater. Er traute sich nicht, ohne Großmutters Zustimmung die Katze auszuborgen. »Sie ist nur wenig jünger als wir. Sie riecht nicht mal mehr die Mäuse.«

Der Totengräber hörte Großvater mit seltsamem Gleichmut zu, wie man einem unheilbar Kranken zuhört, und auf seinem erdfahlen, spatenbreiten Gesicht wucherten die Bartstoppeln wie Kletten, eine dicke Ader schwoll auf seiner Stirn.

»Sündhaft, sich so zu fürchten in deinem Alter«, sagte er zu Großvater.

»Ich fürchte den Tod nicht«, stieß Großvater zusammenhanglos hervor; er hoffte immer noch, der Totengräber werde wenigstens in meiner Gegenwart nicht anfangen, auf Großmutter zu schimpfen.

»Den Tod vielleicht nicht. Aber deine Alte ...«

»Ich bitte dich, Josef ...«, flehte Großvater.

»Dein Leben lang hast du sie gefürchtet. Vor der Hochzeit, bei der Hochzeit und vierzig Jahre nach der Hochzeit. Wo gibt's denn so was, daß ein Mann nicht selber über eine Katze verfügen kann?«

»Laß Daniel gesund werden, er fängt dir einen Kater.« Großvater nahm es dem Totengräber nicht übel.

»Ich habe keine Zeit«, sagte ich. »Ich fahre mit Großmutter in die Stadt.«

»In die Stadt?«

»Ins Gefängnis.«

Ich wollte, daß es die ganze Welt erfuhr. Im Augenblick gab es für mich keinen schöneren Ort auf Erden als die Stadt, als das Gefängnis, wo für wer weiß welche Sünden mein Vater saß. Sollte der Totengräber doch Pranas oder Nissan fragen. Die würden ihm die allerbeste Katze fangen.

»Wieviel hat denn dein Häftling noch vor sich?« fragte er den Großvater.

»Noch drei Jahre.«

»Zehn Jahre … Denk bloß!« sagte der Totengräber fast bewundernd. »Wie ein richtiger Mörder.«

»Vater – ein Mörder? Wen hat er umgebracht? Wen?« Ich zupfte Großvater am Ärmel.

»Wen er umgebracht hat?« wiederholte Großvater gedehnt, als wolle er sich mit dem Totengräber beraten. »Deine Mutter … Mich … Die Großmutter …«

»Du lügst!« schrie ich. »Du lügst! Er hat euch mit keinem Finger angerührt …«

Ich fing an zu weinen.

»Weine nicht«, sagte der Totengräber. »Dein Vater ist kein Mörder. So ist das nun.«

Die Tränen würgten mich. Ich schluckte daran, nach Luft ringend und schluchzend. Noch niemals war in meinen Magen solch eine Unmenge Tränen geraten – widerlich und salzig! Ich hatte oft von Großmutter gehört, der Herrgott habe die Tränen zur Erleichterung der Seele geschaffen. Warum hatte er sie nicht süß gemacht?

»Wenn dein Häftling rauskommt«, fuhr der Totengräber ungerührt fort, »dann schick ihn zu mir. Nach dem Gefängnis wird ihn keiner in Arbeit nehmen außer mir.«

»Er hat sein Handwerk. Er ist gar kein schlechter Schneider«, verteidigte Großvater seinen Sohn.

»In den zehn Jahren hat er wahrscheinlich sogar verlernt, einen Faden in die Nadel zu fädeln.«

»Er hat's nicht verlernt«, knurrte ich.

»Meinst du, er näht im Gefängnis?« wandte sich der Totengräber an Großvater.

»Was soll er denn sonst dort machen?«

»Was er macht?« Josef schnallte sein Holzbein ab und lehnte es an den Stuhl. »Er ißt, er schläft, und er grübelt, wie alles in der Welt zu ändern wäre. Eine schöne Beschäftigung für einen Schneider! Ein Schneider kann Hosen nähen. Sachen enger machen. Kürzen. Länger machen. Aber die Welt kann man weder kürzen noch enger machen. Die ist längst zurechtgeschneidert.«

»Wenn du schon so klug bist, so sag uns, warum er dann eingesperrt ist«, meinte Großvater gekränkt. »Warum lassen sie ihn nicht frei? Also kann er doch was. Also ist die Welt doch nicht nach Maß zurechtgeschneidert.«

»Warum sie ihn nicht freilassen? Ganz einfach. Wenn das Gefängnis einmal gebaut ist, muß auch jemand drin sitzen. Es kann ja nicht leer stehen.«

»Einen Lebenden begräbt man nicht, einen Unschuldigen sperrt man nicht ein«, seufzte Großvater. »Laß uns lieber über die Katze reden ... Da ist sie ja. Miez, Miez, du Faule ...«

Unsere Katze fing niemals Mäuse. Ich hatte nicht ein einziges Mal gesehen, daß sie ihnen auflauerte oder sie triumphierend durchs Haus trug in ihrem rosigen Maul mit den scharfen Zähnen. Durchaus nicht zum Mäusefangen hielt Großmutter sie. Die Katze war ihre einzige Freundin und Gesprächspartnerin. Sie hörte Großmutter stundenlang zu, dabei funkelten ihre Augen listig und einschmeichelnd, und wenn sie etwas einwarf, so war es ein kurzes, ergebenes: »Miau!«

Wie sollte der arme Großvater mit der Frau zurechtkommen. Er war stumpf und dickköpfig, brauste leicht auf, wurde nervös, schrie Großmutter an, diese aber ärgerte sich nur noch mehr und warf ihm Worte an den Kopf, die einen Mann und Uhrmacher beleidigen mußten.

»Altes Weib!« fuhr sie ihn an, als wäre sie selber kein Weib. »Nimm dir ein Beispiel an der Katze!«

»Ich werd doch nicht schmeicheln. Ich werd doch nicht miauen«, verteidigte sich Großvater standhaft.

Und sosehr Großmutter mich liebte, mit der Katze konnte auch ich es nicht aufnehmen. Mit mir setzte Großmutter sich niemals zu Tisch, aber mit der Katze teilte sie ihr Frühstück, mit ihr aß sie mittags und abends, was der Himmel ihr bescherte. Die Katze hatte sogar ihren Stammplatz am Tisch – sie kletterte auf einen

Hocker, Großmutter gegenüber, und sah sie an, wie Großmutter im Bethaus den Rabbiner ansah.

Mäuse zu jagen, hatte die Katze überhaupt nicht nötig. Um gelenkig zu bleiben und nicht ganz und gar zu verfetten, veranstaltete sie manchmal Jagden auf Großvaters Uhren. Sie schnappte sich eine lange Uhrkette, und los ging's durchs ganze Haus. Dann sprang Großvater auf und jagte ihr nach wie dem leibhaftigen Bösen.

»Kusch!« kreischte Großvater. »Kusch! Daniel! Hilf mir doch, dieser Faulenzerin die Uhr von Herrn Kaganas abzunehmen!«

Gemeinsam mit ihm jagte ich der Katze nach, doch ich gab mir keine besondere Mühe, ihr die Uhr von Herrn Kaganas abzunehmen. Ich hatte meinen Spaß daran, aber Großvater griff sich an die Brust, ließ sich aufs Liegebett fallen und sprach, schwer atmend, seine Lieblingsworte: »Alle sind gegen mich! Alle sind gegen mich!«

Kein Jahr verging, in dem die Katze nicht sechs, manchmal sogar sieben Junge zur Welt brachte. Großmutter steckte sie in einen Sack und trug sie zum Fluß.

»In unserem Flüßchen wird es bald mehr Katzenjunge als Fische geben«, knurrte Großvater.

»Dann füttere sie doch durch!« sagte Großmutter böse. »Du kannst ja nicht mal mich durchfüttern.«

Die Katze kam ans Bett heran und wollte mit mir schmusen. Josef beugte sich herüber, wohl um sie zu fangen, sie aber kratzte ihn, und er zog seine krumme, rindenharte Hand zurück.

»Nimm mir's nicht übel, Bruderherz. Ohne die Alte kann ich nicht ... Wart ein bißchen. Wenn sie vom Markt kommt, sprichst du mit ihr ... Obwohl, sie wird sie kaum weggeben.«

Großvater brach plötzlich ab und lauschte. Seine haarbewachsenen Ohren hatten die leisen, aber energischen Schritte der Großmutter wahrgenommen.

»Besprecht das lieber unter vier Augen«, sagte Großvater und humpelte in sein Zimmer.

»Meine Uhr, die hat ihre Mucken«, rief der Totengräber noch mit tiefer Stimme, er wollte wohl den Alten für seine Gutmütigkeit entschädigen. »Ich bring sie dir bald.«

Seit undenklichen Zeiten wollte der Einbeinige dem Großvater seine Uhr bringen. Ich hatte das auf dem Friedhof gehört und beim Gottesdienst – er und Großvater beteten immer nebeneinander – und am Flußufer und in der Kneipe. Aber der Totengräber brachte sie dann doch nie. Meiner Ansicht nach hatte er gar keine Uhr. Er hatte sie einfach erfunden, aus Mitleid mit dem Großvater. Ja, wirklich, wer braucht auf dem Friedhof eine Uhr? Niemand.

Großmutter kam nicht allein vom Markt zurück. Aus dem Flechtkorb äugten zwei Gänse. Ihre langen weißen Hälse ragten auf wie Pflanzenstengel.

»Was macht mein ehemaliger Bräutigam hier?« fragte Großmutter mürrisch und stellte den Korb zu Boden.

Es war, als frage sie nicht mich, auch nicht Josef, sondern die Gänse.

Die Gänse schielten feindselig auf den Einbeinigen, auf die Katze, und zur Einschüchterung schnatterten sie los.

»Auf dich warte ich«, antwortete ihr der ehemalige Bräutigam. »Hab eine Bitte.«

»Eine Bitte?« Großmutter hatte keine Ahnung, was er von ihr wollte. »Soll ich dir ein Federbett stopfen?«

»Ach was«, dröhnte der Totengräber. »Wozu brauch ich Einbeiniger ein Federbett?«

»Heiraten werd ich dich auch nicht mehr«, schmunzelte Großmutter spöttisch.

»Er ist wegen der Katze gekommen«, erklärte ich.

»Wegen der Katze?«

»Leih mir dein Prinzeßchen für eine Woche«, begann der Totengräber einschmeichelnd. »Ich kann mich nicht mehr retten vor Mäusen.«

»Friedhofsmäuse schmecken nicht gut. Die frißt sie nicht«, sagte Großmutter und blickte zu den Gänsen hin. Die stimmten ihr mit lautem Geschnatter zu.

»Hast du sie etwa gekostet?« verteidigte der Einbeinige seinen Friedhof.

»Du warst ein Grobian und bist ein Grobian geblieben«, brauste Großmutter auf. »Deshalb hab ich dich auch nicht genommen.«

»Du hättest mich nicht nur genommen, du hättest dir alle Finger nach mir geleckt, wenn das hier nicht gewesen wär.« Der Totengräber nahm sein Holzbein und wiegte es auf den Händen wie einen Säugling. »Eia-popeia …« Einstmals, in fernen Zeiten, als der Totengräber noch nicht die Absicht hatte, Totengräber zu werden, als er, wie alle anständigen Leute, noch zwei Beine besaß, warb er um meine Großmutter. Es hieß, die Sache sei schon fast perfekt gewesen, doch da fing wie zum Trotz der Krieg an, und der Totengräber mußte Soldat werden. Seine Braut, die Großmutter, wartete geduldig auf ihn, obwohl lange nichts von ihm zu hören war – als sei er vom Erdboden verschwunden. Alle im Marktflecken hielten ihn für gefallen, seine Eltern, auch die fanden sich mit seinem Hinscheiden ab, sie sprachen sogar für ihn das Totengebet, wodurch sie schwere Schuld auf sich luden, denn sie hatten, wie sich später herausstellte, einen Lebenden beweint. Nur Großmutter, also seine Braut, glaubte nicht an seinen Tod, und der Herrgott lohnte ihr ihren Glauben – er ließ ihn lebendig und nahezu gesund zurückkehren. Schon schien es, binnen kurzem würden die jungen Leute Hochzeit feiern und ihr gemeinsames Leben beginnen, doch da waren die Krücken – ein Holzbein hatte der Totengräber damals noch nicht.

»Was haben die Krücken damit zu tun?« Die bräutliche Großmutter zerfloß in Tränen.

»Der Bräutigam meiner Tochter muß zwei Beine haben«, beharrte ihre Mutter. »Bei uns muß alles gleichmäßig sein.«

»Nicht alles kann bei ihnen gleichmäßig sein«, versuchte Großmutters Vater die Lage zu retten. »Mann ist Mann, und Frau ist Frau.«

Es half alles nichts.

Großmutter, wie sie selbst erzählte, war lange untröstlich, bis man ihr schließlich Großvater unterschob. Ich verstehe bis heute nicht, wie man ihn unterschob – durch die Tür vielleicht, oder durchs Fenster? –, aber wenn Großmutter es sagt, muß es so gewesen sein.

»In einer Woche geb ich dir dein Kätzchen zurück. Ihm wird nichts passieren«, versicherte der Einbeinige.

»Und wie willst du dich revanchieren?« fragte Großmutter und warf einen Blick auf den Korb, wo die Schnattergänse, vom Schnattern erschöpft, vor sich hin dösten. Großmutter war offensichtlich sehr zufrieden mit dem Kauf. An anderen Tagen feilschte sie lange um das Federvieh, betastete es, wog es auf den Händen, warf es hoch, rupfte probeweise ein paar Federn aus, beschimpfte die Bäuerin, aber diesmal hatte sie offenbar stehenden Fußes gekauft, schnell und billig.

»Du weißt ja, wie sich ein Totengräber revanchieren kann«, dröhnte der Einbeinige.

»Hüte deine Zunge!«

»Du verstehst nicht mal einen Spaß.«

»Einen halben Litas pro Maus? Einverstanden?« fragte Großmutter und lachte.

»Was für ein Preis! Da möchte man ja selbst zur Katze werden«, knurrte der Einbeinige.

»Schon gut, schon gut. Nimm sie, solange ich in der Stadt bin. Hilf die Katze fangen, Daniel. Ich bringe inzwischen die Gänse zum Schlachten.«

Ich fing die Katze, und in mir frohlockte alles: Ich fahre in die Stadt, ich fahre in die Stadt.

Die ganze Nacht tat ich kein Auge zu. Zwar wurden mir die Lider schwer, ich gähnte, sackte manchmal ab in etwas Warmes und Weiches, wie durchsonntes Moos, aber ich hielt mich wach, denn ich wollte um Gottes willen die Großmutter nicht wecken. Immerhin hätte ich im Schlaf versehentlich vor Freude husten können oder, schlimmstenfalls, niesen.

Ich lag und schaute an die ungetünchte spinnwebüberzogene Decke, wo ein betriebsames Spinnenpaar hauste, an die rissigen Wände, wo hinter ausgeblichenen Tapeten die Wanzen, vorsichtig und schlau, auf geheimnisvolle Weise ihren Tag verbrachten und geduldig den Anbruch der Nacht erwarteten, um herauskriechen und ihrem blutigen Gewerbe nachgehen zu können. Mir schien, ich hörte, wie sie rumorten, wie sie vereinbarten, wohin zu kriechen sei, jedoch ich fürchtete mich ganz und gar nicht. In jener Nacht war ich glücklich, außerordentlich tapfer und übervoll von

Güte für alles Lebende, für alle Tiere und Insekten. Ich wünschte sehr, alle sollten auf ihre Kosten kommen: Mochte die Spinne eine Fliege fressen, nur bitte eine tote, mochte mich eine Wanze beißen (Blut ist genug in meinem Körper, das reicht fürs ganze Leben), mochte unsere Katze alle Mäuse vom Friedhof vertreiben. Nur zu! Sogar die Gänse, von deren Erlös Großmutter und ich in die Stadt fahren würden, taten mir leid, und insgeheim bedauerte ich, daß ich noch kein Geld verdiente. Wenn ich es könnte, würde ich die Gänse in Frieden ziehen lassen.

Gott, mein Gott, dachte ich, werde ich wirklich morgen ... nun, spätestens übermorgen meinen Vater sehen?

Ich wußte nicht mehr, wie er aussah, und seit langem war mir sein Name nicht mehr vertraut. Kann man sich denn an einen Menschen erinnern, der fortmußte, als man selbst noch kein Jahr alt war? Ein Schneider kann Hosen enger machen. Er kann kürzen und länger machen. Aber die Welt kann man weder enger machen noch kürzen, kreisten die Gedanken in meinem Kopf. Ein Totengräber kann es sicherlich nicht, aber ein Schneider kann alles, klopfte das Blut in meinen Schläfen. Sosehr ich mich auch mühte, ich konnte mir nicht vorstellen, wie er sie kürzen oder enger machen wollte, jedoch ich glaubte an meinen Vater, wie ich an den Herrgott glaubte.

Früh am Morgen erwachte ich. Die Sonne stand über Fains Bäckerei. In ihren Strahlen funkelte das Eisenkreuz der katholischen Kirche, das in ein leichtes Federwölkchen spießte. Ich lief auf den Hof, barhäuptig und ohne Hemd, auf meinem Rücken, der von den Schröpfköpfen mit geldstückgroßen Kreisen übersät war, kitzelte die Sonne.

»Ist deine Großmutter da?« fragte plötzlich eine Frauenstimme hinter mir, und ich fuhr vom Bottich zurück.

»Ja«, sagte ich und erkannte Tante Teresė, die Mutter von Pranas.

»Ruf sie!«

»Gleich.« Ich trank vom kalten Brunnenwasser und rannte zum Haus zurück. »Großmutter! Besuch für dich!«

»Wer?« Großmutter saß auf einem niedrigen Stuhl und rupfte eine Gans. Durchs Zimmer stoben Gänsefedern wie Schneeflocken.

»Teresė. Die Mutter von Pranas.«

»Von welchem Pranas? Wir haben im Ort ein ganzes Dutzend Pranasse.« Großmutter sah aus wie eine Schneewehe – die weißen Gänsefedern klebten auf ihrem runzligen Gesicht, bedeckten ihre lange, messerscharfe Nase, waren ihr in den Mund geraten, ab und zu spuckte sie aus.

Großmutter streifte die Federn von sich ab und ging Teresė entgegen.

Tante Teresės Mann, der Tischler Stasys, saß auch im Gefängnis. Er war aber erst im vorigen Sommer abgeholt worden. Ich war gerade bei Pranas, als die Polizisten kamen – einer von uns, der Ortspolizist, mit Spitznamen »Inordnung«, der andere ein Fremder, mit Hut und Stiefelhosen.

»Polizei!« warnte Pranas seinen Vater, doch der Tischler fuhr ruhig fort, am Flußufer ein Boot zu teeren. Sein Gesicht war teerverschmiert, und von der Stirn tropfte der Schweiß ins grüne, von Grashüpfern und Schmetterlingen bevölkerte Gras, wie Birkensaft in die aufgehaltenen Hände tropft.

»Wir sollen dich abholen, Stasys«, sagte unser Polizist zum Tischler und wischte sich den Schweiß. Er hatte eigentlich gar keine Polizistenhände – klein, kurzfingrig, mit spärlichem rötlichem Haar bewachsen –, kann man denn mit solchen Händen einen Dieb oder gar einen Mörder fangen? Von wegen! Auch eine Pistole hatte Inordnung nicht. Eine Waffe trug im Ort nur der Herr Offizier.

»Ich bin bereit«, sagte der Tischler schließlich. »Will mich nur noch waschen.«

Stasys schritt langsam aus, die mit Handschellen gefesselten Hände auf dem bloßen Leib, die Polizisten schlenderten hinterdrein, und Pranas und ich liefen nebenher und suchten einen Blick des Tischlers zu erhaschen. Stasys lächelte seinem Sohn und mir zu, sein Blick war beredt und erklärend, aber wir beide verstanden nicht das geringste.

Oben auf der Böschung erwartete den Tischler ein schwarzes Automobil. Der Fremde öffnete höflich den Schlag, stieg auch selbst ein, und der Wagen holperte auf dem Feldweg davon. Ich sah ihm voller Neid nach, bis er hinter einer Biegung verschwand. Wie schön, dachte ich, in solch einem Auto zu fahren! Das ist was anderes als Reiten. Aufs Pferd kann jeder Dussel steigen, aber in ein Auto kommt man nicht so leicht, nur mit Handschellen oder in Stiefelhosen. Lieber freilich in Stiefelhosen.

»Geh, Pranas, sag deiner Mutter Bescheid«, wandte sich Inordnung an meinen Freund. Er war mit uns auf der Böschung zurückgeblieben, erschöpft von der Hitze, die Uniformjacke mit den sonnenverblichenen Schulterstücken und den im Laufe der Zeit blind gewordenen Knöpfen hatte er geöffnet.

»Ihr habt ihn selbst weggebracht, nun sagt auch selbst Bescheid«, erwiderte Pranas.

»Hab ich ihn etwa weggebracht?« fragte unser Polizist beleidigt. »Du hast es doch gesehen.«

»Wer denn sonst?«

»Na, das Auto.«

»Ihr ... Ihr ...«

In Pranas' Augen traten Tränen. Dabei hatte er geschworen, er habe nie geweint und würde niemals weinen. So einen Menschen gibt es nicht auf der Welt, der niemals weint. Sogar Hunde weinen. Ich hab's selbst gesehen. Und Katzen, die greinen. Unsere Katze, wenn Großmutter ihr heimlich die Jungen wegnimmt, strömt über von Tränen. Ob die wohl salzig sind, die Hundetränen und die Katzentränen? Ich muß mal dran lecken.

»In Ordnung«, stimmte unser Polizist zu. »Ich sage selbst Bescheid. Wenn ich nicht dafür bezahlt würde, hätte ich ihn nie im Leben abgeholt. Aber jemand muß ja solche abholen, Kinder. Genau wie jemand Fische fangen muß oder Schränke zimmern oder das Vieh hüten.«

»Sie sollten lieber Vieh hüten«, sagte Pranas zum Polizisten.

»Zu spät«, erwiderte Inordnung.

Weiter sagte er nichts, er spuckte aus und ging allein weiter, Pranas aber hob einen Stein auf, den schleuderte er ihm nach. Der Stein jedoch erreichte Inordnung nicht. Da bückte sich Pranas, nahm wieder einen Stein und warf ihn wieder nach unserem Polizisten, doch der Stein fiel wieder in den Sand.

Großmutter war gut bekannt gewesen mit Teresės Vater, dem verstorbenen Großvater von Pranas, dem Fischer Vaclavas. Über den alten Vaclavas kursierten im Flecken allerlei Gerüchte, es hieß, er sei ein Zauberer, er könne Aalquappen mit der bloßen Hand fangen, er tauche auf den Grund und schnappe sich die Fische, er könne auch das Wasser mit einem Streichholz anzünden. Was macht das schon, was für einer er ist, verteidigte Großmutter ihn, und wenn er dreimal ein Zauberer ist, sein Fisch schmeckt am besten! Wenn man bei einem anderen kauft, findet man immer irgendwas im Fischbauch: einen Petroleumlampendocht, ein Stückchen Schusterzwirn, einen Wurm am Haken ... Nach Vaclavas' Tod kaufte Großmutter selten Fisch.

Der alte Vaclavas war ebenso sonderbar gestorben, wie er gelebt hatte. Niemand wußte genau, was mit ihm geschehen war. Jemand wollte am Flußufer seine letzten Worte gehört haben: »Nun muß ich selbst ein Fisch werden.«

»Guten Tag«, grüßte Tante Teresė die Großmutter ehrerbietig.

»Tag«, erwiderte Großmutter und wischte sich Gänseflaum vom Gesicht. »Daniel, du hast hier nichts zu suchen.«

»Ich will mich bloß sonnen«, bat ich.

»Ein andermal«, brummte Großmutter. »Kriegst schon noch genug Sonne.«

Sie zu erzürnen war gefährlich. Während sie die Federn, die uns alle ernährten, von ihrem Gesicht entfernte, schlüpfte ich hinter den Brunnen und verbarg mich. Von hier aus konnte ich Teresės trauriges Gesicht gut sehen.

»Ich habe eine Bitte«, sagte Teresė leise, und ich spitzte die Ohren.

»Heraus damit!« sagte Großmutter gnädig.

Ihr Gesicht sah ich nicht, und ich hatte auch nicht das geringste Bedürfnis, es zu sehen. Ich hatte es weiß Gott zur Genüge betrachten können – es verhieß mir nie Gutes.

»In die Stadt, hört man, wollt Ihr fahren mit dem Enkel?« Teresė konnte so sprechen wie wir.

»Jawohl.«

Der Wind trieb mir Großmutters Stimme zu und Federn. Er ließ sie hoch auffliegen, zu den Wolken und zu den Vögeln, die niemand – weder die Großmutter noch der Teufel persönlich – rupfen konnte.

»Ins Gefängnis?«

»Jawohl.«

»Ihre Zellen, glaub ich, liegen nebeneinander.« Tante Teresė verschränkte die Hände auf dem Rücken, damit Großmutter nicht sah, wie sie zitterten. »Da hab ich mir gedacht, wenn Ihr schon in die Stadt fahrt, könntet Ihr vielleicht ... ein Päckchen ...«

»Ich würde ihm kein Päckchen schicken«, ereiferte Großmutter sich. »Hat dich im Stich gelassen, schwanger, wie du bist, und erholt sich jetzt dort.«

»Dort erholen sie sich doch nicht«, verteidigte Tante Teresė schüchtern ihren Mann. »Sagt selbst, was soll das für eine Erholung sein hinter Gittern?«

»Doch!« rief Großmutter so heftig, daß unser Hahn gelaufen kam, neben ihr stehenblieb und sie mit seinem frechen grauen Auge anstarrte. »Wer arbeitet, der sitzt nicht hinter Gittern. Sitzt du etwa? Oder ich? Diese Faulenzer! Wenn ihre Mütter ihnen nichts beigebracht haben, bringt ihnen erst recht kein Gefängnis was bei.«

Tante Teresė stand hilflos da. Unter ihrem Kattunkleid wölbte sich der Bauch. Es sah aus, als hätte sie dort einen großen Kohlkopf versteckt. Der Wind zauste ihr rotblondes, von der Sonne gebleichtes Haar.

»Vielleicht tut Ihr mir trotzdem den Gefallen«, wiederholte Teresė verzweifelt und schüttelte sich eine rötliche Haarsträhne aus der Stirn.

»Aber eins höre: Schweinefleisch nehm ich nicht mit!«

»Ich lege auch keins rein«, versicherte Tante Teresė. »Da könnt Ihr ganz ruhig sein.«

»Ich schicke Daniel«, sagte Großmutter.

»Vielen, vielen Dank!« Auf einmal kam Leben in Teresė. »Vielleicht, wenn Ihr was zu waschen habt ... oder Fußböden zu scheuern ...«

»Noch kann ich, Gott sei Dank, alleine scheuern und waschen«, schnitt Großmutter ihr das Wort ab. »Du bring lieber ein Mädchen zur Welt. Mädchen kommen nicht ins Gefängnis. Ein Mädchen tauscht seine alte Mutter nicht ein gegen vergitterte Fenster. Dreimal verflucht sollen sie sein, unsere Söhne!«

Teresė schwieg bedrückt. Sie hatte von der alten Frau nicht solch einen Zornesausbruch erwartet, nun wußte sie nicht, sollte sie gehen oder bleiben.

»Weißt du, warum ich zu meinem fahre?« Großmutter sah die Tischlersfrau eindringlich an.

»Ich weiß nicht«, sagte Tante Teresė zaghaft.

»Ich bringe ihm nicht Mazze noch Schweinefleisch. Einen Mund voll Speichel, damit hat sich's, und dann spuck ich in seine schamlosen Augen! Deiner hat bestimmt auch gesagt: Wir sind für Gerechtigkeit, für ein neues Leben ... Und wenn ich gar keine Gerechtigkeit brauche? Wenn ich vielleicht pfeife auf das neue Leben?«

Am liebsten wäre ich aus meinem Versteck gesprungen und hätte Großmutter angespuckt, aber ich schämte mich vor Tante Teresė und hatte auch Angst, daheim bleiben zu müssen.

Meine Freude über die Reise in die Stadt war plötzlich getrübt durch ein unerklärliches Gefühl von Schuld vor dem Vater, vor Tante Teresė, vor den Gänsen und der Katze, vor der ganzen Welt, in der es kein neues Leben und keine Gerechtigkeit geben würde. Ich wußte nicht genau, was Gerechtigkeit ist und was ein neues Leben, aber mich bedrängte öfters eine dumpfe Ahnung meiner eigenen Hilflosigkeit. Mir schien, es müsse so sein, es werde ewig so bleiben, und ich gewöhnte mich an meine Schwermut und Hilflosigkeit, so wie an unseren Hof, an die Straße, an das Flüßchen, das träge sein klares Wasser dahintrieb.

»Wann wollt Ihr denn fahren?« wagte Teresė die Großmutter zu unterbrechen.

»Am Sonntag, so Gott will«, sagte Großmutter und ging ins Haus zurück, zu der Gans, die noch gerupft werden mußte, zu mir und zu Großvater, der an der Taschenuhr von Friseur Damski herumbosselte, die er umsonst reparierte – kaum noch jemand brachte ihm Uhren zur Reparatur gegen Bezahlung.

Ich wartete, bis Großmutter die Tür hinter sich geschlossen hatte, dann verließ ich mein Versteck und rannte ins Haus.

»Großmutter, wirst du ihm wirklich in die Augen spucken?« fragte ich und verschluckte mich an Gänsefedern.

»Was ist, du Taugenichts, hast du gelauscht? Darum also hat der Hahn gekräht.«

»Das war ich, Großmutter, ich hab gekräht, und der Hahn hat gelauscht.«

Ich sah bejammernswert aus. Reumütig blickte ich Großmutter an und versuchte, etwas wie Verzeihung in ihren Augen zu erspähen, doch die zeigten nichts als müde Gleichgültigkeit. Vom Stuhl herab baumelte der gerupfte Gänsehals, lang wie ein Uhrpendel.

»Es wird Zeit, Daniel, daß du lernst ein Handwerk«, sagte Großmutter. »Du wirst sonst ganz und gar verwildern.«

»Großvater möchte, daß ich ...«

»Solange ich lebe, wirst du kein Uhrmacher«, schnitt Großmutter mir das Wort ab. »Was ist das schon für ein Handwerk, herrje! Einer hat eine Uhr, der andere richtet sich nach der Sonne, und dem dritten ist es überhaupt einerlei, ob es jetzt fünf Uhr ist oder neun. Aber Haare, Haare, die wachsen, Gott sei Dank, bei jedem. Ein Friseur – das ist was anderes als ein Uhrmacher. Sogar Tote brauchen einen Friseur. Vom Gefängnis gar nicht zu reden.«

»Von welchem Gefängnis?«

»Ein Friseur geht nicht mit der Fahne auf die Straße. Seine Fahne ist ein weißes Handtuch. Wenn doch der Herr Damski dich nähme!«

»Zu Damski?« maulte ich enttäuscht. »Er wird mich schlagen.«

»Alle Lehrlinge werden geschlagen. Du könntest vielleicht noch ein Weilchen bummeln, Daniel, aber wenn plötzlich ...«

»Was plötzlich?«

»Wenn ich nun plötzlich sterbe, Daniel.«

»Dann bleibt doch Großvater.«

»Großvater ist kein Ernährer.«

Ich war zu allem bereit – Hauptsache, ich durfte zu Vater in die Stadt fahren.

Am selben Abend kam Herr Damski persönlich zu uns. Er war schon alt, wie Großvater, doch er gab sich jünger, ging nicht gebeugt, und sogar seine Gesichtsfalten dufteten angenehm nach Eau de Cologne. Er trug einen alten, aber gepflegten Anzug mit Streifenmuster. Aus der oberen Tasche lugte ein weißes Taschentuch, in das Damski sich niemals schneuzte. Zum Schneuzen hatte er ein anderes Tuch, doch auch dieses zog der Friseur leicht und gefällig hervor, wie ein Zauberkünstler, mit zwei Fingern, deren Nägel lackiert waren. Der akkurat verschnittene und gefärbte Schnurrbart ließ Damskis dicke Oberlippe wie eine Kleiderbürste erscheinen.

»Gerade heute haben wir von Ihnen gesprochen«, begrüßte Großmutter ihn freudig und errötete vor Wonne.

»Schlecht?« kokettierte Damski und kratzte sich den Schnurrbart mit seinen gefärbten Fingernägeln.

»Wer könnte denn schlecht reden über Sie!« ereiferte sich die alte Frau. »Den ganzen Tag lang habe ich Sie gelobt vor meinem Enkel.«

Nun ja, den ganzen Tag lang hatte sie ihn nicht gelobt – Großmutter würde niemals einen ganzen Tag aufs Loben verschwenden. Aufs Schimpfen schon eher. Heute aber mußte sie Damski um jeden Preis schmeicheln und ihn günstig stimmen, damit er nicht ablehnte, mich in die Lehre zu nehmen. An einen Meister wie Damski zu geraten – das war keine geringe Ehre. Zwei Jahre hatte er in Paris gelebt, wenngleich er insgesamt nur drei französische Wörter beherrschte:

Schneiden? Rasieren? Danke.

»Ich habe gehört, Sie wollen besuchen Ihren Sohn?« sagte Damski und nahm ein Gänsefederchen von seinem Jackett.

»Wo denken Sie hin!« Großmutter winkte ab. »Ich will nur zu Verwandten«, log die Alte frech. »Einen Bruder hab ich in der Stadt und eine Schwester.«

Großmutter hatte weder Brüder noch Schwestern. Die erfand sie, damit Damski um Gottes willen nichts Böses dachte.

»Wenn Sie schon in die Stadt fahren, warum nicht auch den Sohn besuchen?« sagte Damski und rückte seine schmuddelige Fliege unterm Kinn zurecht. »Mir, zum Beispiel, gefallen Revolutionäre ganz gut.«

»Wer? Wer?« fuhr Großmutter auf.

»Re-vo-lu-tio-nä-re! Einfacher gesagt, Rebellen. Freilich hat jede Rebellion einen großen Nachteil.«

Großmutter lauschte andächtig jedem Wort des Friseurs, sie bewegte sich kaum.

»Während der Rebellion, wenn sie sich lange hinzieht, hat die Bevölkerung keine Zeit, sich frisieren und rasieren zu lassen. Die einen, die gestürzt werden sollen, sitzen zu Hause und wagen nicht, die Nase rauszustecken. Die anderen, die sie stürzen, denken an alles mögliche: an die Menschheit, an die Zukunft, an eine neue Regierung, nur nicht an ihr Äußeres.«

»Herr Damski«, überwand Großmutter ihre ängstliche Ehrerbietung. »Ich wollte Sie um eine große Gefälligkeit bitten.«

»Auch ich komme, offen gestanden, mit einer Bitte.« Der Friseur zog sein Tuch aus der Brusttasche und fächelte sich.

»Dann bitten Sie zuerst«, strahlte Großmutter.

»Nein, Sie.«

»Nein, Sie«, beharrte Großmutter.

»Zuerst die Dame, wie man in Paris sagt.«

»Herr Damski«, sagte Großmutter rasch, »wollen Sie nicht meinen Enkel in die Lehre nehmen? Mein Daniel träumt geradezu davon, zu werden ein Friseur.«

Ich träume geradezu davon!

»Ein hervorragender Traum!« stimmte Damski zu. »Nun denn, junger Mann, präsentieren Sie sich!«

Widerstrebend trat ich auf den Friseur zu.

»Soso«, sagte Damski geheimnisvoll, während er mich von Kopf bis Fuß musterte. »Die Hände!«

Ich erhob die Hände.

»Nein, nein. Nicht hochheben. Zeigen Sie sie mir vor«, bat der Barbier. »Bewegen Sie die Finger, junger Mann!«

Ich zeigte vor, ich bewegte.

»Soso ... Die Finger sind im Prinzip nicht schlecht ... Obwohl ...«

»Obwohl?« wiederholte Großmutter verstört.

»Sein kleiner Finger macht mir etwas Sorge. Doch im Lauf der Jahre, denk ich, wird sich das alles noch formen.«

»Der kleine Finger?« Großmutter war direkt heiser vor Schreck.

»Tja-ja«, schnalzte Damski. »In unserem Handwerk hat jeder Finger seine Bestimmung. Mit solch einem kleinen Finger könnte er gut und gern werden Präsident ... oder Premierminister ... oder Polizist. Aber Friseur oder Dieb – niemals.«

»Ich bitte Sie, Herr Damski, mein Enkel hat auch nicht die Absicht, ein Dieb zu werden.«

»Soll er nächste Woche zu mir kommen, ich werde ihm ein paar Übungen für den kleinen Finger zeigen«, sagte Damski begütigend.

Das fehlte mir gerade noch – Übungen für den kleinen Finger! Ich habe einen ganz normalen kleinen Finger. Den braucht man nicht mit irgendwelchen Übungen zu quälen. Ich kann ihn, Gott sei Dank, bewegen und auch biegen. Und außerdem, hält man das Rasiermesser etwa mit dem kleinen Finger?

Die alte Frau stand vor Herrn Damski, überwältigt von seiner Aufmerksamkeit, und atmete mit voller Lunge seinen Duft von Eau de Cologne, Seife und Wohlstand. Der über sie hereinbrechende Erfolg lähmte sie, so daß sie sogar Damskis Anliegen vergaß und ihn schon verabschieden wollte, doch der Friseur zog aus einer Innentasche seiner Jacke – zum Teufel, wie viele Taschen hatte der in seiner Jacke! – ein Papier heraus, faltete es zusammen und reichte es der Großmutter.

»Hier hab ich Ihnen etwas aufgeschrieben.«

»Danke«, sagte Großmutter und nahm das Papier entgegen wie ein Handgeld.

»Eine Adresse«, erklärte Damski.

»Herr Damski, wer im Ort wüßte nicht, wo Ihr Salon ist?« beteuerte Großmutter eilfertig, mit vor Schmeichelei fast erstickender Stimme.

»Es ist die Adresse meines Cousins. Er ist ebenfalls Friseur.«

»Nein, nein, nein! Zu einem anderen Friseurmeister gebe ich meinen Enkel nicht, und wenn es Ihr leiblicher Bruder wäre!« widersprach Großmutter, und in ihren Augen glitzerten Rachefünkchen, wie bei einer Katze.

»Bei meinem Cousin sollen Sie für mich ein Rasiermesser abholen. Ich würde gern selbst fahren, aber ich kann den Laden nicht schließen, nicht mal für einen Tag. Die Leute würden denken, Damski ist nicht mehr auf dem Posten.«

»Sie wünschen, daß ich aus der Stadt von Ihrem Vetter für Sie mitbringe ein Rasiermesser?« Jetzt verstand Großmutter endlich.

»Ich wäre Ihnen sehr verbunden«, erwiderte der Friseur und schneuzte sich in sein Schneuztuch. Dann fragte er: »Ist Ihr Gatte daheim?«

»Natürlich. Wo soll er sonst sein?« antwortete Großmutter und konnte das Verlangen nicht unterdrücken, Großvater schlechtzumachen. »Bringen Sie ihm keine Uhr mehr zum Reparieren.«

»Und warum, wenn ich fragen darf?«

»Er sieht und hört ja schon nicht mehr, der Ärmste.«

»Ein guter Friseur, und mag er auch erblindet sein, rasiert besser als ein schlechter mit Augenlicht. Handwerk, gestatten Sie die Bemerkung, hat seine eigenen Augen und Ohren«, sprach Damski würdevoll und begab sich ins Nebenzimmer.

Großvaters Zimmer war kleiner und heller als das unsere. Durch ein einziges großes Fenster fiel Licht auf den Tisch, auf dem alle möglichen Uhren standen und der mit Rädchen, Schräubchen, Federn und Zeigern übersät war. Hier tickte und raschelte alles, wie sommers im Walde. Die Innereien der Uhren erinnerten an einen aufgestörten Ameisenhaufen. Hektisch und sinnlos liefen die Ameisen hintereinanderher, in einem winzigen Kreis rund um Großvaters Finger. Diese Ameisen waren Großvaters ganzer Lebensinhalt. Von morgens bis zum späten Abend, manchmal auch bis tief in die Nacht, betrachtete er sie mit seiner Lupe, er hauchte ihnen Leben ein, er vertraute ihnen alles an, was sein greises Herz bewegte – Klagen über seine Ohnmacht, Kränkungen durch Großmutter, Sehnsucht nach Vergangenem, das vorübergeglitten war wie ein Sonnenstrahl inmitten trüben Wetters.

Früher einmal war auf Großvaters Fenster eine Uhr zu sehen (der Maler Anupras hatte sie auf Großvaters Bitte mit seinem dikken Pinsel gemalt), und über der Tür klapperte im Wind ein Blechschild: *Reparatur von Uhren und sonstigen Mechanismen.* Was das für »sonstige Mechanismen« waren, wußte niemand im Flecken genau, man zerbrach sich auch nicht den Kopf darüber. Alle waren sich einig, daß Großvater aufschnitt. Seine Werkstatt sollte sich eben irgendwie von anderen Einrichtungen dieser Art unterscheiden.

Die aufgemalte Uhr auf dem Fenster existierte nicht lange. Ein Rowdy zielte mit der Schleuder genau auf Ziffer 12, und die Scheibe platzte.

Großmutter versuchte noch, den Riß mit einem Lappen zu verstopfen, doch der Lappen vertrieb nur die Kundschaft.

»So repariert er auch die Uhren. Steckt einen Lappen rein, und basta«, lachten sie im Ort.

Der Glaser mußte kommen und eine neue Scheibe einsetzen. Seitdem wies nur noch das Schild darauf hin, daß Großvater Uhrmacher war. Großvater war wütend und verlangte von Großmutter, Anupras solle das Fenster wieder bemalen, aber die Alte blieb hart.

»Am Ende will dann so ein gemeiner Kerl auf elf Uhr schießen? Und wieder läßt du den Glaser kommen, wieder bezahlst du! Schluß!«

Jedoch die Ursache für Großvaters Kummer war nicht so sehr das leere, unbemalte Fenster, auf dem sich die neugierigen ortsansässigen Fliegen verewigten, nicht so sehr das Schild, das mit der Zeit verblichen war und jeglichen Sinnes entbehrte: *Reparatur von ren und anis*, es war vielmehr sein Sohn, mein Vater. In ihm hatte Großvater seine Hoffnung und seinen Nachfolger gesehen.

»Daniel!«

»Was ist?«

»Geh und hör zu, worüber dein Großvater mit Damski spricht«, sagte Großmutter.

Ein andermal wäre ich selbstverständlich nicht gegangen, jedoch seit dem Moment, da Großmutter beschlossen hatte, mich mit in die Stadt zu nehmen, hatte sie regelrechte Zaubermacht über mich erlangt, und ich fügte mich jedem ihrer Worte und Blicke.

»Einen Spitzel schickt sie«, sagte Großvater traurig, als ich sein Zimmer betrat.

Der Friseur hielt eine Uhr an sein parfümiertes Ohr, und solange er ihrem Ticken lauschte, schwieg Großvater still, aus Ehrfurcht vor der eigenen Arbeit. Sollte der Herr Damski sich nur überzeugen, was für ein hervorragender Meister er noch war! Doch kaum hatte der Friseur seine Zwiebel in die Hosentasche gesteckt, sprach Großvater weiter, noch trauriger, noch zorniger: »Unser ganzes Leben war schrecklich.«

Herr Damski nickte höflich.

»Es geht ja nicht so sehr um mich ... Wegen Saul zerreißt es mir fast das Herz.«

So hieß mein Vater. Saul.

»Wie oft hab ich ihr gesagt: Laß Saul neben mir am Tisch sitzen, ich bringe ihm mein Handwerk bei. Er wird sein der beste Uhrmacher. Zuerst im Ort, dann in Litauen, dann in der ganzen Welt. Wir fahren nach Amerika und eröffnen dort ein Geschäft. In Amerika hat jeder Grünschnabel und Milchbart eine Uhr am Handgelenk. In Amerika heißt es: Zeit ist Geld!«

»Bei uns auch«, sagte Herr Damski. Er hatte es eilig.

»Sie ist schuld, daß Saul ein Schneider geworden ist«, beklagte sich Großvater. »Und die Schneider, die sind ja, wie man weiß, Schwätzer. Sie sitzen und schwätzen. Worüber, das wissen Sie selbst. Über die Gerechtigkeit. Dabei gibt es keine größere Gerechtigkeit als die Arbeit. Ein Faulenzer kann nicht gerecht sein.«

»Euer Saul wollte Gutes für die Menschen«, verteidigte Herr Damski meinen Vater, und zum erstenmal wollte ich wirklich Friseur werden.

»Aufs Gute muß man sich auch verstehen«, sagte Großvater. »Für eine gute Sache sperrt einen niemand ein.«

Damski holte die Uhr aus der Hosentasche und hielt sie, seine Ungeduld nicht mehr verbergend, ans andere, ebenfalls parfümierte Ohr.

»Die Uhr geht hervorragend«, sagte Großvater. »Wenn nur unsere Herzen so gehen würden ... Alles hat sie mir genommen. Sogar den Enkel. Sag ihr das, Daniel!«

»Sag's selber«, begehrte ich auf.

»Früher hab ich am meisten den Tod gefürchtet. Und jetzt ...«

»Jetzt?« fragte Damski, zunehmend ungeduldig.

»Jetzt habe ich begriffen. Der Tod ist ein Feiertag. Das Ende der Arbeit. Der Tod ist ein ewiger Sabbat.« Großvater wandte sich ab und wischte sich mit der Faust die trockenen Augen. »Wenn wieder etwas nicht stimmt mit ihr« – er tippte mit der Hand an die Hosentasche, aus der, wie ein Kücken aus der Eischale, der Aufziehknopf von der Uhr des Friseurs lugte –, »dann bringen Sie sie nicht mehr zu mir zum Reparieren.«

»Und warum, wenn ich fragen darf?« wunderte sich Damski.

»Ich will kein Mitleid.«

Und Großvater begann murmelnd vor sich hin zu singen. Er ließ dabei Worte aus, wechselte immerzu das Motiv, und sein Gesang klang manchmal wie Stöhnen, manchmal wie Beten.

»Na? Hat der alte Gaul dir wollen ausreden, daß du Friseur wirst?« forschte Großmutter, als ich zurückkam.

»Nein.«

»Hat der alte Gaul sich beklagt über mich?«

Ich schwieg. Großvaters Gesang ging mir nicht aus dem Sinn.

»Hat der alte Gaul gepriesen sein Handwerk?«

»Nein«, sagte ich. »Der alte Gaul hat gesungen.«

»Gesungen?« Großmutters Augen weiteten sich vor Unglauben, mehr noch vor Staunen.

»Ja.«

Großmutter verstand gar nichts, und auch ich, um ehrlich zu sein, hätte nicht erklären können, was es mit seinem zusammenhanglosen traurigen Gesang auf sich hatte.

»Lauf zu Teresė, Daniel. Aber paß auf, daß kein Schweinefleisch drin ist«, sagte sie.

»Ich laufe schon!«

»Warte! Merk dir: Niemand darf dich sehen.«

»Ich schwöre, Großmutter, niemand wird mich sehen. Ich laufe durch die Gärten, dann am Fluß lang, und wieder durch die Gärten …«

»Lauf! Aber paß auf, daß kein Schweinefleisch …«

Doch ich war schon nicht mehr da.

Ich rannte wie ein Wilder die Straße entlang. Kein einziger Hund aus dem Ort hätte mich einholen können, nicht einmal der Schäferhund vom Herrn Offizier, obwohl der doch in der Stadt dressiert worden war. Die Beine trugen mich von selbst, ich trieb sie nicht an, wie man ein Pferd nicht anzutreiben braucht, das lange im Stall gestanden hat – man läßt es raus und ruft ihm zu, schon fliegt es wie der Wind dahin, denn es sehnt sich nach Wegen, nach frischer Luft, die nach Wiesen und Freiheit riecht, es sehnt sich nach endloser blauer Weite.

In meinem Herzen loderte mit neuer Kraft die Freude auf, und ich war bereit, sie mit jedem beliebigen zu teilen, sei es Mensch oder Vieh, Baum oder Vogel. An jenem Tag, so schien es mir, reichte meine Freude für alle, selbst wenn ich die Hälfte abgäbe, so bliebe mir doch noch übergenug. Weder Großvaters Kummer noch sein trauriger Gesang, noch die Drohungen und das Geschimpfe der Großmutter konnten sie ins Wanken bringen. Meine Freude schwebte über allem: über allen Klagen und Gesängen, über Gezänk und kränkenden Worten, über den Straßen und über unserem Marktflecken. Sie hatte sich hinaufgeschwungen, hoch, so hoch, daß niemand, außer mir allein, ihr folgen konnte.

»Du?« begrüßte Pranas mich mürrisch. Er saß auf einem Holzklotz und flickte ein Fischnetz.

»Ja, ich.«

»Warum kommst du?«

»Großmutter schickt mich.«

»Sollst Fisch holen?«

»Nein, das Päckchen. Wo ist deine Mama?«

»Weggegangen.«

»Kommt sie bald wieder?«

»Weiß nicht.« Pranas sah mich nicht einmal an, er saß und flickte konzentriert die dünn gewordenen Maschen.

Wie konnte ich ihm helfen? Ich wußte selbst noch nicht: fahre ich oder nicht. Und wenn ich litauisch spräche wie der katholische Dekan persönlich – trotzdem würde Großmutter mich nicht mitnehmen, wenn sie nichts verdiente mit Gänsefleisch oder mit Federn. Eine Eisenbahnfahrkarte kostet viel Geld. Wahrscheinlich ein halbes Federbett.

Morgen muß Großmutter dem Herrn Krämer Federn bringen. Er hat sie für seine Tochter Sulamith bestellt. Sulamith heiratet einen häßlichen Reichen mit Melone und gelben Wildlederschuhen.

Wenn er durch den Ort geht, hebt er die Beine, als stiege er über Pfützen oder Kuhfladen. Wäre ich ein häßlicher Reicher, ich würde niemals Sulamith heiraten, ich würde lieber für Pranas eine Fahrkarte in die Stadt kaufen.

»Wann fahrt ihr?« fragte Pranas, mühsam seine Erregung dämpfend.

»Genau steht's noch nicht fest.«

Erwartungsvoll blickte ich in die Richtung, aus der Tante Teresė kommen mußte. Doch es war wie verhext, sie kam nicht.

»Ich fahre auch«, stieß Pranas hervor, und ich setzte mich hin vor Überraschung.

»Du? In die Stadt? Wann?«

Es verschlug mir den Atem. Ich saß im Sand und sah Pranas verblüfft an, er aber stand ruhig vor mir, und sein Blick schweifte zerstreut über den spiegelglatten Fluß, der in der Sonne glänzte. Jedoch ich wußte, daß er durchaus nicht den Fluß sah, nicht die geschwungene Holzbrücke, die sich in der hitzeflimmernden Luft wie ein Regenbogen wölbte, sondern das Gefängnis und die Zelle, in der sein Vater auf und ab ging, der Tischler Stasys.

»Morgen«, antwortete Pranas stolz.

»Wir fahren vielleicht auch morgen.«

»Aber merke dir: Niemand darf das von mir wissen«, warnte Pranas und streckte sich neben mir auf dem Sand aus.

Wir lagen nebeneinander, und ich hörte, wie sein Herz schlug. Vielleicht schlugen sie auch beide: seines und meines. Hier, in der von Sonne und Heimlichkeit erhitzten Stille, war dieses Klopfen wie das Zwitschern zweier unsichtbarer Vögel, die trunken sind von Glück.

»Und woher nimmst du das Geld für die Fahrkarte?« fiel mir plötzlich ein.

»Aus dem Fluß«, flüsterte Pranas geheimnisvoll.

»Geld – im Fluß? Hast du es dort versteckt?«

»Hat deine Großmutter von meinem Großvater manchmal Fisch gekauft?«

»Hat sie dafür bezahlt?«

»Ja.«

»Verstehst du jetzt?«

»Nein«, gab ich ehrlich zu.

»Ich hab drei Kilo Fisch im Kescher.«

»Ach so!«

»Zwei Bleie, einen Hecht, eine Barbe und einen Schwarzbauch. Die bring ich heute abend zum Apotheker und bekomme das Fahrgeld für die Stadt.«

»Und das Päckchen?«

»Was ist mit dem Päckchen?«

»Nimmst du es mit oder wir?«

»Ihr. Wenn ich es mitnehme, merkt Mutter gleich was.«

»Hat sie auch kein Schweinefleisch reingepackt?«

»Natürlich hat sie was reingepackt. Vaters große Liebe.«

»Deine Mama?«

»Mama auch. Und Schweinefleisch.«

»Schweinefleisch nehmen wir nicht mit. Unser Gott erlaubt das nicht.«

»Warum?«

»Weiß der Teufel.«

Gelegentlich schickte Großmutter mich in die Apotheke nach Tropfen, fürs Herz wohl oder für die Leber, vielleicht auch für beides. Großmutter nahm die Tropfen unregelmäßig, zuweilen vergaß sie sie ganz, aber sie wurde immer wieder an ihre Wehwehchen erinnert. Der Herr Apotheker, der auf Kissen aus Großmutters Federn schlief, das heißt nicht aus Großmutters, sondern aus Gänsefedern, begegnete ihr mit Hochachtung und bestellte alljährlich zum Pessach-Fest eine Gans bei ihr, er hörte geduldig zu, wenn sie über ihre angegriffene Gesundheit klagte, obwohl er selbst nicht der Gesündeste war, und für die Tropfen verlangte er von ihr fünf Centai weniger als von anderen.

Nirgends im Ort duftete es so herrlich wie in der Apotheke. Hier herrschten ganz besondere Gerüche vor, herb und würzig, wie oben über den Wolken, in den paradiesischen Gefilden, von denen Großmutter soviel erzählte. Sie sprach darüber so begeistert, als diene sie in jenen Gefilden als Gärtnerin und sei nur kurz auf Besuch in unseren Flecken gekommen.

Als ich die Apotheke betrat, riß der Herr Apotheker seine verkniffenen Augen auf und rührte sich nicht. »Guten Tag, Herr Apotheker!«

»Guten Tag, Herr Daniel!«

Er sprach alle mit »Herr« an, sogar den Bettler Jakob. »Ich höre, Sie fahren mit der Großmutter in die Stadt«, half mir der Apotheker aus der Verlegenheit. »Ins Gefängnis.«

»Gewiß, Herr Apotheker.«

»Recht so, recht so, Herr Daniel!«

In den Worten des Apothekers lag weder Zustimmung noch Mißbilligung.

»Unsere Gefängnisse sind freilich nicht zu vergleichen mit den ausländischen«, sagte der Apotheker. »Nehmen Sie beispielsweise den Tower oder die Bastille ...«

»Herr Apotheker«, begann ich, vor Aufregung stotternd. »Brauchen Sie nicht zufällig Fisch?«

»Was für Fisch?«

»Zwei Bleie ... einen Hecht ... Barben ...«

»Ihre Großmutter, Herr Daniel, handelt wohl neuerdings mit Fisch?«

»Nein, nein.«

»Wenn auch in Fischprodukten sehr viel Nützliches für den Organismus enthalten ist, besonders fürs Gehirn, Phosphor – trotzdem bin ich dafür, maßzuhalten. Wir aßen vorgestern erst Fisch. Danke sehr.«

An der Tür wäre ich fast mit unserem Polizisten zusammengestoßen. Inordnung war nicht in Uniform. Ein altes Jackett umschlotterte ihn wie ein Sack, als gehöre es nicht ihm, und womöglich war das auch der Fall.

»Schlimm, Herr Apotheker, schlimm«, hörte ich ihn sagen, gar nicht mit Polizistenstimme.

Um wen es schlimm stand, erfuhr ich nicht mehr: Der Apotheker schloß die Tür hinter dem Polizisten.

»Na?« fragte Pranas, der mich auf der Straße erwartete, ohne große Hoffnung.

»Sie hatten vorgestern erst Fisch.«

Im Kescher, den Pranas trug, zappelte der Hecht. Er hatte unterwegs immerzu getobt. Pranas hatte ihn sogar herausgenommen und zweimal mit einem Stein draufgehauen. Doch der Hecht war über alle Maßen lebendig.

»Zur Frau Offizier gehst du selber«, sagte ich, und der Hecht tat mir leid. Überhaupt hatte ich Mitleid mit allem Lebendigen: mit Hunden, Katzen, Fischen und besonders mit Gänsen. Wenn Großmutter eine Gans oder einen Gänserich noch bluttriefend vom Schlachter brachte, steckte mir ein Kloß im Hals, den konnte ich einfach nicht hinunterschlucken.

Der Herr Offizier wohnte in einem einstöckigen Haus gegenüber der katholischen Kirche. Pranas und ich betraten den Vorgarten und sahen das Dienstmädchen, die pockennarbige Kazė, die mit der Gießkanne die Blumen goß.

»Was gibt es?« fragte Kazė und stellte die Kanne ab. Ihre Hüften waren dick wie die Mehlsäcke in der Mühle.

»Wir bringen Fisch. Ist die Frau Offizier zu Hause?« Pranas trat einen Schritt vor.

»Ist zur Taufe gefahren. Einen Neffen hat sie bekommen. Nach Seirijai.« Mit ihrer großen Hand strich sich Kazė das Haar zurück, das ihr über die Augen gefallen war.

»Und der Herr Offizier?« Pranas gab die Hoffnung noch nicht auf.

»Ist im Manöver.«

»Wo, wo?«

»Im Manöver. Verstanden?«

»Nein«, gab Pranas zu.

»Manöver – das ist Krieg. Bloß ohne Blutvergießen. Vielleicht nimmt der Herr Apotheker deinen Fisch oder der Herr Krämer. Juden können ohne Fisch nicht leben.«

»Das stimmt nicht!« sagte ich. »Wir sind Juden und leben ohne Fisch.«

»Ihr seid arme Juden«, erwiderte Kazė.

So waren wir ebenso vergeblich zum Herrn Offizier gegangen wie zum Apotheker.

Pranas schlenderte vorweg, mißmutig, den Kescher schlenkernd, und ich trottete hinterher, betrachtete seine zerschrammten

Beine und dachte, nun würde er wohl nicht in die Stadt fahren können, nicht zum Gefängnis – nicht jedem wird solch ein Glück zuteil.

Als auch der Krämer den Fisch ablehnte, sank Pranas' Stimmung endgültig.

Wir gingen wieder zum Fluß hinunter. Pranas stieg ins Wasser und versenkte den Kescher, mit einer dicken Schnur band er ihn an einem vom Grund aufragenden Baumknorren fest.

Der Hecht lebte im Wasser wieder auf und zappelte.

»Wahrscheinlich ist Mama schon zurück. Komm, wir holen das Päckchen.«

Mit dem Päckchen ging ich nach Hause, jedoch die Freude, die mich gestern mit süßer, trunkener Leichtigkeit erfüllt hatte, wollte sich nicht wieder einstellen, etwas war verlorengegangen, davongelaufen – als sei ein Krug, randvoll mit Honig, gesprungen, und nun floß ein zähes Rinnsal vom Tisch herab, versickerte in den Dielenritzen und war auch mit aller Gewalt nicht wieder herauszukratzen, selbst wenn man sich alle Nägel abgebrochen hätte. In meinem Kopf summten vielerlei Gedanken, wie ein Hummelschwarm, sie stachen nicht, aber ihr Summen schmerzte in den Schläfen. Ich spürte auf einmal, daß Hand in Hand mit der Freude noch etwas anderes einhergeht, wie der Blindenführer neben dem Blinden, etwas Namenloses, dunkel zu erahnen, vielleicht Mitleid, vielleicht Schuld, vielleicht auch ganz was anderes. Den ganzen Weg über rechtfertigte ich mich innerlich vor Pranas, als hätte ich ihn hintergangen oder ein mir anvertrautes Geheimnis verraten.

Alle Hummeln waren sofort wie weggeblasen aus meinem Kopf, als ich vor unserem Haus den Polizisten sah. Vor Schreck hätte ich beinahe das Päckchen fallen lassen.

»Wo sind deine Alten?« erkundigte sich Inordnung.

»Zu Hause.«

»Zu Hause sind sie nicht«, sagte unser Polizist. »Wohin sind sie verschwunden?«

»Wen möchten Sie denn: Großmutter oder Großvater?«

»Die Großmutter.«

Nun war alles aus. Inordnung kam zu Großmutter. Die Gerüchte über die Stadt, übers Gefängnis waren zu ihm gedrungen, nun würde er die Reise verbieten.

»Was hast du da in der Hand?« fragte Inordnung plötzlich und wies auf das Päckchen.

»Das?« Meine Lippen zitterten.

»Das.«

»Das?«

»Das, das«, höhnte der Polizist. »Flugblätter?«

»Nein.«

»Werden wir gleich prüfen.« Inordnung kam näher. »Am Ende trittst du in die Fußtapfen deines Vaters, mein Täubchen?«

»Matze, Matze!« fiel mir plötzlich ein.

»In Ordnung«, sagte der Polizist. »Dann wollen wir mal kosten.«

»Da ist Blut drin!« rief ich aus.

»Unsinn! In Matze ist überhaupt kein Blut«, sagte Inordnung.

Großmutter rettete mich. Sie kam genau in dem Moment, als die Hand des Polizisten nach dem Päckchen griff.

»Dein Enkel ist ein Geizhals! Ich wollte ein bißchen Matze haben, und er gibt mir nichts.«

»Matze!« Großmutter war baff. »Matze gibt's zu Pessach. Und das Pessachfest ist im April. Jetzt haben wir aber nicht April, sondern August«, sprudelte sie hervor. »Das ist nicht Matze, das ist ein Mitbringsel.«

Entsetzt schloß ich die Augen.

»Ein Mitbringsel? Für wen?«

»Stasys ... Tischler ... Ins Gefängnis ... Frau schickt«, erläuterte Großmutter in gebrochenem Litauisch.

»Die Polizei darf man nicht belügen«, sagte unser Polizist und sah mich vorwurfsvoll an.

»Ich will's nicht wieder tun«, versicherte ich.

»Ich habe eine Bitte an dich«, sagte Inordnung. »Werd's dir ewig danken.«

Nanu? Alle, sogar die Polizei, kommen mit Bitten zu Großmutter. Ob unser Polizist bitten will, daß wir ihm eine Pistole oder einen Gummiknüppel kaufen? Er hatte mal einen Gummiknüppel, doch der wurde ihm in Dragazkis Kneipe vor der Nase weg gestohlen. Aus Spaß.

»Ich brauche Spritzen.« Inordnung tippte sich mit dem Finger aufs Gesäß.

»Werd ich mich lassen an der Nase herumführen!« Großmutter war beleidigt.

»Er führt dich nicht an der Nase rum«, sagte ich. »Er möchte, daß du in der Stadt Spritzen für ihn kaufst.«

»Und wer bezahlt?«

»Ich gebe dir Geld«, beruhigte Inordnung sie. »Doktor Jochelsohn sagt, solche Spritzen bekommt man nur in der Stadt. Meine Enkelin liegt auf Leben und Tod ... Stasytė ... Ich werd's dir ewig danken ... Hier sind Rezept und Geld.«

Jetzt hatte Großmutter auch ohne Übersetzung alles verstanden. Sie wagte nicht, Inordnung abzuweisen, obwohl doch gerade er, der Polizist, vor vielen Jahren ihren mißratenen Sohn, meinen Vater Saul, abgeführt hatte. Doch sollte deswegen Stasytė leiden, die Enkelin des Polizisten?

»Ist gut«, sagte Großmutter. »Wir werden schon finden die Spritzen für deine Enkelin.«

»Danke«, sagte Inordnung in unserer Sprache.

Er verließ langsam den Hof, gebeugt, ohne Mütze, mit grauem schütterem Haar wie alle alten Leute. Im Gehen schloß er seine alte Jacke, die nicht nach Macht und Schimpfe roch, sondern nach Bitten, Tabak und Schweiß.

»Ich Dumme!« rief Großmutter aus, als der Polizist fort war. »Hab doch vergessen, ihn zu fragen, ich Dumme!«

»Was denn?«

»Kann sein, er kennt jemanden im Gefängnis. Ohne Bekanntschaft kommt man dort womöglich nicht rein.«

Lange war mein Gebet nicht so heiß und innig gewesen wie am Vorabend der Reise in die Stadt. Ich stand neben Großmutter auf der Empore, und meine Lippen dankten flüsternd dem Herrn, daß er mir solche Gnade erwies. Um ehrlich zu sein, ich war ihrer gar nicht so wert – hatte ich nicht Großmutter geholfen, die von Großvater reparierte Wanduhr kaputtzumachen, hatte ich nicht im

Boot Schinken gefuttert und sogar noch mehr von Pranas erbettelt, weil Schweinefleisch mir gar so gut schmeckte, kein Vergleich mit unserer Rinderbrust. Doch vielleicht war der Allerhöchste mit wichtigeren Dingen beschäftigt und ließ mir meine Sünden durchgehen, oder sein Blick reichte gar nicht bis zu mir. Er allein konnte ja nicht auf alle Gerechten und Sünder achthaben.

Noch heißer und inbrünstiger als ich betete Großmutter. Sie verlangte von Gott einfach, er möge außer ihr niemanden im Bethaus anhören. Die anderen konnten warten.

Heute war sie an der Reihe. Ich vernahm in ihrem hitzigen Gemurmel den Namen meines Vaters und begriff, daß die alte Frau nur so eiskalt getan hatte; sie würde ihm überhaupt nicht in die Augen spucken, sondern ihm, wer weiß, als erste um den Hals fallen und ihn küssen. Er war zwar ein Gottloser und sonst noch was, doch vor allem war er die einzige Frucht ihres Leibes, wie sie ihn in ihrem inständigen und verworrenen Gebet unklar benannte.

Außerdem betete Großmutter, der Allmächtige möge ihr helfen, ohne besondere Ausgaben ins Gefängnis zu gelangen. Sie hatte weder Geld noch Zeit zu verlieren, sie mußte so schnell wie möglich in den Marktflecken zurückkehren: Das Federbett für Sulamith sollte zur Hochzeit fertig sein, keinen Tag später. Und mit ihm, dem Bett, guter Gott, würde sie noch soviel Mühe haben! Sie hatte es schon einmal in den Krämerladen gebracht, doch der Herr Krämer war nicht zufrieden gewesen: Mangelhaft, hatte er gesagt, nicht weich genug, hatte er gesagt, da muß noch Flaum rein, die jungen Leute wollen ja nicht nur eine Nacht darin schlafen.

Großmutter unterhielt sich mit dem Herrgott wie mit einem alten Bekannten auf dem Markt, mal senkte sie flüsternd die Stimme, mal schrie sie fast. Vorwurfsvoll schauten die anderen alten Weiber zu ihr herüber, die auch nicht aus bloßer Neugier ins Bethaus gekommen waren, sondern mit ebenso wichtigen Bitten, wenn nicht gar wichtigeren. Aber Großmutter beachtete sie nicht, sie drängte sich vor in der Reihe vor Gottes Thron, sie wollte um jeden Preis die erste sein, der die Rechte des Allerhöchsten ihren

Segen erteilte, der weder mit Arbeit noch mit Geld zu bezahlen war, nur mit Fasten und Beten.

Als Großmutter vor der Reise noch eine Gans kochte, war ich endgültig überzeugt, daß sie keineswegs fuhr, um ihrem Sohn in die Augen zu spucken.

»Ich würde ihn auch gern sehen«, sagte Großvater, als Großmutter die Gans in zwei gleiche Hälften teilte.

»Du fährst das nächste Mal«, schnitt sie ihm das Wort ab.

»Wann?«

»Wenn er wieder wird sitzen. Denkst du, er läßt es bei einem Mal?«

»Schluß damit! Er hat genug gesessen.« Großvater tappte eilig in sein Zimmer und kam mit einem Gegenstand zurück, den er in der harmlos geballten sehnigen Faust verbarg. »Das ist für ihn, von mir«, sagte er, ohne die Faust zu öffnen, und blinzelte mit seinen farblosen, spinnwebleichten Wimpern.

»Was hast du da in der Hand?« Großmutter blickte finster.

»Ein Geschenk.«

»Wozu ein Geschenk für den Schamlosen? Dafür, daß er uns allein gelassen hat auf unsere alten Tage?«

»Nimm's ihm mit.« Großvater öffnete die Hand.

»Eine Uhr?« rief Großmutter aus. »Woher hast du dafür das Geld?«

»Ich habe sie gebaut aus alten Teilen.«

Im Zimmer wurde es still. Großmutter trat zu Großvater und schaute in seine Hand, wie man in fremde Fenster schaut: verschämt und vorsichtig.

»Du denkst, ich kann schon nichts mehr? Aber ich bin, wie du siehst, noch nicht so alt ... Hör nur, wie sie geht! Wie in meinen besten Jahren ...«

Großmutter sah ihn an, nicht böse wie früher, sondern mit einer seltsamen Anteilnahme, wie einen Kranken, der sich mit seiner Hilflosigkeit abgefunden hat, dann nahm sie seufzend das Geschenk an sich.

»Paß gut auf dich und auf Daniel auf«, sagte Großvater. »Immerhin, in der Stadt ... holterdipolter ...«, fuhr der alte Mann langsam fort und ging wieder in sein Zimmer.

Unversehens bekam ich Angst um Großvater. Ich mußte auf einmal denken, er würde sterben, wenn wir fortfahren. Er würde sich auf seinen gewohnten Platz setzen, die Lupe nehmen, sie vors Auge halten, eine verrostete Uhr öffnen und plötzlich auf den Tisch sinken. Und rings um seinen toten Kopf würden wie Ameisen die Schräubchen und Zeiger wimmeln, es würde ticken, ohne ihn wieder erwecken zu können.

Ich wollte sogar rufen: Großvater! Stirb nicht, ehe wir wiederkommen! Stirb nicht!

Aber ich beherrschte mich. Ich hätte Großmutter beleidigen können – ihren Worten zufolge, nämlich, mußte sie als erste aus unserem Haus sterben.

Trotzdem schöpfte ich Luft und sagte: »Unser Großvater, der ist tüchtig. Er ist noch nicht ganz taub und blind. Was für eine Uhr er gebastelt hat!«

»Das glaubst du doch selber nicht!« dämpfte Großmutter meine Begeisterung. »Da hat er was Altes gefunden, hat ein bißchen gepusselt, und nun prahlt er.«

Von unserem Flecken bis zur Bahnstation waren es zweieinhalb Werst. Wäre ich allein gewesen, so hätte ich das graue Bahnhofsgebäude im Handumdrehen erreicht, doch ich hatte Großmutter bei mir, und Großmutter hatte eine hölzerne Truhe mit Eisenbeschlägen bei sich, die sie mir nicht anvertraute, sondern selbst schleppte, prustend und stöhnend, ab und zu blieb sie stehen und verrenkte sich den faltigen Hals – ob nicht zufällig ein Fuhrwerk angeholpert käme. Aber ringsum holperte nichts, und wennschon mal etwas vorüberfuhr, dann wie zum Trotz in die falsche Richtung.

Unbarmherzig brannte die Sonne, und Großmutter war in Schweiß gebadet. Kurz vor dem Bahnhof holte uns doch noch ein Fuhrwerk ein, ein Wagen mit Säcken voll von frischgemahlenem Mehl, doch Großmutter tat das Pferd leid.

»Es hat's auch so schwer genug«, sagte sie, als der Wagen uns erreichte, »und bis zur Station ist es nur noch ein Katzensprung.«

Auf dem Bahnhof war es leer: Fuhr denn heute gar niemand irgendwohin?

Auf den Gleisen saßen aufgeplusterte hungrige Spatzen. Über die Schwellen stolzierte, wie der Synagogendiener Chaim im Bethaus, eine schwarze Krähe und hielt Ausschau nach einem Käfer oder einer kleinen Fliege.

Großmutter und ich stellten uns dicht neben den Schienen auf, um schnell einsteigen zu können. Der Zug hielt nämlich auf unserer Station kaum eine Minute. Ein Pufferknirschen, ein Lokomotivenpfiff, und weiter!

»Sieh einmal«, sagte Großmutter. »Da will dich jemand zum Zug bringen.«

Ich wandte den Kopf und sah auf dem Bahnsteig Pranas. Er kam angelaufen, mit einer Hand hielt er krampfhaft den Kescher fest, in dem wahrscheinlich immer noch der Hecht zappelte.

»Laß dir nur nicht einfallen, mit ihm zu verschwinden. Suchen werd ich dich nicht«, warnte Großmutter.

»Er fährt auch«, sagte ich.

»Wohin?« fragte Großmutter.

»In die Stadt.«

»Weshalb?«

»Ich weiß nicht.«

Hinter dem hohen Schornstein der Möbelfabrik wurde von fern ein Rattern hörbar und gleich darauf ein langgezogener Lokomotivenpfiff. Bald tauchte die Lok selbst aus dem Wald, sie sah aus wie ein riesiger Krebs, der seine überdimensionalen Scheren bewegt.

Ein Eisenbahner mit Uniformmütze trat auf den Bahnsteig. Wie ein Dresseur stoppte er den Zug mit seinem Fähnchen, und wir, Großmutter und ich, eilten zu unserem Wagen. Großmutter stieg zuerst ein, den Rock raffend, die Truhe ließ sie nicht aus der Hand, und sie sparte nicht mit Flüchen über die hohen Räder. Ich folgte ihr.

Ich setzte mich ans Fenster, Großmutter gegenüber, die Truhe nahm sie auf ihre altersschwachen Knie. Um keinen Preis hätte sie sie auf den Boden gestellt; am Ende würde jemand das Ticken unten drin hören und die Uhr mitsamt der Gans herausholen. Nicht weit von uns schnarchte schniefend ein Onkel in einem stinkenden Lammfellmantel.

Vorm Fenster glitten kleine Wäldchen vorüber, Dächer, Wolken – leichte Federwölkchen, damit hätte Großmutter ihre Kissen stopfen sollen, sie hätte nicht schlecht dabei verdient!

Das gleichmäßige Stuckern der Räder, die am Fenster vorüberhuschenden Bäume, meine Gedanken, die unablässig und freudig um das baldige Wiedersehen mit Vater kreisten – das alles machte mich müde. Ich wäre wahrscheinlich eingeschlafen, wäre nicht am Wagenende ein untersetzter Mann mit einer Knipszange erschienen.

»Meine Herrschaften!« verkündete er. »Die Fahrkarten bitte zur Kontrolle!«

Da kam Leben in Großmutter, sie stellte die Truhe neben sich und griff sich vor aller Augen unters Kleid, in den Strumpf. Alle Wertsachen verwahrte die alte Frau im Strumpf, sei es Geld, Schlüssel, Steuerquittungen oder gar Rezepte.

»Die Fahrkarten bitte, meine Herrschaften«, wiederholte der Kontrolleur und trat an die erste Sitzbank, wo ein junger Soldat und ein Mädchen saßen.

Als der Schaffner ihn anrief, erwachte auch unser Reisegefährte im stinkenden Lammfellmantel. Er gähnte herzhaft, fuhr mit der Hand in die Tasche und holte ein Papier heraus.

»Danke ... Danke ...« Der Untersetzte knipste die Fahrscheine mit seiner Zange und kam, leicht schaukelnd, ins Wageninnere.

»Ihre Fahrkarten!« wandte er sich an Großmutter, und die alte Frau reichte sie ihm mit gezwungenem Lächeln. Wenn sie irgend etwas im Leben überhaupt nicht konnte, so war es: lächeln.

»Und zu wem gehörst du?« hörte ich und sah plötzlich, wie der Schaffner mitten im Wagen Pranas am Ärmel zupfte. Großmutter und ich hatten gar nicht bemerkt, wie er hereingelangt war. »Ist das Ihr Junge?« fragte der Untersetzte einen schläfrigen Bauern.

»Ich habe selbst einen Haufen Kinder. Fremde brauche ich nicht, Herr Schaffner«, sagte der Bauer.

»Hast du ein Billett, Junge?«

»Ich hab kein Billett. Ich habe Fisch.«

Im Wagen wurde gelacht. Am lautesten lachten der Soldat und sein Mädchen.

Pranas öffnete den Fischbehälter, und in dem stickigen Waggon roch es auf einmal nach kühlem Flußwasser, nach Fischschuppen und Algen.

»Du mußt mitkommen«, sagte der Schaffner. »Auf der nächsten Station setze ich dich raus mitsamt deinem Fisch.«

»Herr Schaffner!« flehte Pranas, doch der wollte nichts mehr hören.

»Los! Los!«

Pranas stand auf und trottete hängenden Kopfes hinter der Knipszange her.

»Werfen Sie ihn nicht raus!« rief ich. »Nicht raussetzen! Er muß unbedingt in die Stadt. Sein Vater ist im Gefängnis.«

Großmutter wurde blaß und bedachte den Untersetzten wieder mit ihrem gequälten Lächeln. Der ganze Waggon starrte Pranas an: unser Nachbar im stinkenden Lammfellmantel, der Soldat und sein Mädchen, außerdem zwei Nonnen mit weißen Kragen und kleinen Kreuzen am Halse.

Der Zug wurde langsamer. Offenbar kam gleich eine Station. Der Schaffner führte Pranas durch den ganzen Wagen zum Ausgang. Ich sprang auf und stürzte hinterher. Großmutter fand nicht einmal Zeit zu erschrecken.

Auf der Plattform fragte der Untersetzte: »Was ist dein Vater?«

»Tischler.«

»Ein Tischler hat im Gefängnis nichts zu suchen. Ein Tischler muß tischlern«, sagte der Schaffner.

Der Zug hielt auf einer kleinen Zwischenstation.

»Ich setze dich vielleicht besser anderswo ab«, sagte der Schaffner zu Pranas. »Hier wird's dir zu langweilig.«

Wir standen auf der Plattform und schwiegen. Der Wind zauste unser Haar, und draußen flogen Bauernhöfe vorüber, kleine Flüsse mit ihren Brassen und Hechten, Wälder voller Pilze und Beeren zogen vorbei, einmal lief ein Feldweg irgendwohin, und mein Herz füllte sich wieder mit Freude, denn dazu hat der Herrgott es ja auch geschaffen. Wozu denn sonst?

Als wir ausstiegen, fuhr mir sofort der Stadtgeruch in die Nase: Es roch nach Rauch, Steinkohle und nach Fremde.

Auf dem Bahnhofsvorplatz drängten sich die Droschkenkutscher. Sie warteten auf Fahrgäste, doch die Menge strömte an ihnen vorbei, alle drängten und schimpften, schleppten Säcke und Koffer und Taschen, verschnauften einen Moment und hasteten wieder weiter in alle vier Himmelsrichtungen. Vom Gedränge, vom Funkeln der Kirchenkreuze, vom Goldglanz der Aushängeschilder, von den vorübersausenden Droschken und den geputzten Fußgängern mit Melonen und Hütchen schwirrte mir der Kopf.

»Frag, wie wir zur Mühlenstraße kommen«, sagte Großmutter, als wir vor einem Bäckerladen stehenblieben.

»Ich gehe in den Laden.«

»Aber fix!«

Im Bäckerladen duftete es paradiesisch.

»Was möchtest du, Junge?«

»Eine Straße ...« Ich leckte mir die trockenen Lippen.

»Straßen gibt's hier nicht zu kaufen«, lachte der Bäcker. »Welche brauchst du denn?«

»Die Mühlenstraße.«

»Mühlenstraße? Gleich hinter dem Pumpenhaus«, antwortete der Bäcker. »Du bist wohl nicht von hier?« Er langweilte sich und wollte ein wenig plaudern.

»Stimmt.«

»Woher?«

Ich sagte es, und der freundliche Bäcker schlug die Hände zusammen.

»Kennst du da einen Perez?«

»Nein.«

»Wahrscheinlich gestorben, der Alte«, fuhr der Bäcker heiter fort. »Ich hab mal bei ihm gearbeitet, bei dem verdammten Kerl. Ach, war das ein Parasit!«

Er fragte noch dies und jenes über den Perez, diesen verdammten Parasiten, aber ich kannte ihn nicht. Ich betrachtete die Regale, die voller Pfefferkuchen, Kringel und Hörnchen lagen, ich schnupperte den himmlischen Duft von Zimt und Rosinen, mir lief das Wasser im Mund zusammen, und ich schämte mich dessen nicht. Warum nur, dachte ich, muß man für alle schmackhaften Sachen auf der Welt bezahlen, und alles Schlechte gibt's umsonst Der Bäcker hatte wohl bemerkt, wie mein Adamsapfel vom Schlukken hüpfte – ganz wie der Schwimmer an der Angel, wenn ein Fisch beißt! –, er reichte mir aus dem Regal einen Zuckerkringel.

»Die Mühlenstraße ist hinter dem Pumpenhaus«, sagte ich zu Großmutter und biß in den Kringel.

»Du hast gebettelt«, schalt mich die Alte. »Nun geh noch fragen, wo ist dieses Pumpenhaus, vielleicht bekommst du noch einen Kringel.«

»Ein Pumpenhaus ist schließlich keine Stecknadel. Das finden wir auch allein«, sagte ich und wandte mich ab.

Vor einem Textilgeschäft ging Pranas mit seinem Fisch auf und ab.

»Ruf ihn her!« sagte Großmutter ärgerlich, und ihr Blick glitt über die Straße. »Allein geht er noch verloren in der Stadt.«

Im Schaufenster des Geschäfts stand eine Kleiderpuppe ohne Kopf, angetan mit einem schicken gestreiften Anzug. Hätte man einen Kopf darauf gesetzt, so hätte sie meinem künftigen Lehrherrn, Herrn Damski, dem Friseur, aufs Haar geglichen.

»Pranas!« rief ich. »Großmutter weiß jemanden, der dir deinen Fisch abkauft.«

Pranas sperrte sich erst, doch schließlich ging er mit.

Zu dritt schlenderten wir durch die Stadt, bis wir auf die Ruine des Pumpenhauses stießen. In der Mühlenstraße wohnte der einzige Verwandte, den Großmutter auf der ganzen Welt besaß – der Putzmacher Elasar, ihr Neffe.

»O Gott! Welch eine Freude!« So wurde Großmutter von dem Neffen empfangen. »Miriam! Miriam! Komm her! Sieh nur, wer zu uns ist gekommen!«

Die Frau des Putzmachers, eine große Vollbusige, begrüßte Großmutter mit ebensolch lärmender Freude wie er.

»O Gott! Welch eine Freude!« legte Miriam los. »Wer ist das?«

»Meine Tante. Ihr Enkel. Und – das?« Großmutters Neffe unterbrach sich plötzlich.

»Das ist Pranas. Aus unserem Ort«, sagte Großmutter. »Er bringt euch Fisch.«

»Wollt ihr zum Arzt?« fragte Miriam die Großmutter.

»Zu meinem Sohn«, sagte die alte Frau.

»Ins Gefängnis«, fügte ich hinzu.

»Ich wußte gar nicht, daß mein Vetter ist im Gefängnis«, sagte Elasar entzückt und half der Großmutter ablegen. Sie zog ihren weiten Mantel aus Waschsamt aus, gekauft vor undenklichen Zeiten, als sie noch ein junges Mädchen war.

»Er hat niemanden umgebracht«, beruhigte die Großmutter ihren Neffen. Ihre Wangen waren gerötet, vielleicht vor Hitze, vielleicht auch vor Aufregung, und die alte Frau erschien mir mit einemmal sogar schön.

»Jeder hat sein eigenes Gefängnis«, bemerkte Elasar. Er schwieg einen Moment, kratzte sich den Hinterkopf und fügte dann hinzu: »Ihr werdet gewiß Hunger haben?«

Zum Abendbrot kochte Miriam den Fisch. Pranas und ich aßen nicht viel, standen auf und schlüpften auf die Straße.

»Und wann krieg ich das Geld?« fragte Pranas geradezu.

»Welches Geld?«

»Für den Hecht ... für die Bleie ...«, sagte er und lief weg.

Immerhin kam er zum Abend zurück. Wir lagen nebeneinander auf grobem Leinen, über uns Fledermäuse. Die Fledermäuse flogen flügelraschelnd von Balken zu Balken.

In der Dachkammer war es finster wie in einer Hölle. Schwach schimmerte das spinnwebüberzogene Fensterchen, vor dem ein Stück Sommerhimmel stand, mit apfelgroßen Sternen bestückt.

»Mama wird, glaub ich, verrückt«, sagte Pranas.

»Sie wird sich's denken können«, beruhigte ich ihn.

»Vincas sagt es ihr. Er hat mich auf dem Bahnhof gesehen.«

Ich schwieg und starrte zum Fenster, ich wollte an dem Himmelsfetzchen meinen Stern suchen. Aber er war nicht dort.

»Nach Hause geh ich sowieso nicht zurück«, drohte Pranas ins Dunkel hinein. »Ich suche mir irgendwo Arbeit. Mein Vater hat mit zwölf Jahren seinen ersten Lohn aus der Fabrik heimgebracht.«

»Willst du auch Tischler werden?« Ich konnte nicht schlafen.

»Nö.« Pranas gähnte. »Ich werde Polizist.«

»Nanu!« staunte ich. »Für einen Polizisten bist du aber zu klein.«

»Ich wachse noch.«

»Und warum willst du Polizist werden?«

»Dann sperrt mich keiner ein. Aber ich kann! Ich komme in unseren Ort und führe zum Beispiel dich ab.«

»Wegen was?«

»Das laß ich mir noch einfallen. Ein Polizist hat's gut. Alle achten und fürchten ihn.«

»Ob sie mich auch nehmen?«

»Natürlich nicht. Du kannst nicht Polizist werden.«

»Warum?«

»Weißt du doch.«

»Weil ich nicht getauft bin?«

»Hm.«

»Und warum muß ein Polizist getauft sein? Böse muß er sein.«

»Ein Polizist muß böse und getauft sein«, erklärte Pranas.

»Wir wollen schlafen«, schlug ich vor.

»Na gut.«

Und auch die Fledermäuse kamen zur Ruhe.

Ich drehte mich auf die Seite, kuschelte mich in das grobe Leinen und schlief ein.

Mir träumte, ich wäre Polizist geworden. In Uniform mit Schulterstücken und blitzenden Knöpfen gehe ich durch den Flecken und verhafte alle. Ich komme zu Großmutter und lege ihr Handschellen an.

»Warum, Daniel?« fragt Großmutter.

»Wegen der Gänse. Wegen Großvater.«

Nach der alten Frau hole ich den Friseur Damski, dann den Herrn Apotheker, den Krämer, seine Tochter Sulamith und ihren häßlichen Bräutigam. Ich durchsuche jeden und setze ihn auf Wasser und Brot ... In der Nacht hatte es geregnet – ein starker, sinnverwirrender Sommerregen.

Auf der Mühlenstraße flossen warme, murmelnde Bächlein, erbssuppenfarben, und die wenigen Bäume, feiertäglich gewaschen, mit Blättern, schwer von Tropfen, reckten ihre Wipfel gen Himmel und dankten ihm für die lang ersehnte Gabe.

Die Luft war frisch, und diese Frische teilte sich allem mit: den Gedanken, den Dächern, dem Brot.

Wir frühstückten eilig etwas, vertilgten den restlichen Fisch (Elasar hatte Wort gehalten und Pranas zwei Litai bezahlt). Über die Gans verlor Großmutter kein Sterbenswort. Die Gans war für meinen Vater bestimmt; um unsere Mägen, die nicht unter Gefängniskost gelitten hatten, machte Großmutter sich keine Sorgen. Aber auch ich hätte die Gans nicht angerührt, selbst wenn sie es mir angeboten hätte: Vater war mir nicht weniger teuer als ihr.

Nach dem Frühstück sagte Elasar: »Soll ich allein fragen gehen, oder gehen wir gemeinsam?«

»Wir gehen zusammen. Wenn ich schon Geld bezahle, dann will ich wenigstens wissen, an wen.«

Das Erstaunlichste an Großmutter war nicht ihre böse Zunge, waren nicht die Augen, denen keine Kleinigkeit entging – ein anderer hätte darauf keinen Blick verschwendet –, auch nicht die Hände, die mir schon eine Menge Ohrfeigen gegeben und eine ebensolche, wenn nicht größere, Menge Gänse gerupft hatten. Das Erstaunlichste an ihr waren die Beine! Nur sie, so schien es, wurden bei ihr nicht älter. Vom frühen Morgen bis in den späten Abend, wenn die Zunge Ruhe hatte, die Augen vor Müdigkeit schon zufielen und die Hände wie bei einem Toten auf dem dürren Leib ruhten – immerzu trugen die Beine sie irgendwohin, rastlos und eilig. Ein Glück noch, daß Großmutter als Frau zur Welt gekommen war. Was wäre geworden, wenn sie im Krieg gegen den deutschen Zaren ein Bein verloren hätte? Ein Vogel braucht nicht nur einen Flügel, ein Vogel mit einem Flügel ist kein Vogel.

»Unterwegs hole ich ab das Rasiermesser und gehe in die Apotheke«, verkündete Großmutter.

Ziemlich lange gingen wir durch die Stadt, bis wir endlich das Rathaus erreichten.

Hinterm Rathaus machte Elasar ein Holzhaus ausfindig, das zwischen zwei steinernen Gebäuden eingezwängt stand, er stieg die wackligen Stufen hoch und klopfte leise an die Tür.

Großmutter und ich standen unten und warteten.

Niemand öffnete dem Putzmacher.

Elasar klopfte noch einmal lauter. Aus der Wohnung nebenan guckte ein verschlafener Mann, seine Haare waren zerzaust wie ein Wacholderstrauch. Er musterte Elasar und fuhr ihn grob an: »Was klopfst du da, Schweinehund? Warum läßt du einen nicht schlafen?«

»Ich möchte zum Herrn Beamten«, sagte Großmutters Neffe zaghaft. »Wegen einer Bitte an den Gefängnisdirektor.«

Der verschlafene Mann zeigte Elasar die Faust, und der Putzmacher trat von der Tür zurück.

»Ich werde ein andermal kommen«, sagte Elasar friedfertig.

»Wehe, du wagst es, Bastard!«

Er ging auf Großmutters Neffen zu, hielt sich aber nicht auf den Beinen und fiel die Treppe herunter. Das brachte ihn vollends in Wut.

Ich sah, wie der Mann mit dem zerzausten Haar aufstand, den Kopf schüttelte und plötzlich ein Messer aus dem Gürtel zog.

»Hilfe!« schrie Elasar.

»Mein Gott«, wehklagte Großmutter. »Elasar!«

Plötzlich rannte sie zu einem der Steinhäuser und trommelte wild an die Fenster.

»Hilfe! Nehmt ihm das Messer weg«, flehte Großmutter, als aus dem Steinhaus jemand herauskam. »Sonst ersticht er ihn noch!«

»Der ersticht ihn nicht«, beruhigte sie der andere und rief: »Marijonas!«

Marijonas erklomm zwei Treppenstufen und fiel gegen die Wand. Er wartete, daß Großmutters Neffe herunterkäme, und winkte lockend mit dem Messer, stumpfsinnig-verspielt. Elasar war wie von Sinnen, er blickte auf das lange Messer, und mir schien, er zitterte.

»Daniel!« besann sich Großmutter. »Lauf und sieh nach, ob ein Polizist in der Nähe ist.«

»Keine Angst. Er rührt niemanden an. Ich kenne ihn«, sagte unser Retter und rief dann laut: »Marijonas! Willst du deinen Kater ersäufen? Ich hab eine Flasche Wodka ...«

»Ich bringe ihn um!« beharrte Marijonas.

»Trink erst, dann kannst du ihn immer noch umbringen«, riet ihm unser Retter.

»Richtig«, krähte der Säufer plötzlich. »Richtig! Du sprichst die Wahrheit, Feliksas. He, du Schweinehund, wart ein bißchen, bis ich die Flasche leer hab, nachher ...« Marijonas führte das Messer an seiner Kehle entlang, dann ging er schwerfällig zu Feliksas.

Feliksas packte den Betrunkenen unterm Arm und zog ihn in sein Haus.

»Komm herunter, Elasar«, sagte Großmutter. »Er ist weg.«

Aber der Putzmacher rührte sich nicht. Es war, als sei er vor Schreck auf der Treppe angewachsen.

Unten begann Elasar zu weinen. Er wischte sich mit dem Ärmel die Augen, ohne sich seiner Tränen zu schämen, sie flossen unaufhaltsam, und es tat mir weh, und ich schämte mich, ihn anzusehen.

»Elasar! Vor dem Kind!« regte Großmutter sich auf. »Der Herrgott zürnt, wenn ein Mann weint. Sieh nicht hin, Daniel!«

Großmutter hätte ihren Neffen nicht schelten dürfen. Wenn sie schon mal ein Messer in eines anderen Hand gesehen hatte, so doch nur bei unserem Schlachter Samuel, und der wollte ja nicht sie abstechen.

Auf einmal mußte ich an Pranas denken, und ich wurde vollends traurig. Niemals mehr werde ich ihn sehen, dachte ich, nicht zu Hause im Marktflecken, nicht im Gefängnis und auch an keinem anderen Ort. Pranas wird in der Stadt bleiben, wie denn nicht, er wird arbeiten gehen, vielleicht wird er eines Tages wirklich Polizist. Ich glaube, es ist gar nicht so schwierig, Polizist zu werden. Man muß nur lernen, streng zu sein. Meine Großmutter könnte gut und gern Polizist sein.

Plötzlich erwachte in mir ein beschämender Wunsch. Ich wünschte, Pranas würde allein, ohne uns, nicht zu seinem Vater gelassen. Dann käme er zurück. Er käme in die Mühlenstraße und würde sagen: Du hast recht, Daniel! Ohne Erwachsene darf man nicht rein. Ich muß mit euch gehen.

Dann übernachten wir wieder in der Dachkammer, aneinandergeschmiegt wie letzte Nacht, über uns flattern die Fledermäuse, die Sterne lugen durchs spinnwebüberzogene Fenster herein, und wir träumen Träume, in denen alle Gefängnisse ihre Tore öffnen und alle Gefangenen ihre Söhne in die Arme schließen.

Und außerdem dachte ich noch, wie leicht man einander in der Stadt verliert. Dort, bei uns im Flecken, sieht jeder jeden – du kannst dich nicht verstecken, und wenn du es noch so gern möchtest, irgendein hungriger Hahn verrät dich immer, hier dagegen ... Hier wechselst du nur die Straßenseite und bist schon weg, da hilft kein Suchen und kein Schreien. Der Strom erfaßt dich, trägt dich fort, überspült dich mit einer Woge, und nur noch Wellengekräusel ist zu sehen, nur noch Wellengekräusel, weiter nichts.

Elasar ging bedrückt vor uns her.

Er weinte nicht mehr, war aber noch stiller geworden als vorher. Und sein Gesicht sah jetzt fahlgelb aus, wie vom Herbst gezeichnetes Laub. Er blickte nach unten, als suche er ein verlorenes Geldstück oder fürchte, in eine Grube zu fallen.

»Ich muß mich beeilen«, sagte Großmutters Neffe plötzlich. »Da will jemand einen Hut abholen ...«

Großmutter hielt ihn nicht zurück, und wir bogen in eine andere Straße ein.

»Merk es dir, Daniel«, sagte sie.

»Was denn?« Ich verstand nicht.

»Der Herrgott straft den Menschen fürs Gutsein, wenn er außer Güte nichts hat in der Seele.«

»Was soll er denn noch in der Seele haben?«

»Kraft, sie zu verteidigen.«

»Die Seele?«

»Die Güte. Güte ohne Kraft, das ist wie ein Mann ohne Frau – unfruchtbar ...«

Großmutter meinte ihren Neffen, das war klar. Aber ich wollte nicht mehr an ihn denken. Wir waren nicht hergekommen, um in seiner Dachkammer zu übernachten und zuzusehen, wie er umgebracht wird. So sagte ich denn auch zu Großmutter: »Wann gehen wir endlich ins Gefängnis?«

»Wir beraten uns erst noch mit dem Friseur.«

»Mit welchem Friseur?«

»In der Stadt wohnt der Vetter von Herrn Damski. In einem Friseursalon wissen sie alles, wie man wohin kommt, wie man bitten muß, wie bestechen ... Hier ist seine Adresse ... Der Rat eines klugen Menschen kann nicht schaden.«

Der Salon von Herrn Damskis Vetter lag direkt im Stadtzentrum und blitzte verführerisch mit seinen großen Glasfenstern. Auf das eine Fenster war eine unerhört schöne schlankbeinige Frau aufgemalt, mit üppiger Frisur und einer Zigarette zwischen den lakkierten Fingern, auf das andere ein lächelnder Herr, frisch rasiert, mit akkuratem Haarschnitt, in der Hand einen Filzhut, und auf dem dritten sah man Zwillinge, einen Jungen und ein Mädchen.

Vor drei Spiegeln hantierten die Meister. Als Großmutter und ich den Salon betraten, wandte sich einer um und sagte: »Wir haben Ihnen, glaube ich, heute schon einmal gegeben.«

»Was gegeben?« fragte die alte Frau und versuchte herauszubekommen, wer von ihnen nun eigentlich Damskis Vetter war.

»Ein Almosen«, sagte der Meister und umfächelte seinen Kunden mit einer weißen Serviette.

»Ich möchte sprechen den Herrn Damski!« Großmutter schlug einen strengeren Ton an.

»Chef!« rief der Meister, und ich hörte, wie er seinem Nachbarn auf litauisch zuflüsterte: »Himmel, was bin ich für ein Idiot! Jetzt hab ich wohl seine Mutter für eine Bettlerin gehalten.«

»Und warum soll seine Mutter keine Bettlerin sein?« erwiderte der andere Meister. »Das ist sogar sehr gut möglich.«

Doch da erschien von nebenan der Chef, Damskis Vetter. Er war unglaublich dick – dicke Nase, dicke Lippen, sogar seine Ohren waren dick. Der städtische Damski glotzte Großmutter an und sagte: »Sie wünschen, Madame?«

»Einen Gruß von Ihrem Gevatter bring ich«, sagte Großmutter verlegen.

»Sehr erfreut ... Ich habe ein Geschenk für ihn. Ein Onkel aus Amerika hat ihm ein Rasiermesser geschickt.«

Im Zimmer des städtischen Damski standen ebenfalls ein Spiegel und ein Sessel, doch empfing er hier offenbar nicht jeden.

»Mit solchem Messer kann man selbst den Herrn Präsidenten rasieren. Es schneidet wie der Teufel.«

Der städtische Damski öffnete ein Schränkchen und holte das Rasiermesser im Etui heraus.

»Seien Sie unbesorgt. Ich werde es hier verwahren«, sagte Großmutter und reckte ihre flache Brust vor.

»Wie geht es ihm denn, dort in der Provinz?« erkundigte sich der städtische Damski.

»Er nimmt meinen Enkel in die Lehre. Zeig dich, Daniel!«

Ich zeigte mich.

Der Dicke tätschelte mir den Rücken und verkündete: »Litauen – das ist Europa. Und was braucht Europa?«

Großmutter wußte nicht, was Europa braucht, und ich war froh, daß er nicht meinen kleinen Finger untersuchte.

»Europa braucht Friseure«, fuhr der städtische Damski fort. »Sehr viele Friseure.« Der Dicke nahm ein Sprühgerät und besprühte großmütig meine Locken. Im Zimmer roch es gleich nach unserem Damski von daheim. »Bleiben Sie lange in der Stadt, Madame?«

»Einen Tag.«

»Nur einen Tag?«

»Die Gänse warten«, sagte Großmutter.

»Wer?«

»Ich, wissen Sie, ich stopfe Federbetten«, sagte Großmutter. »In der Stadt will ich meinen Sohn besuchen.«

»Wo arbeitet Ihr Sohn, Madame?«

»Zur Zeit arbeitet er nicht. Zur Zeit sitzt er.«

»Er sitzt?«

»Im Gefängnis ist er«, seufzte Großmutter. »Acht Jahre haben wir uns nicht gesehen. Vor meinem Tod will ich ihn noch einmal besuchen, ihm den Enkel zeigen. Der ist ohne ihn groß geworden.«

»Ja, ja«, sagte der Dicke langsam. »Wir leiden alle wegen denen.«

»Haben Sie auch einen Sohn im Gefängnis?« erkundigte sich Großmutter teilnahmsvoll.

»Ich habe eine Tochter.«

»Im Gefängnis?«

»Aber nein«, wehrte der städtische Damski ab. »Dort habe ich niemanden.«

»Wieso leiden Sie dann?«

»Wieso ich leide? Das will ich Ihnen sagen.« Der städtische Damski blickte in den Spiegel, zog die Augenbrauen zusammen. »An allem sind wir doch selbst schuld ... Ja, ja ... Wir stecken unsere Nase in fremde Angelegenheiten, Madame. Verstehen selbst nicht zu leben und wollen andere belehren. Haben selbst kein Dach überm Kopf und wollen für andere das Haus einrichten ... Wir steigen auf ein Faß und halten tönende Reden über Gerechtigkeit, über Revolution und weiß der Teufel was ... Wenn Litauen Gerechtigkeit braucht, dann wird es sie auch ohne unsere Hilfe erlangen ... Warum sollen wir uns nachreden lassen, Rebellen zu sein, Spione, Aufwiegler, wenn wir doch friedlich leben können als Friseure, Schneider, Sattler, Krämer ... Warum?«

Vor Zorn war der Chef des Frisiersalons noch dicker geworden – die Wut blies ihm Brust und Wangen auf. Großmutter hörte zu, ohne ihn zu unterbrechen, während ich im Spiegel meine parfümierten Locken betrachtete.

»Nicht Revolutionen sind unsere Sache, unsere Sache ist es, Haare zu schneiden und zu rasieren, zu nähen und zu flicken, Gänse zu rupfen und Kissen zu stopfen. Nur dafür wird man uns dankbar sein.«

»Ich verstehe davon nicht viel«, sagte Großmutter. »Aber ich würde zu gern noch einmal meinen Saul sehen, ehe ich sterbe. Können Sie mir nicht helfen?«

»In welcher Hinsicht?«

»In einen Frisiersalon kommen alle möglichen Leute. Vielleicht kennen Sie einen Vorgesetzten?«

»Herr Šiupšinskas könnte womöglich etwas tun. Aber er kommt dienstags und freitags zu mir. Was haben wir heute?«

»Montag.«

»Wenn Sie bis morgen nichts erreicht haben«, sagte der städtische Damski, »dann spreche ich mit ihm. Das sind keine Unmenschen. Man kommt immer irgendwie mit ihnen auf einen Nenner.«

»Danke.«

»Und Ihrem Sohn können Sie von mir ausrichten, er soll sich eine einträglichere Arbeit suchen als die Umgestaltung der Welt. Wie die Welt war, so bleibt sie auch. Wie wir sie vorgefunden haben, so werden wir sie auch verlassen. Anders wird sie niemals. Das sollten die Provinz-Marxe sich hinter die Ohren schreiben! Einen Gruß an meinen Vetter. Viel Erfolg.«

Der Dicke begleitete Großmutter zur Tür und schüttelte ihr sogar die Hand.

»Bis zum Gefängnis ist es weit. Nehmen Sie eine Droschke«, riet der Chef des Frisiersalons. »So weit zu Fuß und noch dazu mit Gepäck …« Die Äuglein des Dicken lugten aus ihren Fettpolstern hervor, als wollten sie die hölzerne Truhe durchbohren. »Für fünfzig Centai werden Sie im Nu hingebracht. Aus Respekt vor Ihrem Alter bezahle ich Ihnen die Fahrt.«

»Wir kommen schon allein zurecht.« Großmutter war rot geworden. Lieber würde sie auf der Stelle tot umfallen, als Geld von ihm annehmen. Geld muß erarbeitet werden.

»Nehmen Sie, nehmen Sie! Wir müssen einander helfen.«

»Ich bin nicht alt«, sagte Großmutter. »Und meine Beine können immer noch Galopp laufen.«

Was wahr ist, ist wahr, dachte ich und ärgerte mich, daß sie sein Geld ablehnte. Ich hätte diesen Dickwanst bis aufs Hemd ausgenommen, ich hätte ihn mit Vergnügen beraubt, alles hätte ich aus seinem Salon fortgeschleppt: Spiegel, Seife, Servietten, die Eau-de-Cologne-Flaschen, die Sessel. Ich hätte ihm nur den dicken Bauch und die Wangen gelassen und hätte sie noch mehr aufgepustet, damit sie platzten wie Seifenblasen.

»Wenn du auf Herrn Damski hörst und deinen kleinen Finger übst, wirst du genau so reich und so klug wie sein Vetter«, sagte Großmutter, als wir wieder auf der Straße waren, in Lärm und Hast, zwischen Häusern, Automobilen und den endlosen Schaufenstern, in denen alles mögliche ausgestellt war.

Ich schwieg. Warum sollte ich Großmutter traurig machen? Ich würde nicht auf Herrn Damski hören. Ich würde meinen kleinen Finger nicht üben. Ich will keinen Frisiersalon, weder in unserem Marktflecken noch in der Stadt. Lieber werde ich ein Provinz-Marx (wer ist das eigentlich?), steige auf ein Faß und halte tönende Reden, bis ich ganz heiser bin.

Vor der Kirche setzte Großmutter sich auf eine Bank, um zu verschnaufen. Sie stellte die Truhe auf die Erde – zum erstenmal seit zwei Tagen, vorher hatte sie sie immer auf den Knien behalten – und betastete ihre flache Brust.

»Etwas tut weh, verdammt«, sagte sie leise.

Hinterm Zaun, am Kirchenportal, saßen alte Frauen, die Großmutter ähnelten, sie boten Bilder feil und gelbe Kerzen, dünn wie Wasserlilienstengel. Ich lehnte am Zaun und betrachtete von fern die Bilderchen, die in der Sonne glänzten. Sie zeigten einen halbnackten Menschen in Unterwäsche, an einen hölzernen Pfahl genagelt. Sein Kopf war nach hinten gekippt, und aus seinen Wunden tropfte Blut, rot wie Malerfarbe.

»Großmutter, wer ist das?« fragte ich, als sie mich vom Zaun zurückrief.

»Wer?«

»Den sie da verkaufen.« Ich zeigte auf die alten Frauen, die friedlich am Kirchenportal saßen.

»Christus.«

»Und warum ist er an den Holzpfahl genagelt?«

»Du fragst mich, als hätte ich dabeigestanden und die Nägel hingereicht«, brummte Großmutter und betastete abermals ihre flache Brust. Wahrscheinlich prüfte sie, ob das Rasiermesser noch da war.

»Pranas sagt, wir hätten ihn angenagelt ...«

»Wir?«

»Kann man denn einen Menschen mit Nägeln an einen Pfahl schlagen?«

»Mit dem Menschen kann man machen alles ... Wie mit einer Schuhsohle. Die kannst du annageln, abreißen und wieder annageln. – Du willst auch immer alles wissen, Daniel«, fuhr sie vorwurfsvoll fort. »Je weniger du weißt, desto besser.«

»Besser für wen?«

»Für alle. Wozu, zum Beispiel, willst du wissen, wer ihn angenagelt hat? Wirst du ihn etwa vom Kreuz abnehmen?«

»Nein.«

»Na siehst du. Wirst du etwa die bestrafen, die ihn gekreuzigt haben?«

»Die sind doch schon lange tot.«

»Na siehst du. Kannst du etwa beweisen, daß wir ihn nicht gekreuzigt haben? Ich kann nicht recht glauben, daß wir für so etwas verschwendet haben sollen unsere Kraft.«

»Keiner kann's beweisen.«

»Na siehst du«, sagte Großmutter leise. »Warum also willst du's wissen?«

Ich hatte sie lange nicht so müde und traurig gesehen. »Es stimmt schon, wer mehr weiß, muß auch mehr leiden.«

»Aber du hast doch selbst gesagt, Großmutter: Der Mensch kommt zur Welt, um zu leiden.«

»Denk lieber an den Herrn Damski. Und an seinen Vetter. Und an deinen kleinen Finger. Vergiß den Mann am Kreuz.«

Großmutter verstummte, blickte hinüber zum Kirchenportal, kniff vor der Sonne die Augen zusammen und sagte: »Wahrscheinlich von der Hitze ...«

»Was denn?«

»Schmerzen.«

»Vielleicht hast du dich mit dem Rasiermesser geschnitten?«

»Nein ... Das ist dort drinnen ... ein anderes Messer ... O Gott!« rief sie plötzlich aus und erblaßte.

»Wird dir schlecht?«

»Wie konnte ich das vergessen! O Gott! Nun sind wir umsonst so weit gelaufen.«

»Du hast nichts vergessen«, sagte ich. »Die Truhe ist da, das Rasiermesser ist da.«

»Wegen dem werden sie uns nicht reinlassen!«

»Wir haben's doch nicht gestohlen. Wir nehmen es doch für den Herrn Damski ...«

»Und wenn sie uns absuchen? Wenn sie es finden? Ins Gefängnis mit einem Messer! ...«

Nun wurde auch ich nachdenklich. In der Tat, das Messer aus Amerika konnte alles verderben. Am Ende wollten Großmutter und ich einen Posten umbringen? Oder den Gefängnisdirektor?

»Wir müssen zurück zu Elasar. Wie konnte ich bloß daran nicht denken, ich Dumme!«

»Ich bleibe draußen damit, solange du mit Vater redest, und dann bleibst du damit draußen.«

»Nein. Wir müssen zurück. Trag du die Truhe, Daniel, mein Herz will nicht recht. Stadt ist eben Stadt.«

Elasar begrüßte uns ebenso freudig wie am Ankunftstag. Er stand vom Tisch auf, legte ein Hütchen aus der Hand, steckte sich die Nadel ins Jackenrevers und schniefte: »Na was ist? Seid ihr gewesen dort? Seid reingekommen?«

»Beinahe«, knurrte Großmutter. »Im letzten Moment hat das Rasiermesser gestört.«

»Ein Rasiermesser haben sie bei euch gefunden?« fuhr der Putzmacher auf.

»Nichts haben sie gefunden. Hör einmal, Elasar, können wir es verstecken bis morgen bei dir?«

»In Gottes Namen«, sagte Großmutters Neffe.

Die Dämmerung senkte sich über die Mühlenstraße, wie Heu von der Fuhre rutscht: still und leicht. Die Schwüle wich angenehmer Frische, allmählich erkühlten Blech- und Ziegeldächer, Fenster, Straßenpflaster und auch die Gesichter, die von Schlimmerem als der Hitze verschwitzt und erschöpft waren.

»Wo gibt es hier in der Nähe eine Apotheke?« fragte Großmutter ihren Neffen.

»Gleich um die Ecke.«

»Geht es dir schlecht, Großmutter?«

»Mir geht es niemals gut, Daniel.«

»Ich könnte Miriam schicken«, schlug Elasar vor. »Unser Ortspolizist hat mich gebeten, Spritzen zu besorgen für seine Enkelin. Hier ist das Rezept.« Die alte Frau reichte Elasar das Papier. »Hier ist das Geld. Und hier ist noch Geld von mir. Bring mir etwas Billiges fürs Herz.«

»Etwas Billiges?« wunderte sich der Putzmacher.

»Es lohnt nicht, noch viel auszugeben für mein Herz. Wenn das Federbett für Sulamith nicht wäre ...«

»Sünde, so zu reden«, sagte Elasar und schlüpfte hinaus.

Ich war ganz kaputt vor Hitze und vor Schwermut. Schwermütig stimmten mich Großmutters Herz, Elasars Güte, die Dämmerung, die sich über die Mühlenstraße senkte, schwermütig stimmten mich all diese Hütchen, die hier auf Leisten gespannt waren, diese Stille, in der man nicht einmal Mäuse rascheln hörte, in der nicht einmal eine Wanduhr tickte.

»Die Gans wird schlecht werden«, sagte Großmutter bekümmert und legte sich aufs Bett, die Truhe stellte sie ans Kopfende.

»Damit sie nicht schlecht wird, müssen wir sie essen«, riet ich.

»Wenn sie uns nicht lassen ins Gefängnis, essen wir sie«, stimmte Großmutter zu.

Für sie war alles gleichermaßen wichtig: die Gans und mein Vater, und die Spritzen für Inordnung, und die Übungen für den kleinen Finger, und der ans Kreuz geschlagene Christus, und auch ihr Herz.

Ich aber dachte an Pranas. Hatte er wirklich Onkel Stasys besucht? Ich stellte mir vor, wie er mit seinem Vater in der Zelle saß und erzählte, wie er im Zug gefahren ist, wie die Nonnen ihm geholfen haben und was für gute Menschen wir sind, Großmutter und ihr Neffe Elasar und ich.

Als die Tür aufging und Pranas hereinkam, war ich kein bißchen überrascht.

Großmutter, die schon am Einschlafen war, fragte: »Wo hast du dich herumgetrieben den ganzen Tag?«

»Ich war im Gefängnis.«

Großmutter begann gleichmütig zu schnarchen. Ihr Schnarchen erinnerte an das Geräusch einer verrosteten Säge mit kaputten Zähnen.

»Haben sie dich reingelassen?«

»Hm-m.«

»Ohne dich zu untersuchen?«

»Hm-m.«

»Du lügst«, sagte ich und sah ihm ins Gesicht, doch er entzog mir seinen Blick.

»Du hast ihn gar nicht gesehen. Nirgendwo bist du gewesen.«

Großmutter wachte auf und sagte: »Die Stadt macht alle kaputt … Bringt alle um …«

Die Dunkelheit stimmte sie stets weich. Nur bei Licht war sie böse. Gerechter Gott, könnte man doch immer im Dunkeln leben, wo man sich weder seiner Tränen noch seiner Güte zu schämen braucht!

»Morgen fahren wir nach Hause. Dann hilfst du deiner Mutter entbinden«, sagte die alte Frau zu Pranas, aber er verstand sie nicht recht.

Wir stiegen wieder in die Dachkammer hoch, deckten uns mit einem Halbpelz zu und schliefen ohne ein weiteres Wort ein. Nur Träume und die Fledermäuse gaukelten über uns.

Gegen Morgen hörten wir, wie laut an den Fensterladen geklopft wurde.

Ich kroch unterm Halbpelz hervor, schlich im Finstern zum Dachkammerfenster, sah hinaus und erstarrte. Im ersten Moment dachte ich, unten stünde Inordnung, doch als ich genauer hinsah, merkte ich, daß ich mich irrte. Und wirklich, wie sollte unser Polizist in die Mühlenstraße kommen?

»Polizei!« flüsterte ich. »Dort unten ... Polizei ... Steh auf, Pranas!«

»Als ob ich noch keine Polizei gesehen hätte!« sagte Pranas und zog sich die Decke über den Kopf.

Warum nur kamen Polizisten zu Elasar?

»Aufmachen! Aufmachen!« Der Polizist trommelte mit der Faust gegen den Fensterladen.

Auf den Hof trat Elasar, barfuß in Hauspantoffeln. Er fröstelte in der Morgenkühle, vielleicht auch vor Angst, und wickelte sich fester in das Weibertuch, das er schnell über seine mageren Schultern geworfen hatte.

»Verbirgt sich bei dir ein Semaška?«

»Nein, nein«, stammelte Elasar. »Ich kenne keinen Semaška.«

»Sperr dich nicht. Wir wissen alles.«

»Meine Tante mit ihrem Enkel ist bei mir zu Besuch. Aber sie heißen Kleinas.«

»Stell dich nicht dumm. Bei dir versteckt sich ein Junge.«

»Ach, einen Jungen suchen Sie?« Elasar war erleichtert. »Ein Junge ist hier. Heil und lebendig.«

»Wo ist er?«

»In der Dachkammer. Er schläft.«

Ich spitzte die Ohren. Ich hörte, wie sie langsam die Treppe hoch kamen, der Polizist, Elasar und Großmutter. Die erkannte ich am Husten. Die alte Frau hustete auch gar zu komisch, als ob eine Henne gackerte. Warum kam sie denn mit nach oben? Dabei hatte sie über ihr Herz geklagt! Ihr tat ja gar nichts weh.

»Hast du was angestellt?« fragte ich Pranas, der sich aus dem zerrissenen Halbpelz schälte.

»Hab einen Posten umgebracht«, antwortete Pranas.

Der Polizist drückte mit der Schulter gegen die Tür, und schon standen Elasar und Großmutter in der Kammer.

»Pranas Semaška!« erklärte der Polizist. »Komm mit.«

»Aber was ist denn los?« fragte Großmutter in gebrochenem Litauisch. »Hat er einen umgebracht?«

»Einen Posten«, sagte ich.

»Sei still, Daniel!«

»Los, Früchtchen!« schrie der Polizist Pranas an. »Hör nicht mehr auf sie, Gauner. Haben den Tölpel in die Stadt entführt, und die Mutter zu Hause weiß nicht ein noch aus.«

»Wer hat ihn entführt?« brauste Großmutter auf.

»Ihr!«

»Wieder wir!« Großmutter verlor die Beherrschung. »Wir sind Rebellen, wir sind Aufrührer, wir sind Diebe, wir sind Gauner, wir sind Schmarotzer, wir haben euren Christus gekreuzigt, wir gießen Blut in die Matze, wir verleiten zum Suff, entführen, betrügen, rauben ... Wenn es keine Polizei gäbe, würden wir längst die Welt regieren!«

Lange hatte ich Großmutter nicht so erregt gesehen. Es war, als fürchte sie, ein Ziel nicht mehr zu erreichen.

»Drei Tage dürftest du nichts zu essen bekommen, dann würdest du dir überlegen, ob du noch mal von zu Hause wegläufst«, sagte der Polizist zu Pranas.

Ich sah ihnen lange nach, bohrte meinen verzweifelten Blick in ihre Rücken. Jetzt war ich sicher, daß Pranas Polizist werden würde. Dann könnte keiner mehr in die Dachkammer kommen und ihn abholen, keiner könnte ihn nach Hause schicken, wenn er gerade um jeden Preis in der Stadt sein muß. Wenn er eine Polizistenmütze mit Schild aufsetzt, kommt er ohne jede Erlaubnis ins Gefängnis zu seinem Vater, alle Tore werden sich vor ihm öffnen. Vielleicht hilft Pranas auch mir, Polizist zu werden. Ich bin dann für die Ungetauften zuständig und er für die Getauften. Ich weiß nicht, ob ein Schneider, Totengräber, Uhrmacher oder ein Sattler irgendwas in der Welt verändern kann, aber ein Polizist – der kann. Wenn es auf der Welt nur Polizisten gäbe, würde niemand randalieren, niemand würde mit der Fahne auf die Straße gehen, niemand würde einen anderen ausrauben oder erschlagen, und vor allem: Sämtliche Gefängnisse stünden leer.

Großmutter nahm ein paar trübe Tropfen ein und sagte: »Also, vergessen haben wir wohl nichts. Die Spritzen für die Enkelin vom Polizisten haben wir gekauft, das Rasiermesser für Damski abgeholt, Elasar besucht. Dann können wir eigentlich wieder heimfahren.«

»Und was ist mit Vater?« fragte ich erschrocken.

»Er kommt bald selbst zurück«, sagte Großmutter.

»In drei Jahren.« In mir zerbrach etwas, wie ein umgestürztes Glas, und zerfiel in winzige Splitter.

»Drei Jahre – die sind wie drei Vögel. Wenn du einen fortjagst, fliegen sie alle weg.«

Ich war drauf und dran, loszuheulen, und ich hätte es sicher auch getan, wenn sich nicht plötzlich Elasar eingemischt hätte: »Ich fahre dich hin, Tante.« Er zog sich rasch um. »Beide Touren, hin und zurück.«

Wir gingen die Mühlenstraße entlang, wie jene Pilger in der Wüste, von denen Großvater mir manchmal abends erzählt hatte. Ich weiß schon nicht mehr, wohin sie gingen, aber ihr Weg, das weiß ich noch, war weit und beschwerlich. Auf Stöcke gestützt, wanderten sie durch den heißen Sand, spürten weder Sonnenbrand noch Müdigkeit, und alles nur, weil irgendwo vor ihnen, wo ihr Auge kaum hinreichte, ein Dattelhain mit einer Quelle ihrer harrte und in der Quelle Zauberwasser. Wer sein Gesicht damit wusch und wer auch nur eine einzige Dattel aß, dem konnten weder Feuer noch vergiftete Pfeile noch Krankheit etwas anhaben, dessen Leben währte endlos, so wie die Wüste kein Ende hatte. Großvater erzählte, vor undenklichen Zeiten habe jemand eine Träne in den heißen Sand fallen lassen, und die Träne sei in die Erde gedrungen, und an ebenjener Stelle sei die Quelle entsprungen, denn keine Träne auf der Welt wird vergebens vergossen. Außerdem erzählte er noch, ein müder Pilger habe einmal seinen Stock in den Sand gestoßen, und der Stock habe zu wachsen begonnen, sei erblüht und bis zum Himmel emporgewachsen, und an seinen Zweigen seien zauberhafte Früchte gereift, denn es war kein einfacher Stock, sondern der Stab der Hoffnung. Wohin du auch gehst, sagte Großvater, weit oder nicht weit, nimm keinen gewöhnlichen Stock mit, sondern den Stab der Hoffnung.

Wir verließen die Mühlenstraße und kamen auf den Bahnhofsvorplatz, wo Pferde träge vor sich hinschnaubten und die Kutscher, auf Passagiere wartend, einander im Kartenspiel betrogen.

»Zum Gefängnis und zurück!« sagte Elasar zu einem Burschen mit schwarzen Augenbrauen, der den Kartenspielern zuschaute.

»Zurück gehen wir zu Fuß«, widersprach Großmutter, denn sie wollte ihrem Neffen keine großen Ausgaben verursachen.

»Jedenfalls zum Gefängnis. Hü!« sagte der Kutscher.

Das Pferd lief im leichten Trab.

»Meinem Pferd und mir ist es gleich, wohin wir Sie fahren: ins Gefängnis, auf den Friedhof oder zur Hochzeit.« Der Kerl mit den schwarzen Brauen saß auf dem Kutschbock wie auf einem Thron, und er schien nicht mit uns zu sprechen, sondern mit der ganzen Stadt – ach, was heißt Stadt: mit der ganzen Welt. »Ein Freund von mir sitzt auch im Knast. Hat aus Eifersucht seine Frau umgebracht. Und Ihrer, gestatten Sie, weswegen brummt der? Politik?«

»Jedenfalls hat er niemanden aus Eifersucht umgebracht«, sagte Großmutter heftig.

»Also wegen Politik«, schloß der Bursche. »Mein Pferd und ich lassen nur eine Politik gelten.«

»Und welche?« konnte sich Großmutters Neffe nicht enthalten zu fragen. »Wenn's kein Geheimnis ist.«

»Hü!« und »Brrr!« dröhnte der mit den schwarzen Brauen. »Wenn wir einen Fahrgast haben, sind wir mit der Regierung zufrieden, wenn wir keinen haben, locken wir ihn auch durch Streik nicht herbei. Unser Feind Nummer eins ist das Automobil. Das Automobil ist schlimmer als jeder Antisemit.«

»Aber es gibt doch nur wenige?« wandte Elasar ein.

»Was? Antisemiten?«

»Automobile.«

»Menschen gab es anfangs auch nur wenige. Adam und Eva. Und jetzt sind es so viele geworden! Freilich, der Herrgott hat das Pferd geschaffen, nicht das Automobil, und nicht dem, sondern dem Pferd hat er gesagt: Liebet und vermehret euch! Aber hat der Allerhöchste nicht so manches befohlen im Leben? Wer, frag ich Sie, erfüllt denn heute noch seine Gebote?«

»Ist es noch weit?« unterbrach Großmutter den Gotteslästerer.

»Wir sind gleich da. In fünf Minuten können Sie ohnehin fast nichts sagen.«

»In fünf Minuten?« Großmutter zog ihre farblosen Brauen hoch.

»So lange dauert die Besuchszeit. Manchmal auch noch weniger.«

Ich glaubte dem Kutscher nicht.

»Wegen fünf Minuten lohnte es gar nicht, daß wir zu ihm gekommen sind«, sagte Großmutter betrübt und stieg aus der Droschke.

»Alles Gute!« verabschiedete uns Elasar. »Grüßt Saul von mir.«

Großmutter nickte, und wir gingen aufs Gefängnis zu. Ich bemühte mich, mit Großmutter Schritt zu halten. Das Rascheln ihres Rockes und der Geruch ihres alten weiten Mantels beruhigten mich, trotzdem schmiegte ich mich an sie wie ein kleines Kind. In der Hand preßte ich, wie den Stab der Hoffnung, das Päckchen für Pranas' Vater.

»Sei höflich zu ihm. Wenn ich, was Gott verhüten möge, werde schimpfen, so übersetz mein Geschimpfe nicht«, sagte Großmutter, und ihre Stimme, sonst so herrisch und unfreundlich, zitterte.

»Merkst du nichts?« fragte sie plötzlich verstört. »Riechst du nichts?«

Ich schnupperte.

»Wonach soll es denn riechen?«

»Nach Verdorbenem.«

Ich sog die Luft tief ein.

Großmutter stellte die hölzerne Truhe zu Boden, öffnete sie, hockte nieder und sagte: »Mein Gott!«

»Was ist?«

»Riechst du jetzt immer noch nichts?«

Jetzt? Jetzt spürte ich den Gestank.

»Die Gans ist verdorben! Mein Gott! Wofür strafst du mich so hart!«

Es fehlte nicht viel, daß sie weinte.

»Wirf sie weg, und damit gut!«

Nur noch hundert Schritte bis zum Gefängnis, und wir hielten uns mit der Gans auf.

»Wie schnell du zur Hand bist mit dem Wegwerfen«, sagte Großmutter vorwurfsvoll und beroch abermals das Eingewickelte.

»Was sollen wir damit, wenn sie verdorben ist«, redete ich ihr zu.

»Wir nehmen sie mit für die Katze. Die wird ums halbe abgemagert sein beim Totengräber.«

Niemand in unserem Ort war so vorausschauend wie meine Großmutter. Katze hin, Katze her – wenn wir nur schleunigst das verdorbene Fleisch loswürden und dort hinter der steinernen Mauer wären!

Großmutter schob die Gans unters Gebüsch und befahl mir: »Merk dir die Stelle!«

Sie war verzweifelt. Für sie schien nichts mehr zu existieren, weder ich noch mein Vater noch das Gefängnis, und alles ringsum war ihr verdorben: diese Wiese mit ihrem üppigen Grün, diese Luft, von den Strahlen der Augustsonne gesättigt, und dieser Himmel überm Gefängnis, über den vergitterten Fenstern, in denen nicht der Schatten eines Menschen zu sehen war, keine Katze auf dem Fensterbrett, kein noch so spärliches Feldblümchen.

Je näher wir dem Gefängnis kamen, um so aufgeregter wurde ich. Mein Herz, dieses Herz, das der Herrgott zum Freuen geschaffen hatte, hüpfte und flatterte wie eine gefangene Taube unterm Hemd, zum erstenmal in meinem Leben wollte es nicht im Käfig hocken, es strebte ins Freie, und ich hatte nicht die Kraft, es zu halten. Noch ein Schritt – und mein Herz würde die Brust sprengen, aus dem Käfig ausbrechen, wie eine Taube aufflattern und davonfliegen. Wohin es fliegen würde, das war leicht zu erraten. Es würde zwischen den Gitterstäben in die Zelle schlüpfen und zu Vater sagen: Nun sind wir endlich bei dir! »Wohin?« rief uns der Posten am Tor an.

»Wir …«, stammelte ich. »Zu Besuch …«

»Wenden Sie sich bitte an die Kanzlei«, sagte der Posten am Tor, und mein Herz, dieses Herz, das der Herrgott zum Freuen geschaffen hatte, kroch in sich zusammen und verbarg sich in seinem Käfig.

»Besuchserlaubnis wird in der Kanzlei erteilt«, erklärte der Soldat. »Sie befindet sich dort im Seitenflügel.«

In der Kanzlei setzte sich Großmutter auf eine Bank neben zwei andere Frauen ihres Alters, und ich starrte auf die Tür, in der leichtfüßig ein geschniegelter Uniformierter in fest zugeknöpftem Uniformfock verschwunden war. Die Tür war hinter ihm zugeschlagen wie eine Mausefalle.

»Frag die Frauen, auf wen sie warten«, sagte Großmutter.

Ich fragte.

»Sie warten auch auf ihn«, übersetzte ich.

Zuerst ließ der Geschniegelte Großmutters Nachbarinnen vor, dann schließlich uns.

»Sie wünschen?« fragte er.

An der Wand des Zimmers hing ein Wappen, in der Mitte stand ein Tisch voller Papiere, und unter dem Tisch saß ein zottiger Hund mit Hängeohren, der sah gar nicht böse aus.

Ich erklärte dem Herrn Offizier, warum wir gekommen waren.

»Oh, dein Vater ist ein Langjähriger!« rief der Geschniegelte aus. »Gleich werden wir nachsehen, in welchem Block er ist.«

»Er sucht Vaters Zelle«, sagte ich zu Großmutter.

»Du sprichst sehr gut litauisch«, lobte mich der Geschniegelte, während er in seinen Papieren wühlte.

»Danke, Herr Offizier.«

»Nichts zu danken. Es tut mir sehr leid«, fuhr er fort, »aber für Kinder sind Besuche verboten.«

»Was hat er gesagt?« Großmutter zupfte mich am Ärmel.

Ich schwieg bedrückt.

»Etwas Unangenehmes?« Die Alte ließ nicht locker. »Ist er krank? Tot?«

»Nein, nein«, antwortete ich und starrte auf den Schaft des einen Offiziersstiefels: Dort rannen Tränen.

»He, Strolch, was weinst du?« Großmutter wurde wütend. »Was hat er dir denn gesagt?«

»Soso«, unterbrach der Geschniegelte sie. »Saul Kleinas.«

»Kleinas, Kleinas«, lächelte Großmutter.

»Er ist nicht in unserem Gefängnis.«

»Wieso nicht?« staunte Großmutter. »Ist er etwa entlassen?«

»Nein«, antwortete er. »Er hat noch drei Jahre mehr bekommen, wegen Fluchtversuch, und ist in eine andere Haftanstalt übergeführt worden.«

Aber Großmutter hörte schon nicht mehr zu. Sie war in sich zusammengesunken, holte aus der Tasche ihres weiten Mantels das Tropfenfläschchen hervor, wies mit der Hand auf das Glas, das auf dem Tisch blitzte, und als der Uniformierte es ihr reichte, tröpfelte sie Medizin hinein und trank.

»Und ist die andere Anstalt weit von hier?«

»Am anderen Ende Litauens«, antwortete der Geschniegelte.

»Dann komm ich nicht mehr hin. Ich muß mich bald rüsten für eine andere Reise.«

»Es tut mir sehr leid, aber ich kann Ihnen nicht helfen.« Der Uniformierte schlug die Absätze zusammen.

Auf dem Rückweg gehorchten der Großmutter die Füße kaum.

»Siehst du, Daniel, da lebt man nun und hofft, und plötzlich bricht es über einen herein …«

Es dämmerte. Vom Fluß her wehte Kühle.

»Kannst du mir sagen, Daniel, wozu ich so lange gelebt habe auf dieser Welt?«

»Ich weiß nicht, Großmutter.«

»Etwa dazu, um noch ein Dutzend Gänse zu rupfen?«

»Dazu nicht«, redete ich ihr zu.

»Wozu dann?« fragte sie. »Vielleicht kann er mir Antwort geben?« Sie hob die Augen zum Himmel.

Doch der Herrgott schwieg, genau wie ich.

»Großmutter! Wir sind schon an der Stelle vorbei, wo die Gans versteckt liegt«, sagte ich schließlich.

»Die ist fortgeflogen«, sprach die alte Frau.

»Die verdorbene Gans? Fortgeflogen?« Ich kannte meine Großmutter nicht wieder.

»Fortgeflogen, Daniel ... Und auch ich fliege bald fort.« Sie hob die Arme, als wolle sie wirklich gleich in die Luft schweben.

Kaum waren wir in unseren Marktflecken zurückgekehrt, kam Großmutter zum Liegen. Großvater, da sie ihn bat, setzte ihr Schröpfköpfe an und brannte sich dabei, aber sie halfen nichts.

»Ich rufe Jochelsohn«, sagte Großvater.

»Nicht nötig.«

»Der Doktor verschreibt Medizin, dann wird dir besser.«

»Hör zu.« Großmutter berührte Großvater am Ärmel. »Geh nicht zu Jochelsohn, geh auf den Markt.«

»Auf den Markt?« Großvater riß die Augen auf.

»Kaufe drei Gänse. Aber paß auf, bezahle nicht zuviel. Und du«, sie tippte mit ihrem dürren Finger an mein Hemd, »du lauf zum Herrn Krämer und sag ihm, das Federbett wird fertig sein rechtzeitig.«

»Und wer bleibt bei dir?« fragte Großvater.

»Der liebe Gott. Ich habe ein paar Fragen an ihn.«

Großmutter atmete schwer. Der Schweiß lief in Strömen über ihre faltige Stirn, und mir kam es vor, als weinten ihre Gedanken.

»Geht, geht!« trieb sie mich und Großvater an. »Keine Angst, ich sterbe nicht, ehe ihr wiederkommt.«

Großvater eilte zum Markt und holte drei fette Gänse, während ich dem Herrn Krämer die gute Nachricht wegen des Federbettes überbrachte.

»Sind das etwa Gänse?« knurrte Großmutter. »Der Alte hat sich übertölpeln lassen. Dein Lebtag wird man dich betrügen.«

Großvater wagte nicht, sie zu unterbrechen.

»Daniel! Kommt her und fangt an!«

»Lebende Gänse rupfen?« entsetzte sich Großvater.

»Wieso?« sagte Großmutter unwirsch. »Bist du noch nicht beim Schlachter gewesen? Was denkst du dir denn, du Faulpelz!«

Der Großvater nahm die Gänse und eilte zum Schlachter. An der Tür wäre er beinahe mit Herrn Damski, dem Friseur, zusammengestoßen.

»Sind Sie unterwegs krank geworden?« flötete Herr Damski.

»Von der Zugluft im Gefängnis«, sagte Großmutter.

»Wie hat Saul Sie empfangen?«

»Sehr gut. Er ist mir an die Brust gesunken. Hat gebeten um Verzeihung.«

»Ist klüger geworden im Gefängnis«, erwiderte Damski.

»Und dann hat er noch gebeten, Sie möchten meinen Enkel nicht vergessen und seinen kleinen Finger.«

»Großmutter!« platzte ich heraus.

»Daniel, hol aus der Kommode das Rasiermesser für Herrn Damski. Das schneidet wie der Teufel.«

Ich öffnete die Kommode, holte das Geschenk des amerikanischen Onkels hervor und überreichte es behutsam dem Friseur.

»Werden Sie gesund«, sagte Damski.

»Kommen Sie zu meinem Begräbnis«, sagte Großmutter.

»So dürfen Sie nicht reden!« warf mein künftiger Lehrherr ihr vor.

»Ich möchte, daß zu meinem Begräbnis die nächsten Menschen versammelt sind und daß jemand kommt mit einer Gans unterm Arm.«

»Mit einer Gans unterm Arm?« Herrn Damskis gefärbte Brauen krochen in die Höhe wie Würmer.

»Die Gans soll einen Blick in die Grube werfen und mir Sünderin verzeihen ... Kommen Sie!«

Der Friseur verbeugte sich und ging. Großmutter schloß die Augen, und ich dachte, sie würde sie niemals wieder öffnen. Auf Zehenspitzen trat ich näher und kitzelte sie.

»Was machst du da, Taugenichts?« fuhr Großmutter auf. »Ein Mensch liegt im Sterben, und er kitzelt ...«

Die Tür knarrte, und herein kam der Totengräber mit einem Sack in der Hand. Aus dem Sack drang klägliches Miauen.

»Ich bringe die Katze«, sagte der Einbeinige.

Die Katze schlüpfte aus dem Sack, sah sich um und sprang auf Großmutters Bett.

Die alte Frau streichelte die Katze und sagte: »Du hast versprochen, dich bei mir zu revanchieren, alter Teufel?«

Josef schwieg.

»Immerhin bin ich einmal deine Braut gewesen. Wo wirst du mich begraben, Josef?«

»Ach, du überlebst uns doch alle«, murmelte der Einbeinige.

»Hör zu«, sagte Großmutter. »Begrab mich auf dem Hügel. Dort ist die Erde weich und warm, wie ein Federbett. Und außerdem sieht man von dort aus den Markt.«

Großmutter, das war klar, phantasierte. Von welchem Markt sprach sie denn? Konnte sie ihn etwa sehen, wenn sie unter der Erde war?

»Gut«, sagte der Totengräber. »Wenn du willst, dann auf dem Hügel.«

»Und grab mich nicht so tief ein. Ich will auch im Jenseits noch hören, was Fisch und Federn hier kosten.«

»Gut«, sagte der Totengräber. »Nun ruh dich aus.«

Leise war Großvater mit den geschlachteten Gänsen hereingekommen.

»Einen Gruß vom Herrn Schlachter«, sagte er.

»Danke. Nun verliert keine Zeit, geht an die Arbeit. Mein ehemaliger Bräutigam wird euch helfen. Du hilfst doch, Josef?« wandte sie sich an den Totengräber.

»Keine Sorge, gleich rupfen wir sie«, sagte der Einbeinige.

Zu dritt saßen wir und rupften die weißen Gänse. Durchs Zimmer wirbelte leichter Flaum, wie erster Schnee. Er fiel aufs gelbe Gesicht der Großmutter, doch sie wischte ihn nicht ab.

»Ich habe die Wanduhr kaputtgemacht«, sagte sie plötzlich und bewegte die geschlossenen Lider. »Verzeih, wenn du kannst.«

»Na und?« sagte Großvater. »Du kannst sie kaputtmachen, soviel du Lust hast.«

»Ich habe dich nicht geliebt«, brachte Großmutter fast flüsternd hervor.

»Na und?« wiederholte Großvater wie aufgezogen. »Oft genug liebt jemand jemanden nicht.«

Bald war das Zimmer voller Gänseflaum. Im schneeweißen Schleier wogten die Gesichter, die Gedanken und eine Stille, wie sie im Winter morgens am Fluß herrscht oder am Waldessaum.

Die Katze saß auf dem Bett und spielte vor Langeweile mit einem Band von Großmutters langem Nachthemd.

»Husch!« sagte Großvater.

»Husch!« sagte der Totengräber.

»Husch!« sagte ich.

Nur Großmutter sagte nichts.

Sie wurde, wie sie es gewünscht hatte, auf dem Hügel begraben. Die Erde war dort wirklich weich und warm wie ein Federbett. Man sah von dort aus den Glockenturm der katholischen Kirche und auch unser Haus, alt und leer geworden, wie ein verlassenes Storchennest.

Schweigend gingen wir nach Hause zurück: ich, Großvater und mein künftiger Lehrherr, der Herr Damski.

»Von morgen an befassen wir uns mit deinem kleinen Finger«, sagte der Friseur.

Es war, als wäre nichts geschehen, alles war wie früher.

Ich ging und dachte: Kann denn wirklich weder das Leben eines Menschen noch sein Tod etwas auf der Welt verändern?

Wirklich nicht?

II

Meinen ersten Lehrherrn, den Friseur Aron Damski, der einstmals in der fernen und, wie er versicherte, großen Stadt Paris geweilt hatte, traf der Schlag. Der Mann stand vorm Spiegel, schnitt unserem Ortstankstellenbesitzer Ephraim Klingmann den Rauschebart, und plötzlich, unversehens und am hellichten Tage, ließ er die Haarschneidemaschine aus den alten Händen fallen, verzerrte den Mund mit dem künstlichen Importgebiß und plumpste auf den Fußboden, als habe er nie im Leben auf seinen Beinen gestanden, sondern auf hölzernen Stelzen.

So gingen der Welt gleich zwei Barbiere verloren, obwohl mir, um die Wahrheit zu sagen, nicht das Rasiermesser aus den Händen rutschte, sondern der Pinsel. Von morgens bis abends war ich im Laden in Trab, brachte Herrn Damski in einer zinnernen Seifenschale warmes Wasser, fegte fremde Haare zusammen, und mit einem schweren nassen Lappen, der an einem Stock befestigt war, schlug ich vergnügt nach den gewissenlosen Fliegen, die uns unanständiges Zeug in die Ohren summten und Spiegel und Tapeten bekleckerten.

Herr Damski lag mitten in seinem Frisiersalon, und die zwei riesigen, von der Zeit getrübten Spiegel reflektierten seinen leblosen Körper im schneeweißen Kittel, wie in einem Leichengewand.

»Chef! Chef!« Zu ihm stürzte Leibele Parowosnik, der älteste Gehilfe (ich war der jüngste!), der erst im vorigen Jahr aufgehört hatte, mit dem nassen Lappen nach Fliegen zu schlagen und fremde Haare aufzufegen. »Ist Ihnen schlecht?«

»Stell keine dummen Fragen«, antwortete an Herrn Damskis Stelle der Ortstankstellenbesitzer. Er drehte sich im Sessel herum, betrachtete den hingestreckten Friseur und fügte hinzu: »Heb lieber die Maschine auf und bediene mich weiter. Falls du das überhaupt kannst.«

»Ich kann«, sagte Leibele mit zitternder Stimme.

»Reb Aron mag liegenbleiben und zuschauen, wenn du deine Kunst zeigst«, sagte Ephraim Klingmann.

Leibele Parowosnik, der erst im vorigen Jahr aufgehört hatte, nach Fliegen zu schlagen, bückte sich zaghaft, hob die Maschine auf und ging daran, des Ortstankstellenbesitzers Rauschebart zu schneiden, wobei er hin und wieder zu seinem starren Chef auf dem Fußboden schielte und dessen Blick suchte. Ich könnte meine Hand dafür ins Feuer legen, daß in Herrn Damskis Blick weder Ärger noch Zorn noch Vorwurf lagen. Mit einer Art erschrockenem Staunen, beinahe eifersüchtig, sah er zu, wie in Leibeles Hand die Schneidemaschine surrte, wie er geschickt die lange eidechsenhafte Schere handhabte, die vor fünfzehn Jahren aus eben jener großen und geheimnisvollen Stadt Paris mitgebracht worden war.

»Laß dir Zeit«, sagte Ephraim Klingmann. »Wenn Reb Aron mir den Bart schneidet, läßt er sich immer Zeit.«

Und mir schien, die Augen meines ersten Lehrherrn, des Herrn Damski, würden zustimmend zwinkern. Ich wandte kein Auge vom Chef, erschüttert, wie ich war, und irgendwie erwachsener geworden.

Als Leibele mit dem Bart des Tankstellenbesitzers fertig war, hoben wir Herrn Damski auf und trugen ihn die Wendeltreppe hoch in die erste Etage, wie in den Himmel.

»Wehe mir! Wehe mir!« klagte Roche, Herrn Damskis Frau, als sie ihren Mann sah. Sie war lang, dürr, hatte einen leicht ergrauten Schnurrbart und eine große Warze, die im Schatten ihrer Hakennase saß und einer reifen Erdbeere ähnelte. »Was soll aus mir werden? Und aus dem Laden? Aron! Aron! Warum sagst du nichts? Warum?«

Herr Damski schwieg. Wir schwiegen auch.

»So Gott will, wird er wieder«, sagte der Ortstankstellenbesitzer begütigend zu Roche.

»Gott hat auch ohne meinen Aron reichlich Kundschaft«, erwiderte Roche bissig, und Ephraim Klingmann zog sich dienernd zurück.

Ich ging heimwärts und grübelte über Herrn Damski, über den Schlaganfall, über Gott, der, wie ein Friseur, reichlich Kundschaft hat, und in meinem Herzen herrschte Leere, wie winters im Starkasten. Ich war weder froh noch traurig. Nur das Mitleid nagte wie eine Maus in meinem Brustkorb. Ich wußte selbst nicht recht, wer oder was mir leid tat. Mein erster Lehrherr? Ich selbst? Die schnurrbärtige Roche? Vielleicht auch alle zusammen. Sogar Gott, der, wie ein Friseur, reichlich Kundschaft hat.

Den ganzen Weg über ging mir der so gramvoll staunende und erschrockene Blick des hingestreckten Herrn Damski nicht aus dem Sinn. Auf einmal sah ich mich selbst, als ebenso alten Barbier wie er, ich stellte mir vor, wie ich den Rauschebart eines anderen Ortstankstellenbesitzers schneiden würde, wie ich unversehens die Schneidemaschine aus der Hand verlöre und für immer und ewig niederfiele ... Mit schmerzhafter Klarheit erinnerte ich mich an alle Toten, vor allem an Großmutter, die mich von Kopf bis Fuß mit Schmerz und Leiden überschüttet hatte aus ihrem unerschöpflichen Vorrat.

Ich ging heimwärts und überlegte, wer nun wohl den Frisiersalon bekommen würde. Nicht Leibele Parowosnik, i wo. Nach dem Tod von Herrn Damski würde Roche ihn schließen und alles verkaufen: die von Fliegen und Blicken schmutzigen Spiegel, die von schweren Männerhintern abgewetzten Ledersessel und wahrscheinlich auch das berühmte amerikanische Rasiermesser. Wozu brauchte Roche ein Rasiermesser? Ihren Schnurrbart würde sie sowieso nicht rasieren. Das Rasiermesser könnte durchaus unser Schlachter kaufen. Ein besserer Käufer war nicht denkbar.

An Herrn Damskis Tod zweifelte ich nicht im geringsten, obwohl seine schlauen Augen noch lebendig gewesen waren. Aber die Augen, so hatte ich gehört, leben sowieso am längsten. Nicht von ungefähr drückt man sie den Toten zu. Im vorigen Jahr hatte der Schlag den katholischen Priester in unserem Ort getroffen – er fiel während der Messe um und stand nicht wieder auf. Wenn Gott schon seinem treuen Diener nicht wieder aufhalf, worauf konnte dann Herr Damski hoffen, der sein Leben lang nur seiner schnurrbärtigen Roche gedient hatte?

»Was ist passiert, Daniel? Warum heute so früh?« empfing mich Großvater.

Großvater ging es schlecht. Er konnte sich kaum bewegen, verließ kaum noch das Haus, sah von Tag zu Tag schlechter.

»Herrn Damski hat der Schlag getroffen«, sagte ich. »Gott sei Dank«, murmelte Großvater. »Das Schicksal will, daß du wirst ein Uhrmacher.«

Ich schwieg. Was sollte ich sagen? Doch nicht etwa die Wahrheit über seine blinden Augen, über seine Ohren, in denen die Taubheit saß wie Pfropfen im Flaschenhals.

»Ich bringe dich zu Pakeltschik. Er ist der einzige Uhrmachermeister, dem ich dich anvertrauen kann«, nuschelte Großvater. »Ich selber werde wohl nicht mehr ... «

»Ich will aber nicht Uhrmacher sein.«

»Was willst du denn sein, Daniel?«

»Ich will frei sein.«

Großvater krallte seine knochigen Finger in den Bart und lachte. Sein Lachen hüpfte durchs Zimmer, dünn und rasselnd, als würden Gräupchen aus einer Tüte geschüttet, und im Haus wurde es noch unbehaglicher als vorher. Die Luft schien daraus zu entweichen wie aus einem morschen Schlauch, und es roch überall widerlich nach Gummi.

»Die Freiheit lernst du bei niemandem hier im Ort. Solchen Lehrmeister gibt es auf der ganzen Welt nicht.«

»Zu Pakeltschik gehe ich nie im Leben.«

»Überleg dir's, solange noch Zeit ist.«

Die Drohungen des Alten, die Anspielungen auf seinen baldigen Tod schreckten mich überhaupt nicht. Ich hatte mich an sie gewöhnt, wie an seinen schlurfenden Gang, sein greisenhaftes Lachen, an seine Blindheit und seine lang anhaltenden und stoßweisen Hustenanfälle, die des Nachts die Wanzen hinter der Tapete und die Mäuse im Haus erschreckten.

»Von der Gemeinde war jemand hier«, sagte Großvater leise.

»Und?«

»Sie wollen mich stecken ins Altersheim.«

Wieder lachte er, und wieder hüpfte sein Lachen durchs Zimmer, doch diesmal klang es laut und böse.

»Und dich – ins Waisenhaus.«

»Mich? Ins Waisenhaus? Aber ich bin doch keine Waise. Ich habe einen Vater.«

»Überleg dir's, solange noch Zeit ist«, wiederholte Großvater. »Wenn du gehst zu Pakeltschik, darfst du bleiben. Pakeltschik ist ein guter Mensch.«

»Und du, Großvater?«

»Mir ist es gleich. Im Altersheim ist es sogar kurzweiliger. Am besten, freilich, wär's auf dem Friedhof, neben deiner Großmutter. Aber Lebende kommen nun mal noch nicht auf den Friedhof.«

Ihm tränten die Augen. Doch das waren keine richtigen Tränen, sondern einfach Tropfen – so tropft es nach dem Regen von den Dächern im Ort, tropf, tropf, bis die Sonne kommt und die Dächer trocknet. Offenbar wartete auch Großvater, daß seine Sonne – der Tod – käme und ihm die Augen trocknete, doch sie wollte und wollte nicht kommen.

»Nirgends werden sie dich hinstecken«, versuchte ich Großvater zu trösten.

»Doch. Sie lassen mich nicht verhungern.«

»Ich kann für zwei verdienen.«

»Du bist lieb«, sagte Großvater. »Wer hätte gedacht, daß ich einmal taub und blind werde. Wer hätte das gedacht? ... Herrgott, warum gibst du dem Menschen Augen? Um sie ihm wieder zu nehmen? Warum gibst du ihm Beine? Um sie in Fesseln zu zwängen, wie einem Pferd auf der Weide? Sind dir denn wirklich die Hilflosen lieber als die Starken? Herrgott!«

Draußen schwollen die Knospen. Es war Frühling, und am blauen Himmel segelten die ersten Vögel.

»Führ mich auf den Friedhof, Daniel«, sagte Großvater. »Ich möchte mit deiner Großmutter sprechen. Zwei Jahre lang haben wir nicht miteinander gesprochen. Draußen ist es naß. Ich werde Galoschen anziehen.«

Er zog die Galoschen an, die Großmutter einmal bei einem Zigeuner und Pferdedieb gekauft hatte, und plötzlich gewannen seine müden Beine wieder ihre frühere Spannkraft, doch nur für einen kurzen Moment. Draußen knickten sie erneut ein.

Großmutter lag begraben, wo sie es gewünscht hatte – auf dem Hügel. Aber den Markt sah man von dort aus nicht. Über dem Grab wiegte eine alte, weise Kiefer ihre Zweige. Erst von deren Wipfel aus konnte man den Marktplatz erblicken, den Marktplatz mit seinen Bauernwagen, seinen langen Händlerreihen und mit den alten Weibern, die ewig nach billigen Kartoffeln oder Eiern suchten.

Als ich klein war, hatte Großvater mir erzählt, die Menschen würden im Jenseits, unter der Erde, genauso leben wie auf Erden: Uhrmacher reparieren Uhren, Schneider nähen Hosen, Händlerinnen verkaufen Fisch, nur daß niemand schimpft, niemand jemanden anschreit, weil Tote auf ewig der Sprache beraubt sind. Mein Gott, wie sehr hatte ich damals gewünscht, alle wären tot!

»Sie ist jetzt nicht da«, sagte ich zu Großvater, da mir einfiel, was er erzählt hatte.

Der Alte blinzelte mit seinen tränenden Augen und fragte: »Wer?«

»Großmutter«, erwiderte ich.

»Wo ist sie denn hin?«

»Auf den Markt gegangen.«

»Wir haben keine Eile. Warten wir eben.«

Großvater setzte sich auf die Bank gegenüber Großmutters Grab, während ich mit der Hand Kiefernnadeln vom Grabstein fegte, und bei jeder Berührung des Steines loderte in mir etwas auf, mein Blick trübte sich, mein Herz schlug schneller, und die harmlosen Nadeln der weisen Kiefer bohrten sich mir hartnäckig und schmerzhaft ins Herz. »Hörst du?« fragte ich den Großvater.

»Was?«

»Sie kommt.«

»Wer kommt?« Der Alte hatte alles vergessen.

»Großmutter.«

Großvater fuhr zusammen, erhob sich von der Bank, trat an den Grabstein heran, leckte sich die blutleeren Lippen und stieß einen seltsamen Laut aus, wie ein Vogelschrei, der ersetzte ihm Seufzer und Stöhnen und Schluchzen. Schweigend stand er dann am Grab, und das ausgedörrte Gesicht mit Bartstoppeln wie Kiefernnadeln, der abgetragene, muffig riechende Mantel, die glanzlosen Galoschen, die lange keine Pfützen mehr gesehen hatten – seine ganze Erscheinung drückte weder Kummer noch Leid aus, sondern nur Bedauern über Unerfülltes, unwiderruflich Entschwundenes. Er schien verwurzelt in diesem winzigen Fleck Erde, wie ein zerzauster Himbeer- oder Haselnußstrauch, der keine einzige Frucht mehr trägt.

Großvater flüsterte vor sich hin. Wahrscheinlich verabschiedete er sich von Großmutter, bat sie um Vergebung, daß er nicht rechtzeitig gestorben war und sich neben sie gelegt hatte, wie er knapp fünfzig Jahre lang tagtäglich neben ihr zur Ruhe gegangen war. Natürlich sagte der Greis ihr nichts vom Altersheim, denn sonst hätte Großmutter vollends die Achtung vor ihm verloren – das Altersheim ist kein Ort für einen Meister, mag er auch nur ein Uhrmacher sein.

»Habt ihr miteinander gesprochen?« fragte ich.

»Ja«, sagte Großvater. »Sie ist einverstanden.«

»Womit?«

»Du sollst zu Pakeltschik in die Lehre.«

Großvater klopfte mir die Schulter und lächelte.

Über dem Friedhof jubilierten die Vögel.

»Ich will kein Uhrmacher werden, sondern ein Vogel«, sagte ich.

»Du bist meschugge, Daniel. Der erste Meschuggene in unserer Familie«, erwiderte Großvater gutmütig

»Warum verwandelt der Herrgott nicht alle alten Leute in Vögel? Warum läßt er euch nicht mehr sehen und hören? Wenn ich der Herrgott wäre, würde ich dich, Großvater, in eine Taube verwandeln, zum Beispiel.«

»In eine Taube?« Meine Worte schmeichelten dem alten Mann. Er ächzte sogar vor Vergnügen.

»Dann würdest du auf dem Dach der Synagoge wohnen, Großvater, oder unter der Kirchenkuppel, du würdest über unserem Marktflecken herumfliegen und müßtest nie ins Altersheim.«

»Ist etwa der Habichtsschnabel besser als das Altersheim?«

»Ach, Großvater, du bist doch ein Meister. Du würdest dem Habicht entkommen.«

»Nehmen wir an, du wärest der Herrgott. In welchen Vogel würdest du denn verwandeln die Großmutter?«

»Großmutter?«

»Ja, ja, Großmutter.«

Großvater triumphierte. Er hatte mich in die Falle gelockt.

»In eine Krähe?«

Der Alte kicherte lästerlich.

»In eine Gans«, sagte ich beleidigt.

»Ha-ha-ha«, stöhnte Großvater. »Dann käme sie gleich morgen zum Schlachter.«

»Hör auf«, rief ich. »Schämst du dich nicht? Wildgänse bringt niemand zum Schlachter. Wildgänse leben nicht auf dem Land, sondern auf Seen. Ich weiß das.«

»Gut, gut. Dein Wille geschehe, mein Gott!«

Wir spazierten zusammen über den Friedhof. Ab und zu blieb Großvater stehen, verschnaufte, betrachtete blinzelnd die Grabsteine und sagte: »Gütiger Gott! Wieviel bekannte Vögel hier verscharrt liegen!«

Ich wurde böse auf Großvater. Was hatte ich denn gesagt, daß er mich so foppte und über mich kicherte? Ist es etwa meine Schuld, daß ich nicht der Herrgott bin? Obwohl auch der, wie ich mich bereits überzeugen konnte, gar nicht so allmächtig ist. Er setzt den Menschen in die Welt und holt ihn wieder zu sich, aber bis Gott ihn holen kommt, quält sich der Mensch irgendwo in einem Frisiersalon, einer Uhrmacherwerkstatt oder im Altersheim, als wäre er gar nicht von Gott geschaffen. In meinen knapp zwölf Jahren hat mir der Allerhöchste eigentlich nie geholfen, abgesehen von dem einen Mal, als ich beinahe ertrunken wäre. Aber gerettet hat mich nicht der Herrgott, sondern Pranas. Gott war damals nicht am Fluß. Großmutter, allerdings, war anderer Meinung als ich und schleppte mich gleich am nächsten Sabbat in die Synagoge, damit ich meinem Retter ein Dankgebet darbrächte.

»Er, nämlich, hat Pranas zum Fluß geschickt«, versicherte sie.

Nach dem Gottesdienst lief ich zu Pranas und fragte: »Hat Gott dich geschickt?«

»Wohin?«

»An den Fluß.«

»Mama hat mich geschickt, Wasser holen«, antwortete Pranas und riß die Augen auf, als sähe er mich zum erstenmal.

Als wir den Friedhof schon verlassen wollten, kam durch das angefaulte hölzerne Tor ein Wagen voll schwerer grauer Steine hereingefahren. Auf den Steinen saß Josef, er schrie auf das klapprige Pferdchen ein, das mit den Vorderbeinen im üppigen Frühjahrsschlamm steckengeblieben war.

»Hü, verdammtes Vieh! Hü!«

Der Einbeinige stieg ab, stemmte sich mit den Armen gegen das magere Hinterteil des Pferdes und sagte: »Ihr gehört beide ins Altersheim.«

»Woher weißt du das mit dem Altersheim?« nuschelte Großvater beleidigt und wurde gleich noch krummer.

»Ich weiß alles«, knurrte Josef. »He, Daniel, geh einmal nach hinten und zeig dieser Mißgeburt, was du kannst.«

Ich ging nach hinten, doch der Mißgeburt zu zeigen, was ich kann, gelang mir nicht. Der Wagen war wie festgeklebt im Schlamm.

»Schwätzer sind das, dort im Gemeinderat«, beklagte sich Großvater. »Haben nichts zu tun, darum wetzen sie ihre Zungen.«

»Bilde dir nicht zuviel ein«, sagte der Einbeinige. »Die haben jetzt alle einen schmackhafteren Brocken zwischen den Zähnen als dich.«

»Wen denn?«

»Hitler! Hü, verdammtes Vieh! Hü!«

»Hitler? Hitler?« Großvater überlegte. »Ist der nicht vielleicht aus Ukmergė?«

»Nicht aus Ukmergė, sondern aus Berlin.«

»Und?«

»Ein bemerkenswerter Mensch«, fuhr der Totengräber scherzhaft fort. »Ausgesprochener Judenfreund.«

»Bei wem ist er zu Besuch? Bei Klingmann oder bei Pjanko?«

»Sag mal, kommst du vom Mond? Hitler ist ein Halsabschneider, ein Hund, der letzte Dreck ist der«, erregte sich der Einbeinige.

»Erst ausgesprochener Judenfreund, dann wieder Halsabschneider und letzter Dreck ... Das soll einer verstehen.«

»Hitler ist der Oberste in Deutschland«, klärte ich Großvater auf.

Im Frisiersalon meines Lehrmeisters, des Herrn Aron Damski, war Hitler in aller Munde, angefangen von Leibele Parowosnik bis hin zum stillen Herrn Apotheker. Sogar Herrn Damskis Frau, die hagere Roche, kam aus der ersten Etage herunter und mischte sich in den Streit. Sie behauptete, Hitler sei ein Findelkind, der uneheliche Sohn einer jüdischen Schauspielerin – »bloß den Namen hab ich vergessen« – und eines österreichischen Grafen, aufgewachsen bei einem Maler, einem groben Kerl und Trunkenbold. Roche schwor Stein und Bein, doch niemand außer mir glaubte ihr. Ihr stärkster Widersacher war der stille Apotheker. Er quirlte auf seinem Sessel herum, schüttelte mißbilligend den kahlen Kopf, und aus seinem Munde schossen, vermischt mit Seifenschaum, Ausdrücke, die man von einem Apotheker nicht erwartet hätte. Mein erster Lehrherr, der Herr Aron Damski, sprach weniger von Hitler als vielmehr von dessen Friseur – »übrigens ein Anhänger unseres Glaubens« –, davon, wie ihm, diesem Juden, die Hände zittern, wenn er das weltberühmte Schnurrbärtchen in Angriff nimmt. Ich hörte zu, und es wollte mir nicht in den Kopf, wieso der oberste Führer der Deutschen unsereinen so wenig liebte, wo seine Mutter doch eine jüdische Schauspielerin war und sein Friseur ein Anhänger unseres Glaubens.

»Hü, verdammtes Vieh! Hü! Zieh oder verrecke, du Aas!« wütete Josef, doch der Klepper dachte nicht daran, sich zu bewegen. Mit seinen großen Augen schaute er zum Himmel, wo eine Wolke hing, die wie ein anderes Pferd aussah, und sicherlich beneidete er dieses unirdische Wesen, das nichts von Frühjahrsschlamm und vom Geschimpfe eines einbeinigen Menschen wußte.

»Wirf doch einen Stein vom Wagen«, riet Großvater.

»Und wer lädt ihn dann wieder auf? Du?« erwiderte der Totengräber bissig. »Soll das verdammte Vieh stehenbleiben, bis die Sonne wärmt und die Erde trocknet.«

Der Einbeinige lud uns in seine Hütte ein.

In der Hütte war es kahl und leer. In einer Ecke stand ein Bett ohne Bettzeug, hart und außerordentlich breit, wie ein Floß auf dem Fluß. Der grobe Eichentisch war ohne Tischtuch. Einsam und schwarz stand darauf eine tiefe Tonschüssel mit zwei Pellkartoffeln. Daneben lagen Gräten, wohl von Hering oder Dörrfisch. Ich mußte daran denken, wie auf ebendiesem Tisch Großmutter gelegen hatte, knochig, ins Leichentuch gehüllt, wie hier außer mir und Großvater zehn Greise leise und monoton gebetet hatten und wie nach dem Totengebet der Ladengehilfe Gedalja bitter gesagt hatte: »Wir kommen alle einmal auf diesen Tisch.«

Ich betrachtete den Tisch, die Tonschüssel, aber ich sah etwas ganz anderes. Ich sah auf dem Tisch mich selbst und den Großvater und auch den Totengräber, und am liebsten wäre ich hinausgelaufen an die frische Frühlingsluft, zum Fluß, der angeschwollen war wie der Leib der schwangeren Sulamith, der Tochter unseres Krämers.

»Was soll ich euch anbieten?« Josef öffnete den Schrank und musterte dessen Inhalt. »Vielleicht trinken wir einen Schluck?«

»Einverstanden«, sagte Großvater.

Josef stellte eine Flasche auf den Tisch.

»Ich will mich betrinken«, sagte Großvater.

Nanu! So etwas hatte ich noch nie von ihm gehört. Großvater verachtete alle Trinker, sie waren für ihn die erbärmlichsten Kreaturen.

»Das schaffst du schon«, versprach Josef und füllte Großvaters Glas.

Großvater trank und bekam bald einen Schwips.

»Ich will eine Taube sein«, sagte er lallend.

»Du bist auch so ein stattlicher Vogel«, sagte der Totengräber.

»Nein, nein!« Großvater fuchtelte mit den Händen. »Du hast mich nicht verstanden. Ich will wohnen auf dem Synagogendach und umherfliegen über unserem Ort.«

Josef bewegte mitleidig die Lippen und starrte Großvater an: den zahnlosen Mund, der vom ungewohnt starken Alkohol brannte, die hängenden Schultern; dann leerte er andächtig sein Glas und sagte gelassen: »Daniel nehme ich zu mir.«

»Ich will nicht auf dem Friedhof leben«, sagte ich und bekam eine Gänsehaut.

»Sein ganzes Leben verbringt der Mensch auf dem Friedhof, mein Kleiner«, sagte der Einbeinige. »Ist die Welt nicht ein riesiger Friedhof? Sind die Häuser nicht Grabsteine?«

»Ich gebe Daniel nicht her«, widersetzte sich Großvater.

»Er kann nicht mit dir ins Altersheim«, beharrte Josef.

»Ich fahre selber nicht hin«, nuschelte Großvater. »Niemand kann mich zwingen. Und Daniel bringe ich gleich morgen zu Pakeltschik.«

»Scheiße ist dein Pakeltschik!« schimpfte der Einbeinige und wandte sich dann an mich: »Ich habe gehört, du machst dem Herrgott Konkurrenz, formst Menschen und Tiere aus Lehm?«

Woher weiß er bloß alles? wunderte ich mich.

»Bei mir hier gibt es so viel Lehm, wie es Leid gegeben hat in unserem Volke. Das reicht ewig. Da kannst du nach Herzenslust formen. Und außerdem, mein Kleiner, bring ich dir noch bei, alte Schriftzeichen in Stein zu schneiden«, redete der Einbeinige mir zu.

»Deine Schriftzeichen sind Scheiße, und dein Ton, und deine Steine …« Die Zunge gehorchte dem betrunkenen Großvater kaum noch. »Ich gebe Daniel nicht her. Für keine Schätze …«

Der Alte brach ab und ließ den Kopf auf den Tisch fallen, wo die Tonschüssel mit den zwei Pellkartoffeln stand. Großvaters Kopf, glatt und matt, mit zitternden bläulichen Äderchen, ähnelte selbst einer säuberlich geschälten Kartoffel.

Eine Woche später brachte man Großvater fort. Der Alte, der erst vom Altersheim nichts hatte wissen wollen, war plötzlich einverstanden. Um ehrlich zu sein, ich durchschaute ihn nicht gleich.

Als der Gemeindevorsteher, Tankstellenbesitzer Ephraim Klingmann, ihm die Eisenbahnfahrkarte brachte und erklärte, wie er hinkäme, sagte Großvater: »Eine Sekunde, Reb Ephraim. Ich nehme nur mit ein paar Sachen.«

»Um Gottes willen, keine Bange. Sie werden dort mit allem versorgt«, versicherte der Tankstellenbesitzer und strich sich den Rauschebart.

»Gleich, gleich.«

Großvater ging in sein Zimmer und kam mit der Lupe zurück.

»Eine Lupe?« wunderte sich Ephraim Klingmann. »Wozu brauchen Sie im Altersheim eine Lupe?«

»Ein guter Uhrmacher, Reb Ephraim, nimmt die Lupe sogar mit ins Grab, damit nicht jeder dreckige Wurm ihm die Knochen zerfrißt.«

»Wie Sie meinen«, sagte der Tankstellenbesitzer.

»Der Uhrmacher nimmt die Lupe mit, der Schneider die Nadel, der Schuster die Ahle, und Sie?«

»Wieso ich?« entrüstete sich Ephraim Klingmann.

»Was nehmen Sie mit? Den Benzingeruch?«

Auf dem Bahnhof sagte Großvater zum Totengräber, der ihn zum Zug brachte: »Gib acht auf Daniel. Ich komme bald zurück.«

Als der Zug den Bahnhof verlassen hatte, trat Josef zu mir und sagte mit tiefer Stimme: »Seinem Schicksal entgeht keiner.«

»Was ist?«

»Weißt du, mein Kleiner, warum dein Großvater gefahren ist?«

»Nein.«

»Das Altersheim ist dort, wo auch das Gefängnis ist. In derselben Stadt. Der Alte will Saul besuchen.«

Ich stand wie vom Blitz getroffen und konnte mich der Tränen kaum erwehren. Armer Großvater! Er mußte vergessen haben, daß Vater aus dem Gefängnis geflohen war, geschnappt wurde und nun in einer anderen Stadt war, irgendwo im Norden Litauens. Oder vielleicht hatte Großmutter ihm das vor ihrem Tod nicht mehr sagen können.

Die vom ersten Frühlingsregen blankgewaschenen Schienen verliefen sich in der Ferne, sie waren völlig sinnlos ohne den Zug, ohne das Tuten der Lokomotive und das rußverschmierte Gesicht des Lokführers.

»Er wird fortlaufen aus dem Altersheim«, sagte ich, die Schienen betrachtend, und ich mußte zwinkern, um nicht zu weinen.

»Das schaffen seine Beine nicht«, knurrte der Totengräber. »Na was ist, Kleiner, kommst du zu mir in die Lehre?«

»Nein.«

Jetzt ähnelten die Schienen zwei Schlangen, die um die Wette laufen.

»Ein richtiger Mann läßt sich Zeit mit der Antwort. Überleg dir's.«

»Nein.«

»Überleg dir's noch mal. Oder hast du vielleicht Lust auf Waisenhauskost?«

Ich rannte fort vom Bahnhof und kam erst wieder zur Besinnung, als ich atemlos bei Pranas auf dem Hof anlangte.

»Pranukas? Der ist in der Fabrik«, flötete Tante Teresė.

»In der Fabrik?«

»Seit heute geht er arbeiten. Aber du wirst Hunger haben?«

»Nein.«

»Komm abends wieder. Dann könnt ihr euch verabschieden.«

»Ich will mich nicht verabschieden.«

»Bleibst du etwa hier? Ich habe gehört, du kommst ins Waisenhaus«, flötete Tante Teresė wieder.

»Nirgends komme ich hin«, sagte ich und machte mich bedrückt auf den Weg zur Möbelfabrik.

Auf dem Fabrikhof roch es immer nach Sägespänen, Tischlerleim und nach Geheimnis. Manchmal war ich über den Zaun geklettert, um Holzabfälle zum Heizen zu holen. Ich ließ mich vom Zaun in die Sägespäne fallen und hörte, wie die Sägen sangen, wie die Stechbeitel schurrten und die Fensterscheiben vibrierten. Dann vergaß ich die Großmutter, vergaß unseren schäbigen Ofen, mit angehaltenem Atem sah ich zu, wie breitschultrige schweigsame Burschen Autos oder Wagen beluden, mit polierten Stühlen, Schränken und sogar mit Betten. Nie im Leben hatte ich auf solch einem Stuhl gesessen, in solch einem Bett geschlafen. Ich schloß die Augen und streckte mich in Gedanken auf der weichen Matratze aus, deckte mich mit einer flaumweichen Seidendecke zu oder lehnte mich an eine blitzende Stuhllehne und gab verschiedene barsche Anweisungen. Aber am besten in der ganzen Fabrik gefielen mir die Tischler selbst. Sie ähnelten weder dem Großvater noch dem Totengräber noch Herrn Damski. Jung und kräftig waren die Tischler, und manchmal arbeiteten sie den ganzen Tag nicht, und Großvater knurrte Großmutter an, wenn sie mich nach Holzabfällen schickte: »In der Fabrik ist die Polizei.«

»Na und?« erwiderte Großmutter, als wäre nichts. »Daniel streikt doch nicht.«

»Streike, Daniel, streike!« schrie Großvater, aber ich verstand nicht, was er von mir wollte.

Was ein Streik ist, erfuhren Pranas und ich von Onkel Stasys. Warum streikte Großvater nicht ein einziges Mal, warum nicht der Totengräber oder Herr Damski? Waren sie wirklich mit allem zufrieden im Leben? Natürlich nicht. Großmutter triezte den Großvater jeden Tag, den der liebe Gott werden ließ, sie saugte ihm, wie er selbst sagte, das letzte bißchen Kraft aus, aber ihm kam nicht in den Sinn zu streiken. Bewahre! Ich freilich führte ziemlich oft Streiks durch, und zwar erfolgreich, das sei gesagt Früher mußte ich mit Großmutter dreimal täglich ins Bethaus gehen, aber ich setzte durch, daß ich die Synagoge nur noch an Feiertagen zu besuchen brauchte, und nach Großmutters Tod ging ich nicht einmal mehr an Feiertagen hin.

Tante Teresė hatte mich ganz durcheinandergebracht. Sogar zu ihr war das Gerücht gedrungen, daß ich ins Waisenhaus muß. Kein Wunder – unser Flecken ist klein, in einer halben Stunde fliegt ein Gerücht durch alle Häuser, wie ein Eintagsschmetterling.

In der Hoffnung, Pranas zu treffen, schlenderte ich über den Hof der Möbelfabrik, aber ich fand ihn nirgends.

Nach Hause mochte ich nicht gehen. Seit Großvaters Abreise war dort plötzlich alles verwaist. Sogar die Katze fühlte sich verlassen und überflüssig. Sie saß auf der Schwelle wie eine wartende alte Frau, manchmal, selten genug, krümmte sie ihren Rücken und miaute die Vorübergehenden an, die es eilig hatten, zu ihren eigenen Schwellen und ihren eigenen Katzen zu kommen. Es gab eine Zeit, da dachte ich, unsere Katze brauche nichts weiter als Mäuse und Großmutters Freundlichkeit, doch zuerst hatten die Mäuse das Haus verlassen, dann war auch Großmutter gegangen, die Katze aber, einsam und auch noch trächtig, blieb, denn sie wußte nicht, wohin. Aus Mitleid knetete ich sogar ein Dutzend Mäuse aus Ton und verteilte sie unterm Tisch, unterm Liegebett und unterm längst erkalteten Ofen, doch sie hatte nur kurze Zeit ihren Spaß daran.

Nein, nach Hause wollte ich auf keinen Fall.

Es wurde Abend. Warmer Frühlingsnebel hüllte unseren Ort ein. Er kroch dicht über der Erde entlang und übergoß alles ringsum mit weißlicher Ziegenmilch.

Als ich die Synagoge betrat, zündete der Synagogendiener Chaim gerade die Kerzen an, und er sagte: »So ist es recht, Daniel. Vor der Abreise mußt du beten.«

»Ich bin nicht zum Beten gekommen.«

»Im Gotteshaus wird nicht genäht und nicht rasiert«, sagte Chaim.

»Ich suche Herrn Pjanko.«

Herrn Pjanko gehörte die Möbelfabrik in unserem Flecken. Es war ein stiller, gottesfürchtiger Mann, mit brandnarbigem Gesicht und gefärbtem Backenbart. Einmal war in der Fabrik Feuer ausgebrochen, und Herr Pjanko hatte tüchtig was abbekommen.

»Reb Nathan kommt kurz vorm Gottesdienst«, sagte Chaim und zündete noch eine Kerze an. »Er kann dir sowieso nicht helfen.«

Der Synagogendiener behielt recht. Herr Pjanko hörte mich an, strich sich den Backenbart und erklärte: »Als Mitglied des Gemeinderates kann ich mein Wort nicht brechen. Es wurde beschlossen, daß du ins Waisenhaus kommst. Für meine Fabrik bist du noch zu jung.«

»In einem Jahr kommt mein Vater zurück.«

»Dann sprechen wir uns in einem Jahr wieder.« Herr Pjanko streichelte seinen Backenbart, wie man ein Hündchen streichelt, und schritt zur Abendandacht.

Der Nebel hatte die Katze ins Haus getrieben. Ich öffnete leise die Tür und schlüpfte in mein Zimmer. Ohne Licht zu machen, zog ich mich aus und legte mich nieder. Aus der Dunkelheit glitt die Katze, sie sprang aufs Bett und ringelte sich zu meinen Füßen, die für sie bislang weder die nötige Geduld aufgebracht hatten noch ihr Gerechtigkeit widerfahren ließen. In ihrem gutmütigen Schnurren vernahm ich nicht nur die Katzenklage über ein unglückseliges Geschick, sondern auch Großmutters Stimme, tief und etwas heiser, die für alle unsere Leiden ihren einzigen Sohn verantwortlich machte, den Häftling Saul.

Ich lag und mühte mich, nicht ans Waisenhaus zu denken. Mal schaute ich an die Decke, mal an die eingerissene Tapete, hinter der vorsichtig die Wanzen raschelten. An der Zimmerdecke spazierte Synagogendiener Chaim und entzündete Sterne wie am Himmel, und unter der Himmelskuppel – der Decke – flog Großvater, er flatterte wie eine Ringeltaube, und die Sterne versengten seine Flügel.

Meine Phantasie zauberte nicht nur den Großvater und den Synagogendiener Chaim an die Decke. Auch mein Vater, Saul Kleinas, floh dort aus dem Gefängnis, um mich vorm Waisenhaus zu retten.

Sosehr ich mich mühte, das Waisenhaus zu vergessen, meine Gedanken kehrten immer wieder zu ihm zurück, zu ihm und zum Totengräber Josef, und da verschwanden die Sterne von der Decke, und sie hing über mir wie ein Grabstein.

Mitten in der Nacht hörte ich plötzlich ein Knarren. Dem Knarren folgten Schritte, ich sprang vom Bett und drückte mich erschrocken gegen die Wand, als könnten die unfreundlichen Wanzen hinter der Tapete mir Schutz bieten.

»Nachts muß man zuschließen«, dröhnte eine Stimme, und ich erkannte den Totengräber. Er riß ein Streichholz an, und für einen Augenblick war das Zimmer von unruhigem Licht erhellt. Als sei ein Glühwürmchen hereingekommen, habe sich kurz umgeschaut und sei wieder zum Fenster hinausgeflogen.

Mich fröstelte. Ein Zittern durchlief meinen Körper. Ich klapperte mit den Zähnen wie unser Ortsnachtwächter mit dem Klopfholz.

Der Einbeinige entzündete abermals ein Streichholz und sagte: »Du bist ja ganz schön erschrocken, Kleiner. Kriegst ja die Zähne gar nicht mehr aufeinander.«

Josef führte das brennende Streichholz an die Lampe, und vom aufglimmenden Docht zog durchs Zimmer der vertraute, behagliche Brandgeruch.

»Bin überhaupt nicht erschrocken«, widersprach ich, und es schüttelte mich wieder.

»Bist du am Ende krank?«

Josef kam zu mir und legte mir die Hand auf die Stirn.

»Da haben wir's. Na, leg dich hin, Kleiner. Ich decke dich zu.« Er nahm seinen Halbpelz ab und warf ihn über meine Decke, als ich lag.

»Gut so?« fragte Josef.

»Ja«, erwiderte ich dumpf.

Das Frösteln ging in Hitze über. So heiß ist es nicht mal im Hochsommer beim Sonnenbaden. Mir brannten das Gesicht, die Augen, die Brauen, und ich wartete nur darauf, daß mein Haar aufflammte und durchs Zimmer derselbe Geruch zöge wie von dem glimmenden Docht.

»Ich bleibe bis zum Morgen bei dir, und morgen früh werden wir holen den Doktor«, dröhnte der Totengräber. »Das heißt, wenn dir nicht besser wird.«

Er schnallte sein Holzbein ab, lehnte es an den Bettgiebel, zog einen Hocker heran und setzte sich, ungeschlacht und riesig im Flackern der Petroleumlampe. Insgeheim war ich Josef dankbar, daß er gekommen war, aber ich ließ mir nichts anmerken.

»Allein kann der Mensch nicht leben«, hörte ich plötzlich des Totengräbers Baßstimme. »Weißt du denn, Kleiner, warum die Toten auf dem Friedhof begraben werden? Weil auch ein toter Mensch allein nicht zurechtkommt, muß man jemanden neben ihn legen.«

Anfangs hörte ich ihn noch, aber dann hatte jemand meine Ohren dicht verschlossen, wie ein Weckglas für den Winter, und mir Salz in die Augen gestreut. Ich schloß die entzündeten Lider, und auf einmal begann alles ringsum zu kreisen, sich zu drehen, da tanzte das Holzbein des Totengräbers, da tanzten das Bett und die Katze, und ich schwebte darüber wie ein Engel, und die Sterne an der Decke umgaben mich mit ihrem kühlen himmlischen Leuchten.

Ich wälzte mich im Fieber und merkte nicht, wie es tagte.

Als ich erwachte, sah ich unseren Arzt, Doktor Jochelsohn. Er beugte sich über mich, hager, mit seiner Brille, die funkelte wie die Spiegel im Frisiersalon meines ersten Lehrmeisters, des Herrn Aron Damski.

»Soso«, sagte der Doktor. Er hieß mich das Hemd ausziehen und setzte mir sein Hörrohr auf die Brust.

Das Hörrohr des Doktors kam mir wie ein Zauberrohr vor – man setzte es einem Menschen auf die Brust und erfuhr alles über ihn, alle seine Gedanken und Wünsche. Niemanden im Ort beneidete ich so sehr wie Doktor Jochelsohn. Vor langer, langer Zeit hatte meine Mutter als Dienstmädchen im Haus des Doktors gearbeitet, und obwohl ich damals noch gar nicht auf der Welt war, wußte sein Rohr schon alles über mich.

»Doppelseitige Lungenentzündung«, sagte Jochelsohn zum Totengräber. »Er muß zwei Wochen liegen, als Minimum.«

»Als was?« fragte der Einbeinige verdutzt.

»Zwei Wochen mindestens«, erklärte Jochelsohn. Er nahm die Brille ab und rieb die verflixten Gläser mit dem Taschentuch.

»Wo?« fragte Josef.

»Zu Hause.«

»Sehen Sie, Herr Doktor, ich habe nicht von ungefähr gefragt. Sie wissen sicherlich: Die alte Frau ist gestorben, den Mann hat man ins Altersheim gesteckt.«

»Ach ja.« Jochelsohn blickte finster drein. »Das hatte ich ganz vergessen.«

»Ich könnte ihn freilich zu mir nehmen, auf den Friedhof, aber Sie verstehen wohl …«

»Für den Friedhof ist es noch zu früh«, meinte der Doktor höflich. »Andere Verwandte hat der Junge nicht?«

»Nein.«

»Dann machen wir folgendes …« Jochelsohn polierte wieder seine verflixten Brillengläser. »Bringen Sie ihn zu mir.«

»Zu Ihnen?« Josef war fassungslos.

»Sie kennen doch die Adresse?«

»Ihre und meine kennt jeder.«

»Fabelhaft. Nur bitte, packen Sie ihn warm ein. Und er soll immer durch die Nase atmen, nicht durch den Mund.«

»Unbedingt, Herr Doktor. Ich passe auf, daß er atmet durch die Nase«, versicherte der Einbeinige eilfertig. »Ich danke Ihnen auch vielmals … Wir machen das irgendwann wieder gut …«

»Daran zweifle ich nicht«, sagte Jochelsohn, gab mir einen Nasenstüber und ging.

Gegen Abend hielt vor unserem Haus der Leichenwagen.

Als die Nachbarn ihn sahen, kamen sie von allen Seiten herbei. Die Weiber schluchzten laut, rangen die Hände, verfluchten ihr Schicksal und das unsere.

»Solch ein Jüngelchen, den hat's erwischt!« rief unter Tränen die Fischhändlerin Schejne-Dwoire, die mich immer aus tiefster Seele gehaßt hatte.

»Euch selber soll's erwischen! Basta!« Josef war ganz rot vor Zorn.

Als er mich auf den Armen aus dem Haus trug, wich die Menge vom Wagen zurück, und die unverschämte Schejne-Dwoire platzte heraus: »Hat man so was schon gesehen – ohne Totengewand, in einem stinkenden Halbpelz!«

»Du stinkst selber«, antwortete der Totengräber barsch und legte mich auf den Boden des Wagens.

Ich lag und rührte mich nicht. Der Gaffer wurden immer mehr.

»Ihr Juden!« flehte der Einbeinige. »Gebt den Weg frei! Und du, Kleiner, atme durch die Nase!«

»Habt ihr gehört, Leute?« mischte sich die Fischhändlerin Schejne-Dwoire wieder ein. »Er macht sich noch lustig über einen Toten.«

»Man muß ihm den Jungen wegnehmen!« – »Es ist schließlich kein räudiger Hund!« ließen sich andere Stimmen vernehmen.

»Atme durch die Nase, Daniel«, befahl Josef und trieb sein Pferd an. »Hü, verdammtes Vieh! Hü!«

»Gerechter Gott, er bewegt sich«, schrie Schejne-Dwoire plötzlich auf. »Er lebt. Er lebt, Leute!«

Und auf der Stelle wurden alle still, und die Tränen versiegten, und das Schimpfen hörte auf. Ich lag auf dem Boden des Wagens, atmete durch die Nase und lauschte durch den gewaltig dicken Halbpelz dem Klappern der Hufe auf dem Pflaster, und mir war wohl wie nie zuvor.

Doktor Jochelsohn wohnte mit Frau und Sohn gegenüber der katholischen Kirche, in einem einstöckigen Holzhaus, umgeben von einem Flechtzaun, hinter dem mickrige Apfelbäume wuchsen, die frühjahrs schneeweiße duftende Käppchen trugen. Aus dem Fenster des Kinderzimmers, wo ich einquartiert wurde, sah man deutlich die alte Kirchturmuhr, mit Zeigern, lang wie Ruder, die jahrein, jahraus dieselbe Zeit anzeigten und meinem Großvater keine Ruhe ließen. Der Alte versicherte immer, er wisse längst um ihr Geheimnis, doch da für ihre Reparatur nicht nur das Einverständnis des Dekans erforderlich war, sondern auch die Erlaubnis des Rabbiners, so zog er es vor, in der Zwiebel meines ersten Lehrherrn, des Herrn Aron Damski, oder im Ührchen der Fischhändlerin Schejne-Dwoire herumzustochern.

Schimon, der Sohn des Doktors, ging jeden Morgen zur Schule, und ich blieb allein, im sauberen Bett zwischen weichen Seidenkissen wie ein Engel inmitten der Wolken.

Gerechter Gott, könnte ich doch mein Leben lang Lungenentzündung haben!

Gewiß, die ersten fünf Tage lag ich reglos und flehte denselben Gott an, mich sterben zu lassen. Doch der Herrgott erhörte meine Bitte nicht und tat eigentlich recht daran.

Kaum war Schimon fort, stürzte des Doktors Dienstmädchen Jusefa ins Zimmer, richtete sein Bett und fragte mit lauter männlicher Stimme: »Was, Pan, wünscht er? Eierkuchen oder Grießbrei mit Rosinen?«

»Mit Rosinen.«

»Und die Hände, Pan, hat er gewaschen?«

»Nein.«

Jusefa brachte eine Schüssel, und ich tauchte meine Hände in warmes Wasser, seifte sie, tauchte sie abermals ein und trocknete sie an einem Handtuch, das war wuschelig wie eine Riesenraupe. Jusefa verfolgte mein Tun mit verächtlicher Überlegenheit, verschwand mit Handtuch und Schüssel in der Küche, und fünf Minuten später hatte ich einen Teller vor mir und löffelte triumphierend den mit Rosinen vollgespickten Brei.

Einmal, als ich mir an der Raupe die Hände abtrocknete, sagte Jusefa: »Der Pan ist ein Parasit.«

Ich riß die Augen auf, und Jusefa sprach in gebrochenem Jiddisch weiter.

»Er kein Gewissen hat, Pan«, brummelte sie. »Hat sich hingelegt, Pan, und liegt.«

Ich wurde rot, stieß den Teller weg und drehte mich zur Wand. Adieu, ihr wolkenweichen Kissen, adieu, traumhaft süße Rosinen und Eierkuchen, und auch ihr Apfelbäume vor dem Fenster, die ihr gerade die schneeweißen duftenden Käppchen aufsetzt.

Ich sprang aus dem Bett und begann meine Kleider zu suchen. So schnell wie möglich wollte ich Schimons Pyjama loswerden – den hatten sie mir gleich am ersten Tag angezogen – und auf und davon rennen. Ich guckte unters Bett, griff in Schimons Schrank, doch mein Hemd und meine Hose waren nicht da. Da öffnete ich das Fenster, kletterte aufs Fensterbrett und sprang in den Garten, auf die feuchte, noch recht kalte Erde.

Ich wäre wahrscheinlich entschlüpft, wenn nicht die Gartenpforte sich geöffnet hätte und Doktor Jochelsohn gekommen wäre.

»Wer hat dir erlaubt hinauszugehen?« fragte der Doktor streng.

»Niemand.«

»Sofort nach oben, marsch!«

»Ich gehe nicht.«

Die kalte Erde tat meinen Fußsohlen weh.

»Was ist passiert?« fragte Jochelsohn und kam näher.

»Nichts. Ich bin kein Parasit. Sie selbst haben mich hergeholt. Und den Pyjama gebe ich zurück. Ich brauche Ihren Pyjama nicht, ich brauche auch die Spritzen nicht, und den Brei ...«

»Komm erst mal nach oben, Kind. Dann sehen wir weiter.« Jochelsohn ergriff meinen Arm, und mein Zorn schmolz dahin wie Eis in der Sonne.

»Jusefa!« sagte Jochelsohn, als wir oben waren. »Machen Sie bitte Wasser warm. Mit solchen Füßen geht man nicht ins Bett.« Er wies auf meine schmutzigen Füße, auf den schlammbespritzten Pyjama. Seine Bewegungen waren ruhig und gelassen, und seine Augen hinter der Brille verströmten einen Glanz von Müdigkeit und Güte, den schönsten, den ich je gesehen hatte.

Als Jusefa das Wasser brachte, sagte Jochelsohn wie beiläufig: »Danke, Pani. Und nun haben Sie die Güte, sich zu entschuldigen.«

»Bei wem?« Sie verstand nicht.

»Bei Pan Daniel.«

»Ich habe dem Pan doch nichts getan.«

»Wenn Sie sich nicht entschuldigen, sehe ich mich gezwungen, Sie zu entlassen«, sagte Jochelsohn, ohne die Stimme zu heben. »In unserem Hause gibt es keine Parasiten. Merken Sie sich das.«

»Wie Sie wünschen, Pan Doktor«, sagte Jusefa, und ohne mich anzusehen, plapperte sie: »Ich bitte um Vergebung, Pan ... Ist das Wasser nicht zu heiß?«

»Genau richtig«, antwortete ich und stieg wieder ins Bett.

Doktor Jochelsohn war fast nie zu Hause, den ganzen Tag hetzte er pausenlos durch die Gegend, er fuhr in die entlegensten Ortschaften und kehrte stets erschöpft und gealtert heim, im steifen Reisemantel und mit einer drolligen Mütze aus Kaninchenfell. Einen Kutscher hatte Jochelsohn nicht. Er selbst lenkte das rehbraune Pferd, das vor einen wackligen Wagen gespannt war. Für den Braunen sorgte Jusefa, wie für alles im Hause, sie spannte ihn ein und aus, sie putzte ihn mit der Kartätsche und führte ihn auch zum Schmied Pranciškus. An Gott glaubte Jochelsohn nicht, er ging nicht in die Synagoge, und deshalb ließen die gläubigen Juden ihn selten zu sich kommen, sie betrachteten ihn beinahe als einen Abtrünnigen.

»Kurier dich aus«, sagte er und fügte hinzu: »Heutzutage muß man stark sein.«

Offen gestanden, ich schämte mich vor Jochelsohn. Ich fühlte mich ganz leidlich und hätte natürlich nach Hause gehen können. Doch ich zögerte absichtlich. Was mich zurückhielt, war nicht so sehr der Rosinenbrei oder das saubere Bett, es war vielmehr der Sohn des Doktors, mein Altersgefährte Schimon, ebenso lang und dünn wie sein Vater, mit einer Brille auf der dicken Nase, die gar nicht zu ihm paßte, und mit kurzen Hosen, aus denen wie Sonnenblumenstengel dünne Beine ohne jede Schramme ragten.

»Gehst du zur Schule?« hatte Schimon mich gleich am ersten Tag gefragt.

»Nein.«

»Warum nicht?«

»Ich lerne nicht gern.«

»Ich auch nicht«, gab Schimon zu. »Aber meine Eltern verlangen es. Hast du Eltern?«

»Einen Vater.«

»Und was ist dein Vater?«

»Schneider ... Im Gefängnis ist er.«

»Aha«, sagte Schimon. »Dein Vater näht ihnen die Kleidung.«

»Wem?«

»Den Häftlingen.«

»Ach nein ... Er ist selber Häftling.«

»Häftling?« Schimon zog die Brauen hoch. »Wenn ich groß bin, lasse ich mich auch ins Gefängnis sperren.«

»Das tust du nicht«, widersprach ich.

»Doch tu ich's«, wiederholte Schimon hartnäckig.

»Das erlaubt der Doktor nicht.«

»Ich bringe Jusefa um und lasse mich einsperren.«

»Weswegen willst du sie denn umbringen?«

Jusefa zankte ewig mit Schimon wegen des Essens und der Kleidung: Mal hatte er das Falsche angezogen, mal nicht das Richtige gegessen, mal kam er zu spät, mal erschien er zu früh.

»Sie macht mit mir, was sie will. Gerade daß sie mich nicht zum Schmied führt«, beklagte sich Schimonn. »Ich würde gerne mit dir tauschen, Daniel. Du könntest hier wohnen, zur Schule gehen, und ich würde Lehrling werden beim Totengräber. Als erstes würde ich nicht einen Menschen eingraben, sondern das Gerippe.«

»Wessen Gerippe?« hauchte ich.

Er zog mich ins Arbeitszimmer des Doktors.

»Wessen ist das?« fragte ich wieder und bemühte mich, nicht hinzusehen auf die eingesunkenen Augenhöhlen und die abgenagten Wirbel, die wie eine gespenstische Kette baumelten.

»Papas. Wessen sonst?« antwortete Schimon, ging zu dem Gerippe und tippte auf die eingefallene Nase.

»Ich meine ... als er noch gelebt hat ...«, stammelte ich mit abgewandtem Gesicht.

»Ach so!« Jetzt begriff Schimon. »Das war ein Antisemit. Sagt Papa.«

»Ein Antisemit?« fragte ich interessiert, denn ich hatte noch nichts von solch einem Beruf gehört.

Mehr wagte ich nicht zu fragen. Ich war überzeugt, ein Antisemit mußte beinahe etwas wie ein Graf oder so ähnlich sein, sonst hätte der Doktor wohl kaum sein Gerippe im Arbeitszimmer aufgestellt. Und vollends unverständlich war mir, warum Schimon so darauf brannte, es einzugraben. Man bekommt doch selten genug im Leben einen Grafen zu sehen, und noch dazu in solchem Zustand.

Während ich bettlägerig war, hatte draußen der Frühling Einzug gehalten. Die Bäume waren grün geworden, und vor dem Fenster quirlten eifrige Bächlein, wie Schwiegermütter auf einem Hochzeitsfest. Die Luft war voller Vogelgezwitscher, und am lautesten von allen, wie ein Gastkantor in der Synagoge, jubilierte die Lerche, die kleine, graue mit dem Silberglöckchen in der Kehle.

Im Wettlauf mit dem Frühling kam auch ich wieder zu Kräften. Am zehnten Tag durfte ich aufstehen, wenngleich mir der Doktor noch strengstens verbot, auf die Straße zu gehen.

»Um Komplikationen zu vermeiden ...«

Jochelsohn gebrauchte oft sonderbare Wörter, deren Sinn mir entglitt wie ein Fisch aus einem löcherigen Netz.

Einmal kam Jusefa ins Kinderzimmer und verkündete mit komischer Feierlichkeit: »Besuch für Sie.«

»Für mich?« fragte Schimon. Er saß an meinem Bett und spielte für mich auf der Mundharmonika.

»Wer?« fragte ich verwirrt.

»Der Pan Gräber«, sagte Jusefa.

»Laß ihn herein«, rief Schimon freudig.

Mit dem Holzbein stampfend, stieg der Totengräber die Holztreppe zum Kinderzimmer hoch. Schimon hörte auf zu spielen und bot Josef einen Stuhl an, aber der Einbeinige setzte sich nicht, er stand auf der Schwelle und knetete seine Mütze.

»Es ist alles geregelt«, sagte der Totengräber fröhlich. »Seit heute bin ich dein Vormund. Nun, Daniel, stecken sie dich nicht ins Kinderheim. Werd nur gesund.«

Er wandte sich um und wollte zur Tür hinaus.

»Warten Sie«, hielt Schimon ihn zurück. »So ein kurzer Besuch, das schickt sich nicht.«

»Keine Zeit. Der Badewärter Salo ist gestorben.«

»Sagen Sie bitte«, faßte Schimon sich ein Herz, »haben Sie meine Großmutter eingegraben?«

»Natürlich.«

»Und meinen Großvater?«

»Auch«, sagte der Totengräber nicht ohne Stolz.

»Graben Sie alle aus dem Ort ein?«

»Ich begrabe nur Juden.«

»Warum?«

»Für die anderen gibt es den katholischen Friedhof.«

»Auf dem katholischen ist es besser«, meinte Schimon. »Mehr Bäume. Und schönere Grabsteine. Mit Englein und Kreuzen. Wenn ich gestorben bin, bitte ich Papa, daß ich dort begraben werde«, sagte er und lachte. »Und du, Daniel, auf welchem Friedhof willst du liegen?«

»Ich sterbe überhaupt nicht.«

»Unsinn«, widersprach Schimon. »Niemand lebt ewig. Stimmt's?« Er versuchte, den Gast auf seine Seite zu ziehen.

»Stimmt«, brummelte mein Vormund.

»Aber ich sterbe nicht. Ich werde ein Vogel.«

»So was gibt es nicht«, schnitt mir der Arztsohn das Wort ab. »Stimmt's?« wandte er sich wieder um Unterstützung an Josef.

»Warum soll es das nicht geben?« Josef, erinnerte sich seiner Pflichten als Vormund. »Im Leben gibt es alles mögliche. Wenn es dem Herrgott beliebt, kann der Mensch auch werden eine Schlange oder ein Vogel.«

»Unsinn«, ereiferte sich Schimon. »Es gibt gar keinen Herrgott. Fragen Sie meinen Papa.«

»Der Tote wartet auf mich«, sagte der Totengräber, er zwinkerte mir zu und verließ das Zimmer.

Schimon konnte und konnte sich nicht beruhigen. Er wollte mir unbedingt beweisen, daß er recht hatte, er konnte nicht einschlafen, nicht still liegen im Bett, und sein Herumspektakeln beunruhigte schließlich den Doktor. Jochelsohn kam nach oben, trat ans Bett des Sohnes und fragte: »Warum schlaft ihr noch nicht?«

»Hör nur, Papa, was Daniel sagt«, beklagte sich Schimon. »Was sagt er denn?« Der Doktor steckte Schimon ein Fieberthermometer unter die Achselhöhle. »Schlechte Wörter?«

»Nein. Er sagt, er wird nicht sterben, sondern ein Vogel werden. Nicht wahr, das kann er nicht, Papa?«

»Praktisch kann er es nicht«, sagte Jochelsohn. »Tut es dir beim Schlucken weh?«

Schimon schluckte ein paarmal und antwortete: »Tut nicht weh.«

»Denkt lieber darüber nach, Kinder, was ihr im Leben werden wollt.« Jochelsohn nahm das Thermometer heraus, hielt es ans Licht, besah es und fuhr fort: »Deine Temperatur ist normal. Schlaf jetzt.«

Als die Tür hinter dem Doktor zugeschlagen war, flüsterte Schimon: »Hast du's gehört?«

»Deine Temperatur ist normal.«

»Ach, ich meine nicht die Temperatur, ich meine das mit dem Vogel ...«

»Trotzdem werd ich einer.« Ich dachte nicht daran, klein beizugeben. »Du, Schimon, wirst auf dem katholischen Friedhof liegen, und ich flattere über dir und singe wie eine Lerche.«

»Unsinn.«

Mir träumte, ich bin wirklich ein Vogel, ich fliege am wolkenlosen Himmel über den Markt und den Kramladen, über die Synagoge und den Friedhof, und die Jungen aus dem Ort schießen mit Katapulten nach mir, und der lange Pessach, Lehrling beim Schaubudenbesitzer Zaddik, ruft: »Daniel! Nicht so hoch! Sonst werden wir's dir zeigen. Wohin fliegst du, du Dummer?«

Ich aber fliege höher und höher, bis hin zur Sonne, die sengt meine Flügel, doch sie verbrennen nicht, sondern bekommen einen feierlichen schwarzen Glanz, wie die Stiefel des Herrn Offiziers, und schon schwebe ich in paradiesischen Gefilden, und diese Gefilde gleichen dem Garten von Doktor Jochelsohn fast aufs Haar, nur daß die Apfelbäume höher sind, auch hängen keine Antonäpfel daran und keine Renetten, sondern Goldbarren, und ein Schwarm Engel kreist drüberhin, die setzen sich auf die Zweige, und ich setze mich auch, und die Engel kommen in ihrer himmlischen Sprache mit mir ins Gespräch über alles mögliche, sie fragen mich aus, wer ich bin und woher ich komme, und ich erzähle ihnen vom Gefängnis und vom Altersheim, von meinem ersten Lehrherrn, dem Herrn Damski, vom Vormund Totengräber, von Doktor Jochelsohn und seinem Sohn Schimon, der nicht glauben will, daß der Mensch ein Vogel werden kann, und die Engel hören zu, die keuschen Münder weit offen, sie staunen, und einer fängt sogar an zu schluchzen, und seine Tränen fallen wie Regentropfen hinab auf die ferne Erde, die ich nie mehr wiedersehen werde.

Nachdem Doktor Jochelsohn mir erlaubt hatte aufzustehen, fühlte ich mich im Kinderzimmer wie im Gefängnis.

Kaum war Schimon zur Schule gegangen, schloß Jusefa das Zimmer ab, damit ich um Gottes willen nicht auf die Idee käme, im Haus herumzulaufen und die Ruhe der Doktorsfrau zu stören. Die Doktorsfrau war eine schweigsame, grämliche Frau, sie ging fast nie aus, sie saß im Wohnzimmer, las Bücher oder spielte auf dem Klavier. Ein Klavier hatte ich noch nie im Leben gesehen, und als Schimon es mir zeigte, staunte ich mächtig, als sähe ich ein Wunder. Was war dagegen eine Geige, eine Klarinette oder gar eine Trommel! Aber das Klavier ist ein Wunderding nur für einen einzelnen Menschen, man kann es nicht mit zur Hochzeitsfeier nehmen, man kann nicht im Hof darauf spielen, Klarinette und Geige dagegen sind Wunderdinge für alle.

Ich stand am Kinderzimmerfenster, blickte auf die erblühten Apfelbäume, auf die Kirchturmuhr, die jahrein, jahraus dieselbe Zeit anzeigte, sah den Frühlingswolken hinterher, die wer weiß wohin eilten, und dachte darüber nach, was ich tun sollte, wenn ich gesund sein würde.

Und da kam mir ein wundervoller Einfall. Wenn ich nun als Lehrling zum Hochzeitsmusikanten Leiser ginge! Leiser würde mich nicht abweisen, ich brauchte nur eine Geige oder eine Klarinette. Mit einem Pfeifchen aus Birkenrinde durfte man ihm nicht kommen, da sagte er nein.

»Hör mal, Schimon«, sagte ich, als der Arztsohn aus der Schule kam. »Hast du eine Geige?«

»Ja. Warum?«

»Spielst du darauf?«

»Nein.«

»Dann verkauf sie mir.«

»Du hast ja kein Geld.«

»Geld besorge ich.«

»Und wozu brauchst du die Geige?«

»Ich brauche sie eben.«

»Sag erst, wozu.«

»Ich will zum Hochzeitsmusikanten Leiser in die Lehre gehen. Ohne Geige nimmt er mich nicht.«

»Es geht nicht. Mama wird schimpfen.«

Wie groß war mein Erstaunen, als anderntags Jusefa kam, ihre nimmermüden kurzfingrigen Hände am Schürzenzipfel abwischend, und sagte: »Den Pan ruft die Herrin.«

Ich ging hinunter ins Wohnzimmer, und mein Herz dröhnte wie die Kirchenglocke – im ganzen Ort mußte das zu hören sein. Im Wohnzimmer war niemand. Ich stand neben dem Sofa und betrachtete die Fotos an den Wänden. Auf der größten Fotografie war ein alter Mann mit Scheitelkappe, offenbar der Vater der Doktorsfrau. Ein üppiger Bart zierte sein Gesicht, und es schien, er würde gleich durchs Glas des Bilderrahmens sprießen, wie junges Grün aus der Erde.

»Schimon hat mir von deiner Bitte erzählt«, hörte ich eine Frauenstimme sagen und wandte mich um. Die Doktorsfrau stand an der Tür, und auf ihrem grämlichen Gesicht schimmerte ein schwaches Lächeln.

Die Glocke verstummte plötzlich, und in meinem Herzen wurde es still und leer.

»Hast du Gehör?« fragte Frau Jochelsohn und setzte sich ans Klavier.

»Gehör hab ich. Das brauche ich nicht von Ihnen«, stammelte ich und blickte auf ihren Rücken.

»Wir wollen sehen«, sagte die Doktorsfrau und fügte hinzu: »Sing mir nach!«

Sie schlug auf die Tasten. So schlägt ein aufgescheuchter Wildvogel mit den Flügeln aufs Wasser.

»Do-re-mi-fa-so-la-si-do. Sing mir nach! Do-re-mi-fa-so-la-si-do!«

Ich begriff nicht, wozu es gut sein sollte, wenn ich das Klavier nachäffte, aber ich riß den Mund auf, atemlos vor Eifer und Erwartung, und brachte hervor: »Do-re-mi-fa-so-la-si-do ...«

»Noch einmal. Nicht so schnell.«

»Do-re-mi-fa-so-la-si-do.«

Der Bart des alten Mannes wuchs durchs Glas des Bilderrahmens und nahm die halbe Wand ein. Vielleicht aber war mir auch schwindlig von der Anstrengung, oder ein Sonnenstrahl brach sich an der Glasscheibe und ließ die harten graudurchwirkten Barthaare nach allen Seiten sprühen.

»Nicht schlecht«, sagte die Doktorsfrau. Wahrscheinlich war es ihr über, allein im Hause zu sein, und sie wünschte sich ein wenig Unterhaltung. Die Geige würde mir sowieso niemand verkaufen. Die hatte gewiß der alte Mann für Schimon gekauft, für seinen einzigen Enkel, und er hatte eine Menge Geld dafür bezahlt.

»Gehör hast du.« Die Doktorsfrau zeigte wieder jenes schwache Lächeln. »Eine Geige sollst du auch haben.«

Mir schien, der Alte auf dem Bild spitze seine großen Ohren und verzöge das Gesicht.

»Vielleicht wirst du mit der Zeit ein zweiter Heifetz.«

»Was soll ich werden?« Ich kannte weder den ersten Heifetz noch den zweiten noch den zehnten.

»Ein Jascha Heifetz. Ein großer Musiker«, erklärte mir Frau Jochelsohn.

»Und was ist mit Schimon?«

»Schimon bleibt ein Jochelsohn.« Wieder glitt das Lächeln über ihr grämliches Gesicht und erlosch sogleich, als vertrüge es kein Licht. Meine Großmutter hatte auch nur im Dunkeln gelächelt. Bei Licht war sie finster wie eine Gewitterwolke.

»Gib gut auf sie acht«, sagte die Doktorsfrau. »Sie ist noch fast neu. Vielleicht kommst du eines Tages nach Amerika, und ich höre dich spielen.« Sie ging zum Schrank und hob mit beiden Händen die Geige aus dem Kasten, wie einen Säugling aus der Wiege.

»Aber ich habe kein Geld«, sagte ich.

»Die Geige ist schon bezahlt«, sagte die Doktorsfrau.

»Bezahlt?« staunte ich. »Etwa von Josef?«

»Was für ein Josef?«

»Mein Vormund. Der Totengräber.«

»Nein«, sagte die Doktorsfrau. »Die Geige hat mein Vater bezahlt.« Sie warf einen Blick auf den alten Mann im Bilderrahmen. »Es wäre schade, wenn sie verstaubt.«

Die Doktorsfrau schwieg, und ich stand und blickte unsicher zwischen ihr und dem Alten im Rahmen hin und her, ohne einen Schritt zu wagen. Ich stellte mir vor, Frau Jochelsohn würde schreien: Haltet den Dieb!, dann käme Jusefa gelaufen, sie würde mich am Arm packen, mir die Geige wegnehmen, mich mit der Wäscheleine fesseln, unseren Ortspolizisten rufen, und dann entginge ich dem Waisenhaus auf keinen Fall.

»Geh jetzt«, sagte die Doktorsfrau.

Ich verneigte mich tief, wie Großmutter sich immer vor dem Rabbiner verneigt hatte, wenn sie von ihm das Geld für eine Gans entgegennahm.

»Na siehst du«, sagte Schimons Mutter. »Verbeugen kannst du dich schon. Nun mußt du nur noch spielen lernen.«

»Leiser bringt es mir bei.«

»Leiser hat gespielt wie ein Gott«, sagte die Doktorsfrau. »Honigsüß klang seine Geige. Aber seine Finger sind verdorrt wie alte Zweige. Ich habe gehört, er peitscht sie mit einer Rute.«

»Er peitscht seine Finger?«

»Ja, und dabei sagt er: Ich werd euch zwingen zu arbeiten, ihr Faulen. Zwingen werd ich euch! Im vorigen Jahr kam er zu uns und zeigte sie dem Doktor. Nun geh, und Gott helfe dir.«

Der Hochzeitsmusikant Leiser beugte sich nieder, steckte seinen grauen Kopf in einen Eimer und schlürfte kühles Brunnenwasser, wie ein erschöpftes Pferd. Ich wartete, bis er sich satt getrunken hatte, dann sagte ich: »Guten Tag.«

Leiser antwortete nicht. Er wandte sich nicht einmal zu mir um, sondern wischte sich mit dem Ärmel die feuchten Lippen und ging langsam auf seine Hütte zu.

»Guten Tag«, sagte ich abermals, und wieder antwortete Leiser nicht.

Ich ging ihm nach, trat in die offene Tür und blieb auf der Schwelle stehen wie ein Bettler.

»Wenn du außer ›Guten Tag‹ nichts zu sagen hast, dann ›Auf Wiedersehen‹«, brummte Leiser.

»Ich bin gekommen, damit Sie mich unterrichten«, stammelte ich und drückte die geschenkte Geige fest an mich.

»Worin unterrichten?« fragte Leiser.

»Im Geigespielen«, stieß ich hervor.

»Wie, bitte schön?« Leiser setzte sich an den Tisch und begann, einen trockenen Brotkanten zu kauen. »Im Geigespielen?«

»Ich will auch gern umsonst spielen«, erklärte ich.

»Wie, bitte schön? Umsonst spielen?« Leiser knabberte am Brotkanten und schielte auf den Geigenkasten. »Aber dann lebst du doch, Jungchen, dein ganzes Leben umsonst. Wie ich. Wie deine Großmutter, Gott hab sie selig. Wie das ganze Menschengeschlecht.«

Das ganze Menschengeschlecht war mir einerlei, doch ich widersprach Leiser nicht, ich wollte ihn nicht verärgern. Er hatte offenbar sowieso schlechte Laune.

»Hättest früher zu mir in die Lehre kommen sollen«, sagte Leiser. »Vor zwanzig Jährchen.«

»Aber damals war ich ja noch nicht auf der Welt.«

»Dafür war ich da«, sagte Leiser. »Und alle Lehrmeister waren noch lebendig.« Er legte die Hände auf den Tisch und betrachtete seine Finger. »Aber jetzt, Jungchen, haben sie gesegnet das Zeitliche.«

»Wer?«

»Meine Finger. Alle zehn Lehrmeister.«

In der Hütte wurde es still. Als einziges war zu hören, wie der Brotkanten zwischen Leisers gelben Zähnen knirschte, und dieses Knirschen rief in mir unerklärliche Angst und Schmerz hervor.

»Nun also, zeig mir deine Bandura.«

Ich reichte Leiser den Kasten. Er nahm die Geige heraus, betrachtete sie und fragte beiläufig: »Hat dir der Doktor geschenkt?«

»Die Doktorsfrau.«

»Ich habe bei ihnen zur Hochzeit gespielt«, erinnerte sich Leiser. »Der alte Lewin, der Brautvater, hat mir für den Abend seine Geige geborgt.«

»Dann ist sie schon alt?«

»Eine Geige, Jungchen, ist nicht wie ein Mensch. Geigen altern nicht. Man erzählt, es gibt eine in Deutschland oder in Österreich, die ist dreieinhalbtausend Jahre, und klingen soll sie wie Honig so süß.«

»Wirklich?« fragte ich zweifelnd.

»Man erzählt, König Salomo selber hat sie gehört zusammen mit seinen Frauen. Und weiter erzählt man, sein erster Geiger soll ein blinder Alter gewesen sein, mit Fingern wie ein Jüngling und mit einem Gehör wie eine Wildtaube. Der Herrgott hat seinen Händen und Ohren ewige Jugend geschenkt, und alle übrigen Glieder hat er altern lassen. Keiner konnte sich vergleichen mit ihm, nicht in Judäa, nicht in Ägypten. Wenn die Krähen, die Unglücksboten, über ihm flogen, sind sie verbrannt in der Luft, und ihre Asche ist verweht über den Zelten.«

»Und wovon, Reb Leiser, sind sie verbrannt?«

»Von seinem Spiel. Das hat das Böse zu Asche verwandelt, denn es war stark und heiß wie eine Flamme ... Schade, Jungchen, du bist zu mir gekommen nach dem Begräbnis ...«

»Wessen Begräbnis?«

»Ich hab doch gesagt: meiner Finger. Hast du noch nicht gehört, daß jedes Ding auf der Welt seinen Friedhof hat?«

»Nein.«

»Und da willst du ein Hochzeitsmusikant werden! Die Musikanten, Jungchen, begraben ihre Finger in den Taschen oder im Haar auf dem Hinterkopf.«

»Aber Ihre Finger, Reb Leiser, leben doch noch.«

»Nein, nein ... Zu ihrem Begräbnis waren so viele Menschen gekommen wie sonst zu keinem. Aus ganz Litauen – ach, was heißt Litauen, aus ganz Polen und sogar aus Deutschland waren gekommen die Bräutigams und die Bräute, die Schwiegerväter und Schwiegermütter, auch deine Großmutter und dein

Großvater waren da. Hab ich doch auch auf ihrer Hochzeit gespielt. Die Rabbiner haben meinen Fingern das Totengebet gelesen und aus ihren gerechten Augen sind ihnen die Tränen geflossen. Denkst du vielleicht, ich bin verrückt?« krächzte Leiser, und ich wandte den Blick zur Seite, sonst hätte ich mich in der Tat verraten können. »Ich kann dir das Spielen nicht beibringen. Du wirst es selbst lernen. Mir hat's auch keiner beigebracht. Eines Tages hab ich die Geige genommen, hab sie an die Schulter gesetzt und angefangen zu spielen. Kann sein, der Herrgott ist gnädig und läßt dich wie jenen Blinden werden, und alle Juden werden sich reißen um dich für ihre Feste, und sogar die Könige mit ihren Frauen ...«

Ich zweifelte kaum noch, daß der Hochzeitsmusikant Leiser nicht mehr ganz richtig im Kopf war, vielleicht kam das vom Alter, vielleicht auch von der Einsamkeit. Es ist ja kein Spaß, das ganze Leben allein zu verbringen, ohne Frau, ohne Kinder und sogar ohne Katze.

»Ich kann dich nur lehren, was ein Musikant nicht tun darf«, fuhr Leiser fort.

»Und was darf er nicht tun?«

»Erstens einmal darf er keinen anderen beneiden. Beneiden etwa die Bäume einander? Jeder wächst und rauscht mit seinen Blättern. Und wessen Rauschen dem Herrgott am angenehmsten klingt, das kümmert sie nicht.«

Leisers Stimme klang müde, als spräche er nicht zu mir, sondern zu einem anderen, Unsichtbaren, zu seinem einzigen Vertrauten, der lange schon gewöhnt war an seine wunderlichen Reden, an seine Einsamkeit und seine Grillen. Ich lauschte Leiser andächtig, wie die Wände seiner Hütte, wie die alte niedrige Kommode, wie der trockene Brotkanten auf dem Tisch, ich wagte nicht, ihn zu unterbrechen, und atmete kaum mit meiner eben erst genesenen Lunge.

»Zweitens«, sagte Leiser und schnipste mit den Fingern, »zweitens darf ein Musikant seine Liebe nicht zwischen der Musik und einer Frau teilen, denn beide sind eifersüchtig und geben sich nicht zufrieden mit der Hälfte. Und drittens, wer spielt, der darf kein Säufer sein. Die Motte frißt Kleider, der Trunk frißt die Seele. Schlimm ist es, sehr schlimm, wenn eine Geige betrunkene Tränen weint. Hast du mich verstanden, Jungchen?«

»Ja«, sagte ich unsicher. »Ich werde keine Frau haben.«

»Leg dich lieber nicht fest«, murmelte Leiser.

»Und ein Säufer werde ich auch nicht.«

»Vielleicht, vielleicht.« Leiser stand vom Tisch auf, ging zur Kommode und sagte: »Komm her. Ich will dir meine Geige zeigen.«

Ich trat näher, und der Hochzeitsmusikant Leiser öffnete das quietschende Kommodenschubfach.

»Ich halte sie verschlossen«, erklärte Leiser. »Wenn du errätst, warum, dann wird aus dir ein tüchtiger Musikant werden.«

»Damit sie nicht gestohlen wird«, sagte ich.

»Nein, nein. Mir kann schon keiner mehr etwas stehlen.«

Die Geige lag auf dem Boden des Kommodenschubfaches wie in einem Sarg, ohne Geigenkasten, mit straff gespannten Saiten. Hier lag auch der Bogen verwahrt, leicht, fast gewichtslos, den Leiser mit zwei Fingern faßte und tanzen ließ: über der Geige, über den Feierlichkeiten der anderen, über den Dächern.

»Kannst es nicht raten?« stachelte Leiser mich an.

»Nein«, gab ich zu.

»Ich schließe sie ein, damit sie nicht davonläuft.«

»Wohin?«

»Zu einer Hochzeit, zum Beispiel. Sie hat ja so viel Kraft. Ich sehe, du glaubst mir nicht. Wo hat man so was gehört, daß eine Geige davonläuft. Sie ist doch keine Katze, kein Hund, keine Frau.«

»Kein Hund«, plapperte ich nach.

»Einmal wollte sie mir schon entwischen, aber ich habe aufgepaßt und habe sie noch geschnappt. Dort an der Schwelle ... Es war still, der Mond hat geschienen. Irgendwo draußen hat eine Klarinette geschluchzt, hat eine Trommel gedröhnt. Das hat sie gehört und hat fort wollen aus der Hütte. Seitdem, siehst du, schließe ich sie ein.

Aber einmal wird meine Geige mich trotzdem überlisten. Wirst du mich überlisten, mein Täubchen?« wandte Leiser sich an die

Geige. »Sie antwortet nicht. Sie geniert sich vor dir, siehst du. Genier dich nicht, Täubchen. Dieser Schlingel hier will ein Hochzeitsmusikant werden. Sag ihm die Wahrheit, sag ihm alles ganz ehrlich.«

Leiser murmelte noch weiter, doch ich hörte es schon nicht mehr. Sein zusammenhangloses Gemurmel trieb mir plötzlich den Schweiß aus allen Poren. Er lief über meine Stirn, strömte herab auf Brauen und Lider, und meine Wangen glühten wie ein erhitztes Bügeleisen, am liebsten hätte ich den Kopf in kaltes Wasser gesteckt und so lange im Eimer gelassen, bis er abgekühlt wäre.

Wahrscheinlich hätte ich das auch getan, wäre nicht mein Vormund, der Totengräber Josef, in die Hütte gestapft gekommen.

»Im ganzen Ort bin ich rumgestiefelt«, sagte Josef. »Dabei bist du hier ...«

»Dich hat niemand gerufen«, fiel Leiser ihm ins Wort. »Mach, daß du fortkommst, alter Rabe.«

»Ein Witzbold bist du, Leiser, ein Witzbold ... Alle Musikanten sind Witzbolde«, erklärte er mir und fuhr fort: »Komm, Daniel, wir gehen!«

»Geh nur, geh«, sagte Leiser. »Er wird dich lehren, die Toten begraben. Wozu, zum Teufel, brauchst du einen Geigenbogen, wenn es gibt auf der Welt einen Spaten?«

»Ich werde kein Totengräber«, sagte ich. »Ihr könnt mich nicht zwingen.«

»Leb wohl, Leiser«, dröhnte der Totengräber. »Und führe nicht wieder ein Kind vom rechten Weg ab.«

»Vom rechten Weg?« lachte der Hochzeitsmusikant. »Feldwege gibt es und Landstraßen und Chausseen, aber den rechten Weg gibt es nicht. Gibt es nicht und wird es nicht geben. Und darf es auch nicht geben, weil der rechte Weg der kürzeste ist, und nirgendwo, alter Rabe, führt er hin.«

Er setzte sich auf einen Hocker und fing wieder an, am trockenen Brotkanten zu knabbern.

»Leiser hat nicht alle beisammen«, sagte Josef draußen und tippte sich mit dem Finger an die Schläfe. »Sein Vater, Gott hab ihn selig, war auch halb irre. Ist zur See gegangen, hat auf einem Schiff angeheuert. Was will ein normaler Jude auf der See machen?«

»Und auf dem Land?«

»Was – auf dem Land?« fragte Josef verständnislos.

»Was soll er auf dem Land machen?«

»Kinder und Geld«, schmunzelte Josef.

»Und wenn ein Mensch keine Kinder will und auch kein Geld, was soll er dann machen?«

Zu Pessach starb mein erster Lehrherr, der Herr Aron Damski. Wie ich vermutet hatte, war seine Zeit nach dem Schlaganfall nur noch kurz bemessen. Für immer schlossen sich seine schlauen Augen, kamen seine unermüdlichen Hände zur Ruhe, und seine zahllosen Taschentücher benetzte die hagere Roche mit ihren Tränen.

Am zweiten Ostermorgen vor Tau und Tag kam der älteste Gehilfe Leibele Parowosnik auf den Friedhof gelaufen, klopfte an den Fensterladen, weckte Josef und sagte in dessen verschlafenes, traumverwirrtes Gesicht hinein: »Die Herrin schickt Geld.«

Er holte zwei Silbermünzen aus der Tasche, reichte sie meinem Vormund und fuhr fort: »Roche läßt bitten, daß Ihr für ihn einen guten Platz auswählt.«

»Bei mir ist jeder Platz gut.« Josef steckte die Münzen unters Hemd und hinkte aus der Hütte auf den Friedhof. »Legen wir ihn neben Isaak Feinblum.«

»Bloß nicht neben Feinblum«, protestierte Leibele Parowosnik. »Die konnten sich nicht vertragen. Haben sich gebissen wie die Hunde.«

»Werden sie sich versöhnen«, sagte mein Vormund.

»Nein. Bloß nicht neben Feinblum.«

»Dann legen wir ihn neben Jente Aronson.«

»Und wo wird Roche liegen?« warf Leibele Parowosnik ein. »Der Herr Damski kann doch nicht mit zwei Frauen zugleich liegen.«

»Hör einmal, Parowosnik. Behalt das Geld und mach mir nicht meinen Kopf verrückt. Vielleicht rühren wir Reb Aron gar nicht an? Soll er liegenbleiben zu Hause.«

Die Sonne ließ die spärlichen Friedhofskiefern mit den gestutzten Zweigen golden schimmern, und sogar die Krähen wirkten unter ihren Strahlen wie Feuervögel mit glitzerndem, zartem Gefieder.

Lange durchstreifte mein Vormund mit Leibele den Friedhof, sie blieben hier und dort stehen, berieten, verhandelten und kamen doch zu keinem Entschluß.

»Soll Roche selbst kommen. Du hast mich genug geplagt, Parowosnik.« Josef riß die Geduld.

Ich fand es seltsam, daß sie so lange um einen Platz feilschten, als wäre es nicht gleichgültig, unter welchem Strauch, auf welchem Fleck Erde mein erster Lehrmeister, der Herr Aron Damski, begraben würde, in der Sonne oder im Schatten. Ich blieb zurück und ging zu Großmutters Grab, lehnte mich an die Kiefer, starrte auf den Hügel, auf den nackten Grabstein, und plötzlich überkam mich das Verlangen, den Markt zu modellieren, einen Korb mit einer gelben Gans aus Ton und eine alte Frau, die die Gans mit ihren derben Händen betastet.

Ich kehrte zurück ins Haus, nahm einen kleinen Eimer und ging in die Grube, um Ton zu holen.

In der Tongrube war es noch feucht. Hier und da faulte vorjähriges Laub, in der warmen Luft hing süßlicher Verwesungsgeruch, der allmählich verdrängt wurde vom Duft aufbrechender Knospen, fedriger Frühlingswolken, flammend in der erstarkenden Sonne.

Ich weichte Ton ein und begann zu kneten, zuerst die Großmutter und die Gans. Großmutter wollte mir lange nicht gelingen, aber die Gans wurde gleich richtig – keck, langhalsig, mit roten Füßen. Mit dem Markt war ich schnell fertig. Besonders leicht fielen mir die Wagen. Ich riß einige Blätter ab, legte die Wagen damit aus und stellte sie zum Trocknen in die Sonne. Die brannte immer stärker, und bald waren Großmutter, Gans und Markt trocken.

»Daniel!« hörte ich Josef rufen. »Wo steckst du? Daniel?«

Ich rührte mich nicht.

Morgen, dachte ich, versuche ich, Großvater zu formen. Soll er auch auf dem Grabstein stehen. Immerhin hat er fast fünfzig

Jahre mit Großmutter gelebt. Und die Katze darf ich nicht vergessen, ihre liebste Plauderfreundin. Und wenn der Platz auf dem Grabstein ausreicht, könnte auch jemand zu Besuch kommen. Zum Beispiel mein erster Lehrmeister, der Herr Aron Damski. Er kann einen Tag bleiben und dann auf sein Grab zurückkehren. Einen Friseur aus Ton zu befördern – Kleinigkeit. Wenn nur Roche bald mit Josef über die Grabstelle einig wird.

»Zeit zum Frühstücken.« Josef kam zum Grab. »Die Kartoffeln werden kalt.«

»Sollen sie kalt werden«, sagte ich.

Mein Vormund besah sich Großmutters Grab, runzelte die Brauen und krächzte: »Du machst die Grabsteine dreckig?«

»Ich mach sie nicht dreckig. Sehen Sie denn nicht?«

»Was?«

»Das ist Großmutter.«

»Da schau her!« Der Totengräber wurde gleich freundlicher. »Gut getroffen! Besonders die Nase.«

»Und das ist eine Gans.«

»Da schau her!« Josef blickte angestrengt auf das Figürchen. »Und warum sieht sie so aus?«

»Wie denn?«

»Gelb. Die Gänse sind weiß oder grau.«

»Sie ist schon gerupft«, sagte ich.

»Gerupft? Ja, wirklich, gerupft«, freute sich Josef. »Also der Daniel! Also was der kann! Vielleicht kannst du auch mich formen?«

»Sie sind nicht tot.«

»Was denn, du formst nur Tote?«

»Lebende formen, das ist nichts.«

»Warum?«

»Lebende sind leicht beleidigt.«

»Ein Narr bist du, Daniel.« Der Totengräber warf noch einen schrägen Blick auf den Grabstein und sagte: »Die Kartoffeln werden kalt.«

Josef und ich saßen am Tisch und aßen die heißen weichen Kartoffeln, die wir in dicke Heringslake tunkten. Draußen krächzten ununterbrochen die Krähen, und von ihrem Krächzen zitterten die Fensterscheiben. Vielleicht aber spielte auch der Wind mit dem Fensterladen. Wenn die Krähen nicht wären, ließe es sich leben auf dem Friedhof. Ich mußte daran denken, was der Hochzeitsmusikant Leiser erzählt hatte. Könnte ich doch lernen, so zu spielen, daß sie in der Luft verbrennen und ihre Asche über den Zelten verweht!

»Weißt du, Daniel«, sagte Josef plötzlich, »ich habe Geld. Hörst du?«

»Ich höre.«

»Früher einmal wollte ich mir ein Bein kaufen.«

»Warum haben Sie es denn nicht gekauft?«

»Das war ein besonderes Bein. Aus Leder und Eisen. Aber man mußte danach bis Amerika reisen. Kann sein, ich wäre dorthin gefahren, aber ich konnte mich nicht recht trennen.«

»Von wem?«

»Vom Friedhof.«

Josef tunkte eine Kartoffel in die Heringslake, biß davon ab und fuhr fort: »Vielleicht sollte ich dich in die Stadt bringen?«

»Zu Vater?«

»Die Stadt – das ist kein Marktflecken. Was gibt es dort nicht für Meister! Du wirst lernen, wirst zurückkommen und wirst Engel formen für den katholischen Friedhof. Für Engel, mein Kleiner, zahlen sie schönes Geld.«

Er sah mich eindringlich an, gespannt auf meine Antwort, ich aber senkte verwirrt den Kopf, starrte auf meinen Teller und sah in der Lake trüb und verzerrt mein Gesicht gespiegelt, dann waberte es und verschwand. Die unerwartete Güte Josefs verschlug mir den Atem, ich hüstelte, und der Totengräber begriff, wie durcheinander ich war.

»Ich warte, bis Vater zurückkommt«, sagte ich zu Josef.

»Wie du meinst, Kleiner, wie du meinst«, sagte er gleichmütig, doch über seiner Nasenwurzel bildeten sich Fältchen, und in seinen braunen Augen unter den rindenharten Lidern glomm Dankbarkeit. Er war doch recht froh, nicht allein zu bleiben mit den Toten.

»Am Donnerstag holst du deinen ersten Lehrherrn ab«, teilte er mir mit. »Ich hebe die Grube aus, und du wirst ihn fahren hierher. Hier hast du ein Geldstück.«

»Nicht nötig«, widersprach ich.

»Du hast jetzt Anspruch auf die Hälfte vom Lohn.«

»Meinen Lehrherrn beerdige ich umsonst«, sagte ich und schob das Geld weg.

Eine seltsame Angewohnheit hatte Josefs Pferd. Der Totengräber konnte es in einer anderen Stadt oder einem anderen Marktflecken lassen, es kam von überallher zurück auf den Friedhof. Josef hatte versucht, es zu verkaufen, hatte sogar einen Käufer gefunden, den Schaubudenbesitzer Zaddik, aber er mußte das ganze Geld zurückgeben, bis auf den letzten Centas. Sobald Zaddik den Friedhofsgaul eine Minute ohne Aufsicht ließ, setzte der sich in Bewegung und trottete wieder zum Friedhof, mit der gesamten Ladung, sei es Weizen oder Sand, Äpfel oder Mehl.

Ich stand unten, vor der Frisierstube meines ersten Lehrherrn, des Herrn Aron Damski, und paßte auf unseren Klepper auf, damit er sich, Gott behüte, nicht losriß und ohne seine Fracht zur Stätte der ewigen Ruhe auf den Weg machte. Wir konnten ja Herrn Damski so weit nicht tragen.

Als erster kam der Altgehilfe aus dem ersten Stock heruntergeeilt, Leibele Parowosnik. Er brachte drei riesige Federkissen mit.

»Die Herrin hat etwas gegen euer Stroh«, schnarrte Leibele.

»Gegen was?«

»Sie sagt, der Herr Damski hat niemals auf Stroh gelegen und soll auch an seinem letzten Tag nicht darauf liegen.«

Der Altgehilfe Leibele Parowosnik schüttelte die Kissen auf und legte sie auf den Boden des Wagens.

»Die hat meine Großmutter gestopft«, sagte ich stolz. Leibele kletterte plötzlich in den Wagen, streckte sich lang hin und erklärte: »Weich genug.«

»Komm runter. Sonst krieg ich Ärger mit Josef.«

Der Altgehilfe Leibele Parowosnik sprang widerwillig vom Wagen und starrte zu den Fenstern hoch.

»Nu, wo bleiben sie? Wahrscheinlich ist Roche wieder gefallen in Ohnmacht. Nu, wie oft kann man fallen? Die Frisierstube ist den dritten Tag geschlossen.«

»Wer bekommt sie jetzt?« fragte ich Leibele.

»Wer? Ich. Ich werde sie heiraten.«

»Die Frisierstube?«

»Nein, Roche.«

»Aber die ist ja schon alt ...«

»Um so besser«, sagte der Altgehilfe Leibele Parowosnik und schmunzelte.

Endlich drang aus der offenen Haustür Weinen, und ich wußte, daß die früheren Kunden meines ersten Lehrherrn, des Herrn Aron Damski, ihn, der bewegungslos auf einem ungehobelten Leichenbrett lag, jetzt aufhoben und heruntertrugen zum Wagen. Roche war ganz in Schwarz gekleidet. Sie ging schwankend, schien weder die Straße zu sehen noch das Pferd noch die Sonne. Die Männer luden den ins Totengewand gehüllten Körper ein, und Leibele Parowosnik gab das Kommando: »Los geht's.«

Ich ruckte an den Zügeln, und das Friedhofspferd zockelte übers Pflaster. Ich stolperte nebenher, vor dem Wagen, dachte an die seidenbezogenen Federkissen und an das ungehobelte Leichenbrett, und ich konnte einfach nicht begreifen, warum die hagere Roche, die Frau meines ersten Lehrherrn Aron Damski, solch eine Abneigung gegen unser Stroh hegte.

Viele Blicke folgten unserem Wagen, und mir schien, sie schauten nicht auf die Witwe, nicht auf den Toten, sondern auf mich, und sie bedauerten mich mehr als meinen ersten Lehrherrn Aron Damski, weil ich ein Totengräber geworden war. Zum erstenmal in meinem Leben brachte ich einen Menschen dorthin, von wo er niemals zurückkehren würde. Und doch, wie seltsam, ich verspürte weder Scham noch Pein, als führte ich nicht einen Friedhofsklepper, sondern das kräftige Lastpferd des Schaubudenbesitzers Zaddik. Der Geruch des Pferdeschweißes, der lange nicht gekämmten Mähne, der abgewetzten Hufe – dieser Geruch erfüllte alles ringsum mit Leben und überdeckte fremdes Leid und fremden Schmerz. Nein, ich fühlte mich ganz und gar nicht wie ein Leichenbestatter. Mir schien, ich sei ein Pflüger, ich schritte über die frische Furche, auf der es von roten Würmern wimmelte und die weder Anfang noch Ende hatte.

Als wir aus dem Ort herauskamen, wurde Roche plötzlich übel. Sie setzte sich auf einen Stein am Weg, griff sich ans Herz und flüsterte kaum hörbar: »Mein Gott, wie weit!«

»Wir sind gleich da«, beruhigte sie der Altgehilfe Leibele Parowosnik. »Dort sieht man schon die Kiefern.«

Roche erhob sich nicht vom Stein, und ich wußte mir keinen Rat: Sollte ich das Pferd anhalten oder weiterfahren?

»Wollen Sie vielleicht auf den Wagen?« schlug Leibele der Witwe zaghaft vor. »Reb Aron wird ein Stück rücken.«

Die Frau meines ersten Lehrherrn, des Herrn Aron Damski, erbebte, sah den Altgehilfen entsetzt an, richtete ihr schwarzes Tuch, stand auf und setzte sich dem Toten zu Füßen.

Der Wagen holperte über ausgefahrene Radspuren, der Tote rutschte vom Leichenbrett, und die Füße meines ersten Lehrherrn, des Herrn Aron Damski, stießen an Roches knochige Hüften. So saß sie den ganzen restlichen Weg, und ich wagte nicht hinzuschauen, als trüge ich vor ihr die Schuld für den Tod ihres Mannes und für den holperigen Feldweg, das Mitleid schnürte mir die Kehle zu, und jetzt hätte ich am liebsten die Zügel losgelassen und wäre davongelaufen, denn nichts war mehr übrig vom Pflüger, nichts von der endlosen Furche, die nach Pferdeschweiß roch und von roten Würmern wimmelte, ich sah nur noch den krumpligen, ausgefahrenen Weg und die knochige Roche.

Während in der Hütte des Totengräbers für meinen ersten Lehrherrn, den Herrn Aron Damski, gesungen und gebetet wurde, saß ich auf dem feuchten Lehmhügel neben der von Josef ausgehobenen Grube und betrachtete deren kahle Wände. Warum, dachte ich, ist es so feucht und kahl in dem Haus, das der Mensch im Jenseits bewohnt? Warum ist an der Wand keine einzige Fotografie, kein einziger Spiegel, kein einziger Nagel?

Ich sprang in die Grube, die künftige Behausung meines ersten Lehrherrn, des Herrn Aron Damski, und zeichnete mit einem Stückchen an die Wand Spiegel, Rasiermesser und Pinsel.

»Da ist jemand in der Grube«, sagte Leibele Parowosnik.

»Was machst du dort unten, Kleiner?« fragte Josef. »Komm heraus.«

»Gleich. Ich will nur noch den Altgehilfen Leibele Parowosnik zeichnen und mich.«

»Das ist Gotteslästerung!« erregte sich der Sattler Tewje, der zur ständigen Kundschaft meines ersten Lehrherrn, des Herrn Aron Damski, gehört hatte.

»Komm raus, Kleiner.«

Ich stieg aus der Grube und wartete nicht mehr ab, wie mein erster Lehrherr, der Herr Aron Damski, auf dem ungehobelten Leichenbrett dort hinabgelassen wurde. Mochten sie allein zuschauen. Ich hatte das Meine getan. Wäre Großmutter noch am Leben, die hätte mich gelobt, o ja. Sie war es doch, die immer gesagt hatte, seinen Lehrmeistern, sogar den allerstrengsten, muß man die Hände küssen.

Es war schon Sommer geworden, da kam unser Ortsbriefträger Eustachius zu Josef und brachte ihm einen Brief.

»Ein Brief?« staunte der Totengräber.

»Ganz recht«, sagte Eustachius. »Aber nicht an dich, sondern an den Enkel vom alten Kleinas.«

»Von wem denn?« Josef nahm den Umschlag entgegen und betrachtete die unleserliche Handschrift.

»Ich trage Briefe aus, aber ich lese sie nicht«, erwiderte Eustachius und verabschiedete sich.

»He, Kleiner«, rief Josef. »Ein Brief für dich. Bring mir einmal meine Augengläser«, sagte der Totengräber.

Ich brachte ihm die Brille. Josef öffnete den Umschlag, zog vier engbeschriebene Bogen heraus und las, mühsam buchstabierend, vor:

»Mein teurer Enkel Daniel, wenn sie dich nicht ins Waisenhaus gesteckt haben, und wenn doch, so soll man den Brief auf den Friedhof zu Josef bringen.«

»Von Großvater«, sagte ich enttäuscht.

»Höre weiter«, sagte Josef und fuhr fort: »Niemals habe ich Glück gehabt im Leben, aber, Gott sei Dank, ich lebe noch und fühle mich nicht wie im Altersheim, sondern wie zu Hause, obwohl sie mich tüchtig betrogen haben, und ich alter Esel bin darauf hereingefallen ...«

»Ich verstehe kein Wort«, sagte ich.

»Er meint die dort ... von der Gemeinde«, erklärte Josef. »Unterbrich mich nicht. Wo bin ich denn stehengeblieben? Aha: Jetzt sind wir alle beide verwaist, Daniel, du und ich, doch Gott ist gerecht und wird sich unser erinnern eines Tages. Deinen Vater, meinen Sohn Saul, habe ich nicht sehen können, direkt vom Bahnhof haben sie mich ins Altersheim gebracht, ohne ein Wort, und ich habe doch ins Gefängnis wollen und habe das Billett gezeigt. Zum Glück ist das Heim groß, und es gibt hier Bekannte. Zum Beispiel Faiwel Krawez aus Žagarė. Er ist ein Vetter von Schloime Rubinstein, und Schloime Rubinstein hat unsere Braine geheiratet, und nachdem Schloime gestorben war, hat Braine zum zweitenmal geheiratet, den Mosche-Jankel, und Mosche-Jankel hat mit mir in Bobruisk gedient. Ich kenne ihn gut. Jaaa«, sagte Josef langsam. »Alles, was recht ist, er hat ein ausgezeichnetes Gedächtnis, dein Großvater.«

»Er ist dort einfach übergeschnappt«, sagte ich.

»Dann ist da noch ein Getaufter aus Kėdainiai, Mottel Petuch, vor kurzem ist er wieder ein Jude geworden, obwohl er unterm Kissen ein Kreuz versteckt hat. Ich habe es nicht selber gesehen, weil: das Kissen haben sie ihm gestohlen. Und dann gefällt mir hier noch, daß ich der einzige Uhrmacher bin. Faiwel Krawez ist ein Schneider. Schneider gibt es im Heim wie Sand am Meer, aber zu nähen haben sie nichts, sie flicken sich gegenseitig am Zeuge und sind's zufrieden. Mein teurer Enkel Daniel! Ich wende mich an dich mit der größten Bitte meines Lebens. Wenn sie dich nicht ins Waisenhaus gesteckt haben, so schicke mir die kleine Flachzange, sie liegt im untersten Kasten, und noch zwei Pinzetten, und auch ein Fläschchen Benzin, ich glaube, ich habe es eingeschlossen, aber vielleicht auch nicht. Außerdem schicke mir alle Uhren, außer der Pendeluhr, die Pendeluhr behalte für dich. Die Uhren brauche ich hier zum Arbeiten, denn niemand hat welche. Schicke mir dies alles mit Ruben Stoljarski, er sollte schon im vorigen Jahr ins Altersheim kommen. Und sag ihm, er soll nichts verlieren unterwegs und sich nichts stehlen lassen. Wenn sie dich nicht ins Waisenhaus gesteckt haben, so geh uf den Friedhof zu Josef ...« Der Totengräber holte Atem und rief:

»Endlich denkt er auch an mich! – Geh zu Josef, und er wird dir alles vorlesen in meinem Namen. Nur er soll sich nicht einfallen lassen, aus dir einen Totengräber zu machen. Gott behüte dich! Ich verbleibe dein Großvater aus dem Altersheim.«

»Schluß?« fragte ich, als Josef verstummte.

»Ja«, sagte der Totengräber.

Aus Großvaters Brief, verworren und traurig, wie er war, wehte mich Schmerzhaft-Vertrautes an. Ich schämte mich plötzlich meines Gedankens, er sei verrückt. Ich mußte an unser Haus denken, in dem außer der Pendeluhr und den Mäusen im Keller nichts Lebendiges mehr war. (Die Katze hatten wir mit auf den Friedhof genommen.)

»Ruben Stoljarski ist längst nach Kibartei gezogen. Dort ist eine Tochter aus seiner ersten Ehe aufgetaucht«, murmelte Josef. »Ich werde selbst zu deinem Großvater fahren.«

»Und wenn jemand stirbt?«

»Niemand wird sterben«, sagte der Totengräber. »Wenn es warm ist, sterben die Leute selten. Du vergiß nur nicht, unseren Klepper zu füttern und ihn zur Tränke zu führen des Morgens.«

»Vielleicht kommt Großvater mit Ihnen zurück?«

»Vielleicht«, sagte Josef.

Er fuhr am Sonnabend, am Sabbat, wo niemals jemand beerdigt wird. In eine Holzkiste hatte er ein paar verrostete Uhren gepackt und die Flachzange, in Fains Bäckerei hatte er Rosinenkuchen gekauft – es geht ja nicht an, ohne Geschenk auf Besuch zu fahren –, und ich brachte ihn mit dem Leichenwagen zum Bahnhof.

Auf dem Rückweg vom Bahnhof rief mich plötzlich Schimon an, der Sohn des Doktor Jochelsohn.

»Warum kommst du nicht mal vorbei?« fragte er, kletterte auf den Wagen und setzte sich neben mich. »Meine Mama fragt, wo deine Dankbarkeit bleibt.«

»Dankbarkeit?«

»Für die Geige! Du hast versprochen, beim Hochzeitsmusikanten in die Lehre zu gehen, und geworden bist du Leichenbestatter.«

»Ich bin kein Leichenbestatter.«

»Was bist du sonst?«

»Nichts.«

»Du lügst. Hast du schon jemanden eingegraben?«

»Niemanden habe ich eingegraben. Hör auf.«

»Willst du immer noch ein Vogel werden?« Schimon ließ nicht locker.

»Was geht's dich an?«

»Ach, sei nicht böse. Ich würde auch gern ein Vogel. Denkst du, ein Mensch sein macht Spaß? Ein Mensch sein ist ganz schön schwierig. Nimm bloß Jusefa – die knurrt und knurrt. Aber wir werden sie bald los ... Und dann die Lehrer! Und Mama? Übrigens, ich habe was Wichtiges rausgekriegt ...«

»Was denn?«

»Alle Vögel leben nur kurze Zeit. Außer dem Raben. Der Rabe lebt dreihundert Jahre. Aber ein Rabe sein, das ist häßlich. Und der Sperling, der pickt sein Leben lang im Mist herum, und der Storch frißt Frösche.«

»Ich könnte das.«

»Ja?«

Wir erreichten die Möbelfabrik. Am Tor drängte sich eine Menschenmenge.

»Es ist Krieg«, sagte Schimon. »Sie haben's im Radio gesagt.«

»Wo?«

»In Spanien. Papa hat's selbst gehört. Die Deutschen haben die Spanier überfallen. Die Spanier haben nur Gewehre, und die Deutschen haben Panzer und Flugzeuge. Hast du schon mal ein Flugzeug gesehen?«

»Nein.«

»Und einen Panzer?«

»Nein.«

»Aber ich. In der Stadt. Zur Parade.«

Ich hielt das Pferd an, richtete mich auf und konnte vom Wagen aus einen jungen Mann sehen, der mit der Faust durch die Luft fuhr und unverständliche Worte schrie, die mich an Doktor Jochelsohns Ausdrücke erinnerten: »Faschismus ... Phalanx ... Republik ...«

»Laß uns weiterfahren«, sagte Schimon, »hier ist doch nichts los.«

Die Menge lauschte dem jungen Mann und schwieg.

Das Friedhofspferd ließ gleichmütig seine Ohren spielen, rupfte vom niedergetretenen Gras am Fabrikzaun, über seinem ungekämmten Rist summten kleine Fliegen, und Schimon bohrte mit dem Finger in seiner sommersprossigen Nase – alles war wie vorher, außer der Faust, die durch die Luft fuhr, und der zornigen aufrührerischen Stimme.

»Auseinander!« rief plötzlich eine andere Stimme, und ich erblickte unseren Ortspolizisten. Inordnung lief zu dem jungen Mann und packte seinen Arm, damit er nicht mehr mit der Faust durch die Luft zu schlagen wagte – durch die Luft unseres Marktfleckens, wo noch niemals solche Worte erklungen waren. Der Bursche aber fuhr fort, sie herauszuschreien, und das Echo griff seinen Schrei auf und trug ihn über den Fluß, zum Wald, und womöglich auch noch weiter, bis hin zu diesen Spaniern und Deutschen.

Endlich schwieg der Bursche. Die Menge zerteilte sich, und ich trieb das Friedhofspferd an.

»Für wen bist du, Schimon?« fragte ich den Arztsohn.

»Wie Papa: für die Kranken und die Armen.«

»Und sind die Spanier arm?«

»Ja.«

Wir fuhren zum Fluß, zogen uns nackt aus und plätscherten im warmen Wasser, das nach Tang und Fisch roch.

»Und jetzt«, sagte Schimon nach dem Baden, »jetzt verrate ich dir das größte Geheimnis.«

»Was für ein Geheimnis?«

»Wir fahren weg von hier.«

»Für immer?«

»Für immer.«

»In die Stadt?«

»Noch weiter.«

»Wohin denn noch weiter? Etwa nach Spanien?«

»Nach Amerika.«

»Du lügst.«

»Nicht doch. Papa ist sich schon mit dem Herrn Offizier einig.«

»Bringt der euch hin?«

»Nein. Der Herr Offizier kauft uns Haus und Garten ab.«

»Und warum fahrt ihr weg?«

»In Amerika gibt es keinen Hitler.«

»Aber in unserem Ort ist er doch auch nicht.«

»Noch nicht, aber er ist dort hinterm Fluß.« Schimon wies zur Brücke. »Hitler bringt die Juden um.«

»Und die Spanier?«

»Auch, glaube ich. Er bringt uns auch um, wenn wir nicht wegfahren. Sagt Papa. Papa weiß es. Er hat in Deutschland studiert.«

»Und wer behandelt dann?«

»Wen?«

»Die Kranken alle.«

»Es kommt ein anderer Doktor. Mama will nicht weg. Aber ich will. Papa spricht sehr gut von Amerika. Er sagt, dort fahren die Züge unter der Erde, und die Häuser sind so hoch – vom Dach aus kannst du den Himmel erreichen. Komm doch mit!«

»Nein. Ich warte.«

»Auf wen?«

»Auf meinen Papa. Vielleicht bleibt ihr doch noch? Wenn nun die Spanier den Hitler schlagen?« Es tat mir leid, mich von Schimon zu trennen.

»Wenn Papa es sich vorgenommen hat, wird es auch etwas. Komm uns besuchen, Daniel!«

»Ein andermal, auf einen Sprung«, sagte ich, spannte den Klepper aus, nahm die Zügel und führte ihn zum Wasser. Das Pferd stieg in den Fluß und begann langsam und gierig zu saufen, zwischendurch hob es die feuchte Schnauze und schaute um sich, wo die Landschaft in weißlichem Dunst schwamm.

Der Sonnabend verging, es wurde Sonntag, doch Josef war immer noch nicht wieder da. Ihm war doch nicht etwa in der Stadt etwas zugestoßen? Ich lag auf dem harten Bett und dachte mit Schrecken daran, was aus mir werden sollte, wenn mein Vormund nicht zurückkäme. Wer sollte den Friedhof bewachen, die Gräber ausheben, den Klepper betreuen? Ich konnte nicht einfach alles stehen- und liegenlassen und zum Uhrmachermeister Pakeltschik flüchten.

Die Sterne, groß und hell, blinkten zum Fenster der Hütte herein, doch von ihrem Leuchten wurde mir noch elender. Es war, als würden mich tausend Augen beobachten und meine Geduld auf die Probe stellen. Josef hatte einmal gesagt, die Sterne seien die Augen verstorbener Gerechter, die ins Paradies gekommen sind, und man könne sich nirgends vor ihnen verbergen, nichts vor ihnen geheimhalten.

Ich stand auf und zog die Vorhänge zu, doch auch durch den dünnen Kattun drang ihr Licht, und zu allem Überfluß schien noch der Mond, glänzend wie der blankgescheuerte Topf, in dem Großmutter immer Konfitüre für den Winter gekocht hatte.

»Miez, Miez«, lockte ich die Katze, um meine Angst zu betäuben, und sie tauchte aus der Dunkelheit auf und starrte mich frech an mit ihren Funkelsternen. »Soll ich dir was auf der Geige vorspielen?«

»Miau«, stimmte die Katze zu.

Ich spielte ihr ein Lied, das Großmutter manchmal gesungen hatte, von einem Hirtenjungen und seinem Lämmchen.

Die Katze hörte angespannt zu, und in ihren Funkelaugen lag so viel Mitgefühl, wie es die Gerechten wahrscheinlich auch aufbringen.

Als die Wanduhr zwölf schlug, hörte ich auf zu spielen und begann mit der Katze ein Gespräch über ihre Sünden.

»Du hast heute wieder einen Vogel totgemacht«, warf ich ihr vor.

»Miau«, antwortete die Katze. Sie streunte tagein, tagaus auf dem Friedhof umher, fing Vögel, und zuweilen saß sie auf einem Grabstein und verfolgte gierig, wie sie oben flogen. Wenn Katzen fliegen könnten, was täten dann wohl die Vögel?

»Schmeckt etwa ein Vogel besser als eine Maus?«

»Miau«, bestätigte die Katze.

»Du kommst für deine Sünden in die Hölle.«

Die Katze sprang auf meinen Schoß und begann schuldbewußt zu schnurren.

»Warum jagst du nicht die Krähen? Hast Angst? Großmutter ist böse auf dich. Verstehst du? Die Krähen krächzen über ihrem Grab und lassen sie nicht ruhig schlafen. Fang doch Krähen!«

»Miau«, stimmte die Katze zu. Sie wußte, wo Großmutter begraben lag, sie ging manchmal an ihr Grab, strich um den Grabstein und beklagte sich über ihr unglückliches Geschick, über mich, über Josef und über die Vögel, die dummerweise am Himmel flogen und nur auf der Erde herumtrippelten, um sie zu ärgern.

Gegen Morgen kam Josef. Er betrat die Hütte, sah mich an, dann die Katze und fragte: »Ist jemand gestorben?«

»Niemand.«

»Sie geben deinen Alten nicht heraus, Kleiner«, sagte Josef traurig. »So ist das nun ... Ich habe auf sie eingeredet, so gut und soviel ich nur konnte. Sie geben ihn nicht her.« Er ließ sich auf die Bank sinken. »Ich bin ein wenig spät gekommen. Habe ein Feuer gelöscht.«

»Ein Feuer?«

»Im Zimmer bei deinem Großvater wohnt ein Feuerwehrmann, Itzik. Der hat ein Bündel Stroh genommen, hat's unters Bett gelegt und angezündet.«

»Warum?«

»Keiner hat ihm geglaubt, daß er früher auf die höchsten Dächer gestiegen ist. Nu, hat er's wollen beweisen.«

Mein Vormund schwieg, schaute zum Fenster, vor dem draußen sommerliches frühes Morgenrot flammte, und stieß einen Seufzer aus. »Obwohl, wer weiß, kann sein, es wäre besser alles verbrannt.«

»Und Großvater?«

»Kann sein, es wäre auch für ihn besser gewesen. Im Alter welkt der Mensch allzu lange dahin. Hast du auch nicht vergessen, unsere Mißgeburt zu tränken?«

»O nein«, versicherte ich. »Doktor Jochelsohn fährt nach Amerika.«

Josef schien es nicht gehört zu haben. Er saß auf der Bank und schaute auf das im Morgenrot flammende Fenster, und in seinen Augen, genau wie bei der Katze, lag nichts außer Erschöpfung und Mitgefühl.

Zwei Wochen später fuhr Jochelsohns Schlittenkutsche am Friedhof vor. Der Doktor stieg vom Kutschbock, half seiner Frau und Schimon aus dem Gefährt und schritt mit gemessener Feierlichkeit auf Josefs Hütte zu.

»Wir wollen Abschied nehmen«, sagte Jochelsohn. »Treten Sie gütigst näher«, dröhnte der Totengräber. »Daniel und ich haben in der vorigen Woche beide Grabstätten in Ordnung gebracht.«

In schweigsamer Trauer schritt Doktor Jochelsohn zum Grab seines Vaters.

»Pflegen Sie es, Reb Josef«, bat er leise.

»Solange ich noch hier bin«, dröhnte mein Vormund. »Wollen Sie etwa auch nach Amerika?« fragte Jochelsohn erstaunt.

»Mein Amerika ist dort unterm Gebüsch.« Josef wies auf den Hügel.

»Als Zeichen meiner Dankbarkeit überlasse ich Ihnen Pferd und Kutsche«, sagte der Doktor.

»Wir danken Ihnen«, erwiderte der Totengräber gerührt. »Josef dankt ... und Daniel ... Alle danken Ihnen.«

Mit derselben schweigsamen Trauer schritt Jochelsohn zwischen den Grabsteinen bis zum Grab seines Schwiegervaters. Die Doktorsfrau wischte sich mit dem Taschentuch die Augen.

»Herr Doktor«, wandte Josef sich an Jochelsohn, »was wird werden, wenn alle wegfahren: der nach Amerika, der ins Altersheim, der ins Gefängnis? Ein Friedhof bleibt nur lebendig, solange wenigstens ein Mensch ihn besucht.«

»Es wird schon jemand hierbleiben«, sagte der Doktor und schritt, wieder mit gemessener Feierlichkeit, zum Ausgang.

»Im Kutschwagen«, sagte er am Tor, »sind ein paar Sachen für Daniel. Er ist so groß wie Schimon ... Seien Sie gut zu dem Jungen. Versuchen Sie, ihm Arbeit zu verschaffen. Helfen Sie ihm, ein Mensch zu werden. Es gibt kein größeres Glück auf der Welt.«

»Das stimmt«, sagte der Totengräber. »Aber habe ich denn irgendeinen Einfluß?«

Die Jochelsohns gingen an ihrem Kutschwagen vorbei, und mein Vormund rief: »Wohin wollen Sie denn?«

»Zum Bahnhof. Wir haben schon alles verpackt und fortgebracht.«

»Warum denn wollen Sie so weit zu Fuß gehen?«

»Ich will«, antwortete der Doktor, »von hier fortgehen wie vor zwanzig Jahren nach dem Begräbnis meines Vaters, als ich gar nichts besaß – weder Frau noch Sohn, weder Kutschwagen noch Garten. Nichts außer meinem Schmerz. Leben Sie wohl.«

Sie gingen hinaus auf den Feldweg, und wir blickten ihnen lange nach: der Totengräber, ich und das Pferd des Doktors. Doch weder das Pferd noch Josef empfanden in diesem Moment so eine ohnmächtige Wut wie ich, Wut auf das Leben, auf Amerika und besonders auf Hitler, der den besten Menschen der Welt aus unserem Marktflecken vertrieb.

»Ist denn Hitler so stark?« fragte ich Josef, als die Jochelsohns unseren Blicken entschwunden waren.

»Ich hab nicht mit ihm im Zirkus meine Kräfte gemessen«, lächelte Josef. »Laß uns lieber nachsehen, was für Kram die Jochelsohns für dich hiergelassen haben.«

Doch mich interessierte nicht der Kram, den die Jochelsohns für mich hiergelassen hatten. Ich wollte erst wissen, warum man uns umbringt.

»Stell mir eine leichtere Frage«, sagte der Totengräber. »Wem, zum Beispiel, verkaufen wir unseren Klepper?«

»Hitler«, erwiderte ich beleidigt.

»Du denkst zuviel, mein Kleiner. Und deine Gedanken sind wirr, wie bei deinem Vater Saul. Es gibt im Himmel den Herrgott, den laß denken. Was immer er denkt, ihn wird niemand hinter Gitter sperren. Aber wir, Daniel, wir sind Sterbliche. Im Unterschied zum Herrgott denken wir laut.«

»Na und?«

»Laut denken kommt einem teuer zu stehen.«

»Aber Sie denken doch. Zum Beispiel an den Klepper.«

»An den Klepper darf man denken.«

»Und woran nicht?«

»Ach, an alles mögliche. Was kommt dabei heraus, wenn ich, nun ja, tagein, tagaus nachdenke über diesen Hitler? Wenn es dem Allerhöchsten genehm ist, daß man uns umbringt, dann wird es auch so geschehen. Laß uns, Daniel, über den Klepper nachdenken. So ist das nun ...«

Wir verkauften unseren Klepper an den Wasserträger Anicetas.

Anicetas feilschte lange, er wollte Josef einreden, eine Sache sei es, Tote zu fahren, eine andere – Wasser, und jeder Verstorbene wöge weniger als ein leeres Faß, besonders wenn man ihn ohne Sarg begrübe, auf einem ungehobelten Brett, er aber müsse den Wagen nicht mit einem leeren Faß beladen, sondern mit einem randvoll gefüllten, überhaupt nicht nur mit einem, sondern mit zweien, und zehn Litai seien ein fürstlicher Preis für solch ein klappriges Vieh.

Schließlich einigten sich Josef und der Wasserträger auf zwölf Litai und gingen zu Dragazki, ein Gläschen trinken.

»Versaufen wir die Differenz«, sagte Anicetas. »Dann hat keiner den Nachteil.«

In Dragazkis Kneipe hatte Josef seinen Stammplatz, am Fenster, von wo aus der Buckel überm Fluß – die wacklige Holzbrücke – zu sehen war und Ephraim Klingmanns Tankstelle in der Ferne. Von Zeit zu Zeit ging mein Vormund zu Dragazki, um, wie er sich ausdrückte, durchs Fenster einen Blick zu werfen auf die große Straße des Lebens, auf die vorbeiflitzenden Fuhrwerke und Autos, vor allem aber auf den Fluß, der ihn, still und unergründlich, wie er war, an sein eigenes Schicksal erinnerte. Jetzt aber war Josefs Tisch besetzt.

»Flüchtlinge«, erklärte der Wirt, als mein Vormund die Unbekannten aus den Augenwinkeln musterte.

Die Flüchtlinge standen auf und verneigten sich gegen den Totengräber, den Wasserträger und mich.

»Sie suchen eine Unterkunft«, fuhr Dragazki fort.

»Du weißt doch, bei mir ist für Lebende kein Platz«, sagte Josef. »Bring eine Flasche Wodka für Anicetas und mich.«

Es waren drei Flüchtlinge: ein rothaariger Mann in karierter Jacke, kariert wie das Trottoir in der Stadt, eine dünne Frau mit großen Augen, die das ganze Gesicht einnahmen, und ein adrett gekleideter Junge mit Igelhaarschnitt.

»Ich dachte, vielleicht zu denen«, sagte Dragazki und wies mit dem Kopf auf mich. »Das Haus steht sowieso leer.« Er stellte die Flasche vor Josef auf den Tisch.

»Wer sind sie?« fragte der Totengräber.

»Er ist Deutscher, und sie ist Jüdin.«

»Und was können sie?«

»Er ist Uhrmacher, sie Hausfrau und der Sohn Gymnasiast«, haspelte Dragazki herunter wie auswendig gelernt.

»Uhrmacher?« Ich starrte verblüfft auf den Flüchtling, auf seine langen Hände mit den dünnen, nadelspitzen Fingern, auf die offene Jacke und den akkurat gebundenen Schlips, der wie ein bewegungsloses Pendel herabhing. »Uhrmacher?«

»*Jawohl*«*, sagte der Rothaarige auf deutsch und nickte. »*Ich bin ein Uhrmacher. Uhrmacher ...*«*, wiederholte er, erstaunt über meine Verblüffung.

»Sein Großvater«, sagte der Totengräber, »ist auch ein ... Uhrmacher. Zum Wohl!« Und er stieß mit Anicetas an.

»*Das ist wunderbar*«*, skandierte der Deutsche.

»Und ich bin Totengräber«, stellte mein Vormund sich vor.

»Was – was?«

»Totengräber!«

Die Frau flüsterte dem Rothaarigen etwas zu, und seine großen schwarzen Augen wurden noch größer.

»*Oh!*« rief der Flüchtling, »*Jawohl ... Meine Frau: Sara ... Mein Sohn: Wilhelm.*«*

»Sieh mal an, nach dem Kaiser benannt«, äußerte der Totengräber, schon leicht angetrunken.

»*Jawohl*«*, nickte der Deutsche. »*Mein Name ist Hermann ... Hermann Hansenmüller.*«*

»Daniel«, sagte ich. »Bis mein Vater zurückkommt, können Sie bei uns wohnen.«

Die Flüchtlinge folgten mir und Josef, der zuviel getrunken hatte, durch den Ort, sie hielten die Köpfe gesenkt, als schämten sie sich ihrer unverständlichen Sprache, ihrer schmucken Kleidung und ihrer Heimatlosigkeit. Sie schwiegen die ganze Zeit, und in ihrem Schweigen lag etwas Grabsteinhaftes – rätselhaft und unentrinnbar.

Schon in der Kneipe hatte mein Vormund Josef dem Rothaarigen mit Fragen zugesetzt, doch der Flüchtling beschränkte sich auf begeisterte Jawohl-Rufe.

* *Die mit einem Sternchen versehenen Kursivstellen sind im Original deutsch.*

»Niemand auf der Welt stellt so viele Fragen wie wir«, sagte Dragazki, der Wirt. »Manchmal denke ich, der Herrgott hat uns von Kopf bis Fuß mit Fragen überschüttet und die Antworten an die anderen verteilt.«

»*Jawohl*«*, stimmte der Flüchtling ihm eilig zu und schwieg wieder.

Während des ganzen Weges quälte mich die eine Frage, die ich dem Rothaarigen stellen wollte: Wer ist Hitler, und warum haben alle solche Angst vor ihm: Sie und auch Doktor Jochelsohn? Der Rothaarige sollte antworten. Es konnte doch nicht sein, daß der Mensch einfach so, nur zum Spaß, verfolgt wurde. Worin bestand die Schuld des Doktors? Wessen hatte sich dieser Uhrmacher mit dem komischen Namen schuldig gemacht, wessen seine Frau Sara und ihr Sohn Wilhelm, der nach dem Kaiser persönlich hieß?

»Reb Josef, fragen Sie doch, was Hitler für einer ist«, sagte ich, als wir uns unserem Hause näherten. »Und weswegen er uns umbringt?«

Doch weder der rothaarige Hermann noch die großäugige Sara noch Wilhelm mit der Igelfrisur reagierten auf die Frage. Vielleicht hatten sie Josef nicht verstanden, vielleicht aber fürchteten sie selbst hier, in unserem Flecken, die Frage, die mein Vormund an sie gerichtet hatte. Die Flüchtlinge streiften mit Blicken den angetrunkenen Totengräber und seine behaarten Finger, zwischen denen wie ein Fisch der Schlüssel hin- und herrutschte, der Schlüssel zu dem Haus, in dem ich geboren und aufgewachsen war.

Als wir die Hütte betraten, spürte ich, wie von oben, von der Decke, Flaum und Federn auf mich herabrieselten, wie sie mir Gesicht, Arme und Beine, Rücken und Brust umhüllten. Jedes Federchen und jedes Fläumchen erinnerte plötzlich an Großmutter, an ihr Geschimpfe und ihre Zärtlichkeit, mir wurde so unsagbar traurig zumute, daß ich mir auf die Lippen beißen mußte, um sie nicht beim Namen zu rufen.

»Hier können Sie wohnen«, sagte Josef, und ich tauchte wieder auf aus der Schneewehe meiner Erinnerungen.

Die Flüchtlinge sahen sich um.

»Ein Schelm gibt mehr, als er hat«, sagte der Totengräber, öffnete die Kommode und tastete im Dunkeln darin herum.

»Da ist nichts drin«, sagte ich.

»Haben Sie Geschirr?« wandte sich mein Vormund Josef an die schwarzäugige Frau.

»Nein«, sagte sie. »Wir haben nur das Nötigste für die Arbeit mitgenommen.« Die Flüchtlingsfrau wies auf ein winziges Lederköfferchen, das wie ein Hündchen an den Beinen des Uhrmachers lehnte.

»Egal. Dinge lassen sich ersetzen«, sagte der Totengräber. »Machen sie etwa glücklich? Ich, zum Beispiel, habe mein Lebtag nichts besessen.«

»Und sind Sie glücklich?« fragte Sara leise.

»Manchmal ja, dann wieder nicht. Der Mensch darf nicht verwöhnt werden. Das Glück verdirbt ihn nur.«

»Das Glück verdirbt ihn?«

»Nun ja«, seufzte Josef. »Einem Glücklichen ist nichts mehr heilig. Nicht einmal Gott.«

»*Jawohl*«*, nickte der Rothaarige. »*Gott bleibt Gott ...*«* Er fixierte die Wanduhr.

»Die steht«, sagte Josef.

Der Flüchtling erklärte seiner Frau etwas, und Sara übersetzte dem Totengräber seine Worte: »Hermann gefällt es nicht, wenn eine Uhr steht. Eine Uhr, sagt Hermann, muß immer gehen. Sogar in einem leeren Haus. Er bittet Sie um Erlaubnis, die Uhr reparieren zu dürfen. Das, sagt Hermann, wird sein erster Auftrag im neuen Land.«

»Er kann sie gern reparieren«, sagte mein Vormund.

»Das kann er tun«, sagte ich.

»*Danke ... schön*«*, sagte Hermann.

Er stieg auf den Hocker und nahm, prustend vor Staub, unsere Pendeluhr von der Wand.

»Wanzen!« entsetzte sich der nach dem Kaiser benannte Wilhelm. »Wanzen!« Seine weiße Hand zeigte auf die Wand.

Ich betrachtete die wimmelnden Wanzen, die zerrissene ausgeblichene Tapete, und ich dachte, die Wanzen würden ihre Zeit brauchen, sich an die fremde Sprache im Haus zu gewöhnen, sie würden nicht so bald aus ihren heimlichen Ritzen hervorkriechen und das fremde Blut probieren, und wenn sie es schon probierten, so würde es ihnen kaum so gut schmecken wie unseres. Und dann dachte ich noch an die Mäuse im Keller. Wenn sie nicht schon vor Hunger krepiert waren, dann würden sie mich und auch Hitler loben: ihn, weil der die Flüchtlinge aus Deutschland vertrieben hatte, mich, weil ich sie hier wohnen ließ.

Ich stand mitten in der Hütte und schwor insgeheim dem Bett, auf dem ich so viele Jahre geschlafen hatte, und dem Fußboden, auf dem ich gegangen war, und dem Tisch, an dem ich so oft aus einer Schüssel die Erbsensuppe, trüb wie ein Bächlein im Frühjahr, gelöffelt hatte, sogar den Wanzen hinter den zerrissenen ausgeblichenen Tapeten – allem schwor ich, daß wir noch zurückkehren würden: ich und Großvater und mein Vater Saul, der verbannt war wegen seiner aufrührerischen Gedanken.

In derselben Nacht hatte ich einen Traum.

In unserem Marktflecken tauchte Hitler auf, er kam mit dem Flugzeug, landete mitsamt seinen Soldaten direkt auf dem Marktplatz, band das Flugzeug an wie ein Pferd und spazierte über den Markt. Es war gerade Markttag, an den Wagen drängten sich die Weiber, zankten sich mit den Bauern und untereinander.

»Karpfen! Frische Karpfen!« rief die Fischhändlerin Schejne-Dwoire. »Gehen Sie nicht so vorüber, guter Herr«, wandte sie sich an Hitler und angelte einen fetten, schlüpfrigen Fisch aus ihrem Korb.

Aber Hitler antwortete ihr: »Fort mit dir, Verfluchte! Fort vom Markt!«

Nach dem Marktrundgang fiel er auf dem Friedhof ein. Er kam zu Josef, der gerade den Namen meines ersten Lehrherrn, des Herrn Aron Damski, in den Grabstein meißelte, und sprach: »Alle habe ich aus dem Ort verjagt. Warum bist du noch nicht abgehauen, verfluchter Alter?«

»Daniel und ich«, antwortete Josef, »wir bewachen die Toten.«

»Ich verjage auch die Toten«, sagte Hitler.

»Die Toten kann niemand verjagen«, erwiderte Josef.

»Aber ich! He, Soldaten! Ich befehle, alle Toten fortzujagen!«

»Jawohl!« antworteten die Soldaten, stürzten zu den Gräbern, rückten mit Brechstangen die Grabsteine weg, gruben mit Spaten die Erde auf und grölten aus voller Kehle: »Fort, ihr Verfluchten! Fort!«

Und die Toten flohen vom Friedhof, sie sprangen über die beiseite gerückten Grabsteine, stolperten, fielen, erhoben sich wieder und rannten in alle Richtungen: zum Fluß, zum Wald, verfolgt von dem Gejohle: »Fort, ihr Verfluchten! Fort!«

Da lief der Schwiegervater von Doktor Jochelsohn, der alte Lewin, der Wind zerrte an seinem üppigen Bart, und die Haare wehten in der Luft, dünn und grau wie Spinnweben.

Da lief mein erster Lehrherr, der Herr Aron Damski, und dachte nicht mehr an Frisierstube, Schlaganfall und an die schnurrbärtige Roche.

Da war auch Großmutter. Sie blieb stehen, blickte zu mir herüber und rief ganz schnell: »Worauf wartest du, Daniel? Nimm die Katze und komm!«

»Halt! Halt!« schrie mein Vormund, der Totengräber Josef, doch die Toten hörten nicht auf ihn, sie rannten Hals über Kopf davon, und ich erwachte, in kaltem Schweiß gebadet, und weinte, und mein Weinen erstickte den Morgen und das Krähengekrächz vor dem Fenster.

Im Hochsommer brachte mein Vormund Josef unseren Schullehrer Henoch Rapoport mit auf den Friedhof, einen mürrischen, kränklichen Mann in abgetragenem Gehrock, der nach Schimmel und Kreide roch. Eine winzige zerknitterte Scheitelkappe bedeckte seinen länglichen Schädel, der von dichten Locken und von Weisheit überquoll. Rapoport war ungefähr fünfzig, er sah aber viel älter aus, wie es sich für einen Schwindsüchtigen und Weisen auch gehört.

»Reb Henoch wird dich das Schreiben, das Lesen und das Rechnen lehren«, sagte Josef. »Übers Jahr wirst du dreizehn. Dann mußt du selbst geradestehen für deine Sünden, und um sie nicht zu vermehren, mein Kleiner, muß man etwas wissen im Leben. So ist das nun.«

»Wissen braucht man durchaus nicht, um die Sünden nicht zu vermehren, sondern damit man für sie sowenig wie möglich bezahlt«, zischte Rapoport, und er fuhr fort: »Wenn Sie nichts dagegen haben, werden wir den Unterricht an der frischen Luft halten.«

»Ich habe nichts dagegen«, dröhnte der Totengräber. »Unterrichten Sie, Reb, in vollen Zügen!«

»In vollen Zügen?« Henoch lachte auf. »Meine Lunge ist wie ein Sieb. Außer der Krankheit läßt sie alles durch. Nun, Freundchen, womit fangen wir an?«

»Ich weiß nicht.«

»Vor allem brechen wir uns erst einmal einen Stock«, sagte Henoch und tappte langsam zum Weidengebüsch.

»Wir waren uns aber doch einig, Reb«, fragte mein Vormund Josef besorgt.

»Die Übereinkunft bleibt in Kraft. Aber es kann schon vorkommen, daß ich ihn auch einmal schlage.«

Rapoport brach gelassen eine Rute und bekannte plötzlich offenherzig: »Ich bin als Kind jeden Tag geprügelt worden. Von Schlägen hat der Mensch nur Nutzen. Gehen Sie, Reb Josef, und seien Sie unbesorgt: Ohne Grund rühre ich Ihren Kleinen nicht an.«

»Das lasse ich auch nicht zu.« Ich war so beleidigt, daß es mich regelrecht schüttelte. »Ich breche mir auch einen Stock.«

»Ihr Kleiner gefällt mir«, sagte Henoch. »Bitte schön, brich dir einen, ich warte.«

Er setzte sich auf einen grasüberwachsenen Grabstein und fing an, mit dem Taschenmesser die Zweige von der Rute zu schneiden.

»Na?«

Ich stand und rührte mich nicht.

»Daniel hat gescherzt«, nahm Josef mich in Schutz. »Schade«, brummte Rapoport. »Schade.«

Er nahm für einen Augenblick das Käppchen ab und bot seinen Schädel mit den grauen Schläfenlocken und der großen Weisheit dem Winde dar, dann sog er seine durchlöcherte Lunge tief voll Luft und schlug mit dem Stöckchen nach einer Krähe.

»Gott behüte, Reb«, murmelte der Totengräber erschrocken, »wofür sollte man Sie schlagen?«

»Wofür?« Rapoport dachte nach und sagte gepreßt: »Nu, und wenn es wegen seines Vaters, wegen Saul gewesen wäre …«

»Wegen Vater?« Ich bedauerte schon, keinen Stock gebrochen zu haben. »Was haben Sie ihm getan?«

»Habe sein Hirn verdorben. Habe ihn das Lesen und Schreiben gelehrt.«

Rapoport stützte sich auf den Stock, stand auf und schlug wieder nach der Krähe, die aber saß unbeweglich, als mache sie sich über seine Ohnmacht lustig.

»Lehrer muß man vom Hof jagen, muß die Hunde auf sie hetzen, denn sie bescheren dem Menschen nicht Freude, sondern Zweifel. Bitter, oh, bitter ist die Frucht der Erkenntnis! Wenn du, Freundchen, diese Frucht kosten willst, so fangen wir an. Und zwar fangen wir an mit, bitteschön, Rechnen. Frühzeitig rechnen lernen, das ist die Hauptsache im Leben. Wieviel ist zweimal zwei?«

»Ich weiß nicht.«

»Du wirst niemals ein Rothschild. Rothschild hat schon im Mutterleib gewußt, daß zweimal zwei vier Goldstücke macht. Übrigens, was rede ich von ihm, du hast gewiß noch kein Sterbenswort über ihn gehört.«

»Kein Wort.«

»Ist auch nicht nötig«, sagte Rapoport. »Oder willst du am Ende ein Reicher werden?«

»Ich will ein Vogel werden«, sagte ich kühn.

»Ein hervorragender Wunsch. Ich, zum Beispiel, habe als Kind davon geträumt, eine Maus zu werden. Ja, ja, eine Maus … Und alles nur darum, weil ich jeden Tag geprügelt wurde. Und zwar nicht auf den Hintern, sondern auf den Rücken. Mit dem Mangelholz, mit dem Feuerhaken, mit den Fäusten. Mit allem, was zur Hand war. Wär ich eine Maus gewesen, hätte mein Stiefvater mir nicht die Lunge kaputtgeschlagen, würde ich jetzt nicht Blut spucken. Du hast gewiß bemerkt, wie winzig ein Mäuserücken ist. Kleiner als mein Käppchen.«

»Ja.«

»Siehst du, du bist kein Einfaltspinsel, Freundchen.«

Rapoport mußte husten, spuckte aus und betrachtete lange den rötlichen Auswurf im Grase.

Durch ein Loch im Zaun kam aus der Lehmkuhle eine Kuh auf den Friedhof. Sie rupfte zwischen den Grabsteinen Gras, und ihr schweres pralles Euter schaukelte leise, die Zitzen sahen aus wie geschwollene Knospen.

»Laß sie grasen«, sagte Rapoport, der meinen unwilligen Blick aufgefangen hatte.

»Dann können wir den ganzen Tag die Kuhfladen wegräumen«, sagte ich.

Ich vertrieb die Kuh und ging zu Henoch zurück, der immer noch seinen Auswurf im Grase betrachtete.

»Wer hat eigentlich den größten Grabstein auf dem Friedhof?« erkundigte sich Rapoport.

»Der alte Rabbiner.«

»Laß uns dort hingehen, Freundchen.«

Langsam begaben wir uns zum Grab des alten Rabbiners.

Rapoport ging vor mir, ich schaute auf seinen Rücken, und mir schien, ich könne zwischen den Schulterblättern, durch das abgetragene Tuch hindurch, deutlich die rote Spur vom Feuerhaken oder vom Mangelholz sehen.

»Der ist richtig«, sagte Henoch, nachdem er den Grabstein untersucht hatte. »Beinah wie eine Schultafel.«

Er zog ein Stück Kreide aus der Tasche seines Gehrocks und schrieb etwas auf den Stein. »Das ist dein Name, Daniel! Sieh dir's an und merk es dir!«

Ich schaute die großen Buchstaben gründlich an. »Morgen wirst du ihn selbst hundertmal schreiben. Und jetzt wische ich ihn ab.«

Henoch riß ein Grasbüschel aus, wischte die Schrift vom Grabstein und sagte: »Genug für heute, Freundchen.«

Das Alphabet lernte ich schnell, doch mit dem Rechnen mußte sich Henoch Rapoport lange mit mir quälen, bis ich endlich begriff, was es auf sich hat mit den Zahlen, von denen, wie er behauptete, alle abhängen: die Dummen und die Klugen, die Reichen und die Armen.

»Dort auf dem Zweig sitzen zwei Krähen«, sagte Rapoport. »Wenn noch zwei hinzukommen, wie viele sind es dann?«

»Zwei«, antwortete ich wie aus der Pistole geschossen.

»Laß dir Zeit. Denk nach.«

»Zwei.«

»Wieso?«

»Weil die beiden, die auf dem Zweig sitzen, die anderen entweder verjagen oder selbst fortfliegen.«

»Hm, ja.« Rapoport kratzte sich am Hinterkopf. »Nehmen wir ein anderes Beispiel. In dieser Reihe stehen sechs Grabsteine. Wenn wir zwei wegnehmen, wie viele bleiben übrig?«

»Alle bleiben.«

»Stimmt nicht.«

»Stimmt doch. Grabsteine darf man nicht anrühren.«

»O Gott!« Henoch Rapoport geriet in Schweiß. »Sollst du sie etwa anrühren? Wegnehmen sollst du sie.«

Gegen Ende des Sommers hatte Henoch Rapoport es immerhin geschafft, mir einzutrichtern, daß man alle Dinge auf der Welt zusammenzählen und abziehen kann, ohne sie anzurühren, und nun zählte ich im Geiste alles zusammen, was mir unter die Augen kam.

Zuerst zog ich die Gräber auf dem Friedhof zusammen: Die überwucherten mitgerechnet, kam ich auf zwanzigmal hundert; dann zählte ich die Krähen auf den Zweigen, und es waren wohl auch zwanzigmal hundert, für die Richtigkeit kann ich mich nicht verbürgen, denn sie sehen sich schrecklich ähnlich, ich konnte einige doppelt gerechnet haben.

Als es soweit war, daß Henoch entlohnt und entlassen werden sollte, nahm ich all meinen Mut zusammen und fragte ihn: »Erlauben Sie, Reb, eine Frage zu stellen?«

»Nur zu.«

»Sie wissen sicherlich, weswegen mein Vater Saul ins Gefängnis gekommen ist?«

»Ich kann es mir denken.«

»Niemand sagt mir die Wahrheit«, beklagte ich mich. »Die Wahrheit weiß auch keiner«, erwiderte Rapoport. »Oder will sie nicht wissen.«

»Über meinen Vater?«

»Über alles auf der weiten Welt«, sagte Rapoport. »Denn die Wahrheit, Freundchen, ist die Schwester des Kummers.«

»Und warum haben sie ihn, Ihrer Meinung nach, eingesperrt?«

»Ja, weißt du, dein Vater sollte vollbringen ein Wunder.«

»Was für ein Wunder?«

»Er wollte die Weltordnung ändern. Nicht mehr und nicht weniger.«

»Und was ist das, die Weltordnung?«

»Die Weltordnung?« Rapoport knöpfte seinen Gehrock auf. »Die Weltordnung, das ist vor allem das Polizeirevier.«

»Dann wollte mein Vater Saul, daß es andere Polizisten gibt?«

»So ungefähr ...«

»Gute?«

»Gute Polizisten gibt es nicht.« Henoch kratzte sich zwischen den Rippen, die wie ein Staketenzaun spießten.

»Wenn dein Vater Saul zurückkommt, wird er dir selbst alles erzählen. Nur sag ihm nicht, daß du ein Vogel willst werden.«

»Warum?«

»Was ist schon ein Vogel gegen ein Polizeirevier? Zwei hilflose Flügel. Dich, Freundchen, hat Gott mit Talent gesegnet. Im nächsten Sommer, sofern ich noch am Leben bin, werden wir ernsthaft arbeiten. Ich komme wieder hierher und bereite dich auf die Schule vor. Meine Schüler sind Hohlköpfe, durch die Bank. Sie wollen alle Krämer, Unternehmer, Makler, Handlungsgehilfen werden. Nicht einem kommt in den Sinn, sich in die Lüfte aufzuschwingen. Sofern ich noch am Leben bin, komme ich unbedingt wieder her. Mein Gott, wie schön ist es auf dem Friedhof. Das hätte ich nie gedacht. Welch eine Luft hier! Wie in der Schweiz ... Es gibt ein Land, das heißt die Schweiz.«

»Waren Sie dort, Reb?«

»Ich war überall, Freundchen. In Gedanken natürlich. – Es fängt wohl an zu regnen.« Rapoport sah zum Himmel, an dem sich schwere, schon nicht mehr sommerliche Wolken ballten, und sagte: »Gott schickt uns Regen, Gott wird uns auch ein Dach überm Kopf geben.«

»Was sind wir Ihnen schuldig, Reb?« fragte mein Vormund Josef, als wir vor dem Regen in der Hütte Zuflucht gesucht hatten.

»Überhaupt nichts«, antwortete Henoch. »Ihre Luft ist mehr wert als Geld.«

»Luft ist Luft, und Geschäft ist Geschäft«, widersprach mein Vormund und legte eine Handvoll Silbermünzen auf den Tisch.

»Ich schaue aus dem Fenster und denke: Was zum Teufel sollen ihnen diese Kiefern, diese honigduftenden Blumen, dieses Gras, weich und zart wie Liebesgeflüster?« sprach Henoch wehmutsvoll.

»Wem denn?« Josef verstand ihn nicht.

»Den Toten«, sagte Rapoport. »Warum ist der Herrgott den Lebenden nicht gnädig? Weshalb hat er uns in diese stickigen Höhlen gesperrt, uns eingepfercht zwischen Seufzern und Ruß? Wer hat uns bloß vor dreitausend Jahren auf den Gedanken gebracht, von den Bäumen auf die Erde herabzusteigen? Was haben wir hier verloren?«

Es war, als spräche Rapoport nicht mit uns, sondern mit dem Regen, der träge und unbeteiligt niederging, und der Regen unterbrach ihn nicht, hörte einfach zu, wie der Herrgott selbst.

»In letzter Zeit spiele ich immer häufiger mit dem Gedanken zurückzukehren.«

»Wohin denn?« flüsterte der Totengräber.

»Dorthin.« Rapoport wies auf einen Kiefernwipfel.

Einen Monat später erhängte sich Henoch Rapoport im Birkenhain an einem Ast.

So blieb er auf der Strecke, auf halbem Wege zwischen der Erde und den Bäumen, auf die er zurückkehren wollte.

Nach dem Begräbnis von Henoch – und begraben wurde er nicht dort, wo alle liegen, sondern jenseits des Zaunes – konnte ich mich lange nicht fassen. Die unterschiedlichsten verworrenen Gedanken drängten sich in meinem Kopfe, sie quälten und zwickten mich, und ich wußte nicht, wie ich sie loswerden sollte. Besonders hartnäckig verfolgte mich der eine, der absurdeste, er verdrängte die anderen, schob sich in den Vordergrund, und als mein Vormund Josef ihn zu hören bekam, erbleichte er geradezu vor Zorn.

»Die sterblichen Überreste von Rapoport auf den Friedhof holen? Du bist ja meschugge, Kleiner.«

Mag sein, ich war wirklich verrückt, aber warum durfte der Dieb Welwele Jeserski neben dem alten Rabbiner ruhen, und der Lehrer Henoch Rapoport mußte neben dem Dorftrottel Abba Singer jenseits des Zaunes liegen?

»Er hat sich doch selbst umgebracht«, regte sich der Totengräber auf.

»Und wer hätte ihn umbringen sollen?«

»Der Herrgott!« rief mein Vormund Josef zornig. »Er allein hat das Recht dazu.«

»Und warum ist der Trottel Abba draußen begraben worden? Ihn hat doch der Herrgott umgebracht.«

»Dem Allerhöchsten steht es zu, das Fleisch zu töten und den Geist. Aber Abba hat seinen Geist selbst getötet«, erklärte mir der Totengräber verworren.

Seine Erklärungen vergifteten mir nur die Seele, und nun kam auch noch der Herbst angeschlichen, die Blätter fielen, die Krähen krächzten aufdringlicher als vorher, und mein Vormund Josef wurde immer mürrischer, denn außer Toten verhieß der Herbst nichts Gutes.

Ganze Tage lang verbrannten wir das abgefallene Laub.

Ich schaute in die bläuliche Flamme und überlegte, wie ich meine Gedanken loswerden könnte. Man müßte sie auf einen Haufen werfen und ein Feuer anzünden. Sollten sie doch verbrennen, damit sie mich nicht länger quälten und zwickten. Doch die Gedanken wuchsen im Kopf immer wieder nach, wie die Blätter auch, wenn man die einen verbrannte, erschienen im Frühling neue, noch unruhigere.

Jeden Donnerstag gingen mein Vormund Josef und ich ans andere Ende des Marktfleckens ins Dampfbad. Als erstes wusch der Totengräber sein Holzbein. Er übergoß es mit heißem Wasser, kratzte mit den Fingernägeln den Schmutz ab und trug es in den Vorraum. Dann badete er selbst, bearbeitete sich mit der Birkenrute und sang dabei ein komisches Lied, das nur aus einem Satz bestand: »*O du lieber Augustin, Augustin, Augustin!*«*

Nach einer Stunde schickte der Totengräber mich nach Hause, jedesmal mit demselben Auftrag: »Vergiß nicht, unterwegs ein paar Flaschen Bier zu holen.«

Gewöhnlich nahm ich von Dragazkis Kneipe den direkten Weg durch die Gärten, aber an jenem Abend wollte ich einmal an unserem Haus vorübergehen, wenigstens von fern einen Blick werfen auf die Schwelle, auf die knarrende Tür und auf das Fenster von Großvaters Zimmer. Jedesmal war ich gespannt, ob auf dem Fenster etwa ein von Anupras gemaltes Zifferblatt aufgetaucht war, und ich dachte, dann bliebe mir nichts anderes übrig, als mit der Schleuder ins Fenster zu schießen. Doch es war kein Aushängeschild »Uhrmachermeister aus Deutschland« da und auch kein Zifferblatt auf dem Fenster.

»Daniel!« hörte ich plötzlich Saras Stimme. »Wart einmal!«

Ich blieb stehen.

»Ein Herr ist hier gewesen«, rief die Flüchtlingsfrau aufgeregt. »Er hat eine alte Frau gesucht oder einen alten Mann. Ich habe gesagt: Der Hausherr ist auf dem Friedhof ...«

Ich spürte, wie meine Finger sich öffneten, ich hörte das Klirren einer zerbrochenen Flasche, und schon rannte ich los, so schnell mich die Füße trugen.

Ich raste durchs hölzerne Friedhofstor und blickte in die Runde. So hatte ich es mir gedacht: Dort, wo auf dem Hügel die alte, weise Kiefer rauschte, dort, wo man von ihrem Wipfel aus den Markt sehen konnte, den Markt mit den stillstehenden Bauernwagen, den langen Händlerreihen und den Weibern, die ewig nach billigen Kartoffeln oder Eiern suchen, dort stand ein Mann, nicht sehr groß, in grauem Mantel und ohne Hut. Der Herbstwind spielte in seinem kurzen, stoppelharten Haar.

Ich hielt die heil gebliebene Flasche fest in der Hand, trat an Großmutters Grab und sagte: »Auf dem Friedhof ohne Mütze, das geht nicht.«

Der Mann wandte sich um, stürzte zu mir und schloß mich in die Arme. Mit aller Kraft hielt ich die Flasche fest und wunderte mich, aus was für festem Glas sie war.

»Mein Gott, bist du gewachsen«, flüsterte der Mann.

»Ich hole eine Mütze«, sagte ich. »Es ist Sünde, am Grab zu stehen ohne Mütze.«

»Unsinn«, flüsterte der Mann wieder. »Sag, wo ist Großvater? Ich habe sein Grab nicht gefunden.«

»Großvater ist im Altersheim«, sagte ich. »Er wollte dich im Gefängnis besuchen. Darum hat er sich wegbringen lassen.«

»Umsonst«, sagte der Mann.

»Und Großmutter und ich wollten eine Gans ins Gefängnis bringen. Aber sie ist verdorben«, sagte ich.

»Ist sie schon lange tot?« fragte der Mann und musterte den Grabstein.

»Bald zwei Jahre«, antwortete ich. »Sie wollte dir in die Augen spucken. Aber das brauchst du nicht zu glauben.«

»Ich glaube es auch nicht«, sagte der Mann.

»Josef kommt«, sagte ich. »Er wird böse sein, wenn er dich ohne Mütze sieht.«

Der Totengräber kam über den Friedhof, und sein frischgewaschenes Holzbein zog wie ein Magnet die herumliegenden feuchten Blätter an, sie klebten daran wie an einem großen herbstkahlen Ast.

Bis tief in die Nacht erzählte Josef meinem Vater Saul von unserem Leben, von meinen erstaunlichen Fähigkeiten, er zeigte ihm die Geige, die Frau Jochelsohn mir geschenkt hatte, er pries den Kutschwagen und das neue Pferd, und er zählte alle auf, die das Zeitliche gesegnet hatten, während mein Vater Saul nicht im Marktflecken war. Mein Vater Saul, wie es sich für einen Gast gehört, lauschte dem Totengräber mit ehrfürchtiger Andacht, ab und zu gähnte er hinter der mit roten Härchen bewachsenen Faust und sah mich an, seinen erstaunlich begabten Sohn.

»Wäre nicht die Amnestie gekommen, ich hätte noch zwei Jahre brummen müssen«, sagte mein Vater Saul.

Endlich breitete Josef auf dem Fußboden seinen Schafpelz aus, legte sich nieder und schwieg, während wir uns auf dem breiten harten Bett einrichteten – ich an der Wand, mein Vater Saul vorn.

Draußen heulte der Wind, durch die Ritzen drang er in die Hütte und orgelte drinnen herum. Mein Vater Saul legte mir den

Arm um die Schultern und schlief ein, ich aber lag wach und grübelte: über ihn, über den Wind, über den Totengräber und über den Selbstmörder Rapoport.

»Schlaf doch«, erklang im Dunkeln der Baß des Totengräbers.

»Und warum schlafen Sie nicht?« flüsterte ich.

»Ich denke nach«, sagte mein Vormund.

»Worüber?«

»Über dich ... Über mich ...«, sagte Josef dumpf. »Ich werde sterben, wenn ihr fortgeht.«

»Wir gehen überhaupt nicht fort«, flüsterte ich wieder und lauschte dabei auf das Schnarchen meines Vaters Saul. Hatte er sich wirklich zehn Jahre lang nicht ausschlafen können?

»Schlaf«, befahl Josef. »Wir werden mit unserem Gerede noch deinen Vater wecken.«

»Ist er auch wirklich mein Vater?«

»Ja doch. Ja doch.«

Wenn er mein Vater ist, überlegte ich, warum schnarcht er dann?

Auf dem Baum draußen vorm Fenster fing die erste Krähe an zu krächzen.

»Es wird schon Morgen«, sagte Josef.

Mein Vater Saul rührte sich nicht. Er hörte nicht, wie die erste Krähe krächzte, wie der Totengräber mühsam vom Fußboden aufstand und auf einem Bein hüpfte.

»Ich habe eine Bitte an dich, Daniel. Versprich mir, daß du sie erfüllst.«

»Ich verspreche es.«

»Wenn ich sterbe, dann begrabt den Beinstumpf neben mir.« Er schnallte sein Holzbein an und fuhr fort: »Wie auch immer, wir sind ein Vierteljahrhundert zusammen gegangen.«

Auf dem Bett regte sich mein Vater Saul. Er schlug die Augen auf, sah sich um und sagte: »Schön, in der Freiheit aufzuwachen.«

Auf dem Hof goß ich für ihn Wasser aus dem Eimer, und er wusch sich.

»Was willst du nun anfangen, Saul?« erkundigte sich der Totengräber.

»Ich weiß noch nicht.«

»Es wäre nicht verkehrt, den Alten aus dem Heim zu holen«, sagte Josef.

»Das wäre nicht verkehrt«, sagte mein Vater Saul.

»Und was wird mit den Flüchtlingen?« fragte ich. »Wir können sie nicht auf die Straße jagen.«

Als mein Vater Saul gerade in die Stadt fahren wollte, kam der Tischler Stasys zu uns auf den Friedhof. Er war schon im Sommer aus dem Gefängnis entlassen worden, und ich hatte ihn mehrmals mit Pranas am Fluß getroffen, wenn ich das Pferd zur Tränke führte, manchmal auch vor der Möbelfabrik. Der Tischler Stasys rief, mein Vater Saul möge aus der Hütte kommen, und sie flüsterten lange miteinander unterm Fenster.

»Weißt du, Stasys, ich wollte zu meinem Alten ins Heim fahren«, sagte mein Vater Saul.

»Noch ist Zeit. Fahr nur«, sagte der Tischler Stasys.

»Ich wollte ihn von dort wegholen«, erklärte mein Vater Saul. »Nun muß ich es aufschieben.«

»Nichts zu machen«, brummte der Tischler Stasys. »Wir müssen alle Opfer bringen. Bis Montag muß ich den Genossen Antwort geben.«

»Ich bin einverstanden«, sagte mein Vater Saul.

»Bis die Dokumente fertig sind und dies und jenes, bis dahin vergeht noch ein Monat«, sagte der Tischler Stasys. Und sie verabschiedeten sich.

Ich verstand nicht, von welchen Opfern sie sprachen, doch an einem zweifelte ich kaum: Mein Vater Saul würde nicht in die Stadt fahren. Das sagte ich ihm denn auch: »Du fährst nicht zu Großvater?«

»Wir fahren zusammen«, antwortete er, doch seine Stimme war nicht froh.

Das Haus für die Alten stand in einem alten Park, nicht weit von der Stadt. In einem von Blättern und Speiseresten verschmutzten Teich spiegelten sich die rissigen Mauern und das Dach mit einem hohen Ziegelschornstein, aus dem schwarze Rauchwolken quollen.

Mein Vater Saul suchte den Vorsteher des Altersheimes auf, ein hageres wieselflinkes Männlein mit Kneifer und Samtkäppchen, und fragte ihn, wo wir den Heiminsassen Rachmiel Kleinas fänden.

»Rachmiel Kleinas?« Das Männlein nahm den Kneifer ab und starrte meinen Vater Saul an. »In welchem Verhältnis stehen Sie eigentlich zu ihm?«

»Ich bin sein Sohn«, antwortete mein Vater Saul.

»Rachmiel Kleinas ist vor drei Tagen spurlos verschwunden.«

»Spurlos verschwunden?«

»Ja«, sagte der Vorsteher des Altersheimes bekümmert. »Wir waren sogar gezwungen, die Polizei zu benachrichtigen.«

»Ein Mensch ist doch keine Stecknadel«, erregte sich mein Vater Saul. »Er kann nicht einfach spurlos verlorengehen.«

»Wir werden auf Gott unseren Herrn vertrauen«, sagte das Männlein. »Ihr Papa hat mit einem gewissen Itzik, einem Feuerwehrmann, im Zimmer gewohnt. Vielleicht kann der Ihnen ausführlicher erzählen. Wenn es recht ist, führe ich Sie hin.«

Der Vorsteher geleitete uns über eine Steintreppe, öffnete die Tür zu einer Art Zelle und brachte, ohne einzutreten, schnell hervor: »Erzählen Sie ihnen, Reb Itzik, alles, was Sie wissen über Ihren Zimmergefährten.«

Der Alte, den der Vorsteher Itzik nannte, erhob sich von einem knarrenden Holzbett und sagte heiser: »Was gibt es da viel zu erzählen, Herr Worobejtschik? Der Mann ist gegangen, und basta.«

»Hat er Ihnen nicht gesagt, wohin er geht?« fragte mein Vater Saul behutsam.

»Und ob, und ob«, krähte Itzik. »Das hat er. Reb Itzik, er hat gesagt, ich gehe nach Hause.«

»Aber er konnte doch nichts sehen«, warf ich ein.

»Sein Heim findet auch ein Blinder. Er ist also hinausgegangen, hat zurückgeschaut zu den Fenstern des Altersheimes und hat gerufen: Kommt, ihr Menschen, und folgt mir! Ich führe euch fort von hier, wie Moses unsere Vorfahren geführt hat aus Ägypten. – Wir haben gelacht, aber er ist über den Teich gegangen, nu, ganz wie Moses, nur daß Moses nicht ein Teich, sondern das Meer bis ans Knie gereicht hat Und dann hat ihn keiner mehr gesehen.«

Mein Vater Saul bedankte sich bei Itzik, und wir verließen die Zelle, umgingen den Teich und schritten durch eine herbstliche Allee, die von unsicheren Greisenfüßen festgetreten war.

»Auf den Bäumen muß man ihn suchen«, sagte ich. »Wie Rapoport.«

»Dein Großvater konnte sich nicht erhängen«, erwiderte mein Vater Saul.

»Warum nicht?«

»Für einen solchen Tod braucht man Kraft.«

In den Marktflecken kehrten wir erschöpft und bedrückt zurück.

»Auch euch haben sie ihn nicht herausgegeben?« fragte der Totengräber enttäuscht.

»Er ist nicht mehr dort«, sagte ich.

»Wo ist er denn hin?« fuhr Josef auf.

»Fortgegangen«, antwortete mein Vater Saul. »Nach Hause.«

»Wenn er fortgegangen ist, wird er auch ankommen«, sagte Josef gepreßt.

Doch Großvater kam nicht. Vielleicht hatte der Herrgott ein Wunder geschehen lassen und den Alten in einen Vogel verwandelt, in eine Drossel oder eine Taube. Wenn in eine Drossel, dann würde er erst im nächsten Sommer zurückkommen. Er käme dann angeflogen, setzte sich aufs Dach von Josefs Hütte und verkündete: »Da bin ich. Wie geht es euch, ihr armen Teufel?«

Doch erst einmal waren die Drosseln in den Süden geflogen, und nur die Krähen kreisten über dem Friedhof und bekleckerten alles, mit verächtlichem Krächzen verabschiedeten sie die ziehenden Kraniche.

Am Vorabend des Rosch haschone kam der Tischler Stasys wieder auf den Friedhof. Er tuschelte lange mit meinem Vater Saul, und sein Getuschel erfüllte mein Herz mit bitterer Ahnung von etwas Unabwendbarem.

»Von dort aus werdet ihr nach Spanien gebracht«, hörte ich Stasys abschließend sagen, und ich erstarrte.

Darum also hatte mein Vater Saul sich bis jetzt noch keine Arbeit gesucht! Er würde wegfahren! Nach Spanien, in den Krieg.

»Ich muß mit dir reden, Daniel«, sagte er, als wir allein waren.

»Ich weiß alles«, sagte ich. »Du fährst nach Spanien.«

»Ja«, sagte er. »Aber sag zu niemandem ein Wort davon. Auch nicht zu Josef.«

»Nimm mich mit«, bat ich.

»Ich kann nicht«, sagte mein Vater Saul.

»Warum nicht?«

»Dort ist Krieg. Man könnte dich umbringen.«

»Und dich?«

»Vielleicht auch«, sagte mein Vater Saul. »Ich hoffe, du kommst zurecht ohne mich.«

»Und es?« fragte ich. »Kommt es nicht zurecht ohne dich?«

»Wer?«

»Spanien.«

»Eines Tages wirst du alles verstehen.«

»Ich verstehe schon jetzt alles. Du kannst sowieso nichts ändern.«

»Wir werden's ändern«, sagte mein Vater Saul.

»Wenn man etwas ändern könnte, dann würde ich ein Vogel.«

»Ein Vogel?« Mein Vater Saul lachte gutmütig.

»Ich bin es leid, ein Mensch zu sein«, sagte ich.

»Du irrst«, widersprach mein Vater Saul. »Der herrlichste Vogel auf der Erde ist trotz allem der Mensch.«

Bald reiste er ab, und ich blieb zurück mit Josef, mit meinen Träumen und meinem Kummer.

Mir träumte, ich sei ein Vogel geworden, ich flöge mit den Drosseln und den Kranichen bis nach Spanien, suchte und fand mitten im Krieg meinen Vater Saul, ich setzte mich aufs Gewehr und versperrte mit meiner kleinen Vogelbrust die Öffnung, aus der die Kugel fliegen sollte, die seinen Kopf treffen würde, diesen Kopf voller wirrer Gedanken über Spanien, über die Weltordnung, über Gerechtigkeit und vielleicht auch über mich.

Gesegnet seien Laub und Feuer

Zweiter Teil

I

Es wurde Winter, und der Friedhof versank in frischem pulverigem Schnee. Die weißen Kiefern standen frierend, starr wie betende alte Männer beim Totengebet. Die ewig krächzenden Krähen plusterten sich auf und wurden ruhiger vor Kälte: Ob sie nun krächzten oder nicht, davon würde der Schnee nicht tauen. Nur aus dem Schornstein quoll dicker Rauch, der die überirdische Himmelsbläue – Gott sei's geklagt – verpestete, und in der Hütte knisterte friedlich das Holzfeuer.

Der Totengräber Josef lag auf dem Bett, eingehüllt in eine verkrustete Decke, die seit dem Tag ihrer Anschaffung nicht gewaschen worden war, und leckte sich mit rauher, weißlicher Zunge die spröden Lippen. Ich hockte vor dem Ofen, legte Holzscheite nach, die nach Pilzen und Sommerwiese dufteten, die Flammen dankten es mir, indem sie mein Gesicht röteten, und ich war froh über die Wärme, denn sie ließ auf meinen Wangen kräftiger sprießen, was mein verstorbener Lehrherr, der Friseur Aron Damski, das kostbarste Gewächs der Welt genannt hatte.

»Wenn dem Manne ... rrr – hm ... nichts mehr bleibt«, hatte er sich wichtig getan, »dann bleibt ihm immer noch der Bart.«

In der Hütte war es warm und dämmerig. Ich hätte gern geschwiegen und sinniert: über den Winter, über die hohen, wolkenweichen Schneewehen, über Gott, den unsichtbaren Maler, der in einer einzigen Nacht mit seinem Zauberpinsel die Welt in Weiß getaucht hatte. Doch plötzlich wurde die Stille zerrissen von Josefs heiserer, fiebriger Stimme: »Daniel!«

Der Totengräber drehte sich unter der Decke, leckte abermals seine dunklen Lippen und hauchte: »Siehst du jemanden, mein Freund, wenn du ins Feuer schaust?«

»Nein«, antwortete ich.

»Und weißt du auch, Freund Daniel, warum du niemanden siehst?« Josef warf die Decke ab und wischte sich mit dem Ärmel seines sackleinenen Hemdes den Schweiß, der auf seiner breiten Stirn stand, er tat es so energisch, als wolle er zugleich auch die Falten wegwischen.

»Keine Ahnung.«

»Dazu braucht es ganz wenig ... Man muß alles hinter sich haben«, sagte der Totengräber dumpf. »Das ganze Leben. Aber mach dir nichts draus, Freundchen«, redete er mir zu. »Im Handumdrehen wird auch dein Leben vorüber sein, dann siehst du sie auch.«

»Wen denn?«

»Alle deine Toten. Du wirst am Ofen sitzen, wirst ins Feuer schauen, und sie werden erscheinen vor deinen Augen ... Allerdings nur, wenn du sie überlebst ...« Josef schwieg und starrte in die im Ofen tanzende Flamme. »Im vorvorigen Winter, du warst noch nicht hier auf dem Friedhof, habe ich beinahe jedesmal Baruch und Leib gesehen, meine Söhne ... Der Himmel sei ihnen gnädig ... Besonders, wenn ich mit Birkenscheiten geheizt habe ... Und jetzt, zum Beispiel, sehe ich meine Debora ... Sie sitzt und schält Kartoffeln mit einem stumpfen Messer ... Sie hat sie immer mit einem stumpfen Messer geschält ... Aus Vorsicht ...«

Anfangs dachte ich, mein Vormund phantasiert, doch Josefs Augen blickten gerade und klar. In seinen überhängenden rötlichen Brauen schimmerten Silberfäden, und davon leuchtete sein düsteres, vom Fieber abgezehrtes Gesicht im stillen Schein des Winternachmittages.

»Vielleicht soll ich in den Ort laufen?« schlug ich vor und sah Josef erwartungsvoll an.

»Wozu?« fragte mein Vormund mißtrauisch.

»Den Doktor holen.«

»Den Doktor?« Der Totengräber lachte, aber sein Lachen ging gleich in heiseres Krächzen über und dann in heftiges Husten. »Der Doktor war bei mir«, sagte er, als der Husten abklang. »Er ist in der Nacht gekommen und hat mich untersucht.«

»Das stimmt nicht.«

»Es stimmt, mein Freund, es stimmt. Er hat mich von Kopf bis Fuß befühlt und hat gesagt: Josef ben Nathan Paperny! Halte dich bereit zu gehen!«

»Ins Krankenhaus?«

Der Totengräber wies mit dem Finger zur Decke. »Dorthin.«

Und wieder dachte ich, er phantasiert.

»Wenn der Herrgott befiehlt, sich bereitzuhalten, helfen keine Tropfen aus der Apotheke.«

»Sie haben, scheint's, geträumt«, sagte ich, und das Mitleid verschloß mir den Mund.

»Nein, nein«, widersprach Josef mit unverständlichem Eifer. »In meinem ganzen Leben habe ich niemals geträumt. Ich hatte einfach keine Zeit ...«

»Wozu?«

»Zum Träumen ... Immer wurde ich zu früh geweckt«, murmelte er und mußte abermals stark husten.

Der Holzstoß wurde immer kleiner. Die Scheite im Ofen brannten nieder, und der Abglanz der Flamme rötete die ungetünchte Wand, es sah aus wie ein geschlachtetes Tier im Fleischerladen von Hillels.

Josef versenkte seine schwere Hand in das graue Haar auf seiner Brust und kratzte sich so heftig, als wolle er seinen Brustkorb aufreißen und den verfluchten Husten herausklauben, der ihm immer wieder entschlüpfte wie eine Maus im Keller.

»Spann lieber an, Daniel, und hole mit dem Wagen den Synagogendiener Chaim. Ich habe etwas mit ihm abzumachen.«

Ich begriff nicht, wieso der kranke Josef nicht den Arzt, sondern den Synagogendiener Chaim brauchte und was sie miteinander abzumachen hatten. Auf einmal war ich all dessen überdrüssig: der warmen Dämmerung in der Hütte, der verschneiten Grabsteine draußen und sogar Josefs mit seinem verfluchten Husten und seinen weisen Sprüchen über das Feuer und den Herrgott, der angeblich nachts gekommen sei und ihn von Kopf bis Fuß befühlt habe.

»Ich gehe zu Fuß«, sagte ich nur noch.

Ich wollte durch den Ort schlendern, die Leute auf der Straße betrachten, über den Marktplatz gehen, Pranas in der

Möbelfabrik aufsuchen – wir hatten uns ein halbes Jahr nicht gesehen –, und vielleicht könnte ich, ehe ich Chaim aus der Synagoge holte, auf einen Sprung in Dragazkis Kneipe einkehren und ein Glas Bier trinken. Auch ich hatte letzten Endes einiges zu erledigen.

»Zu Fuß kommt Chaim nicht her«, sagte Josef.

»Warum?« wunderte ich mich.

»Zu Fuß muß er das ganze Jahr gehen«, erklärte mein Vormund lächelnd.

Also mußte ich anspannen. Das Pferd stand im Stall, und in seinen großen tiefen Augen glomm grün der Kummer. Doktor Jochelsohn hätte es doch mitnehmen sollen, es hätte ihn gefahren, bis es in irgendeinem Amtsbezirk von Amerika tot zusammengebrochen wäre. Nachdem der Doktor vor Hitler geflohen war und dem Totengräber den Braunen geschenkt hatte, ging es mit dem Pferd bergab. Von Zeit zu Zeit übermannte die Kränkung sein Pferdeherz, und es wieherte nachts laut, von Erinnerungen geschüttelt und sein Geschick beklagend.

»Schlachten müßte man es«, knurrte Josef. »Es weckt mir noch alle Toten auf.«

Das Pferd mochte den Totengräber nicht leiden. Er schrie es nicht nur an, sondern peitschte es auch schmerzhaft, und das schlimmste war, er ließ es tagelang im verschlossenen Stall stehen, wo sich Gerümpel und Steinhaufen türmten. Wenn der Braune an Jochelsohn und dessen Sohn, den Gymnasiasten Schimon, dachte, liefen ihm Tränen über die Schnauze, und ich bekam am ganzen Körper eine Gänsehaut, denn es ist schon sehr schlimm, wenn am hellichten Tag die Pferde weinen.

An Begräbnistagen veränderte sich das Pferd, seine Augen leuchteten, sein Fell glänzte wie Samt, sein Schritt wurde sicherer. Mit den rosigen Nüstern sog es die Luft ein, es betrachtete die Welt wieder froh und fühlte sich jung und stark wie früher. Doch in unserem Ort starb selten jemand, des Pferdes Freuden waren so selten wie der Tod.

Ich klopfte ihm den Rist, und die Berührung meiner Hand ließ es erbeben und langgezogen wiehern.

Durch die offene Stalltür schlug kaltes Licht herein. Ich zog das Pferdegeschirr unterm Gerümpel hervor, spannte das Pferd vor den Wagen, der ausgekühlt war wie ein Sarg, und wir fuhren auf den verschneiten Feldweg hinaus.

Das Pferd lief flink, im Schnee wurden seine Beine sauber, denen noch der Herbstschmutz angehaftet hatte, und ich merkte gar nicht, wie schnell wir im Ort anlangten.

Die Synagoge hat noch Zeit, dachte ich, ließ den Wagen auf dem Marktplatz stehen und ging los, immer der Nase nach. Wenn ich gewollt hätte, hätte ich freilich zu uns nach Hause gehen können, doch was gab es dort Neues für mich zu sehen? Den Deutschen? Seine Frau Sara? Ihren Sohn Wilhelm? Einmal im Monat kamen die Flüchtlinge auf den Friedhof und brachten zehn Litai Mietgeld.

»Sie können umsonst wohnen«, sagte ich, aber die Flüchtlinge wollten das nicht. Und auch mein Vormund Josef erregte sich: »Sollen sie ruhig Kontribution zahlen.«

»Was ist das – Kontribution?«

»Geld«, sagte der Totengräber laut.

Ich könnte auch in die Möbelfabrik zu Pranas gehen. Zwar ließ man seit dem Streik dort keine Fremden mehr ein. Aber war ich etwa ein Fremder? Ich war ein Hiesiger. Mich kannte im Ort jeder Hund. Auch meinen Großvater, meine Großmutter und meinen Vater Saul.

»He, Junge!« rief mich eine Männerstimme an, und ich blieb stehen.

Gerechter Gott, der Polizist Giedraitis!

»Erkennst mich nicht?« fragte Inordnung.

Er war nicht in Uniform, sondern trug einen abgetragenen Schafpelz und eine nasse Mütze aus Hasenfell.

»Doch.«

»Tja«, teilte mir Giedraitis mit, »ich werde nun niemanden mehr schnappen ... Sie haben einen anderen geschickt ... Tutkus ... Aus Kaunas.«

»Schade«, sagte ich.

»Schade?« Inordnung sah mich von der Seite an.

»Ihnen konnte man wenigstens noch entwischen.«

»Dem kannst du nicht entwischen ... Tutkus ist jünger.« Giedraitis nahm die Mütze vom Kopf und schüttelte von ihr die Tropfen ab. »Und du, was machst du?« Inordnung hatte offenbar lange mit niemandem gesprochen, und wenn doch, dann hatte man ihm wohl nicht recht zugehört. »Nichts.«

»Das ist schlecht. Sehr schlecht«, seufzte er. »Mit nichts, mein Freund, fängt alles an.«

»Was denn?«

»Die Proklamationen ... Die Agitation ...«

Er ging neben mir, blieb keinen Schritt zurück, und für Außenstehende mochte es aussehen, als ob Giedraitis mich aufs Polizeirevier führte.

»Ich habe es sehr eilig«, log ich.

»Nun denn.« Der ehemalige Ortspolizist billigte meine Lüge. »Grüß deine Großmutter von mir.«

»Großmutter ist längst tot«, warf ich böse hin.

»Na und?« sagte Inordnung, als wäre nichts dabei. »Kann man einen Toten etwa nicht grüßen lassen? Du gehst zum Grab und richtest ihr den Gruß aus. In meinem Namen. Sie hat doch meine Enkelin gerettet, die Stasite.« Er wickelte sich fester in den Schafpelz und bog um eine Straßenecke, ich aber blickte noch lange auf seine Spuren im Schnee. Ich sah die Spuren an und dachte nach: über ihn, über meine Großmutter und außerdem über Gutes, das plötzlich im Gedächtnis aufflammt, so daß man an nichts anderes mehr denkt als an das Gute, mag es klein oder groß gewesen sein, ganz egal.

In der Synagoge begann der Gottesdienst. Der Synagogendiener Chaim betete jetzt, und er betete inbrünstiger und länger als alle Juden im Ort, denn von Kind an stotterte er, so daß es dem Allerhöchsten schwerfiel, sein Kauderwelsch zu verstehen. Nach dem Gottesdienst pflegte Chaim mit nicht geringerem Eifer das Bethaus zu fegen.

Bis zum Ende des Gottesdienstes blieb über eine Stunde Zeit. Wie zum Trotz waren die Straßen des Fleckens leer. Und wennschon mal jemand kam, dann waren es nicht die Richtigen, meist Weiber mit Schulterjochen, sie schleppten Wasser, in dem bläuliche Eisstückchen schwammen. Ich wollte gerade die ausgetretene

Schwelle zu Dragazkis Kneipe überschreiten, mich in eine Ecke setzen und zuhören, was seine Stammgäste zu erzählen hatten, als ich plötzlich einen alten Bekannten erblickte – den Altgehilfen Leibele Parowosnik.

»Leibele!« rief ich erfreut und stürzte ihm entgegen, als er über die Straße kam.

»Was schreist du so?« bremste Leibele meinen Eifer, und dann sagte er, ohne seinen Schritt zu verlangsamen: »Vergiß es!«

»Was denn?« fragte ich verdutzt.

»Den Leibele. Es gibt keinen Leibele mehr.«

Na so was! Es gibt keinen Giedraitis mehr, es gibt keinen Leibele mehr. Was ist nur los in der Welt?

»Ich bin jetzt Leo – Leo Parowosnik«, sagte der Altgehilfe mit unverhohlenem Stolz. »Du lebst ja ganz hinterm Mond auf deinem Friedhof.«

Meinetwegen Leo, was geht's mich an, Hauptsache, ich kann im Warmen die Zeit verbringen, bis Gott den Stotterer zu Ende angehört hat.

Ich folgte Leibele, das heißt Leo, in den Frisiersalon, wo wir vor gar nicht langer Zeit, so etwa vor zweieinhalb Jahren, zusammen bei Herrn Aron Damski gearbeitet hatten: er als ältester, ich als jüngster Gehilfe.

Im Laden legte Parowosnik den Mantel ab, einen Mantel aus warmem dunkelblauem Tuch, das der selige Aron Damski offenbar aus der fernen, geheimnisvollen Stadt Paris mitgebracht hatte, und hängte ihn auf einen Kleiderbügel.

»Soll ich dich rasieren?« Leo zog einen weißen Kittel an.

»Ich rasiere mich noch nicht.«

»Da bilde dir nur nichts drauf ein. Wie alt bist du?«

»Bald sechzehn.«

»In diesem Alter rasiert sich jeder normale Jude. Bei dir scheint irgendwas nicht zu stimmen.«

»Wieso?«

»Mit der Männlichkeit«, stieß Leo hervor und lachte. Seine Zähne waren groß und matt wie Kerzenstümpfe. Im vergangenen Jahr war Parowosnik dick geworden wie eine schwangere

Frau, er hatte ein Bäuchlein bekommen, das sich unter dem Kittel wölbte, auch hatte er sich, um gesetzter zu wirken, einen Bart wachsen lassen und eine Taschenuhr mit Uhrgehänge zugelegt, auf die er immer wieder blickte, wobei er den vergoldeten Dekkel schnappen ließ. Ich hegte nicht den geringsten Zweifel, daß er sowohl die Uhr als auch das warme dunkelblaue Manteltuch von der Witwe meines ersten Lehrherrn, des Herrn Aron Damski, erhalten hatte. Parowosnik hatte schon lange gedroht, er werde sie heiraten, und er hätte sie auch geheiratet, wäre nicht unser Rabbiner strikt dagegen gewesen.

»Niemals«, hatte er zu Parowosnik gesagt. »Niemals. Du könntest ihr Sohn sein. – Und Sie«, sollte sich der Rabbiner an die Witwe gewandt haben, »Sie könnten gut und gerne seine Mutter sein.«

»Aber er hat doch schon eine Mutter, Rabbi«, war Roche ihm ins Wort gefallen.

Was Parowosnik betraf, so widersprach er nicht. War es denn so wichtig, was er für die Witwe des verstorbenen Chefs war: Ihr Mann oder ihr Sohn – Hauptsache, er bekam das Geschäft. Wenn Gott es so wollte, dann mochte man im Ort nicht die schielende Fejge-Jente, sondern die schnurrbärtige Roche als seine Mutter betrachten.

Während Leo mit Hochgenuß den Uhrdeckel schnappen ließ, sah ich mich im Laden um. Alles war noch so wie zu Zeiten des seligen Herrn Aron Damski. Höchstens, daß die Spiegel noch stärker glänzten und daß auf dem kleinen Tisch an der Tür zwei Zeitungen lagen – eine jüdische und eine litauische.

»Hör mal«, sagte Leo. »Willst du dich noch lange auf dem Friedhof herumtreiben?«

»Ich weiß nicht«, antwortete ich.

»Du wirst dort noch ganz versauern. Laß den Friedhof Friedhof sein in drei Teufels Namen. Nicht einmal der Bart ist dir dort richtig gewachsen.«

Ich sah Leo an, dann das Uhrgehänge, an das er gekettet schien wie ein Hund an die Hundehütte.

»Was ist, halten dich die Toten fest?«

»Niemand hält mich fest.«

»Nun also, was soll's? Geh weg von da!«

»Ich werde schon gehen, wenn es soweit ist.«

»Es wird Zeit, Daniel, daß du unter Menschen kommst. Daß du Geld machst.«

»Wozu?«

»Meinje, Daniel, du hast es ja hier.« Leo tippte sich mit dem Finger an die Schläfe. »Lebst auf der Welt schon sechzehn Jahre und weißt nicht, wozu man Geld machen muß.« Er strich über sein hüpfendes Bäuchlein, dann starrte er in den Spiegel, als müsse er sein Spiegelbild zu Hilfe rufen. »Geld – das ist eine große Macht. Nimm, zum Beispiel, unser Volk. Was kann uns retten? Na, was?«

Ich schwieg.

»Gleichheit? Brüderlichkeit? Freiheit?« erregte sich Parowosnik. Er befeuchtete einen Wattebausch mit Eau de Cologne und hielt ihn sich an die Oberlippe. Er hatte dort wohl ein Furunkel.

»Palästina? Nichts dergleichen. Nur das Geld. Für Geld kannst du gleich und frei und brüderlich sein, mit wem du willst. Verstehst du?«

»Nicht ganz«, gab ich zu.

»Eines Tages wirst du's verstehen ... Ich, Bruder, lese jetzt viel des Nachts ... Wie war es denn früher? Da kam der Kunde, setzte sich, du hast ihn geschoren und rasiert, hast gequasselt mit ihm über Channa Zipe, und er war zufrieden. Aber jetzt – Pustekuchen! Jetzt, Bruder, verlangt er was anderes: Hitler-Schmittler, die Regierung, den Sozialismus und den Schuhmachersohn ...«

»Welchen Schuhmacher?«

»Keiner von hier, i wo ... Jener Schuhmacher hat im Kaukasus gelebt ... Zu alldem braucht man Köpfchen, Daniel ... Wenn du die Kundschaft anlocken willst, mußt du lesen, lernen, dich bilden. Zu mir, Bruder, kommen sie manchmal haufenweise: unsere und auch Litauer. Und warum? Weil ich ihnen zusammen mit heißen Kompressen und Eau de Cologne, auch den Hitler serviere ... und den Sozialismus ... und den Schuhmachersohn ... und Palästina ... Na?«

»Was – na?«

»Was sagst du dazu?«

Ich hatte nichts zu sagen. Ich beobachtete ihn, seine gemessenen, selbstsicheren Gesten, seinen Redefluß, der mit nie gehörten Wörtern gespickt war, und ich beneidete ihn, der da des Nachts Bücher las über alle möglichen kaukasischen Schuhmacher, über den Sozialismus, über Palästina und Hitler. Im Vergleich zu Leo war ich ein ungehobelter Tölpel. Was wußte ich denn? Ich wußte, daß draußen Winter ist, daß der Wind bläst, der durchdringende Nordwind, und daß es also für Josef nicht leichter würde.

»Ich brauche einen Gehilfen«, verkündete Parowosnik feierlich und zupfte an seinem Bart. »Geh auf den Friedhof, Daniel, hol deine Siebensachen und komm zu mir. Ich biete dir einen schönen Lohn. Wohnen wirst du wie der Zar, in einem Zimmer für dich allein.«

»Und was ist mit Josef?«

»Josef brauche ich nicht.«

»Er ist krank«, gab ich zu bedenken.

»Na und?« Leo zupfte wieder an seinem Bart, als wolle er dort den Gedankenfaden herausziehen. »Entweder er wird sterben, oder er wird gesund werden.«

»Ich kann ihn nicht im Stich lassen.«

»Dummkopf«, warf Parowosnik gutmütig hin. »Soll doch der Herrgott an die anderen denken. Das ist seine Arbeit.«

»Ich kann ihn nicht im Stich lassen«, wiederholte ich. »Wie du meinst«, knurrte Parowosnik. »Dann male mir wenigstens ein Schild.«

Ohne meine Zustimmung abzuwarten, verschwand Leo und brachte gleich darauf ein großes, kalt blitzendes Stück Blech. Er legte es auf das Tischchen, nachdem er die beiden Zeitungen zusammengefaltet hatte, dann hielt er Daumen und Zeigefinger wie einen Bleistift und schrieb damit schwungvoll seinen Namen und seinen Titel.

»Den Namen schön groß. Ich bezahle dir auch die Farben. Schreibe groß und deutlich: *Leo Parowosnik, Herrenfriseur*«, bestimmte der Besitzer des Friseurladens. »Das Jüdische kleiner, das Litauische größer. Immerhin, sie sind die Herren. Und hier« – Parowosnik deutete auf dem Blech die Umrandung an –, »hier einen Kopf, und da noch einen. Aber gib acht, daß sie niemandem werden ähnlich. In unserem Ort gibt es keine Schönheiten, die für mein Schild in Frage kommen. Denk sie dir selber aus, Bruder. Oder warte …« Leo zog plötzlich eine Zeitung unter dem Blech hervor. »Einen Kopf kannst du hier abzeichnen.«

»Und wer ist das?«

»Ein englischer Minister«, sagte Parowosnik. »Ein sehr stattlicher Mann. Und auch seine Frisur ist erstklassig. Stimmt's?«

»Stimmt.«

»Aber merke dir: Links auf dem Schild muß ein litauischer Kopf sein und rechts ein jüdischer. Rasieren, das ist etwas anderes als die Beschneidung. Rasieren lassen, Bruder, tut sich jeder. Kapiert?«

»Ja.«

»Und welchen Kopf soll ich größer malen?« fragte ich. »Den litauischen oder den jüdischen?«

»Die Köpfe mach gleich groß, damit keiner beleidigt ist.« Wäre Sommer gewesen, so hätte ich mich niemals bereit gefunden, Parowosnik das Schild zu malen. Ich hatte überhaupt noch nie ein Schild gemalt. Aber draußen knirschte der Frost, bis zum Sommer war es so weit wie zu Gott, ich kam beinahe um vor Langeweile und Nichtstun: Tagein, tagaus saß ich am Ofen, legte Holzscheite ins Feuer und mußte mir Josefs Stickhusten anhören, und Husten ist bekanntlich kein Nachtigallenschlag, nicht einmal Friedhofskrähengekrächz, eine Krähe kann man wenigstens verjagen. So kam mir der Auftrag des Altgehilfen Leo Parowosnik überaus gelegen. Ich würde Farben kaufen, mir einen Pinsel basteln und ans Werk gehen.

»Wann wird das Schild fertig sein?« erkundigte sich Leo.

»Ich versuche, es bis zum nächsten Sabbat zu schaffen.«

»Hier ist Geld für die Farben.« Parowosnik zog eine Silbermünze aus der Tasche und reichte sie mir wie beiläufig. »Und denke noch einmal über mein Angebot nach. Wir könnten uns miteinander einarbeiten.«

Ich nahm das scheppernde Blech, die jüdische Zeitung mit dem Bild des englischen Ministers und die Silbermünze und ging.

Auf dem Marktplatz stand frierend das Pferd mit dem Wagen. Aus seinen Nüstern stieg Dampf, der hing über der Kruppe wie in der Badestube über der Sitzbank. Ich warf das Blechstück in den Wagen, faltete die jüdische Zeitung vierfach zusammen und steckte sie mir unters Hemd, dann stieg ich auf den Kutschbock und fuhr zur Synagoge.

Als ich das Bethaus betrat, stand der Synagogendiener Chaim immer noch am Altar, und seine Lippen, welk wie leere Erbsenhülsen, flüsterten ein Gebet. Chaim beachtete mich überhaupt nicht, er schien sich gänzlich jenseits der unsichtbaren Grenze zu befinden, dort, wo sein einziger Freund und Beschützer wohnte. Ich war noch gar nicht auf der Welt gewesen, als Chaim im Bethaus zu dienen begann. Er hatte erst Schneider werden wollen, dann Altwarenhändler, aber aus beidem war nichts geworden. Im Ort sagten die einen, Chaim sei aus Faulheit Synagogendiener geworden, die anderen meinten, weil er ganz einsam und verwaist war (er hatte keinen einzigen Verwandten hier, seine ganze Familie sollte, hieß es, an Kohlengas erstickt sein, nur er allein sei davongekommen). Es gab keinen Juden im Flecken, der Gott noch mehr ergeben gewesen wäre als er, wenngleich der Allerhöchste es nicht eilig hatte, ihm seine Ergebenheit und seinen Gehorsam zu lohnen.

Chaim war klein und dürr, er roch nach Kerzen und heiligen Büchern, hatte einen leisen, schleichenden Gang mit kleinen Schritten, ging stets schwarz gekleidet, vielleicht zu Ehren der Erstickten, vielleicht auch aus anderem Grunde. Er hatte niemals Geld gemacht und schien das auch nicht zu bedauern. Wozu brauchte er Geld, da er doch Gott hatte, und den kann man ja für keinerlei Geld kaufen.

»Guten Tag«, sagte ich, und Chaim wandte sich erstaunt nach mir um.

»Guten Tag«, antwortete Chaim, und ich merkte an seinem erdbraunen Gesicht, das wie eine Wildnis von stacheligem Gestrüpp überwuchert war, daß er noch immer jenseits der Wolken weilte und nicht das geringste Bedürfnis hatte, herabzusteigen zu mir, zu einem nichtigen Gespräch über Josef, zu seinem Besen und zum Schmutz auf dem Fußboden des Gotteshauses, den er schon seit vierzig Jahren wegwischte und der doch mit jedem Jahr zunahm.

»Josef schickt mich zu Ihnen«, entschuldigte ich mich.

Meine Worte drangen nicht sofort in Chaims Bewußtsein. Er stand lange halb zu mir gewandt, ehe er sich endlich zusammenraffte und eine Art Mattigkeit oder seine Ehrfurcht vor Gott – oder vielleicht beides – abstreifte.

»B-bring mir Wa-wasser aus dem B-brunnen ... Ei-eimer und T-t-tragjoch sind in der E-ecke ...«, stotterte er.

Als ich mit dem Wasser zurückkam, fügte Chaim hinzu: »Mach den Lappen naß, und dann mit Gottes Hilfe ans Werk.«

Nanu, wollte er mich als Aufwischkraft und Wasserträger ausnutzen? Um den Fußboden des Bethauses zu wischen, reichten zwei Eimer Wasser nicht aus. Da würde ich tüchtig schleppen müssen.

»Was wird werden? Was wird werden, wenn ich sterbe?« sagte Chaim langsam und schüttete aus einem Eimer Wasser auf den Boden.

»Mit wem?« fragte ich, während ich mit dem nassen Lappen die Altarstufen zu wischen begann.

»Mit dem Fußboden«, sagte der Synagogendiener. »Niemand will auf Knien rutschen. Nicht einmal vor dem Herrn.«

Er verstummte, setzte seinen rechten Fuß auf einen großen Stoffflicken von einem Frauenkleid – wie kam der nur in die Synagoge? – und vollführte einen wunderlichen Tanz auf dem schmerzensreichen Fußboden. Chaim glitt darüber hin, wobei er etwas wie Genuß empfand und in eine Verzückung geriet, die ihm Kraft und Eifer verlieh. Es war, als höre er nicht das Schlurfen seiner Füße und das Rutschen des Lappens, sondern das Laubgeflüster einer mächtigen Zeder im Gelobten Land und das Rauschen von Engelsflügeln. Nicht von ungefähr hielt er die Augen geschlossen, denn mit offenen Augen sieht der Mensch nichts. Absolut nichts. Bei ihm, bei Chaim, hatte sich in vierzig Jahren eine andere Sehkraft herausgebildet, und je schwächer seine Augen wurden, um so mehr und klarer konnte er sehen.

»Warum kommst du niemals in die Synagoge, Daniel?« Er stieg von dem Frauenkleidfetzen, wie man von einem Schiff an Land geht.

»Keine Zeit.«

»Für alles habt ihr Zeit. Nur für den Glauben nicht«, fuhr Chaim fort.

»Ich muß mich um Josef kümmern.«

»Um deine Seele mußt du dich kümmern, Daniel. Sie wird sonst verdorren wie ein Garten ohne Regen.«

Er bestieg wieder den Frauenkleidfetzen und begab sich wieder auf Rundfahrt durchs Bethaus.

»Ihr werdet umkommen ohne Glauben«, murmelte er.

»Wer?«

»Alle. Dein Großvater, zum Beispiel, wodurch ist er umgekommen?«

»Durch das Alter«, sagte ich.

»Am Alter stirbt man«, berichtigte der Synagogendiener. »Aber dein Großvater ist früher umgekommen, als er gestorben ist. Weil er aufgehört hat zu glauben.«

»Woran?«

»An unseren Herrn. Wozu hat dein Großvater den Herrn gebraucht, wenn der ihm nicht Uhren zum Reparieren gebracht hat?«

Wie stets sprach Chaim herrisch und zugleich verworren. Er ereiferte sich immer mehr, verschluckte die vom Stottern zerhackten Wörter, und ich ärgerte mich über ihn, über mich selbst und über Josef. Mit welchem Recht machte der Synagogendiener meinen Großvater schlecht? Was hatte der ihm Böses getan? Es gab eine Zeit – vor jener Schreckensnacht, als Chaims ganze Familie im Qualm erstickt war –, da waren beide befreundet, sie suchten sich sogar gemeinsam Arbeit im Ausland, in Lettland. Das hatte Großmutter mir erzählt. In Lettland fanden Chaim und Großvater Arbeit in einer Tabakfabrik und fabrizierten den besten Rauch der Welt. Bei uns zu Hause wurde lange eine Zigarette aufbewahrt. Großvater ließ alle daran riechen. Sie duftete nach Stadt und nach Freiheit.

»Mein Vormund Josef hat etwas mit Ihnen abzumachen«, sagte ich, um den Synagogendiener Chaim wenigstens vorübergehend von den Gedanken an Gott, seinen Freund und Beschützer, abzulenken.

»Ist gut, ich habe es gehört. Also hören wir auf, den Fußboden zu wischen, und ma-ma-machen wir es ab«, versprach Chaim und fuhr fort: »Dafür war deine Großmutter Gold wert! Um ehrlich zu sein: Die anderen Weiber jage ich nachts aus dem Bethaus, aber sie nicht. Sie darf sitzen bleiben.«

»Wen jagen Sie hinaus?« fragte ich verständnislos.

»Die anderen Weiber. Die selige Channa-Zipe, Hillels' Frau Malke, aber deine Großmutter schaue ich an und freue mich, wie fest sie ist im Glauben.«

»Wie können sie beten, wenn sie alle längst im Jenseits sind«, sagte ich.

»Ja, was denkst du dir denn: Denkst du, sie hocken die ganze Zeit nur dort? Manchmal entläßt der Herrgott sie zu uns, und die Eifrigsten lobpreisen ihn dann im Bethaus. Komm einmal des Nachts. Dann wirst du selbst sehen.«

»Gar nichts werde ich sehen«, sagte ich.

»Weil du nicht glaubst ... Ohne Glauben ist der Mensch blind«, beharrte der Synagogendiener.

Die winterliche Sonne wollte schon untergehen, als wir den schmerzensreichen Fußboden fertig gewischt hatten und aus der Synagoge traten. Ich ließ Chaim im Wagen Platz nehmen, und wir fuhren los. Chaim saß die ganze Zeit eingehüllt in seinen schwarzen Mantel mit dem speckigen Kragen und den länglichen, blutegelähnlichen Knöpfen. Er atmete laut durch seine Hakennase, die von ewigem Schnupfen und von Gebetsbrocken verstopft war.

»Nicht zu schnell«, bat er, obwohl ich gar nicht daran dachte, das Pferd anzutreiben.

Hier und da lagen weiße Schneewehen, und der Blick des Synagogendieners schweifte darüber hin wie der Wind.

»Daniel«, sagte Chaim plötzlich. »Wenn du nun vom Friedhof weggehen würdest?«

»Wohin?«

»In die Synagoge«, sagte er.

»Warum?« wunderte ich mich.

»Du bist eine Waise, ich bin eine Waise.«

»Josef ist auch eine Waise.«

»Wir sind alle Waisenkinder«, gab Chaim zu. »Aber das Gotteshaus braucht einen Diener ... Glaub mir, das ist besser, als zu dienen als Verkäufer im Laden oder als Lehrjunge beim Friseur.«

»Kann sein«, sagte ich. »Aber ich ... aber ich ...«

»Was denn?«

»Manchmal, Reb Chaim, glaube ich und manchmal auch nicht.«

»Du bist noch jung«, sagte Chaim. »Ich bin auch nicht mit einem Mal zum Glauben gekommen. Der Glaube, mein Lieber, der ist wie ein Haus: Stein für Stein wird er errichtet.«

Ich hörte ihm zu, und es kam mir vor, als wäre vor vielen Jahren in jener Schreckensnacht, als Chaims ganze Familie zur ewigen Ruhe ging, auch er erstickt, nicht am Qualm, sondern am Glauben. Es reizte mich, ihn zu fragen, womit der Herrgott seinen treuen Diener dafür belohnte, wieviel Prozent, wie mein erster Lehrherr, der Friseur Aron Damski, sagte, wieviel Prozent Chaim pro Jahr von seinem Glauben bekäme, doch ich beherrschte mich.

»Kann man sich etwa bei der Ehefrau über die Ehefrau beklagen?« nörgelte der Synagogendiener. »Sie kläfft dich an, beschimpft dich mit den übelsten Wörtern. Aber der Herrgott hört immer zu und versteht alles.«

Unter den Hufen des Pferdes knirschte der Schnee. Die Luft war klar. Hinterm Abhang wand sich der Fluß unterm Eis, von dorther drang dumpfes Murmeln.

»Der Glaube, Daniel, ist wie ein großer Taubenschlag«, sagte Chaim plötzlich abschließend. »Wenn du oben ankommst, bist du schon bei den Vögeln, bist du schon über der Erde.«

Dann sprach Chaim kein Wort mehr. Er saß finster da, den Kopf zwischen die Schultern gezogen, und ich dachte: Was ist bloß alles in diesem Kopf drin, da ist der Herrgott, da sind die abgenutzten Eimer in der Ecke des Bethauses, auch das Stück Frauenkleid, das wahrscheinlich vom Altwarenhändler stammt, und die Hütte am Rand unseres Marktfleckens, wo er geboren wurde und zusammen mit seinen zahlreichen Brüdern und Schwestern auf dem Fußboden herumkrabbelte. Ei gewiß, er braucht einfach jemanden zum Arbeiten, genau wie Leo Parowosnik oder mein Vormund Josef. Es berührte mich unangenehm, daß ich gleichermaßen geeignet sein sollte als Barbier, als Synagogendiener und auch als Totengräber. Konnte man wirklich ebenso schnell glauben lernen, wie man lernte, den Spaten oder das Rasiermesser zu halten? Nein, nein, es ging hier gar nicht um den Glauben. Chaim konnte einfach nicht mehr selbst die schweren Wassereimer schleppen, seine Beine waren steif vor Alter. Ich aber hatte Kraft genug. Ich weiß nicht, wer dem Herrgott lieber ist: ein Starker oder ein Schwacher. Jedenfalls überläßt er den Schwachen den Glauben, den Starken aber drückt er gewöhnlich Spaten oder Tragejoch in die Hand.

Während ich im Stall das Pferd ausspannte, durchmaß Chaim mit seinen kleinen Schritten den Friedhof. Er hatte es offenbar nicht eilig, in die Hütte zu kommen, er ging zwischen den Grabsteinen umher und sank tief in den Schnee ein.

»Was suchen Sie, Reb Chaim?« fragte ich, nachdem ich den Stall abgeschlossen und dem Pferd eine Handvoll hartgefrorenes Heu vorgeworfen hatte.

»Was suchen die Menschen schon auf dem Friedhof?«

Chaim zog fröstelnd den Kopf noch tiefer zwischen die Schultern.

»Die Ihrigen liegen dort«, sagte ich und wies mit dem Finger auf eine verschneite Kiefer dicht am Zaun.

»Ich weiß«, knurrte der Synagogendiener und äugte zu der Kiefer hin. »Es ist ein rechter Jammer.«

»Ein Jammer?«

»Reb Nathan, unser Gemeindevorsteher, ist extra zum Minister gefahren. Hat alles nichts geholfen.«

»Wovon sprechen Sie, Reb Chaim?«

»Vom Friedhof ... Ihr müßt umziehen, du und Josef.«

»Wohin?«

»Wohin es wird befohlen werden.«

»Wer befiehlt?« fragte ich verblüfft.

»Der Magistrat. Reb Nathan wollte ein Stück am Friedhofszaun herausdhandeln. Aber dort wird nun eine Kaserne gebaut werden. Nur, sag Josef noch nichts davon. Er darf sich nicht aufregen.«

»Kann man denn die Kaserne nicht an einer anderen Stelle bauen?«

»Das geht nicht.«

»Warum?«

»Ich bin kein General. Ich bin Synagogendiener. Die Generäle wissen besser, wo ein Friedhof sein muß und wo eine Kaserne.«

Chaim verstummte und ging bekümmert auf die Hütte zu. Ich öffnete die Tür, leise traten wir ein.

Josef schlief. Sein Atem hörte sich in der Stille an wie Hummelgebrumm. Der Synagogendiener Chaim ging zum Ofen, spreizte seine kleinen Hände überm erloschenen Feuer und hielt sie so, als könnte die kalte Asche wärmen. »Ich werde ihn wecken«, schlug ich vor.

»Nicht nötig. Laß ihn schlafen.«

Chaim rührte sich nicht vom Fleck, und seine Hände über der Asche sahen mit ihren gespreizten Fingern aus wie zwei vom Winterwind kahlgerupfte Zweige.

»Vielleicht heize ich noch mal?« sagte ich, denn der durchfrorene Chaim tat mir leid.

»Ja, tu das.«

Ich hatte das Feuer noch nicht angefacht, als Josef erwachte. Er blickte sich im Raum um, bemerkte Chaim und sagte: »Du wirst es kaum glauben, ich habe zum erstenmal in meinem Leben geträumt.«

»Was hast du denn geträumt?« erkundigte sich Chaim, um nicht unhöflich zu sein.

»Es ist mir peinlich.«

»Du warst immer ein Sünder, Josef. Denk an deine Jugendzeit«, sagte Chaim und kicherte schon im voraus. Sein Kichern machte die Stille noch deutlicher spürbar, diese Stille, die zäh wie Tischlerleim die ganze Hütte ausfüllte. Die Vorahnung von Unglück wurde nur noch verstärkt durch das unpassende Gelächter des Synagogendieners. Chaim wußte selbst nicht, wann er das letztemal gelacht hatte. Was der Herrgott auch immer von ihm erwarten mochte, Lachen war es gewiß nicht. Josef jedoch war offenbar fest entschlossen, sich nicht seiner Jugendzeit zu erinnern, es hatte nichts Gutes darin gegeben. Am Ende hatte es sie selbst nicht gegeben?

»Ich hab geträumt«, sagte der Totengräber, »ich wäre schwanger.«

Zu meiner Verwunderung lachte Chaim nicht, sondern wurde ernst und trat an Josefs Bett.

»Was guckst du mich so an, alter Kerzenhalter?« fragte mein Vormund gekränkt. »Ich sage doch, ich habe es geträumt.«

»Nun und?« gab der Synagogendiener nach. »Was hast du geboren – einen Jungen oder ein Mädchen? Oder vielleicht ein Zwillingspaar?«

»Das ist ja gerade der Haken«, seufzte Josef.

»Was denn?«

»Ich war schwanger, aber ich konnte nicht niederkommen.«

»Die Zeit war vielleicht noch nicht heran«, gestand Chaim großmütig zu.

»Die Zeit war unbedingt heran, und nichts tat sich.«

»Und was war weiter?«

»Weiter lief ich herum mit dickem Bauch ... Ein schlechter Traum ... Bestimmt wird etwas geschehen«, sagte Josef, dann mußte er husten, und der Husten erstickte alle seine Ängste und Vorahnungen.

Ich machte Feuer, und in die Hütte zog wieder Wärme ein: friedliche, anheimelnde Wärme.

Josef stieg aus dem Bett, hüpfte auf einem Bein zur wurmstichigen Kommode, holte eine Flasche billigen trüben Wodka heraus, den er Gott weiß für welche Gelegenheiten aufgehoben hatte, füllte zwei Gläser, und als der Synagogendiener Chaim das seine angewidert wegschob, trank er auf einen Zug aus, wischte sich mit dem Ärmel des sackleinenen Hemdes die spröden Lippen und sagte: »Wenn du dich wenigstens einmal betrinken würdest, Chaim.«

»Warum?« fragte der Synagogendiener verständnislos. »Um deinen Glauben zu versuchen. Mein Vater, der Himmel sei ihm gnädig, hat auch so geglaubt wie du.«

»Ein guter Mensch war der Schuster Melech.«

»Ein guter, ja, aber einmal im Monat hat er ein Stof Wodka getrunken, hat sich eingeschlossen in seiner Kammer und gotteslästerlich geflucht. Hat geflucht und mit stierem Blick nach oben geschaut, zum Himmel: Wann wird der einstürzen über seinem Kopf und ihn strafen für die gotteslästerlichen Reden? Aber der Himmel hat immer weiter über seinem besoffenen Kopf gehangen.«

»Gott ist gütig«, warf der Synagogendiener ein.

»Ist dich wirklich nie die Lust angekommen, unseren Herrgott zu des Teufels Großmutter zu schicken?«

»Versündige dich nicht, Josef«, unterbrach Chaim ihn. »Wenn du mich kommen lassen hast, damit ich mir deine gotteslästerlichen Reden anhöre, dann bist du gewaltig im Irrtum.«

»Na schön.« Josef war geschwächt und wurde schneller als sonst betrunken. »Erzähle, was es gibt in der Welt!«

»Die Welt ist groß, und der Mensch hat nur zwei Ohren und zwei Beine«, erwiderte der Synagogendiener ausweichend, denn er konnte sich nicht denken, was der Totengräber mit ihm abzumachen hätte. Möglicherweise hatte Josef von dem Kasernenbau Wind bekommen und würde mörderisch schimpfen, würde gar verlangen, daß der Gemeinderat, dessen Vorsitzender, der ehrenwerte Möbelfabrikant Nathan Pjanko, und unser Rabbiner Jehudiel und sogar er, der Synagogendiener Chaim, zum Bürgermeister gingen und ihm die Augen auskratzten, sofern er den Kasernenbau nicht verböte. Alle Juden des Marktfleckens müssen schließlich an einem Ort begraben liegen, nicht einer hier und der andere dort. Letzten Endes, sosehr sie sich auch vermehren mochten – was brauchten sie schon: noch ein, zwei Hektar. Aber andererseits, Chaim kannte Josefs Charakter so gut wie ich. Hätte er vom Kasernenbau Wind bekommen, hätte er nie im Leben erst von seiner Schwangerschaft erzählt.

»Es heißt, Hitler hat Polen überfallen«, sagte der Synagogendiener Chaim, der ganz durcheinander war.

Daß Chaim über Hitler sprach, hörte sich seltsam und ungewöhnlich an. Wessen Gedanken sonst, wenn nicht seine, schwebten nur in den Regionen des Bethauses und lagerten sich wie

Staub ab auf dessen Fußboden, der Decke und den Wänden. Der Synagogendiener sprach von Hitler wie von Gott, mit ängstlicher Ehrfurcht und schulmeisterlich-geheimnisvoll.

»Den hält es nicht zu Hause«, sagte Josef. Er war vom Trinken aufgelebt. Der Wodka verlieh seinem Gesicht Farbe, es war nicht mehr aschgrau, sondern beinahe rot.

»Es hält ihn nicht«, stimmte der Synagogendiener zu. »Nur du bist in letzter Zeit ein Stubenhocker geworden.«

»Hitler hat überfallen Polen, und mich hat der Husten überfallen«, sagte mein Vormund. »Wirst sehen, der erstickt mich noch.«

Die Zeit verging, und den Synagogendiener quälte die Ungewißheit Er hätte zu gern erfahren, warum der Totengräber nach ihm geschickt hatte, der aber schien sich absichtlich Zeit zu lassen mit seinem Anliegen.

»Was reden die Leute im Ort sonst noch?« Josef goß sich Wodka nach, und Chaim verzog das Gesicht.

»Sie sagen, du schlachtest selbst Hühner«, warf der Synagogendiener ihm vor. »Das ist, wie du weißt, eine große Sünde. Es gibt einen Schlachter im Flecken.«

»Ist mein Messer etwa schlechter?« fragte Josef.

Beleidigt stand der Synagogendiener Chaim vom Tisch auf.

»Ich muß gehen. Bald kommen die Leute zum Abendgottesdienst.«

»Ich möchte ein Testament aufsetzen«, sagte mein Vormund auf einmal und griff wieder nach dem Glas.

»Ein Testament?«

Mein Herz begann zu trommeln. In der eingetretenen Stille klopfte es geradezu unanständig laut, und ich hätte mich gar nicht gewundert, wenn mein Vormund mich gebeten hätte, es zur Ruhe zu bringen. Bisher hatte ich Josef noch nie über seinen Tod sprechen hören. Der Tod betraf immer die anderen, Josef selbst war unsterblich, wie Erde und Himmel.

»Unsinn«, sagte der Synagogendiener Chaim und nahm Josef das Glas weg. »Man könnte denken, du liegst im Sterben.«

»Und was tue ich deiner Meinung nach?«

»Meiner Meinung nach trinkst du Wodka.«

In den kleinen schlauen Äuglein des Synagogendieners glomm ein Funken Mitleid auf. Mochte Josef sein, wie er wollte, großmäulig und viel zu keck im Umgang mit dem Allerhöchsten, doch immerhin stand er mit seinen schweren, rindenharten Händen schon so viele Jahre an der Grenze, die die Eitelkeiten der Welt von jener Schwelle trennt, die die gottesfürchtige Seele nur zu überschreiten braucht, um von süßem Flötenklang gebannt zu werden, während dem Sünder Pech- und Schwefelgeruch in die Nase fährt. Chaim konnte und wollte sich nicht mit dem Gedanken abfinden, daß Josef bald nicht mehr da wäre. Er liebte den Totengräber auf seine Weise. Erstens verdankte er ihm sein Leben. In jener Schreckensnacht, als der giftige Qualm die Hütte einhüllte, hatte Josef ihn herausgezogen, hatte das Friedhofspferd eingespannt und war mit ihm in die Kreisstadt gerast, im Flecken gab es damals noch keinen Arzt. Zweitens hoffte der Synagogendiener insgeheim, daß, wenn seine Stunde schlüge, nicht irgendein ungeschickter Neuling wie ich, sondern Josef selbst ihn der Erde übergeben würde, dann würde die Erde ihm wirklich ein weiches Bett sein.

»Ich will alles auf Daniel überschreiben lassen«, sagte der Totengräber.

»Lobenswert«, sagte Chaim. »Doch wozu die Eile?«

»Geh für mich zum Notar«, fuhr Josef fort.

»Schon gut, schon gut, das hat noch Zeit«, beschwichtigte Chaim. »Zuerst mußt du dich auskurieren. Ich werde noch heute den Doktor Gutmann bitten, daß er zu dir kommt. Gutmann – das ist nicht Jochelsohn. Erstens einmal glaubt er an Gott.«

»Für einen Doktor reicht das nicht aus«, bemerkte mein Vormund giftig.

»Er bringt dich schnell wieder auf die Beine.«

»Auf ein Bein, wolltest du sagen. Auf das zweite stelle ich mich selbst. Daniel, du hast doch nicht aus Versehen mein Holzbein verbrannt?« wandte Josef sich an mich, und ich stürzte mit solchem Eifer los, den Stumpf aus der Ecke zu holen, als hinge davon, daß ich schleunigst sein hölzernes Bein herbeibrächte, alles ab: Josefs Leben und auch meine Zukunft.

»Schnall es an, dann fühlst du dich gleich doppelt so wohl«, sagte der Synagogendiener.

Josef tat, wie ihm geheißen, schnallte den Stumpf an, sein Rükken straffte sich, und er sah fast wieder jugendlich aus.

»Jetzt kannst du tanzen«, lobte ihn Chaim.

»Warum nicht?«

Der Totengräber trank den Rest Wodka aus, faßte den Synagogendiener unter und stampfte mit dem Holzbein.

»Laß los«, flehte Chaim. »Du bist ja meschugge.«

Aber Josef ließ ihn nicht los, er wirbelte durch die Hütte, stampfte und sprach dabei: »Ich möchte keinen Doktor. Ich möchte keinen Doktor.«

Ich sah ihm erstaunt und erschrocken zu, und je wilder er sich drehte, um so gekünstelter wirkte seine Fröhlichkeit. Endlich ließ er Chaim los und taumelte zu seinem Bett.

»Weißt du noch, wie ich auf meiner Hochzeit getanzt habe?« Josef erklomm mühsam die Bettstatt. Seine behaarte Brust hob und senkte sich wie ein Blasebalg, und seine Augen waren so glasig, daß sie verschleiert aussahen, wie eisüberkrustete Pfützen.

»Ich weiß«, nuschelte der Synagogendiener.

»Bald werde ich wieder mit ihr tanzen.«

»Mit wem?«

»Mit meiner Debora.«

Josef wurde bewußtlos, vielleicht vom Wodka, vielleicht auch vor Hitze. Er murmelte etwas vor sich hin, und dieses Gemurmel ließ den Synagogendiener Chaim noch stärker stottern, er strich mir über den Kopf und hatte es nicht mehr eilig, zum Abendgottesdienst zu gehen.

»Vergib mir, Herr.«

Wie es seine Gewohnheit war, wandte sich Chaim zuerst an den Allerhöchsten, danach erst an mich: »Es war falsch, daß ich dich in die Synagoge holen wollte. Es ist deine Pflicht, Daniel, auf dem Friedhof zu bleiben und Josef zu helfen. Wenn er sich nicht deiner angenommen hätte, so wärst du bestimmt ins Waisenhaus gekommen.«

Was wahr ist, ist wahr. Ohne den Totengräber würde ich mich irgendwo in einem Waisenhaus herumquälen. Aber hatte ich mich etwa nicht dankbar erwiesen für alles, was er für mich tat? Wir hatten beide die Toten bestattet, die Gräber gepflegt, das brusthohe Gras gemäht – nirgends wuchs das Gras so hoch wie auf dem Friedhof, in ihm versanken nicht nur die Toten, sondern auch die Lebenden, nur das Pferd war froh darüber. Und überhaupt hatte ich nicht wenig auf dem Friedhof getan! Im vorigen Herbst beispielsweise hatte ich das Dach repariert, ganz alleine, ohne fremde Hilfe. Ich hatte Dachschindeln besorgt und es repariert, damit es uns nicht auf den Kopf regnete. Und nicht nur Dachdecker war ich für Josef gewesen, sondern auch Stallbursche und sogar Arzt: In einem gußeisernen Topf kochte ich allerlei Heilkräuter, denn für andere Medizin, außer Wodka, war der Totengräber nicht zu haben. Sonnabends gingen Josef und ich gern über Land und sammelten Thymian und Wegerich, Wermut und Kamille. Wenn wir so durch die Wiesen oder den Wald streiften, wunderten sich oft die Bauern: Was suchen diese Gauner, doch nicht etwa Geld? Mein Gott, wie ungern kehrte ich auf den Friedhof zurück! Ewig hätte ich Wiesen und Wälder mit dem Sammelsack durchstreifen mögen oder wenigstens auf dem Dach sitzen und in die Ferne schauen.

Jetzt träumte ich nicht mehr, ein Vogel zu sein und über dem Friedhof am Himmel zu fliegen. Jetzt träumte ich von Flucht. Ich wußte selbst nicht genau, wohin ich floh. Wahrscheinlich in jene Ferne, die sich mir einmal vom Dach aus eröffnet hatte.

Vielleicht erlebte nicht jeder Mensch die Ferne, aber fast jeder hatte so ein Dach. Und wenn kein Dach, dann eben einen Baum oder sonst etwas Hohes, zum Beispiel einen Taubenschlag auf dem Boden. Man steigt hinauf, und alles, was das Leben früher ausmachte, zerfällt plötzlich zu Staub, übrig bleibt nur das Gefühl der Höhe und überwältigendes Fernweh.

Seit jenem denkwürdigen Tag, da ich mit einem Häufchen Dachschindeln auf die Hütte gestiegen war und mich neben dem Schornstein niedergelassen hatte, wurde ich den beschämenden undankbaren Wunsch nicht mehr los, von Josef fortzukommen, egal wohin, meinetwegen nach Amerika, meinetwegen nach Afrika, bloß nicht mehr dieses schiefe Friedhofstor sehen müssen, diese wacklige halbverfallene Hütte, diese stummen Grabsteine und diese moosbewachsenen Kiefern, über denen unentwegt das Krähenvolk kreist.

»Und womit könnte ich ihm helfen?« fragte ich und konnte meinen beschämenden undankbaren Wunsch kaum verbergen.

Chaim wußte selbst nicht, womit ich dem Totengräber helfen könnte. Er zwinkerte verwirrt und nuschelte: »Gib auf ihn acht. Wenn man auf einen Menschen achtgibt, rührt ihn der Tod nicht an. Der Tod, Daniel, ist wie ein Dieb.«

»Auf meine Großmutter haben wir zu dritt aufgepaßt«, widersprach ich.

»Was für Aufpasser wart ihr schon?!« schnitt mir der Synagogendiener das Wort ab. »Ein Einbeiniger« – er schielte zu Josef –, »ein Blinder, und der dritte war ein dummes Kind.«

Chaim trat ans Bett, beugte sich zu Josef, lauschte und sagte zum Abschied: »Ich schicke den Doktor.«

»Ich fahre Sie, Reb Chaim.«

»Nein.«

»Sie kommen sonst zu spät zum Abendgottesdienst.«

»Ich werde ihm alles erklären«, sagte Chaim, als handele es sich nicht um den Herrgott, sondern um den Sattler Tewje oder den Fleischer Hillels. »Er wird mich verstehen und mir verzeihen.«

Ich begleitete ihn zum Tor, zeigte ihm den kürzesten Weg und sah ihm lange nach. Chaim ging langsam, er sank im Schnee ein und sprach mit Gott. Der Himmel schüttete freigebig riesige Schneemassen auf die Erde herab, und auf die hochgezogenen Schultern des Synagogendieners fielen große Flocken. Plötzlich kam es mir vor, als sei Chaim vor Schwäche hingefallen und in einer Schneewehe versunken wie in einem Strudel. Ohne an Josef oder an sonst etwas anderes zu denken, stürzte ich ihm nach, und als ich ihn eingeholt hatte, war ich froh und schämte mich meiner Angst.

»Wer ein gutes Herz hat«, sagte der Synagogendiener, »der hat auch schnelle Beine. Wenn Josef gesund ist, dann komm und laß uns zusammen beten.«

»Aber wenn ...«

»Was – wenn?«

»Wenn Josef stirbt, wer wird dann Totengräber?«

»Du«, antwortete Chaim gelassen.

»Niemals.«

»Bis wir einen anderen finden, Daniel, wirst du ausheben müssen und zuschippen.«

Klein, dünn und rundum weiß, sah Chaim aus wie ein Schneeball. Man konnte sich gut vorstellen, daß er gleich den Hang hinabkollern würde, daß der Schnee an ihm haftenbliebe und er sich in eine kalte helle Kugel verwandeln würde.

Ich ging in unsere Hütte zurück, durchnäßt und traurig. Josef atmete schwer, und sein unregelmäßiger heißer Atem nahm mir jede Hoffnung. In seiner Starre lag etwas Unnatürliches, das gar nicht zu seinem Wesen paßte, sogar ohne Bein war er immer herumgekrochen, immer hin und her gehastet, in Bewegung gewesen.

»Auf dem Tisch ist noch Wodka«, sagte ich verzweifelt, denn ich wollte ihn um jeden Preis munter machen.

Aber Josef regte sich überhaupt nicht. Sonst war niemand in der Hütte, an den ich mich hätte wenden können. Die Katze war vor einem halben Jahr gestorben. Früher hatte sie mir die Beichte abgenommen und mir immer schnell Absolution erteilt. Und da nun erinnerte ich mich an ihn, den Freund und Beschützer von Chaim. Offen gestanden, unsere Beziehung war sonderbar; besser gesagt: die seine zu mir. Er hatte mir Mutter und Vater genommen, auch Großmutter und Großvater, und das alles schien ihm noch nicht genug. Niemanden im Flecken hatte seine Hand so hart getroffen wie unser Haus. Wodurch hatten wir uns eigentlich vor ihm schuldig gemacht? Wodurch? ... Die Schuld meines Vaters, nun ja, die kannte ich. Er hatte einfach nicht an ihn geglaubt. Aber Großmutter hatte ihn über alles geliebt; und Großvater hatte ihn mehr gefürchtet als die Polizei. Warum also zürnte er uns? Der Fleischer Hillels oder der Herr Apotheker, sündigten die etwa weniger als andere? Sie sündigten nicht weniger, aber sie spendeten mehr. Im vorigen Jahr hatten sie für die Renovierung der Synagoge zweihundert Litai geopfert. Eine solche Gabe muß jeden erweichen. Also gut, auch ich würde fünfzig

Litai spenden – mehr hatte ich einfach nicht, und auch die waren mit dem Spaten erarbeitet –, damit sich der Herrgott nur ja meines Vormunds erbarme, des Totengräbers Josef.

Ich stellte mich an die nach Osten gehende Wand, wiegte mich hin und her, wie Chaim es immer tat, und betete flüsternd zu Gott, bat ihn um eine ganze Kleinigkeit, nämlich darum, daß er seinem erkrankten Knecht, der ihm sein Leben lang in Treue und Glauben gedient hatte, Gesundheit bescheren möge. Hauptsache, Josef würde gesund, dann würde ich fortgehen, keinen Fuß würde ich mehr auf den Friedhof setzen. Mit sechzehn Jahren nehmen sie mich überall: bei Leo Parowosnik oder in der Möbelfabrik oder als Flößer. Am besten wäre wohl, sich sommersüber als Flößer zu verdingen. Da steht man auf dem Floß, läßt sich vom Fluß treiben und von der Sonne bescheinen, freilich heißt es aufpassen, die Augen offenhalten, damit das Floß nicht auf eine Sandbank gerät oder an einen Baum am Ufer stößt.

Wie oft hatte ich mir schon gesagt: »Geh fort, Daniel!«

Aber jedesmal überlegte ich es mir anders und kehrte um. Das ist schließlich kein Spaß – einen Menschen im Stich lassen. Sogar ein Hund winselt, wenn man ihn aussetzt. Doch der winselt laut, während ein Mensch unhörbar klagt, und dagegen hilft kein Ohrenzustopfen. Josef hatte sich an mich gewöhnt wie an sein Holzbein. Ganz am Anfang, als ich gerade erst zu ihm gekommen war, machte er sich noch Gedanken um meine Zukunft, er fuhr sogar zu einem Verwandten, der war Steinmetz im benachbarten Marktflecken, und zeigte ihm meine Tonfigürchen. Der Steinmetz hatte wohl meine Arbeiten gelobt – jedenfalls beteuerte das der Totengräber –, er hatte sogar zugesagt, mich zu sich zu nehmen. Tag für Tag wartete ich, wann Josef nun das Pferd einspannen und mich zu seinem Verwandten bringen würde, aber ich wartete vergebens.

»Er ist gestorben«, sagte Josef einmal, und ich glaubte ihm nicht. Warum, dachte ich, müssen alle guten Menschen, die mir helfen wollen, sterben oder sich aufhängen wie der Lehrer Henoch Rapoport. Und alle anderen leben munter weiter, keine Cholera kann ihnen was anhaben. Die Zeit ging hin, in der Welt ereignete sich mancherlei, mein Vater kämpfte in Spanien, Hitler verfolgte die Juden, mein Freund Pranas arbeitete in der Möbelfabrik, ich aber wühlte mit dem Spaten in der Erde, die so hart war wie unser täglich Brot.

Ich stand an der Ostwand, wiegte mich hin und her, flüsterte vor mich hin, vor Anspannung flimmerte es mir vor den Augen, und in diesem Geflimmer entstand und verging das unirdische Antlitz des Höchsten, gequält und erschöpft von so vielen Bittgebeten. Er sah mich in der Dunkelheit vorwurfsvoll an, als wolle er sagen, was behelligst du mich mit Nichtigkeiten; auch ohne mich und den Totengräberjosef hatte er eine Menge Wichtiges zu tun. Manchmal ähnelte er dem Synagogendiener Chaim, manchmal dem Fleischer Hillels, manchmal sogar dem Friseur Leo Parowosnik.

Draußen vor dem Fenster stand schwarz die eisige Nacht, von weißen Schneeflocken erleuchtet. Ich verließ die Ostwand, tappte greisenhaft zu Josefs Bett, schnallte sein Holzbein ab und legte es behutsam auf den Hocker. Diesmal kam es mir außergewöhnlich leicht vor, als sei aus ihm, das doch schon lange leblos war, der letzte Birken- und Kiefernsaft auf den Fußboden getropft.

Am nächsten Tag kam Doktor Gutmann. Anders als Jochelsohn, der vor Hitler nach Amerika geflohen war und früher mit dem Pferdewagen durch den Kreis kutschierte, fuhr Doktor Gutmann in einem schwarzen Auto, das sein Vater gekauft hatte. Gutmanns Vater besaß eine Lederfabrik. Im Flecken ging das Gerücht, er spiele Karten mit dem Präsidenten persönlich und verspiele absichtlich große Geldsummen für jüdische Interessen. Was für jüdische Interessen das waren, wußte keiner so recht, aber große Geldsummen machten bei uns im Flecken immer einen guten Eindruck.

Gutmann hupte, und ich ging hinaus, ihm entgegen.

»Wo ist der Kranke?«

»Im Haus«, sagte ich, erstaunt über seine Frage.

»Wir sind alle krank«, sagte Gutmann, »nur daß die einen herumlaufen, die anderen liegen.«

Er schloß seinen Wagen ab und ging auf die Hütte zu, vorsichtig, um keinen Schnee in die Schuhe zu bekommen. Gutmann war ein großer hagerer Mann mit spärlichen rötlichen Koteletten, die unter dem hellen breitkrempigen Hut hervorwuchsen. Er trug einen gutsitzenden, leichten grauen Mantel mit Pelzkragen. In der Hand hielt der Doktor ein Köfferchen, gewiß aus Schlangenleder. Aus demselben Material waren seine Handschuhe, und jeder Finger darin sah aus wie eine kleine Schlange.

Als wir eingetreten waren, zog Doktor Gutmann seinen Mantel aus und sah sich lange suchend um, wo er ihn aufhängen könnte. Schließlich fand er einen rostigen Nagel und hängte besonnen Mantel und Hut daran. Anschließend zog er die Handschuhe aus, und ich sah seine Finger, lang und spitz wie Eggenzähne. Am meisten erstaunten mich seine Fingernägel, die waren hellrot lackiert und sahen aus wie Maikäferrücken. Gutmann kraulte mit den Nägeln seine rötlichen Koteletten, dann trat er an Josefs Bett und erkundigte sich höflich: »Was macht Ihnen Beschwerden, mein Lieber?«

»Was macht denn Beschwerden allen Juden?«

»Was sollte das sein?« Gutmann war erstaunlich aufmerksam und höflich.

»Das Leben«, krächzte Josef.

Ein Lächeln umspielte die weichen Lippen des Doktors.

»Und konkreter?«

»Sprechen Sie jiddisch mit mir«, bat der Totengräber.

»Ich meine: Können Sie es deutlicher sagen?« erklärte Gutmann ruhig, eine Spur überheblich.

»Der Husten quält mich.«

Der Doktor nahm Josefs Handgelenk und begann zu zählen, wobei er auf seine goldene Uhr schaute.

»Rauchen Sie?«

»Nein.«

»Trinken Sie?«

»Verzeihung, Doktor, aber ich habe noch niemals jemandem etwas über mich erzählt. Siebzig Jahre lebe ich auf dieser Welt – niemals.«

»Warum?«

»Das hat niemanden interessiert.«

»Wahrhaftig?« Gutmann ließ die Hand los und öffnete sein Köfferchen. Sofort roch es bei uns wie in der Apotheke, wohin ich für Großmutter oft gelaufen war nach Tropfen.

»Stellen Sie sich das vor«, seufzte der Totengräber. »Erzählt man etwa alles den Leuten?«

»Ich bin nicht die Leute. Ich bin Arzt«, sagte Gutmann, und wieder umspielte ein Lächeln seine schönen Lippen. »Ziehen Sie bitte das Hemd aus, ich will Sie abhorchen.« Josef zog sein Hemd aus, und Gutmann versenkte sein Hörrohr in das graue Brusthaar.

»Atmen Sie!«

»Noch atme ich, Gott sei Dank«, erwiderte Josef bissig, »ohne jede Erlaubnis.«

»Nicht sprechen«, befahl Gutmann.

Aber Josef dachte nicht daran zu schweigen. In ihm gärte eine dumpfe Wut auf seine siebzig Jahre, auf seine Krankheit und auf Gutmann, den ausgesucht Höflichen und Wohlerzogenen, dessen Eltern eine Lederfabrik besaßen und nicht auf dem Friedhof ruhten wie die Verwandtschaft des nach Amerika geflüchteten Jochelsohn. Der Totengräber schämte sich seiner zottigen Behaarung, fuhr sich immerzu mit der Hand über die Brust, er schämte sich seines Beinstumpfes oberhalb des Knies, auf dem die Jahre wie auf einem Baumstumpf ihre Ringspuren hinterlassen hatten, und sogar seines grobleinen Hemdes, das doch blütenweiß war, denn er hatte es im Schnee gewaschen, hier unterm Fenster, und es hatte die knisternde Frische des Schnees angenommen. Insgeheim verfluchte Josef den Synagogendiener Chaim, der ihm aus Barmherzigkeit den Doktor geschickt hatte, und er begriff nicht, was er, der Doktor, in seinem bemoosten Körper suchte.

Besonders regte ihn Gutmanns Hörrohr auf, das hüpfte ihm wie ein kalter Frosch über Brust und Rücken, er hätte es am liebsten sofort abgeschüttelt und sein Hemd wieder angezogen. Was wollte dieser Geschniegelte mit den spärlichen rötlichen Koteletten aus ihm heraushorchen, wütete Josef innerlich. Was bloß! War denn in ihm noch etwas zu hören? Der hier würde niemals hören, wie in jenem fernen, fast vergessenen Krieg, der ihm so vieles genommen hatte, die Geschosse explodierten, niemals würde er hören, wie Josef schluchzte, als er seine beiden Söhne und seine Debora beerdigte. Der Herrgott ist gerecht, im Laufe der Jahre bringt er im Menschen alles zum Schweigen, alles, außer der Liebe zu ihm, anders würde der Mensch nicht einen Tag leben können.

Sosehr der Totengräber sich auch wand und drehte, Gutmann horchte ihn gewissenhaft weiter ab, er wurde ernst und biß sich auf die Lippen. Endlich hatte er wohl das herausgehört, was ohne jedes Hörrohr Josef selbst schon lange hörte – und auch ich, ohne es mir eingestehen zu wollen.

»Nun ja«, sagte Gutmann langsam, und der Frosch sprang vom Rücken ins Köfferchen. »Eines ist vollkommen klar.«

»Was?« fragte ich an Josefs Stelle, insgeheim hoffend, Gutmann werde meine bange Vorahnung zerstreuen. Zwar hätte Josefs Tod für mich die Freiheit bedeutet, doch was ist das für eine Freiheit, wenn ein anderer dafür mit dem Leben bezahlen muß.

»Vom Spaten müssen Sie sich verabschieden«, sagte Gutmann, »Sie dürfen keine schwere Arbeit mehr verrichten.«

»Aber ich habe niemals schwere Arbeit verrichtet«, erwiderte Josef. Er zog sein Hemd wieder an, und das verlieh ihm Sicherheit.

»Ist es etwa leicht, eine Grube auszuheben?« Der Doktor schnappte das Köfferchen zu, damit der Frosch nicht wieder herausschlüpfte.

»Das ist leicht«, sagte Josef. »Zuschaufeln ist schwerer.«

»Schon möglich, schon möglich.« Gutmann schob die Lippen vor. »Sie müssen schnell ins Krankenhaus.«

»Ich bin nicht gewohnt zu liegen.«

»Vielleicht wird eine Operation erforderlich. Das zeigt sich beim Röntgen.«

»Sprechen Sie bitte jiddisch«, bat der Totengräber abermals.

»Ich meine: Es wird eine Aufnahme gemacht.«

»Was soll denn von mir aufgenommen werden?« sperrte sich Josef. »Da gibt es nichts Interessantes. Nur einmal im Leben habe ich eine Aufnahme machen lassen. Als ich nach Amerika fahren wollte wegen eines Metallbeins.«

»Wegen einer Prothese«, korrigierte Gutmann.

»Sie sagen vielleicht Prothese, auf jiddisch heißt es Bein. Ja, damals habe ich mich aufnehmen lassen für die Schiffspapiere.«

Josef lebte plötzlich auf und erging sich in Erörterungen über Amerika und über Schiffspapiere. Gutmann hörte ihm genauso aufmerksam zu wie vorher. Nur hatte er das Köfferchen aus teurem Schlangenleder jetzt auf die Knie genommen und sich eine Zigarre angesteckt. Die Rauchkringel zogen durch unsere Hütte wie Spinnweben und zerflossen unter der Balkendecke.

»Es ist meine Pflicht, Sie zu warnen«, sagte Gutmann. »Entscheiden müssen Sie selbst.«

»Ich werde die Krankheit mit Kräutern zu heilen versuchen.«

»Mit Kräutern läßt sie sich leider nicht heilen. Wenn Sie noch ein Dutzend Jährchen leben wollen, kann ich nur raten: Gehen Sie ins Krankenhaus. Sie haben schließlich das Ihrige getan. Soll auf dem neuen Friedhof ein anderer arbeiten. Ihr Sohn zum Beispiel.«

»Ich habe keine Kinder.«

»Verzeihung.« Der Doktor löschte die qualmende Zigarre, behielt sie aber im Munde und zog genüßlich daran.

»Ich hatte zwei Söhne, aber sie sind beide gestorben. Es liegt wohl an der Vererbung.«

»An der Vererbung?«

»Nicht an meiner natürlich. In der Familie meiner Frau sind alle früh gestorben«, erklärte der Totengräber.

Er schien die Bemerkung über den neuen Friedhof nicht gehört zu haben, und ich verbarg meine Erleichterung nicht.

»Was ist das für ein neuer Friedhof, Doktor, von dem Sie sprechen?«

»Wissen Sie denn gar nichts?«

»Nein.«

»Doktor!« mischte ich mich ins Gespräch. »Ihr Auto ist ganz eingeschneit. Wird ihm das nicht schaden?«

Ich wollte den Schlag von Josef abwenden, doch mein Vormund hielt selbst seine von Gott weiß welcher Krankheit zerfressene Brust hin.

»Dieser Friedhof wird geschlossen«, teilte der Doktor mit.

»Was heißt geschlossen?« fragte Josef entsetzt.

»Ganz einfach. Auf dem angrenzenden Terrain wird eine Kaserne gebaut. Was will man machen, Kasernen sind heutzutage wichtiger als Friedhöfe. Als Mitglied des Gemeinderates suchte ich den Herrn Bürgermeister auf – er kennt meinen Vater sehr gut – und versuchte, ein Stück am Zaun zu retten.« Gutmann nahm die Zigarre aus dem Mund und zeigte mit der erloschenen Spitze auf die Wand. »Der Herr Bürgermeister hat sein Bedauern geäußert und erklärt, das läge außerhalb seiner Kompetenz.«

»Seien Sie so gut und sprechen Sie jiddisch«, bat Josef mit matter Stimme.

»Nun ja, er ist dafür nicht zuständig. Alles ist vom Militär bestimmt worden. Die Gegend um den Friedhof hat große Bedeutung bezüglich der Taktik.«

»Und was ist das – Tak-tik?« fragte Josef und stotterte dabei wie der Synagogendiener Chaim.

»Die Tochter der Strategie«, erklärte Gutmann wenig einleuchtend. »Man muß auch Verständnis aufbringen.«

»Für wen?« Mein Vormund sah Gutmann nicht mehr in die Augen. Er heftete seinen Blick auf die Zigarre, und ich dachte schon, gleich würde sie davon wieder zu glimmen anfangen.

»Für das Militär. Es trägt doch die Verantwortung für den Schutz des Staates. Und den bedrängen von der einen Seite die Deutschen, von der anderen die Russen.«

»Ich werde trotzdem die Menschen am Zaun begraben«, sagte Josef fest. »Wenn ich nur gesund werde. Ein besseres Stück Erde läßt sich nicht denken.«

»Es wird aber nicht verpachtet.«

»Verpachtet, nicht verpachtet, was geht's mich an. Einen Friedhof legt man an wie einen Garten. Wichtig ist der erste Baum«, belehrte ihn Josef. »Das erste Grab, das ist der erste Baum.«

»Aber Sie müssen doch mit der realen Lage der Dinge rechnen«, widersprach Gutmann. »Vergessen Sie nicht: Wir sind nicht im eigenen Land.«

»Das Land, wo meine Kinder liegen, ist mein Land, und nichts verlange ich außer einem Stück Erde für sie«, stieß der Totengräber hervor, ehe ihn der Husten übermannte.

Seine Wangen glühten, nicht vor Trunkenheit, sondern vor Zorn, und Gutmann spürte das und wurde nun wohl auch ärgerlich. Warum in drei Teufels Namen saß er hier in einer stinkenden Hütte und hörte sich eine geschlagene Stunde das Geschwätz eines besessenen Alten an über Gärten und Friedhöfe? Ich wunderte mich, offen gestanden, selbst über seine Geduld. Trotzdem hielt ihn irgend etwas zurück, vielleicht Mitleid, vielleicht Neugier.

»Ich habe nicht die Absicht, mit Ihnen zu diskutieren«, sagte Gutmann, entnahm seinem Jackett ein Stück Papier und einen Bleistift und fuhr fort: »Nehmen Sie dreimal täglich das Pulver ein. Wenn es nicht besser wird, müssen wir Sie trotz allem hospitalisieren.«

Diesmal bat Josef ihn nicht, seine Worte ins Jiddische zu übersetzen. Er hatte auch so alles verstanden.

»Bezahle den Herrn Doktor«, sagte mein Vormund. »Geld ist in der Kommode, im zweiten Fach.«

»Zahlen Sie, wenn Sie gesund sind«, sagte der Sohn des Lederfabrikanten.

»Da können Sie lange warten. Was sind wir Ihnen schuldig? Reichen fünf Litai?«

»Gewiß.«

Er nahm das Geld mit seinen langen spitzen Fingern entgegen und legte es sorgfältig in eine Lederbrieftasche. Einen Moment kam es mir vor, als sei Gutmann selbst ganz aus Leder: die Hände, die schönen Lippen, die Nase; nur die Augen glitzerten im Gesicht wie zinnerne Knöpfchen.

»Gesindel!« krächzte Josef, als der Doktor gegangen war. »Lumpen! Schmarotzer!«

Zu meiner Verwunderung klang der Zorn des Totengräbers nicht nur nicht ab, sondern er steigerte sich noch.

»Ein Stück Land können sie nicht abgeben! Aber sie müssen es ja auch nicht abgeben. Leg ihnen Geld hin – schon ist es deins!«

Von draußen hörten wir, wie Gutmann den Motor anließ. »Die lassen sich lieber auf dem Müllplatz begraben, wenn sie nur nicht den Beutel öffnen müssen. Diese Geizhälse! Diese Heuchler! Wenn du wüßtest, Daniel, mit welchem Vergnügen ich sie einscharre, Gott helfe mir!« Er wollte aufstehen, doch der Husten warf ihn zurück. »Ich werde selbst zum Bürgermeister gehen. Ich selbst.«

»Aber Sie sollen liegen, Reb Josef.«

»Ich kann noch genug liegen. Eins auswischen werde ich ihnen allen, den Hunden«, drohte Josef in den Pausen zwischen seinen Hustenanfällen. »Ich, Josef ben Nathan Paperny, werde ihnen machen ein Geschenk.«

»Was für ein Geschenk?«

»Nur du, Daniel, nimm es mir nicht übel. Du kannst dir dein Brot selbst verdienen.«

»Natürlich. Um mich machen Sie sich keine Sorgen!«

»Sie werden an mich ihr ganzes Leben lang denken!« Draußen knatterte heiser der Motor.

Josef gab sich einen Ruck, stieg vom Bett und hüpfte zur Kommode. Er holte eine Handvoll Papiergeld heraus, schwenkte es in der verbrauchten Luft des Raumes wie einen welken Strauß und sagte leise: »Und außerdem, Daniel, habe ich noch drei goldene Tscherwonzen im Kissen eingenäht. Die hab ich bekommen für meine tote Debora. Als Mitgift.«

»Was wollen Sie tun, Reb Josef?« Ich blickte voller Furcht auf den Vormund und auf die zerknitterten Geldscheine in seiner rechten, noch erstaunlich kräftigen Hand.

»Was ich tun will? Ich will, mein Freund, den Friedhof kaufen ... So ist das nun.«

Ich erstarrte.

Draußen hatte Gutmann endlich seinen Wagen in Gang gebracht, der fuhr aufheulend los.

»Nur, Daniel, verurteile mich nicht. Gott weiß, ich wollte dir alle meine Ersparnisse hinterlassen. Und das Haus und das ganze Inventar. Nun wird daraus nichts.«

Josef trat ans Fenster, öffnete es und atmete mit voller Lunge die schneedurchsetzte Frostluft ein.

»Mach dir nichts daraus«, fuhr Josef fort. »Man muß nicht unbedingt ein reicher Mann sein. Ich denke, es ist sogar besser, ein Krüppel zu sein ... ein Bettler ... Wichtig ist nicht, was du in der Tasche, sondern was du in der Seele hast.«

»Aber wenn ... wenn es nicht reicht?« flüsterte ich.

»Was nicht reicht?«

»Das Geld.«

»Dann werde ich den Bettelsack nehmen und werde sammeln gehen. Ich werde so lange um ein Almosen bitten, bis ich alles zusammen habe. An die Tür werd ich klopfen, und wenn man mir öffnet, werde ich sagen: Gebt, gute Leute, für den Friedhof. Gebt, gute Leute, für den Friedhof. – Kann sein, die Hunde schämen sich ihres hündischen Wesens und geben.«

Dann sprach er kein Wort mehr. Er legte sich aufs Bett mit den Geldscheinen in der Faust, und diese ragten aus seiner Faust hervor wie verdorrtes Rübenkraut.

»Ich laufe schnell in den Ort und hole das Pulver.«

Der Totengräber antwortete nicht.

»Solange die Apotheke noch offen ist«, fügte ich hinzu.

»Ich werde es nicht einnehmen«, sagte Josef plötzlich.

»Und du, Daniel, verstellst dich ganz umsonst. Ich bin selbst jung gewesen und weiß, welche Medizin einen in den Ort lockt. Wer ist sie?«

»Ich habe niemanden.«

»Schlimm, Daniel, schlimm. Du bist sechzehn Jahre. Es wird Zeit.«

»Was?«

Ich hatte weiß Gott an anderes zu denken als an Mädchen, obgleich auch die in letzter Zeit mich beschäftigten und in meine Träume traten, ungebeten und wahllos, wie sie sommers im Fluß baden gingen. Doch Josef wußte davon nichts.

»Es wird Zeit, daß du dich möchtest verschießen in jemanden.«

Ach nein, nie würde er das sagen, was ich am meisten von ihm erwartete. Nie.

Noch einmal wollte ich das Pferd nicht in den Marktflecken treiben, das Tier tat mir leid, sollte es ruhig im Stall stehenbleiben und mit dem Hafer seine Erinnerungen malmen, sofern die Hühner es nicht mit ihrem Gegacker störten – nicht beim Kauen selbstverständlich, sondern beim Schwelgen in Erinnerungen.

»Wann singt der Zigeuner?« fragte Großmutter früher manchmal und antwortete selbst: »Wenn sein Magen leer ist.«

So auch unsere Hühner, sie gackerten vor Hunger, und dagegen war nichts zu machen, solange wir sie nicht fütterten, draußen war Winter, nicht Sommer, sie konnten kein einziges Körnchen oder Würmchen erwischen. Manchmal erbarmte sich das Pferd – nicht umsonst hatte es bei Doktor Jochelsohn gedient, der vor Hitler nach Amerika geflohen war es hob seine Schnauze aus dem Futtersack und ließ ein Haferkorn auf den Erdboden fallen, aber was ist schon ein Haferkorn für solch eine Unmenge Schnäbel? Wäre ich nicht gewesen, so wären die Hühner längst krepiert, oder Josef hätte einen gewaltigen Hühnerpogrom veranstaltet.

»Was, zum Teufel, soll ich mit ihnen, wenn keines von den Viechern Eier legt?« hatte sich mein Vormund oft genug aufgeregt.

»Sie können gar nicht legen«, hatte ich erklärt.

»Warum?«

»Den Hahn haben Sie gegessen.«

»Und weißt du auch, warum? Er ist weggelaufen von diesen Krüppeln zu anderen. Siehst du, da habe ich den Deserteur fürs Pessachfest verwendet.«

Die Hühner erinnerten mich an Großmutter.

Auch durch den stillen Herrn Apotheker wurde ich an die Verstorbene erinnert. Nicht wenig Wasser – oder, genauer gesagt, Medizin – war davongeflossen seit jenem Tage, als ich mit ihm ergebnislose Verhandlungen wegen der Fische von Pranas geführt hatte. Der Herr Apotheker war gealtert und noch stiller geworden, als er ohnehin schon war.

»Ein Jude muß sich still verhalten«, hatte er einmal zu meiner Großmutter gesagt, die sich durch eine recht laute Wesensart auszeichnete. »Ich habe kein anderes Rezept.«

»Für wen?« fragte die Großmutter.

»Für das jüdische Volk. Wir müssen niedriger als das Gras sein, stiller als das Wasser. Unsere Trunkenbolde dürfen nicht lauthals grölen, und die Nüchternen dürfen nicht zu laut auf sie schimpfen.«

Wahrscheinlich hatte der Herr Apotheker sein stilles Wesen von den Regalen übernommen, auf denen alle möglichen

Flaschen mit ausgeklügelten, verlockend fremdartigen Aufschriften standen, und von den dickbäuchigen Gläsern voller rätselhafter Flüssigkeiten und auch vom Kronleuchter, der abends stilles Licht ausströmte.

»Der Herr Daniel! Eine Ewigkeit haben wir uns nicht gesehen!« begrüßte er mich freudig, kaum daß ich die Apotheke betreten hatte. Seine Freude war für mich keineswegs verwunderlich. Der Herr Apotheker bedachte jeden mit einer freudigen Begrüßung, sei es der Bettler Jakob oder der Fleischermeister Hillels. »Machen Sie sich bekannt.«

»Judith«, sagte das junge Mädchen, und ich staunte. Wie kam sie hierher in die Apotheke – ach, was heißt Apotheke, wie kam sie in unseren Ort, wie war sie überhaupt in diese Welt gekommen?

»Das ist unser Rodin«, fuhr der Herr Apotheker fort, ich aber konnte meinen Blick nicht von dem Mädchen losreißen, wie gebannt schaute ich sie an und fühlte mich wohl und beschämt zugleich – wohl, weil ich sie ansah und sie sich nicht abwandte, beschämt, weil ich ein Rodin war. Ich hatte keine Ahnung, wer das ist, aber ich zweifelte nicht, daß es ein Totengräber sei.

»Er heißt Daniel«, stellte der Herr Apotheker mich vor.

»Sehr angenehm«, sagte Judith und reichte mir die Hand. Die war leicht und zart wie ein Violinbogen.

»Unser Daniel ist tüchtig«, lobte mich der Herr Apotheker. Lob spendete er genauso freigebig wie Freude. »In seiner arbeitsfreien Zeit malt er und modelliert.«

Gott sei Dank, ich war nicht nur ein Rodin, ich malte und modellierte außerdem!

»Ich hoffe«, sagte Judith, »Sie werden mir Ihre Werke gelegentlich zeigen.«

Sie war klein, dunkelhäutig, hatte geschwungene Brauen wie zwei schwarze Blitze, ihre Zähne waren erstaunlich weiß und dufteten mitten im Winter nach Birkensaft, auf ihrer Nasenspitze saß ein winziger Leberfleck, und links und rechts davon schimmerten die Augen wie unberührte reine Quellen: Neige dich darüber und trink dich satt an dem süßen, kohlschwarzen Naß.

»Und wo arbeiten Sie?« fragte Judith interessiert.

Hat es der Herr Apotheker ihr denn nicht gesagt, stutzte ich.

»Ich … ich … ich bin ein Rodin«, stammelte ich.

Sie lachte laut auf, und danach brach auch der stille Herr Apotheker in Lachen aus, nur ich konnte durchaus nicht begreifen, was die beiden so erheiterte. Dem Fräulein war vielleicht wirklich nach Lachen zumute, doch von dem stillen Herrn Apotheker hätte ich nicht erwartet, daß es ihn vor Lachen rüttelt wie einen alten Kastanienbaum, wenn die Buben die Früchte davon abschütteln. Wer hatte denn immer gesagt, unsere Trunkenbolde dürften den Mund nicht aufreißen? Wer denn? Freilich, den Herrn Apotheker konnte man beim besten Willen nicht zu den Trunkenbolden zählen, das wäre übelste Verleumdung, wenn er schon mal trank, so nur an Feiertagen, und Feiertage gibt es für Apotheker nicht mehr im Jahr als für gewöhnliche Sterbliche, aber lachen, lachen hätte er nicht so laut dürfen. Das Atmen wurde mir schwer, und ich riß am obersten Knopf meines gegerbten Schafpelzes, den Josef mir gekauft hatte, als ich volljährig wurde, und eilig zusammengeflickt hatte ihn der billigste Dorfschneider im Kreis, der mit meinem Vormund im selben Regiment gedient und im Japanischen Krieg gekämpft hatte, nur daß er nichts weiter verloren hatte als zwei Jahre seines Lebens.

Auf einmal stellte ich mir vor, wie unmöglich ich aussah in diesem Gerbpelz, der nach allen Schafen der Welt stank, in diesen schweren Stiefeln, wie sie nur Totengräber tragen und fahrendes Volk. Und mein Herz krampfte sich zusammen. Judith trug ein wuscheliges Pelzmäntelchen, das sich katzenhaft geschmeidig an ihren Körper schmiegte, ihre Füße steckten in Chromlederstiefelchen, und ihre leichten, zarten Hände schob sie ab und zu in einen warmen gestrickten Muff.

»Rodin, Daniel, ist ein berühmter französischer Bildhauer«, sagte der Apotheker gutmütig, als alle Kastanien von ihm abgeschüttelt waren. »Er hat in Paris gelebt, wie dein erster Lehrherr, der Herr Aron Damski.«

»Wenn Sie sich schon Rodin nennen, so geben Sie sich nur Mühe, einer zu werden«, sagte Judith schalkhaft, und ich wußte nicht, ob sie sich über mich lustig machte oder es ernst meinte.

Sonnensprenkel glitzerten in den schwarzen Quellen, sie lächelte und sah noch schöner aus als anfangs. Übrigens gab es gar keinen Anfang, alles war wie ein Traum, verworren, süß und zum Schluß aufregend wie alle Träume.

»Trotzdem, Sie sind nicht höflich«, fuhr Judith fort. »Sie haben mir nicht gesagt, wo Sie arbeiten.«

»Daniel hilft dem Totengräber«, gab der stille Herr Apotheker Auskunft. »Der Totengräber ist alt und kommt allein nicht zurecht.«

»Gott, wie interessant!« rief sie aus, ehe ich mich über den Apotheker ärgern konnte. »Was denn, da begraben Sie Menschen?«

»Tote Menschen«, korrigierte ich.

»Stellen Sie sich vor, ich war noch kein einziges Mal auf einem jüdischen Friedhof. Ich bin überhaupt eine prinzipielle Gegnerin solcher Friedhöfe.«

»Aber wieso denn?« staunte der stille Herr Apotheker. Das Erstaunen paßte nicht zu seinem gutmütigen Gesicht, es wirkte dadurch hilflos und überaus töricht.

»Die Menschen leben zusammen und sollen auch zusammen begraben liegen. Es ist nicht gut, sich abzusondern. Da hat man nun Zimmes, Pejes, Synagogen und eigene Friedhöfe erfunden.«

»So haben es unsere Vorväter gewollt«, widersprach der stille Herr Apotheker sanft. »Ihr Vermächtnis ist uns heilig.«

Ich hatte nichts im Sinn mit unseren Vorvätern und ihrem heiligen Vermächtnis, ich sah Judith an, ihre vollen Lippen – entfaltete Mohnblütenblätter –, einzelne Gesprächsfetzen drangen zu mir, und ich war glücklich.

»Werden Sie mich nicht fortschicken, wenn ich Sie besuchen komme?« wandte sie sich an mich.

»Kommen Sie.«

Ich sagte es leise, wie es sich für einen Juden ziemt, denn das Tor zur Freude muß man behutsam durchschreiten, damit es nicht in den Angeln knarrt und die Hausherrin unversehens erschreckt. Keine Hausherrin ist schreckhafter als die Freude, ein falscher Schritt – schon ist sie verschwunden, und man muß Tage, vielleicht Jahre warten, ehe sie sich wieder zeigt.

»Ich komme«, sagte Judith kurz, dann verabschiedete sie sich vom stillen Herrn Apotheker und schlüpfte hinaus. »Nun? Was sagen Sie, Herr Daniel?«

»Sie ist sehr schön«, entfuhr es mir keck. »Sehr.«

»Ich meine etwas anderes.«

Von etwas anderem wollte ich nichts hören.

»Was ist, kommen Sie wegen Medizin?«

»Ja, ja«, sagte ich flink, doch meine Gedanken eilten in großen Sprüngen Judith auf der Straße nach.

»Geben Sie mir das Rezept!«

Ich reichte dem stillen Herrn Apotheker den Zettel, er blickte darauf und sagte: »Augenblick.«

Er ging nach hinten und begann, ein Gemisch zusammenzuzaubern, das nach Doktor Gutmanns Meinung imstande sein sollte, meinen Vormund vom Husten zu heilen. Während der stille Herr Apotheker hinter der Glaswand mit seinen Zutaten hantierte und eine Art Zauberspruch vor sich hin murmelte, holten meine Gedanken Judith neben der katholischen Kirche ein. Doch kaum hatten sie sie erreicht, geschah etwas mit ihnen, sie gefroren zu einem Klumpen, und ich war nicht imstande, sie aufzutauen.

»Wer ist dieses Mädchen, Herr Apotheker?«

Das war alles, was von meinen Gedanken übrigblieb.

»Judith ist meine Nichte. Die Tochter von Doktor Gutmann«, sagte der stille Herr Apotheker und murmelte lauter seinen Zauberspruch.

»Gutmanns Tochter?« Meine Stimme brach wie ein Stein durch die Glaswand.

»Seine leibliche und einzige«, hörte ich hinterm Glas hervor.

Ich stand bestürzt, den Blick auf die Glaswand geheftet, hinter der der stille Herr Apotheker hantierte, und er verschwamm vor meinen Augen wie ein großer seltsamer Fisch.

»Wahrhaftig?« fragte ich gepreßt.

»Herr Daniel, ich belüge niemals jemanden.«

Würde er doch lieber lügen, dachte ich. Was, zum Teufel, nützt mir die Wahrheit, wenn sie mich demütigt. Plötzlich trieb es mich zu schreien: Belügen Sie mich, lügen Sie das Blaue vom Himmel!

Ich gestatte es Ihnen! Doch ich beherrschte mich. Er würde mich am Ende noch für verrückt halten oder etwas über das Vermächtnis der Vorväter brabbeln.

»Das Pulver ist fertig«, sagte er. »Nur, wem Gott etwas nahm, dem kann der Apotheker kaum etwas geben.«

Ich bezahlte, steckte das Pulver in die Tasche meines Schafpelzes und ging hinaus. Ein andermal hätte ich natürlich die Gelegenheit genutzt, durch den Ort zu schlendern, Pranas aufzusuchen oder mich bei dem ehemaligen Altgehilfen Leo Parowosnik sehen lassen, kurzum, mir einmal richtig etwas zu gönnen – Josef hatte sich sowieso strikt geweigert, das Pulver einzunehmen. Und wenn sich der Totengräber etwas in den Kopf gesetzt hatte, konnte man es nicht einmal mit dem Friedhofsspaten dort herausbekommen. Doch seltsamerweise wollte ich jetzt niemanden sehen, das heißt, jemanden wollte ich schon sehen, aber es hatte ja keinen Sinn, unterm Fenster zu stehen, ich würde mich danach vor Spott nicht retten können, ich verschmähter Liebhaber.

Unser neuer Arzt wohnte in einem kürzlich erst erbauten Steinhaus neben der katholischen Kirche. Gebaut hatte es der Postmeister Lauzikas, aber er hatte es für einen ordentlichen Preis Gutmann überlassen, genauer gesagt, dessen Vater, dem Lederfabrikanten. Gutmann senior war nur zur Besichtigung hergekommen, das Geld hatte er dem Postmeister durch die Bank überwiesen, denn für einen soliden Menschen ist es unangebracht, solche Summen in der Brieftasche bei sich zu tragen – es könnte passieren, daß er erschlagen und ausgeraubt wird. So aber, wenn das Geld auf der Bank liegt, wird einen niemand erschlagen.

Das Haus war zweistöckig, hatte einen Vorgarten und sogar einen Nutzgarten, wo die Postmeistersfrau seltsame Blumen zog, die sie zu Ausstellungen in die Hauptstadt brachte, obwohl im Flecken erzählt wurde, die Laužikienė führe nicht zum Wettbewerb hin, sondern zu einem Liebhaber. Das veranlaßte den Postmeister wohl auch, den Wohnort zu wechseln – sollte seine Frau doch einmal zeigen, mit wem sie dort im Wettbewerb stand.

Als ich an Gutmanns Haus vorüberging, konnte ich dennoch der Versuchung nicht widerstehen und machte für einen

Augenblick halt: Ich griff in einen meiner Stiefel – sinnlos, gewiß, doch worauf verfällt man nicht, wenn einen das Verlangen, stehenzubleiben, beinahe zerreißt. Ich stand also unterm Fenster, tastete mit der Hand unterm Stiefelschaft herum, und dabei beobachtete ich die Gardinen. Könnte ja sein, sie würden sich bewegen, und ich sähe noch einmal ihr Gesicht. Doch die Vorhänge waren fest zugezogen, da war nichts zu machen.

Ich schlenderte zum Friedhof zurück, und den ganzen Weg über ging Judith an meiner Seite. »Ich komme«, klang es mir in den Ohren, und für mich gab es kein schöneres Wort auf Erden als dies. Unterschiedliche Worte werden dem Menschen zuteil, dachte ich. Bisher hatte ich immer nur Worte gehört, die Hagelkörnern oder Steinen ähnelten: Bloß schnell den Kopf einziehen, sonst kriegt er Beulen.

Und nun auf einmal: »Ich komme« und »Rodin«.

Am Friedhofstor wurde ich plötzlich aufgeregt. Was sollte ich ihr zeigen, wenn sie käme? Was denn? Die schneebedeckten Grabsteine? Die Hütte, die zur Hälfte in der Erde versackt war? Jochelsohns Pferd mit dem müden, von Erinnerungen zerquälten Blick? Oder vielleicht die Geige, die ich schon lange nicht mehr angerührt hatte? Wäre jetzt Sommer, dann könnte Judith die Vogelscheuchen sehen, die ich aus Friedhofslehm modelliert hatte. Die würden ihr gefallen, besonders die eine, die ich bei mir selbst »Fleischermeister Hillels mit dem Messer in der Hand« nannte. Die Vogelscheuchen schützten unseren Gemüsegarten gegen die Wildschweine. Die waren nachts aus dem Wald gekommen, frech und gefräßig, und hatten sich an unseren Kartoffeln gütlich getan. Josef wußte nicht, wie er mit den Übeltätern fertig werden sollte: Wildschweine sind keine Flöhe, mit Petroleum kommt man nicht gegen sie an.

Den Ausweg fand ich.

Jemand von der Gemeinde, wohl der Vorsteher, Herr Nathan Pjanko persönlich, hatte ganz zu Anfang protestiert: Diese Schreckgestalten, meinte er, würden nicht nur unvernünftige Tiere verscheuchen, sondern auch die guten Engel, die seit eh und je gemeinsam mit Josef den bescheidenen Friedhof unseres Fleckens behüteten.

Doch für Josef waren seine Kartoffeln wichtiger als die Engel.

»Mach, Daniel, arbeite«, hatte der Totengräber gesagt. »Ich möchte Pjanko sehen, wenn die Wildschweine in seine Möbelfabrik einfallen würden.«

Ach, könnte Judith doch einen Blick auf meine Arbeiten werfen! Aber als es auf den Winter zuging, fielen die Lehmfiguren auseinander, sie waren von der Sonne ausgedörrt, hatten Risse bekommen, brachen schließlich entzwei. Auch Regen und Wind hatten sie nicht geschont. Vielleicht lag auch jetzt noch irgendwo im Schnee der Kopf vom Fleischer Hillels herum oder der vom Polizisten Giedraitis, den die Menschen weniger fürchteten als die Wildschweine – das Schwarzwild war geradezu in Panik geraten angesichts seines Ebenbildes aus Lehm.

Ich würde bis zum Frühjahr warten müssen. Im Frühling ging ich gewöhnlich erneut an die Arbeit. Das ist gar nicht so einfach – Vogelscheuchen zu modellieren und im Garten aufzustellen. Wieviel Lehm ist da zu schaufeln, wie viele Eimer Wasser sind zu schleppen! Dafür lacht einem dann, wenn alles fertig ist, das Herz, und man braucht nicht um die Kartoffeln zu bangen.

Freilich, bis zum Frühjahr war es noch weit, noch nicht einmal das fröhliche Chanukka-Fest war vorüber, alles mögliche konnte geschehen in der Welt und erst recht in einem Marktflecken wie dem unseren. Am Ende würde es sich Judith überlegen und wegfahren. Allein. Zum Studium in die Stadt. Oder mit einem Freier. Sie mußte ja nicht unbedingt vor Hitler fliehen. Genug, daß Doktor Jochelsohn und der Uhrmacher Hansenmüller das getan hatten.

Freier allerdings gab es in unserem Flecken wirklich keine. Das heißt, es gab schon welche, aber für andere Mädchen. Dem Sohn vom Fleischermeister Hillels war etwas ganz Schlimmes passiert: Er hatte sich in Kristina verliebt, die Tochter des Polizeihauptmanns. Also, in eine Polizeihauptmannstochter würde ich mich niemals verlieben, es ist schließlich keine reine Freude, den Polizeihauptmann tagtäglich im eigenen Hause zu haben. Asser Hillels, ein hübscher Bursche, der könnte Judith vielleicht gefallen. Doch der Polizeihauptmann würde ihn entweder taufen lassen oder hinter Gitter bringen. Ich persönlich mochte Asser nicht besonders leiden, er gab ein bißchen zu sehr an. Schendel, der Sohn vom Müller Oisermann, mit Spitznamen Jabotinsky, hatte sich nicht in die Tochter eines Polizeihauptmanns verliebt, sondern in Palästina.

»Wir haben hier nichts zu suchen«, behauptete Schendel. »Wir müssen alle unter einem Himmel zusammenleben, im Lande unserer Väter.«

Er behauptete das auf Schritt und Tritt, gegenüber jedem, der es hören oder nicht hören wollte.

Andere Freier für Judith sah ich nicht.

Bald hatte ich den Friedhof erreicht.

Der Totengräber war nicht im Haus.

Das Bett war zerwühlt, das Kissen lag auf dem Boden, auf dem Tisch blinkte einsam und verlassen die Flasche.

»Reb Josef«, rief ich nach dem Totengräber, und in der leeren Hütte klang meine Stimme so flehend, wie ich es von mir gar nicht kannte. »Reb Josef.«

Keine Antwort. Sollte der Totengräber wirklich wegen der Kaserne zum Bürgermeister gegangen sein? Das war unmöglich. Josef hatte nicht einmal die Kraft, im Ofen Holz nachzulegen.

Da zersprang etwas in mir, und ich lauschte erstarrt, als ob ich wirklich das Klirren einer zerbrochenen Schüssel hörte, und je länger und angespannter ich lauschte, um so stärker erfüllte das Geräusch die Hütte und hallte von den Wänden wider. Der erloschene Ofen dröhnte, die Balkenwände dröhnten, die Fußbodendielen vibrierten. Ich merkte selbst nicht, wie meine Hand zum Glas griff, und schon brannte die trübe, übelriechende Flüssigkeit in meinem Magen, doch das Dröhnen ließ nicht nach, und ich wollte es doch so gern zum Schweigen bringen.

Taumelnd – eher vor Angst als vom Wodka – tappte ich zur Tür und war kaum draußen, als mir die Angst auch schon aus der Kehle herausschoß.

Ich blieb ein Weilchen stehen, bedeckte das Erbrochene mit frischem lockerem Schnee, dann humpelte ich zum Stall.

Von der Hühnerstange flogen die hungrigen Hühner auf, sie umkreisten mich wie aufgezogen und gackerten blindwütig auf mich ein, ich aber blickte zur Decke, wo an einem Haken die schmutzige matte Laterne hing, und ich dankte dem Teufel, daß er Josef nicht denselben Gedanken eingegeben hatte wie seinerzeit Henoch Rapoport, der einen halben Tag im Birkenhain hing und die ringsum nistenden Vögel erschreckte.

Ich stellte mir vor, wie Josef beinlos und plump in einer dicken, aus den Zügeln geknüpften Schlinge baumelt, wie die hungrigen Hühner schräg zu ihrem toten Herrn aufblicken und traurig gakkern, ich stellte es mir vor, und wieder stieg Übelkeit in mir auf.

Ich wußte nicht, was tun. In die Hütte zurückgehen und warten? In den Flecken laufen?

Vielleicht hatte Josef auf alles gepfiffen, auf den Friedhof, den Kasernenbau, auf die ganze weite Welt, hatte das Pferd eingespannt, krächzend »Hü – hü – hü!« gerufen und war davongefahren, ins Unbekannte, wie mein Großvater. Wo sollte ich ihn suchen: im Wasser, auf den Bäumen, am Himmel?

Mein Kopf schmerzte zum Zerspringen. Gierig atmete ich die frische Luft, und die Schneeflocken wirbelten über mir wie Pulver aus der Apotheke, das der Wind verweht hat.

Der Schnee hatte die Fahrrinne zugeweht, und undeutlich zeichnete sich darauf die Spur unseres Friedhofswagens ab.

Ich folgte der Spur und kam bis zum Waldrand.

Die Bäume standen wie Bauern in der Mühle: weiß und unter ihrer Last gebeugt. Manchmal warfen sie einen Teil ihrer Bürde zur Erde, dann war es, als schlage der Wald mit den Flügeln wie ein Birkhahn.

Auf einmal war mir, als hörte ich ein Wiehern. Es drang aus dem Wald, von dort, wohin eine ziemlich breite Schneise führte.

Ich rannte, so schnell ich konnte, auf das Geräusch zu und hatte mich nicht getäuscht.

Etwas seitlich, unter weit ausladenden Fichten, stand dunkel unser Wagen. In ihm lag unbeweglich mein Vormund Josef. Offenbar hatte das Pferd, als es die Zügel nicht mehr spürte, den Weg verlassen. Es stand und bewachte die Ruhe des Totengräbers, es wagte sich nicht weiter. Seine Schnauze war bereift. Reif bedeckte auch den Wagen und Josef, der vom Kutschbock geglitten war, die Arme mit den schweren, rindenharten Händen gespreizt. Alles schien ineinanderzufließen zu einem einzigen unirdischen Weiß: die Bäume, das Pferd und auch der Mensch, wie es ja sein muß, wenn jemand aus dem Leben geht. War nicht auch Großmutter damals so in Weiß gehüllt gewesen, an jenem weit zurückliegenden Tage, als ich, Josef und Großvater an ihrem Bett saßen und die gerade erst vom Markt geholten weißen Gänse rupften? Bei einem ist es Gänseflaum, beim nächsten Schnee, beim dritten noch etwas anderes, dachte ich und trat an den Wagen heran.

Das Gesicht meines Vormundes war weiß, wie alles ringsum, nur die Augenbrauen stachelten gelb – wie liegengebliebene Ähren auf einem Stoppelfeld, und unterm Schafpelz lugte matt schimmernd das verwaiste Holzbein hervor.

»Josef«, sagte ich – nicht zu ihm, sondern zum Wald, als wollte ich diesem den Namen einprägen.

Wohin sollte ich fahren? Wahrscheinlich müßte ich ihn nach Hause bringen, auf den Friedhof. Oder vielleicht lieber zum Synagogendiener Chaim. Chaim mußte helfen. Aber ist es nicht Sünde, mit einem Toten herumzukutschieren? Oder ist er womöglich noch nicht tot? Vielleicht hat seine *weiße Stunde* noch nicht geschlagen.

Ich beugte mich über Josef, knöpfte das Schaffell auf und legte mein Ohr an seine Brust.

Gerechter Gott, unterm sackleinenen Hemd klopfte etwas!

»Pssst!« sagte ich zum Pferd.

»Pssst!« sagte ich zum Wald.

»Pssst!« sagte ich zu mir selbst.

Und es wurde ganz still!

Und in dieser kalten, angespannten Stille klopfte etwas. Leise, wie eine kleine Uhr auf Großvaters Tisch.

Ich ließ die Tränen strömen, nahm das Pferd am Zügel und führte es.

Nein, ich jagte nicht los, und das Pferd verstand mich: Die kleine Uhr hätte keine Erschütterung ausgehalten.

Ich weiß nicht mehr, wie lange wir gingen, vielleicht eine Stunde, vielleicht auch ein Jahr. Der Herrgott hatte Erbarmen und schob ein weiches Kissen nach dem anderen unter die Räder.

Vor dem einstöckigen Haus von Doktor Gutmann hielt ich das Pferd an und knöpfte noch einmal Josefs Schaffell auf.

Mein Gehör, fein wie das eines Hundes, stellte beglückt fest: Die Uhr ging noch.

Die Tür wurde geöffnet von einer würdigen alten Frau mit Kräusellocken, die wie Werg aussahen. Sie trug einen Kneifer, der klebte auf ihrer Hakennase wie ein verschrumpelter Schmetterling.

»Zu wem möchten Sie, lieber junger Mann?«

»Zum Doktor.«

»Kommen Sie ein andermal. Der Doktor fährt jetzt in die Stadt.«

»Aber die Uhr bleibt stehen«, sagte ich.

»Welche Uhr?«

»Unterm Hemd.«

»Sie brauchen ganz offensichtlich einen anderen Arzt, lieber junger Mann. Mein Sohn ist Internist.«

Auf einmal tauchte hinter dem Rücken der alten Frau Judith auf.

»Daniel!« rief sie.

»Du kennst ihn?« Die Alte verzog das Gesicht.

»Es ist mein Freund, Großmutter«, sagte Judith. »Was stehst du denn vor der Tür, Daniel? Komm rein, bitte schön.«

»Ich bringe Josef. Er ist dort ... unten ... er stirbt ...«

»Papa«, rief sie, stürzte ins nächste Zimmer und zog den Doktor am Arm herbei.

»Was gibt es?« erkundigte sich der Doktor ohne Anteilnahme.

»Unten ... im Wagen ... Josef ...«, stammelte ich. »Helfen Sie ihm!«

»Ich habe keine Zeit. Ich komme sonst zu spät«, sagte Gutmann.

»Du kommst nicht zu spät«, widersprach Judith heftig.

Zu dritt gingen wir hinunter – ich, Judith und Gutmann. Er ordnete an, Josef den Pelz auszuziehen, schob den Ärmel des sackleinenen Hemdes hoch und spritzte ihm mit langer Nadel ein Medikament ein.

»Ich schicke den Hausmeister«, sagte der Doktor. »Tragen Sie ihn zu mir ins Auto. Vielleicht kann er im Krankenhaus noch gerettet werden.«

Gutmann ging weg. Kurz darauf erschien der Hausmeister, korpulent und verschlafen. Er faßte Josefs Beine, ich den Kopf, und wir schleppten ihn hinüber in des Doktors Automobil.

Vielleicht von der Spritze, vielleicht auch vor Kälte – der Totengräber erzitterte und öffnete die Augen. Ein fremder, abwesender Blick traf mich, den verschlafenen Hausmeister und Judith.

»Geh nach Hause, du wirst dich erkälten«, befahl Gutmann seiner Tochter. »Und Sie«, er wandte sich an mich, »Sie werde ich informieren, wenn ich zurück bin.«

»Aber wenn er ... wenn ...«, brachte ich gepreßt hervor.

»Beim Krankenhaus gibt es einen kleinen Friedhof«, sagte Gutmann und setzte sich ans Steuer.

»Ich werde ihn holen«, sagte ich leise.

»Wozu? Ist es nicht gleich, wo er liegt?«

Das Auto startete mit einem Ruck.

Für Gutmann ist es vielleicht gleich, wo er liegt, dachte ich. Aber Josef muß hierher zurückkehren, wir alle müssen hierher zurückkehren, zu unseren Großvätern und Großmüttern, Müttern und Vätern, Frauen und Männern, zu unseren Kindern, wenn uns das Unglück widerfährt, sie zu überleben. Wir alle müssen zurückkehren.

»Ist er mit Ihnen verwandt?« fragte Judith.

Ich schwieg. Meine Hände spürten noch die Wärme von Josefs Kopf, dieses von Grauhaar gekrönten Kopfes, der so voller Güte war, wie Bienenwaben voller Honig sind, mir stand noch sein abwesender Blick vor Augen, und ich begegnete diesem Blick wie einem von Reif und Tränen blinden Spiegel.

»Sie werden sich erkälten«, sagte ich und ging zu unserem Wagen. Wenn mich jetzt jemand verstehen konnte, dann nur unser Brauner. Er streckte mir seinen müden Kopf entgegen, und ich streichelte ihn, denn sein Kopf war genauso voller Güte wie Josefs Kopf, nur daß auf ihm kein Grauhaar wuchs, denn Pferde leben nicht so lange, bis sie ergrauen.

»Nicht traurig sein.« Judith kam und stellte sich neben mich. »Für jeden kommt die Zeit zu leben und die Zeit zu sterben.«

»Sie werden sich erkälten«, sagte ich abermals.

»Zeit zu säen und zu ernten. Zeit des Steinesammelns und Zeit des Steinewerfens.«

»Judith!« Die Großmutter beugte sich aus dem offenen Fenster. »Was denkst du dir, Kind? Willst du eine Lungenentzündung kriegen?«

»Ich komme, Großmama, ich komme. Auf Wiedersehen, Daniel.«

»Auf Wiedersehen!«

Judith verschwand, und ich blieb mit dem Pferd allein unterm kalten Winterhimmel.

Ja, dachte ich, nun ist auch meine Zeit gekommen. Die Zeit des Grabens und Begrabens.

II

Doktor Gutmann war für eine ganze Woche weggefahren, und ich hatte keinerlei Nachricht von Josef. Mehrmals lief ich in den Flecken, versuchte, etwas zu erfahren, doch niemand hatte auch nur die geringste Ahnung, wie es um ihn stand, als hätte es ihn gar nicht gegeben.

Alle waren mit anderem beschäftigt: Durch den Marktflecken fuhren, mit den Raupenketten rasselnd, Panzer mit großen fünfzackigen Sternen auf den Seitenplatten und verschwanden im Wald. Ich hatte sie nicht selbst gesehen, aber Leo Parowosnik schwor Stein und Bein, er habe sogar mit einem Panzersoldaten gesprochen, und zwar in einwandfreiem Jiddisch.

»Kogan«, sagte Leo. »Unterleutnant Kogan.«

Mir war nicht ganz klar, woher sie kamen, diese Panzer und der Unterleutnant Kogan, der einwandfreies Jiddisch sprach. Andererseits, was war daran verwunderlich? Alle Kogans sprechen Jiddisch. In unserem Marktflecken gibt es den Schneider Benze Kogan, in dessen Haus wird nur so gesprochen. Als ich Parowosnik meine Überlegungen mitteilte, lächelte er herablassend.

»Daß er ein Kogan ist, gefällt mir, aber daß er außerdem ist ein russischer Panzersoldat, gefällt mir weniger«, sagte Leo.

»Warum?«

»Dieser Leutnant Kogan ist gegen mein Aushängeschild.«

»Hat er dir das gesagt?«

»Ich lese jeden Tag die Zeitung, mein Lieber. Du, Bruderherz, hast Glück gehabt.«

»Glück?«

»Großes sogar. Dein Aushängeschild ist der Friedhofsspaten.« Leo Parowosniks Lippen kräuselten sich abermals zu einem herablassenden Lächeln. »Bei dir gibt es nichts wegzunehmen oder, wie sie das nennen, zu expropriieren ...« Er verschluckte sich an dem schwierigen Wort wie an einer Fischgräte.

»Aber wozu braucht der Leutnant eine Frisierstube, wenn er doch einen Panzer hat?«

»Du begreifst auch gar nichts.« Leo gab es auf. »Sag mir lieber: Kannst du meinen Namen und Beruf auf dem Schild auch in russisch schreiben?«

»Groß genug ist das Blech«, sagte ich. »Aber ich kann auf russisch nicht muh noch mäh.«

»Ich fahre nach Leipgiriai zum Popen. Er kann sicherlich Russisch. So lange warte ab.«

Ob Leo Parowosnik nun nach Leipgiriai zum Popen gefahren war oder nicht – jedenfalls erschien er auf dem Friedhof mit einem Stück jüdischer Zeitung, auf der am Rand etwas Russisches aufgeschrieben war.

»Hier«, sagte er triumphierend. »Sieh es dir an!«

Ich schaute erst die Buchstaben an, dann Parowosnik, und ich fragte: »Hast du nichts über Josef gehört?«

»Josef-Schmosef«, äffte Leo nach, und mir schwoll der Kamm.

»Hör zu, Leo«, sagte ich leise. »Wenn du mich noch einmal nachäffst, werfe ich dich raus mitsamt deinem Schild ...«

»Aber, aber«, stammelte Parowosnik. »Ich habe nur Spaß gemacht.«

»Ich liebe keine Späße.«

»Gut, gut. Wie du willst ... Denkst du, mir ist fröhlich zumute?«

Ich wollte nicht über Leo Parowosnik nachdenken. Das sollte die schnurrbärtige Roche tun, wenn sie überhaupt noch zum Denken fähig war.

Er saß am Tisch, wo noch vor kurzem Josef mit einem schweren Holzlöffel geräuschvoll kalte Kohlsuppe geschlürft hatte, und seine kurzfingrigen Hände, die erbarmungslos zuschnappen konnten wie eine Nußknackerzange, machten mich rasend.

»In letzter Zeit«, klagte Leo, »bin ich öfter oben als im Laden.«

»Das ist die Liebe«, sagte ich, während ich seinen Namen mit Kreide aufs Blech übertrug.

»Was für Liebe, zum Teufel!« Über Parowosniks Gesicht, das sonst immer strahlte wie eine zinnerne Seifenschale, glitt ein leichtes Kummerwölkchen. »Man muß für alles im Leben zahlen, Bruderherz.«

»Und wofür zahlst du?«

»Schon mein Vater hat immer gesagt: Paß auf, Leibele, du mußt dich, koste es was es wolle, auf eigene Füße stellen, sogar wenn du dafür dein halbes Leben im Staub kriechen mußt.«

»Nun, im Staub kriechst du aber nicht.«

»Du hast ja keine Ahnung, Bruderherz«, bemerkte Leo betrübt und schob seine Hände in die Taschen. »Denkst du, es ist leicht, einen fremden Mantel und eine fremde Uhr mit Kette zu tragen?«

»Niemand zwingt dich.«

»Das scheint nur so. Manchmal möchte ich auch arm sein und gut. Aber wer, frag ich dich, wer braucht denn unsere Armut und unsere Güte? Wer?«

Leo schwieg, schneuzte sich in ein fremdes Taschentuch und fuhr eifrig fort: »Gott etwa?«

Ich betrachtete sein verändertes Gesicht, und Mitleid kam in mir auf. So geht es mir immer, sobald ich jemandes Beichte höre. Vielleicht kommt das daher, daß ich in meinem Leben schon so viele Tote gesehen habe, die nicht mehr dazu gekommen sind, jemandem zu beichten?

»Die Menschheit?« bohrte der erregte Leo weiter.

Ich schwieg und hielt sein Schild vor mich wie ein Visier. »Niemand, Bruder, braucht unsere Güte. Dreimal verdammt soll sie sein!« fluchte Parowosnik. »Warum bringt sie gerade die um, die sowieso elend sind und nackt bis aufs Hemd? Hat sie dich nicht umgebracht, dich gefesselt an den Friedhof wie mit einer Kette? Das Leben, Bruder, ist ganz einfach eingerichtet: Entweder du scherst, oder du wirst geschoren.«

Er stand auf, ging ans Fenster und sagte: »Woran sie wohl denken dort im Walde?«

»Wer?«

»Die Russen natürlich. Der Unterleutnant Kogan zum Beispiel.«

»Ans Haus wahrscheinlich«, sagte ich.

»Was für ein Haus?« fragte Leo mißtrauisch.

»Ihr eigenes. Was sonst?«

»In Rußland ist's wie in der Badestube.«

»Warm?«

»In Rußland, Bruderherz, gehört allen alles: die Häuser, die Friedhöfe, die Frisierstuben«, zählte Parowosnik auf und blickte angestrengt zum Wald hinüber, der am Horizont zu ahnen war.

»Und was machen sie im Wald?« fragte ich.

»Warten.«

»Auf wen?«

»Auf die Deutschen.«

»Was du nicht sagst!«

»Sowie die Deutschen anrücken, werden sie fort fahren aus dem Wald und ihnen entgegen«, erklärte Parowosnik. »Unsere Armee wird allein nicht fertig mit ihnen.«

»Mit den Russen?«

»Dummkopf! Nicht mit den Russen – mit den Deutschen. Verstanden?«

»Und wenn die Deutschen nicht anrücken, was wird dann?«

»Alles kann ich auch nicht wissen«, sagte Leo Parowosnik. »Ehrlich gesagt, mich beunruhigt etwas anderes: Werden sie mir die Frisierstube wegnehmen oder nicht. Der Unterleutnant Kogan hätte mir auf diese Frage antworten können. Ehrlich, unter Juden. Nehmen wir an, sie nehmen sie mir weg, was zum Teufel geb ich mir noch Mühe mit Roche?«

»Und wenn sie sie dir lassen?«

»Wenn sie sie mir lassen, dann werde ich es den Russen danken.«

»Wie denn?«

»Ich werde einen ganzen Monat und noch eine Woche dazu kostenlos rasieren. Gott ist mein Zeuge. Auf Leo Parowosnik, Bruder, kann man sich verlassen. Ein Mann, ein Wort.«

»Und schneiden?«

»Was schneiden?« Leo blickte auf.

»Wirst du ihnen auch umsonst die Haare schneiden?«

»Nur den Offizieren.«

»Und was ist mit den Soldaten?«

»Soldaten werden ausschließlich kahlgeschoren. Ohne Fasson«, sagte Leo Parowosnik fest. Er nahm mir das scheppernde Blech aus der Hand, betrachtete aufmerksam die Kreideschrift und seufzte: »Mein Gott, wie viele Jahre hab ich auf diese Stunde gewartet.«

»Auf welche Stunde?«

»Wenn mein Name und Beruf ausgehängt werden, und wenn er sich erheben wird überm Flecken wie eine Staatsflagge am Tage der Unabhängigkeit. Wer hat mich früher gekannt? Vater und Mutter, die Nachbarjungen und unser Hund. Und jetzt wird mich die ganze Welt kennenlernen. Der Unterleutnant Kogan, zum Beispiel, wird zurückkehren in sein Rußland und wird erzählen: Ich hab dort mancherlei Wunder gesehen, aber das größte Wunder ist der Herrenfriseurmeister Leo Parowosnik. Es hat sich gelohnt, dreitausend Werst mit dem Panzer zu fahren, damit ich meine Wangen unter sein Rasiermesser halten konnte. – Ich flehe dich an, Daniel, beeile dich, Lieber, mit dem Schild!«

»Ist gut.«

Ich brachte Leo zur Tür, doch bevor er den Friedhof verließ, tappte er noch zwischen den Schneehaufen zu einer niedrigen Kiefer, die auf einer Seite, wo die Rinde fehlte, in einer Höhle einen eifrigen Specht beherbergte. Unter dieser Kiefer ruhte sein Vater Schloime-Ber Parowosnik, der mit pferdestehlenden Zigeunern herumgezogen war und wegen eines Goldfuchses den Tod gefunden hatte.

»Heut ist gerade sein Todestag«, sagte Leo und kratzte mit dem Stiefel Schnee von der Grabplatte. »Dumm, sehr dumm. Da lebst du nun und scheffelst, und plötzlich kommt ein Tag, und du liegst unter der Erde ...«

Nicht lange verdüsterte das Leid sein Gesicht. Es schmolz hinweg von seinen fleischigen Wangen, und Leo begab sich forschen Schrittes zu seiner Roche und zu seinen Berechnungen.

Die erste Nacht ohne Josef dehnte sich endlos. Die Hütte war erfüllt von Geraschel und Gewisper, von beunruhigendem Leben und Weben.

Ich wälzte mich von einer Seite auf die andere, sah zum leeren Bett des Totengräbers hinüber, dessen nackte Bretter ebenso alt und knarrig waren wie seine Gelenke. Wie lange hatte er darauf gelegen? Vierzig Jahre? Eine Ewigkeit? Josefs Bett, ebenso wie der Ofen, der Fußboden, der Tisch, erinnerte sich auf seine Weise an ihn. Wie der Ofen um seine Tränen wußte, als er ins Feuer geblickt und alle seine Toten gesehen hatte, so kannte das Bett ihn noch als jungen Mann und verwunderte sich über seine Einsamkeit. War es denn nur zum Schlafen da? Vollzog sich nicht auf ihm auch jenes süße Geheimnis, mit dem ein Menschenleben seinen Anfang nimmt? Warum hatte es immer nur Schnarchen und Stöhnen hören müssen und nicht auch den ersten Schrei eines Neugeborenen? Warum?

Ich starrte in den leeren Raum, und mir war, als spräche das Bett mit dem Ofen, dem Tisch und dem Fußboden, als hielte es dem Tisch vor, daß er den Hausherrn zu oft mit Wodka bewirtet hatte, und dem Fußboden, daß er ihn manchmal dem Bett abspenstig gemacht hatte, besonders an Tagen, wenn Josef die Kräfte verließen und er einfach in einer Ecke liegenblieb.

Gegen Morgen hatte ich einen Traum.

Mir träumte, daß sich Bett und Tisch und Ofen und auch das Pferd aufmachten, Josef in der Stadt zu suchen, sie fanden ihn im Krankenhaus und drangen ins Zimmer ein, und sie verjagten das *andere* Bett, den *anderen* Tisch, den *anderen* Ofen, und das Pferd wieherte triumphierend, als sei es kein Friedhofspferd, sondern ein echtes Kriegsroß mit kostbarer Pferdedecke und silbernem Zaumzeug.

Hartnäckiges Klopfen am Fensterladen weckte mich. Es übertönte das sieghafte Pferdegewieher und das Klirren des silbernen Zaumzeuges.

Ich zog mich eilig an und ging öffnen.

Auf der Schwelle standen, rot vor Kälte, die Flüchtlinge – der Uhrmacher Hermann und seine schwarzäugige Sara.

Seit sie in unser Haus gezogen waren, hatte sich mancherlei in ihrem Leben verändert. Die Flüchtlinge hatten sich allmählich von Hitler erholt, sie hatten sich umgetan, die Hütte in Ordnung gebracht, ihren Sohn aufs Gymnasium geschickt.

Der Ruhm des deutschen Uhrmachers stellte nicht nur meinen Großvater in den Schatten, sondern auch den Zauberkünstler

Pakeltschik. Besonderen Auftrieb erhielt der Flüchtling, nachdem er die Uhr der katholischen Kirche repariert hatte, die seit undenklichen Zeiten stand. Der Dekan selbst sprach ihm von der Kanzel seine Dankbarkeit aus, und das war für Pakeltschik ein Bannfluch und für den Deutschen die beste Reklame. Zu Hermann brachte man nun Uhren aus der ganzen Umgebung, und die jüdischen Meister verdammten Hitler, neben allem anderen, auch deswegen, weil er ihn aus Deutschland vertrieben und ihnen dadurch das letzte Stück Brot genommen hatte.

Was führte sie in aller Herrgottsfrühe auf den Friedhof? Regelmäßig jeden zweiten Sonnabend im Monat brachten die Flüchtlinge zehn Litai Miete. Meist kam Sara allein, sah mich mit ihren traurigen schwarzen Augen an, öffnete verschämt ihr abgeschabtes Wildledertäschchen und holte das Geld heraus. Aber heute war nicht Sabbat. Und warum kamen sie zu zweit? Vielleicht wollte Hermann das Haus kaufen? Wenn er kam, um darum zu handeln, so vergebens. Ich wußte nicht, was die Wände und das Dach des Hauses kosteten und seine Mäuse und seine Wanzen. Übrigens waren gar keine Mäuse und Wanzen mehr drin. Hermann hatte sie mit einem Mittel, das nur ihm bekannt war, vernichtet, er hatte auch die Hütte geweißt, die angefaulten Dielenbretter durch neue ersetzt, alle Löcher und Ritzen verstopft, und das Blechdach blitzte wie eine Pessachschale. Deutsche Ordnung, sagte der neidische Pakeltschik böse, und hier hatte er recht.

»*Guten Morgen*«*, begrüßte Hermann mich.

»*Guten Morgen*«*, sagte ich nicht sehr erfreut und blickte Sara an. Das Wildledertäschchen hatte sie nicht mit.

»Entschuldigen Sie, Daniel«, sagte Sara leise. »Wir wollen nicht länger warten.«

»*Jawohl!*«* Hermann nickte und sprach schnell auf deutsch weiter.

»Hermann sagt, wir haben schon lange davon geträumt. Aber es ging nicht, wegen Hitler.«

»Wovon geträumt?« Ich fröstelte.

»Zwei Kinder zu haben.«

»*Zwei Kinder*«*, unterstützte Hermann seine Frau.

Mir war, als kämen Hermann und Sara aus meinem Traum. Ich konnte einfach nicht herauskriegen, worüber sie mit mir redeten, warum sie überhaupt auf den Friedhof gekommen waren. Ich bin kein Rabbiner, mit mir muß man sich durchaus nicht über die Anzahl der Kinder beraten. Wenn ihr zwei wollt – bitte schön; wollt ihr noch mehr – ich habe nichts dagegen. Was aber den Verkauf des Hauses betrifft, so könnt ihr mich durch keinerlei Kinderchen überzeugen und erweichen. Wohin sollte ich letztendlich mit dem Geld für das Haus?

»Von mir aus können Sie zwei haben«, sagte ich, und die schwarzäugige Sara strahlte.

»Sie sind einverstanden?« vergewisserte sie sich noch einmal, und ich erwiderte großmütig: »Natürlich.«

Sara übersetzte Hermann meine Worte.

»*Danke schön, danke schön!*«* Der Uhrmacher schüttelte mir die Hand und sprach noch schneller weiter als vorhin. Die Worte flogen aus seinem Mund wie Steinchen aus einer Schleuder.

»Der Mensch muß seine Pflicht bis ans Ende erfüllen. So meint Hermann«, sagte Sara und rückte den goldenen Ring an ihrem Finger.

Gütiger Gott, bin ich etwa Hitler, halte ich sie etwa davon ab, ihre Pflicht zu erfüllen?

»Hermann ist glücklich, daß Wilhelm einen Bruder haben wird«, fuhr Sara fort. »Er fragt, wann Sie umziehen können?«

»Wohin?«

»Nach Hause. Mein Mann ist beim Magistrat gewesen und hat sich erkundigt über alles wegen der Adoptierung«, sagte sie.

Ich erstarrte.

»*Jawohl*«*, unterstützte Hermann seine Frau und rasselte abermals los in seiner schrillen Sprache.

»Gutes muß man mit Gutem vergelten, sagt Hermann.« In Saras großen schwarzen Augen glitzerten Fünkchen wie ein Bienenschwarm, und sie erinnerte mich sehr an Judith.

»*Jawohl*«*, unterstrich der Uhrmacher.

Auf einmal fühlte ich mich gedemütigt. Ich brauchte ihre Güte nicht. Durchaus nicht. Sollten sie mich mit Geld abfinden. Ich wollte nicht in unser Haus zurück, um Wilhelms Bruder zu werden.

Ich würde zurückgehen, wenn mein Großvater auftauchte oder mein Vater. Aber Wunder gibt es nicht auf der Welt. Oder wenn es schon welche gibt, dann geschehen sie nicht mit mir.

»Mein Zuhause ist hier«, sagte ich fest. »Vielen Dank für Ihre Bemühung.«

Der Uhrmacher Hermann sah mich eindringlich an, und gegen seine Gewohnheit sprach er langsam, als wäge er jedes Wort ab oder betrachte es durch die Lupe.

»*So*«*, beendete der Flüchtling seine deutsche Worttirade.

»Was hat er gesagt?« wandte ich mich an Sara, die still geworden war.

»Er sagte: So.«

»Und vorher?«

»Sie müssen, sagt Hermann, weg von hier. Und zwar so bald wie möglich.«

»*Jawohl*«*, bestätigte der Uhrmacher.

»Junge Menschen sollen nichts zu Grabe tragen. So denkt Hermann«, fügte Sara hinzu.

»Und was sollen sie sonst tun?«

»Überlegen Sie es sich, Daniel. Wir werden Sie aufnehmen wie ein eigenes Kind. Mein Mann wird Sie sein Handwerk lehren, und wenn sich alles beruhigt hat, gehen wir alle zurück nach Deutschland. Sie können sich nicht vorstellen, wie schön es dort ist!«

Es gab eine Zeit, da war ich nur gegen Großmutter mißtrauisch, nur von ihr fürchtete ich, in Fallen gelockt zu werden. Doch seit die alte Frau tot war, spritzte mein Mißtrauen nach allen Seiten, wie der Saft aus einer zerquetschten Kirsche.

Alles ist ganz einfach, fuhr es mir durch den Kopf, sie brauchen, genau wie der Synagogendiener Chaim, einen Arbeiter. Warum haben sie nicht Wilhelm an den Tisch gesetzt und aus ihm einen Uhrmacher werden lassen? Ihn schicken sie aufs Gymnasium, ja, und mich wollen sie großzügigerweise adoptieren, damit ich von früh bis spät schufte.

Die Flüchtlinge gingen noch nicht. Sie warteten auf meine Zustimmung, wechselten verwunderte Blicke, aber ich schwieg. Sara und Hermann rafften sich endlich auf und gingen bedrückt hinaus.

Mich aber ergriff Verzweiflung. Ich ließ mich aufs Bett fallen, zog die Decke über den Kopf, um mich selbst nicht zu hören, doch die Worte brodelten in mir wie Hochwasser im Frühling, sie überschwemmten mich, und ich war ihrem Ansturm machtlos ausgeliefert.

Vielleicht waren Hermann und Sara wirklich gekommen, um mich zu adoptieren? Gab es etwa keine guten Menschen mehr auf der Welt? Wenn sie einen Arbeiter brauchten, könnten sie jeden beliebigen nehmen. Vielleicht war es falsch, sie abzuweisen, vielleicht hätte ich einwilligen sollen. Hauptsache – fort vom Friedhof. Soll Reb Nathan Pjanko zusammen mit der ganzen Gemeinde einen anderen suchen. Nein, ich darf nicht länger zögern. Noch heute gehe ich zu Herrn Pjanko und sage ihm alles. Und um niemandem zur Last zu fallen, fahre ich in die Stadt, verlasse den Marktflecken, nicht einmal Judith kann mich halten.

»Nirgends wirst du hinfahren«, vernahm ich plötzlich eine Stimme, und zwar so deutlich, als wäre Großmutter von den Toten auferstanden. »Du wirst mich nicht verlassen. Ich will nicht, daß ein anderer mit beschlagenen Stiefeln über meine Ohren trampelt. Du hast einen leisen und sanften Gang, Daniel.«

»Das ist ein schlechtes Zeichen«, wurde Großmutter unterstützt von meinem ersten Lehrmeister, dem Herrn Aron Damski. »Wenn die Friedhöfe aufgegeben werden, beginnt ein Massensterben oder Kriege.«

Ich hörte die Stimmen der Toten – bekannter und unbekannter –, sie fielen einander ins Wort, wie sie es zu Lebzeiten auf dem Markt oder vor Beginn des Gottesdienstes getan hatten, sie redeten auf mich ein, tadelten mich, sprachen von meiner Pflicht, drohten mir, doch ich blieb unerbittlich.

»Ich gehe weg, ich gehe weg«, schrie ich, und der Wind vorm Fenster griff meinen Schrei auf und trug ihn über den Friedhof.

»Du gehst nicht, du gehst nicht, du gehst nicht.«

Auf dem Weg in den Ort sah ich die Russen. Es waren vier. Sie standen im Halbkreis um ihr stählernes Haus herum, das aus dem Wald hervorgekrochen war, und wuschen sich am Waldrand mit Schnee. Einer rieb immerzu seine braune Brust, lachte und kreischte vor Vergnügen.

Als ich näher kam, waren sie fertig mit Waschen und stiegen in den Panzer. Nur der eine, der mit der braunen Brust, streckte noch den Kopf aus der Luke und winkte mir mit der Hand. Ich winkte zurück, aber der Panzer setzte sich in Bewegung, krallte seine Raupenketten in den Schnee, kam in Fahrt und verschwand im Wald. Noch lange hing sein Dröhnen in der Luft. Das Echo schwang über dem Wald, warf die Schneehauben von den Baumwipfeln und ließ die hungrigen Wildschweine zu Tode erschrecken.

Der Herr Nathan Pjanko war nicht in der Fabrik, und ich ging zu ihm nach Hause.

»In welcher Angelegenheit?« Das Dienstmädchen öffnete die Tür.

»Wegen des Friedhofs.«

»Reb Nathan kann dich nicht empfangen«, erklärte sie.

»Warum?«

»Er ist nicht da.«

»Und wo ist er?« ließ ich nicht locker.

»Fortgefahren.«

»Wohin?«

»Er ist mir nicht Rechenschaft schuldig.« Das Dienstmädchen zog eine Grimasse und verschwand hinter der massiven Tür.

Was die Dienstbotin des Herrn Nathan Pjanko nicht gewußt hatte, erklärte mir Chaim, als ich in die Synagoge kam.

»Reb Nathan ist nicht da und kommt auch nicht wieder.«

»Wieso das?« fragte ich den Synagogendiener.

»Ich verstehe selbst nicht, was vorgeht. Die einen flüchten vor Hitler, die anderen vor den Russen.«

»Reb Nathan ist vor den Russen geflohen?« Ich riß die Augen auf, doch der Synagogendiener Chaim verstummte plötzlich. Er nahm ein zerlesenes Buch zur Hand und fing mir nichts, dir nichts zu beten an: vielleicht für Reb Nathan, vielleicht für die Russen, vielleicht auch für sich selbst.

»Reb Chaim«, unterbrach ich sein Gebet. »Ich habe auch vor ... zu fliehen ...«

»Alle fliehen.« Chaim riß sich eine Minute vom Gebet los. »Warum habe ich niemals das Bedürfnis gehabt, vor jemandem zu fliehen?«

Chaim war nicht zum Plaudern aufgelegt. Nervös blätterte er in den vergilbten Seiten des Heiligen Buches, das voller nur ihm verständlicher Weisheit war, und dabei schnupperte er mit der Nase, als wolle er an dem Buch riechen, wie Großvater an der berühmten Zigarette aus Lettland gerochen hatte. Das Verschwinden des Gemeindevorsitzenden Nathan Pjanko brachte Chaim ganz offensichtlich aus der Fassung, es löste Überlegungen in ihm aus, die er niemandem mitteilen wollte. In seiner Kehle blubberte etwas, wie kochendes Wasser im Teekessel, es mußte wohl Kränkung oder gar Empörung sein.

In der Synagoge war es kalt. Allein durch Barmherzigkeit konnte der Herrgott sein Haus nicht erwärmen. Es mußte zweimal täglich geheizt werden, und so hörte ich den Synagogendiener sagen, nachdem er sich satt gelesen hatte: »Ha-ha-hack mir Ho-holz, Daniel.«

Wir gingen zusammen auf den Hof, wo unter einem Schuppendach eine Holzmiete gelb schimmerte, ich entnahm ihr einige Kloben und begann sie zu hacken mit einem Beil, so alt wie die Thora.

»Das fehlte noch, daß wir ohne Totengräber bleiben«, sagte Chaim. »Du begehst eine schreckliche Sünde, wenn du jetzt alles im Stich läßt.«

»Es stirbt sowieso niemand«, sagte ich und trieb die Axt mit aller Kraft in einen Holzkloben.

»Sei unbesorgt«, knurrte Chaim. »Jemand wird schon sterben.«

Ich konnte die Axt einfach nicht wieder aus dem Holzstück herauskriegen und schwenkte es überm welken Haupt des Synagogendieners.

»Vo-vo-vorsicht!« flehte Chaim. »Sonst wirst du mich als ersten begraben müssen ...«

Endlich zersplitterte der Kloben. Der Synagogendiener sammelte die Scheite auf und schlurfte ins Bethaus.

»Gut«, sagte Chaim, während er anheizte. »Nehmen wir an, du läßt alles im Stich. Was willst du denn dann machen, Daniel?«

»Ich denk mir was aus.«

»Ausdenken kann ich mir selber etwas«, sagte der Synagogendiener, und dann fügte er hinzu, ins Feuer blickend: »Früher hat der Herr Pjanko dem Gotteshaus gespendet die Abfälle aus seiner Fabrik. Jetzt werden wir Holz kaufen müssen. Und es wird werden teuer, weil die Russen im Wald sind.«

»Ich habe gehört, es sind auch Juden dabei«, sagte ich, um das Holzthema zu beenden.

»Das sind keine richtigen Juden.« Es begann wieder zu blubbern in des Synagogendieners Kehle.

»Gibt es denn auch *falsche* Juden?«

»Ja«, sagte Chaim.

Als wir mit dem Judenthema fertig waren, kam die Rede wieder auf den Friedhof.

»Wenn Josef nicht zurückkommt, schicke ich dir einen Gehilfen«, verkündete Chaim plötzlich.

»Und wen werden Sie schicken, Reb Chaim?«

»Avigdor.«

»Aber der ist doch taubstumm!«

»Weinen kann auch ein Taubstummer. Was ist das wichtigste auf dem Friedhof? Tränen.«

»Dann kann doch Avigdor allein ... ohne mich ...«, griff ich Chaims Vorschlag auf.

»Die Leute werden nicht einverstanden sein«, schnitt Chaim mir das Wort ab.

»Warum?«

»Die Leute wollen beides, Tränen und Worte.«

»Trotzdem, ich bleibe nicht zwischen den Gräbern.«

»Nun, wohin, wohin willst du gehen?« fragte Chaim mitleidig.

»Im Flecken ist eine Abendschule eingerichtet worden. Ich will lernen.«

»Bitte schön, lerne«, erlaubte Chaim gnädig. »Schließt denn das eine das andere aus? Der Mensch lernt überall. In der Schule und auch auf dem Friedhof.«

Der Synagogendiener schwieg und sah mich an, als sähe er mich zum erstenmal.

»Was hat dein Vater gelernt?« fragte er plötzlich scharf. Chaim versteht mich sowieso nicht, dachte ich und warf das Beil auf den Fußboden.

»Ich bin ein alter Mann, Daniel, und kann dir eines sagen: Ändere nichts, solange Gott der Herr es nicht selbst ändert. Sag mir nicht wie dein Vater, es gäbe ihn nicht. Gott ist ewiglich und wird ewiglich sein. Und wenn er dir den Spaten in die Hand gegeben hat, so tausch ihn nicht ein gegen die Feder oder gegen das Gewehr. Vertrau auf den Allmächtigen und gib dich zufrieden.«

Das Feuer beleuchtete Chaims Gesicht, und es wirkte durchsichtig wie ein Tüllgardine am Fenster.

»Nein«, sagte ich. »Ich will nicht so werden.«

»Wie denn?«

»Wie Sie.«

»Und wie, meinst du, bin ich?«

Ich wagte nicht, es ihm zu sagen. War denn Chaim schuld an seinem Unglück?

»Du denkst, ich bin unglücklich, ja?«

»Ja«, sagte ich erleichtert.

»Alle im Ort denken das. Es stimmt nicht.«

»Nein?«

»Ich bin glücklich, weil ich außer meinem Glauben nichts besitze. Und den brauche ich nicht zu verkaufen wie der Herr Pjanko seine Möbelfabrik. Vor ihm brauche ich nicht zu fliehen wie Jochelsohn vor Hitler. Mein Glaube ist stärker als Hitler. Er fürchtet auch die Russen nicht.«

Chaim sprach mit zornigem Eifer, Schweiß stand ihm auf der Stirn, er stotterte wütend, und immerzu stocherte er im Feuer herum, als fürchte er, wenn das erlösche, müsse auch er für immer schweigen.

»Dein Vater hat nicht an Gott geglaubt«, stieß der Synagogendiener hervor. »Aber er hat an etwas anderes geglaubt, so stark wie an Gott. Nun ist es Zeit auch für dich.«

»Was?«

»Mit sechzehn Jahren muß ein Mensch an etwas glauben. Oi, ist das warm geworden!«

Chaim wischte sich den Schweiß ab, und seine Stirn, seine außergewöhnlich hohe, fast faltenlose Stirn kam mir ebenso durchsichtig vor wie sein vom Feuer beleuchtetes Gesicht und wie der Gittertüll an den Fenstern.

Es gab nichts mehr zu reden, doch ich blieb unbeweglich stehen, blickte ins Feuer, und zum erstenmal sah ich darin meinen Vater und die Großmutter und Josef und sogar den Synagogendiener Chaim, als läge alles schon hinter mir.

Als ich auf die Straße trat, schwor ich mir, nicht wieder zu Chaim zu gehen. Er konnte sowieso nichts tun, er würde mich nur mit seinen Predigten umgarnen wie mit Drahtfesseln, seine Unbehaustheit wehte mich an wie ein kalter Hauch, nach dem man sich schwer wieder erwärmte. Zu wem aber sollte ich gehen? Außer Pranas und Judith war niemand mehr im Flecken, mit dem ich mich hätte beraten können. Leo Parowosnik? Der würde nur wieder von seinem Ladenschild anfangen. Am Ende ließ er sich noch einfallen, seinen Namen und Beruf in deutscher Sprache raufschreiben zu lassen, bloß so, für alle Fälle. Ich hatte Josef gehabt, doch ihn gab es nicht mehr. Wieso eigentlich? Vielleicht war er gerettet worden? Er hatte schon viel Schlimmeres überstanden.

Ich schlenderte zum Gymnasium und blieb dort am Eisenzaun stehen. Da drinnen saßen über ihren Heften Wilhelm und Judith. Bald war Schulschluß, dann würde sie herauskommen in ihrem flauschigen Pelzmäntelchen.

Ich warte, beschloß ich, und stellte mich an die Tür.

Judith kam nicht allein, sondern mit ihrer Freundin Kristina, der Tochter unseres Polizeihauptmanns, die den Fleischerssohn Asser Hillels vom rechten Weg abgebracht hatte.

»Rodin!« rief Judith. »Rodin!« Sie warf ihren Schulranzen in die Höhe, ließ ihn fallen, griff ungeschickt danach und plautzte selbst in den Schnee. Wild mit den Beinen strampelnd, die in warmen Wollstrümpfen steckten, lag Judith da und streute weiße Schneeflocken über sich selbst.

Die Polizeihauptmannstochter Kristina sah interessiert zu und lachte belustigt.

»Was stehst du da, Daniel?« flehte Judith spielerisch. »Reich mir doch die Hand.«

Unter dem lauten Gelächter Kristinas bot ich Judith die Hand und half ihr auf. Sie ergriff meine Hand und ließ sie lange nicht los.

»Und nun klopf mich ab!«

Ihre Brust und ihr Rücken waren weiß, ich begann mit dem Rücken, und zwar so behutsam, als sei Judith aus Porzellan.

»Stärker, stärker«, ermunterte sie mich.

Meine Hand glitt über ihren Rücken, wie ein Boot durch stilles Wasser gleitet.

»Sauber«, sagte ich und wollte vorn weitermachen.

»Vorn klopfe ich lieber selbst«, sagte Judith und fing an, rücksichtslos mit den Fäusten die beiden Äpfelchen zu bearbeiten, die sich unter ihrem flauschigen Pelzmantel hügelten.

»Begleite uns ein Stück, Daniel«, sagte Judith. »Vermutlich hast du doch sowieso nichts weiter vor.«

»Stimmt«, gab ich zu und folgte den beiden widerspruchslos.

Zu dritt gingen wir durch den Ort, und aus allen Fenstern – dessen war ich sicher – beobachteten uns die Leute und schüttelten ihre des Staunens entwöhnten Köpfe. Hatte man so etwas schon gesehen, daß die Tochter des Polizeihauptmanns und die Tochter des Arztes am hellichten Tag mit dem Totengräber des Ortes spazierengingen?

Um ehrlich zu sein, ich konnte es selbst nicht glauben, daß ich neben ihnen ging, aber ich ging, und mir war wohl, sehr wohl sogar. Alles ringsum schien plötzlich verändert: die ungepflasterte Straße, der Schnee, die Kirchturmspitze und auch das Polizeirevier. Es war, als sei nicht der Herr Nathan Pjanko aus dem Flecken verschwunden, sondern etwas anderes, das mich von Kindheit an verfolgt hatte, verschwunden war der Friedhof, vergangen die Angst, geblieben waren nur Judith und die Polizeihauptmannstochter Kristina.

Bald verschwand auch Kristina, und ich blieb mit Judith allein auf der ganzen weiten Welt.

»Warum schweigst du, Daniel?« fragte sie.

»Ich schweige gern.«

»Mancher schweigt gern, ein anderer nicht. Erzähl was«, befahl Judith.

»Mir ist nicht nach Reden«, sagte ich.

»Erzähl von dir.«

»Was soll ich da erzählen?«

»Von zu Hause ... von deiner Familie ...«

»Ich hab kein Zuhause. Auch keine Familie.«

»Aber früher doch.«

»Früher ja.«

»Es heißt, dein Vater hat im Gefängnis gesessen.«

»Ja«, sagte ich.

»Es heißt, er ist Kommunist.«

»Ich weiß nicht.«

»Wo ist er jetzt?«

Wahrhaftig, wo ist er jetzt, dachte ich. Der Krieg in Spanien ist aus. Jedenfalls sagt das Leo Parowosnik. Sicherlich haben die Schneider verloren. Was sind Schneider schon für Krieger?

»Ich weiß nicht«, sagte ich.

»Ich weiß immer, wo mein Vater ist«, sagte Judith. »Aber das ist entsetzlich langweilig.«

»Warum?«

»Jeder Mensch muß ein Geheimnis haben. Hast du eines?«

»Nein«, log ich.

»Aber ich«, sagte sie und lachte.

Es fiel mir immer schwerer, neben ihr zu gehen. Judiths Fragen verschlugen mir den Atem, ich schniefte laut, aber sie schien meine Verlegenheit gar nicht zu bemerken.

»Soll ich dir mein Geheimnis verraten?«

»Ich sag es niemandem weiter«, versicherte ich.

»Ich wünschte, mein Vater käme auch mal ins Gefängnis.« Sie lachte wieder. »Ein idiotischer Wunsch, nicht wahr?«

Ich schwieg.

»Aber er kommt niemals ins Gefängnis. Mein Vater spricht die ganze Zeit entweder über die Medizin oder über Palästina.«

Wir waren schon lange an Gutmanns einstöckigem Haus vorüber, doch Judith dachte nicht ans Fortgehen.

»Ich habe keine Lust, mein ganzes Leben in der Synagoge zu verbringen.«

Ich begriff nicht, wer Judith zwingen sollte, ihr Leben in der Synagoge zu verbringen.

»Hast du Schlittschuhe?« fragte sie.

Ein Geheimnis hatte ich, aber Schlittschuhe hatte ich nicht, doch trotzdem sagte ich: »Ja.«

»Wollen wir zum Fluß gehen und ein bißchen Schlittschuh laufen?«

»Jetzt gleich?« Meine Oberlippe begann zu zittern. »Warum nicht.«

»Das Eis ist noch dünn. Wir könnten einbrechen«, sagte ich, um Zeit zu gewinnen.

»Um so besser«, sagte Judith. »Gefahr macht stark ... Und auf Schabbes lade ich dich zu meinem Geburtstag ein.«

»Danke.«

»Du wirst der interessanteste Gast sein. Alle diese Schendel und Mendel hängen mir schon zum Halse heraus. Fleischer, Müller, Großhändler ... Aber einen Totengräber hatte ich noch nie zu Gast. Kommst du?«

»Ich komme ... ich komme fragen wegen Josef ...«

»Über deinen Josef sage ich dir übermorgen Bescheid, am Fluß. Wir treffen uns um fünf ... unter der kaputten Brücke.«

Der Herrgott weiß natürlich am besten, wen er womit in Versuchung führt, aber warum er mir ausgerechnet diese Versuchung mit den Schlittschuhen bescherte, dürfte ihm selbst kaum bekannt sein. In den mir verbleibenden zwei Tagen mußte ich nicht nur Schlittschuhe auftreiben, sondern auch noch laufen lernen.

Im Eisenwarenladen von Gaižauskas arbeitete als Gehilfe ein entfernter Verwandter meines Großvaters, Ruben Stoljartschik, ein kräftiger Kerl. Sein Gesicht war rot und schrumplig wie das eines Neugeborenen, und er hatte einen unglaublichen Haarschopf, in dem er gelegentlich Kleingeld vor seinem Chef versteckte. Manchmal packte Gaižauskas Stoljartschik am Haar, dann fielen die Münzen aus dem Schopf wie Bachstelzen aus ihrem Nest.

»Daniel!« freute sich Ruben und schüttelte seine diesmal leere Mähne. »Dich schickt der Herrgott.«

»Und ob!«

»Wir haben gerade neue Spaten aus der Stadt geholt.«

»Ach, ich brauch keinen Spaten.«

»Nein?« Stoljartschik riß die Augen auf, und sie glitzerten im Dämmerlicht des Ladens wie zwei Silbermünzen. »Kannst du Schlittschuh fahren?«

»Wie bitte?«

»Schlittschuh fahren.«

»Das kann ich nicht. Wieso?«

»Ich will Schlittschuhe kaufen.«

»Du? Schlittschuhe? Wozu, zum Teufel, braucht ein Totengräber Schlittschuhe?«

»Das geht dich gar nichts an. Was kosten sie?« Ich griff in die Tasche und wollte Geld herausholen.

»Schlittschuhe und so was führen wir nicht ... Die Juden fahren mit allem möglichen ... mit der Kutsche ... mit dem Automobil ... sie überfahren sich auch gern gegenseitig ... Aber Schlittschuhe?!«

»Asser Hillels fährt«, sagte ich, höchst unzufrieden mit Stoljartschik.

»Asser – das ist was anderes.«

»Wieso?«

»Er ist ein Jude von der neuen Sorte.«

»Von der neuen Sorte?«

»Es gibt alte und neue Töpfe«, erklärte Ruben. »Siehst du, Asser ist sozusagen ein emaillierter Topf. Verstehst du?«

»So ziemlich.«

Ruben nahm die Hände aus der Kasse und legte sie wie ein Tragjoch auf meine Schultern.

»Mich führst du nicht hinters Licht«, sagte der Ladengehilfe. »Ich habe dich nur angesehen, schon war mir alles klar.«

»Was war klar?«

»Hübsch ist sie, keine Frage. Aber dieser Kuchen ist nicht für dich gebacken.«

»Wovon sprichst du?« fragte ich scheinheilig.

»Vom Doktorstöchterlein. Ruben Stoljartschik weiß alles, sieht alles. Alles, alles, alles ...«

»Sie hat sich nur für unseren Friedhof interessiert«, sagte ich.

»Nur für den Friedhof interessiert, und du rennst gleich nach Schlittschuhen.«

Ruben Stoljartschik grinste, und das Grinsen ließ sein Gesicht leblos wie eine Skulptur erscheinen.

»Die Liebe, das ist Dummheit und Betrug«, murmelte Stoljartschik flink und in gekränktem Ton. »Niemand liebt jemanden auf der Welt. Hat denn dein Vater deine Mutter geliebt? Oder die Großmutter den Großvater? Liebt etwa in meinem Hause einer den anderen? Nein, nein, tausendmal nein. Einmal passen die Herzen nicht zusammen, ein andermal die Geldbeutel. Nimmst du nun einen Spaten?«

»Ach, Ruben, ich trenne mich auch bald von meinem alten Spaten. Kann doch nicht ewig auf dem Friedhof hausen.«

»Richtig. Soll jeder jeden endgültig begraben. Vielleicht siehst du dir einmal die Radnaben an?«

»Die alten sind noch gut genug.«

»Zum Teufel auch, den ganzen Tag kein einziger Kunde!« klagte Ruben. »Gaižauskas wird kommen und mich an den Haaren ziehen.«

»Du bist doch nicht schuld«, sagte ich.

»Ja, aber ein Leben ohne Schuldige, das ist die reinste Hölle. Wenn jemand das Leben abwechslungsreich macht, dann nur die Sünder. Kauf, Daniel, kauf einen Topf von der neuen Sorte!«

Ich brauchte Schlittschuhe, nicht einen Topf von der neuen Sorte. Verwirrt und bedrückt verließ ich den Eisenwarenladen. Also muß ich doch Asser bitten, dachte ich. Es gibt keinen anderen Ausweg. Nun, was macht es Asser aus, mir für einen Tag seine Schlittschuhe zu leihen? Vielleicht werde ich nicht einmal damit laufen. Ich gehe einfach mit ihnen hin und stehe ein Weilchen bei Judith.

Lange umkreiste ich das Haus von Fleischermeister Hillels, bis ich endlich Asser erwischte. Zum Glück war er allein und wollte offenbar schnell zu Kristina.

»Asser!« rief ich.

»Was willst du?« Der Fleischermeisterssohn sah mich hochmütig an.

Vor drei Jahren, als Großmutter noch lebte, als Asser ein Jude von der alten Sorte war und anstelle der Melone ein Samtkäppchen trug, hatte er immer von mir Angelwürmer gekauft. Wir handelten heimlich, denn einmal hatte die Müllersfrau in der Rinderbrust einen weißen Wurm entdeckt, durchaus keinen Angelwurm, und sie hatte im ganzen Marktflecken Lärm geschlagen. Der alte Hillels schob alles auf seinen Sohn, den Angler, er verdrosch ihn und verbot ihm allerstrengstens, auf dem Müllplatz oder bei den Aborten nach Würmern zu graben. Von da an versorgte ich ihn mit erstklassigen Würmern zu annehmbarem Preis: ein Fruchtbonbon für zwei Stück. Die geangelten Fische fädelte Asser auf einen Zweig, den er nach dem Angeln in den Fluß warf. Dann sah die Fischschnur aus wie ein Weidenzweig zur Zeit der Blüte.

»Ich habe eine Bitte an dich, Asser.«

»Heraus damit«, kam der Fleischerssohn mir überraschenderweise entgegen.

»Borg mir für einen Tag deine Schlittschuhe!«

»Das geht!« sagte Asser ernsthaft und rückte an seiner Melone. »Nur eine Frage: Wozu brauchst du sie?«

»Ich will Schlittschuh laufen.«

»Die ganzen Jahre bist du nicht gelaufen, und plötzlich möchtest du?«

Mißtrauisch fuhr sich Asser mit dem Handschuh übers Gesicht und wischte seine Schläfrigkeit weg – er sah immer irgendwie schläfrig aus –, dann fragte er kurz: »Welche Schuhgröße hast du?«

»Ich weiß nicht.«

»Ich habe die Vierzig«, sagte Asser.

»Dann habe ich also auch Vierzig. Wir sind doch gleichaltrig.«

»Meinst du? Eure Füße wachsen aber schneller.«

»Wessen Füße?«

»Der Proletarier aller Länder.« Asser gluckste ironisch.

»Ich geb dir die Schlittschuhe nur unter einer Bedingung.«

Ich war zu jedem Zugeständnis bereit.

»Ich muß mich mit einem Freund treffen. Am besten auf dem Friedhof.«

Na so was – Freund, gut ausgedacht. Ich wußte gleich, mit wem Asser sich treffen wollte. Mit der Polizeihauptmannstochter Kristina.

»Auf dem Friedhof liegt jede Menge Schnee.«

»Wir wollen nicht im Schnee ... wir wollen in der Hütte«, sagte der Fleischerssohn. »Während du Schlittschuh läufst.«

»Ja, aber in der Hütte ist es schmutzig ... nicht aufgeräumt ...«

»Das macht nichts.«

Asser verschwand und kam bald mit den Schlittschuhen zurück. Sie waren an Schuhen befestigt und blitzten wie neu.

»Ich klopfe dreimal an den Fensterladen. Warte auf mich«, sagte Asser und ging weg, Richtung katholischer Kirche.

Jeder, dachte ich, hat seine Freuden und Sorgen. Für Asser ist es eine Freude, sich mit Kristina zu treffen, für mich, mit Judith auf dem Fluß Schlittschuh zu fahren, sogar wenn ich hinfalle und mir ein Bein breche. Nun lebe ich schon so lange auf dieser Welt und weiß bis jetzt noch nicht, welche Schuhgröße ich habe. Wird Zeit, daß ich es rauskriege. Und was Proletarier aller Länder sind, sollte ich auch bald herauskriegen. Kann sein, es kommt mir mal zustatten.

Die Schlittschuhe hatten zwischen mir und Asser eine Art Faden in der frostigen Luft geknüpft, hatten uns wieder durch ein gemeinsames Geheimnis verbunden, und der Fleischerssohn erschien mir jetzt ebenso liebenswürdig wie in der Kindheit, als er immer an der Uferböschung des Flusses auf mich wartete mit seiner dünnen Bambusangel – der einzigen im Marktflecken, die er wohl gar aus Südafrika geschenkt bekommen hatte –, und ich zu ihm rannte mit einer rostigen Blechdose, in der die dicksten Würmer der Welt wimmelten. Solche fand man weder in Afrika noch in Amerika. Der Ärmste, dachte ich, wenn sich der Fleischer mit dem Polizeihauptmann verschwägern würde, fänden seine Leiden ein Ende. Doch der alte Hillels würde Asser eher mit einer Mißgeburt verheiraten als mit einer Litauerin, und der Herr Polizeihauptmann wollte von einem Juden erst recht nichts wissen, selbst wenn der Bräutigam Rothschild persönlich wäre. Die falsche Rasse, eiferte der Herr Polizeihauptmann. Fremdes Blut, jammerte der alte Hillels. Judith und ich waren, wie auch immer, von derselben Rasse, daran lag es bei uns nicht. Doch offensichtlich reicht die Rasse allein nicht aus, es fehlte noch etwas anderes.

Nein, nein, ich wollte durchaus nicht reich sein. Aber würde Judith arm sein wollen? Zu gut stand ihr das flauschige Pelzmäntelchen, auch die leichten schwarzen Stiefeletten und der Muff, in den sie ihre Hände steckte, die zart wie ein Geigenbogen waren.

»Wer liebt, der ist reich«, behauptete Großmutter, die niemanden liebte.

Mir und auch ihr selbst blieb schleierhaft, was für eine Art Reichtum sie meinte. Vor gar nicht allzu langer Zeit, als mein Handel mit Würmern seine Blüte erlebte, war ich überzeugt, es gäbe außer den Masern, dem Ziegenpeter und der Gelbsucht noch eine Krankheit mit Namen Liebe. An ihr erkrankten die Erwachsenen, dann liefen sie einander nach wie die Verrückten und litten, um sich schließlich miteinander ins Bett zu legen und sich zu heilen.

Jetzt aber, seit Judith aufgetaucht war, war mit mir etwas geschehen, alle Entfernungen schienen geschrumpft, alles hatte sich einem einzigen Punkt genähert, sogar der Friedhof lag jetzt, zum erstenmal seit reichlich zweihundert Jahren, im Zentrum des Marktfleckens, direkt unter den Fenstern von Gutmanns einstöckigem Haus.

Ich war kaum in der Hütte, als ich auch schon die Schlittschuhe anprobierte.

Durch das Leben auf dem Friedhof hatte ich gelernt, mich zu beherrschen: Wenn man mit dem Spaten umgeht, ist sogar eine Träne auf ihm eine überflüssige Last. Doch jetzt war ich dem Weinen nahe.

Asser hatte recht: Die Schuhe waren mir zu klein. Besonders der rechte drückte, er machte sich geradezu über meine Proletarierquanten lustig, und ich schleuderte ihn ärgerlich unter Josefs Bett.

Ich saß auf dem Fußboden, sah den verflixten rechten Schuh haßerfüllt an und dachte darüber nach, warum es mich so zu Judith an den Fluß zog.

Während ich so saß und nachdachte, gab Gott mir einen Ausweg ein.

Ich kroch unters Bett, holte den verflixten rechten Schuh hervor, zog die Socken aus und schlüpfte barfuß in die Schuhe.

Barfuß war noch niemand bei uns im Ort Schlittschuh gelaufen. Wenn Judith es bemerkte, würde ich sagen: In Socken kann jeder, aber barfuß – das soll erst mal einer nachmachen!

Ich schnürte die Schuhe zu und ging vorsichtig zur Tür.

Draußen plumpste ich in den Schnee und schlug mir die Lippe auf. Doch ohne Blut und Schweiß erreicht man nichts auf der Welt. Das hatte Großmutter mich gelehrt.

Ich arbeitete mich bis zur Mitte des Friedhofs vor, und dort, wo zwischen den Grabsteinen eine lange und glatte Kuhle glänzte, begann ich, mich aufs übermorgige Laufen mit Judith vorzubereiten.

Alles ringsum war still und weiß. Ich glitt langsam und konzentriert zwischen den Grabsteinen über den festgefrorenen Schnee, und von allen Seiten sahen mir fassungslose Kiefern zu und tote Juden in weißen Leichengewändern, ganz im Banne meines lästerlichen Treibens.

Die Kälte kroch in Assers Schuhe, sie zwickte meine bloßen Füße, aber ich spürte nichts, ich übte immer weiter, ohne den Rücken zu strecken und ohne mich nach hinten umzudrehen, als lauerten hinter mir wirklich die aus ihren Gräbern auferstandenen Alten, die zum erstenmal einen Menschen mit solch seltsamen Schuhen sahen.

»Nun, was glotzt ihr?« hörte ich Großmutters zitternde Stimme.

»Was macht er da? Was macht er da?« erregten sich die toten Juden.

»Seht ihr denn nicht, ihr Dummen?« beruhigte Großmutter sie. »Mein Daniel ist verliebt!«

»Verliebt? Verliebt? Verliebt? In wen? In wen? In wen?« redeten die toten Juden durcheinander.

»In die Tochter vom Doktor. Judith«, antwortete Großmutter. »Wünschen wir ihnen Glück, ihr Juden!«

Von den Bäumen flogen erschrockene Krähen auf. Krächzend und mit den Flügeln die frostige Luft durchschneidend, kreisten sie über mir und staunten. Und wenn schon eine Krähe staunt, dann heißt das, es geht wirklich Erstaunliches vor auf der Welt.

Asser ließ auf sich warten. Der Uhrzeiger rückte schon fast auf fünf, und er war immer noch nicht da. Ich hatte den Fußboden gefegt, nachdem ich ihn vorsorglich mit Brunnenwasser besprengt hatte, auch Josefs Bett hatte ich bezogen, die Fenster weit geöffnet und die Hütte gelüftet: Kristina hatte eine vornehme Nase, wenn sie, Gott behüte, einen Armeleutegeruch erspürte – und in unserer Hütte gab es nur Armeleutegerüche –, dann ginge alles in die Brüche. Das Fräulein wäre beleidigt hielte sich die Nase zu und liefe weg.

Lustig wäre es freilich, wenn sie nicht wegliefe, sondern wenn der Herr Polizeihauptmann die beiden in flagranti ertappte. Auf dem jüdischen Friedhof waren schon ewig keine Polizisten mehr gewesen. Auf dem katholischen ist das anders, dort sind sie häufig zu Gast: Mal ist einem die Schwiegermutter gestorben, mal hat ein Bruder sich an Pilzen vergiftet, oder einen Amtskollegen hat die galoppierende Schwindsucht dahingerafft. Nicht jedem Sterblichen wird solche Ehre zuteil – mit der Polizei verwandt zu sein. Der erste Jude, der die Chance hat, mit ihr verwandt zu werden, ist der Fleischerssohn Asser Hillels. Und der erste zu sein, das ist immer ach so schwierig.

Durchs offene Fenster drang der kurze Wintertag herein.

Ich lag auf dem Bett, gestiefelt und gespornt (ich konnte ja nicht auf dem Fluß vor Judiths Augen die Schuhe wechseln), und wartete, wann Asser die Güte haben würde, an den Fensterladen zu klopfen. Meinetwegen nicht dreimal, wie vereinbart, meinetwegen nur einmal, ich war ganz Ohr.

Ich warte noch kurze Zeit, dann gehe ich, beschloß ich. Die Tür lasse ich für alle Fälle offen. Ob ich zuschließe oder nicht – hier kann sowieso niemand etwas wegholen.

Auf einmal stellte ich mir vor, wie Asser und Kristina eng umschlungen auf meinem Bett sitzen, wie sie sich küssen und einander ewige Treue schwören, und in mir fraß der Neid.

Gleichmäßig tickte die Uhr. Es war, als ob an der Wand ein Sämann mit einem Korb schritte und mit vollen Händen pralle reife Körner ausstreute. Die fielen mir auf Kopf, Gesicht und Augen, und meine Gedanken kehrten wieder zurück zu Josef. Unsichtbar betrat er die Hütte, setzte sich auf den Hocker gegenüber von meinem Bett und starrte auf meine Füße in Assers wunderlichen

Schuhen. Josef sah die Schlittschuhe an, deren blitzende stählerne Kufen, sein Blick war undurchdringlich, und doch – in dieser Undurchdringlichkeit glomm, kaum wahrnehmbar, ein Petroleumlämpchen auf, und für einen Moment war alles wie vom Blitz erhellt: Josef selbst und ich und auch Kristina und Asser mit seinen wunderlichen Schuhen. Und natürlich Judith unter der halbzerfallenen Brücke am Fluß.

Wie ist das nur gekommen, durchfuhr es mich, sogar an den Herrn Polizeihauptmann habe ich gedacht, nur Josef hatte ich ganz vergessen.

Ich wollte schon die Füße unter die Decke stecken, um den Totengräber nicht zu erzürnen (seine Anwesenheit spürte ich noch deutlicher als das Ticken der Wanduhr), als plötzlich ein Geräusch an mein Ohr drang, das eher allem anderen ähnelte als einem Klopfen am Fensterladen.

»Wer da?« fragte ich, ohne hinzugehen, und lauschte noch einmal.

»Ich«, antwortete eine Stimme auf litauisch. Etwa der Herr Polizeihauptmann, dachte ich und igelte mich ganz ein.

»Hier ist niemand«, sagte ich für alle Fälle.

»Ich brauche auch niemanden außer dir.«

Ich stieg vom Bett, ging zum Fenster und sah hinaus. Gerechter Gott, Pranas! Den hätte ich wirklich nicht erwartet!

»Ich dachte schon: der Polizeihauptmann.«

Pranas formte einen Schneeball, er warf nach mir und traf meine Nasenwurzel.

»He, willst du eine Schneeballschlacht machen?«

»Und ob!« Pranas feixte.

»Findest du dazu keinen anderen im Ort?«

»Die anderen schreien gleich Zeter und Mordio, aber du, Daniel, niemals.« Er feixte wieder und reichte mir die Hand.

Erst in der Hütte merkte ich, wie er gewachsen war. Pranas nahm die Mütze ab und fuhr sich durch das dichte Haar auf seinem großen Kopf mit den riesigen Segelohren. Auch seine Nase war groß, mit weiten Nasenlöchern, sie ähnelte einer Flinte mit zwei Läufen und hing drohend über der aufgeworfenen Oberlippe.

Unter den hellen, gleichsam von feinem Sand bestäubten Augenbrauen lugten wie Schneeglöckchen die hellblauen Augen hervor, und ihre Bläue war frühlingshaft klar und tief.

»Du hast dich ja herausgeputzt zu Ehren des Polizeihauptmanns!« lachte Pranas.

»Gefällt's dir nicht?«

»Doch, sehr gut sogar. Dich kann man glatt im Gemüsegarten aufstellen.«

»Na hör mal, im Gemüsegarten?« Ich war beleidigt.

»Du siehst wirklich zu komisch aus.«

Der Uhrzeiger stand kurz vor der Fünf. Offenbar war es Asser und Kristina nicht vergönnt, sich auf dem Friedhof zu treffen, in der Hütte zu sitzen und sich satt zu küssen. Den Herrn Polizeihauptmann und den Fleischermeister Hillels führte man nicht so leicht hinters Licht. Jeder von ihnen hatte seine Spitzel im Flekken: Die einen bekamen fürs Spionieren Gehalt, die anderen ein Stück Fleisch umsonst. Gott war mein Zeuge, ich hatte Wort gehalten und fast bis fünf gewartet, aber länger würde ich nicht warten.

Und wenn nun Judith nicht käme? Doktor Gutmann hatte gewiß auch zusätzliche Augen und Ohren im Ort. Zum Beispiel diesen Ruben Stoljartschik. Der würde jeden beliebigen preisgeben, wenn er nur Kundschaft fände.

»Wir haben Nachricht über deinen Vater«, sagte Pranas.

Zuerst glaubte ich, mich verhört zu haben, aber ich wagte nicht zurückzufragen. Die Uhr tickte auf einmal so laut, und der Zeiger drehte sich so schnell, daß ich nach der Tischkante greifen mußte und mir einen Splitter in die Hand einzog.

»Komm morgen abend zum Fischer Viktoras«, sagte Pranas.

»Lebt er?«

»Du erfährst dort alles!«

»Lebt er?«

»Man wird dir nichts verheimlichen.« Pranas wandte den Blick ab, und ich verstand.

»Kommst du?«

Ich schwieg. Pranas' Kommen und seine Worte hatten das verborgene, fast vergessene Gefühl der Verbundenheit mit meinem

Vaterhaus in mir aufgestört, und in meiner Erinnerung trieben alle wie Ertrunkene im Fluß nach oben: Großvater und Großmutter, und auch Vater Saul, der Taugenichts, der zehn Jahre im Gefängnis gesessen hatte, um dann irgendwo am Ende der Welt, in Spanien, umzukommen. Außer dem Synagogendiener Chaim wußte niemand im Flecken etwas über dieses Land. Und auch Chaim kannte Spanien nur vom Hörensagen.

»Dort ist es sehr heiß«, hatte er mir erzählt. »Von den Scheiterhaufen.«

»Scheiterhaufen?«

»Nu ja«, sagte Chaim. »Anderswo werden wir erschossen, erhängt, und dort werden die Juden verbrannt.«

»Wer tut das?«

»Die Mönche«, sagte Chaim. »Warum fragst du eigentlich nach Spanien?«

Der Synagogendiener Chaim meinte ein anderes Spanien, gar nicht das, welches meinen Vater Saul angelockt hatte. In dessen Spanien gab es keine Mönche, sondern Deutsche mit Kanonen und Flugzeugen.

Eine Zeitlang träumte ich davon, vom Spanien meines Vaters Saul. Unter einem hohen blauen Himmel blühten seltsame Bäume. In den Bäumen kletterten Affen herum. Sie neckten meinen Vater und bewarfen ihn mit Früchten, rund und gelb wie der Herbst.

Nach dem Krieg, dachte ich, wird er zurückkehren und mir einen Affen mitbringen, genau so einen, wie sie ihn im vorigen Jahr auf dem Marktplatz im Zirkus gezeigt haben. Mit einem Affen läßt sich schön was verdienen. Das ist was anderes als 'ne Ziege oder ein Lastpferd. Du bereist ganz Litauen und nimmst für die Schaustellung zehn Centai pro Person. So dachte ich, bis Leo Parowosnik mir eines Tages die traurige Nachricht überbrachte: In Spanien gibt es überhaupt keine Affen.

»Kommst du?« Pranas stülpte sich die Mütze auf. Woher, rätselte ich, weiß der Fischer Viktoras Bescheid über meinen Vater und über Spanien. Er ist doch nie aus unserer Gegend herausgekommen. Vielleicht weiß es nicht er, sondern ein anderer. Immerhin war mein Vater Saul nicht allein in den Krieg gezogen. Jemand hatte offenbar Glück gehabt, jemand war zurückgekommen.

»Ich komme.«

»Na, das ist schön. Übrigens habe ich versprochen, dich hier rauszuholen.«

»Wem versprochen?«

»Den richtigen Leuten. Wir werden dich noch in den Komsomol aufnehmen.«

»Wohin, wohin?«

»In die Jugendorganisation.«

»Und was soll ich machen in dieser Organisation?«

»Dasselbe wie jetzt.«

»Beerdigen?«

»Und ob!« Pranas feixte wieder.

»Getaufte?«

»Die Nationalität spielt dabei keine Rolle«, sagte Pranas.

»Ich will aber nicht mehr Totengräber sein.«

»Wir sind alle Totengräber. Werktätige, so nennt es mein Vater.«

»Alle?«

»Und ob. Nur ohne Spaten.«

»Ohne Spaten ist ein Totengräber kein Totengräber.«

Ich wollte schnell zum Fluß, ich hatte keine Zeit, mit Pranas zu streiten.

Zum Glück war an diesem Tag der Himmel wolkenlos. Es war hell, man konnte weit sehen. In einer Stunde würde über der Mühle der erste Stern aufgehen, danach die anderen, und der Himmel würde über dem Ort hängen wie ein großer Festtagskuchen mit viel Zucker und Zimt. Nicht nur die Flugzeuge hatte der Herrgott für den Himmel erdacht, nicht einmal für die Vögel, sondern als Belohnung für die Armen, als Ausgleich für die niedrige Balkendecke, unter der sie geboren werden, leben und sterben. Nicht von ungefähr begibt sich die Seele, wenn sie ausgelitten hat, in andere, dem sterblichen Auge verschlossene Regionen, wo sich für die Gerechten Tore öffnen, ohne zu quietschen, denn sie sind gut geschmiert, und wo über den Köpfen nicht Spinnen und Schaben hausen, sondern Engel beheimatet sind.

Was für Engel wohnen wohl über dem Haupt meines Vaters Saul? Seine Seele, fürchte ich, ist nicht in den Himmel gekommen. Vielleicht liegt er noch immer unvescharrt in einem Marktflekken oder einem Dorf, weil Krieg ist und alle Totengräber Spaniens schießen.

Wie alt war er eigentlich, mein Vater Saul? Was hat er erreicht in seinem Leben? Wäre er Schneider geblieben, so hätte er manches Paar Hosen nähen, manches Dutzend Jacken zusammenflikken können. Und nun? Was hat er erreicht? Was denn? Warum sperrt niemand den Synagogendiener Chaim für seinen Glauben in den Knast? Warum führt sein Glaube ihn nicht in den Schützengraben, meilenweit von zu Hause entfernt? Hätte mein Vater Saul nicht in aller Ruhe schneidern und glauben können?

»Daniel!« Judiths unzufriedene Stimme holte mich aus Spanien zurück. »Das ist nicht schön, sich so zu verspäten.«

Ich hatte nicht die geringste Lust zum Schlittschuhlaufen.

»Was hast du?« fragte Judith. Sie trug einen weißen Strickpullover und ein ebensolches Mützchen, aus dem sich wie eine schwarze Schnecke eine Haarsträhne, vom Reif versilbert, hervorringelte.

»Nichts.«

»Nicht ausstehen kann ich, wenn jemand lügt«, sagte Judith. »Zu Hause lügen sie, im Gymnasium lügen sie. Und nun, wie schrecklich, lügen auch noch die Totengräber. Du hast Kummer?«

»Ja«, sagte ich.

»Dein Vater?«

Judiths Einfühlungsvermögen überwältigte mich. Plötzlich ergriff mich das Verlangen, alles loszuwerden: mein Geheimnis, Assers Schuhe und meine verfluchten Hemmungen. Ich wollte mein Herz ausschütten und von Judith irgend etwas hören, leise und schlichte Worte, wie Regentropfen, denen ich mit geschlossenen Augen hätte lauschen können.

»Ja«, sagte ich.

»Ist er im Gefängnis gestorben?«

»Umgebracht worden ist er.«

»Gibt es das bei uns?« entsetzte sich Judith.

»Er ist woanders umgebracht worden.«

»Wo?«

Eine Lüge hätte mich mit ihr entzweien können, und Zwistigkeiten waren sinnlos.

»In Spanien«, sagte ich.

»Dein Vater hat in Spanien gekämpft?« Judith sah mich begeistert an.

»Er wird wohl gekämpft haben«, antwortete ich. Ganz sicher war ich nicht. Vielleicht hat er nicht gekämpft, sondern Soldatenmäntel genäht. Hat dagesessen und genäht, und eine verirrte Kugel hat ihn getroffen.

»Entschuldige«, sagte Judith. »Du hast Kummer, und ich dummes Ding freue mich.«

Sie ergriff meine Hände und hielt sie fest, ich aber sah auf ihre Handschuhe, ihren Pullover, auf die Äpfelchen, die sich darunter hügelten, und mir schien, ich spürte in der Winterluft deren betörenden Duft und sähe ihre mattglänzende Schale. Je länger ich Judith ansah, um so weniger dachte ich an meinen Vater Saul, an dessen Leben und Sterben. Judith verdrängte aus meinen Gedanken alle, außer Asser mit seinen Unglücksschuhen.

»Mir ist die Lust zum Schlittschuhlaufen vergangen«, sagte sie, immer noch meine Hände haltend. »Komm, wir machen die Schlittschuh ab und gehen einfach spazieren.«

Sie fuhr ein Stück weg, beugte sich nieder und holte aus einer Tasche ihre Stiefeletten.

»Zieh dir andere Schuhe an!« rief sie mir zu und setzte sich auf eine umgestürzte Kiefer.

»Ach, ich gehe gleich so.«

»Das ist doch unbequem.«

»Ich finde es sehr bequem.«

Assers Schuhe – das ist nicht Spanien. Darüber werde ich nichts preisgeben, dachte ich. Hier am Fluß drückten sie noch stärker, aber ich ließ mir nichts anmerken. Judith zuliebe würde ich noch ganz andere Qualen auf mich nehmen.

»Daniel, du bist ein Unikum«, sagte Judith, und wir gingen am Ufer entlang zum Wald.

Die Schlittschuhe versanken im Schnee, mühsam schleppte ich mich dahin mit meinen kalten Füßen. Noch eine Stunde, dann würden sie endgültig erfroren sein. Dann könnte ich den Friedhof wirklich nicht mehr verlassen. Dann müßte ich, genau wie Josef, bis an mein Lebensende Gräber ausheben. Er hatte ein Bein im Krieg verloren, ich im Frost. Man brächte mich in die Stadt und würde mir das rechte Bein oder das linke bis ans Knie amputieren. Vielleicht auch beide auf einmal. Und alles wegen der Liebe. Die richtet beim Menschen sonstwas an: Einer läßt sich ihretwegen taufen, der andere geht ins Kloster, der dritte legt Hand an sich selbst. Ein Kreuz ist das, ein Kreuz, wahrhaftig.

»Und was ist ... mit meinem Vormund ... mit Josef?« fragte ich Judith, mir den Schmerz verbeißend.

»Papa hat mir nichts gesagt. Er ist gekommen, hat sich mit Mama eingeschlossen, und sie haben getuschelt und getuschelt. In der Stadt ist es unruhig.«

»In der Stadt ist es immer unruhig.«

Der wolkenlose Himmel kündigte Kälte an. Es war windig. Das Laufen mit den Schlittschuhen fiel mir mit jedem Schritt schwerer, und so schlug ich kleinlaut den Weg zum Marktflecken ein.

»Großvater ist ganz außer sich. Solch einen Schreck haben sie ihm eingejagt.«

»Deine Eltern?«

»Die Russen. Sie nehmen die Fabriken ihren Besitzern weg.«

»Die Friseurläden auch«, ergänzte ich, denn ich war durch den besorgten Leo Parowosnik informiert.

Judith konnte kaum mit mir Schritt halten.

»Weißt du, warum du mir gefällst?«

»Warum denn?« fragte ich.

»Weil du nicht so bist wie alle.« Sie warf einen Blick auf Assers Schuhe.

»Und wie, meinst du, sind alle?«

»Gierig.«

»Worauf?«

»Auf alles.«

Judiths Lob versetzte mich in den siebenten Himmel, doch ein Lob ist kein Leisten, die Schuhe werden davon nicht weiter. Ich hatte mir die Knöchel aufgerieben, meine Füße bluteten.

Vor Hillels Fleischerladen trafen wir unerwartet auf Asser. Ich wollte noch rasch vorbeischlüpfen, aber der Fleischerssohn versperrte den Weg. Er stand breitbeinig da, und sein sonst so schläfriges Gesicht glühte vor Kälte und Erregung.

»Kann ich dich einen Moment sprechen, Kavalier?« fragte er giftig.

»Morgen«, sagte ich.

»Bist nicht auf den Mund gefallen«, bemerkte Asser und fügte beiläufig hinzu: »Gib die Schuhe zurück!«

»Morgen«, sagte ich abermals.

»Was ist los?« Judith trat auf Asser zu.

»Er hat sich für einen Tag meine Schlittschuhe geliehen.«

»Na und?« fragte Judith ungerührt. »Wenn er sie geliehen hat, gibt er sie auch zurück.«

»Die Zeit ist um«, erklärte Asser. »Zieh die Schuhe aus«, befahl er mir.

»Asser scherzt«, sagte Judith.

»Ich scherze nicht. Mit einem Schweinehund macht man kurzen Prozeß.«

»Ich hab auf dich gewartet. Ehrenwort ... Ich hatte sogar die Hütte aufgeräumt.«

»Du lügst, Habenichts. Vor Schreck! Keine Bange. Ich zieh dir nicht die Schuhe mitten auf der Straße aus. Ich bin gar nicht so. Hab ein gutes Herz. Lauf nur noch ein Stündchen mit dem Fräulein.«

Der Fleischerssohn trat zur Seite, aber ich rührte mich nicht vom Fleck, als wäre ich festgewachsen auf den vereisten Trottoirplatten. Das Blut stieg mir zu Kopfe, es pulste in den Schläfen, alle Worte verbrannten zu Asche, die Asche verstopfte mir die Kehle, ich spürte ein Kratzen im Mund.

»Komm«, stieß Judith ängstlich hervor.

»Warte«, entrang es sich mir durch die Asche hindurch.

Worauf warte ich noch, fuhr es mir durch den Kopf. Warum nehme ich nicht die Hände zu Hilfe. Meine Hände sind, Gott sei

Dank, kräftig, sie gehen mit Brechstange und Spaten um, transportieren Steinblöcke und können Pferde beschlagen. Wenn Worte dem Menschen nicht helfen können, müssen die Hände reden.

Und sie redeten.

Ich bückte mich und fing an, den verflixten rechten Schuh aufzubinden.

»Was machst du, Daniel?« rief Judith.

Der verflixte rechte Schuh flog Asser vor die Füße.

»Nicht doch! Nicht doch! Zieh sofort den Schuh wieder an!« jammerte Judith. »Asser! Schämst du dich nicht! Sag doch was!«

Asser erhörte ihre Bitte nicht. Ich auch nicht.

Als ich die Schuhe los war, verspürte ich eine seltsame Erleichterung, wie ein Pferd, das seine Fesseln gesprengt hat, und ich lief davon.

Judith holte mich ein, griff nach meiner Hand und sagte: »Komm mit zu uns. Ich gebe dir Schuhe von Papa.«

Jedoch ich hörte sie gar nicht. In meinen Ohren heulte der Wind, und sein Heulen trieb mich an wie Peitschenschläge.

»Daniel! Daniel! Daniel!« verfolgte mich die Stimme, ich aber lief wie ein Jagdhund der eigenen blutigen Spur nach.

Der Schnee brannte meine Fußsohlen, die Kälte ergriff den ganzen Körper, ließ mein Herz vereisen, ich war außer Atem vom Rennen, obwohl ich selbst nicht wußte, wohin ich lief – auf den Friedhof? In den Wald? Es war mir einerlei. Ich wartete nur auf den Augenblick, wo ich hinfallen würde, und Sterne und Schnee würden mich zudecken wie ein Leichentuch, und dann erfröre ich, und dann kämen zwei Engel geflogen: der Engel der Liebe und der Engel des Todes. Auf ihren Flügeln trügen sie mich davon wie auf einer Bahre, in unerreichbare Fernen, wo alle, ob arm oder reich, das ganze Jahr barfuß gehen und keine Ahnung von Schlittschuhlaufen haben, denn ewiger Sommer lächelt dort sogar den Sündern.

Sollte jedoch der Herrgott Erbarmen mit mir haben und mich am Leben lassen, so würde ich keinen Fuß mehr vors Friedhofstor setzen. Josef hatte recht: Nur auf dem Friedhof bleibt der Mensch ein Mensch – in der Gesellschaft Toter braucht man sich nicht zu erniedrigen, nicht zu heucheln, nicht vor Stärkeren zu liebedienern.

Am Rande des Ortes stand weiß die Hütte des Hochzeitsmusikanten Leiser. Die Fenster waren dunkel, doch ich beschloß zu klopfen. So süß der Tod im Schnee auch sein mag, das Leben ist dennoch erstrebenswerter. Mochten meine Engel noch ein wenig warten.

Der Hochzeitsmusikant Leiser zündete die Petroleumlampe an und öffnete die Tür.

»Kann ich mich bei Ihnen aufwärmen?« fragte ich.

»Nein«, sagte Leiser. »Bei mir ist es kälter als auf der Straße.«

»Aber einen Moment sitzen?«

»Auch sitzen nicht. Ich habe alle Stühle verheizt«, krächzte Leiser. »Wenn du stehen willst – bitte sehr.«

Die Petroleumlampe wies mir den Weg mit ihrem flackernden Lichtkreis auf dem Fußboden. Der Lichtschein fiel auf meine bloßen Füße, und dadurch wirkten sie noch weißer in der Dunkelheit.

»Nun bist du doch nicht ein Hochzeitsmusikant geworden«, seufzte Leiser. Er stellte die Lampe auf den Tisch und tappte in die Ecke, wo ein uraltes Sofa stand, halbverfault und mit rostigen Federn, die durch den Bezug spießten.

»Nein«, sagte ich.

»Hast den alten Raben bedauert und bist selbst geworden ein Rabe«, sagte Leiser dumpf und ließ sich auf dem Sofa nieder.

»Der Rabe ist nicht mehr da«, murmelte ich.

Ich fror. Es schüttelte mich, wie Hafer vom Windhauch geschüttelt wird.

»Ist er etwa gestorben?«

»Sie haben ihn fortgebracht ins Krankenhaus.«

»Der wird wieder«, sagte Leiser. »Raben haben ein langes Leben.«

Er konnte den Totengräber nicht leiden. Vielleicht hatten sie in ihrer Jugend Streit gehabt, vielleicht wegen eines Mädchens, oder möglicherweise hatte Josef jemanden begraben, der Leiser nahestand? Der Hochzeitsmusikant hatte ja auch eine Mutter gehabt!

»Ich frage dich nicht, weshalb du kommst«, sagte der Hausherr. »Und du frag mich auch nichts.«

»Ich frage nichts«, versicherte ich.

»Womit soll ich dich bewirten?«

Ein Schälchen heißen Tee hätte ich nicht abgeschlagen.

»Mit Einsamkeit? Mit Müdigkeit?« fuhr der Hochzeitsmusikant Leiser fort.

»Wir könnten Tee trinken«, schlug ich vor.

»Kein Holz mehr da.«

»Was denn ... Sie haben kein Holz ... im Winter?«

»Brauch ich denn viel? Das hier ist mein Feuerholz.« Der Hochzeitsmusikant Leiser tippte auf die Lehnen des Sofas. »Ich, Freundchen, ich will einfach nicht mehr.«

»Tee?«

»Was redest du von Tee. Ich habe einen Bruder gehabt, Schaje. Er hat Flöte gespielt. Gütiger Gott, wie hat Schaje gespielt! Auf zehn Werst im Umkreis sind die Vögel still geworden, hat sich der Wind gelegt und sind die Bäume verstummt. Einmal bin ich mit ihm zu einer Hochzeit nach Žežmaria gefahren. Ich weiß noch wie heute: Der Schlachter hat seine Tochter verheiratet. Die Tische haben sich gebogen unter der Last von Leckerbissen, wie sich biegen die Halme auf einem Feld. Es sind soviel Gäste dagewesen, wie König Salomo Frauen hatte, oder vielleicht noch mehr. Berühmte Leute, mit samtenen Kappen und auch Wämsen aus Samt, die grauen Pejes haben geglitzert wie das Tafelsilber. Nun, treten wir in die Mitte von der Gesellschaft und spielen: ich auf der Geige, Schaje auf der Flöte, und Jewel, ein Schwager von uns, schlägt die Trommel. Die Hochzeitsgesellschaft hört zu und vergeht vor Entzücken. Und plötzlich ... Gütiger Gott, nie werd ich vergessen, wie fröhlich er ist gestorben ... mein Bruder ... Er bläst, bläst auf seiner Flöte, stampft mit den Füßen, dreht seine Äuglein hierhin und dorthin und fällt nieder. Du, mein Freund, bist noch jung, du weißt noch nicht, welches Glück es ist, rechtzeitig zu sterben.«

Der Hochzeitsmusikant Leiser holte Atem und fuhr fort: »Wie einer spielt, so stirbt er auch.«

»Aber Sie, Reb Leiser, haben doch recht gut gespielt.«

»Hast du's gehört?«

»Es hat sich nicht ergeben.«

»Hast's nicht gehört, aber sagst: recht gut.«

»Das sagen alle.«

»Alle?« Der Hochzeitsmusikant Leiser schaute mürrisch drein. »Und was verstehen deine ›alle‹ von der Musik? Sie verstehen sich aufs Fressen und aufs Geld, aber auf die Musik hat sich mein Bruder Schaje verstanden und noch zwei, drei übergeschnappte Juden, mit denen ich übers Land gezogen bin, von Ort zu Ort. Sie sind schon lange nicht mehr am Leben. Je besser das Spiel, um so höher der Preis. Als erster hat ihn mein Schaje gezahlt, als zweiter unser Schwager Jewel, obschon der nur hat geschlagen die Trommel. Und ich lebe immer noch. Weil ich schlechter gespielt habe als sie ... Du möchtest Tee? Es werde Tee, wie es in der Schrift heißt. Gleich werden wir ein Stück vom Sofa abreißen und werden Wasser heiß machen. Hilf mir, mein Lieber.«

»Warum machen Sie das Sofa kaputt?«

»Um einen anderen zu wärmen, muß man immer ein Stück von sich selbst ausreißen!«

»Aber Sie müssen doch darauf schlafen!«

»In meinem Alter ist nicht das Schlafen wichtig, sondern das Einschlafen für immer.«

Der Hochzeitsmusikant Leiser riß ein vermodertes Brett vom Sofa ab und sagte: »Füll draußen Schnee in den Topf. Der Brunnen ist zugefroren, dort gibt es kein Wasser.«

Ich füllte den gußeisernen Topf mit Schnee, schnitzte mit einem stumpfen Messer Späne, trug die Lampe zum Ofen und zündete damit das Holz an. Das Feuer erlosch noch ein paarmal, ehe es endlich richtig brannte. Ich setzte mich ans Feuer und wärmte meine blaugefrorenen Füße.

»Sagen Sie, Reb Leiser, gehen Sie gar nicht mehr aus dem Haus?« fragte ich, nachdem ich mich etwas aufgewärmt hatte.

»Nein«, sagte Leiser. »Aber du hast versprochen, mich nichts zu fragen.«

»Und wer bringt Ihnen etwas zu essen?« brach ich schon wieder mein Versprechen.

»Niemand. Ich sehe, du glaubst mir nicht. Du denkst, ich faste. Im Keller sind Kartoffeln, hinter dem Ofen Zwiebeln. Fleisch habe ich eine Ewigkeit nicht mehr gegessen. Mein Vater hat auf dem Schlachthof gearbeitet. Immer kam er blutbeschmiert nach Hause. Kalbsblut ... Kuhblut ... Ochsenblut ... Der Mensch, Daniel, soll niemandem zur Last fallen. Weder in der Jugend noch im Alter. Ist er denn etwas Besseres als ein Kranich? Ein alter Kranich schlägt seine Flügel nieder, und der Schwarm zieht weiter. Quält nur nicht euer Gewissen. Fliegt weiter, fliegt! Ihr werdet noch warme Länder sehen, werdet den Feigenbaum rauschen hören und den Wasserfall dröhnen. Für mich aber ist es längst an der Zeit, die Flügel niederzuschlagen. Immerzu lebt der Mensch in Erwartung eines Festes. Die Volljährigkeit ist ein Fest, die Hochzeit ist ein Fest. Bald, mein Lieber, kommt nun mein letztes Fest.«

»Ist denn der Tod ein Fest, Reb Leiser?«

»Für die, die des Lebens müde sind, ganz bestimmt.«

Er erhob sich vom Sofa, nahm die Lampe und humpelte in eine Ecke, wo es dunkel und kalt war wie in einem Eisloch.

»Ich habe doch noch irgendwo Zucker gehabt«, brummte er und stupste mit der Lampe an die nackte Wand. »Schade nur, daß nichts anderes da ist, in den Tee zu rühren.«

»Das Wasser ist sowieso trüb«, beruhigte ich ihn. »Vom Schnee.«

Der Hochzeitsmusikant Leiser ertastete im Dunkeln Würfelzucker und reichte ihn mir.

»Früher hab ich das Feuer beneidet«, sagte Leiser. »Ich dachte: Es hinterläßt Wärme. Wie die Musik.«

»Und jetzt?«

»Jetzt weiß ich Bescheid. Nichts bleibt, weder vom Feuer noch von der Musik.«

»Etwas bleibt immer«, sagte ich.

»Was denn?«

»Erinnerung.«

»Ach, was ist schon Erinnerung?« fragte der Hochzeitsmusikant Leiser still. »Ein Grabhügel, weiter nichts.«

»Und wofür lebt man dann auf der Welt?«

»Ich habe für meine Geige gelebt. Im nächsten Frühjahr feiern wir goldene Hochzeit.«

Im gußeisernen Topf kochte das Wasser. Der Hochzeitsmusikant Leiser holte zwei Zinnbecher aus dem Schrank, und ich goß

Tee ein. Der Tee war trüb und heiß. Wir bliesen in die Becher, tranken und bissen kleine Stückchen vom Zucker ab.

»Ich werde es wohl nicht mehr schaffen, sie zu verheiraten, solange ich lebe«, sagte Leiser. »Niemand schickt Brautwerber. Schade, Freundchen, daß du sie gegen den Spaten vertauscht hast.«

»Ich habe sie nicht vertauscht.«

»Dann heirate meine Geige, solange noch Zeit ist.«

Ich war vom Tee erhitzt und dachte gar nicht mehr an meine nackten Füße. Der Hochzeitsmusikant Leiser schlürfte geräuschvoll den Tee aus dem Becher; im flackernden Licht, das Lampe und Sofabrett gaben, sträubte sich sein zotteliges Apostelhaar, und seine Lippen zitterten, als brenne auf ihnen nicht heißes Wasser, sondern eine spritzige Melodie voll jugendlicher Leidenschaft und Ungeduld.

»Spiel was für mich, mein Freund«, bat Leiser. Er tappte wieder in die dunkle Ecke und holte von dort, wie aus einem Eisloch, Violinbogen und Geige hervor.

»Was soll ich für Sie spielen, Reb Leiser?«

»Was kannst du denn?«

»Einen Hochzeitstanz.«

»Genau richtig für einen Totengräber ...«

Wie seltsam, dachte ich, als ich die Geige nahm und ans Kinn setzte. Eben noch bin ich barfuß durch den Schnee gelaufen, habe vom Tod geträumt als Erlösung von allen Leiden und Qualen, und auf einmal, noch immer vor Kälte zitternd, spiele ich ein fröhliches Hochzeitslied! Vielleicht liegt gerade darin die Stärke des Menschen, daß er nicht lange zurückblickt. Einer hat sich ein einziges Mal umgeblickt und ist gleich zur Salzsäule erstarrt.

Im Ofen brannte das Holz vom Sofa allmählich nieder. Ich spielte, die Füße zum Feuer hingestreckt, und Wärme stieg in mir hoch wie steigende Säfte im Stamm eines Baumes, und im Dunkeln schlugen mir überall grüne Blätter aus, und der Hochzeitsmusikant Leiser stand in ihrem Schatten wie an einem heißen Sommertag und rühmte den Allerhöchsten, daß er ihm Kühle bescherte.

Die Klänge des Tanzliedes holten Braut und Bräutigam in die Hütte, dazu den Duft von Honigschnaps und das reine Weiß des Brautbettes. Rings um mich waren Menschen, sie drängten sich, boten mir alles mögliche an, von Hühnersülze bis hin zu Heringshäckerle.

Mir wurde heiß.

Unaufhörlich strich ich mit dem Bogen über die Saiten, wiederholte immer dieselbe Melodie, und der Hochzeitsmusikant Leiser sagte: »Genug.«

Ich aber konnte nicht aufhören.

»Genug«, wiederholte Leiser. Er nahm mir die Geige weg und fuhr fort: »Sonst werden meine Ohren zornig auf deine Finger. Niemals und nirgends, mein Lieber, darfst du falsch spielen. Sogar wenn die Menschen, weil sie glücklich sind, dir die falschen Töne verzeihen, oder wenn sie sie nicht bemerken, weil sie unglücklich sind.«

»Das kam nur, weil ich barfuß bin«, flüsterte ich mit trockenen Lippen.

»Barfuß?« Der Hochzeitsmusikant Leiser starrte auf meine Füße. »Tatsächlich, barfuß! Wieso denn das?«

Ich wollte mir die Lippen lecken, doch die rauhe Zunge in meinem Munde war wie Schmirgelpapier.

»So bist du im Schnee zu mir gekommen?«

»Ja.«

»Hm ... Du wolltest sie beschämen.«

»Wen?«

»Die mit den festen Schuhen. Du wolltest ihnen sagen: He, ihr Schweinerüssel! Ihr vergeßliches Ungeziefer! Wer hat euch Freude gebracht zu euren Festen? Wessen Geige hat euren Hammelohren geschmeichelt? Klopft an bei ihm, solange seine Hand noch imstande ist, euch die Tür zu öffnen!«

Das Lampenlicht schien auf Leisers Augen übergesprungen zu sein. Sie leuchteten böse und leidenschaftlich. Sein zotteliges Apostelhaar wehte im Dunkeln wie eine zerschlissene Fahne, und die unruhigen Hände ruderten in der Luft umher, ich mußte mein Gesicht davor in Sicherheit bringen.

»Ich bin zufällig hergekommen«, gestand ich.

»Nein, nein«, erwiderte Leiser eilig. »Du brauchst dich nicht zu schämen für deine Güte. Ich will's dir danken. Ich vermache dir meine Geige. Eines Tages wirst du ja doch den Spaten weglegen: Es gibt auf der Welt keinen besseren Geleitsmann als die Geige. Niemals wird sie dich dorthin führen, wo sie handeln und morden. Sie hat nichts zu suchen auf den Märkten und nichts auf dem Schlachtfeld. Ihr Platz ist dort, wo Liebe und Frohsinn herrschen, wo Frieden und Gerechtigkeit triumphieren.«

»Danke«, sagte ich. »Ich habe schon eine Geige.«

»Dann wirst du zwei haben. Am letzten Schabbes haben wir gesessen, mein Täubchen und ich, und haben überlegt, wer sie bekommen könnte. Im Flecken fanden wir nicht einen Menschen, der sie wert wäre. Der eine verdient es, eine Fleischerei oder einen Kramladen zu erben, der andere eine Möbelfabrik, der dritte Nadel oder Säge, aber keiner ist es wert, daß meine Geige übergeht auf ihn.«

»Ich auch nicht.«

»Wohl möglich«, stimmte der Hochzeitsmusikant Leiser zu. »Aber du bist der einzige, der im Flecken barfuß durch den Schnee geht.«

»Ein Trottel bin ich.«

»Möge Gott uns mehr solcher Trottel bescheren«, sagte Leiser. »Du weißt ja nicht, was das bedeutet.«

»Es bedeutet, daß man eine Krankheit aufschnappt.«

»Richtig. Und welche?«

»Na – die, von der der Mensch sein Leben lang hustet.«

»Nicht die, von der der Mensch hustet, sondern die, die ihn auf der Erde keinen Platz finden läßt«, erwiderte der Hochzeitsmusikant Leiser wie aus der Pistole geschossen. »Wer heute barfuß durch den Schnee gehen kann, der fürchtet sich morgen nicht, in die Wolken zu steigen.«

»Wozu?«

»Um den Allerhöchsten am Barte zu packen und zu sagen: Was hast du angerichtet, Herr? Warum hast du geschaffen den hellen Tag, wenn unsereins sich das halbe Leben im höllischen Dunkel muß schinden? Warum hast du uns geschaffen, wenn du nicht uns, sondern dem Stein, einem gewöhnlichen Stein am Wege, die Unsterblichkeit beschert hast«

Der Hochzeitsmusikant Leiser befeuchtete seine Lippen mit kaltgewordenem Tee, legte die Geige in den Geigenkasten und ging langsam zum anderen Ende des Raumes.

Nur bald nach Hause und ins Bett, dachte ich. Zur Hitze, die meinen Schüttelfrost abgelöst hatte, kam jetzt noch Übelkeit, wahrscheinlich vor Hunger. Den ganzen Tag hatte ich nichts in den Magen bekommen und mich dann gierig auf den vom langen Liegen schwärzlichen Würfelzucker gestürzt, doch die Süße verstärkte nur meine Übelkeit.

Vor Müdigkeit und traurigen Gedanken sank mir der Kopf auf die Schulter. Ich hätte auf Judith hören sollen, schalt ich mich insgeheim. Welcher Teufel hat mich geritten, die Schuhe sofort auszuziehen? Asser hätte mir nichts getan, er ist ein Feigling und Angeber, ihm geht es nur ums Wichtigtun. Und Judith hätte ich alles erklärt. Nicht um meinetwillen hatte ich mir die Schlittschuhe besorgt, sondern um ihretwillen. Ich hätte auch ohne sie zum Rendezvous gehen können, in meinen Stiefeln, die an den Schlamm im Ort und an Schnee gewöhnt waren. In ihnen hätte ich mir jedenfalls nicht die Füße wund gerieben. Nun ja, Schwamm drüber. Aber warum mußte ich weglaufen? Dumm, sehr dumm. Sie hat es doch gut gemeint mit mir. Ich habe sie gekränkt ... na freilich, gekränkt ... Und Leiser habe ich umsonst gestört ... Mit demselben Erfolg hätte ich auch beim Wasserträger Perez oder bei der Malerswitwe Chawa anklopfen können. Allerdings können diese Schlemihls dem Hochzeitsmusikanten nicht das Wasser reichen ... Und seine Hütte liegt auch näher beim Friedhof.

»Schlimm, schlimm«, knurrte Leiser, als er aus der Dunkelheit wieder auftauchte. »Sie reißen aus wie die Ratten vom sinkenden Schiff.«

»Wer?«

»Meine Sachen. Ich hab schon gedacht, die Filzstiefel sind auch ausgerissen, aber sie waren nur unter die Kommode gerutscht. Hab sie kaum gefunden. Nimm sie, mein Lieber.«

»Ich gebe sie Ihnen zurück, Reb Leiser.«

»Die kannst du mir zurückgeben. Aber wer gibt mir den Winter wieder?«

Ich sah ihn verständnislos an.

»Für mich ist Schluß mit den Wintern, mein Lieber«, erklärte der Hochzeitsmusikant Leiser. »Ich habe nur noch einen einzigen Wunsch: bis zum Frühjahr durchzuhalten ... bis zur goldenen Hochzeit ... Den ganzen Marktflecken werde ich einladen und zum letzten Mal spielen ...«

»O ja, spielen Sie«, redete ich ihm zu.

»Wovon habe ich in meinen siebzig Jahren nicht geträumt! Meine Hütte, Freundchen, ist eine riesige Gruft: Auf jeden Floh darin kommen zwei unerfüllte Träume. Aber gibt es überhaupt auf der Welt ein Haus, in dem sich alles erfüllt?«

»Nein«, sagte ich.

»Eben«, seufzte der Musikant Leiser. »Und trotzdem bin ich ihm nicht gram.«

»Wem?«

»Dem Leben. Gesegnet seien Laub und Feuer, gesegnet seien Sonnenuntergang und Sonnenaufgang ... Und nun geh und sage allen: Der Hochzeitsmusikant Leiser lädt euch zur goldenen Hochzeit ein!«

»Reb Leiser, ich bringe Ihnen Holz ... und Brot ...«

»Wenn du kannst, dann versorg mich mit etwas Petroleum. Ich kann mich einfach nicht an die Dunkelheit gewöhnen.«

»Gut«, sagte ich und stand schon abmarschbereit in Filzstiefeln.

Der Hochzeitsmusikant Leiser schloß hinter mir die Tür, aber noch lange, bis zum Friedhof, leuchtete in meinem Rücken die Petroleumlampe, als brenne hinter dem verrußten Fenster nicht ein Lampendocht, sondern die Sonne.

Pranas traf ich nicht an beim Fischer Viktoras. In der weißgetünchten Stube am Tisch, auf dem ein buntes Tischtuch lag, war ein Kartenspiel im Gange. Karten gab der Hausherr selbst, ein untersetzter pockennarbiger Mann, der wie ein Zigeuner aussah, mit kurzem Haarschnitt und wortkarg. Im Flecken erzählte man, Viktoras habe den Regimentskommandeur geschlagen und sich für einen Schlag zwei Jahre Zuchthaus eingehandelt. Weswegen er gegen den Oberst die Hand erhoben hatte, wußte niemand so recht, doch seither fürchteten alle diese von Zwangsarbeit gehärtete, muskulöse Hand, an der der Daumen fehlte.

Das ganze Jahr über fischte Viktoras mit einem großen Netz im Fluß oder See, allein, ohne fremde Hilfe, und machte reichen Fang. Manchmal half ihm seine Mutter, eine sehr alte Frau, die in ihrer Jugend als beste Hebamme im Flecken galt.

Zwischenhändler kauften Viktoras den Fisch ab. Sie kamen aus der Stadt und nahmen jeweils den ganzen Fang, ohne zu feilschen, wie es die Weiber aus unserem Ort wegen jedes Centas taten.

Pinchas, der Sohn des Schneiders Benze Kogan, war weder Fischer noch Zuchthäusler. Wie er an den Tisch in Viktoras' Hütte kam, war mir ein Rätsel. Klein, beizeiten dick geworden, mit glatten Wangen, die wie Pfannkuchen glänzten, mit dünnem, erstaunlich weichem Haar, in das sich schon hier und da Silberfäden mischten, rutschte Pinchas auf seinem Stuhl hin und her und sah zu, wie Viktoras die Karten mischte, er fieberte offenbar der letzten, wichtigsten Karte entgegen.

Pinchas hatte keinen Regimentskommandeur geschlagen, hatte nicht im Zuchthaus gesessen, er hatte in der Jeschiwe gelernt, und die Jeschiwe, versicherte er, war schlimmer als jedes Zuchthaus.

Im Flecken wußten alle um Pinchas' Gelehrsamkeit. Schon in der Jeschiwe war Lesen seine Leidenschaft geworden, er gab sein ganzes Geld für Bücher aus, und sein Vater erklärte ihn für verrückt.

»Alles Lüge, deine Bücher«, pflegte der Schneider Benze Kogan zu seinem Sohn zu sagen. »Nicht einmal in der Heiligen Schrift gibt es eine Zeile, die wahr ist. Es heißt: Du sollst nicht töten, aber die Menschen töten doch. Es heißt: Du sollst nicht stehlen, aber die Menschen stehlen. Es heißt: Du sollst nicht begehren deines Nächsten Weib, aber mir gefällt mein Leben lang die Schustersfrau Lea.«

Am Tischende, gegenüber einem Bild, das die Leiden des mit Nägeln ans Kreuz geschlagenen Jesus Christus darstellte, saß der dritte Kartenspieler, ein fremder Mann in städtischem Anzug mit Schlips. Eine rote Narbe an seinem Hinterkopf stach grell von seinem weißen Hemd ab, und der üppige rötliche Schnurrbart, der sein Gesicht wie ein Eichhörnchenschwanz zierte, paßte nicht recht zur Brille auf seiner fleischigen Nase. Der Fremde rauchte städtische Zigaretten, er sog den Rauch tief ein und blies Rauchwolken gegen den Jesus Christus.

»Der Sohn von Saul«, teilte der Fischer Viktoras dem Raucher mit. »Komm näher, Junge.«

Ich trat an den Tisch.

»Ich soll dich grüßen«, sagte der Schnurrbärtige, und Rauch verschleierte seine Augen. Doch durch den Rauchschleier hindurch betrachtete er mich aufmerksam, riß ununterbrochen feuchte Streichhölzer an und führte sie, wer weiß warum, an die glimmende Zigarette.

Pinchas durchbohrte mit Blicken den Schellenkönig, und der Fischer Viktoras verscheuchte mit seiner Zwangsarbeitshand den Zigarettenrauch, der sich über dem bunten Tischtuch ballte wie Nebel über einer Wiese.

»Sie haben ihn gesehen?« fragte ich leise.

»Ja«, sagte der Schnurrbärtige. »Es ist aber schon lange her. Vor drei Jahren.«

Ganz schön lange hat er gebraucht, mir den Gruß zu überbringen, dachte ich und sah den Fremden unverwandt an. Vor ihm auf dem Tisch lagen seine Karten, doch er rührte sie gar nicht an.

»Damals hat er noch gelebt?«

»O ja.« Der Fremde griff in die Brusttasche seines städtischen Anzugs und holte eine vergilbte Fotografie heraus. »Unser letztes Bild.«

Das Foto war klein und zerknittert, es glich den gesprungenen Fensterscheiben eines alten Cheder. Inmitten von Trümmern standen Soldaten mit Gewehren in der Hand. Einer hatte den Kopf um und um verbunden.

»Erkennst du ihn nicht?« fragte der Schnurrbärtige auffordernd.

»Nein.«

»Sieh noch mal genau hin!«

Ich sah noch einmal hin und noch einmal, doch meinen Vater Saul erkannte ich nicht.

»Kommt dir der mit dem Kopfverband nicht bekannt vor?«

»Nein.«

»Schwester Estella hat deinen Vater bis zur Unkenntlichkeit verbunden«, sagte der Fremde. »Ein Granatsplitter hatte ihn getroffen in Casa del Campo.«

Bei den anderen auf dem Foto sah man die Augen, aber bei dem Verwundeten nur die Binden und das Gewehr. Wie sollte ich an Binden und Gewehr den eigenen Vater erkennen? Dabei kann man sich sehr leicht irren.

»Rodriges hat uns aufgenommen, vor dem ersten Sturm aufs Altersheim Santa Cristina«, erläuterte der Schnurrbärtige. »Hinten steht es draufgeschrieben.«

Ich drehte das Foto um.

»El otoño del año 1936. Antes de la batalla«, las der Fremde vor.

»Eine schöne Sprache.« Pinchas ließ für einen Moment den Schellenkönig aus den Augen. »La-la-la ... Sie schläfert ein wie ein Wiegenlied.«

»Herbst 1936. Vor dem Kampf«, übersetzte der Schnurrbärtige. »Dein Vater kam zu Beginn des dritten Sturmangriffs um.«

»Und wozu war das nötig?«

»Zum dritten Mal anzugreifen?«

»Das Altersheim zu stürmen.«

»Wir hatten Befehl, die Faschisten daraus zu verdrängen. Was Faschisten sind, weißt du?«

»Hitler«, sagte ich.

Und auf einmal mußte ich daran denken, wie ich in die Stadt gefahren war, zu Großvater ins Altersheim, wie der Feuerwehrmann Itzik von Großvaters Weggang erzählt hatte, ich erinnerte mich an den Teich mit den gelben Blättern, und vor meinem inneren Auge erstand Spanien, wohin der alte Uhrmacher nach langem, qualvollem Umherirren endlich geraten war, ins Altersheim Santa Cristina. Ganz deutlich sah ich ein unglaubliches Bild: Mein Vater Saul stürmt das spanische Altersheim, um meinen Großvater wiederzusehen, und kommt an der Klostermauer ums Leben.

»Du kannst das Bild als Andenken behalten«, sagte der Schnurrbärtige, und ich erwachte aus meiner Vision.

Er drückte die Zigarette aus und kam, sich auf einen Stock stützend, zu mir gehumpelt.

»Wir haben ein Anliegen an dich.«

»Was denn?«

»Kannst du schweigen?«

Die Worte des Schnurrbärtigen, ungewöhnlich und so verschwommen wie sein Zigarettenrauch, dazu Fischer Viktoras' düsteres Schweigen und Pinchas' vorwurfsvolle Blicke über den Rand des Schellenkönigs hinweg – dies alles verstörte mich. Sollen sie doch nach Herzenslust spielen, dachte ich, aber ich muß endlich nach Hause, ich muß ins Bett, mir tropft die Nase wie ein aufgetauter Tankstellenhahn im Frühling, und in meiner Lunge zwitschert es wie in einem frisch bezogenen Starkasten. Für den Gruß von Vater – danke schön; für das Bild, auf dem sein Gewehr zu sehen ist und sein verbundener Kopf voller spitzfindiger Gedanken – ebenfalls danke schön; aber trotzdem mache ich mich jetzt auf die Socken.

»Schweigen – kinderleicht«, sagte ich, während ich seinen Beinstumpf betrachtete.

»Wenn keiner dich zum Reden zwingt.«

»Und wer kann mich zwingen?«

»Da gibt es schon welche«, sagte der Fremde. »Willst du uns helfen?«

»Ihnen?«

»Den Freunden deines Vaters. Weißt du ... wir müssen etwas vergraben ... für einige Zeit!«

»Auf unserem Friedhof wird für immer begraben.«

»Ein Philosoph! Ein Spinoza!« Pinchas konnte sich nicht beherrschen und lachte mit seinem schlüssellochschmalen Mund.

»Hilf uns, Junge«, sagte der Fischer Viktoras.

»Auf dem Friedhof hat Josef zu bestimmen. Ihn müssen Sie fragen.«

»Dein Josef ist in der Stadt«, erregte sich Pinchas.

»Ich will auch weg vom Friedhof«, sagte ich.

»Bleib noch ein Weilchen, Junge«, sagte der Fischer Viktoras mit tiefer Stimme. »Wir werden's dir vergelten.«

Gold, das war das erste, was mir in den Sinn kam, sie wollen Gold verstecken. Aber woher sollte Pinchas Kogan welches haben? Woher der Fischer Viktoras? Und auch der Fremde sah nicht aus wie ein Reicher. Aus welchem Grund würde ein Reicher sich nach

Spanien begeben und um ein erbärmliches Altersheim kämpfen? Nein, Gold kam nicht in Frage ... Wahrscheinlich Flugblätter ... Im vorigen Jahr hatte jemand die ganze Möbelfabrik mit Flugblättern überschüttet. Unser Ortspolizist ging auf dem Fabrikhof herum und sammelte sie ein, zusammen mit Herrn Nathan Pjanko. Ich sollte mich lieber nicht darauf einlassen, sonst gibt es Scherereien. Ehrlich, meint Josef, kann man nur unter Toten bleiben. Hüte dich, Daniel, vor den Lebenden. So sagt Josef. Er hat lange genug gelebt. Er muß es wissen.

»Wir wollen auf Josef warten. Er kommt bald wieder«, sagte ich.

»Hiermit kann man nicht warten«, knurrte der Schnurrbärtige und rauchte wieder. »Dein Vater hat auch nicht lange überlegt.«

»Vielleicht ist er deshalb auch umgekommen ...«

»Du lehnst also ab?« drängte Pinchas.

»Er lehnt nicht ab, aber er sagt auch nicht zu«, meinte der Fischer Viktoras. »Stimmt's?«

Ich schwieg.

»Wem nicht zu raten ist, dem ist nicht zu helfen«, sagte der Schnurrbärtige und setzte sich ärgerlich an den Tisch. »Wer ist vorn?«

»Pinchas«, erwiderte der Fischer Viktoras.

»Achtzig«, sagte Pinchas und warf die Schellendame auf den Tisch.

Sie spielten.

Leise war Viktoras' Mutter hereingekommen, eine große knochige Frau voller Falten, die wie ausgetrocknete Bächlein auf das Silberkreuz zuliefen, das sie am welken Hals trug.

»Führ ihn hinaus, Mutter!« Der Fischer Viktoras wandte ihr den kurzgeschorenen Kopf zu.

»Komm, Söhnchen«, murmelte die Alte mit zahnlosem Mund.

»Ich ... ich ... ich überlege noch mal«, sagte ich. »Eventuell kann ich über Pranas ...«

Niemand antwortete, als wäre ich gar nicht da.

Die alte Frau roch schlecht aus dem Mund. Ich vernahm hinter mir ihr ungeduldiges Atmen. Sie raschelte mit dem Rock wie ein Baum mit seinen letzten Blättern, und durch dieses Rascheln erschien mir der Weg bis zur Vortreppe unendlich weit und voll dumpfer Angst, die mir das Herz zusammenpreßte.

Nach dem Besuch beim Fischer Viktoras kam ich noch rechtzeitig zum Abendgottesdienst in die Synagoge, wo ich Gutmann zu treffen hoffte, um ihn nach Josef zu fragen.

Gewöhnlich betete Gutmann abends, wenn er weniger zu tun hatte. Er kam herein, stellte sich an den Altar, haspelte ein Gebet herunter und fing dann an, mit seinem Nachbarn zu tuscheln, mit Müller Oisermann. Müller Oisermann verstand sich besser als alle im Flecken aufs Mahlen und auf die Politik. Er hatte sich sogar in die Regierung oder in den Sejm wählen lassen wollen, doch er hatte nicht genug Stimmen bekommen.

»Wäre ich kein Jude«, versicherte der Müller jedem, »dann hätte ich die Mehrheit erreicht.«

Wie auch immer, Müller Oisermann mußte Jude bleiben, und in den Sejm kam der Gymnasiumsdirektor Pranaitis.

Als ich die Synagoge betrat, hatten der Müller und der Doktor schon ihr Gebet heruntergehaspelt. Ich stellte mich neben sie, und aus Anstand flüsterte ich die Worte, die mir als Kind beigebracht worden waren. Gutmann schielte zu mir herüber, und Oisermann hüstelte zweimal verschwörerisch. Ich aber achtete gar nicht auf sein Hüsteln. Sollte er hüsteln, soviel er wollte. Ich würde mich nicht vom Fleck rühren, ehe ich nicht vom Doktor etwas über Josef erfahren hätte.

Auch der Synagogendiener Chaim bemerkte mich. Er freute sich. Mit kleinen Trippelschritten kam er zu mir und flüsterte mir von hinten zu: »Dein Platz ist anderswo, Daniel!«

Ich tat, als höre ich nicht. Ist es denn für den Herrgott wichtig, wo wer steht?

Der Synagogendiener Chaim trat von einem Fuß auf den anderen, entschuldigte sich mit einem Blick bei Gutmann und Oisermann, dann ging er unzufrieden weg.

Kaum war Chaim verschwunden, begannen der Müller und der Doktor in Jiddisch miteinander zu tuscheln. Abschließend sagte Oisermann: »Denken Sie an meine Worte, Doktor. Wir werden noch zu leiden haben unter Ihren Beschützern ...«

»Wieso meinen?« fragte Gutmann finster.

»Sonst brauchten wir nicht von hier wegzulaufen, wie vor Hitler«, sagte der Müller niedergeschlagen.

Einfacher wäre natürlich gewesen, Gutmann zu Hause aufzusuchen, anstatt zu warten, bis er sich in der Synagoge mit dem Müller ausgetuschelt hatte. Aber ich wollte Judith nicht unter die Augen treten. Sie würde am Ende noch denken, ich käme nicht wegen Josef, sondern ihretwegen ... Auch zum Geburtstag würde ich nicht gehen; sollte sie feiern mit ihren Schendels und Mendels ... mit dem Fleischer und sonstwem ... »Die Regierung wird es nicht zulassen«, sagte der Doktor und schielte zu mir herüber.

»Wenn eine Regierung so viele Panzer hat, sollte man sich nicht auf sie verlassen.«

»Aber es gibt doch einen Vertrag!«

»Was ist schon ein Vertrag? Einmal haben Wolf und Hase einen Vertrag geschlossen, haben ihn in den Schnee geschrieben. Und was ist geschehen, als der Schnee war geschmolzen, wissen Sie das? Der Wolf hat den Hasen gefressen«, flüsterte Oisermann heftig. »Was hast du zu lauschen, Freundchen?« fragte er, und ich schämte mich.

»Ich lausche nicht. Ich bete.«

»Du hast doch gehört: Dein Platz ist anderswo.«

»Ich wollte den Herrn Doktor nach Josef fragen«, entfuhr es mir.

»Dein Josef lebt«, brummte der Doktor. »Er ist im Jüdischen Krankenhaus. Nun stör nicht mehr.«

Weiter hatte ich nichts in der Synagoge gewollt, und ich ging langsam am Altar vorbei zum Ausgang.

Lange hatten wir im Flecken keinen so trockenen und stillen Winter, dachte ich, während ich die letzten Farben auf das Ladenschild für den Herrenfriseur Leo Parowosnik auftrug und einen Blick aus dem Fenster warf, auf die verschneiten Kiefern und auf den Sabbathimmel, der wolkenlos war wie das Gesicht des Rabbiners. Drei Monate lang war nichts passiert, niemand hatte sich einfallen lassen, geboren zu werden oder sich ins Jenseits zu begeben. Wenn man von Herrn Nathan Pjanko und den Russen absah, gab es nicht ein Ereignis, das der Aufmerksamkeit des Basars oder

der Synagoge wert gewesen wäre. Das Verschwinden des Herrn Nathan Pjanko hatte unseren Marktflecken in Erregung versetzt und ihn gespalten wie ein Beil den Holzkloben. Die einen lobten den Besitzer der Möbelfabrik in den höchsten Tönen wegen seines Scharfsinns, die anderen dagegen verdammten ihn wegen seiner Übereiltheit: Das ist nicht recht, sprachen sie, daß ein geachteter Mann all sein Hab und Gut im Stich läßt und sonstwohin flüchtet. Die dritten, wie zum Beispiel der Synagogendiener Chaim, versicherten, Reb Nathan gehöre nicht zu der Sorte, die ihr Hab und Gut im Stich läßt, aber es sei nun einmal das Geschick der Juden: Fliehen, fliehen, fliehen, zuerst vor den Römern, dann vor den Spaniern, dann vor den Deutschen ... und nun ... Die Juden ereiferten sich, wollten einander beweisen, daß der eine oder der andere recht hätte, sie stocherten mit den Fingern in ihren rostigen Bärten nach der Wahrheit, gingen ergebnislos auseinander und hatten des Nachts unruhige Träume. Aber keiner träumte je von Josef. Wer war der auch gegen den Besitzer der Möbelfabrik!

Noch nie war mir das Totengräberhandwerk so sinnlos und undankbar vorgekommen. An den Schneider, der eine halbwegs ordentliche Jacke genäht hat, erinnert man sich, auch an den Schuster, der einen dummen Absatz wieder festgenagelt hat, und an den Wasserträger, der auf seinen Schultern zwei Eimer Wasser vom Fluß brachte, aber der Totengräber ist vergessen, sobald die Leute den Friedhof verlassen, ihm Geld zugesteckt und sich vom Tode freigekauft haben für einen Augenblick, einen Tag, ein Jahr. Sie kaufen sich frei und vergessen.

So werden sie auch mich vergessen, dachte ich, während ich die verschneiten Kiefern betrachtete und den Sabbathimmel, wolkenlos wie ein Rabbinergesicht. Ich werde Leo Parowosnik sein Schild geben, redete ich mir zu, und dann fahre ich in die Stadt, ins Jüdische Krankenhaus. Seit ich mit Großmutter meinen Vater Saul im Gefängnis besuchen wollte, war ich noch nicht wieder in der Stadt gewesen. Das Krankenhaus ist natürlich kein Gefängnis, dort darf man gewiß auch ohne Passierschein hinein. Ich werde zu Josef fahren und für immer dort bleiben. Wenn ich noch mal hierher zurückkomme, dann nur wegen des Pferdes. Wäre nicht das Pferd, könnte ich auch gleich dort bleiben. Nicht zu fassen, immer hindert irgendwas den Menschen, noch einmal ganz von vorn anzufangen: mal ein Pferd, mal ein anderer Mensch.

Das Schild war fertig. Von morgen an würde überm Friseurladen meines ersten Lehrherrn, des Herrn Aron Damski, der Kopf des englischen Ministers prangen. Wenn der Minister so gut war, wie es in der jüdischen Zeitung geschrieben stand, dann sollte er nicht nur seinem England dienen, sondern auch dem Altgehilfen Leo Parowosnik.

Leo Parowosnik kam pünktlich, wie versprochen, er trampelte sich den Schnee von den Stiefeln, holte etwas Rundes, Eingewickeltes aus der Jacke, schnaufte mich kalt und ungeduldig an und sagte: »Nu, Bruder, zeig!«

Ich holte das Schild und stellte es vor ihm auf.

»Ach du!« Parowosnik verschlug es den Atem vor Begeisterung. »Du bist einfach ein Rem und ein Brandt.«

»Wer? Wer?«

»Du weißt auch gar nichts«, bedauerte mich Leo Parowosnik. »Rem ist ein französischer Künstler, und Brandt – ein deutscher. Oi, das hast du gut gemacht! Oi, das hast du fein gemacht! Und der Minister, der Minister! Wie er leibt und lebt, der Halunke!«

Leo klopfte mir auf die Schulter, und auf einmal war seine Begeisterung verflogen wie Spreu im Wind.

»Wieviel bekommst du?« fragte er bedrückt.

»Was du geben willst.«

Leo zog eine Münze heraus und knallte sie, Großfürst Vytautas' Bildnis nach unten, auf den Tisch.

»Laß uns etwas trinken«, schlug er vor und stellte das Eingewickelte vorsichtig auf den Tisch. »Für die wunde Seele. Die Seele ist der wichtigste Faktor beim Menschen, wie es in einem Buche heißt.«

»Der wichtigste was?« fuhr es mir frech heraus.

»Ein Tor«, wiederholte Parowosnik bereitwillig. »Dort, Bruder, kreuzen sich alle Wege. Kein einziger führt dran vorbei. Jeder hält an und hinterläßt Spuren.« Leo betrachtete noch einmal das Schild und rief wehmütig aus: »Sag, was du willst, dafür würde ich sogar ins Zuchthaus gehen ...«

»Für ein Tor?«

»Für das Schild«, sagte Leo bestimmt. »Ich bin am Ende meiner Kräfte. Wenn die Alte noch einmal aufmuckt, erschlage ich sie oder bringe sie um mit dem amerikanischen Rasiermesser.«

»Ach, deswegen wolltest du ins Zuchthaus!«

»Es ist ein Fluch!« seufzte der Herrenfriseur. »Sie ist ganz aus dem Häuschen. Der Laden gehört nicht dir, sagt sie. Du hast, sagt sie, kein Anrecht darauf. Und doch habe ich eins, sage ich. In welcher Epoche, sag ich, leben Sie denn, Teuerste? In der Epoche der proletarischen Revolutionen, sag ich. Wer nichts war, der wird alles. Klar? Und sie sagt: Pustekuchen. Wer nichts war, bleibt es auch. Wage nur, ein anderes Schild auszuhängen, dann werde ich dich vors Gericht zerren. Komm, Bruder, laß uns trinken.«

»Ein andermal.«

»Manchmal frag ich mich: Wofür, Leo Parowosnik, leidest du? Für drei abgeblätterte Spiegel? Für zwei stinkende Ledersessel, eine alte Haarschneidemaschine und einen Zerstäuber aus Paris? Wollen wir nicht doch ein Schlückchen nehmen?«

»Ich mag nicht.«

»Warum sind die Juden so enthaltsam?« wandte er sich, ärgerlich über mein Ablehnen, an den englischen Minister auf dem Schild.

»Warum?«

Der Engländer wußte ebensowenig wie ich, wo die schreckliche Enthaltsamkeit der Juden herkommt.

»Unser Feind Nummer eins ist die Enthaltsamkeit«, stieß Leo hervor, und er fuhr mit unangebrachter Heftigkeit fort: »Es ist eine Sache, wenn der Mensch nüchtern durch den Schnee läuft, eine andere, wenn er Nebel vor den Augen hat. Gestern hab ich Asser rasiert. Er hat mir alles erzählt.«

»Schuft!«

»Wer? Ich?« entrüstete sich Leo.

»Ich meine Asser.«

»Na und?« Der Herrenfriseur verteidigte den Fleischerssohn: »Asser hat recht. Es bringt nichts ein, wenn du in einen fremden Garten steigst und Äpfel stehlen willst. Früher oder später werden sie die Hunde auf dich hetzen. Der einzige Ausweg: Geld machen … viel Geld … und den ganzen Garten kaufen, mitsamt den Hunden. Gekaufte Hunde beißen nicht«

»Hör auf!« unterbrach ich ihn. Die Erinnerung an Judith durchbohrte mir das Herz wie eine Schusterahle.

»Arm sein ist immer schlecht, egal, wer die Macht hat«, fuhr der Herrenfriseur Leo Parowosnik fort, als wäre nichts gewesen. »Und auf ehrliche Weise reich werden ist unmöglich. Irgend jemanden mußt du in jedem Falle schröpfen, erschlagen, vergiften.«

»Und warum muß man reich werden?« Ich war froh über jedes Gesprächsthema, wenn es sich nur nicht um Judith handelte.

»Damit einen keiner erniedrigt«

»Damit du die anderen erniedrigen kannst? Und am Ende nehmen sie dir vielleicht doch alles weg.«

»Das tun sie nicht. Das Proletariat hat nichts zu verlieren außer seinen Ketten. Ich bin ein Proletarier, ein durch und durch Erniedrigter … und stamme von Erniedrigten ab … Mutter … Vater … alles Erniedrigte. Haben Straßen gepflastert, fremde Kinder gehütet. Enteignet werden solche wie Reb Nathan.«

»Hast du das aus Büchern?« fragte ich interessiert.

»Hab's von Pinchas erfahren. Dieses Schneiderlein weiß alles. So will es, sagt er, das Gesetz der allgemeinen Gerechtigkeit. Und ich, Bruder, bin für die Gerechtigkeit.«

»Wo bleibt denn die Gerechtigkeit, wenn du Roche um die Ecke bringen willst?« zog ich ihn auf.

»Hast du so was etwa noch nie erlebt? Du stehst auf in der Frühe und möchtest jemanden umbringen?«

»Bis jetzt nicht«, sagte ich unsicher.

»Komm heute nacht in die Frisierstube. Sobald Roche schnarcht, gehen wir mit Gottes Hilfe ans Werk.«

»Sie umbringen?«

»Stell dich nicht dumm! Wir werden eine Leiter, Nägel, einen Hammer nehmen und das Schild annageln. Wenn die Alte aufwacht und es sieht, wird sie platzen vor Wut. Kommst du?«

»Das kannst du allein machen. Bist ja kein Krüppel.«

»Zu zweit geht es besser.«

»Zu zweit ist gut Kindermachen, sagte meine Großmutter immer.«

»Mit der Gutmannschen, zum Beispiel«, kicherte der Herrenfriseur.

»Redest Blödsinn und freust dich noch.«

»Nicht alle kommen ins Paradies, aber die Sterne angucken steht jedem frei«, gab Leo zurück. »Und die Gutmannsche, Bruder, die ist ein Stern ... Bin ja schon still«, bremste er sich und begann, mit den Fingerknöcheln auf die Flasche zu trommeln. »In meinem Alter hatte mein Vater schon drei Kinder: Jankele und Channele von seiner ersten Frau und mich von Mama.«

»War denn deine Mama nicht seine erste Frau?«

»Nein«, warf Parowosnik kurz hin. Er versank einen Moment in Nachdenken, preßte sich das Schild an die Brust und fuhr dann fort: »Mein Stiefbruder Jankele lebt in Boston. Er hat dort ein Konfektionsgeschäft, der faule Hund. Jakob Parowosnik kleidet ganz Amerika. Wenn du so schlau bist, wie du denkst, dann sag mir bitte, warum der eine Mensch in Boston sitzt, im Konfektionsgeschäft, und der andere in einer häßlichen Frisierstube verkümmert und ewig warten muß, wann eine Alte, die schon den Verstand verloren hat, endlich abkratzen wird?«

»Das ist Gottes Wille.«

»Es gibt gar keinen Gott, sagt Pinchas. Alles hängt von uns ab.«

»Von den Juden?«

»Von den Erniedrigten. Die Welt, sagt Pinchas, muß verändert werden.«

»Mein Vater hat das auch gesagt.«

»Sie muß. Unbedingt. Soll sich mein Stiefbruder Jakob mit Roche befassen, ich werde mich befassen mit Amerika. Sieh nur! Sieh!« rief Leo auf einmal eilig und preßte sein Gesicht ans Fenster. »Kogan! Meine Güte, Kogan!«

»Pinchas?«

»Was für ein Pinchas? Der Unterleutnant Kogan ist auf dem Friedhof!«

Jetzt preßte auch ich mein Gesicht ans Fenster.

»Komm, wir bitten ihn herein!« Parowosniks Nase fror geradezu am Fenster fest. »Wenn du willst, werde ich ihn rufen.«

Leo setzte eine wichtige Miene auf und schritt zur Tür.

»Warte, wir gehen zusammen!«

Der Unterleutnant Kogan ging in Gedanken versunken zwischen den Grabsteinen umher, mit seinem Panzerfahrerhandschuh streifte er Schneebatzen von ihnen ab und betrachtete die Aufschriften, die in langen Jahren ausgeblichen waren und wie angesengtes Laub aussahen. Er trug eine warme Wattejacke, und der Helm saß ihm tief auf Stirn und Ohren.

»Scholem alejchem!« sagte Parowosnik, und der Unterleutnant Kogan fuhr zusammen vor Überraschung.

Er drehte sich herum, und ich konnte sein Gesicht betrachten: sommersprossig, mit hellen, gar nicht jüdischen Augenbrauen und mit einer schmalen Nase, die wie ein Schüsselchen zum geschlossenen Mund hinlief.

»Guten Tag«, antwortete er und blickte Leo prüfend an.

»Heute ist Sabbat«, teilte Leo mit.

»Sabbat«, sagte der Unterleutnant.

»Feiertag«, fuhr der Herrenfriseur fort. »Da geht man spazieren, arbeitet nicht! Kennen Sie mich nicht mehr? Das war ich, auf der Brücke, der zu Ihnen gesagt hat: Scholem alejchem. Zu Ihnen und Ihrem Panzer.«

»Schon möglich«, sagte der Leutnant.

»Ich erkenne einen Juden sofort, ob er ist rothaarig oder schwarz wie ein Neger«, prahlte Parowosnik.

»Woran erkennen Sie ihn denn?« Kogan lächelte in den Mundwinkeln. Er sprach langsam jiddisch, verwechselte manchmal Wörter oder half mit dem Handschuh nach.

»Mein Geheimnis«, strahlte der Herrenfriseur Leo Parowosnik. »Nur einmal habe ich mich geirrt, als ich Hitler für einen Juden gehalten habe.«

»Hitler?« fragte der Unterleutnant lebhafter.

»Auf den Fotografien sieht er ganz aus wie ein Jude«, rechtfertigte sich Parowosnik. »Gestatten Sie, daß wir uns bekannt machen: Leo, der hiesige Friseur. Daniel, der Totengräber.«

»Was ist er?« fragte der Panzersoldat verständnislos.

»Ich rasiere, und er begräbt meine Kunden«, erläuterte Parowosnik. »Vielleicht kommen Sie einen Moment in die Hütte. Zum Aufwärmen. Wir haben auch etwas anzubieten.«

»Danke«, sagte Kogan und fügte überraschend hinzu: »Drollig, so ein jüdischer Friedhof.«

»Gibt es denn bei Ihnen keine?« wunderte sich Parowosnik.

»Nein.«

»Ihre Juden sterben nicht?«

»Sie sterben schon. Aber so einen Friedhof gibt es nicht in Tobolsk.«

»Wo? Wo?«

»Das ist eine große Stadt in Sibirien, Tobolsk. Ich bin dort geboren.«

»Verstehe«, gab sich Leo zufrieden. »Darf ich Ihnen ein paar Fragen stellen?«

»Bitte«, sagte der Panzersoldat kühl.

»Ich weiß nicht, wie es bei Ihnen in Tobolsk ist, aber wenn bei uns ein Jude sagt: ein paar Fragen, dann hat er in Wirklichkeit tausend. Abertausend. Millionen.«

»Dann stellen Sie mir die wichtigste«, riet ihm der Unterleutnant Kogan.

»Wissen Sie, meine ganze Million besteht nur aus wichtigen Fragen. Als erstes möchte ich Sie fragen wegen der Friseurgeschäfte. Wem gehören die bei Ihnen?«

»Bei uns gehört alles dem Volk.«

»Sogar die Friseurgeschäfte?«

»Sogar die.«

»Ich verstehe«, sagte der Herrenfriseur langsam und traurig.

»Keine weiteren Fragen?« erkundigte sich der Soldat höflich.

»Eine noch, doch die ist nicht mehr so wichtig. Wozu, sagen Sie bitte, braucht das Volk Friseurgeschäfte? Ich wüßte gern, was versteht Ihr Volk und unser Volk vom Barbierhandwerk?«

Die Frage brachte den Unterleutnant Kogan in Verlegenheit, oder vielleicht hatte er sie einfach nicht verstanden. Der Herrenfriseur Leo Parowosnik drückte sich oft verworren und unverständlich aus. Die Bücher hatten ihn ganz und gar verdorben. Ich war wütend auf Leo und verbarg meine Wut nicht. Der gab hier auf dem Friedhof den Ton an wie in seiner – na, noch nicht ganz seiner – Frisierstube, drängte anderen seine Sorgen auf, als gäbe es sonst über nichts zu reden. Immerhin sah der Unterleutnant Kogan zum erstenmal einen jüdischen Friedhof, und ich sah zum erstenmal einen lebendigen Juden in russischer Militäruniform. Gewiß, mein Vater Saul trug auf der Fotografie auch eine Uniform, aber im Vergleich zu dieser Wattejacke, zu diesem tollen Helm und diesen hohen Stiefeln, die knirschten wie ein Kaninchen beim Kohlknabbem, im Vergleich dazu wirkte sie schäbig und stand ihm gar nicht. Ich wollte gern mit Kogan allein bleiben und ihn über dies und das ausfragen. Wann würde das Schicksal noch einmal einen jüdischen Panzersoldaten auf meinen Friedhof führen? Bestimmt niemals. Sogar die Alteingesessenen des Marktfleckens kamen selten her, und ein gebürtiger Tobolsker hatte erst recht nichts hier zu suchen. Er war einmal gekommen, hatte sich die fremden Grabsteine angesehen – davon konnte er in seinem Sibirien ein ganzes Jahr lang erzählen.

Ich brannte darauf, den Unterleutnant Kogan zu fragen, ob in Rußland alle Juden Panzersoldaten werden können oder nur besondere, solche wie unser Asser Hillels oder wie Schendel Oisermann. Gehören dort wirklich auch die Mühlen und die Fleischerläden dem Volk? Und dann hätte ich gern noch gewußt, ob dort in Rußland auch ein Ungetaufter eine Polizeiuniform tragen darf oder ob man sich unbedingt taufen lassen muß.

»Sein Vater hat übrigens im Gefängnis gesessen«, berichtete der Herrenfriseur Leo Parowosnik.

»Wofür hat er denn gesessen?« erbarmte sich der Panzersoldat meiner. Ich hatte ihn wohl allzu flehend angesehen, denn diesmal schenkte er mir Beachtung.

»Wegen Politik«, sagte Leo schnell. »Unsere Ordnung hat ihm nicht gefallen. Und Sie, gefällt Ihnen Ihre?« überrumpelte er den Soldaten.

Ich hätte Leo verprügeln mögen. Der Schwätzer, was steckte er seine Nase in fremde Angelegenheiten? Er sollte lieber sein Schild nehmen und sich trollen.

»Die Juden sind nun mal solch ein Volk, ewig sind sie nicht zufrieden, mal mit der Ordnung, mal mit der Unordnung«, schloß Parowosnik tiefsinnig.

Das Gesicht des Panzersoldaten verfinsterte sich, und er lenkte seine Schritte wieder zum Wald.

»Lassen Sie sich bei mir rasieren«, sagte der Herrenfriseur Leo Parowosnik zum Abschied.

»Ich rasiere mich selbst«, erwiderte Kogan.

»Selbst? Ach, deshalb gehören die Friseurgeschäfte bei Ihnen dem Volk!« rief Leo aus und trottete betrübt zur Hütte zurück.

»Ich begleite Sie. Von hier zum Wald ist es ein Katzensprung«, sagte ich, als Unterleutnant Kogan und ich die vom Blitz gespaltene Kiefer erreicht hatten.

»Ihr Freund hat eine Million Fragen. Und Sie, haben Sie gar keine?« fragte der Soldat und blieb stehen.

Aus dem Wald drang dumpfes Grollen.

»Ist Ihr Vater ein Müller?«

»Müller?« lachte Kogan. »Mein Vater ist Schauspieler. Verstehen Sie? Er spielt im Theater. Und meine Mutter ist Buchhalterin. Sie zählt Geld.«

Aus dem Wald drang immer noch das dumpfe Grollen. Es schwoll an, und auf dem Friedhof erbebten die Kiefern, der Himmel bezog sich mit Wolken, die reichlich Schnee ankündigten.

Ich saß auf dem wackligen Hocker, schälte Kartoffeln, die schon Frost abbekommen hatten, warf die geschälten Kartoffeln in einen gußeisernen Topf und konnte meine Gedanken noch lange nicht losreißen von Unterleutnant Kogan und seiner fernen Stadt Tobolsk, wo es keinen jüdischen Friedhof gab und wo folglich niemand Totengräber werden konnte, mochte er auch noch so einsam und verwaist sein.

Draußen fiel dichter Schnee, und ich erkannte zuerst gar nicht den Synagogendiener Chaim, der auf die Hütte zustapfte, vom weißen göttlichen Segen umwirbelt. Wenn Chaim bei diesem Wetter auf den Friedhof kam, mußte schon etwas Außergewöhnliches passiert sein – selbst wenn unser Rabbiner gestorben wäre, hätte er das seinen von Rheumatismus und Gottergebenheit geplagten

Beinen nicht zugemutet. Der Ministrant in der katholischen Kirche hat es gut, er kann die Knie beugen, aber in der Synagoge heißt es stehen und stehen, bis du tot umfällst.

Was ist passiert, rätselte ich. Vielleicht bringt Chaim mir eine frohe Botschaft? Aber frohe Botschaften kamen zu Chaim ebenso selten wie reiche Verwandte zu einem Armen. Nein, wie ein Sendbote der Dame Freude sah er nicht aus. Um einem anderen eilig eine Freude zu übermitteln, muß man selbst ein wenig an ihr teilhaben. Und welche Freude könnten Chaim und ich gemeinsam haben? Vielleicht aber schickte ihn Judith? Aber sie kannte ihn ja überhaupt nicht. Außerdem, welchen Sinn hat es, jemanden zu schicken, wenn man nichts zu sagen hat. Der Geburtstag war lange vorüber. Schendel Oisermann, genannt Jabotinsk, hatte bestimmt den ganzen Abend mit dem Geburtstagskind getanzt. Der konnte tanzen, der Kerl! Er ging sogar zu katholischen Tanzvergnügen. In Gutmanns Haus hatte das Grammophon gespielt – ein ulkiges Ding mit einer Stimme wie eine glückliche Jüdin: es singt und singt. Wissen möchte ich doch, ob Asser bei Judith war.

Aber trotzdem: Warum hatte Chaim die ungeheizte Synagoge gegen das Schneetreiben vertauscht?

Ich sah, wie Chaim mit der Hand den dichten Schneeschleier zu zerteilen versuchte, und ich dachte, was immer ihn herführen mag, ich werde auch für ihn ein paar Kartoffeln schälen. Kartoffeln mit Hering lehnt Chaim nie ab.

»Ve-verfluchter Schnee«, sagte Chaim, als er die Schwelle übertreten hatte. »Vergib, Herr.«

Ihm gefielen weder Schnee noch Regen noch Sonne. Chaim schwärmte nur für die Nacht und die Sterne. Alle im Ort wußten das und machten sich über den Synagogendiener lustig. Er brachte es fertig, hinauszugehen, den altersschwachen Kopf in den Nacken zu legen und in den Himmel zu stieren. Einmal war Chaim sogar aufs Synagogendach gestiegen – angeblich, um ein Loch zu flicken – und hatte zum erstenmal in seinem Leben den Morgengottesdienst verpaßt, denn irgendwelche Bösewichte hatten die Leiter weggezogen, die Hundesöhne, um ihn vor den

Menschen zu blamieren und mit Gott zu entzweien. Einem anderen hätte der Allerhöchste das niemals verziehen, aber Chaim brachte alles wieder ins Lot: Den Herrgott führt man nicht hinters Licht, pflegte der Synagogendiener zu sagen, er weiß genau, wer wohin schaut. Ihr schaut einander ins Herz und in die Taschen, ich aber richte meinen Blick *dorthin*!

Diesmal schaute Chaim nicht zum Himmel auf, sondern blickte in meinen gußeisernen Topf, wo im eisigen Wasser die geschälten Kartoffeln schwammen – die irdischen Sterne aller Armen und Hungrigen.

»Wer schält denn so dick?« sagte Chaim vorwurfsvoll.

Wenn er gekommen war, mich zu lehren, wie man Kartoffeln schält, dann war seine Mühe vergebens. Dann hätte er sich nicht durch das Unwetter zu quälen brauchen, er hätte einen besseren Tag für seine Schulmeisterei wählen können.

»Während sie kochen«, sagte der Synagogendiener, »werden wir alles besprechen.«

Chaim wärmte sich auf, und von seinem abgetragenen Mantel tropfte Wasser auf den Fußboden. Vielleicht war's auch die Armut, die da tropfte.

»Du hast großes Glück, Daniel«, sagte er, ehe ich recht zur Besinnung kam. »So etwas geschieht nur einmal im Leben.«

»Was denn?«

»So ein Glück«, sagte der Synagogendiener, und sein Gesicht, feucht von Güte und Schnee, wurde von einem Lächeln erhellt.

Vor Überraschung schälte ich noch dicker und warf die Schalen anstelle der Kartoffeln in den Topf. Wem steht schon der Sinn nach Kartoffeln, wenn man mit ihm über das Glück redet!

»Was denn, nimmst du Kartoffelschalen anstelle von Fleisch?«

Das Lächeln flatterte über Chaims Gesicht wie ein Schmetterling über einem verdorrten Kiefernzweig, und dieses flüchtige, scheue Lächeln verstärkte in mir noch die Vorahnung von etwas Außerordentlichem, noch nie Erlebtem. Nicht von ungefähr hatte der Synagogendiener sich durch Schnee und Wind gekämpft. So muß es sein im Leben, sagte ich mir, so muß es sein: Eines schönen Tages kommt jemand zu dir und bringt dir eine Kunde, die dein Herz mit Frohlocken erfüllt, daß es aufblüht wie die Knospen im Frühling. An keinem geht dieser Tag vorüber, auch nicht an denen, für die es der letzte ist.

»Fertig geschält?« fragte der Synagogendiener.

»Fertig«, antwortete ich entschlossen und ungeduldig.

»Also kommen wir zur Sache«, sagte Chaim, schlug seinen Mantel übereinander und hinkte zur Tür. »Wir müssen eine gute Stelle aussuchen.«

»Ist jemand gestorben?« Ich fiel innerlich zusammen und verlor das Messer. Gütiger Gott, was bin ich für ein Trottel! Immer warte ich auf etwas, erhoffe etwas.

»Niemand ist gestorben.« Der Synagogendiener hob das Messer auf und fuhr mit dem Fingernagel darüber. »Ich sage doch: Du hast Glück. Also paß auf: Der eine heißt Mike, der andere Bernard«, erklärte der Synagogendiener, gegen sein Stottern ankämpfend wie gegen einen Zahnschmerz.

»Mike? Bernard?«

»Manche Juden haben noch ganz andere amerikanische Namen«, sagte Chaim. »Die Ohren tun einem weh davon.«

»Was denn, sie sind aus Amerika?«

»Von hier sind sie, aus unserem Flecken«, brummte der Stotterer. »Den Vater haben sie in die Heimat gebracht. Josua ... In einem eisernen Kasten. Beim Rabbiner steht er.«

»Den Vater? In einem eisernen Kasten?«

Chaim redete ganz offensichtlich irr.

»Ich habe es gesehen mit meinen eigenen Augen. Der Kasten ist genau wie eine Hochzeitstruhe. Aber sie haben in ihrem Kasten keine Mitgift, sondern Asche. Als Josua noch lebte, wollten sie ihn auch schon einmal verbrennen. Er hatte eine Schenke eröffnet an der alten Brücke. Nun, und Betrunkene haben sie in Brand gesteckt. Er konnte sich retten mit seinen Söhnen, aber Malke ist verbrannt. Eine Schönheit war Malke, es hat keine Schönere gegeben in unserem Flecken«, erzählte Chaim, in Erinnerungen schwelgend. Die Erinnerungen verliehen seinen Augen einen trüben Abglanz von Sünde und Mitleid.

»Und wozu brauchen sie diese Asche?«

»Was heißt – wozu? Die Asche, das ist Josua. Aus Staub ist er genommen und ist wieder zu Staub geworden. Zieh dich an! Sie wollen in einem Tag fertig werden. Schnell nach Hause wollen sie, nach Amerika. Reich sind sie! Mike hat hundert Dollar gespendet für das Synagogendach und Bernard hundertfünfzig für ein neues Pult für den Thoravorleser. Er hat sich umgesehen und hat gesagt: Quatsch.«

»Quatsch?«

»Heißt sicher Mist, in ihrer Sprache. Das Gotteshaus, sagt er, muß mit Blech gedeckt werden. Und angestrichen, damit es nicht schlechter aussieht als die katholische Kirche. Was das mit der katholischen Kirche zu tun hat, versteh ich nicht, mach, was du willst. Sie werden dich gut bezahlen. Daß du sie nur nicht enttäuschst! Die Stelle muß zum Neidisch werden sein und so. Na, Gott sei Dank, endlich bist du angezogen, nun komm!«

Chaim und ich gingen ins Schneegestöber hinaus. Der Schnee verklebte uns die Augen, behinderte uns beim Gehen, aber irgend etwas trieb mich die ganze Zeit an, und ich trabte über den Friedhof wie ein Wolf.

»Vielleicht hier?« Chaim schöpfte Atem.

»Zu offen, die Stelle«, sagte ich. »Wie haben sie ihn denn zum zweitenmal verbrannt?«

»Ganz einfach. In den Ofen geschoben und eingeäschert. Gerechter Gott, wer hätte gedacht, daß eine Zeit kommen wird, wo man die Juden verbrennt wie Reisig. Und alles nur, weil sie, die Amerikaner, meine ich, zuwenig Land haben. Sie brauchen es nicht für Gräber, sondern für Fabriken, für Geschäfte und zum Säen. Tote, sagt Mike, sind schlechtes Business. Business heißt bei ihnen Geschäfte. Wenn kein Krieg kommt, sagt er, werden sie mit dem Flugzeug einen Grabstein schicken.«

»Für wen?«

»Für den Vater. Für wen denn sonst? Doch nicht für mich.«

»Und wenn Krieg kommt?«

»Wenn Krieg kommt, sagt er, lohnt die Ausgabe nicht. Die Deutschen, sagt er, werden aus jüdischen Grabsteinen Kuhställe bauen. Hier, glaube ich, ist der richtige Platz«, sagte Chaim plötzlich und blieb stehen.

»Der Platz ist gut. Aber er ist schon besetzt. Man sieht nur den Grabstein nicht unterm Schnee.«

»Schade«, seufzte Chaim. »Ich würde selbst gern hier liegen.«

»Was sagen sie noch?«

»Was noch? Mike zum Beispiel sagt, wenn er eine Million zusammen hat, wird er ein Stück Land kaufen und wird unseren Marktflecken dorthin holen mitsamt der katholischen Kirche und der Synagoge.«

»So was!«

»Für Geld, sagt er, kann man alles kaufen. Dollars, sagt er, sind wie die Sonne: Sie scheinen überall und wärmen alle. Wenn ich, sagt er, New York und meinen Diener und das Essen satt habe, werde ich, sagt er, ins Auto steigen und hierher in den Flecken kommen. Wanzen, sagt er, und Hering werde ich schnuppern und durch die Pfützen waten. Ich will sie wiedersehen, sagt er, die jüdischen Bärte und die Kopfschuppen von den Juden ...«

»Wozu denn die Kopfschuppen?«

»Damit er seine Herkunft nicht vergißt, sagt er, damit er nicht ganz und gar ein Amerikaner wird. Der Rabbiner hat sich das angehört und nur den Kopf geschüttelt.«

Endlich hatten wir einen Platz gefunden: unter zwei Kiefern, in der Nähe des Grabes von Schendel Oisermanns Großvater – ein Schankwirt und ein Müller sind einander wert.

»Wenn die Amerikaner fragen, wieviel, dann mach es nicht zu billig«, riet Chaim. »Auf weniger als zehn Dollar laß dich nicht ein.«

»Was sie geben, das geben sie.«

»Ein räudiges Schaf soll wenigstens ein bißchen Wolle geben«, schnaufte Chaim.

»Ganz so räudig ist es ja nicht, Reb Chaim, wenn es fürs Synagogendach spendet.«

»Der Herrgott verkauft seine Gnade nicht für Geld. Ein schuppiger Kopf ist ihm lieber als ein voller Geldbeutel.«

Jetzt muß ich ihn schnell bremsen, dachte ich. Sonst redet er wie aufgezogen weiter, lobt den Herrgott und findet kein Ende. Ich aber wollte noch mehr über Amerika erfahren, auch über die Öfen, in denen Schankwirte verbrannt werden, und über die

Deutschen, die aus Grabmälern Kuhställe bauen, als ob es auf der Erde nicht genug Lehm und Steine gäbe.

»Warum sind sie im Winter gekommen, Reb Chaim?«

»Im Sommer, sagt Mike, fängt ein großer Krieg an.«

»Mit wem?«

»Die Deutschen, sagt er, haben sich schon mit allen verfeindet: mit den Polen, den Franzosen, der englischen Königin und sogar mit den Österreichern. Bleiben nur noch die Russen.«

»Die Grube, Reb Chaim, soll ich sie ausheben wie für alle oder flacher?«

»Wie für alle.«

»Ich zahle Ihnen Provision. Wenn ich das Geld bekomme, gehört die Hälfte Ihnen.«

»Wozu brauch ich Dollars? Was soll ich damit anfangen? Aber du wirst in die Stadt fahren und dir etwas kaufen. Du bist noch jung. Du brauchst Kleider und Schuhe.«

»Was ich brauche, gibt es sowieso nicht für Dollars.«

»Verstehe, verstehe ... Die Liebe, Freund, wird nicht gekauft und nicht verkauft. Du mußt dich nicht wundern. Ich weiß alles. Ich weiß, daß winters Schnee fällt, daß im Frühling die Gärten blühen und im Sommer das Korn wogt. Ich schaue an ein grünes Blatt und sehe, ich blicke auf das wogende Feld und höre.« Der Synagogendiener Chaim bückte sich, schwieg ein Weilchen und sagte dann deutlich, fast ohne zu stottern: »Unerwiderte Liebe ist sogar besser.«

»Wieso soll sie denn besser sein?« fragte ich, als wir wieder in der Hütte waren.

»Sag selber, Freund: Was würde aus der Sonne, wenn jeder sie nehmen könnte und an sein schmerzendes Kreuz legen? Sie würde werden zur Wärmflasche!«

Auf dem Tisch dampften die Kartoffeln. Chaim griff danach mit seinen blutleeren Fingern, rollte sie von einer Hand in die andere und verbrannte sich damit seine wenigen, gar nicht bösartigen Zähne.

»Du wirst es nicht glauben«, bekannte Chaim, »aber auch ich war einmal verliebt. Nicht in irgendwen, sondern in die Tochter vom Chef. Das war in Lettland, in der Tabakfabrik. Nach der Arbeit bin ich zu ihrem Haus gegangen und habe gewartet, ob sie herauskommen wird. Aber sie ist nicht ein einziges Mal herausgekommen. Und dabei scheint es so einfach: herauskommen.«

Ich hörte dem Synagogendiener zu, ihm flogen die Worte aus dem Munde wie einem Eichhörnchen die Haselnußschalen. Gütiger Gott, dachte ich, was ist das für ein Wunder – ein Mensch, und sei er noch so schwach, mit bröckeligen Zähnen und mit Augen, so trüb wie das Glas einer Petroleumlampe! Wie schön, wie qualvoll schön ist es, zu leben, auch wenn der Sinn des Lebens nur darin besteht, zu *ihrem* Haus zu gehen und zu warten. Was bedeutet Mike mit allen seinen Dollars im Vergleich zu Chaim, der einen verschneiten Baum betrachtet und *sieht*, der auf ein wogendes Ahrenfeld schaut und *hört*.

Der Synagogendiener ging nach dem Essen, er wartete nicht, bis ich die Grube ausgehoben hatte für den Schankwirt Josua, den seine Kinder in einem Ofen verbrannt und über den Ozean hierher in die Heimat gebracht hatten, wo er früher den vom Leben durchgefrorenen Bauern fröhlichen Wodka verkaufte und wo er eine Frau mit dem königlichen Namen Malke liebte.

Ich nahm den Spaten und ging zu den zwei Kiefern, unter denen von nun an Josuas Asche ruhen sollte.

Gegen Abend holte ich mit dem Wagen Mike und Bernard auf den Friedhof.

Sie waren Zwillinge. Erstaunlich, wie sie einander ähnelten, gutgewachsen, wohlgenährt, in den gleichen karierten Mänteln und schwarzen Filzhüten. Mike – er war etwas kleiner und fülliger – fragte mich unterwegs immerzu aus, über den Marktflekken und was die Leute verdienen, er blähte die Nasenlöcher und äußerte laut sein Erstaunen.

»Mist ist das, aber nicht Business, wenn pro Jahr höchstens sieben, acht Leute sterben. Bei uns in Amerika geht das in die Tausende.«

»Tausende Tote im Jahr?«

»Pro Tag«, sagte Mike.

Anders als sein Bruder, wahrte Bernard tiefes Schweigen. Nur beim Anblick der ausgehobenen Grube warf er kurz hin: »All right!«

Ich sprang in die Grube, und Mike reichte mir behutsam den eisernen Kasten mit der Asche.

»Good bye, father«, sagte er.

Ich drückte den Kasten in den kalten Lehmboden, dann stieg ich heraus und fing an, die Grube mit kräftigen Spatenstichen zuzuschaufeln.

Die Zwillinge wandten keinen Blick von meinem Spaten, und als ich fertig war, verneigten sie sich vor dem gelben Hügel mitten im Schnee.

»Bravo!« lobte Mike mich. »Du bist wirklich ein Meister. Wieviel nimmst du für eine Grube?«

Ich wußte nicht, was ich antworten sollte. Noch nie hatte ich mit Asche in einer eisernen Schatulle zu tun gehabt. Mich bedrückte das gelassene Geschäftsgebaren der Brüder, und das einzige, was ich wünschte, war, sie möchten so bald wie möglich den Friedhof verlassen.

»Ich will nichts von Ihnen«, sagte ich und warf den Spaten weg.

»Nichts?« Mike sah mich mit seinen blauen amerikanischen Augen groß an. »Hörst du, Bernard? Er will nichts von uns.«

Bernard war ebensowenig aus seiner Schweigsamkeit herauszulocken wie eine Maus aus ihrem Mauseloch.

»Die Gebrüder Schneider machen nichts umsonst, und sie lieben es nicht, wenn für sie etwas umsonst gemacht wird. Umsonst arbeiten heißt schlecht arbeiten«, knurrte Mike. »Was sind wir Ihnen schuldig? Fünf? Zehn? Fünfzig?«

»Fünfzig«, sagte ich flink, damit Mike nicht dachte, ich arbeite schlecht.

»Na also.« Mike zog seine Brieftasche und zählte mir das Geld hin. »Fünfzig Dollar. Ich wünsche, daß du auf dem Grab meines Vaters ein paar flowers pflanzt, Blumen.«

»Flowers – das geht nicht«, sagte ich.

»Warum?« fragte Mike bestürzt.

»Blumen – das ist Sünde.«

»Hörst du das, Bernard, Blumen sind Sünde!«

Bernard antwortete nicht. Er schlug nur den Kragen seines karierten Mantels hoch und schüttelte sich.

»Bei euch ist alles anders als bei normalen Leuten«, meinte Mike. »Und wenn ich wegen flowers mit dem Rabbiner spreche?«

»Trotzdem«, sagte ich. »Man darf keine pflanzen, auch keine herbringen. Sie müssen von selbst wachsen.«

»Hörst du das, Bernard, sie müssen von selbst wachsen. Und ich dachte: Geld ist alles.«

»Kann schon sein«, sagte ich. »Aber nicht auf dem jüdischen Friedhof. Und außerdem, darf man den Tod denn schmücken?«

Ich brachte die Brüder zum Rabbiner und kehrte als ein reicher Mann nach Hause zurück. Fünfzig amerikanische Dollars – das ist kein Pappenstiel! Ein anderer an meiner Stelle hätte vor Freude gesungen oder wäre in die Synagoge gerannt, um dem Herrgott zu danken dafür, daß er außer den gewöhnlichen Juden auch noch die amerikanischen geschaffen hat. Ich Glückspilz aber saß betrübt am Tisch und betrachtete mit traurigen Augen die knisternden Scheine, auf denen ein hagerer Herr mit dichten Locken abgebildet war, der dem schwindsüchtigen Henoch Rapoport erstaunlich ähnelte. Daneben lag auch die Fotografie, die ich in Viktoras' Hütte geschenkt bekommen hatte, und mein Blick glitt zwischen dem Herrn mit der Lockenpracht und meinem Vater Saul hin und her, und manchmal kam es mir vor, nicht der Herr mit den Locken, sondern er mit seinem verbundenen Kopf und seinem Gewehr sei auf dem fremden Geld abgebildet.

Außerdem dachte ich noch an das Pferd. In den letzten beiden Monaten war es merklich abgemagert und verfallen, und in seinen tiefliegenden Augen flackerte Verzweiflung wie eine erlöschende Sabbatkerze, obwohl doch der Frühling vor der Tür stand, der üblicherweise den Tieren mehr Freude verhieß als den Menschen. Ich müßte es zu Apolinarius bringen, unserem Tierarzt, damit er es untersucht, dachte ich, als ich überlegte, was am besten mit dem Vermögen anzufangen sei, das mir zugefallen war.

Zuerst einmal würde ich zu Nissan Goldschmidt in den Textilladen gehen, mir ordentlichen Stoff aussuchen – am besten gestreiften, wie Asser Hillels ihn hatte –, ihn zu unserem besten Schneider bringen, zu Benze Kogan, demselben, dessen Sohn für die allgemeine Gerechtigkeit und Gleichheit aller Völker eintrat, und er sollte mir zum Frühjahr einen Mantel nähen – den ersten Mantel meines Lebens.

Gewiß, ich würde nicht jeden Tag damit Staat machen wie Asser, nicht einmal zu allen Feiertagen würde ich ihn tragen, ich bin nicht so ein Geck, aber ab und zu soll man sich schmuck machen, das hat sogar Gott befohlen.

Großmutter beteuerte immer, ich sei bildschön und gliche aufs Haar dem jungen Moses, der das jüdische Volk vorm Untergang gerettet hat. Wo Großmutter den Retter gesehen hatte, den jungen Moses, das wußte niemand im Flecken. Doch wenn sie sagte, ich sähe ihm ähnlich, dann war das wohl so.

Ganz besonders pries die alte Frau meine Augen. Die Augen meines Daniel, sagte sie, sind zwei schwarze Sonnen, es wäre Sünde, sie zu vergleichen mit Sternen. Sterne haben eure Kinder, aber meiner – der hat Sonnen! Und die Haare, was hat er für Haare! Sie ranken wie die Reben an einem Weinstock im Gelobten Land. Und alle stimmten zu, denn keiner – nicht einmal der Klügste – hatte je den jungen oder auch den alten Moses gesehen, ebensowenig wie das Gelobte Land, und erst recht nicht die dortigen Weinstöcke: Von so weit her holte man die Stöcke nicht.

Die amerikanischen Dollars hätten auch dazu taugen können, ein Stück Land jenseits des Friedhofszaunes zu kaufen, nicht auf der Seite, wo Selbstmörder und Verrückte lagen, sondern dort, wo bald die Kaserne gebaut werden sollte. Offen gestanden, ich wartete jeden Tag, wann denn die Bauleute kämen und die Arbeit begänne, doch zu Josefs Glück zeigten sich bislang weder Militärs noch Zivilpersonen. Vielleicht würde der Bau im Frühjahr beginnen, vielleicht hatte sich die Sache auch gänzlich zerschlagen.

Eine Kaserne, wenn sie an anderer Stelle gebaut würde, stünde unserem Marktflecken ganz gut zu Gesicht. In der Frühe würden Fanfaren das Wecksignal erklingen lassen, auf dem Exerzierplatz würden die Soldaten unentwegt die Beine werfen, und die Jungens aus dem Ort würden vom Hang aus zugucken, bei jedem Stiefeltritt die Wangen aufblasen und frech posaunen.

Als ich noch klein war, fuhr ich einmal mit Großmutter in eine Stadt an der Grenze, wo bei der Kavallerie mein Onkel diente, ein Bruder meiner verstorbenen Mutter. Auf seinem Rappen kam er zu Großmutter geritten und grüßte sie ehrerbietig. Die alte

Frau aber war aus irgendeinem Grund schrecklich böse auf ihn. Warum sie ihn besuchte, weiß ich nicht, doch ich erinnere mich noch genau an das graue Kasernengebäude, an den Exerzierplatz, an die schönen Pferde mit ihren samtig glänzenden Flanken und an meinen Onkel, wie er langbeinig im Steigbügel stand mit seinen blankgeputzten Sporenstiefeln – der einzige Jude aus unserem Flecken, der zu den Ulanen gekommen war. Übrigens hat er dort, in dieser Grenzstadt, die Tochter des Lehrers verführt, sie geheiratet und den klangvollen und bedrohlichen Familiennamen Vilkas angenommen.

Seitdem haßte Großmutter die Kavallerie bis aufs Blut, als wäre ein Infanterist gegens Heiraten gefeit.

»Heute ein Kavallerist, morgen ein Meschumed«, behauptete Großmutter.

Was hätte sie erst über den Unterleutnant Kogan gesagt?

Die Begegnung mit ihm hatte mir nur das Herz schwer gemacht. Nein, nein, ich beneidete ihn nicht, aber etwas zog mich zu ihm, in den Wald, wo von früh bis spät die schweren Panzer über die Wege rollten. Ich wollte meine Unterhaltung mit ihm in aller Ruhe zu Ende führen, wollte herausbekommen, wie sie dort in Tobolsk leben und was überhaupt auf der Welt vor sich geht.

Der Unterleutnant Kogan hätte mir beispielsweise erklären können, warum ein Jude – denn der Möbelfabrikbesitzer Herr Pjanko war ja ein waschechter Jude – vor einem anderen Juden flüchtet, vor so einem wie er – hat etwa der Helm etwas zu bedeuten?

Freilich, ehe ich mir einen Mantel nähen lasse, ehe ich auskundschafte, warum Unterleutnant Kogan mit seinem Panzer hierhergekommen ist, muß ich unbedingt erst in die Stadt fahren, zu Josef ins Jüdische Krankenhaus.

Ich hätte keine Minute gezögert, wenn ich jemanden gehabt hätte zur Aufsicht über den Friedhof, über die verschneite Hütte, auf der wie Gottes Zeigefinger der verräucherte Schornstein in die kalte Luft ragte, und über das klapprige Pferd, das nicht weniger Hilfe brauchte als der Totengräber. Pranas arbeitete in der Fabrik, ich konnte schließlich nicht warten, bis dort ein Streik ausgerufen wurde. Der Synagogendiener Chaim würde nicht aus dem Bethaus herauskommen: Wie, wenn der Herrgott sich plötzlich einfallen ließe, uns zu beglücken, und in der Synagoge wäre keine Menschenseele! Nein, der Synagogendiener läßt sich um keinen Preis überreden, auf dem Friedhof zu übernachten.

Vielleicht sollte ich den taubstummen Avigdor bitten? Was wird denn letztendlich von ihm verlangt: Die Hütte heizen und das Pferd tränken. Ich werde ihm fünf Litai zustecken. Soviel Geld liegt nicht auf der Straße. Der Synagogendiener Chaim hat ihn längst als Totengräber vorgesehen. Nur, wie soll ich Avigdor meine Bitte verständlich machen? Großmutter, die beherrschte die Taubstummensprache. Sie hatte Avigdor sogar eine Liebeserklärung gemacht. Aus Spaß natürlich.

Als Avigdor jünger war, behaute er Steine und pflasterte die Straßen in den umliegenden Marktflecken. Einen besseren Steinmetz gab es im ganzen Kreis nicht. Vielleicht, weil die Steine taub und stumm waren wie er und sich seinem Werkzeug besser fügten als bei anderen? Vielleicht auch, weil er nichts hörte und seine ganze Kraft in die Schläge legte: rückhaltlos und ohne zu murren.

»Ich will in die Stadt zu Josef fahren«, sagte ich zu Ssore-Broche, Avigdors Frau, als sie mir die Tür öffnete. »Vielleicht kann Reb Avigdor ein paar Tage auf dem Friedhof bleiben?«

Ssore-Broche maß mich mit einem langen Blick – es war, als überschütte sie mich mit kochendem Wasser.

Niemand im Flecken hatte so viel kochendes Wasser im Blick wie Avigdors Frau.

»Ich bezahle ihn«, fügte ich hinzu.

»Avigdor!« rief Ssore-Broche mit dünner Stimme, und zu meinem Erstaunen hörte er sie und stieg vom Ofen. »Arbeit für dich«, knurrte sie und erläuterte ihm dann meine Bitte mit eigenartigen Gesten, als wolle sie durch die Luft schwimmen.

Avigdor hörte zu, lächelte und murmelte etwas.

»Er ist einverstanden«, übersetzte Ssore-Broche sein Gemurmel. »Wenn er sich nur aus dem Hause trollt. Wenn er nur einmal nicht wiederkäme.« Sie übersprühte mich wieder mit kochendem Wasser und stieß hervor: »Her mit dem Geld!«

»Hier«, sagte ich und reichte ihr die Münzen.

»Geh nur, geh, du Unglückswurm«, wandte sich Ssore-Broche an ihren Mann. »Du gehörst auf den Friedhof, du wandelndes Grab!«

Avigdor rührte sich nicht. Er ließ sie reden und lächelte, und ich betrachtete seine breiten Schultern, seinen schweren, wie aus Stein gemeißelten Kopf und den vom Schnurrbart fast verdeckten Mund, aus dem heiser und zusammenhanglos seine Stummheit drang. So quillt ein unterirdisches Bächlein unter Wurzelknorren hervor – zaghaft und verloren.

»Was hast du da unterm Arm?« fragte Ssore-Broche und musterte mich mit stechendem Blick.

»Ein Huhn«, sagte ich.

»Ein Huhn?« lachte die Frau. »Gib her!«

Ssore-Broche entriß mir das Federvieh und betastete es mit ihren schwärzlichen Fingern. Das Huhn gackerte unwillig, und Avigdor lächelte glücklich.

»Was lachst du, Unglückswurm?« ging Ssore-Broche auf ihn los. »Dir ist es eins, ob Nachtigall, ob Huhn, aber ich muß daraus Suppe kochen, aus diesem dürren Vieh. Konntest du kein besseres bringen?« fragte sie mich vorwurfsvoll.

»Es ist nicht für Sie, ich will damit zum Schlachter«, sagte ich. »Wer fährt denn mit leeren Händen zu einem Kranken?«

»Ach, du willst es ins Krankenhaus bringen?!« schrie Ssore-Broche zornig. »Mit diesem dürren Huhn willst du das Gute vergelten? Nur zu, nimm es mit, nimm! Dein Josef wird sich freuen! Und du«, wandte sie sich an ihren Mann, »du sitz zu Hause.«

Ssore-Broche schleuderte das Huhn von sich, es schlug mit den Flügeln, flog über den Tisch und ließ sich auf dem Kopfkissen des Bettes nieder.

»Husch, husch!« tobte Ssore-Broche. »Husch, elendes Vieh!«

Avigdor und ich wollten es fangen, aber das Huhn flatterte in der Hütte umher wie wild, und sein Gackern wurde immer aufgeregter und wütender.

»Gemeine Hunde!« kreischte Ssore-Broche. »Gemeine Hunde! Ich brauche eure Hühner nicht! Ich brauche euer Geld nicht! Ersticken sollt ihr daran! Oh, mein unglückliches Leben! Oh, mein bitteres Leid!«

Sie begann plötzlich laut zu weinen, über ihr welkes Gesicht strömten Tränen und spülten alles weg: Falten, Bosheit und Kränkung.

Avigdor fing das Huhn, er streichelte es mit seinen gewaltigen Händen, und seine Lippen flüsterten etwas, und ich hätte schwören mögen, daß ich ihn den Namen dieser Frau nennen hörte, mit der er unzählige Jahre gelebt hatte, vielleicht hundert, vielleicht tausend, vielleicht auch noch mehr.

»Ich gebe Ihnen alle meine Hühner«, versprach ich Ssore-Broche, als wir gingen. Avigdor sah mich an, unter seinen struppigen, immer noch jugendlichen Brauen hervor, und nachdem er noch einmal zur Hütte zurückgeblickt hatte, fuhr er mit der Hand über meine Augen, als wolle er mich abschirmen gegen die Tränenflut seiner Frau, gegen ihr Geschrei und gegen sein eigenes Unglück.

»Ich verstehe«, sagte ich und preßte das Huhn fest an mich, das seine letzten Blicke auf diese Welt warf.

Avigdor murmelte immer noch vor sich hin. Kalt fiel der Schnee auf seinen Mund, diesen Mund voll ungesagter Worte, die die Kehle beengten und die Seele bedrängten. Er erzählte mir wahrscheinlich von seinem Leben, das so holperig und rissig war wie das Straßenpflaster in unserem Flecken. Ssore-Broche war seine zweite Frau. Die erste hatte ihn verlassen, war mit einem Hausierer auf und davon gegangen. Ssore-Broche nahm er, wie man im Flecken erzählte, mit Schimpf und Schande. Nach sechs Monaten brachten sie ein Knäblein zum Rabbiner, und der taufte es David.

Die Schande ertrank im See, der seither Davidsee hieß.

Damals verwirrten sich Ssore-Broches Sinne.

Jedes Frühjahr, sobald der See eisfrei war, lief sie hin, warf am Ufer ihre Kleider ab und ging ins Wasser mit folgenden Worten: »David! Mein Kind! Genug gebadet, du wirst erfrieren! Komm, mein Junge, komm!«

So stand sie im Wasser bis zum Abend, bis Avigdor von der Arbeit kam und sie mit Gewalt ans Ufer holte.

Am Ufer sträubte sich Ssore-Broche, ihre Kleider anzuziehen, und einfältige Gaffer betrachteten sie, nackt und jung, wie sie war.

Der Teufel muß mich geritten haben, den Schlachter zu erwähnen, warf ich mir vor, während ich Avigdor ansah. Kein Huhn der Welt ist es wert, daß seinetwegen Tränen vergossen werden – und wenn es ein Zarenhuhn wäre und goldene Eier legte. Gleich morgen werde ich Avigdor sagen, er soll alle unsere Hühner fangen, und dem Hochzeitsmusikanten Leiser bringe ich Holz und ein Eimerchen Petroleum: Meinetwegen soll niemand frieren und weinen. Möchte ich etwa nicht, daß alle glücklich sind? Warum begegne ich jeden Tag, den Gott werden läßt, nur Unglücklichen? Kaum auszudenken, daß sogar Asser Hillels, der Fleischerssohn, unglücklich ist! Und wenn es nur Asser wäre – der Herr Polizeihauptmann selbst, vor dem alle den Rücken krümmen, läuft herum wie ein begossener Pudel. Was denn, kann der Mensch überhaupt nicht glücklich sein? Wofür hat sich dann der Herrgott im Schweiße seines Angesichts eine ganze Woche lang abgemüht? Fürs Vieh und für das kriechende Gewürm?

Wann wird er sich wieder des Menschen erinnern? Wann?

Avigdor begleitete mich bis zum Hause des Schlachters Samuel, dann, nachdem er noch etwas gemurmelt hatte, ging er nach Hause zurück. Wenn nun Ssore-Broche wieder überschnappte? Das kam bei ihr öfter vor, wenn sie auch schon viele Jahre nicht mehr zum See ging und ihren Sohn rief.

»Er hat mich nicht lieb«, hatte sie einmal gesagt. »Wenn er mich lieb hätte, würde er gehorchen. Soll er also baden.«

Zu Großmutters Lebzeiten war ich nie beim Schlachter gewesen. Mir wurde übel, wenn ich Blut sah, und ich preßte den Mund fest zu, um nicht auf den Fußboden zu erbrechen, wo auf alten, von niemandem gelesenen Zeitungen bläulich angelaufen die geschlachteten Gänse lagen. Doch das war lange her, damals war ich klein und begriff nicht, wie unerbittlich grausam die Armut ist.

»Guten Tag«, grüßte ich im Vorraum, wo außer meinem Huhn noch ein aufgeplusterter Truthahn und eine leichtsinnige Ente mit schuhanzieherähnlichem Schnabel auf ihr koscheres Ende warteten. »Was ist, ist Reb Samuel nicht zu Hause?«

»Reb Samuel ist immer zu Hause«, antwortete die Frau mit dem Truthahn, das Dienstmädchen vom Ortstankstellenbesitzer Ephraim Klingmann. »Warum, hast du es so eilig?«

»Ja«, sagte ich.

»Wohin willst du denn so eilig?« Die Frau mit dem Truthahn ließ nicht locker.

»Wohin ich muß.«

»Und wohin mußt du?« beharrte sie. »Was meinst du, Riva, wohin muß ein Totengräber so eilig, wenn alle am Leben sind?« wandte sie sich an die andere Frau, ebenfalls eine Dienstbotin, die die Ente zum Schlachten brachte.

»Wohin, Channa, kann einer in diesem Alter schon müssen?« krähte Riva. »Zum Stelldichein mit irgendeinem Fräulein.«

»Wer ist sie denn?« fragte mich Channa.

»Ach was, ich hab kein Mädchen. Hören Sie auf. Sagen Sie mir lieber, wo Reb Samuel ist.«

»Vielleicht brauchst du eher Reb Eser?«

Eser Kurlandtschik führte in unserem Flecken die Beschneidungen aus.

»Vielleicht mußt du eine kleine Reparatur vornehmen lassen?«

Channa und Riva brachen in Lachen aus und verstummten erst, als der Schlachter den Vorraum betrat, ein hagerer, kränklicher Mann mit Samtkäppchen und mit einer Brille auf der langen Nase.

»Worüber lachen Sie so?« fragte er in singendem Tonfall. Die Frauen schwiegen.

»Lachen ist kein Brot. Das kann man auch für Geld nicht kaufen«, sagte der Schlachter. »Ich, zum Beispiel, ich weiß nicht mehr, wann ich das letzte Mal gelacht habe. Es war wohl in der Kindheit.«

»Hauptsache, Reb Samuel, man weint nicht. Ohne Lachen kommt der Mensch aus. Mir braucht man nur was Komisches zu erzählen, schon lache ich wie meschugge, den ganzen Tag, dabei wissen Sie doch, daß es nichts Lustiges gibt in meinem Leben.«

»Im Leben gibt es überhaupt nichts Lustiges«, sagte Reb Samuel. »Womit fangen wir nun an? Mit dem Truthahn, der Ente oder dem Huhn?«

»Wie Sie wollen«, sagte Riva großzügig.

Reb Samuel rückte seine Brille zurecht und sagte in demselben singenden Ton wie vorher: »Eigentlich müßte ich nicht euch fragen, sondern die da.«

»Es heißt nicht umsonst: stumme Kreatur«, warf Channa liebedienerisch ein.

»Das ist vielleicht ganz gut so«, sagte der Schlachter. »Denn was sind schon Worte? Geben Sie mir bitte Ihren Truthahn«, wandte er sich an Channa, und diese reichte ihm den Vogel, dankbar und eilfertig.

»Ich hab gehört, Reb Samuel war im Wald«, flüsterte Channa, als der Schlachter fort war.

»Und was hat er dort gesehen?« Riva sah ihre Nachbarin ungläubig an, während sie die Ente an sich preßte.

»Ich hab gehört, sein Ascher soll auf einem russischen Panzer gekommen sein.«

»Wirklich?« staunte Riva und drückte die Ente noch fester an sich.

»Er ist schon sechsunddreißig dorthin gefahren.«

»In den Wald?« lachte sie auf.

»Nicht in den Wald, nach Rußland. Einen jüdischen Staat hat er wollen gründen. Er und dein Vater Saul waren dicke Freunde. Haben gepinkelt in ein und dieselbe Pfütze. Nur daß dein Vater Saul ins Gefängnis gekommen und Ascher über die Grenze gegangen ist. So sagt mein Herr. Reb Ephraim weiß alles. Er hat sogar die Stadt genannt, aber ich habe ein Gedächtnis wie ein Sieb.«

Channa hatte sich in Eifer geredet, doch da kam der Schlachter mit dem geschlachteten Truthahn zurück. Schweigend nahm er Riva die Ente ab und verschwand wieder hinter der Tür.

»Das nächste Mal werde ich es mir merken«, versprach Channa, legte den toten Truthahn in einen Korb und machte sich eilig auf den Heimweg. Es war ein geflochtener Korb, und das Truthahnblut tropfte daraus auf den Fußboden, genauso rot wie unser Menschenblut.

Ich wartete im Vorraum, während Reb Samuel Rivas Ente schlachtete, und meine Gedanken kreisten: um die Blutstropfen auf dem Fußboden, die jeden Tag von der alten Jungfer Lea, des Schlachters Schwester, mit dem Lappen weggewischt wurden; um den Ortstankstellenbesitzer Ephraim Klingmann, der alles auf der Welt wußte; um den Schlachterssohn Ascher und meinen Vater Saul; um ihre seltsame, für mich unerwartete Freundschaft; um den Wald, wohin

Reb Samuel gegangen sein sollte, und außerdem um den jüdischen Staat. Was diesen Staat betraf, so war ich, offen gestanden, ganz durcheinandergeraten. Wo war er nun eigentlich: In Rußland? In Palästina, wie Schendel Oisermann behauptete, oder in Amerika? Mein Staat, das waren der Marktflecken und der Friedhof. Eher noch der Friedhof als der Flecken, und wenn es mich irgendwohin zog, dann nicht hinter sieben Berge, sondern an den Fluß und in die Fabrik, in Dragazkis Kneipe und unter die Fenster des Gymnasiums, wo Judith zur Schule ging.

»So, jetzt bist du dran«, sagte der Schlachter Samuel, aber er nahm mir das Huhn nicht ab, als hätte er genug vom Blut oder wolle erst das Messer wetzen, das ihn seit undenklichen Zeiten ernährte.

Reb Samuel hatte fünf Söhne gehabt, einer hübscher als der andere, doch alle waren von hier fortgegangen, wahrscheinlich, weil sie sich dieses Messers schämten, dieser geschickten und gleichgültigen behaarten Hände und vor allem dieses Blutes.

»Komm rein, Kind«, sagte der Schlachter und führte mich in die Wohnstube.

Am Tisch saß seine Schwester und strickte lautlos.

»Erkennst du ihn, Lea?« sprach Reb Samuel sie an.

Lea musterte mich mit ihren stumpfen Augen, die aussahen, als hätten sie niemals geweint, und schüttelte den Kopf.

»Das ist der Sohn von Saul.«

»Aha«, sagte Lea und strickte weiter.

»Was gibt es Neues, Kind?« fragte mich der Schlachter, er hatte das Huhn ganz vergessen.

»Nichts«, sagte ich.

»So, so. Das ist eine gute Nachricht.«

Unter meinem Arm zappelte das Huhn. Lea blickte ab und zu von ihrem Strickzeug auf und schielte feindselig zu mir und zu ihm.

»Ist dein Vater nicht gekommen?« fragte der Schlachter.

»Nein«, sagte ich.

»Bald werden sie kommen, nehme ich an. Darauf läuft alles hinaus.«

Ich wollte dem Schlachter sagen, daß mein Vater niemals mehr käme, worauf auch immer alles hinausliefe, denn er sei in Spanien gefallen beim Sturm auf ein Altersheim. Aber würde das den Schlachter interessieren?

»Nun zeigt sich, sie sind Propheten gewesen«, sprach Samuel und rührte das Huhn immer noch nicht an.

»Wer?«

»Dein Vater und mein Sohn Ascher. Sie werden kommen, Kind, und niemand wird mehr den Hühnern den Kopf abschneiden.«

»Warum?«

»Sie werden mit meinem Messer Speck schneiden.«

»Reb Samuel«, sagte ich. »Ich will das Huhn ins Krankenhaus bringen.«

»Natürlich. Allein kommt es nicht hin, zumal, wenn es geschlachtet sein wird.«

Er nahm mir das Huhn ab und ging hinaus. Ich blieb allein mit Lea und ihren Stricknadeln, die in der Stille knisterten wie Kornähren.

»Und wo ist Ihr Ascher?« fragte ich Lea.

»Auch dort«, sagte die Schlachtersschwester kurz.

»In Spanien?« entfuhr es mir.

»Ja«, antwortete sie. »In Birobidshan.«

Nach kurzer Zeit kam Reb Samuel mit dem geschlachteten Huhn zurück. In seiner rechten Hand blitzte unheilverkündend das Messer.

»Nimm deinen Vogel«, sagte er und reichte mir das Huhn. »Der hat ja weder Fleisch noch Blut. Und hier ist mein Messer.«

»Das Messer brauche ich nicht«, sagte ich. Das fehlte noch, daß Samuel aus mir einen Schlachter machen wollte.

»Sieh es dir nur an, sieh es an«, riet mir der Schlachter.

»Ja, ja, das blitzt«, knurrte ich.

»Deine Großmutter hat mir vierzig Jahre lang ihre Gänse gebracht.«

»Großmutter war sehr zufrieden mit Ihnen«, lobte ich den Schlachter unangebrachterweise.

»Hör zu.« Reb Samuel senkte die Stimme. »Die Truthähne, nehme ich an, werden sie wegnehmen. Die Gänse auch. Die Hühner werden sie einfangen. Aber mein Messer gebe ich ihnen nicht. Wenn sie verbieten, auf unsere Weise zu schlachten, dann werde ich mich selbst ...« Reb Samuel sprach nicht zu Ende, er fuhr mit dem Messer durch die Luft, direkt vor seiner Kehle, und warf es auf den Tisch. Lea zuckte zusammen vor Schreck und sah ihn mit ihren stumpfen Augen an, die aussahen, als hätte sie nie geweint. Sie sagte: »Es war nicht gut, Kinder zu zeugen. Ich habe keine und werde keine haben.«

Mit dem geschlachteten Huhn ging ich durch den Ort, und in meinem Herzen war ein Fünkchen Hoffnung, ich könnte Judith treffen. Vergebens hatte ich mir geschworen, sie zu vergessen. In der vorvorigen Nacht war mir der Einfall gekommen, mir von Chaim Kerzenwachs zu besorgen, ich wollte versuchen, Judith zu modellieren, ihre Augen und Lippen, ihre Nase, ihr Haar. Wenn es gelänge, würde ich sie dann tagein, tagaus anschauen, mit ihr sprechen, sie sogar streicheln. Ich sah ihr Gesicht sehr genau vor mir und konnte mich dafür verbürgen, daß es ihr ähnlich würde. Wenn mir schon der Polizist Giedraitis so gut geraten war – sogar besser als im Leben –, dann würde ich Judith erst recht zustande bringen.

Also mußte ich ins Bethaus und Chaim um Kerzenstummel bitten. Er hatte mehr als genug davon.

Bis zur Synagoge waren es höchstens noch fünfzig Schritte, als plötzlich Asser Hillels vor mir stand und den Weg versperrte.

Ich wollte schnell in eine Seitengasse biegen und durch die Gärten zum Bethaus gehen, aber Asser lief mir nach und holte mich bei Fains Bäckerei ein.

»Ich habe ein Anliegen an dich, Daniel«, sagte Asser und blickte sich verstohlen um.

»Daraus wird nichts«, schnitt ich ihm das Wort ab.

»So hör mich doch an.«

Ich hatte nicht die geringste Lust, Asser anzuhören. War er es nicht gewesen, der mich zwang, barfuß durch den Schnee zu laufen?

»Ich habe keine Zeit«, sagte ich. »Ich muß das Huhn kochen.«

»Das Huhn kannst du immer noch kochen«, sagte der Fleischerssohn. »Komm mit um die Ecke.«

Wir gingen um die Ecke, und Asser blickte sich abermals verstohlen um.

»Was guckst du dich immerzu um wie ein entlaufener Zuchthäusler? Hinter dir ist doch niemand her.«

»Doch, sie sind hinter mir her. Rette mich, Daniel!«

»Ich muß das Huhn kochen«, beharrte ich.

»Warum schiebst du das Huhn vor?«

»Darum.«

»Aber nein«, sagte Asser. »Ich brauche deine Hütte nicht.«

»Was willst du dann von mir?«

»Geld«, gab Asser ehrlich zu, und ehe ich recht begriffen hatte, fügte er hinzu: »Ich hab gehört, du hast ganz gut verdient an den Amerikanern.«

»Hab schon was bekommen«, sagte ich nicht ohne Stolz.

»Leih mir deine Dollars. Ich gebe dir eine Quittung.«

»Wofür?«

»Wofür die Quittung?«

»Nicht die Quittung, die Dollars.«

»Ich brauche sie«, sagte der Fleischerssohn.

»Ich kann nicht; ich lasse mir einen Mantel nähen.«

»Ich gebe dir meinen und die Schlittschuh noch dazu. Nur leih mir das Geld«, flehte Asser.

»Hat denn dein Vater kein Geld?«

»Sein Geld nützt mir nichts. Mein Vater darf von nichts wissen, verstehst du.«

»Wieso, willst du heiraten?«

»Nein.«

»Wozu brauchst du dann die Dollars?«

»Was geht's dich an.«

»Wie du meinst, ich habe es eilig. Ich muß das Huhn kochen.«

»Schon gut, schon gut«, sagte Asser schnell.

Sein rotes Gesicht verfinsterte sich, und die braunen, ewig schläfrigen Augen glitzerten fiebrig.

»Ich werde fortgehen von hier, für immer.«

»Und wie willst du mir die Schulden zurückzahlen, wenn du für immer fortgehst?«

»Ich schick es dir.«

»Warum kannst du nicht bei einem anderen borgen? Bei Schendel Oisermann zum Beispiel.«

»Du bist der einzige, der mir das Geld geben kann ohne jede Bedingung. Schendel leiht nur für jüdische Angelegenheiten.«

»Und was für eine Angelegenheit ist deine?«

»Meine Angelegenheit? Eine gemischte«, sagte Asser. »Dann frag doch die Litauer!«

»Die Litauer geben mir auch nichts.«

»Woher weißt du das?«

»Wer will sich schon mit dem Polizeihauptmann anlegen«, knurrte Asser. »Du machst mich wahnsinnig mit deiner Fragerei.«

»Das hilft nichts. Auf dem Basar werden immer viele Fragen gestellt.«

»Aber wir sind doch nicht auf dem Basar!« rief Asser aus. »Ich fahre nicht allein weg. Mit Kristina.« Er war am Ende seiner Kraft.

»So ist das also!«

»Aber paß auf: Zu niemandem ein Wort!«

»Du hättest dich in eine Jüdin verlieben sollen. Das wäre dir nicht so teuer zu stehen gekommen«, spottete ich.

»Kann doch sein, die Jüdinnen gefallen mir nicht. Dick sind sie, mit Hakennasen, und lärmig wie Krähen.«

»Ist deine Mutter etwa eine Zigeunerin? Warum beleidigst du sie?«

»Niemanden beleidige ich. Nur, die Liebe fragt einfach nicht nach so was«, stöhnte Asser. »Rette mich. Fürs erste wird es reichen. Und dann such ich mir irgendwo Arbeit.«

»Und ist Kristina einverstanden?«

»Wenn ich Geld habe, wird sie einverstanden sein.«

Seltsam, das Gefühl des Gekränktseins, das ich gegen Asser hegte, seit er mir auf offener Straße die Schuhe abgenommen hatte, war auf einmal verflogen, und sein Geständnis, stammelnd und bedrückt vorgetragen, ließ mir das Herz leicht werden, und diese Leichtigkeit übertrug sich auf alles ringsum: auf die rissige Mauer der Bäckerei, auf die Blechdächer, auf denen der Schnee lastete, und sogar auf das Himmelsgewölbe, hoch und unerreichbar nah wie die Liebe.

»Na gut«, sagte ich. »Komm morgen abend.«

Asser stürzte auf mich zu und klopfte mir die Schulter mit seiner zarten weißen Hand, die, wer weiß wie, Kristina angelockt hatte.

»Ich gebe dir eine Quittung. Bei Gott.«

»Ich brauche keine Quittung«, sagte ich. »Wer quittiert schon die eigene Anständigkeit? Nur ein Gannef.«

Asser eilte Hals über Kopf aus der Seitengasse zum Gymnasium, um Kristina abzupassen und ihr von meinen Dollars zu berichten, als habe er den elterlichen Segen erhalten.

Die Armen, die Armen! Sie werden es sowieso nicht schaffen, von hier wegzukommen. Der Herr Polizeihauptmann wird die Verfolgung aufnehmen, Kristina und Asser werden zurückgebracht. Vielleicht sogar mit Handschellen. Der Fleischer Hillels wird diese Schande nicht überleben. Sein altes Herz wird zerspringen wie eine Rinderblase, und der Herr Polizeihauptmann wird Kristina in ein Kloster stecken, wo außer Jesus Christus nicht ein einziger Jude ist.

Aber warum, dachte ich, warum müssen sie getrennt werden? Ist nicht Gott für alle da, wie Vögel, Bäume und Wind für alle da sind? Wenn es einen Extragott für den Fleischer Hillels und einen Extragott für den Herrn Polizeihauptmann gibt, könnten die sich nicht eine Minute frei machen und miteinander verhandeln, sich einigen? Wenigstens die Götter dürften doch Liebende nicht trennen.

Mit solchen Gedanken betrat ich das Bethaus, und der Synagogendiener Chaim regte sich schrecklich auf, als er mich mit dem blutigen Hahn sah.

»Wie kannst du dich ins Gotteshaus wagen mit diesem Vieh!«

»Das Vieh ist koscher«, beruhigte ich Chaim. »Ich komme gerade vom Schlachter.«

»Bring es sofort hinaus und vergrabe es im Schnee!« Im Stottern des Synagogendieners kündigte sich ein Gewitter an.

»Ich komme nur auf einen Sprung.«

»Nichts will ich hören.«

Ich mußte das Huhn in einer Schneewehe vergraben – zum Glück lag reichlich Schnee unter den Synagogenfenstern.

Sooft ich mir auch geschworen hatte, nicht mehr zu Chaim zu kommen, das Schicksal führte mich immer wieder mit ihm zusammen. Abgesehen vom Totengräber war er der einzige Mensch im Flecken, der mich mit jener versunkenen Zeit verband, als die schweren und warmen großmütterlichen Gluckenflügel mich noch vor allem Leid und Mißgeschick beschirmten, als ich davon träumte, ein Vogel zu werden, mich zum Himmel aufzuschwingen und über der Synagoge, dem Marktplatz und der katholischen Kirche zu schweben.

Josef und Chaim waren es, die mir etwas beigebracht hatten. Im Gegensatz zum Totengräber, der sich jeden Abend über die Vorzüge des Spatens ausließ, hatte es Chaim mit dem Glauben, er erzählte von jenen, die um des Glaubens willen Todesqualen erlitten hatten, und ich fand es interessant, von den Scheiterhaufen in Spanien zu hören oder von den hartherzigen Römern, die die heilige Erde schändeten. All dies – die Scheiterhaufen und auch die Römer – war weit weg von unserem Marktflecken, von dem langweiligen Friedhof, der im Schnee oder im Gras versank, aber ich konnte mir alles lebhaft vorstellen: das Feuer, das die unbeugsamen Knochen umzüngelte, und das Fußgetrampel, das die Umgebung der heiligen Stadt Jerusalem erzittern machte.

»Reb Chaim, wo lassen Sie die abgebrannten Kerzenreste?« fragte ich, als der Synagogendiener sich herabließ, mir zuzuhören.

»Wieso?«

»Ich möchte sie Ihnen abkaufen.«

»Die verkaufe ich nicht«, sagte Chaim.

»Dann geben Sie sie mir umsonst.«

»Damit du eine Sünde begehst?«

»Kann denn eine Wohltat eine Sünde sein?«

»Dreh mir nicht die Worte im Munde um. Denkst du, ich weiß nicht, wozu du die Kerzenreste brauchst? Wie oft habe ich dir gesagt: Nur der Herrgott konnte Menschen formen nach seinem Bilde. Ein gewöhnlicher Sterblicher darf sich nicht messen mit dem Allerhöchsten. Er wird sich übernehmen und Beulen bekommen.«

»Der Allerhöchste?«

»Die Zunge soll dir verdorren«, knurrte Chaim. »Wen willst du denn diesmal formen?«

»Sie, Reb Chaim«, sagte ich.

»Ich bin schon lange fertig.« Der Synagogendiener kniff die Augen zusammen und murmelte wie im Schlaf: »Du willst von ihr ein Bildnis machen.«

»Ja«, gab ich zu.

»Mach dir ein Bild von ihr in Gedanken.«

»Das hab ich längst.«

»Mach dir ein Bild von ihr in deinem Herzen.«

»Das hab ich auch schon.«

»Sag das nicht so leichtfertig und schnell dahin. An manchem Bilde formt einer sein Leben lang, und sie hat davon keine Ahnung. Du formst und formst, bis plötzlich ein Tag kommt und alles zu Staub zerfällt.« Ich war überzeugt, gleich würde Chaim wieder von Lettland anfangen, von der Tabakfabrik und der Tochter des Chefs, in die er sündhaft verliebt war, doch der Synagogendiener verkniff die Lippen, schüttelte sich und sagte: »Wenn nur die Kälte bald aufhörte. Das dauert aber dies Jahr lange.«

»Vielleicht geben Sie mir trotz allem ein paar Kerzenstummel?«

»Nein«, sagte Chaim.

»Und warum ist es bei denen anders?«

»Bei wem?« Der Synagogendiener verstand mich nicht gleich.

»In der katholischen Kirche.«

»Du gehst also in die katholische Kirche?«

»Ach was, nirgends gehe ich hin. Einmal bin ich dort gewesen mit Pranas, aus Neugier.«

»Die Neugier wird euch verderben«, knurrte Chaim. »Verflucht soll sie sein!«

»Was für schöne Bilder es dort gibt! Und Statuen!«

»Ihr sucht ja nur einen Vorwand, um nicht mehr Juden zu sein. Die Versuchung ist groß! Sie versuchen euch mit Bildern, mit Frauen und sogar mit der Haartracht ... Erst den Bart aufgeben, dann die Seele! Worauf wartest du noch? Laß dich taufen! Dann kannst du Tag und Nacht ehebrechen, malen und bildhauern. Ihr Gott erlaubt es.«

»Wie viele Götter, Reb Chaim, gibt es überhaupt?«

»Ich habe nur einen, und den in alle Ewigkeit.«

»Und der Herr Polizeihauptmann?«

»Hat einen anderen.«

»Also schon in unserem Ort gibt es zwei Götter. Wie viele gibt es dann auf der ganzen Welt?«

»Ich weiß es nicht.«

»Der eine verbietet, der andere erlaubt. Was sind sie für Götter, wenn sie sich nicht einigen können?«

»Daniel, du mußt gehen ins Dampfbad«, sagte Chaim, stark stotternd.

»Wozu?«

»Du mußt schwitzen.«

»Aber ich war vor kurzem erst dort«, erwiderte ich, ohne zu begreifen, worauf er hinauswollte.

»Davon ist nichts zu spüren«, sagte der Synagogendiener. »Geh noch einmal hin, steig auf die oberste Bank. Vielleicht, daß er dann aus dir ausfährt.«

»Wer?«

»Der Wurm des Zweifels«, sagte Chaim ernsthaft.

Kerzenstummel gab er mir jedenfalls keine. Nichts zu machen – ich mußte Geld für Kerzen ausgeben. Kerzen sind kein Marmor, ich würde schon nicht pleite werden.

Auf dem Heimweg entschloß ich mich, noch in die Frisierstube zu gehen. Leo sollte mir das Haar schneiden, ich konnte schließlich nicht mit solch einem Schopf in die Stadt fahren, die Mütze würde gar nicht sitzen.

Über der Tür des Ladens knarrte im Wind das alte Schild: »Herrenfriseur Aron Damski aus Paris«; danach zu urteilen, hatte Parowosniks Kampf gegen Roche bis jetzt noch nicht zum Erfolg geführt.

»Hühner bediene ich nur für Dollars«, feixte Leo, als ich eintrat und das Tier unter den kleinen Tisch legte. »Nimm Platz, Daniel! Gleich bin ich mit dem Genossen Pinchas fertig, und dann bist du dran.«

Erst jetzt sah ich im Spiegel den Sohn des Schneiders Benze Kogan. Pinchas saß mit dem Rücken zu mir, und Leo, der an ihm seine Zauberkünste vollführte, fragte beiläufig: »Kennst du den Genossen Pinchas?«

»Ja«, sagte ich.

»Bitte, nennen Sie mich nicht Genosse«, bat der Sohn des Schneiders Benze Kogan. Er sah auf Parowosniks Hände, aufs Rasiermesser, und er schnaufte beunruhigt. Offenbar hatte Leo ihm das Tuch zu fest um den Hals gebunden.

»Wieso?« wunderte sich der Herrenfriseur. »Uns hört hier niemand.«

»Ich höre Sie reden, Parowosnik, und bin erstaunt«, sagte Pinchas langsam. »Sie sind doch noch nicht so alt, aber das Schmeicheln verstehen Sie aus dem Effeff.«

»Ein Friseur ohne Schmeichelei ist keiner«, verkündete Leo. »Ein Friseur, der nicht schmeichelt, ist wie ein unbeschnittener Rabbiner, Pardon. Zu ihm kommt niemand. Sie hören es gern, wenn man Sie ›Genosse‹ nennt, der Polizeihauptmann – ›Herr‹, unser Rabbiner – ›Reb‹. Ein Friseur muß vorausschauen, wie ein Heerführer. Sie haben selbst am Fluß gesagt, daß die alte Ordnung wird bald einstürzen und alle werden Genossen sein. Nu also, ich trainiere schon. Glauben Sie mir, Genosse Pinchas, Schmeichelei hat noch keinem Nachteil gebracht. Sitzen Sie still, zappeln Sie nicht, sonst könnte ich Sie versehentlich verletzen. Also Sie, Genosse Pinchas, meinen noch immer, daß Unterdrückte und Unterdrücker die Plätze tauschen werden?«

»Niemals habe ich das gemeint«, fuhr der Schneiderssohn auf.

»Dann wird es überhaupt keine Unterdrücker mehr geben?«

»Überhaupt keine.«

»Ach, das sind doch Ammenmärchen! Wer regiert, der unterdrückt auch. Sag ich die Wahrheit, Daniel?«

»Ich weiß nicht.«

Lautlos kam Roche in den Frisiersalon herunter. Sie ging schweigend zur Tür, blickte unter den Tisch, unter die Spiegelkonsole, ging wieder zurück, blieb stehen, ließ einen flackernden Blick durch das Geschäft schweifen, und dieser Blick verhieß so spürbar Unabwendbares wie schwelende Glut auf einer Brandstätte.

»Was suchen Sie, Roche?«

Der Herrenfriseur Leo Parowosnik war fertig mit Pinchas' Haarschnitt und schüttelte das Tuch aus. Die friedlichen Haare des Schneiderleins kreiselten in der Luft und flogen auf die Alte zu, die mit abwesendem Blick in den Raum starrte.

»Setz dich, Daniel«, forderte Leo mich auf, aber mir war alle Lust zum Haareschneiden vergangen. Ich wollte so schnell wie möglich fort von hier, um nicht länger im Spiegel Roche sehen zu müssen, ihren grauen Schnurrbart, der unter der Hakennase wucherte, ihre irren Augen, die böse und unversöhnlich glitzerten.

»Ich komme ein andermal«, sagte ich und wagte nicht, auf dem Sessel Platz zu nehmen.

Pinchas sah mich vieldeutig an, bezahlte und verließ den Laden, zurück blieb ein Hauch von Geheimnis und billigem Eau de Cologne, das der Herrenfriseur Leo Parowosnik sich aus der Stadt mitbringen ließ von den Töchtern des Schaubudenbesitzers Zaddik, die in unserem Ort die größten Parfümliebhaberinnen waren und außerdem nicht gleichgültig gegenüber Friseuren.

»Setz dich, setz dich«, nötigte mich Leo. Er band mir das Tuch vor, und dessen knisternde, kühle Reinheit verschaffte mir Erleichterung.

»Hat sie das Schild gesucht?« fragte ich Parowosnik, als Roche endlich hinausgegangen war.

»Nein. Das Schild steht im Vorraum. Sie hat das schon früher manchmal gehabt.«

»Was?«

»Sie geht durchs ganze Haus und sucht. Wenn du sie fragst, schweigt sie oder redet Stuß. Vorgestern, zum Beispiel, hat sie gefaselt: Die Gerechtigkeit suche ich. Hörst du: *Gerechtigkeit*. Und manchen Tag ist es noch schlimmer: Ich suche, sagt sie, den *Tod*.«

»Vielleicht ist sie verrückt?«

»Leider nicht«, seufzte der Herrenfriseur. »Sie ist bei klarem Verstand.«

»Und du hast keine Angst?«

»Wovor soll ich Angst haben? Es ist ihr Haus, laß sie doch suchen. Sie sucht ja nicht meinen Tod. Und Gerechtigkeit hat es unter den Dächern unseres Fleckens niemals gegeben. Und wird es nicht geben. Erzähl mir lieber, wieviel Dollars du ihnen abgeknöpft hast?«

»Nicht viel.«

»Du untertreibst!« Leo schnitt mit der Maschine ein Haarbüschel von meinem Hinterkopf und fuhr fort: »Die führen ein Leben, die Hunde! Es heißt, allein die Reise hat sie dreitausend Dollar gekostet.«

»Kann sein.«

»Für soviel Geld würde ich sogar sterben.«

»Du sagst es!«

»Wenn ich ein Sohn von diesem Schankwirt wäre, ich hätte seine Asche in den Wind gestreut, und die Dollars hätte ich angelegt in einem einträglicheren Geschäft, als es ein Grab ist. Was willst du nun damit machen? Ich rate dir: Bring sie auf die Bank, laß sie Prozente hecken ... Fertig. Kostet einen Dollar, du Glückspilz!«

Ich stand auf, sah in den Spiegel und erblickte darin Pinchas, der vor dem Frisiersalon auf und ab ging, als warte er auf jemanden.

»Auf Wiedersehen, Leo!« sagte ich.

»Vergiß das Huhn nicht!«

Ich holte mein Huhn unterm Tisch hervor und ging hinaus.

Als ich neben Pinchas war, sagte er plötzlich: »Dem Sohne von Saul Kleinas steht es nicht an, mit solchen wie Leo Parowosnik befreundet zu sein.«

»Und mit wem sonst soll ich befreundet sein?«

»Mit Pranas Semaška oder Baruch Dudak. Sie sind Arbeiter, Burschen mit Bewußtsein, von ihnen kannst du etwas lernen. Es ist nicht gut, daß du ihnen aus dem Wege gehst. Stehst im Bethaus herum, führst Gespräche mit dem Synagogendiener. So wirst du, nebbich, ganz und gar ein Greis.«

»Und wenn ich's schon geworden bin? Sagen Sie lieber, was Sie von mir wollen.«

»Dein Vater war ein heller Kopf und guter Mensch.«

»Für wen?«

»Für alle. Außer den Feinden.«

»War etwa Großmutter seine Feindin?«

»Er war auch zu deiner Großmutter gut. Sie hat ihn einfach nicht verstanden.«

»Gutsein versteht jeder, sogar ein Hund.«

»Sieh an! Du bist ja eine harte Nuß. Recht so!« Unmerklich waren wir am leeren Marktplatz angelangt, über den unser Ortstrottel Benjamin Zuckermann schlenderte und mit hoher, immer noch kindlicher Stimme schrie: »Er lebe hoch! Er lebe hoch! Hurra! Hurra! Hurra!«

Als er uns sah, stürzte Benjamin auf Pinchas zu, ergriff ihn am Ärmel, verzog den Mund zu einer breiten, schrecklichen Grimasse und zeterte: »Kaiserliche Majestät! Soldat des achten Schützenregiments Benjamin Zuckermann! Bitte pinkeln zu dürfen!«

Und ohne die kaiserliche Erlaubnis abzuwarten, knöpfte er seine Hose auf und bewässerte den Schnee, der ohnehin von Pferdeurin gelb war.

»Der Unglückliche«, sagte Pinchas.

Eine Zeitlang gingen wir schweigend. Pinchas hielt die Hand auf seinen Ärmel wie auf eine blutende Wunde, und ich betrachtete sein blasses, wie mit Schnee bestäubtes Gesicht und mußte wieder an das Gespräch in Fischer Viktoras' Hütte denken, an die städtischen Zigaretten des Fremden, der mir Vaters Fotografie gebracht hatte, an die speckigen Spielkarten und den Mund der Hausfrau, aus dem es nach Fäulnis roch.

»Außerordentlich wichtige Ereignisse stehen bevor«, begann Pinchas endlich. »Bald geht die gesamte Macht in die Hände derer über, die arbeiten. Jetzt heißt es entscheiden, auf welcher Seite der Barrikade man steht.«

»Was ist das: Barrikade?«

»Du mußt lernen«, sagte Pinchas. »Wie lange warst du auf dem Friedhof?«

»Fast drei Jahre.«

»Ganz schön lange. Aber warte noch ein wenig. Bald holen wir dich dort raus.«

»Wer holt mich raus?«

»Wir«, sagte Pinchas, und sosehr ich mich auch anstrengte, außer dem Fischer Viktoras und dem Fremden mit den städtischen Zigaretten fiel mir bei diesem Wort niemand weiter ein.

»Nun, genug geschwätzt«, sagte Pinchas.

Er wartete, daß ich etwas sagte, und ich entgegnete: »Bringen Sie mir Ihr Zeug. Ich werde es vorläufig vergraben. Und können Sie mir einen Mantel nähen?«

»Den Mantel näht mein Vater.«

»Und Sie, was machen Sie?«

»Dasselbe wie dein Vater«, lächelte der Schneiderssohn.

»Riva und Lucie, ja?«

Diese Worte konnte ich im Schlaf aufsagen. Großmutter hatte sie jedesmal gebraucht, wenn jemand fragte, was ihr Saul tut.

»Mein Sohn macht Riva und Lucie.«

»Revolution machen die Massen«, sagte Pinchas, und das Lächeln erhellte sein Gesicht. »Eines Tages wirst du es verstehen. Halte dich an Pranas oder an Ďudak. Sie erklären's dir.«

Erklären – gut und schön, aber wer näht mir den Mantel?

Avigdor kam am nächsten Tag gegen Abend, es war die Stunde, da der frühe Winterabend die Erde einhüllt und auf die von Sorgen und Feindseligkeit verstörte Welt Friede und Segen niedersinken. Dann hört man weder Krähengekrächz noch Hundegebell. Es ist still. So still, als hielte alles den Atem an in Erwartung von etwas Außergewöhnlichem, als käme jetzt gleich über den harschen Schnee der Messias oder irgendein anderer Wundertäter – die Menschen hören doch niemals auf, eines Wunders zu harren. Dadurch unterscheiden sie sich wahrscheinlich auch von den Bäumen. Denn arbeiten – tun das die Bäume nicht auch? Doch. Sie wachsen, essen, streiten sich, schlafen ein und träumen ihre hölzernen Träume. Was träumt die Kiefer dort neben dem Stall? Vielleicht sieht sie sich als Boot, das auf dem spiegelglatten Fluß fährt? Vielleicht auch als Altweiberkrückstock, der nicht aufs Straßenpflaster klopft, sondern mitten in jemandes Herz spießt?

»Was träumt die Kiefer dort neben dem Stall?« fragte ich Avigdor, er aber zeigte nur sein breites Lächeln, und davon schien die Stille draußen vorm Fenster noch prophetischer zu werden.

Das Huhn war gekocht und eingepackt. Ich erklärte Avigdor, wie das Pferd zu tränken sei. Er nickte mit dem großen Kopf und legte sich, ohne sich auszuziehen, auf Josefs Bett. Legte sich hin und schnarchte los. Solch ein Schnarchen hatte ich mein Lebtag noch nicht gehört. Es klang, als würden Steine gemahlen.

Avigdor schlief und rächte sich im Traum an Gott für seine Stummheit.

Wie ich das Knirschen des Schlittens draußen wahr nahm, weiß ich selbst nicht. Der Taubstumme hatte sich wohl auf die andere Seite gedreht und eine Atempause eingelegt.

Der Schlitten fuhr direkt an der Tür vor.

»Haben Sie Fisch bestellt?« fragte draußen eine Männerstimme, und ein Gesicht preßte sich ans Fenster.

Ich warf mir den Schafpelz über die Schultern und ging auf die Vortreppe. Im Dunkeln erkannte ich Viktoras und Pranas.

»Bist du allein?« fragte der Fischer und spähte in der Finsternis umher.

»Ich und der taubstumme Avigdor sind hier«, antwortete ich. »Hab sonst niemanden fürs Haus. Ich fahre in die Stadt.«

»Wird da der Fisch nicht schlecht werden? Nein? Hast du einen Keller?« stieß Viktoras hervor.

»Ja.«

»Gib mal die Lampe.«

Ich brachte die Lampe. Viktoras und Pranas hoben einen Sack auf und schleppten ihn zum Stallgebäude.

»Kommt außer dir jemand hier runter?«

»Nur Mäuse«, sagte ich.

»Mäuse – das ist gut«, sagte der Fischer Viktoras. »Leuchte mal!«

Ich leuchtete ihm.

»Hier zu suchen, läßt sich keiner einfallen«, sagte Viktoras und schüttete die Fische aus dem Sack. Im schütteren Licht der Laterne sahen sie aus wie seltsame Edelsteine, golden und silbern glitzernd.

»Brat und iß, soviel du magst«, sagte Viktoras. »Wir geben's gern.«

Er hob die Kellerklappe an und ließ den Sack hinunterfallen. Es polterte.

Zu gern hätte ich gefragt, was da im Sack drin ist, aber der Fischer Viktoras hatte es sehr eilig. Eines stand außer Zweifel: Für das, was im Sack geblieben war, konnte man ins Zuchthaus kommen. Das war was anderes als eine Kristina. Hierfür, wenn man erst einmal in Fesseln war, würde man nicht in den Flecken zurückgebracht, auch nicht ins Kloster geschickt, sondern sehr viel weiter weg, dorthin, wo mein Vater Saul länger als ein, zwei Jahre leiden mußte. Wahrscheinlich waren in dem Sack Waffen, Pulver oder noch Schlimmeres. Flugblätter würden sie ja nicht im Keller verstecken.

Kürzlich erst war der ganze Marktflecken voller Flugblätter gewesen. Der Krämer Cheskel Roitmann hatte damit Heringe eingewickelt. Er war sogar verhört worden: Wo haben Sie die her, fragten sie ihn. Hab sie gefunden, sagte er, vorm Haus. Einen ganzen Packen. Wollte sie, sagte er, aufs Polizeirevier bringen, aber hab es mir überlegt anders. Der Herr Polizeihauptmann ist wütend geworden und hat Roitmann mit Arrest gedroht. Aber Roitmann ist nicht auf den Mund gefallen, mit Roitmann sollte man sich lieber nicht anlegen.

»Für mich«, sagte er, »für mich sind Flugblätter dasselbe wie für Sie Zeitungen. Nichts weiter als Papier, Herr Polizeihauptmann. Schade drum, wenn so ein Einwickelpapier verlorengeht.«

Was immer in dem Sack sein mochte, die Sache war erledigt. Jetzt kam jedes Bedauern zu spät. Freilich, sobald Viktoras und Pranas fort wären, könnte ich ganz einfach in den Keller steigen und nachsehen. Aber ich stecke nicht gern meine Nase in fremde Angelegenheiten.

»Wenn du die Nase in fremde Angelegenheiten steckst, wirst du die Nase verlieren«, sagte Großmutter immer.

Ich würde morgen früh mein Köfferchen nehmen und in die Stadt fahren. Ich stellte mir vor, wie Josef sich freuen wird, wenn er noch am Leben ist. Und wenn er gestorben ist ... Was dann mit dem Huhn?

»Fährst du mit mir oder bleibst du noch?« wandte sich der Fischer an Pranas.

»Ein Weilchen bleib ich noch«, antwortete Pranas. »Ich helfe beim Fischeputzen.«

»Ist gut«, sagte Viktoras, bestieg den Schlitten, ruckte mit den Zügeln, und das durchgefrorene Pferd verfiel in fröhlichen leichten Trab.

»Ich werde sie nicht putzen«, sagte ich zu Pranas. »Sie können liegen, bis ich wiederkomme.«

»Wie du willst.«

Wir gingen in die Hütte.

Auf dem Bett schnarchte Avigdor noch genauso kräftig wie vorhin. Seine Hände ruhten auf dem Leib wie bei einem Toten, und ich wäre am liebsten hingegangen und hätte sie auseinandergelegt.

»Weißt du noch, wie wir zusammen in die Stadt gefahren sind?«

»Ich weiß«, erwiderte ich.

»Dummköpfe waren wir«, sagte Pranas, und nach kurzem Schweigen fuhr er fort: »Und wie die Polizei kam, weißt du noch?«

»Ich weiß. Wir haben in der Dachkammer gelegen und die Sterne betrachtet. Einer war so hell. Später hab ich ihn nie wieder gesehen.«

»Sterne gibt es viele. Kann man sich denn alle merken?«

»Er ist nicht mehr da.«

»Wo soll er denn hin sein?«

»Heruntergefallen wahrscheinlich ... Wie geht es deiner Mama?«

»Nicht besonders gut«, sagte Pranas. »Ohne Vater hat sie es schwer. Und Stefanija ist noch klein.«

»Und wo ist dein Vater?«

»Dort«, sagte Pranas, »dort«, und zeigte auf die östliche Wand.

»In Spanien?«

»In Spanien ist alles zu Ende. Vater ist in Moskau!«

»Was macht er dort?«

»Wir haben lange nichts von ihm gehört.«

»Vielleicht ist er umgekommen?«

»Dort kommt man nicht um.«

»Wieso? Umkommen kann man überall.«

In der eingetretenen Stille stöhnte der Taubstumme, klagend wie ein Kind. Offenbar träumte er etwas, und am nächsten Morgen würde sein Traum ebenso ein Geheimnis bleiben wie der Traum eines Baumes – soviel du auch rüttelst, du kriegst kein Wort heraus.

»Hör zu, Pranas: Ich will dich etwas fragen«, fing ich an.

»Frag nicht. Ich habe nicht das Recht«, sagte Pranas. »Aber ich meine nicht den Sack. Ich will wegen des Messers fragen.«

»Was für ein Messer?«

»Das vom Schlachter Samuel. Wird man es ihm nicht wegnehmen?«

»Wer braucht es denn?«

»Die Juden«, sagte ich.

»Du machst einen großen Fehler, Daniel. Du teilst alle ein in Juden und Nichtjuden. Aber wenn du es wissen willst, es gibt überhaupt keine Juden.«

»Wo sind sie denn hin?«

»Es gibt auch keine Litauer. Es gibt Arme und Reiche, Unterdrückte und Unterdrücker. Alle Armen sind Brüder. Klar?«

»Klar«, sagte ich. »Aber kann nicht auch ein Reicher verarmen und ein Armer reich werden?«

»Kann schon.«

»Wer ist denn, deiner Meinung nach, für mich ein Bruder: der reichgewordene Arme oder der verarmte Reiche?«

»Das sind vereinzelte«, sagte Pranas. »Aber wir sind Millionen. Komm zu Baruch Dudak. Wir treffen uns jeden Sonnabend bei ihm. Wir lesen Bücher und diskutieren. Dort erhältst du auf alles eine Antwort und kannst dich noch dazu mit einem Mädchen anfreunden.«

»Auch Mädchen kommen dort hin?«

»Und was für welche! Schönheiten!« Pranas schnalzte mit der Zunge.

»Bei uns im Ort gibt's keine Schönheiten. Alle Schönen sind längst verheiratet.«

»Doch, es gibt welche.«

»Wen denn?«

»Die Tochter vom Doktor zum Beispiel, Judith.«

»Du kennst sie?«

»Und du?«

»Flüchtig«, stammelte ich. »Sie geht auch zu Dudak? Was findet sie an ihm? Es ist doch nichts weiter an ihm dran außer Pickeln und krummen Beinen.«

»Dudak hat Köpfchen! Er kann das Kommunistische Manifest auswendig.«

»Den Mädchen gefallen keine Manifeste. Denen gefällt ganz was anderes.«

»Das andere haben die anderen«, sagte Pranas, und ich witterte sofort Unheil, aber gleich verscheuchte ich den bösen Gedanken, wie die Kuh eine Bremse verscheucht – hilflos und nervös.

»Vielleicht gefalle ich ihr«, sagte Pranas, und wieder schwirrte über mir die Bremse.

»Du?«

Ich spürte, wie die Eifersucht meinen Mund krümmte, wie sich meine rotgewordenen Wangen herabzogen. »Warum nicht? Ich bin ja nicht häßlich.«

»Aber du bist kein Jude«, rief ich. »Kein Jude!«

»Fängst du schon wieder an. Du hast nicht ein bißchen Klasseninstinkt«, bemerkte Pranas gelassen. »Komm am Sonnabend. Wirst es nicht bereuen.«

Ich ließ mich auf die Bettstelle fallen und starrte an die Decke, als sei dort oben inmitten des Schimmels jener Spalt, durch den die ekelhafte Bremse gekommen war. Tölpel! Schlafmütze! Waschlappen! Dich Einfaltspinsel haben sie um den Finger gewickelt, beschimpfte ich mich nach allen Regeln der Kunst. Umsonst bist du mit dem Huhn durch den Ort gelaufen, umsonst hast du Chaim Kerzenstummel abbetteln wollen. Soll doch Pranas sie modellieren – ich hab kein bißchen Klasseninstinkt, aber er hat welchen, er hat immerhin vier Klassen. Soll doch der picklige Dudak ihr was vorflunkern. Wie kann ich, der ungehobelte Klotz, der letzte Dreck, wie kann ich an Liebe denken. Meine Liebe – das ist der Spaten, das ist Jochelsohns Pferd, das sind die stummen Grabsteine, die mich niemals und mit niemandem betrügen werden.

Mir wurde schwarz vor Augen, ich sah Kreise: blaue, gelbe, orangene. Ich schloß die Lider, aber sie verschwanden nicht, sie wogten weiter vor mir her, und sosehr ich ihnen auch nachjagte, ich konnte sie nicht einholen. Die Kreise lockten mich in eine Kuhle oder ein Tal, wo unten zerschmolzene Kerzenstummel leuchteten, weich wie Teer, und in dem Teer spiegelte sich Judiths

Gesicht, und ich schaute es verzaubert an, bis ich in der flimmernden breiigen Masse versank.

Der Schlaf lähmte meine Glieder, ich lag wie in Fesseln und spürte ihre dumpfe Schwere.

Mir träumte, im ganzen Marktflecken befände sich kein einziger Lebender mehr.

Außer mir und dem Herrgott.

Hinterm Ladentisch der Fleischerei beugt sich über die toten Tierleiber der tote alte Hillels.

Der tote Asser schläft mit der toten Kristina.

Der tote Schlachter Samuel schlachtet ein totes Huhn.

Der tote Avigdor spricht tote Wörter.

»Mach sie alle wieder lebendig«, bitte ich den Herrn.

Aber Gott ist unerbittlich.

»Ich kann nicht«, sagt er. »Ich bin der Lebenden überdrüssig.«

»Warum hast du dann mich übriggelassen?« frage ich.

»Einer muß doch bleiben«, antwortet Gott. »Um die Toten zu beweinen.«

»Ich will aber niemanden beweinen. Ich will sterben wie sie.«

»Du wirst nicht sterben. Denn du bist der einzige Gerechte auf Erden.«

»Dann nimm eine Rippe von mir, Herr«, sage ich. »Und tu ein Wunder.«

»Ich bin der Wunder müde«, antwortet der Allmächtige.

»Nimm eine Rippe von mir und mach daraus Judith! Wir werden heiraten, und von uns wird ausgehen auf Erden ein Geschlecht der Gerechten. Mach Judith daraus! Mach Judith daraus! Nimm eine Rippe von mir, Herrgott!«

Avigdor erlöste mich.

Es war Morgen, er neigte sich über mich und lächelte lange, der taubstumme Gott, der mein Gebet vernommen hatte.

III

Im Zug setzte sich Schendel Oisermann zu mir, den alle Jabotinsky nannten.

Es war genug Platz im Wagen – winters fuhr selten jemand in die Stadt –, doch der Müllerssohn kam durch den Gang und wußte nichts Besseres, als sich neben mich zu setzen.

»Pöbel, wohin man schaut!« knurrte Schendel. »Im ganzen Zug kein einziger Jude.«

Warum Schendel im Zug Juden brauchte, das war zu hoch für mich, aber ich rückte ein Stück und überließ ihm den Fensterplatz. Der Müllerssohn hatte es mit der Lunge, man sprach sogar von Schwindsucht. Er atmete schwer, stützte die Stirn an die Scheibe und schnappte nach der Luft, die durch den Fensterspalt eindrang.

Schendel war ein stattlicher Bursche, einen ganzen Kopf größer als ich, er hatte ein gelbliches Gesicht, große traurige Augen, die je nach ihrem Ausdruck schwarz oder grau aussahen, krauses rötliches Haar und eine ewig unzufrieden schniefende Nase, unzufrieden mit der nicht auskurierten Schwindsucht, den einfachen Leuten im Zug und weiß Gott womit.

Über Schendels rechter Augenbraue flammte tomatenrot eine Narbe, Überbleibsel eines Schlages mit dem Zaumzeug. Der Müllerssohn hatte sich einmal in ein Handgemenge mit einem jungen Bauern eingelassen, der angeblich einen Sack Mehl zuviel auf seinen Wagen lud, und er war gerade noch mit einem blauen Auge davongekommen. Als Schendel aus dem Krankenhaus kam, brüstete er sich vor allen, er habe sich fürs jüdische Volk eingesetzt und dafür gelitten, obwohl er doch wegen eines Sackes Mehl gelitten hatte.

»Wo soll es hingehen?« erkundigte sich Schendel aus Höflichkeit. Er hatte eine schnarrende, gebieterische Stimme.

»Ein Krankenbesuch«, sagte ich.

Ich kannte Schendel schon lange, schon seit meiner Zeit als jüngster Gehilfe im Frisiersalon des Herrn Aron Damski, wo der Müllerssohn sich regelmäßig die Haare schneiden ließ.

Der Herr Aron Damski hatte weniger sein Haar geschnitten als sich mit ihm gestritten.

»Unsinn!« ereiferte sich mein erster Lehrherr. »Der jüdische Staat ist gestorben und wird nie mehr auferstehen.«

»Doch, er wird«, beharrte Schendel. »Wir dürfen die Hände nicht in den Schoß legen. Wir müssen kämpfen.«

»Gegen wen?« Mein erster Lehrherr, der Herr Aron Damski, wirbelte um ihn herum. »Gestatten Sie die Frage: gegen wen? Gegen die englische Königin?«

»Wenn es sein muß, gegen den Teufel selbst.« Der Müllerssohn warf ihm einen vernichtenden Blick zu. »Lesen Sie, Jabotinsky!«

Der Herr Aron Damski hatte weder Zeit, Jabotinsky zu lesen, noch gegen die englische Königin zu kämpfen. Er mußte arbeiten, arbeiten, arbeiten, um den Kredit für das halbe Haus abzuzahlen und seine schnurrbärtige Roche zu ernähren.

Der Zug fuhr langsam. Träge stuckerten die Räder. Ich lauschte ihrem Rattern und dachte an Großmutter und an unsere damalige Reise. Vorüber huschten dieselben Wäldchen, ein Stück höher gewachsen, dieselben altersschwachen Häuser, jetzt mit Schnee bedeckt, und die Räder ratterten genauso wie damals vor drei Jahren. Unterm Sitz stand dieselbe Holzkiste, in der Großmutter für ihren ungeratenen Sohn, meinen Vater Saul, die Uhr und die Gans mitgenommen hatte.

Gerechter Gott, dachte ich, wie viele Städte und Länder gibt es auf der Welt, wie viele Friedhöfe und wie viele Gefängnisse, wohin Mütter ihren Söhnen gebratene Gänse bringen.

Könnte man doch immer so weiterfahren, ohne auszusteigen, bis endlich die Station käme, wo alle glücklich sind, doch eine solche Station gibt es ja nicht, sonst würden alle dorthin strömen und ihre Mühlen, Frisierstuben und Friedhöfe im Stich lassen.

Jeder erfindet sich seine eigene Station – einer Spanien, einer Amerika, ein anderer wieder etwas anderes in der Ferne. Und meine Station – wo ist die?

»Was ist mit dem Totengräber?« fragte Schendel und starrte auf meinen Schafpelz. »Liegt er im Sterben?«

»Er ist krank«, sagte ich. Und spuckte abergläubisch. »Und wohin fährst du?« gab ich die Frage zurück.

»Meine Papiere holen«, sagte Schendel.

Er schwieg einen Moment, knöpfte seinen Mantel mit dem Pelzkragen auf, dann fügte er hinzu: »Warum hockst du noch hier herum?«

»Wo?«

»Im Flecken. Tut's dir leid um die Gräber, oder wartest du auf Entschädigung für deinen Vater?«

Der Zug hielt, und Schendel sah aus dem Fenster.

»Nun stehen wir hier«, sagte er mit für mich unerwarteter Härte.

Ich sah ebenfalls aus dem Fenster und erblickte eine Reihe Soldaten.

»Der Präsident verlagert die Truppen«, erklärte mir der Müllerssohn. »Sie kommen offenbar an die Grenze.«

»An welche Grenze?«

Schendel verzog das Gesicht und starrte wieder auf meinen Schafpelz, als täte es ihm weh, mir in die Augen zu sehen.

»Weißt du wenigstens, an wen wir angrenzen?«

»Nein.«

»Siehst du, darum hockst du auch auf dem Friedhof.«

Er war schlechter Laune, und ich hielt es für sinnlos, das Gespräch fortzusetzen.

Die Soldaten erklommen den Bahndamm. Sie gingen am Zug entlang bis zum Übergang, in voller Kriegsausrüstung, mit englischen Gewehren und mit Mantelrollen auf den Schultern.

»Litauen grenzt an Deutschland, Polen, Lettland und an das deinem Vater und dir so sympathische Rußland.«

Der Zug fuhr an. Zurück blieben die erschöpften Soldaten, die mit ihren schweren Stiefeln den Schnee zertrampelten und der sich entfernenden Lokomotive neidisch nachsahen.

Schendel schloß die Augen, lehnte sich zurück, und sein Gesicht wurde teilnahmslos, nahezu leblos. Nur die Lider bebten kaum wahrnehmbar, und aus der Nase drang leises, schon nicht mehr bösartiges Schniefen.

Was hat er nur meinen Schafpelz so angestarrt, dachte ich, und wieder fiel mir Großmutter ein. Doch diesmal waren meine Erinnerungen zusammenhanglos und abgerissen, sie entglitten mir wie die Werstpfosten am Bahndamm. Schendel sollte nur nicht zu sehr mit seiner Kleidung angeben. Ich hatte schließlich Geld, Dollars. Ich würde mir genau so einen Mantel nähen lassen wie er, vielleicht sogar einen besseren. Ich lasse ihn mir nähen und gehe dann damit durch unseren Ort. Ich komme auf den Marktplatz, und der ganze Basar ächzt vor Erstaunen. Ich werde den Mantel jeden Tag anziehen, ausgenommen die Tage, wo ich jemanden beerdigen muß.

Es blieben noch mindestens zwei Stunden Fahrt, und der Gedanke an den Mantel verkürzte mir die Reise.

Schendel schlief oder stellte sich schlafend. Auf den Schienenstößen rüttelte der Waggon stark, und der Müllerssohn hob die Lider.

»Schleppt sich hin wie ’n müder Gaul«, beschimpfte er den Zug. »Dir kann’s egal sein. Aber bei mir zählt jede Stunde. Wenn wir bloß nicht steckenbleiben.«

»Wo?« fragte ich.

»Hier.« Er holte eine Schachtel Bonbons aus der Tasche und hielt sie mir hin: »Nimm!«

»Danke.«

Die Bonbons waren sauer und kühlten angenehm den Mund.

»Wieviel zählst du?«

»Bonbons?«

»Jahre.«

»Sechzehn.«

»Aussehen tust du wie neunzehn. Solche brauchen wir gerade, solche kräftigen Burschen.«

»In der Mühle?«

»In der Mühle!« lachte Schendel auf. »Wir werden ihnen dort eine Mühle bauen, die sie ihr Lebtag nicht vergessen.«

Von wem spricht er, dachte ich, aber ich unterbrach ihn nicht.

»In dieser Mühle muß einer alles können: das Mühlrad drehen und auch schießen.«

»Schießen kann ich nicht«, sagte ich und zerbiß knirschend den Bonbon.

»Das lernst du. Hauptsache, du entschließt dich. Soviel ich sehe, hast du nichts zu verlieren. Auf eine Entschädigung für deinen Vater zu warten ist töricht. Erstens haben die Werktätigen noch nicht gesiegt. Und wenn sie siegen, bekommst du auch nichts. Eines Tages wird man uns überall hinauswerfen, nur weil wir überall Fremde sind. Verstehst du?«

Wahrscheinlich behinderte mich der Bonbon – ich verstand kein einziges Wort von Schendel.

»Soll ich dir helfen?«

»Wobei?«

»Dir Papiere zu beschaffen. Und wenn nötig, gebe ich dir auch Geld. Wir begleichen das später mal.«

»Geld habe ich.«

»Na, fabelhaft. Und von den Papieren hängt die Sache nicht ab. Wir sind alle Waisen, solange wir nicht im Gelobten Land sind.«

»Dort willst du also hin?«

»Genau. Und dir rate ich dasselbe.«

»Ach, weißt du ... ich muß ... Ich muß mir einen Mantel nähen lassen.«

»Als ob das ein Grund wäre! Den läßt du dir dort nähen.«

»Und außerdem muß ich ...«

Nein, von Judith sage ich ihm nichts. Er würde mich nur auslachen.

»Und außerdem mußt du dein Leben lang ein Sklave sein? Ein Schmarotzer?« brauste Schendel auf. »Ja?«

»Und außerdem muß ich ... versteh doch ... Wie meine Großmutter ... Wie mein Großvater ... Wie Mama ... nicht irgendwo, sondern ...«

»Du stirbst früher, als du denkst«, sagte Schendel.

Wir fuhren in einen Tunnel, und im Waggon ging ein Lämpchen an. Sein Licht fiel auf Schendels Gesicht, und das wirkte noch gelber als vorher.

Warum läßt er mich nicht endlich in Ruhe, dachte ich verärgert. Warum droht er mir? Ich werde mir schon allein meinen Weg suchen. Der eine zerrt mich hierhin, der andere dorthin, aber vielleicht will ich weder in die eine noch in die andere Richtung.

Als wir den Tunnel verließen, ertönte ein alarmierender Lokomotivenpfiff. Schendel stand auf und machte sich fertig, knöpfte seinen Mantel zu, kämmte sein lockiges Haar und schniefte noch einmal mit seiner unzufriedenen Nase. Er verabschiedete sich kühl von mir und verschwand in der Menge auf dem Bahnsteig.

Die Adresse des Jüdischen Krankenhauses hatte ich nicht, aber ich war sicher, jeder Jude könnte mir den Weg zeigen – er müßte doch wissen, wohin er gebracht würde, falls es ihm, Gott behüte, einmal schlecht ginge.

Über der Stadt kreiselte dichter Schnee. Er fiel aufs Straßenpflaster und verwandelte sich in träges schmutziges Wasser.

Direkt vorm Bahnhof stand ein durchnäßter Bauer mit einer Kuh. Die Kuh muhte, und er blickte gehetzt um sich, als suche er eine Rute, um ihr die Lenden zu peitschen für dieses unerträgliche Gemuh und für den Schnee und seine eigene Gehetztheit.

Ich stellte meine Holzkiste auf den Treppenabsatz und betrachtete den Bauern und die Kuh, die aus unerfindlichen Gründen auf den Bahnhof geraten war, wo so greulich die Lokomotivenpfiffe gellten, einander überbietend und unheilverkündend.

»Verzeihung, können Sie mir bitte sagen, wie ich zum Jüdischen Krankenhaus komme?« wandte ich mich an einen dunkelhäutigen Mann.

»Geradeaus und dann rechts«, sagte der Mann, danach musterte er die Kuh und sprach den Bauern litauisch an: »Zum Verkauf?«

»Was?« Der Bauer hatte nicht verstanden.

»Ich frage, ob du das Tier verkaufst.«

»Nein, lieber Herr«, erwiderte der Bauer zurückhaltend. »Ich zahle dir einen guten Preis«, bot der Dunkle an. »Und wenn du mir Gold bötest! Du wirst sie ja nicht melken, du wirst sie ja umbringen, lieber Herr.«

Der dunkle Mann spuckte aus und ging weiter.

Es schneite. Der Bauer blickte sich um und hielt die Kuh an den Hörnern fest, und sie muhte, und dieses Muhen, das so einfach und selbstverständlich gewesen wäre auf einer Wiese oder sogar auf dem Friedhof, jagte mir hier in der Stadt Schauder über den Rücken, und mir wurde schwer ums Herz wie nie zuvor.

Das Krankenhaus war keinen Deut besser als das Gefängnis, auch dort wurde man nicht so leicht eingelassen.

Auf der Suche nach einem Tor ging ich an der hohen Mauer entlang und betrat schließlich eine Bude aus Ziegelsteinen, in der ein langer Kerl aus einem eisernen Kochgeschirr Suppe löffelte, die nach altem Kohl und nach Gezänk roch. Ohne seine Mahlzeit zu unterbrechen, musterte der Lange mich und mein Köfferchen mit den rostigen Beschlägen, er schob den Löffel in seinen großen Mund mit den fauligen Zähnen, schluckte gierig die Kohlsuppe und fragte: »Zu wem willst du?«

»Zu meinem Großvater«, log ich.

Meine Worte beeindruckten ihn keineswegs. Er schöpfte weiterhin Suppe aus dem Kochgeschirr, schaufelte sie mit dem Löffel in seinen gierigen Schlund, schluckte und rülpste widerwärtig.

Das Geschirr schien bodenlos zu sein.

Der Lange maß mich von Kopf bis Fuß mit einem verächtlichen Blick, und aus seinem immer noch hungrigen Munde lösten sich die Worte: »Und was hast du da?«

»Ein Huhn«, sagte ich.

»Werden wir gleich prüfen. Mach den Koffer auf.«

Ich öffnete meine Kiste, und der Krankenhauswächter zog das in Leinwand gewickelte Huhn heraus. Er knipste ein Stück ab und schob es sich in den Mund.

»Zuwenig Salz«, knurrte er, öffnete ein Kästchen, entnahm eine Prise Salz und streute sie auf mein Huhn.

»Was tun Sie da?«

»Ich salze nach«, sagte der Lange schlicht und riß sich eine Hühnerkeule ab.

»Das hab ich für meinen Großvater mitgebracht.«

»Für deinen Großvater reicht es auch noch. Wenn er überhaupt noch essen kann. Sie sterben schnell bei uns, die Großväter ...«

Der Lange stand auf, klappte fürsorglich den Koffer zu und führte mich über den Hof zu einem dreistöckigen Gebäude mit vergitterten Fenstern, wie im Gefängnis, hinter denen verschwommen irgendwelche Gesichter zu ahnen waren.

Ich ging hinter ihm, starrte auf seinen breiten Rücken, und mit jedem Schritt wuchs in mir der Wunsch, das Huhn mitten auf diesen verschneiten Hof zu werfen, sollte er es doch schnappen und auffressen wie ein Hund.

»Wie heißt er, dein Großvater?« fragte der Krankenhauswächter, ohne sich umzudrehen.

»Josef. Josef ben Nathan Paperny«, verkündete ich seltsam feierlich.

»In welcher Abteilung liegt er?«

»Ich weiß nicht.«

»Vielleicht ist er schon hops gegangen, hm?«

Noch nie hatte mich ein Mensch so angewidert wie er. Der Ekel würgte mich, ich glaubte ersticken zu müssen, als sei ich unter Wasser getaucht und könne nicht mehr auftauchen.

»Dann kriege ich das Huhn«, sagte der Lange.

Er lachte, und sein Lachen traf mich wie ein Peitschenhieb.

Ich haßte seinen Mund, seinen Magen, sein Lachen, er aber ging, als wäre nichts, er duckte sich nicht einmal unter meinen Blicken, die ihn wie Kugeln durchbohrten. Vielleicht spürte ich zum erstenmal in meinem Leben, daß ich imstande war, jemanden umzubringen ... umzubringen wegen eines Huhnes ... wegen der Fettflecken in den Mundwinkeln ... wegen meiner Machtlosigkeit.

Wir stiegen in die zweite Etage hinauf und betraten einen langen, weißen Flur, auf dem alte Männer und Frauen in grauen Krankenhauskitteln herumspazierten. Sie glitten so langsam über den Fußboden, als befinde sich unter ihren Füßen das poröse Eis eines zugefrorenen schwarzen Sees und als könne sich bei jedem Schritt ein Eisloch auftun.

Der Lange machte einen Arzt ausfindig und erklärte ihm, worum es ging.

»Josef ben Nathan Paperny?« Der Arzt runzelte die Stirn.

»Ja«, sagte ich.

»Ich weiß nicht recht.«

»Der Totengräber«, erklärte ich. »Doktor Gutmann hat ihn mit seinem Auto hergebracht.«

»Ach, zu dem willst du!« Der Doktor freute sich geradezu.

»Lebt er?«

»Ja«, antwortete er.

»Dann kriegt er das Huhn«, sagte der Lange und entfernte sich.

Der Arzt schickte ihm einen verwunderten Blick nach und sagte bedauernd zu mir: »Dein Großvater ist ein schwieriger Patient. Wir haben es nicht leicht mit ihm.«

Der Arzt war blutjung, er hatte mädchenhaft zarte Hände und eine mädchenhaft weiße Gesichtshaut. Um solider zu wirken, trug er eine Hornbrille, hinter der seine Augen wie Sonnensprenkel glitzerten. Seine großen Ohren sahen aus wie rosige Muscheln, und sein Haar war glatt gescheitelt und ließ noch die mütterliche Fürsorge ahnen.

»Er liegt ganz hinten, in Zimmer vier«, sagte der Arzt. »Dort hat sich die richtige Gesellschaft zusammengefunden.«

Er ging, und ich blieb allein im Flur.

Bis zum Zimmer vier war es ganz nah, näher als von Leo Parowosniks Frisierstube bis zu Hillels' Fleischerladen, aber mir schien der Weg endlos.

Ich stieß die Tür zu Zimmer vier auf und erblickte sofort den Totengräber. Josef lag in der Ecke, auf einem niedrigen Bett mit grauer Krankenhausdecke, und sein Gesicht war ebenso grau, nur von harten grauen Bartstoppeln überwuchert.

»Guten Tag«, sagte ich zu Josef, und er erwiderte: »Warte.«

Ich dachte, er hätte mich nicht erkannt, und grüßte noch einmal lauter.

»Nicht stören«, wiederholte Josef, und schwer atmend, setzte er ein Gespräch fort, das offenbar durch mein Eintreten unterbrochen worden war. »Und in der Schüssel ist Brei. Hirsebrei. Und der Löffel steht nur so.«

»Das ist kein Traum«, kam eine Stimme aus der anderen Ecke. »Das zählt nicht.«

Ich wandte den Kopf, und mein Blick begegnete dem eines alten Mannes, der auf dem gegenüberstehenden Bett saß und mit seinen dürren, lange nicht gewaschenen Beinen baumelte.

»Warum ist das kein Traum? Warum zählt das nicht?« protestierte der Totengräber.

»Darum«, meinte der Alte mit den schmutzigen Beinen.

»Ich habe Ihnen ein Huhn mitgebracht«, nutzte ich die eingetretene Pause.

»Warte noch mit deinem Huhn«, winkte Josef ab. »Aber ich habe es doch deutlich gesehen: den Brei und die Schüssel und den Löffel.«

»Trotzdem«, beharrte der Alte auf dem anderen Bett. »Das ist kein Traum. Wenn Sie von einer goldenen Schüssel geträumt hätten und einem goldenen Löffel – das wär was anderes. Ein Traum muß etwas Ungewöhnliches, Erhabenes sein, aber nicht Hirse. Von Hirse wird einem das Herz nicht weit, und die Seele bebt nicht.«

Darum also hat es der Doktor schwer mit Ihnen, dachte ich schmerzlich. Josef ist einfach verrückt geworden. Wäre er bei klarem Verstand, würde er mich doch mit Fragen überschütten. Interessiert ihn denn gar nicht, was im Flecken passiert ist, seit er fort mußte?

»Sie haben verloren«, sagte der Alte mit den schmutzigen Beinen. »Und ich hab gewonnen.«

»Überhaupt nicht!« erregte sich mein Vormund. »Ich habe geträumt. Geträumt!«

»Wir sind uns doch einig gewesen«, wandte der Alte ruhig ein, »was als Traum zählt und was nicht. Hirsebrei – das ist Leben, kein Traum.«

»Ich gebe auf«, krächzte Josef. »Heute sind Sie der Gewinner.«

»Ich gewinne immer«, sagte der Alte, mehr zu mir als zu Josef. »Weil ich auf der linken Seite schlafe. Und Sie wälzen sich andauernd herum und stöhnen. Guten Tag, junger Mann! Wie heißen Sie?«

»Daniel.«

»Ein herrlicher Name!«

Ich wartete, daß Josef endlich mit mir spräche.

»Wir haben uns hier ein Spiel ausgedacht, dein Großvater und ich«, erläuterte der Alte mit den schmutzigen Füßen. »Wir spielen Träumen.«

Ich hörte, wie sich in der entferntesten Ecke im dritten Bett noch ein Patient bewegte.

»Alles andere haben wir satt«, erklärte der Alte. »Gestern habe ich geträumt, ich wäre der König Salomo. Und dein Großvater träumt immer von Hirse. Wie ein Pferd.«

Er zog die dürren Beine an und steckte sie unter die Decke. Die Worte des Alten und der klägliche Anblick, den Josef bot, stimmten mich so traurig, daß ich am liebsten auf und davon gelaufen wäre.

»Nur eines ist schlimm«, gestand der Alte mit den schmutzigen Füßen. »Im Alter schläft man schlecht. Und wenn man schlecht schläft, was kann man dann für Träume haben? Kurze, kurz wie das Leben. Was hast du denn mitgebracht für deinen Großvater?«

»Ein Huhn«, sagte ich und blickte zu Josef.

Plötzlich lächelte er mir zu, ganz wie früher, und sagte: »Ein goldenes Hühnchen. Wie im Traum.«

Ich holte das Huhn aus dem Koffer und riß es in zwei Teile.

»Wir sind hier zu dritt«, machte Josef mich aufmerksam, als ich ihm sein Teil brachte. »He, Zemach!« wandte er sich an den dritten Patienten. »Willst du Hühnerfleisch?«

»Ich mag nicht«, zischte der andere.

»Du hättest erst sagen können: Danke«, tadelte ihn der Alte mit den schmutzigen Füßen. »Diese polnischen Juden sind entsetzlich ungehobelte Kerle«, erklärte er mir und biß ins Hühnerfleisch.

»Wenn du nicht ißt, wirst du nicht gesund«, sagte Josef.

»Ich will nicht«, sagte Zemach.

»Essen willst du nicht, gesund werden willst du nicht. Was willst du denn dann, Zemach?«

»Daß ihr haltet den Mund. Es kann einen um den Verstand bringen. Jeden Tag höre ich nur: König Salomo, ein schwangerer Mann, ein goldenes Hühnchen. Ja, wißt ihr überhaupt, daß es auf der Welt Bomben gibt, die explodieren, und Feuer, das brennt?«

»Wozu, zum Teufel, mußt du es wissen, wenn du es nicht löschen kannst?« sagte der Alte mit den dürren Beinen so deutlich, als läse er irgendwo ab.

»Da ist zu einem Menschen der Enkel gekommen, und der Mensch hat nicht einmal guten Tag gesagt«, grollte Zemach.

»Ich sag es noch, ich sag es noch«, beruhigte Josef ihn. »Wie nun weiter? Nun, guten Tag, Daniel! Guten Tag, mein Herz!«

Ich ging ans Bett, reichte dem Totengräber die Hand, und er drückte sie schwach.

»Wie geht es Ihnen, Reb Josef?«

»Daß es meinen Feinden so ginge! Allen und in alle Ewigkeit!«

»Amen!« stimmte ihm der Alte mit den schmutzigen Füßen zu.

»Was ist das für ein Leben, Daniel, mein Herz, wenn der Doktor mir nicht einmal erlaubt, im Stehen mein Wasser zu lassen?«

Josef schöpfte Atem, sah mich mitleidig an und starrte dann an die Decke, die rissig und voller gelber Flecken war.

Ich musterte den Alten mit den dürren schmutzigen Beinen. Er saß auf dem Bett, in die graue Krankenhausdecke gehüllt, und seine ganze Erscheinung wirkte irgendwie wunderlich, beinahe unirdisch. Über seinem platten Kopf schimmerte wie ein Nimbus das völlig weiße Haar, es war blendend weiß, schneeweiß, und es verlieh dem Krankenzimmer einen Hauch von winterlicher Wiese oder Waldweg in Frostluft. Er sah Josef an und hörte ihm zu, wie ein Hund seinem Herren zuhört – klug und wortlos.

»Es gibt keine Gerechtigkeit auf der Welt«, seufzte mein Vormund.

»Nichts zu machen, der Mensch stirbt allmählich, Stück für Stück«, sagte der Alte mit den schmutzigen Füßen.

»Ein Baum dagegen«, fuhr der Totengräber fort, »ob ihn der Regen peitscht, ob der Donner grollt, er wächst und wird stärker von Jahr zu Jahr. Er wirft seine Blätter ab und begrünt sich aufs neue. Von uns aber, Teufel noch eins, fällt jeden Tag ein Blättchen ab und ist für immer verloren. Siehst du, Daniel, mein Herz, so bin ich nun ganz kahl geworden, abgefallen sind alle meine Blätter.«

»Hört auf«, flehte Zemach. »Mir ist schon schwer genug ums Herz, auch ohne eure Vergleiche.«

»Mach dir nichts draus«, sagte Josef. »Er hat ein bißchen gelitten, als er entwischt ist aus seinem Polen. Ist in einen Bombenangriff gekommen, da hat er sich in die Hosen gemacht. Jedes Wort läßt ihn nun fiebern und zittern. Immer will er uns bange machen mit seinen Bomben. Als ob uns der Herrgott nicht viel schlimmer hätte bombardiert!«

»Mit Müh und Not sind wir entkommen«, sagte der Alte mit den schmutzigen Füßen.

»Nun haltet doch endlich den Mund, Schlauberger ihr, Hosenscheißer!«

»Sie werden noch neue Blätter treiben«, versuchte ich den Totengräber aufzumuntern.

»Blätter treiben«, nuschelte Josef, der in Gedanken ganz woanders war.

»Ich wollte schon lange herkommen, aber immer kam was dazwischen.«

»Ist jemand gestorben?«

»Nein.«

»Es reicht, wenn ich sterbe«, murmelte mein Vormund und starrte wieder an die Decke. »Seltsam«, wandte er sich an Reb Rachmiel: »In letzter Zeit gucke ich immer öfter an die Decke, obwohl dort eigentlich nichts ist außer diesem Gelb, nicht einmal ein ordentliches Spinngewebe. Siebzig Jahre habe ich auf dieser Welt gelebt und habe immer auf meine Füße geschaut, damit ich nur nicht stolpere, damit ich nur nicht in eine Grube falle. Und auf einmal ist die Grube dort oben.« Der Totengräber wies mit dem Finger auf den gelben Fleck über seinem Kopf.

»Ich kann in der Stadt bleiben«, sagte ich und blickte auf Josefs blutleeren Finger, der immer noch zur Decke zeigte. »Sie haben mir doch auch geholfen, Reb Josef.«

»Leben helfen, das ist ganz was anderes. Reb Rachmiel wird schon allein mit mir fertig!«

»Aber Sie kommen noch mal wieder auf die Beine«, sagte ich.

»Fahr zurück, Daniel, mein Herz, fahr nach Hause. Ich will nicht, daß du sie siehst ... diese Frau ...«

»Was für eine Frau?«

»Die den Dreck unter mir wegräumt. Fahr. Denk an das Pferd.«

»Für das sorgt Avigdor«, erwiderte ich.

»Das ist der rechte Aufpasser! Der bringt es fertig und gibt ihm den Rest. Er braucht ihm bloß kaltes Wasser hinzustellen, wenn es ist verschwitzt, dann ist es zappenduster.«

Auf einmal wurde er gesprächig: Das Pferd brauche Aufsicht, und ein besseres Geschenk als dieses Pferd habe er niemals im Leben bekommen. Für alles andere habe er bezahlt, wie Gott es ja auch befahl, mit seinem Schweiß und seinem Blut. Aber mit dem Pferd, mit dem habe er Glück gehabt wie kaum jemand, sogar mehr als mit seiner Frau und seinen Kindern, Gott hab sie selig!

»Du hättest es mit herbringen sollen«, sagte der Totengräber.

»Das fehlte uns gerade noch!« knurrte Zemach.

Auf einmal stellte ich mir vor, unser Pferd geht den langen Krankenhausflur entlang, seine Hufe trappeln, die Türen öffnen sich, und die Menschen sehen das Pferd an wie einen Zauberer, der ihnen Heilung bringt, nur Zemach allein steht abseits, schaut unzufrieden drein und hört nicht das Hufgetrappel, sondern das Dröhnen der Flugzeuge und das Krachen der Bomben, die auf das schmale Fuhrwerk fallen, mit dem er aus seinem Polen geflüchtet ist.

»Der eine läßt seine Frau zurück, der andere seine Kinder und Enkel und wieder ein anderer ein Pferd«, sagte Josef. »Ich vermache es dir«, fuhr er fort. »Reb Rachmiel und ich haben hier ein Schreiben für dich aufgesetzt.«

»Alles, wie es sich gehört«, sagte der Alte mit den schmutzigen Füßen. »Das Testament ist genau nach Vorschrift aufgesetzt und bestätigt durch Unterschrift und Siegel. Gleich werde ich es dir aushändigen.«

Er stieg aus dem Bett, schob seine Füße in zerfledderte Hauspantoffeln und tappte schlurfend zu Josef hinüber.

»Hier!« Reb Rachmiel zog unter Josefs Kopfkissen ein Blatt Papier hervor und begann mit schwülstigem Ausdruck vorzulesen: »Im Falle meines Todes vermache ich all mein mobiles und immobiles Eigentum meinem Enkel ...«

»Reb Rachmiel ist ein gebildeter Mann«, sagte der Totengräber, bemüht, den Eindruck zu glätten, den das Vorlesen bei mir erweckt hatte. »In seiner Jugend hat er Rothschild persönlich gesehen. Nicht im Traum, sondern in Wirklichkeit.«

Ich konnte nicht begreifen, welche Beziehung Baron Rothschild zu dem Testament haben sollte, in dem ich aus unerfindlichen Gründen Josefs Enkel genannt wurde. Es ist ja ein Unterschied, ob man im Leben lügt oder auf dem Papier. Gewiß war ich dem Totengräber in vieler Hinsicht verpflichtet, aber mein Großvater war er deswegen noch lange nicht.

»Deine Großmutter hätte gut und gerne meine Frau werden können«, sagte mein Vormund nach einer quälend langen Pause. Das Papier zitterte in meiner Hand, und ich wußte nicht, was tun.

»Du bist mein Enkel, Daniel. Wirklich und wahrhaftig. So ist das nun.«

»Wir alle sind Kinder ein und derselben Mutter«, warf Reb Rachmiel ein, der in seiner Jugend die Ehre gehabt hatte, den Baron Rothschild persönlich zu Gesicht zu bekommen.

»Tritt näher, Daniel!«

Ich trat ans Bett.

»Beug dich nieder«, bat der Totengräber.

Ich beugte mich nieder.

»Wenn es dir nicht zuwider ist, so küß mich.«

Ich streifte mit den Lippen sein unrasiertes, nach Bartstoppeln und Krankheit riechendes Gesicht, und Tränen stürzten mir aus den Augen.

»Warum weinst du, mein Herz? Schämst dich, den Josef so zu sehen? Geschwätzig, plattgedrückt wie ein Kuhfladen? Ich schäme mich auch …«

»Es ist zum Verrücktwerden! Zum Verrücktwerden ist das!« zeterte Zemach. »Wann hört endlich der Schlamassel auf mit Küssen und Pferden und Träumen?! Schwester! Schwester!« Er klopfte an die Wand.

»Geh jetzt, Daniel«, sagte Josef ruhig. »Überbringe allen einen letzten Gruß von mir. Geh zu Chaim, er soll beten für mich Sünder.«

»Ist gut«, sagte ich.

»Und noch etwas – nimm mein Holzbein mit auf den Friedhof. Der Doktor hat es, er wird es dir geben. Wasch es schön sauber und steck es in die Erde neben dem Grab von meinen Kindern und Debora. Vielleicht wächst es an und bekommt Blätter. Vergiß es nicht.«

»Ich vergesse es nicht«, sagte ich.

»Dieser Pan Großmaul« – Josef wies auf Zemach –, »der schwört, bei ihnen gab es einen Präsidenten, von dem das Herz in einer Stadt und der Kopf in einer anderen begraben ist.«

»Piłsudski«, sagte Reb Rachmiel und fügte polnisch hinzu: »Psiakrew!«

»Wenigstens mein Beinstumpf soll heimkehren. Geh, Daniel, und vergiß es nicht.«

»Ich werde mich um ihn kümmern«, sagte Rachmiel. »Wisch deine Tränen ab. Der Mensch soll dem Schöpfer Dank sagen für jeden einzelnen Tag, den er gelebt hat. Und Reb Josef hat nicht nur einen Tag gelebt und nicht einmal nur tausend Tage.«

»Nun, ein Dankeschön soll er nicht von mir erwarten. Er ist es, der mir zu danken hat. Er. Dafür, daß ich so viele Jahre meinen Kummer und seine Ohnmacht eingeebnet habe.«

Er kriegt das Huhn, fiel mir ein, und bei dem Gedanken an den Langen tat mir das Herz weh. Auf meinen Lippen spürte ich den eisigen Hauch des Todes, und sosehr ich mir auch auf die Lippen biß, er verging nicht, ich nahm ihn mit. Hatte ich mich wirklich für immer von Josef verabschiedet? Würde er wirklich nicht mehr nach Hause kommen, nicht einmal für einen Tag, nicht einmal für eine Stunde? Warum war das Schicksal so grausam zu ihm? Warum war ihm nicht die letzte Freude vergönnt, die ein Mensch haben kann – die Freude, neben seinen Nächsten in einem kleinen Stück Erde zu liegen unter diesem riesigen und doch so winzigen Himmel?

»Nun, haben Sie ihn besucht?« hörte ich hinter mir die weiche Stimme des Arztes, und ich wandte mich um.

»Ja. Ich würde ihn gern von hier wegholen.«

»Wie meinen Sie das?«

»Ich leihe mir einen Schlitten, spanne das Pferd vor und hole ihn ab.«

»Das könnte zu spät sein«, sagte der Arzt. »Es steht schlecht um ihn. Die Leiche können Sie jeden Tag abholen, aber länger als zweimal vierundzwanzig Stunden behalten wir sie nicht hier.«

»Dann geben Sie mir sein Holzbein.«

»Wozu das? Sie haben doch, Gott sei Dank, zwei gesunde Beine.«

»Er hat mich gebeten, es neben dem Grab seiner Angehörigen einzupflanzen. Vielleicht treibt es Blätter.«

»Das ist doch Mystik!« rief der Arzt aus, und seine Ohren wurden noch röter. »Wo hat man so etwas gehört, daß ein gewöhnliches Stück Holz Blätter treibt? Wunder gibt es nicht.«

»Woran soll man dann glauben?«

»An die Arbeit«, sagte der Arzt. »Alles übrige ist Glaube für Nichtstuer und Scharlatane. Gehen Sie hinunter in die erste Etage zur Wäscheverwalterin, sie gibt Ihnen den Pelz und das Holzbein. Der Fall ist klar. Eine Woche hat er noch zu leben – höchstens.«

Gerechter Gott, welch unerträgliche Bürde kann ein ganz gewöhnlicher Pelzmantel sein! Hätte ich mir einen Sack voll Steine auf die Schultern laden und durch die ganze Stadt zum Bahnhof schleppen müssen, so wäre mir leichter gewesen. Es war, als schleppte ich nicht den Pelz, sondern Josef selbst – so stark roch das zerfledderte Schaffell nach dem lebendigen Totengräber, nach seinem Schweiß, seinem Husten, seinem Kummer und seiner Zärtlichkeit. Außerdem war in den Pelzmantel wie ein Kind das Holzbein eingewickelt – ich konnte es doch nicht offen vor den neugierigen Blicken der Leute transportieren, obwohl ein solcher Beinstumpf eigentlich nichts Anstößiges hat, denn es gibt ja genug Krüppel auf der Welt.

Während der ganzen Heimreise konnte ich mich nicht mit dem Gedanken abfinden, daß in einer Woche, oder vielleicht noch früher, ein alter Mann mit dürren ungewaschenen Beinen denjenigen das letzte Stück seines Wegs begleiten wird, der mir großzügig Asyl und Nahrung gewährt hatte.

Ich mußte an den Sommer denken, noch einmal sah ich vor mir, wie Josef bis zur Brust im Friedhofsgras steht und die Sense dengelt, und die Sense singt so herzzerreißend und rein wie ein Vogel. Der Totengräber dengelt und lauscht, und ich lausche auch, und der Herrgott selbst lüftet ein Stück Himmelssaum, um zuzusehen und zu lauschen. So werde ich ihn in Erinnerung behalten: mit dem Wetzstein in der Hand, inmitten des hohen Grases, das alles verbirgt – seinen Schmerz und sein Holzbein, seine von der Sonne ausgeblichenen Hosen und das Unglück, das auf ihn zukommt.

Zu Hause in der Hütte verließ mich plötzlich alle Kraft, ich warf den Pelz auf Josefs Bett, und Avigdor, von irgendwoher aufgetaucht, schlug ihn auf, nahm den Holzstumpf heraus, hielt ihn an sein gesundes Bein, lächelte traurig und murmelte etwas über den Tod: Ein guter Mensch war der Totengräber Josef, sollte das wohl heißen, Gott sei ihm gnädig!

Dann lehnte er das Holzbein an die Wand und zog sich, immer noch lächelnd, Josefs Pelz an.

»Nehmen Sie ihn«, sagte ich. »Fangen Sie die Hühner!«

Der Taubstumme trat vor die Spiegelscherbe, die an der kahlen Wand hing, er sah hinein und klopfte sich freudig die Seiten: Josefs Pelz kam ihm gerade recht.

Soll er ihn tragen, dachte ich.

»Hm, hm«, brummte Avigdor und zeigte aufs Fenster.

»Gehen Sie, gehen Sie«, sagte ich. »Ssore-Broche wartet sicherlich schon.«

Der Taubstumme aber hörte nicht auf. Er ging zum Fenster, trommelte mit den Fingern dagegen, sah sich zu mir um und forderte meine Aufmerksamkeit.

»Was ist denn dort?« fragte ich.

Avigdor lächelte wie ein berauschter Schwiegervater auf der Hochzeit. Das Lächeln paßte nicht zu dem Pelz und nicht zu unserer Hütte, wo es einfach sündhaft war zu lächeln: Wie konnte man zu lächeln wagen, wenn ein Toter auf dem Tisch lag und alle vor Kummer wehklagten.

»Hm, hm«, ächzte der Taubstumme; er wollte mir etwas klarmachen. Enttäuscht, daß ich nicht verstand, faßte er mich am Ärmel und zog mich zum Fenster.

Da sah ich Judith.

Sie kam aufs Haus zu, in der Hand einen großen verschnürten Karton, hin und wieder glitt sie fast aus auf dem glatten Schnee, und ich stürzte Hals über Kopf hinaus, damit sie nur nicht die Hütte beträte.

»Warum ist es bei dir so glatt?« fragte Judith, doch ihre Stimme klang ganz und gar nicht vorwurfsvoll.

»Glatt ist es überall«, sagte ich. »Wir haben nun mal Winter.«

»Was denn, soll ich auf halbem Weg stehenbleiben?« schmollte sie. »Hätte ich das gewußt, wäre ich bestimmt nicht gekommen. Bring schnell Salz her. Unser Hausmeister streut immer Salz aufs Trottoir.«

»Ich habe aber nicht genug«, lächelte ich.

»Dann bring, soviel du hast«, sagte Judith. »Oder trag mich. Du bist doch stark.«

»Ich hole lieber schnell Salz«, sagte ich, geschmeichelt durch ihre Worte über meine Stärke, und flitzte zurück ins Haus.

Bald kam ich mit einem hölzernen Salzfaß zurück.

»Streu!« befahl Judith.

Ich nahm eine Prise von dem Salz, das vom langen Aufbewahren schon dunkel wie Tabak war, und wollte es ausstreuen, aber Judith hielt meine Hand fest.

»Ich habe dich belogen«, gestand sie. »Es ist überhaupt nicht glatt. Ich wollte nur sehen, ob du machst, was ich sage, oder nicht.«

Aus dem Fenster schaute Avigdor heraus. Sein Starren und Judiths Nähe, dazu das dumme Salzfaß, groß wie eine Opferschale in der Synagoge – was sollte ich anfangen? In meiner Kehle steckte ein Kloß, der kommt immer, wenn ich mächtig aufgeregt bin. In meinen kühnsten Träumen hatte ich nicht solch eine freudige Überraschung erwartet. Der Herrgott erwies mir in dieser Stunde seine Gnade. Er schickte Judith, damit ich nicht an seiner wundertätigen Allmacht zu zweifeln wagte, damit ich wieder wußte, daß Hand in Hand mit dem allergrößten und unvermeidlichen Leid etwas anderes einhergeht, etwas, das die Seele vom Fleische befreit und sie froh über der Erde schweben läßt.

»Gott, was für ein uraltes Salzfaß!« rief Judith aus. »Das ist ja wohl schon tausend Jahre.«

»Josef hat es vor dem Krieg gekauft«, sagte ich.

»Vor welchem Krieg?«

»Damals ... gegen den Kaiser«, antwortete ich. »Aber gehen Sie um Gottes willen nicht weiter.«

»Warum nicht?« Auf einmal bemerkte sie, daß Avigdor aus dem Fenster schaute. »Er hat uns sowieso gesehen. Ich will einen richtigen Totengräber kennenlernen. Wie bei Shakespeare.«

»Wie bei wem?« fragte ich erbebend.

»Wie in ›Hamlet‹«, sagte Judith.

»Das ist Avigdor«, sagte ich. »Er ist taubstumm!«

»Taubstumm? Phantastisch!« zwitscherte Judith.

»Es ist dort drin nicht sehr sauber«, preßte ich hervor. »Na fabelhaft!« Sie gab mir den Karton in die Hand. »Bei uns zu Hause ist es so sauber, daß mir schlecht wird.«

»Ich war in der Stadt und konnte noch nicht aufräumen«, versuchte ich mich zu rechtfertigen, während ich auf den Karton schielte und rätselte, was drin sein könnte.

»Wir räumen zusammen auf. Zu Hause darf ich das nicht. Aber du, hoffe ich, erlaubst es mir?«

»Das mache ich allein.«

»Wir werden fegen, den Fußboden wischen, und schon ist es sauber«, sagte Judith. »Hauptsache, hier ist es rein.« Sie tippte mit ihrem Handschuh auf mein Herz. »Ist es da rein bei dir?«

»Ich weiß nicht.« Ich zuckte die Schultern.

»Dann muß ich hineingehen und nachsehen.«

»Wohin?« fragte ich erstarrend.

»In dein Herz«, sagte Judith. »Ich bin so. Ich kann alles.« Wir gingen in die Hütte. Judith nahm mir den geheimnisvollen Karton wieder ab und stellte ihn auf den Tisch, dann zog sie ihre Mütze vom Kopf, warf das Haar zurück und lächelte Avigdor mit den Augen zu. Er erwiderte ihr Lächeln auf die gleiche Weise und ging mit schweren Schritten zur Tür.

»Wo wollen Sie hin?« fuhr Judith auf, als der Taubstumme nach der Türklinke griff. »Halt ihn auf, Daniel. Er soll ein Weilchen bei uns sitzen.«

Ich holte Avigdor ein und setzte ihn neben Judith an den Tisch, wo der verschnürte Karton stand und ihr gelbes Mützchen wie eine große Wasserlilie leuchtete.

»Was ist in dem Karton?« zog Judith mich auf.

»Ich errate es sowieso nicht.«

»Na was?«

»Ich weiß es nicht.«

»Du hast überhaupt keine Phantasie. Und das will ein Rodin sein! Nun, was hättest du gern?«

»Was ich gern hätte? Vieles.«

»Zum Beispiel?«

»Meine Mama ... und Großmutter ...«

»Ich frage nach Dingen«, sagte Judith leise.

»Dinge brauche ich nicht.«

Vielleicht waren im Karton Pinsel und Farben?

»Ich habe dir ein Geschenk mitgebracht«, verkündete Judith feierlich und begann die Schnur zu lösen. »Zum Geburtstag.«

»Mein Geburtstag ist im Mai«, sagte ich, während ich Judiths flinke, zarte Finger betrachtete.

»Hervorragend!« sagte sie und ließ den Karton noch ungeöffnet. »Im Mai gibt es so viele Blumen! Und die Vögel singen. Weißt du, wovon sie singen?«

»Vom Frühling«, sagte ich.

»Nein«, sagte Judith. »Die Vögel singen immer von ein und demselben. Stimmt's?« wandte sie sich an Avigdor.

Er nickte.

Er saß am Tisch in Josefs Pelz und blickte auf uns wie aus weiter Ferne, in der er jung und hübsch gewesen war und alles gehört hatte: das Singen der Vögel und das Rauschen des Laubs und auch den vorsichtigen, federnden Schritt wilder Tiere. In seinen Augen drängten sich Worte, aus Leid geboren und deshalb wahr, und in der eingetretenen Stille war jedes Wort klar und warnend zu vernehmen. Sein ganzer Anblick schien davon zu reden, wie flüchtig die Freude ist, daß sie nicht zehn Jahre währt, sondern bestenfalls ein, zwei Lenze, dann verstummen die Vögel, dann fällt das Laub, und die Tiere verkriechen sich im Dickicht, um zu sterben.

»Sag, ist er von Geburt an stumm?« fragte Judith, als sie den Karton geöffnet hatte.

»Ein herabstürzender Balken hat ihn getroffen, als hier die Möbelfabrik gebaut wurde.«

»Dann hat er nicht vergessen, wovon die Vögel singen. Hier ist dein Geschenk.« Judith entnahm dem Karton ein Paar Schlittschuhe und Schuhe dazu.

»Aber wieso denn das?« brachte ich nur heraus, ich war fassungslos.

Der glückliche Avigdor strich behutsam über die blitzenden Schlittschuhe und lächelte, aber nicht sein übliches seliges Lächeln, sondern auf ganz andere Art, so, wie ein Mensch lächelt, wenn er der Geburt eines weiteren – der Welt längst bekannten – Geheimnisses beiwohnt.

»Danke«, sagte ich und senkte den Kopf. Ich war froh und beschämt zugleich, und ich wollte nicht, daß davon jemand etwas merkte – und sei er auch taub und stumm.

»Sie müssen nach Hause, Avigdor«, sagte ich.

»Warum jagst du ihn fort? Mir gefällt es, wenn er mit hier sitzt. Die Menschen schweigen so selten.«

»Aber er schweigt heute auf besondere Weise. Ich höre alles.«

»Was hörst du?«

»Ich höre es eben. Kommen Sie, ich zeige Ihnen lieber unseren Friedhof.«

Ich hielt es einfach nicht mehr aus am Tisch.

»Werde ich auch nicht im Schnee versinken?«

»Nein, nein.«

»Sag ›du‹ zu mir«, bat Judith. »Sonst komme ich mir vor wie meine eigene Mutter. Die ist nämlich alt und würdig. Wie dein Salzfaß. Ich weiß, Papa leidet, aber ich bedaure ihn überhaupt nicht.«

»Worunter leidet er?«

»Worunter?« Judith überlegte einen Moment. »Er liebt sie einfach nicht.« Sie stand auf und stülpte sich das Mützchen über.

Auch Avigdor stand auf.

»Das ist eine lange Geschichte«, sagte sie, als wir zu dritt auf den Hof hinaustraten. »In Kurzfassung sieht es so aus: Papas Geld war zehn Jahre jünger als Mamas. Aber der Rabbiner hat sie getraut, und sein Geld und ihr Geld sind zusammen ins Bett gegangen. Die ersten vier Jahre hat das Geld wieder Geld gezeugt und dann mich.«

Judith hielt plötzlich inne, als hätte sie sich am Schnee verschluckt.

Wir standen und warteten, während der Taubstumme im Stall die Hühner einfing, die wie besessen gackerten und an die frostigen Wände prallten.

Von Judith ging ein wahrer Wohlgeruch aus, und mir wurde schwindlig, wie in der Kindheit zum Pessachfest, wenn Großvater mir ein Glas Honigschnaps gab und die ganze Hütte davon in der Luft herumwirbelte wie eine Taube.

Niemand, sagte Großmutter immer, entgeht dem Tod, aber auch der Liebe entgeht niemand. Und ist nicht die Liebe, dachte ich, so ähnlich wie Pessach. Du sitzt am Tisch und wirst innerlich ganz umgekrempelt, nicht weil du betrunken bist, sondern weil du so innig, geradezu beseligend, am Fest beteiligt bist. Dann fühlst du dich, als sei in dir ein wunderweißer Apfelbaum erblüht, der streut seine Blüten aus auf deinen Tisch, auf deinen Wein und auf die ganze unermeßlich weite Erde.

»Ich werde jeden Tag zu dir kommen«, sagte Judith.

»Ja, komm«, sagte ich.

»Ich werde dir Unterricht geben«, sagte Judith.

»Ja, gib«, sagte ich.

»Ich möchte jemandem nützlich sein. Ich möchte im Leben jemanden liebhaben.«

»Hab mich lieb«, sagte ich so leise, daß ich es selbst kaum hörte.

Der Taubstumme hatte endlich die Hühner gebändigt, er barg sie an seiner Brust unter Josefs Pelz und kam aus dem Stall.

»Wenn ich mit dem Gymnasium fertig bin, fahre ich weg«, sagte Judith.

»Wohin?« Mein Herz zog sich zusammen. »Irgendwohin«, antwortete sie.

»Kann denn der Mensch nicht an einem Ort glücklich sein? Warum treibt es ihn immerzu herum, mal hierhin, mal dorthin?«

»Ich weiß auch nicht«, sagte Judith.

»Sieh dir diese Kiefern an! Der Regen peitscht sie, der Frost tut ihnen weh, und die Krähen lassen ihren Dreck darauf fallen. Aber sie bleiben stehen.«

»Der Mensch ist kein Baum«, sagte Judith.

»Schade«, sagte ich. »Früher wollte ich immer ein Vogel werden, aber jetzt möchte ich gern ein Baum werden. Und alle, die mir nahestehen, müßten auch Bäume werden. Vielleicht hörte dann unser Umherwandern und Getriebensein auf.«

»Du bist ein kluger Bursche, Daniel. Hat dich vor mir schon jemand unterrichtet?«

»Henoch Rapoport. Aber er hat sich aufgehängt.«

»Weil du ein schlechter Schüler warst?« Judith lachte. »Ich muß nach Hause«, sagte sie.

»Ich bringe dich ein Stück.«

»Ja, gut«

Wir gingen den von vielen Schlitten glattgefahrenen Weg entlang, und wieder spürte ich den von Judith ausströmenden Wohlgeruch, und mir schwindelte der Kopf, der unbedeckte, auf dem das Haar rankte wie die Reben an einem Weinstock, und in meinen Ohren – für die hatte Großmutter keinen Vergleich gefunden! – klang es: »Ich möchte im Leben jemanden liebhaben! Ich möchte im Leben jemanden liebhaben!«

Der Himmel war jetzt klar, und die Wintersonne versprühte ihre Strahlen, wie ein glühendes Stück Eisen Funken sprühte unterm Vorschlaghammer des Schmiedes Justinas.

»Trotzdem, das Geld für die Schlittschuhe hättest du sparen können«, sagte ich. »Ich werde sowieso nicht fahren.«

»Sei unbesorgt«, sagte Judith. »Asser wird dir nicht mehr die Schuhe wegnehmen. Der Fleischer hat für ihn einen Aufpasser gefunden. Der löscht sonst immer am Sabbat bei uns die Kerzen.«

»Jona?«

»Kann sein, Jona. Asser haben sie eingeschlossen und den Schlüssel in die Brieftasche gesteckt. Der Ärmste! Stell dir vor, er und Kristina wollten heimlich in die Stadt fahren. Aber der Gehilfe vom Eisenwarenladen hat sie verraten.«

»Ruben Stoljartschik?«

»Asser wollte bei ihm Geld borgen.«

»Wahrhaftig?« Endlich begriff ich, warum der Fleischerssohn sich die Dollars nicht geholt hatte, aber ich verriet ihn nicht.

»Wir beide gehen arm wie die Bettler fort«, sagte sie. »Wir stehen beizeiten auf und gehen zu Fuß los. Dann nimmt uns ein Fuhrwerk mit. Und dann fliegen wir!«

»Fliegen – wie denn?«

»Ganz einfach. Mit Flügeln. Die Liebe verleiht doch Flügel«, sagte Judith und bewegte die Arme wie Flügel. »Wollen wir?«

Ich schwieg bedrückt.

»Du bist doch ein Vogel gewesen! Was macht's dir aus?« stieß sie zwischen den Zähnen hervor, und mich erschreckte ihr Ton – spöttisch, herablassend, fast grob.

»Verzeih, Daniel. Ich bin einfach albern. Mich sticht der Hafer, wie meine Mama immer sagt. Begleite mich nicht weiter. Geh nach Hause zurück. Und warte auf mich! Ich komme. Ich komme bestimmt.«

Sie ging und winkte mir von fern noch einmal mit der Hand, ich aber stand noch lange barhäuptig unter der winterlichen Sonne, ohne die Kälte zu spüren, und auch die festliche Erhobenheit war verflogen, die mich noch vor kurzem, ein halbes Stündchen vorher, in der schmutzigen, un aufgeräumten Hütte erfüllt hatte, in Gegenwart des selig lächelnden Avigdor, der sich im fremden Pelz an fremdem Glück wärmte.

Mein weißer Apfelbaum war plötzlich verbrannt, und durch die Luft trieben nicht zarte Blütenblätter, sondern Asche, die graue, übelriechende Asche der Verzweiflung.

Sie sticht wirklich der Hafer, dachte ich. Eines Tages werden sie sie genauso vor mir einschließen wie Asser vor Kristina, und den Schlüssel werden sie in die Brieftasche legen zu dem Geld, das sie so verachtet, weil sie seiner nicht bedürftig ist. Sie werden sie einschließen, und dann ist Schluß mit ihren Besuchen auf dem Friedhof.

Ich schalt mich dafür, daß ich mit einer Art freudiger Unterwürfigkeit von ihr das Geschenk angenommen hatte, wie der Synagogendiener Chaim vom Besitzer der Möbelfabrik, Herrn Nathan Pjanko, das Holz annahm.

Aber vielleicht tat ich ihr auch unrecht. Vielleicht war sie tatsächlich bereit, mich zu unterrichten und auch zu lieben und, wenn es sein mußte, mit mir wegzugehen, weit weg von ihren Eltern und deren Geld, das der Rabbiner getraut hatte.

Kommt Zeit, kommt Rat, sagte Großmutter immer.

Ich sah Judith nach, deren Figur schon im winterlichen Dunst verschwamm, und abermals erblühte in mir der weiße Apfelbaum, und abermals fielen seine Blüten auf meinen Tisch, auf meinen Wein, auf mein Bett und auf die ganze unermeßlich weite Erde.

Der Schneider Benze Kogan nahm Maß bei mir, sein Sohn Pinchas schrieb die Maße in ein dünnes fettfleckiges Heft, und der Geselle Petras saß im Schneidersitz auf dem Tisch und nähte Futter in eine Jacke ein.

»Sein richtiger Name, sagst du, ist Schinckelgruber? Hundertzwölf.«

»Schicklgruber«, antwortete Pinchas und trug mit einem Bleistiftstummel, der wie ein verfaulter Zahn aussah, die Ziffern ins Heft ein.

»Und er ist, sagst du, Maler gewesen? Siebenundvierzig.«

»Ja, Maler.«

»Hast du siebenundvierzig aufgeschrieben?«

»Ja.«

»Vierundsechzig«, sagte Benze Kogan, nachdem er das Zentimetermaß um meine Taille gelegt hatte. »Nun hör mir mal gut zu: Dein Schicklgruber muß ein miserabler Maler gewesen sein. Ein guter Maler würde niemals seinen Pinsel gegen ›Deutschland, Deutschland über alles‹ vertauschen oder gegen ›Nieder mit dem Weltjudentum‹. Zapple nicht, halt still«, befahl er mir.

Benze Kogan verfügte über ein Körpergewicht, wie man es selten bei Schneidern findet. Seine ungesunde Fülle hinderte ihn, sich zu bücken, und so kniete er häufig vor einem Kunden nieder wie vor einer Gottheit, um ihm vom Gürtel bis zu den Füßen Maß zu nehmen.

»Achtundsechzig. Länger muß er nicht sein«, entschied er an meiner Statt. »Jetzt ist alles in Mode, was kurz ist: kurzes Gedächtnis, kurzes Glück, kurzes Leben. Hör zu, mein Sohn. Wenn ich mit ihm reden könnte, würde ich ihm folgendes sagen: Sie plustern sich auf für nichts und wieder nichts, Sie ehemaliger

Schicklgruber, jetzt Hitler. Die Juden kriegen Sie sowieso nicht unter. Dazu fehlt Ihnen der Mumm. – Was soll es nun werden: ein Zweireiher oder ein Einreiher?«

»Wie Sie es für gut halten«, erwiderte ich.

»Gut ist beides. Aber für zwei Mäntel reicht dein Stoff nicht.«

»Dann ein Einreiher.«

»Na fein, mit dir kann man sich leichter verständigen als mit diesem österreichischen Maler. Ihr könnt mir glauben, ich würde nehmen kein Blatt vor den Mund, ich würde ihm sagen, was ich denke: Die Juden sind nicht auszurotten, würde ich sagen. Das haben vor Ihnen schon andere versucht, sie vom Erdboden verschwinden zu lassen: mit Feuer, mit dem Schwert und mit noch anderen Pestilenzen. – Also ein Zweireiher?«

»Einreiher«, sagte ich.

»Tut mir leid«, sagte Benze Kogan. »Ich hab mich ein bißchen zu lange aufgehalten mit Hitler, zur Hölle soll er fahren! Ich würde ihn auf eine Chaussee führen und seine österreichische Nase auf den Asphalt stupsen.«

»Was hat denn der Asphalt damit zu tun?« fragte Pinchas verdutzt.

»Ich würde seine österreichische Nase aufstupsen und würde sagen: Sehen Sie, Sie ehemaliger Herr Schicklgruber, jetzt Hitler, das Gras kämpft sich durch. Durch Teer und Stein. So auch wir. Wir kommen durch, durch alle Abgründe und Unbilden. Nehmen Sie, ehe es zu spät ist, den Pinsel in die Hand und streichen Sie weiter die Wände. Erste Anprobe am Donnerstag.«

»Gut«, sagte ich.

»Ich werde ihn dir nicht schlechter nähen als dein Vater«, sagte Benze Kogan. »Aus ihm hätte ein weltberühmter Schneider werden können. Aber was hilft es, wenn unsere Kinder nicht schneidern wollen. Unsere Kinder wollen werden ... wie heißt der Mann, Pinchas?« wandte sich der Schneider an seinen Sohn. »Irgend etwas mit L ...«

»Liebknecht«, sagte Pinchas.

»Nicht doch. Kürzer.«

»Chef«, unterbrach ihn plötzlich der Geselle Petras. »Ich bin fertig mit der Jacke.«

»Und wer wird sie für dich bügeln?«

»Pinchas. Meine Frau ist krank.«

»Geht Pinchas etwa nicht mit dir mit?« Benze Kogan sah seinen Sohn an, dann mich. »Jeden Montag gehen die beiden zusammen weg nach der Arbeit. Wann werdet ihr bloß endlich gesiegt haben und einen normalen Arbeitstag arbeiten?«

»Bald«, sagte Pinchas und zwinkerte mir zu. »Wie geht es dem Fisch?«

»Alles in Ordnung.«

»Prima«, lobte er mich.

»Ich bin ja selbst an allem schuld«, sagte Benze Kogan und setzte sich an die Nähmaschine. »Habe sie nicht straff genug gehalten. Bei anderen wagen die Gesellen nicht, den Mund aufzutun. Und ich habe die Redefreiheit eingeführt, wie der französische Präsident. Geh nur, geh, ich werde die Jacke selbst bügeln«, sagte er zu Petras. »Und du geh auch. Ich sehe doch, du sitzt wie auf Kohlen«, wandte er sich an seinen Sohn. »Was werde ich bloß machen mit den Aufträgen, wenn ihr hinter Gitter kommt? Na was?«

»Wir passen schon auf, daß sie uns nicht schnappen«, sagte Pinchas.

»Sein Vater wollte auch aufpassen.«

»Damals waren andere Zeiten.«

»Ins Gefängnis kann man zu jeder beliebigen Zeit kommen«, sagte Benze Kogan.

Pinchas und der Geselle Petras gingen hinaus.

»Und du, für wen putzt du dich so heraus?« hielt mich der Schneider auf, als auch ich zur Tür gehen wollte. Offenbar langweilte er sich allein. »Solange ich denken kann, hat kein einziger Totengräber sich etwas nähen lassen.«

»Ich hab es satt, im Schafpelz zu gehen!« sagte ich. »Und außerdem will ich nicht mein Lebtag auf dem Friedhof bleiben.«

»Dann komm zu mir. Wenn sie erst gesiegt haben, werden sie sowieso nicht mehr schneidern. Gleichzeitig das Ruder der Macht und die Nähnadel halten – das geht nicht.«

»Für mich ist es zu spät, Schneider zu werden.«

»Schneider zu werden, ist es nie zu spät. Ich habe gekannt einen ehemaligen Rabbiner. Er hat sich verliebt, nicht in irgendeine, sondern in eine Preußin. Er wohnte in Pagėgiai, weißt du, dicht an der deutschen Grenze. Alles hat er aufgegeben und ist ihretwegen in die Lehre zu Gedalja Blechmann gegangen. Eine Zeitlang habe ich mit ihm zusammen gearbeitet. Ein Schneider ist er geworden, aber die Preußin, die hat ihn sitzenlassen.«

»Warum?« fragte ich neugierig.

»Eine Sache ist es, mit einem Rabbiner zu gehen, eine andere, mit einem Schneider zu leben. Komm am Donnerstag zur Anprobe.«

Ich schlief noch, als ich hörte, wie heftig an den Fensterladen geklopft wurde. Man klopfte mit einem schweren Gegenstand, wahrscheinlich aus Eisen, und der Fensterladen zitterte unter den Schlägen.

Nach einiger Zeit hörte das Klopfen auf, und ich dachte, ich hätte es nur geträumt, aber für alle Fälle wollte ich mich anziehen, warf mir also den Schafpelz über, schlüpfte, ohne hinzusehen, in die Stiefel und trat in den Morgen hinaus.

Unterm Fenster standen zwei und traten von einem Fuß auf den anderen: unser neuer Ortspolizist Tutkus, der aus der Stadt hergeschickt worden war, und ein Soldat mit englischem Gewehr, der war ebenso erschöpft wie jene, die in voller Kriegsausrüstung den Bahndamm entlanggegangen waren. Er war es auch, der mit dem Gewehrkolben an den Fensterladen geklopft hatte.

»Was trödelst du so lange?« knurrte unser neuer Ortspolizist. »Willst uns wohl ganz erfrieren lassen?«

Er hatte ein rotes Gesicht mit kleinen kurzsichtigen Augen und einem rötlichen Schnurrbart, der sich wie eine Raupe unter der fleischigen Nase wand. Ganz anders als bei Inordnung, der äußerlich überhaupt nichts Polizeiähnliches an sich hatte, sprach an Tutkus jede Kleinigkeit von seiner Macht und Stärke, sogar sein vom Koppel zusammengeschnürter Bauch flößte Furcht ein – auf zwei Schritt Entfernung war ein bösartiges Kollern zu hören.

Hatten sie etwa Lunte gerochen wegen des Sackes, der im Keller versteckt war?

»Ist in den letzten zwei Tagen jemand auf dem Friedhof gewesen?« erkundigte sich Tutkus.

»Nein, niemand«, sagte ich.

»Wirklich niemand?«

»Der taubstumme Avigdor«, sagte ich mit einem Seitenblick auf den Soldaten.

»Laß deine Judenspäße«, warnte mich unser neuer Ortspolizist. »Wir haben keine Zeit für Spielereien.«

Der Soldat sah mich teilnahmsvoll an, als bedaure er meine Lüge, obwohl ich, was Avigdor betraf, die Wahrheit gesprochen hatte, die reine Wahrheit. Sie aber suchten eine andere Wahrheit, die über den im Keller verborgenen Sack. Die würden sie aus mir nicht herausquetschen. So dumm war ich nicht. Ich wußte, was gespielt wurde.

»Der Apfel fällt nicht weit vom Stamm«, sagte Tutkus, knöpfte seinen Uniformmantel auf und befahl: »Geh voran!«

»Wohin?« Ich zuckte zusammen.

Der Soldat stieß mich leicht vorwärts mit seinem bereiften englischen Gewehr.

Ich ging, und durch die Berührung mit dem Gewehrkolben zerbrach in mir etwas und fiel in den Schnee. Was hatten sie vor? Wohin trieben sie mich und warum?

Sinnlos durchstreiften wir den Friedhof. Tutkus blickte in die Runde, der Soldat prüfte mit dem Gewehrkolben die Festigkeit der Grabsteine, und nach jedem Schlag hallte ein Echo, als stöhnten die aufgestörten Toten.

»Wer ist hier vergraben?« fragte unser neuer Ortspolizist und wies auf einen gelben Hügel überm Schnee.

»Josua«, sagte ich. »Ein Schankwirt.«

»Wie war er angezogen?«

»Gar nicht«, erwiderte ich. »Bei uns werden die Toten ohne Kleidung beerdigt.«

»Bei ihnen ist alles verquer«, sagte Tutkus. »Sie machen im Handumdrehen aus einem Panzersoldaten einen Kneipen.«

»Man wird ihn kaum in der Wattejacke begraben haben«, meinte der Soldat und stieß die Stiefelspitze in den Grabhügel.

»Dort drin ist ein Kasten mit Asche«, sagte ich. »Der ist aus Amerika gebracht worden. Fragen Sie den Rabbiner. Der sagt Ihnen dasselbe.«

»Ihr steckt alle unter einer Decke«, sagte Tutkus müde. »Ob fünfzackiger oder sechszackiger Stern – euch ist das scheißegal. Und wir müssen's ausbaden! Uns stellen sie aus Moskau ein Ultimatum und verlangen, daß wir ihn heil und gesund zurückschicken.«

»Den Schankwirt Josua?«

»Stell dich nicht dumm.«

»Wen denn dann?« fragte ich kühner.

»Irgend so einen Mongolen oder so einen wie du ... mit 'nem abgeschnippelten.« Tutkus fluchte saftig, und das Fluchen stimmte ihn froher. »Womöglich haben sie ihn selber um die Ecke gebracht. In Litauen träumt ihr von Rußland, in Rußland von Amerika und in Amerika von eurem Palästina. Doppelzüngiges Gesocks!«

»Wenn Sie die Russen suchen, Herr Polizist, die sind nicht auf dem Friedhof. Die sind im Wald.«

»Klugscheißer«, warf Tutkus hin. Er fiel plötzlich in sich zusammen, schloß seinen Mantel und wandte sich an den Soldaten: »Graben wir?«

»Nicht der Mühe wert«, sagte der Soldat. »Der Junge lügt nicht. Vielleicht werfen wir einen Blick in die Hütte?«

»In der Hütte werden sie die Leiche nicht aufbewahren. Da ist noch der Stall.«

Mir rutschte das Herz in die Hosen.

»Na gut, um unser Gewissen zu beruhigen«, stimmte der Soldat zu.

»Finster wie in der Hölle«, sagte Tutkus, als wir den Stall betraten.

Der Soldat stocherte mit dem Gewehrlauf im Stroh.

Das Pferd sah ihn und Tutkus ruhig an, und seine Ruhe verstärkte noch meine Aufregung.

»Und was ist das dort?« fragte unser neuer Ortspolizist und wies auf die Kellerluke.

»Der Keller«, sagte ich.

»Mach auf.«

Meine Angst unterdrückend, hob ich den Deckel an, und Tutkus stieg die Kellertreppe hinab. Er fingerte Streichhölzer aus seiner Tasche, entzündete eins, dann noch eins, hielt es an die schimmelbedeckte Wand und fuhr plötzlich zurück: »Hier ist jemand!«

»Das ist meine Großmutter«, sagte ich.

»Eine hölzerne Vogelscheuche«, knurrte Tutkus. »Jeden Dreck heben die auf.«

»Eine Großmutter ist kein Dreck«, sagte der Soldat. »Großmutter ist Großmutter.«

Er sah mich abermals teilnahmsvoll an, schulterte sein englisches Gewehr und verließ als erster den Stall.

»Wahrscheinlich haben sie ihn unterm Eis versteckt«, vermutete Tutkus und stapfte hinter dem Soldaten vom Hof.

Mir gab es einen Stich: Sollte am Ende wirklich jemand den Unterleutnant Kogan umgebracht haben? Sollten sie in Tobolsk wirklich vergebens auf ihn warten, sein Schauspielervater und die Mutter, die wer weiß wessen Geld zählte?

Wäre nicht Judith, hätte ich vielleicht schnell einen Abstecher in den Wald gemacht und, hinter Bäumen verborgen, nachgesehen, ob der Panzersoldat noch lebte oder nicht. Aber ich fürchtete, sie zu verpassen. Am Ende käme sie, und ich wäre nicht zu Hause. Schließlich war der Unterleutnant Kogan mit mir weder verwandt noch verschwägert, nicht einmal um fünf Ecken. Und Judith?

Nachdem Tutkus und der Soldat fort waren, machte ich mich über die Hütte her, ich putzte, wischte, lüftete.

Schön ist es im Sommer, wenn man sich mit einem Mädchen überall treffen kann: auf der Brücke oder unter der Brücke, auch auf den Flößen oder im Wäldchen, und sogar auf dem Hof der Möbelfabrik hinter den hohen Holzstapeln, wo jede Menge weiche, duftende Späne liegen. Auf denen, hieß es, war auch Ssore-Broche in Schande gekommen, die Frau des taubstummen Avigdor.

Sommers ist es schön mit einem Mädchen, im Winter aber eine regelrechte Strafe. Zu kalt zum Spazierengehen, und im Warmen kann man nirgends in Ruhe sitzen, überall fühlt man sich gehetzt und vertrieben: durch Blicke oder Spott. Der einzige Ort wäre die Kneipe. Aber versuch mal, deine Liebste dorthin zu locken – auf keinen Fall kommt sie mit.

Ich war in Schweiß gebadet, als ich endlich den elenden Schmutz abgescheuert hatte, der sich in die Fußbodenbretter der Friedhofshütte eingefressen hatte; an Begräbnistagen kommt ja niemandem in den Sinn, sich die Füße abzutreten, denn jeder Eintretende ist mit Gedanken an den Tod beschäftigt.

Aus der Kommode holte ich eine große Tischdecke, die schon ewig darin lag, und breitete sie über den Tisch – denselben Tisch, auf dem für alle Juden des Marktfleckens die Totenmesse zelebriert wurde. Auf der Tischdecke waren große, grellfarbene Blumen. Sie leuchteten unter der Balkendecke, und ihre zwar verblichenen, aber immer noch festlichen Farben ließen alles ringsum heller erscheinen und verbreiteten eine Atmosphäre gar nicht demütiger, sondern freudiger Erwartung.

Ich werkelte in der Hütte wie unser Friedhofsstorch an seinem Nest. Jedes Frühjahr kehrte er mit seiner Gefährtin aufs Dach unseres Stallgebäudes zurück, und ihr Geklapper und Gewisper weckte im Menschenherzen ein ersehntes und gutes Gefühl wehmütiger Unrast.

In meinem ersten Frühling auf dem Friedhof konnte ich einfach nicht begreifen, warum er sich gerade hier niederließ, auf diesem verfallenen Dach, von dem aus nichts zu sehen war als die schwarze Wand des Waldes, inmitten all der Krähen und des Weinens der Hinterbliebenen.

»Die Liebe ist blind«, erklärte mir Josef. »Was kümmert sie das Weinen, was kümmert sie das Gekrächz und das kaputte Dach?! So ist das nun.«

Mit dem Besen entfernte ich die Spinnweben, die überm Tisch und in den Ecken hingen, und ich wünschte sehr, es möge bald Frühling werden und der Storch möge kommen, denn auch in mir regte sich leises und zärtliches Gewisper.

»Wie es sich bei dir verändert hat!« rief Judith aus, als sie die Hütte betrat. »Du bist der ideale Ehemann, Daniel.«

»Für wen?« fragte ich.

»Für irgendwen«, erwiderte sie und breitete eine Landkarte auf dem Tisch aus.

»Irgendwen will ich nicht«, sagte ich und rückte, über die Karte gebeugt, näher an Judith heran.

»Na gut. Lassen wir die Dummheiten. Fangen wir an«, flüsterte sie.

Warum soll es Dummheit sein, irgendwen zu heiraten, dachte ich ärgerlich, aber ich widersprach nicht.

»Heute werden wir uns mit allen Kontinenten und Ländern bekannt machen«, erklärte Judith. »Ausgehend von der Heimat, wie es sich gehört. Hier ist sie, unsere Heimat – Litauen.« Sie bezeichnete einen Kreis auf der Karte. »Und wo sind wir?«

»Wer – wir?«

»Unser Marktflecken.«

»Unser Marktflecken ist hier nicht drauf.«

»Warum?«

»Er ist sehr klein.«

»Also weiß niemand etwas von uns?«

»Wer es wissen muß, weiß es. Und das sind unsere Nachbarn: Lettland, Polen, Deutschland und die Sowjetunion.«

Ich beugte mich über die Karte, um unsere Nachbarn besser zu erkennen, und berührte zufällig mit meinem Kopf Judiths Kopf. Sie wich nicht aus, und unsere Haare – meine wie Weinreben und ihre wie eine Schafherde, die zur Tranke niedersteigt – verflochten sich ineinander und verbanden uns für alle Ewigkeit, und es gab in diesem Augenblick kein stärkeres Band auf der ganzen Welt, denn keine Fesseln und Ketten sind vergleichbar einem einzigen Haar vom Haupte der Geliebten.

»Wiederhole«, sagte Judith.

»Keine Fesseln und Ketten sind vergleichbar einem einzigen Haar vom Haupte meiner Geliebten.«

»Was faselst du da?« fragte Judith erschrocken.

»So sprach mein verstorbener Lehrer Henoch Rapoport.«

»Mich interessiert nicht dein verstorbener Lehrer. Ich frage, wo unsere Nachbarn liegen«, sagte sie und rückte von mir ab. »Wo ist Polen?«

»Polen ist nicht da«, sagte ich.

»Wo ist es denn hin?«

Ich hatte nicht die geringste Lust, Polen zu suchen, doch ich beugte mich über die Karte und wagte abermals, mit dem Kopf Judiths Schläfe zu berühren.

Ich hörte, wie ihre Schläfe pulsierte, und mit einem Schlag vergaß ich alle Länder und Kontinente, vergaß die Hütte und die Dunkelheit, die sich draußen vorm Fenster ballte. Herrgott, mach, daß es still ist! Daß kein Fensterladen klappert, daß der Schnee nicht knirscht und die Zweige nicht rascheln! Ich will nur sitzen und diesem Pulsieren lauschen. Es soll in mich überströmen, warm und lebendig. Mach, daß es still ist, Herrgott!

Doch der Allmächtige erhörte meine Bitte nicht. Offenbar war er um meine Bildung ebenso besorgt wie Judith.

»Wo ist es denn hin?« wiederholte sie, nun schon ungeduldig.

»In Polen ist jetzt Deutschland«, sagte ich.

»Das ist eine alte Karte. Auf ihr ist alles wie früher.«

Mag sein, auf der Karte war alles wie früher, doch seit ich an meiner Wange die Wärme ihrer Schläfe gespürt hatte, hatte sich alles auf der Welt verändert.

Judith zählte eifrig alle Länder und Kontinente auf. Der Länder waren viele. Die langen, manchmal wunderlichen Namen prasselten förmlich auf mich nieder, aber ich horchte erst auf, als sie Spanien nannte.

»Wenn unser Flecken nicht auf der Karte ist, dann wird das Altersheim erst recht nicht drauf sein.«.

»Was für ein Altersheim? Was faselst du schon wieder!«

»Santa Cristina«, sagte ich. »Dort ist mein Vater gefallen.«

»Auf solchen Karten sind nur die Hauptstädte und die großen Städte verzeichnet. Hier ist Madrid.« Judith tippte mit dem Fingernagel auf einen winzigen Punkt.

Ich blickte auf das von ihrem Nagel gequetschte Madrid, vielleicht auch mehr auf ihren Nagel, dann stand ich auf und holte aus der Kommode die Fotografie, auf der mein Vater Saul zu sehen war, verbunden, mit dem Gewehr in der Hand, und ich reichte sie Judith.

»Das ist er«, sagte ich. »Der mit dem Verband.«

»Sieht dir sehr ähnlich«, meinte sie, und ich wunderte mich, woran sie unsere Ähnlichkeit erkannte. »Genauso groß und hübsch.«

»Wie wer?« fragte ich mit zitternder Stimme.

»Wie du«, erwiderte Judith. »Ich finde, du bist der Hübscheste aus dem ganzen Ort«, sagte sie und lachte.

Und wieder regte sich in mir das Mißtrauen, das seit jenem denkwürdigen Tag auf der Lauer lag, als ich sie zum erstenmal gesehen hatte, in der Apotheke inmitten unirdischer Gerüche und Worte. Mir fiel ein, wie sie mit ihrem Onkel, dem stillen Herrn Apotheker, über meine Einfalt gelacht hatte, und in mir brannte die Kränkung. Ja, freilich, ich hatte mir alles nur ausgedacht: den weißen Apfelbaum und auch den Storch, der über sein Nest und seine Gefährtin die keuschen Flügel breitet. Der Rabbiner wird die Gefährtin mit irgend jemandes Geld trauen, das Geld wird zusammen schlafen gehen, und gezeugt werden wird ein Fräulein, das Mitleid hat mit armen Totengräbern und ihnen aus Langeweile abends Unterricht erteilt über Dinge, die sie nicht zu wissen brauchen.

»Die Natur ist gerecht«, sagte Judith. »Dem einen beschert sie Schönheit, dem anderen Reichtum.«

»Manchem auch beides«, murmelte ich und tauchte abermals in ihr Haar wie in einen Wald.

»Wenn du wählen müßtest, Daniel, was würdest du wählen?«

»Seele«, sagte ich.

»Es gibt keine Seele«, sagte Judith.

»Es gibt keine Seele? Es gibt keinen Gott? Was gibt es dann? Den Tod? Blut? Gewehre?«

»Ich würde die Schönheit wählen«, fuhr sie gelassen fort. »Sogar im Bettlerhemd.«

Mir verschlug es den Atem vor ihrem Blick, der mein vom Waschen schon löcherig gewordenes Kattunhemd streifte.

»Wir sind schon wieder vom Thema abgekommen«, sagte Judith, Gefahr witternd. »Willst du nicht mit mir eine Hochzeitsreise rund um die Welt machen?«

Sie spielt schon wieder, dachte ich.

»Gern«, sagte ich, auf ihren Ton eingehend. »Das ist mein Traum.«

»Der Unterricht muß interessant gestaltet werden, damit sich die Schüler nicht langweilen und schneller lernen. Steig ein!«

»Wo?«

»Aufs Dampfschiff ›Königin Elisabeth‹.« Sie fuhr mit der Hand über ein blau gefärbtes Stück der Karte. »Wir verlassen jetzt den Hafen von Liverpool und fahren auf den Atlantischen Ozean hinaus. Langweilst du dich auch nicht, Lieber?«

Ich schwieg und dachte: Soll sie ruhig scherzen. Hauptsache, sie geht nicht weg.

»Langweilst du dich auch nicht mit mir, Lieber?« Judiths Augen näherten sich mir, und in ihnen glänzte es warm und aufrichtig.

»Ich langweile mich nicht«, sagte ich.

»Du antwortest falsch.«

»Wie soll ich denn antworten?«

»Ich langweile mich nicht, meine Liebste!«

»Ich langweile mich nicht, meine Liebste.«

»Na herrlich«, freute sich Judith. »Was sitzen wir noch in der Kajüte herum? Laß uns auf Deck gehen! Sieh nur, Liebster, sieh durchs Bullauge! Welch eine Sonne!« Sie zeigte zur Balkendecke, an der trüb unsere Petroleumlampe glomm. »Weißt du noch, wie unser verstorbener Lehrer am College gesagt hat: Keine Fesseln und Ketten sind vergleichbar einem einzigen Haar vom Haupte meiner Geliebten?«

Gerechter Gott, was faselt sie!

Judith aber ergriff plötzlich meine Hand, stand auf, schloß die Augen, als schäme sie sich ihres warmen, aufrichtigen Glanzes, und sie kam zu mir, blind und doch sehend, und ich hob mein Gesicht ihren Händen entgegen wie ein Gefäß zum Auffangen von Birkensaft oder Honig, und der Honig floß, und meine Lippen empfingen seinen Lindenblütenduft und seine Pessachsüße.

»Ich bin total verrückt«, sagte sie, sich losreißend. »O Gott, ich schäme mich.«

Und flink räumte sie ihre Sachen zusammen.

»Bleib noch«, bat ich.

»Nein, nein.«

Sie faltete die Karte zusammen mit allen Ländern und Kontinenten, mit dem Atlantischen Ozean, auf dem wir soeben noch in einer Kajüte erster Klasse des Dampfschiffes »Königin Elisabeth« gereist waren.

»Geh nicht weg!«

Meine Lippen spürten noch immer diese erstaunliche Süße des Honigs, der mir die Seele erquickt und verwirrt hatte. Abgesehen vom Kuß meines Vormunds Josef vor seinem Tode, hatte mich noch niemals im Leben jemand geküßt. Großmutter hatte keine Zeit, Vater saß im Gefängnis, und Großvater, wenn der schon mal etwas mit den Lippen berührte, so nur das Bierglas in Dragazkis Kneipe oder die Mesuse, die an unsere Haustür angenagelt war.

Judith stand mit der zusammengefalteten Karte mitten im Raum und schien auf etwas zu warten.

»Vater hat versprochen, mich abzuholen«, sagte sie. »Wie spät ist es?«

»Neun Uhr«, sagte ich nach einem Blick zur Wand.

»Sie steht wahrscheinlich.«

»Sie geht«, sagte ich und nahm die Uhr von der Wand. »Hör mal.«

»Ich höre nichts«, sagte sie. »Geh, laß mich.«

»Halte sie ans Ohr«, sagte ich.

»Ich höre nichts ... Geh, laß mich ... Ich schäme mich ...«

Sie schwieg einen Moment und fuhr dann fort: »Du darfst mich nie wieder anfassen ... wenn du willst ... daß ich dich weiter unterrichte.«

»Ich will schon«, sagte ich. »Aber ich habe dich nicht angefaßt ... Du selbst ... Du hast zuerst ...«

Ich wollte ihr erklären, daß es hier nichts zu schämen gab, daß sie, wenn sie mich liebe, mit mir machen könne, was immer ihr gefiele: mich küssen oder sogar schlagen. Wie Großmutter den Großvater, obwohl ja die alte Frau auf dem Sterbebett bekannt hatte, daß sie ihn nicht liebte.

Und außerdem wollte ich ihr von dem Mantel erzählen, den ich mir von Benze Kogan nähen ließ.

Doch da erklang draußen Motorengeheul. Das Auto fuhr bis vor die Tür, und gleich darauf betrat Doktor Gutmann die Hütte.

»Halb zehn. Wie vereinbart«, sagte er zu seiner Tochter. »Pünktlich auf die Minute. Nun, wie kommt ihr voran?« Gutmann sah mich durchdringend an, und ich verbarg meine Lippen vor ihm, als seien es angeknabberte Kirschen.

»Wäre es nicht besser, Junge, du würdest dich in der Abendschule anmelden?«

»Kann schon sein«, erwiderte ich.

»Und was meint unsere experimentierfreudige Mademoiselle?«

»Wir haben uns geküßt, Papa«, sagte Judith überdeutlich.

Sie wandte sich um und ging schnell hinaus.

»Ich komme gleich, Judith«, rief Gutmann ihr nach.

Er war ebenso höflich und aufmerksam wie damals, als der Synagogendiener Chaim ihn zu dem kranken Josef geschickt hatte. Es schien, er habe es gar nicht eilig und sei eigens gekommen, um in der Friedhofshütte zu sitzen und über die Vorzüge der Abendschule zu reden.

»Jugend bleibt Jugend«, sagte er so leise, als fürchte er, gehört zu werden und jemanden mit seinen Worten zu verärgern. »Ich war selbst jung und weiß Bescheid. Da fragt man nicht viel und ist wie berauscht! Ich verurteile weder dich noch Judith, wenngleich ihre Eskapaden mich allmählich erschrecken, in rein medizinischem Sinn ... Wir alle, mein Junge, sind vom selben Stamme Israel, und es wäre töricht anzunehmen, ein Totengräber könne nicht die Tochter eines Privatdozenten oder Maklers zur Frau nehmen. Doch nichtsdestoweniger ... nichtsdestoweniger muß man die Dinge nüchtern betrachten.«

Die Zeit verging, Judith wartete im Auto, und Gutmann saß am Tisch auf demselben Platz, wo noch vor kurzem Judith selbst gesessen hatte, und ließ sich aus über den Stamm Israel, über irgendwelche Privatdozenten, und ich begriff überhaupt nicht, worauf er hinauswollte.

»Der Rausch geht vorüber, es kommt die Ernüchterung. Ihr werdet euch umsehen und einander zu hassen beginnen. Gibt es etwa wenig Haß auf der Welt?« Er hustete, spie in sein Taschentuch und fuhr fort: »Ich kann Judith nicht verbieten, sich mit dir zu treffen. Jedes Verbot gebiert Rebellion. Rebellion aber vermehrt nur unser Unglück. Willst du es vermehren?«

»Nein.«

»Dann werden wir schon einig werden«, meinte Gutmann.

Sie friert dort draußen im Auto, dachte ich.

»Jede Rebellion«, sagte Gutmann, »strebt irgendeinen Nutzen an.«

»Ihr ist kalt dort draußen«, sagte ich.

»Also, welche Summe würde dich zufriedenstellen? Wieviel willst du haben?«

»Wofür?«

»Um von hier wegzufahren. Du bist ja ohne Verwandtschaft, dir ist es gleich, wo du lebst. Ich stelle zur Wahl: Amerika, Uruguay, Palästina. Du fährst hin, faßt Fuß, machst Karriere.«

»Ich bin kein Pferd.«

»Was hat ein Pferd damit zu tun?«

»Mich kann man nicht kaufen.«

»Uns alle, mein Junge, kann man kaufen. Hauptsache, es geschieht zur rechten Zeit.«

Judith kam herein, ebenso leise, wie sie hinausgegangen war.

»Laß uns fahren, Papa«, sagte sie. »Ich friere.«

»Fahren wir.«

»Nun, mein Lieber«, wandte sie sich an mich. »Auf welchen Preis habt ihr euch geeinigt? Für wieviel Silberlinge hast du dich verkauft?«

»Wovon sprichst du, Liebling?« fuhr Gutmann auf. »Vom Preis«, sagte Judith.

»Aber wir haben über etwas ganz anderes gesprochen. Ich habe ihm vom Befinden des Totengräbers berichtet. Du weißt doch, daß ich gestern im Krankenhaus war.«

»Ist das wahr?« fragte sie mich.

»Ja«, sagte ich. »Der Doktor hat gesagt, es gibt keine Hoffnung mehr. Er gibt ihm allerhöchstens noch eine Woche.«

»Ihr lügt beide, und ihr denkt, durch euer Lügen macht ihr es jemandem leichter«, meinte sie. »Fahren wir!«

Sie gingen in die Nacht hinaus, und ich hatte nicht die Kraft, hinter ihnen die Tür zu schließen. Finsternis ballte sich auf der Schwelle, strömte in die Hütte, ich aber stand und schaute auf den Tisch, wo eben noch die Karte mit allen Ländern und Kontinenten, mit allen Hauptstädten und Großstädten gelegen hatte, und ich dachte: Nirgends sind die Menschen so einsam und so unglücklich wie in unserem Flecken. Vielleicht ist er darum auch nicht auf der Karte.

Unter der Decke wurde von Windstößen die Petroleumlampe geschaukelt – eine von Fliegen verdreckte Sonne, die nicht über dem Dampfschiff »Königin Elisabeth« leuchtete, nicht über den Wassern des Atlantischen Ozeans, sondern über den erbärmlichen, vergebens gescheuerten Dielenbrettern, über dem an der Wand lehnenden Holzbein meines Vormundes, des Totengräbers, das niemals grüne Blätter treiben wird, wie und wohin man es auch pflanzt, denn Wunder gibt es nicht auf der Welt, sogar die Liebe kann man zu Markte tragen und für einen guten Preis verscheuern.

Morgen ist Donnerstag. Morgen ist Anprobe. Warum, zum Teufel, brauche ich diesen Mantel, wenn ich doch mein Lebtag nach Schaffell stinke?

Ich tat die ganze Nacht kein Auge zu, doch gegen Morgen überwältigte mich die Erschöpfung, ich schlief ein und schlief bis Mittag durch.

Unter der Balkendecke brannte immer noch die Petroleumlampe. Bei Tageslicht wirkte ihr düsteres Glimmen besonders dürftig, und ich löschte sie aus, ebenso wie meine Träume von Judith. Wer war ich denn für sie, um auf irgend etwas rechnen zu können? Der junge Moses? Ein Sproß vom Stamme Israel?

In aller Eile löffelte ich die dünne Suppe vom Vortage, ging in den Stall, tränkte das Pferd, warf ihm Heu vor, übermittelte ihm den Abschiedsgruß von Josef, und dann trabte ich geradeswegs durch den Wald in den Flecken.

Ich ging in einer breiten Panzerspur und sah zu den verschneiten Kiefern hoch.

Warum, dachte ich, kommt der eine Mensch in Tobolsk zur Welt, der andere in Amerika und ein dritter wieder an einem anderen Ort? Ich hätte doch auch in der fernen sibirischen Stadt geboren werden können, wo es keinen jüdischen Friedhof gibt?

Auf einmal stellte ich mir vor, wie ich als Freier mit einem Panzer vor Gutmanns Haus vorfahre, wie ich die Luke öffne und auf die Erde springe, wie Judiths Großmutter mit dem gläsernen Schmetterling auf der Nase auf die Schwelle tritt.

»Zu wem wollen Sie, junger Mann?« fragt die alte Dame.

Und ich antworte: »Zu Judith.«

Und Judith kommt heraus, und ich setze sie in den Panzer und entführe sie in den Wald ... Das ist kein Pappenstiel – ein eigener Panzer! Vielleicht nicht so einträglich wie ein Fleischerladen, aber dafür sehr imposant.

Nein, einen Panzer werde ich niemals besitzen.

Und Judith auch nicht.

Es war Donnerstag, und statt des Panzersoldaten Kogan hielt das Schicksal für mich die Begegnung mit dem Schneidermeister Kogan bereit.

Der Donnerstag ist in unserem Ort ein außergewöhnlicher Tag. Badetag. Und es gibt keinen, der mehr erpicht ist, zu schwitzen und sich mit dem Badebesen zu peitschen, als Reb Benze.

Donnerstags will der Schneider abnehmen, er blickt auf den Fußboden der Badestube und sagt: »Vorsicht! Nicht ausrutschen! Seht ihr denn nicht – da fließt mein Fett.«

Kaum war ich beim Schneidermeister Benze Kogan eingetreten, da verschloß unser Ortspolizist Tutkus hinter mir fest die Tür.

Außer Tutkus war noch der Herr Polizeihauptmann hier und des weiteren zwei Zeugen – der Töpfer und Talmudkenner Mendel Schwarz und der Besitzer des Textilladens Nissan Goldschmidt, der mir bei der Wahl des Stoffes für den Mantel behilflich gewesen war.

In der Ecke auf einer langen Bank saßen Pinchas und Petras. Neben ihnen schmauchte seine Pfeife ein hochgewachsener Mann in Zivilkleidung, die jedoch seine militärische Haltung nicht verbarg.

Der Herr Polizeihauptmann und Tutkus wühlten in der Kommode, sie warfen Tischtücher, Gardinen und Unterwäsche heraus.

»Herr Polizeihauptmann«, sagte Benze Kogan leise, »gestatten Sie die Frage: Was suchen Sie in meinem Hause? Wenn Sie Unterwäsche suchen, dann kann ich Ihnen versichern, die ist Ihnen zu groß. Mein Ehrenwort als Schneider.«

Der Polizeihauptmann würdigte ihn keiner Antwort. Er wühlte weiter in der Kommode, und seine Bewegungen wurden von Minute zu Minute schneller, als leckten Flammen an den Wänden.

Ich stand mitten im Raum und wußte nicht, was tun.

»Wer ist das?« fragte der Mann mit der Pfeife, sich an alle wendend.

»Man sollte ihn lieber nicht kennen«, antwortete der Schneider Benze Kogan.

»Warum?« Der Mann kratzte Tabakreste aus seiner Pfeife.

»Er ist unser Totengräber«, erklärte Benze Kogan. »Er kommt zur Anprobe. Ich nähe ihm einen Mantel. Der Herr Goldschmidt kann es bestätigen.«

Aber der Besitzer des Textilladens tat den Mund gar nicht auf.

»Der Junge beerdigt uns«, sagte Mendel Schwarz, der Töpfer und Talmudkenner.

»Hier ist sein Mantel«, sagte der Schneider lebhaft.

Der Mann mit der Pfeife äugte mißtrauisch auf den Mantel, und seine großen Augen wurden noch nachdenklicher.

»Wenn Sie erlauben, passe ich ihm den Mantel an«, sagte der Schneider eilig, die eigene Angst unterdrückend. »Sie arbeiten, und ich bin auch nicht gewohnt, untätig herumzustehen.«

Der Geselle Petras räusperte sich und blinzelte mit seinen hellen Wimpern.

»Probieren Sie an«, gestattete der Mann mit der Pfeife.

»Vielen Dank.« Benze Kogan faßte wieder etwas Mut. »Komm her, Daniel!«

Er zog mir den Mantel über, trat zurück, besah sich seine Arbeit, sah den Herrn Polizeihauptmann und dann Tutkus an und fragte, sich an alle wendend, wie vorhin der Mann mit der Pfeife: »Nun?«

»Nicht schlecht«, sagte der Geselle Petras.

»Die rechte Schulter spannt«, bemerkte Pinchas.

»Sie dürfen nicht reden«, warnte ihn der Mann mit der Pfeife.

Die Haussuchung zog sich hin.

Der Textilladenbesitzer Nissan Goldschmidt langweilte sich und gähnte.

Der Töpfer und Talmudkenner Mendel Schwarz bohrte mit dem Finger in seiner Nase, so eifrig, als sei in einem der Nasenlöcher, aus denen weiße Haare sprossen, ein Schatz verborgen.

»Die nächste Anprobe ist am Montag«, sagte der Schneider. »Die rechte Schulter spannt wirklich. Du bist frei, Daniel.«

»Sie müssen schon entschuldigen«, sagte der Pfeifenmann. »Aber wer hier frei ist, das bestimmen wir.«

Der Herr Polizeihauptmann und Tutkus waren mit der Kommode fertig, sie durchwühlten das Bett und gingen dann daran, die halbfertigen Jacken und Hosen zu durchsuchen, ebenso die zugeschnittenen Teile für die Mäntel, die auf Tisch und Stühlen lagen.

»Herr Polizeihauptmann«, schnaufte Benze Kogan heftig, als Tutkus anfing, fertiggenähte Taschen mit dem Messer aufzuschneiden. »So kann man doch nicht mit anderer Leute Arbeit umgehen! In diesen Jacken und Mänteln ist doch nichts. Glauben Sie mir! Wenn Sie mich fragen: Das, was Sie suchen, ist in ihren Köpfen.« Der Schneider wies zur Bank. »Aber kann man einen Kopf mit dem Messer öffnen?«

»Manchmal muß es sein, zum Nutzen der Sache«, erwiderte der Pfeifenmann gelassen.

Stille trat ein.

Benze ging hinter Tutkus her, hob die zu Boden geworfenen Jacken und Mäntel auf und preßte sie an seine Brust wie tote Säuglinge.

Und auf einmal erhob sich in der Stille, die durchs Gähnen des Textilladenbesitzers noch verstärkt wurde, Gesang.

»Was singst du da?« fuhr Benze Kogan seinen Sohn ärgerlich an.

»Das ist doch nicht die Internationale«, beruhigte Pinchas alle Anwesenden.

Er sang leise und beschwörend, sprach den Text undeutlich aus, und immerzu sah er mich dabei an.

»Was singt er?« Der Pfeifenmann richtete seine nachdenklichen blauen Augen scharf auf Nissan Goldschmidt. Der Textilladenbesitzer erwachte aus seiner Gähnsucht und lauschte nun fieberhaft dem hartnäckigen und deplacierten Singen von Pinchas.

»Nichts von Interesse«, versicherte er dem Pfeifenmann.

»Trotzdem!«

»Ein altes jiddisches Lied. Über einen Hirten und seine Schafe.«

»Gab es denn bei euch Hirten?« wunderte sich der Herr Polizeihauptmann.

»Früher einmal waren wir Viehhirten«, gab Nissan Goldschmidt Auskunft.

Die Haussuchung ging weiter, und Pinchas sang.

»Abführen«, sagte schließlich der Pfeifenmann und erhob sich von der Bank.

»Du kommst schon noch ins Dampfbad, Vater«, sagte Pinchas leise, als Tutkus ihm die Handschellen anlegte.

»Und was wird mit ihm?« erkundigte sich der Herr Polizeihauptmann und zeigte auf mich.

»Soll er sie weiter einbuddeln ... die Viehhirten«, sagte der Pfeifenmann leise, und alle verließen die Hütte.

Mendel Schwarz, der Töpfer und Talmudkenner, ließ den breitschultrigen Nissan Goldschmidt mit seinem gedunsenen Gesicht vorangehen, er selbst schlüpfte zur Tür hinaus wie eine Maus in ihr Mäuseloch.

»Mein Sohn denkt natürlich, ich habe statt des Herzens ein Nähmaschinenrad in der Brust«, sagte Benze Kogan, schwer atmend. »Aber ob er begreift, daß dieses Rad blutet? Er, siehst du, spielt sich als Held auf. Ich habe schon zu deinem Vater, auch so einem Helden, gesagt: Es ist keine Beschäftigung für einen Juden, im Gefängnis zu sitzen. Seit alters her haben wir uns mit Dingen beschäftigt, für die gezahlt wird in Gold, in Silber oder allenfalls in Kupfer. Das beste Gefängnis der Welt ist die Arbeit! Das einzige, worum ich den Herrgott bitte: daß er mir die Haftzeit verlängert.«

»Eine Arbeit ist nicht wie die andere«, sagte ich. »Es ist ein Unterschied, ob man schneidert oder beerdigt.«

»Hauptsache«, sagte Benze Kogan, »man tut alles mit Liebe. Du kannst einen Menschen vergraben wie einen Hund, aber du kannst es auch so tun, als ob du einen Baum pflanzt oder das Korn aussäst. Vielleicht komme ich wirklich noch ins Dampfbad«, fiel ihm plötzlich ein. »Sieh nur, wie das hier aussieht, welch eine Unordnung! Der reinste Weltuntergang!«

Und er begann eilig, seine Unterwäsche in die Kommode zu stopfen, das zerwühlte Bett zu ordnen und das Geschirr an seinen Platz zu stellen.

So lebe ich nun, dachte ich, während ich zu Pranas ging. Die anderen tischen mir ihre Weisheiten auf, loben ihre Arbeit, ich aber habe keine *eigene* Weisheit, keine *eigene* Arbeit. Ich schwimme mit dem Strom wie Treibholz, schwebe wie ein Vogel zwischen Himmel und Erde, derselben Erde, auf der jeden Tag etwas geschieht, und demselben Himmel, an dem nicht nur Engel, sondern auch Flugzeuge fliegen. Nicht einmal zum Verlassen des Friedhofs und zum Eintritt in die Abendschule kann ich mich entschließen. Wann gebe ich endlich meinen törichten Hang zu Güte und Mitleid auf, der mich hin- und herwirft wie ein Blatt im Wind? Wann habe ich endlich Mitleid mit mir selbst? Für Güte kriegt man heutzutage nichts zu kaufen, hat Großmutter mich gelehrt. Die Guten ziehen immer den kürzeren. Wenn du es zu etwas bringen willst, mußt du böse sein. Aber es gibt doch auf der Welt Bosheit genug, auch ohne mich.

»Ist Pranas zu Hause?« fragte ich, als Tante Teresė mich eingelassen hatte.

»Wer sind Sie denn?« Die Frau starrte mich an.

»Daniel.«

»Mein Gott! Daniel!« Sie schlug die Hände zusammen.

»Guten Tag!«

»So was, ich hab dich nicht erkannt, ich Dumme. Komm rein! Komm rein! Pranukas ist nicht da. Pranukas ist ins Dorf gefahren. Ich habe dort eine Schwester ... Anelė ... die jüngste.«

»Wann kommt er wieder?«

»Morgen, hat er versprochen. Sobald sie das Schwein geschlachtet haben, kommt er. Ist etwas passiert?«

»Nein«, sagte ich.

»Es ist überall unruhig. Gestern haben sie Viktoras abgeholt ... den Fischer ... Und drei aus der Fabrik ... Ich habe solche Angst um Pranukas. Du machst es richtig, Daniel. Sitzt auf dem Friedhof und mischst dich in nichts ein. Was kann ich dir anbieten? Willst du Sauermilch?«

»Danke.«

Sie goß aus einem Krug für mich Sauermilch ein und befahl: »Trink!«

Ich trank in langsamen Zügen die kalte Sauermilch und sah dabei Tante Teresė an, die gealtert war, ich sah ihre verarbeiteten, gar nicht fraulichen Hände, ihren Leib mit der fettfleckigen Schürze davor, und vor meinem geistigen Auge erstand unser Hof von damals, als sie hochschwanger zu Großmutter gekommen war und um eine Gefälligkeit gebeten hatte – für ihren Mann, den Tischler Stasys, der im selben Gefängnis saß wie mein Vater Saul, ein Päckchen mit in die Stadt zu nehmen.

»Vielleicht, denk ich mir, hat Anelė gerade zur rechten Zeit das Schwein geschlachtet. Vielleicht wird das Schwein meinen Pranukas retten.«

»Wovor?«

»Vielleicht holen sie ihn nicht ab. Sie haben schon lange ein Auge auf ihn. Sei du wenigstens ehrlich, Daniel. Wenn du etwas weißt, sag es. Ich bin's gewohnt Ich habe auf meinen Mann gewartet, bis er aus dem Gefängnis kam. Ich werde auch auf meinen Sohn warten.«

»Ich weiß nichts«, sagte ich und verschluckte mich an der Sauermilch.

»Trink nur, laß dir Zeit. Wir haben im Herbst eine Kuh gekauft. Pranukas hat Geld verdient. Und ich auch ... Hast du keine Kuh?«

»Nein«, sagte ich. »Ich kann nicht melken.«

»Melken ist leicht. Das wäre ja noch schöner«, lächelte Tante Teresė. »Und wenn Pranukas kommt, was soll ich ihm ausrichten?«

»Er soll auf den Friedhof kommen. Ich langweile mich allein«, beruhigte ich sie.

»Freilich, mit den Toten ist schlecht froh sein. Aber das Frohsein, es nützt einem armen Menschen sowieso nichts. Hauptsache – Ruhe und sein Auskommen haben. Du verdienst wohl nicht schlecht?«

»Das hängt ganz davon ab, wer stirbt.«

»Reiche sterben selten«, sagte Tante Teresė.

»Es gibt einfach weniger Reiche«, sagte ich und stellte das leere Glas auf den Tisch.

»Aber weißt du, ich habe jedenfalls die Bitte deiner Großmutter erfüllt. Für alle Fälle.«

»Welche Bitte?«

»Hab ein Mädchen zur Welt gebracht. So sehr hat sie mich gebeten, deine Großmutter. Ich weiß es noch wie heute: Töchter sitzen nicht im Gefängnis! Töchter überlassen die Mutter nicht ihrem Schicksal! – Stefanija!« rief sie, und ins Zimmer kam artig ein blondes, für sein Alter zu ernstes kleines Mädchen, es wurde verlegen und barg sein Gesicht in der fettfleckigen Schürze.

»Nun, was hast du?« rügte die Mutter. »Der Onkel Daniel ist gut ... Sehr gut ... hervorragend ... Sag dem Onkel etwas ... Sag: Ich werde meine Mama nie im Stich lassen.«

Aber Stefanija weigerte sich, etwas zu versprechen.

»Dann komm, zeigen wir dem Onkel unsere Kuh.«

Ich trottete hinter Tante Teresė her und verfluchte insgeheim meine Weichheit und Nachgiebigkeit. Welche Sehenswürdigkeit – eine Kuh! Habe ich etwa in meinem Leben noch nie eine gesehen? So geht es mir immer: Ich kann nicht nein sagen, und dann habe ich die Folgen zu tragen. Na schön, diesmal geht es, die Kuhbesichtigung ist für mich nicht weiter gefährlich. Ich tue Tante Teresė einen Gefallen, und gut. Aber was wird mit dem Sack?

Doch plötzlich, auf dem Weg zum Stall, zu Tante Teresės Kuh, kam mir eine Erleuchtung: Wenn sie mich ins Gefängnis sperren, dann bin ich frei ... *Ich werde frei sein ... Ich werde nicht mehr Totengräber sein ...* »Nun?« unterbrach Tante Teresė meine Gedanken und streichelte liebevoll ihre Kuh.

»Schön.«

»Wenn sie erst kalbt, wird es noch besser. Endlich habe ich auch einmal Glück. Wenn der Mensch jeden Morgen aufstehen müßte und seine Kuh melken, dann käme er nie hinter Gitter.«

Ich stand im Stall, sah Tante Teresė an, dann die Kuh mit dem großen weißen Fleck auf der Stirn, dann Stefanija, die sich genau unters Euter gehockt hatte, und ich dachte, wie wenig der Mensch zum Glück braucht: manchmal nur vier Zitzen, aus denen ihm Milch und Hoffnung entgegen fließen, manchmal eine Gefängniszelle, wenn er sich in der Freiheit für nichts entscheiden kann.

Mit ihren runden Fingerchen drückte Stefanija die Zitzen der Kuh, und in diesem Augenblick glaubte ich hoch und heilig an das, was meine Großmutter einstmals wie besessen geflüstert hatte, und ich war bereit, ihr zuzustimmen: »Töchter kommen nicht ins Gefängnis! Töchter überlassen die Mutter nicht ihrem Schicksal, *denn wer sollte sonst unsere Kühe melken? Wer sollte warten und uns Hoffnung spenden?*«

An Judith wollte ich nicht mehr denken, doch sie begleitete mich ständig, wohin ich auch ging und was ich auch tat. Noch immer spürten meine Lippen jene flüchtige Berührung, die wie das Aufflammen eines fernen Blitzes gewesen war, und ich segnete das Schicksal dafür, daß es mir solch unerwartete und schmerzhafte Freude hatte zuteil werden lassen.

Die ganze Hütte war erfüllt von ihrer Stimme, ihren leisen Schritten, auf dem Tisch leuchteten nicht die Farben der Tischdecke, sondern das Blau des endlosen Ozeans mit seinen wunderlichen Inseln, und mir war, als hörte ich, wie die Wellen vom Dampfschiff »Königin Elisabeth« gepflügt werden, auf dem Judith und ich unsere Hochzeitsreise rund um die Welt machen, wie über uns märchenhafte Bäume rauschen und übermütige Winde unsere Gesichter umfächeln.

Was immer mir geschehen würde, wohin auch immer das Schicksal mich verschlüge, sei es ins Gefängnis, nach Amerika oder auf eine Insel des Glücks – ich würde nicht aufhören, sie zu lieben. Kann man denn den Himmel vergessen – man legt den Kopf zurück, und schon strömt er in Augen und Ohren. Kann man etwa die Erde vergessen – bis zur Todesstunde steht man mit den Beinen auf ihr.

Was wären wir alle ohne die Liebe?

Ich blickte auf die Tischdecke, und die Blumen darauf wiegten sich wie echte und umgaben mich mit ihrem würzigen Duft.

Ein Tag wird kommen, dachte ich, da wird das Dröhnen der Flugzeuge und der Panzer verstummen, die Leidenschaften werden gezügelt, die Feindseligkeit verschwindet, das Geld wird abgeschafft, und auf der Welt triumphieren Liebe und Gerechtigkeit. Jeder wird abrechnen mit jedem nicht in Litai, nicht in Dollars, sondern mit Liebe. Jeder wird jeden bezahlen nicht mit Gold, nicht mit Silber, sondern mit Gerechtigkeit. Es wird kein höheres und würdigeres Zahlungsmittel geben auf Erden.

Der Tag wird kommen.

Doch während ich noch an jenen Tag dachte, während ich die schaukelnden Kattunblumen auf der Tischdecke betrachtete, kam plötzlich, ganz außer Atem, der Synagogendiener Chaim gelaufen und schrie unter wütendem Stottern: »Ein Unglück! Ein Unglück! Spann an, Daniel, spann den Wagen an! Bevor die Polizei eingreift. Obwohl, die haben auch ohne Roche bis über beide Ohren zu tun. Sie verhaften schon den dritten Tag.«

»Was ist mit der Polizei? Was ist mit Roche?«

»Parowosnik ist nicht mehr.«

»Wieso – ist nicht mehr?«

»Beeil dich! Beeil dich, Kindchen. Dem Parowosnik ist nicht mehr zu helfen, aber um die Alte ist es schade.« »Können Sie mir vernünftig erklären, was passiert ist?« »Kann ich, kann ich«, stotterte der Synagogendiener. »Um Gottes willen, mach schnell! Wir dürfen keine Minute verlieren. Der Doktor hat sich zwei Stunden um ihn gemüht, aber alles umsonst.«

»Leo ist gestorben?«

»Wenn er gestorben wäre!«

»Er hat sich aufgehängt?«

»Wenn er sich aufgehängt hätte! Bist du noch nicht angezogen?«

Mich überkam plötzlich der Wunsch, Chaim zu packen und die ganze sinnlose Angst aus ihm herauszuschütteln. Ich konnte das alles einfach nicht unter einen Hut bringen: die schnurrbärtige Roche, die Polizei, Doktor Gutmann und den Herrenfriseur Leo Parowosnik, mit dem ein unerhörtes Unglück geschehen war.

»Woher hat sie nur dieses Gift gehabt? Mein Gott, mein Gott«, jammerte Chaim.

»Sie hat ihn vergiftet?!«

»Hast du denn das nicht gleich begriffen?« fragte Chaim, plötzlich beleidigt.

»Das darf nicht wahr sein«, flüsterte ich und spürte, wie mir kalter Schweiß auf die Stirn trat. »Das darf nicht wahr sein.

»Sara … ja, die … die Deutsche … die bei euch wohnt … Sie ist zu Roche gekommen, einen Fleischwolf zu leihen, und er hat auf dem Fußboden gelegen … wie der selige Aron Damski … Und sein Gesicht war mit dem Schild bedeckt … Die Deutsche hat das Schild aufgehoben und ist losgerannt wie meschugge … Sie ist an allem schuld.«

»Sara?«

»Ja doch«, sagte der Synagogendiener. »Sie hätte nicht nach Hause rennen müssen, sondern direkt zum Doktor. Während sie alles ihrem Mann erzählt hat, während der zu Gutmann gelaufen ist, währenddessen hat der Ärmste seinen Geist aufgegeben. Ich bin schon einig mit allen geworden, wir werden ihn waschen, werden ihn in ein Tuch hüllen und begraben. Sonst geht es los! Und wie!«

»Was geht los?«

»Dies und jenes«, murmelte Chaim. »Verstanden?«

»Verstanden«, sagte ich. »Aber bevor wir Leo holen, muß ich die Grube ausheben.«

»Das machst du nachher. Er kann eine Weile bei dir auf dem Tisch liegen. Ihn zu Hause lassen, das ist gefährlich. Auf einmal kommt die Polizei, die Verhöre fangen an, und Schluß. Roche tut mir leid.«

»Mir tut sie überhaupt nicht leid.«

»Sie ist schon zu alt fürs Zuchthaus«, sagte der Synagogendiener. »Spann an!«

Ich spannte den Wagen an, und wir fuhren in den Marktflecken, Chaim und ich, fuhren zum Frisiersalon meines ersten Lehrherrn, des Herrn Aron Damski, wo auf dem Fußboden der Herrenfriseur Leo Parowosnik lag.

Ich wollte noch immer nicht an seinen Tod glauben. Stets hatte ich gedacht, der Herrenfriseur Leo Parowosnik sei für ein langes und geschäftiges Leben geschaffen. Woran ich jedenfalls nie gezweifelt hatte, war, daß er die schnurrbärtige Roche überleben und eines schönen Tages den Frisiersalon besitzen würde, daß er eine überfällige alte Jungfer, so eine wie die Schlachtersschwester Lea, heiraten würde, und wenn er schon stürbe, so nicht anders als im Kampf für seinen Bauch und sein Firmenschild, seine Spiegel und seine Überzeugungen.

Der Synagogendiener Chaim war erschöpft vom vielen Erzählen und schwieg die ganze Fahrt über, er hatte sich in seinen uralten Mantel gehüllt und blickte schuldbewußt zum hohen, ewig gerechten Himmel auf. Chaims Gesicht spiegelte weder Trauer noch Besorgnis, sondern nur Ungeduld – freilich, er war es nicht selbst, der zum Throne des Herrn eilte, sondern er wollte so schnell wie möglich den Herrenfriseur Leo Parowosnik dorthin befördern.

Während ich im Wagen durchgerüttelt wurde, dachte ich an meinen letzten Besuch im Frisiersalon, an die Augen der schnurrbärtigen Roche, die von einer Ecke in die andere tappte und etwas suchte, wahrscheinlich eben jenes Gift, das sie ihrem Gnadenbrotempfänger gegeben hatte.

»Gütiger Gott!« sagte der Synagogendiener, als wir ankamen und die Vortreppe hinaufgestiegen waren. »Sie hat noch nicht einmal die Spiegel verhängt.«

Der tote Herrenfriseur Leo Parowosnik lag auf zusammengerückten Stühlen, er trug den weißen Kittel, unter dem sich sein Bauch wölbte. Gegenüber saß Roche und betrachtete sich im Spiegel. Ab und zu nahm sie eine Schere und schnitt sich hinterm Ohr etwas Haar ab. Das Scherengeklapper war kaum auszuhalten.

»Die Spiegel müßten verhängt werden«, sagte Chaim leise.

»Müßten schon«, erwiderte Roche. »Aber womit? Er hat mir alles gestohlen. Alles.«

Und wieder klapperte sie mit der Schere.

Mir wurde übel, vielleicht von dem Scherengeklapper, vielleicht vom Anblick des blau angelaufenen Leo Parowosnik, vielleicht auch von der kalten Ruhe des Synagogendieners. Ich hielt die Hand vor den Mund und schluckte die aufsteigende Übelkeit hinunter.

Chaim zog seinen Mantel aus, ging zum Spiegel und wollte ihn verhängen. Der Mantel rutschte ab und riß Seifenschale, Haarschneidemaschine und Eau-de-Cologne-Flasche mit herunter.

Die Flasche zerbrach, und durch den Raum zog der herbe Geruch des Friseurhandwerks.

»Vielleicht findet sich ein Laken?« Der Synagogendiener ließ nicht locker.

»Alle Laken sind oben«, antwortete sie. »Aber ich gebe sie Ihnen nicht.«

»Man darf ihn nicht nackt beerdigen!« erregte sich Chaim.

»Warum?« Roche rührte sich nicht.

»Dann kaufe ich Ihnen die Laken ab«, sagte ich, bemüht, den Toten nicht anzusehen. Ich hielt den Blick auf das Schild geheftet, dasselbe Schild, das ich für Leo gemalt hatte und das er nicht mehr am Hause für alle sichtbar aufhängen konnte wie eine Staatsflagge am Unabhängigkeitstag. Das Schild lag unter den Stühlen, und der Kopf des englischen Ministers, sein exakt gescheiteltes Haar und seine weißen Zähne wirkten da unten wie Fetzen eines bösen Traumes, und die großbuchstabige Aufschrift »Herrenfriseur Leo Parowosnik« ließ nicht an Farbe denken, sondern an eine Grabsteininschrift … In den Laden kamen der taubstumme Avigdor und Mendel Schwarz, der Töpfer und Talmudkenner. Sie waren es wohl, mit denen der Synagogendiener alles vereinbart hatte.

»Wahrscheinlich denkt ihr alle, ich hätte ihn …«, sagte Roche kaum hörbar.

»Niemand denkt etwas«, versicherte ihr Chaim. »Der Mann hat einfach etwas Unrechtes gegessen.«

»Er hat immer viel gegessen. Und wahllos. Er wollte mich auch fressen. Aber er ist daran erstickt. Bringt ihn fort. Er stinkt nach Bosheit.«

Und wieder starrte Roche in den Spiegel, und wieder klapperte sie mit der Schere.

»Die anderen kommen direkt auf den Friedhof«, teilte Mendel Schwarz mit, der Töpfer und Talmudkenner. »Tragen wir ihn hinaus!«

»Wartet«, fuhr die Witwe meines ersten Lehrherrn Aron Damski auf. »Er soll erst den Kittel und die Uhr hergeben. Die gehören nicht ihm.«

Mendel Schwarz, der Töpfer und Talmudkenner, zog Leo den Kittel aus und entnahm der Tasche die Uhr mit dem Gehänge.

Dann trugen wir den Herrenfriseur Leo Parowosnik hinaus und legten ihn in den Wagen.

Während ich im Kessel Wasser erhitzte, um den Toten zu waschen, kamen auch die anderen.

»Waschen Sie ihn. Ich hebe inzwischen die Grube aus«, sagte ich. »Hier sind zwei Laken.«

Es waren Laken von meinem Vormund, dem Totengräber Josef. Er würde sie ohnehin nicht mehr brauchen.

Wie schrecklich, dachte ich, während ich die Grube aushob, da hat ein Mensch gelebt, ist auf allen vieren gekrochen, hat sich gemüht, nach oben zu kommen, zu jenem Baum, an dem das Geld hängt wie an anderen Bäumen das Laub, doch für sein letztes Kleidungsstück, das Totenhemd, reicht es nicht.

Der Tod, dachte ich, entblößt den Menschen gänzlich, doch etwas bleibt trotzdem von ihm. Zum Beispiel von Josef. Er hat mir die Hütte und das Pferd hinterlassen. Er hat dem Herrenfriseur Leo Parowosnik zwei Laken hinterlassen. Er hat uns allen etwas hinterlassen, worin wir uns geborgen fühlen können in Stunden der Verzweiflung und des Unterganges.

Und was hinterläßt Leo Parowosnik? Seinen Stiefbruder Jakob in Boston?

Ich war fertig mit der Grube und ging in den Stall, um drei ungehobelte Bretter zu holen.

In der Hütte beteten die Juden in aller Eile am Leichnam des Herrenfriseurs Leo Parowosnik, dann trugen sie ihn, tief im Schnee einsinkend, zu der Stelle, die ich für ihn gewählt hatte.

Sie standen und sahen gleichmütig zu, wie ich ihn eingrub, dabei zitterten sie vor Kälte und bösen Vorahnungen.

»Warum weinen Sie nicht?« fragte ich, während ich das Grab einebnete.

»Es geht nicht«, erwiderte der Synagogendiener Chaim.

»Warum weinen Sie nicht?«

Mendel Schwarz, der Töpfer und Talmudkenner, zuckte nur mit seinen schmalen Schultern, und der taubstumme Avigdor lächelte.

»Er kann dankbar sein, daß wir ihn mit einem Gebet beerdigt haben«, brummelte der Synagogendiener.

Avigdor nickte mit dem Kopf und lächelte abermals.

»Warum weinen Sie nicht?« wiederholte ich. »War er etwa nicht euer Bruder? Sogar ein Rüde, sogar der heult an der Leiche seiner Hündin. Weint, Leute, weint!«

»Was ist mit dir, Daniel? Du weinst ja selbst nicht«, warf mir Mendel Schwarz vor, der Töpfer und Talmudkenner.

Und ich begann zu weinen.

Ich weinte um alle Toten, um meine Großmutter, um meine Mama, um meinen Vormund Josef, um alle Vergifteten und Erschlagenen, ich beweinte alle Gräber, in denen soviel Gutes und Böses, so viele Hoffnungen und Niederlagen begraben sind, und außerdem beweinte ich die Lebenden, die, die neben mir standen, und die, die ich nicht kannte, weil niemand diesen drei ungehobelten Brettern entgeht ... »Ich bringe den Sack selbst dorthin, wo er hinmuß«, sagte Pranas. »Um Pferd und Wagen sei unbesorgt. Pferde kommen nicht ins Gefängnis.«

Aber ich war nicht einverstanden. Was konnte nicht alles passieren!

»Wie du willst«, sagte Pranas. »Aber ich warne dich.«

»Wovor?«

»Du weißt nichts.«

Wir luden den Sack in den Wagen, bedeckten ihn mit Heu und fuhren auf die Landstraße hinaus.

Es war Markttag. Am Markttag, hatte Pranas mir erklärt, war das Risiko geringer.

Wir kamen auf die Holzbrücke, die den Fluß überquerte.

Trotz der frühen Morgenstunde war die Brücke voller Schlitten, Wagen, Kutschen.

»He, ihr, was kriecht ihr im Schneckentempo?!« rief uns von hinten eine laute Stimme an. »Fahrt ihr zum Markt oder zur Beerdigung?«

Wir fuhren nicht zur Beerdigung, aber auch nicht zum Markt.

»He, ihr!« ließ sich dieselbe helle, jugendliche Stimme wieder vernehmen. »Bringt mal die vor euch auf Trab! Sind die eingeschlafen, oder was? Mir wird ja die Sahne sauer, ehe ich zum Markt komme. He, ihr!«

Pranas schaute sich um und stieg vom Wagen.

»Wo willst du hin?«

»Ich sehe mal nach, was los ist.«

»Ja, geh, sieh nach, was los ist.«

»Ja, geh, sieh nach«, stimmte ihm der Sahneverkäufer zu. »Ich hätte nach Leipgiriai fahren sollen. Dort hätten mir die Juden längst alles aus den Händen gerissen.«

Pranas ging an den Wagen und Schlitten vorüber nach vorn.

Über der Brücke hing die Sonne wie ein riesiges Eidotter.

Das wird ein herrlicher Markttag, dachte ich, um mich blickend. An solch einem Tag ist es ein Vergnügen, über den Marktplatz zu streifen, die wimmelnde Menschenmenge und die reifbedeckten Pferde zu betrachten, dem wirren Gedröhn und Gelärm zu lauschen: Gänse schnattern, Schweine grunzen, Kälber muhen.

Und was für Gerüche gibt es auf dem Markt! Sogar die Pferdeäpfel duften dort auf besondere Weise. Und der Sauerkohl in den Fässern! Und der gelbliche Käse mit Kümmel! Und der Honig, der unvergleichliche litauische Honig in den Emailleeimern! Gesegnet sei die Erde, über der solche Bienen schwärmen!

Ich merkte gar nicht, wie wir uns wieder in Bewegung setzten.

Die während der Wartepause durchfrorenen Kutscher trieben die Pferde an, und bald kam das Ende der Brücke in Sicht.

»Los, los!« hörte ich es vom Wagen hinter mir rufen. »Sonst muß ich alles billiger verschleudern.«

Ich ruckte mit den Zügeln, doch da sah ich Pranas. Er kam uns entgegengelaufen und schrie aus vollem Halse: »Halt! Halt an, Daniel!«

Doch Anhalten war unmöglich. Von hinten drängten die Wagen und Schlitten nach, mit allerlei Krimskrams beladen, und wenn ich gebremst hätte, hätten sie unseren Wagen zersplittert oder übers Brückengeländer gestoßen.

»Soldaten!« stieß Pranas atemlos hervor und sprang auf den Wagen. Fieberhaft wühlte er im Heu und wollte den Sack hinauswerfen.

»Halt!« kommandierte ein Offizier, als wir uns dem Brückenausgang näherten. »Wohin?«

»Zum Markt«, sagte ich, vor Aufregung fast erstickend.

»Was für Fracht?«

»Ein Ferkel, Herr Offizier«, sagte Pranas.

»Seit wann handeln Juden mit Schweinefleisch?« Er sah mich finster an.

»Das ist mein Ferkel«, sagte Pranas.

»Und warum grunzt es nicht?«

»Lassen Sie sie durch, Herr Offizier«, bat der Bauer vom Wagen hinter uns. »Mir wird die Sahne sauer.«

»Bei Frost wird sie nicht sauer«, sagte der Offizier und befahl einem Soldaten: »Sieh nach, was im Sack ist!«

Aus! fuhr es mir durch den Kopf. Sie haben uns.

Der Soldat hob den Sack heraus und schüttete seinen Inhalt auf die Brücke.

»Ein schönes Ferkel – Jiddenschrift!« sagte der Offizier.

Er nickte dem Soldaten zu, und der ergriff unser Pferd am Zaum und führte es mit sich fort.

»Oh, diese Schweinehunde!« wütete der Bauer auf dem Wagen hinter uns. »Diese Christusverräter! Wie die Wanzen müßte man euch zerquetschen! Mir den ganzen Markttag zu verderben!«

Ich weiß nicht wieso, aber ich hatte fast keine Angst. Ich dachte nicht an mich selbst, nicht an Pranas, sondern an das Pferd. Was würde nun aus ihm werden? In wessen Hände würde es geraten?

Mich verhörte ein älterer Untersuchungsführer mit einem schütteren Bärtchen, wie sie in unserem Marktflecken die Gymnasiallehrer trugen.

»Früh fängst du an, sehr früh.« Er öffnete einen großen grünen Aktendeckel und fuhr fort: »Dein Vater ist zum erstenmal mit zweiundzwanzig Jahren an uns geraten. Sieh her!«

Der Untersuchungsführer reichte mir die Akte, und von einer verblichenen Fotografie sah mir mein Vater Saul entgegen, kahlgeschoren, in einem Hemd aus grobem Tuch, unwahrscheinlich mager, komisch anzusehen. »Ich werde dich nicht fragen, zu wem du den Sack bringen solltest«, sagte der Untersuchungsführer leise. »Selbst wenn du aussagst, wird mir nicht leichter durch dein Geständnis.«

Er zupfte an seinem Bärtchen, dann durchquerte er den Raum und stellte sich ans Fenster. Draußen schneite es: gewöhnlicher, friedlicher, weihnachtlicher Schnee.

»Aber eine Frage wirst du mir beantworten.«

»Welche?«

»Woran fehlt es euch bei uns? Warum juckt es euch immerzu in den Fingern?«

Ich wartete, er möge sich wieder zu mir umdrehen, doch der Untersuchungsführer wandte mir nach wie vor den Rücken zu und betrachtete wie ein Kind die Schneeflocken, die draußen niedergingen, draußen, vorm Fenster des leeren Raumes, in dem sich nichts befand außer der Fotografie des Präsidenten an der Wand und dem mit Akten überhäuften Tisch.

»Wie viele Schulen habt ihr in eurem Marktflecken?«

»Zwei.«

»Und wie viele solche Marktflecken gibt es in ganz Litauen?«

»Ich weiß nicht.«

»Aber ich weiß es. Warum besuchst du nicht eine dieser Schulen?«

»Es hat sich so ergeben.«

»Schlecht hat es sich ergeben«, sagte der Untersuchungsführer. »Ihr wißt nicht zu schätzen, was ihr habt. Wenn du in Deutschland lebtest, könnte ich es noch verstehen. Dort werdet ihr vergiftet und umgebracht. Dort ist es für euch Gottes Gebot, zu kämpfen. Aber wofür kämpft ihr bei uns? Wofür? Eure Läden werden nicht demoliert, eure Schulen werden nicht geschlossen.«

Er wandte sich vom Fenster weg, kam zum Tisch, blätterte in der Akte, entnahm ihr ein leeres Blatt, zog das Tintenfaß zu sich heran und fing an, Schnee und eine Tanne zu zeichnen. Der Schnee war grob und schwarz.

»Wenn euch etwas nicht paßt, so geht fort. Wir halten keinen mit Gewalt. Litauen wird auch ohne euch fertig. Nicht ihr seid es, die pflügen und säen.«

Er verzierte seine Tanne mit Weihnachtsschmuck, und ich sah der zeichnenden Feder zu und dachte an Pranas. Würde er mit ihm auch so geduldig und umgänglich verfahren?

»Nun, was ist? Kannst du meine Frage nicht beantworten?«

Mein Schweigen erstaunte ihn überhaupt nicht.

»Dich wird ein Kriegsgericht verurteilen. Drei Jahre kann ich dir garantieren. Bis zweiundvierzig wirst du sitzen müssen. Im übrigen kann in drei Jahren alles mögliche geschehen. Als dein Vater zum erstenmal eingesperrt wurde, gab es noch Polen, Österreich, die Tschechoslowakei. Jetzt gibt es sie nicht mehr. Vielleicht hoffst du, daß es auch Litauen nicht mehr geben wird?«

»Litauen bleibt«, sagte ich. »Litauen wird es immer geben.«

»Geb's Gott«, sagte der Untersuchungsführer.

Die Tanne war geschmückt, und der schwarze Schnee fiel immer noch auf sie hernieder.

Am zweiten Weihnachtstag wurde ich ins Gefängnis überführt.

»Deine Pritsche ist rechts«, sagte der Aufseher und stellte mir ein Gefäß mit Essen hin.

Ich rührte das Essen nicht an.

Ich nahm den Hocker, trug ihn ans vergitterte Fenster, stieg hinauf und sah hinaus.

Es schneite. Weißer, leichter Schnee. Er bedeckte den Hof, denselben Gefängnishof, über den einstmals mein Vater Saul gegangen war, und ich hörte seine Schritte, und außerdem hörte ich Geigenspiel. Inmitten des Hofes standen der Hochzeitsmusikant Leiser und sein Bruder Schaje und sein Schwager Jewel. Über Marktplatz und Schlachtfeld schwang sich ihre feurige, von jugendlicher Leidenschaft erfüllte Melodie, und ich stimmte auf den Gitterstäben in ihr Spiel ein, und die Gitterstäbe schmolzen unter meinen Händen.

Wiegenlied für einen Schneemann

Dritter Teil

Für Olga Makarowna Kindjakowa,
meine Frau und Gefährtin

Weh dem, der die Stadt
mit Blut baut und richtet
die Burg auf mit Unrecht!

Habakuk 2,12

I

»Den Friedhof haben alle vergessen, nur ich nicht!« prahlte der rothaarige Valius, der früher Organist gewesen war, vor dem Krieg die katholische Kirchenkasse ausgeraubt hatte und gleich zu Beginn der Sowjetmacht hinter Gitter gekommen war. »Wieso bist du nicht abgehauen? Hast es nicht mehr geschafft?« fragte er, und seine Augen versprühten bösartige Funken.

Valius hatte ein gedunsenes, vom Wodka gezeichnetes Gesicht und langes Haar, das herabhing wie ungeraufter Flachs. Er trug eine Tuchjacke, von der die Kommissarssterne abgerissen waren, wahrscheinlich hatte er sie sich von einem Russen genommen, der beim Rückzug gefallen war. Außerdem trug er eine weiße Armbinde und eine deutsche Maschinenpistole mit vollem Magazin. Damit war Valius auf dem jüdischen Friedhof erschienen.

»Hab es nicht mehr geschafft«, gab ich zu und blickte verstohlen nach der Maschinenpistole. Der Rothaarige hatte sie sich lässig um den Hals gehängt, an dem sich scharf sein Adamsapfel abzeichnete, und der Lederriemen roch nicht nach Sterben, sondern nach der Schuhmacherwerkstatt von Schöpsel Stein, wohin ich in meiner Kindheit oft gelaufen war, um Großmutters Schuhe abzuholen.

Er nahm die Maschinenpistole vom Hals und stieß sie mir leicht in den Rücken. »Du bist der letzte Jude, der noch frei im Flecken herumläuft«, sagte er, für mich unverständlich, und stieß mich wieder mit der MPi. Diesmal drang der Stoß in mich ein wie ein Nagel in Holz – weich und schmerzlos.

Am blauen Himmel, direkt über dem Friedhof, kreiste weit und frei ein Habicht.

»Los, komm!« befahl der Rothaarige.

»Wohin?«

Ach, warum frage ich? Er wird mich beiseite führen, die MPi anlegen, und nur die erschrockenen Krähen werden zum Himmel auffliegen, und meine Seele wird ihnen dorthin folgen, und der Herrgott, unser allmächtiger und gütiger Herrgott, wird mich empfangen und sagen: Willkommen, Daniel! Nur du hast uns noch gefehlt!

Doch der Rothaarige schien mit den Stiefeln an der Erde festgewachsen zu sein, und die Krähen, erschöpft von der Hitze, dösten auf den Zweigen, und die Mittagssonne vergoldete ihre Flügel, die sonst oft so unheilverkündend flatterten.

»Du kannst was mitnehmen«, gestattete mir Valius.

»Was?«

»Was du willst.«

Ja, was wollte ich mitnehmen?

Ich warf einen schrägen Blick auf Valius, auf seine MPi, und wieder roch für mich der gegerbte Lederriemen nicht nach Sterben, sondern nach der Schuhmacherwerkstatt von Schöpsel Stein, wohin ich oft gelaufen war, um Großmutters Schuhe abzuholen.

»Ich würde gern meine Großmutter mitnehmen«, sagte ich halblaut, als fürchtete ich, ihren Schlaf zu stören.

»Sieh an! Du hast also auch noch 'ne Oma?«

»Ja«, sagte ich.

Es war, als spräche ich zu mir selbst. Für mich gab es weder den Rothaarigen mit seinem hüpfenden Adamsapfel noch die Krähen, die heuchlerisch auf den Zweigen dösten, und nicht einmal den hohen, wolkenlosen Himmel, wo unser allmächtiger, gütiger Herrgott schon ungeduldig auf mich wartete. Es gab mich. Mich allein. Den letzten Juden im Flecken.

»Wo hältst du sie versteckt?« vernahm ich Valius' heisere Baßstimme.

»Dort«, sagte ich und wies mit dem Finger nach rechts, wo ich selbst gern liegen wollte.

»Dort ist niemand«, knurrte Valius.

»Das Gras ist zu hoch. Man sieht nichts.«

Der Rote sah sich mißtrauisch auf dem Friedhof um.

Wir gingen durch das hohe Friedhofsgras, es umstrich meine Beine wie ein Hund, sacht vom Winde bewegt, umschmeichelte es mich und flüsterte mir zum Abschied etwas zu. Es ist ein seltsam Ding um das Gras – der Mensch tritt es mit Füßen, mäht es mit der Sense nieder, doch es hegt keinen Groll gegen ihn, es neigt sich ihm zu und flüstert, und dieses Flüstern läßt das Herz dankbar erbeben.

Der rothaarige Valius trottete mir teilnahmslos nach, und der Schatten der deutschen Maschinenpistole glitt über die uralten, beinahe biblisch alten Grabsteine.

»Hier ist sie«, sagte ich und blieb neben dem Grab auf dem Hügel stehen, von wo aus man den Glockenturm der katholischen Kirche sehen konnte und den Marktplatz und auch das Haus, in dem ich zur Welt gekommen und aufgewachsen war.

»Wer?« fragte Valius, immer noch teilnahmslos, und leckte sich die spröden Lippen.

»Meine Großmutter.«

»Tote interessieren mich nicht.«

»Aber sie ist lebendig«, sagte ich. »Lebendiger als alle Lebenden.«

Ich sollte schweigen, dachte ich. Doch das Schweigen war aufgesprungen wie Knospen, im Frühjahr, und gegen meinen Willen trieben die Blätter, die Worte aus mir heraus. Ich stand wie angewurzelt und heftete meinen Blick auf den grauen Grabstein, den ungestüm das Junigras umwucherte, und mir schien, er schrumpfe unter meinem Blick, und aus der Grube, die sich auftat, stieg meine Großmutter, sich Lehmkrumen vom Leichentuch streifend, sie kam auf mich zu, streckte mir die ausgedörrten sehnigen Arme entgegen und sagte: »Daniel! Wozu braucht der Herr Organist Juden? Hat er niemanden, der im Kirchenchor singt?«

»Sänger für den Kirchenchor gibt es genug.«

»Was murmelst du da?« erschrak Valius.

»Ich spreche mit Großmutter«, sagte ich.

»Jud bleibt Jud. Dummes Gefasel auf Schritt und Tritt. Laß diese Scherze. Sonst schick ich dich im Handumdrehen zu deiner Großmutter.«

Hat er das nicht sowieso vor? dachte ich. Er will mich doch nicht etwa zur Abendmesse einladen?

»He, du, beweg dich!«

Ich hatte nicht die Kraft, weiterzugehen. Ich wollte mich ins Gras fallen lassen – für einen Moment, für eine Stunde, für immer.

»Na?« drohte Valius.

Noch immer wandte ich den Blick nicht vom Grab weg, und ich hörte geradezu, wie der Lehm vom Leichentuch abfiel. Und außerdem hörte ich Schritte, unverwechselbare – so ging nur sie, meine Großmutter, flink und scheu, die Luft zerteilend wie ein Boot die Wellen.

Der Rothaarige schlug mich mit dem Gewehrkolben, doch ich verspürte keinerlei Schmerz. Mein Gehör, mein Gesicht und sogar mein Gefühl waren ganz auf sie gerichtet, auf Großmutter. Niemand auf der Welt war mir so vertraut wie sie.

Mutter?

Sie war gestorben, ohne sich an ihrer Mutterschaft und mich mit ihrer Zärtlichkeit erfreuen zu können.

Vater?

Er hatte immer das Schicksal der gesamten Menschheit im Sinn, ich war für ihn nicht wichtig. Auch hatte ich ihn nur ein einziges Mal gesehen, als er aus dem Gefängnis kam, um mich gleich wieder zu verlassen und hinter sieben Berge zu gehen – nach Spanien.

Großvater?

Er liebte die Menschen nicht, teilte sie ein in Uhrmacher und Nichtuhrmacher, die ersteren verehrte er geradezu abgöttisch, die letzteren galten ihm keinen Pfifferling.

Aber Großmutter, Großmutter hatte mich geliebt.

Ihre Fürsorge schwebte von meiner Geburt an über mir wie der Gänseflaum, der sich auf meine Wiege, meine Augen, meine Seele legte und alle im Haus ernährte, sogar die Katze.

Während ich am Grabe stand und hinter mir den aufdringlichen Geruch des Riemens spürte, fiel mir ein, wie vor vielen Jahren – ich war damals noch keine sieben – Großmutter mit mir in den Textilladen von Goldschmidt gegangen war, um sich ein Festtagstuch zu kaufen. Goldschmidts Ladengehilfe, der langbeinige, heuschreckenflinke Gedalja, legte diensteifrig ein Tuch nach dem anderen auf den Ladentisch, einen Regenbogen nach dem anderen.

Jedesmal wischte sich Großmutter erst die Hände am Rock ab – darf man denn anders einen Regenbogen berühren? –, nahm behutsam das Tuch, bedeckte damit ihren vom Rechnen und von Schlaflosigkeit zerquälten Kopf, ging zum Spiegel und schaute lange wie erstarrt in das Zauberglas, das fast die ganze Wand einnahm. Der diensteifrige Gedalja, sogar er verlor die Geduld. Was, mochte er sich fragen, was begafft die Alte sich so lange? Was sieht sie denn?

Gütiger Gott, wenn man wüßte, was ein Mensch sieht, wenn er in den Spiegel blickt! Und nicht nur in den Spiegel – einfach in eine Pfütze im Frühling. Er steht und schaut, und nichts kann ihn losreißen, kein Donner und kein Einsturz des Himmels.

Als wir, ohne etwas gekauft zu haben, den Laden verließen, fragte ich die Großmutter: »Was hast du gesehen?«

»Wo?«

»Im Spiegel.«

»Eine Hexe«, antwortete sie. »Eine Hexe, der es um drei Litai für ein Tuch leid tut und für die niemals mehr im Leben Feiertag sein wird. Wir kaufen lieber für dich Schuhe. Du sollst haben einen Feiertag, Daniel!«

Der rothaarige Valius zerschlug mit einem Kolbenstoß den Spiegel, in den vor vielen Jahren meine Großmutter geschaut hatte, die beste und unglücklichste Hexe der Welt, und auf den Spiegelscherben schritt ich bis in den Marktflecken, wo in ferner Vergangenheit unter einer verrußten Decke meine Wiege geschaukelt hatte, mit Gänseflaum bestäubt, wo Goldschmidts Textilladen gewesen war, mit Regenbogen aus Kattun in den Regalen, und wo die Kirchturmuhr die Zeit für alle angezeigt hatte: für Christen und für Juden.

Der Rothaarige trieb mich vorüber am Postamt und am Gymnasium, das bis zum Herbst still und verlassen stand, er mied die weißgetünchte, noch nicht von Tauben bekleckerte katholische Kirche, wo er vor dem Krieg Orgel gespielt hatte. Ich dachte daran, wie ich mit meinem Freund Pranas Semaška zur Zeit des Abendgottesdienstes dort gestanden hatte, wir preßten unsere Mützen ans Herz und schauten gebannt auf die geheimnisvollen, Silberschimmer und Gotteszorn ausströmenden Blasebälge, in denen wie in einer Raubtierhöhle etwas Bedrohliches, Ungezügeltes rumorte, das sich auf die Kirchgänger stürzte und sie mit sich fortzog, über alle sichtbaren und unsichtbaren Grenzen hinweg. Die Orgel und der Chor ließen mich erbeben: In meiner ungetauften Hand zitterte die Mütze, und mein Herz schlug dumpf wie eine Glocke. Bei uns in der Synagoge betete jeder einzeln und schweigend zum Allerhöchsten, hier aber flehten sie ihn gemeinsam an, lautstark und in singendem Tonfall. Der rothaarige Valius entlockte der Raubtierhöhle gewaltige, chaotische Töne, er lenkte die Stimmen der Singenden, die nicht nur die feuchte, gelbgefleckte Kirchenkuppel zu erschüttern suchten, sondern wohl gar das Himmelsgewölbe selbst.

Von der Orgel allerdings ging Fuselgeruch aus, der paßte nicht zu den wohlriechenden, unberührt reinen Gewändern der Ministranten, zur strengen, nach Tugendhaftigkeit und billiger Seide duftenden Soutane des Priesters Vaitkus, zu den Stuckengelchen, die unter der Kirchenkuppel schwebten und aussahen wie Zwillingsgeschwister unseres Postmeisters Lauzikas, auch nicht zu dem riesigen Kruzifix mit dem Gesicht des Fährmanns Aloisas, wenn er, die Arme ausgebreitet, die Hände auf den Ruderdollen, erschöpft im Boot steht und sich sonnt. Doch nicht wir hatten über Valius zu richten, sondern Gott.

Es ging die Rede, der Rothaarige sei früher einmal nach Deutschland zum Musikstudium geschickt worden und habe das gespendete Geld beim Kartenspiel oder einem anderen bösen Spiel verloren. Betrunken und heruntergekommen, kehrte er zu Fuß in den Marktflecken zurück, der Geistliche Vaitkus verjagte ihn aus dem Gotteshaus, hatte aber dann doch Erbarmen, denn es ist nicht leicht, einen guten Organisten zu finden, der noch dazu Abstinenzler ist. Die Musiker – Gott verzeih ihnen! – gucken alle gern zu tief ins Glas.

Als Valius in die Kirchenkasse gegriffen hatte, erschien der Geistliche Vaitkus, ein guter und selbstloser Mensch, auf dem Polizeirevier beim neuen Ortspolizeimeister Pinchas Kogan und sagte: »Helft den Dieb fangen!«

Pinchas Kogan konnte den Dieb dingfest machen, doch das Geld war in Dragazkis Kneipe geblieben.

Als Valius in die Stadt abtransportiert wurde, zischte er heftig und feindselig: »Wem habt ihr geglaubt?! Den Juden! Den Christusverrätern!«

Der ganze Ort wunderte sich: Was hatten die Juden, die Christusverräter damit zu tun, wo doch der Wodka an allem schuld war?

Der Rothaarige trieb mich durch die Hauptstraße, und die wenigen Passanten neigten den Kopf vor seiner Maschinenpistole.

Es gab wirklich ringsum keinen einzigen Juden. Früher hatte es auf den Straßen von ihnen gewimmelt. Nirgends auf der Welt – so kam es mir manchmal vor – gab es so viele Juden wie in unserem Flecken, auf Schritt und Tritt begegnete man irgendeinem Schuhmacher, Wasserträger, Altwarenhändler oder Friseur.

Der Frisiersalon meines ersten Lehrherrn, des Herrn Aron Damski, war kreuz und quer mit Brettern vernagelt.

Auf der Vortreppe vom Hause des Töpfers und Talmudkenners Mendel Schwarz schälte eine fremde Frau Kartoffeln und warf sie in einen fremden Topf.

Auf dem Trottoir und der Fahrbahn türmten sich kaputte Möbel: eine vorsintflutliche Kommode mit herausgerissenen Türen, ein Sofa mit aufgeschlitztem Bezug und herausspießenden Sprungfedern (da war offenbar nach Gold gesucht worden), und neben Dragazkis Kneipe, wo der Rothaarige das gestohlene Geld durchgebracht hatte, lag still und starr eine zerbrochene Singernähmaschine, von der sie den Schneider weggeholt hatten – vielleicht Benze Kogan, vielleicht auch Gerschon Giber.

Ein für allemal weggeholt.

»Daniel!« hörte ich plötzlich eine Stimme und fuhr zusammen.

Zuerst schien mir, sie entspränge meiner Einbildung, sie sei womöglich aus meinen Erinnerungen entschlüpft, kreise über der Singernähmaschine, über dem kreuzweis vernagelten Frisiersalon meines ersten Lehrherrn Aron Damski und verschwände gleich wieder.

Doch die Stimme wiederholte: »Daniel!«

Ich wandte mich um.

Auf dem Trottoir neben Goldschmidts Textilladen stand Kristina, die Liebe des Asser Hillels, die Tochter des Vorkriegspolizeimeisters, die Schulfreundin von Judith. Sie winkte mir mit ihrer kleinen Hand, doch als sie den stechenden Blick des rothaarigen Valius bemerkte, ließ sie sie sinken – langsam und ungeschickt.

»Wohin wirst du gebracht?« fragte sie, als könnte ich ihr darauf antworten.

»Weißt du vielleicht etwas von Judith?«

»Das letztemal habe ich sie in Kaunas gesehen. Auf der Freiheitsallee ... Sie hatte es eilig, wollte zur Universität ...«

Kaunas ... Freiheitsallee ... Judith ... In welchem Jahrhundert war das gewesen?

Ich wünschte, Kristina ginge schnell weg, sie sollte nicht sehen, wie ich durch die Hauptstraße getrieben wurde, durch dieselbe Straße, auf der wir vor gar nicht allzu langer Zeit zu dritt entlangspaziert waren: Ich, sie und Judith, und der ganze Marktflecken hatte mich beneidet – ein Totengräber in Gesellschaft solcher Fräuleins, na aber!

»Lassen Sie ihn frei«, bat Kristina hilflos und folgte uns.

»Darf ich nicht«, sagte der ehemalige Organist und grinste.

»Gott wird euch strafen«, sagte Kristina leise.

Valius grinste abermals und nahm die Maschinenpistole von der rechten Hand in die linke. Er war Linkshänder.

Kristinas Fürsprache war sinnlos. Was konnte sie denn tun, wenn sie sich nicht einmal vom Trottoir auf die Fahrbahn wagte? Wenn Valius jemanden nicht anrühren würde, so war sie es, die Tochter des Vorkriegspolizeihauptmanns.

»Auf Wiedersehen, Daniel«, sagte Kristina und blieb stehen.

»Auf Wiedersehen«, sagte ich zu ihr und zu der Hauptstraße mit dem kreuzweis vernagelten Frisierladen meines ersten Lehrherrn Aron Damski, mit der Vortreppe des Töpfers und Talmudkenners Mendel Schwarz, mit dem Gymnasium, das still und verlassen stand bis zum Herbst, wenn vor den Fenstern Regen strömt und reife braune Kastanien auf die Erde prasseln.

»Auf Wiedersehen«, sagte ich der Katze auf dem Dach von Dragazkis Kneipe.

»Auf Wiedersehen«, sagte ich einem Vogel am Himmel.

»Auf Wiedersehen!«

Der rothaarige Valius spuckte aus und bog von der Hauptstraße ab auf den Marktplatz.

Der Anblick des leeren Marktes, auf dem jeglicher Trubel und Lärm erstorben waren, erfüllte mein Herz mit solch unsagbarem Weh, als hätte ich mein Lebtag nichts anderes getan, als zwischen den Wagen umherzugehen, zu kaufen und zu verkaufen, mit den Bauern aufs gelungene Geschäft zu trinken, und als sei mir ganz plötzlich erbarmungslos alles genommen worden: mein Gewerbe, meine Leidenschaft, mein Trost, und nichts außer den plustrigen Sperlingen, die zwischen den Ständen umherhüpften und Vorkriegskrumen suchten, nichts außer dieser rissigen, von Tausenden Füßen zertrampelten Erde, die sich nach Regen und frischen Pferdeäpfeln sehnte, sei übriggeblieben.

Wie kann denn, dachte ich, auf der Welt ein Basar ohne Juden existieren? Ohne eine Ssore-Broche, die das magere Hinterteil eines Huhnes betastet, so eifrig, als wolle sie dort wahrhaftig ein goldenes Ei herausholen? Ohne einen Mosche-Jankel, der nichts kauft oder verkauft, sondern einfach da ist, Hansdampf in allen Gassen, zu gaffen und ein Schwätzchen zu machen mit einem hinterwäldlerischen Bauern oder einem gerissenen Zigeuner, dem bodenlose Schwärze in den Augen glimmt: Du blickst hinein und fällst bis auf den Grund.

Wenn es den Basar gibt, muß es auch Juden geben.

Wenigstens einen.

»Der bist du«, flüsterte Großmutter mir zu. »Keiner wird dich je umbringen können. Die Kugeln, die dir gelten, erreichen dich nicht. Sie werden verglühen in der Luft, und die Pest wird jeden dahinraffen, der auf dein Herz zielt. Weißt du, was unser allmächtiger, unser gütiger Herrgott gesagt hat zu Abraham?«

Ich wußte nicht, was unser allmächtiger, unser gütiger Herrgott zu Abraham gesagt hatte.

»Gott hat gesagt zu Abraham: Gehe hin und fürchte dich nicht. Und so sage ich zu dir: Geh, Daniel, und fürchte dich nicht. Schmieg dich an mich.«

Und ich schmiegte mich an sie.

Und niemand sah es.

Mir aber wurde leichter ums Herz.

Denn ich spürte Wärme – die Wärme des greisenhaften Körpers, der nicht ins Leichentuch gehüllt war, sondern in den alten abgetragenen weiten Mantel, den meine Großmutter immer trug.

Von jetzt an – wohin auch immer sie mich führten, wohin auch immer sie mich jagten – würden wir beisammen sein. Von jetzt an bis in alle Ewigkeit!

Amen!

»So, da wären wir«, sagte der rothaarige Valius, als wir uns der alten Synagoge näherten, die grau am Rande des Marktfleckens stand.

In unserem Ort gab es zwei Bethäuser: das alte und das neue. Das alte hieß die Fleischersynagoge.

Ich weiß nicht, warum es so hieß: Vielleicht war es von Fleischern gegründet worden, vielleicht wurde es auch nur von ihnen bevorzugt. Es kursierte zum Beispiel folgende Geschichte: Vorzeiten, vor dem Russisch-Japanischen Krieg, sollte jemand in die Fleischersynagoge eingedrungen sein und den Rabbiner erstochen haben. Sein Blut, hieß es, sei in den Fußboden gedrungen und nicht mehr abzuwaschen gewesen.

Als die neue Synagoge renoviert wurde, ging ich ein paarmal mit Großmutter in die Fleischersynagoge, aber Blutspuren konnte ich nicht entdecken.

»Das ist was Besonderes«, erklärte Großmutter mir damals.

»Mit der Synagoge?«

»Nicht mit der Synagoge, sondern mit dem Blut. An gewöhnlichen Tagen sieht man es nicht.«

»Wann denn dann?«

»Wenn irgendwo Juden umgebracht werden. Zur Zeit des Pogroms von Kischinjow war der Fußboden rot wie der Himmel bei Sonnenuntergang.«

Vor der Fleischersynagoge stand unser Ortspolizist Tutkus und trat von einem Fuß auf den anderen. Er war im Jahre vierzig verschwunden gewesen. Es hieß, er sei nach Sibirien verbannt. Aber aus Sibirien kommt einer nicht so schnell zurück. Sibirien ist schließlich nicht Ukmergė. Sibirien bleibt Sibirien.

Tutkus war noch dicker geworden. Er hatte sein Hemd aufgeknöpft, seine Brust war mit borstigem grauem Haar bedeckt, und darauf glitzerten Schweißtröpfchen wie Tau auf Tannennadeln. Die Sonne machte ihm zu schaffen, doch in den Schatten wollte er auch nicht gehen: Schatten ist Schatten, und Pflicht ist Pflicht, auf die Juden muß man immer ein Auge haben.

»Ich bringe den letzten«, sagte der Rothaarige.

»Ein alter Bekannter«, knurrte Tutkus. »Der Totengräber.«

»Jetzt werden sie nicht mehr einzeln begraben«, warf Valius hin.

»Was wahr ist, ist wahr«, stimmte unser Ortspolizist zu, und dann beklagte er sich: »Ich kann nicht mehr. Eine Hitze, wie in der Hölle. Übernimm mal die Aufsicht, Valius, ich gehe schnell baden.«

»Hau ab.«

Gleich geht die Tür auf, dachte ich, und ich werde geblendet sein vom sonnenuntergangroten Fußboden. Nicht von ungefähr hatte Großmutter gesagt: Wenn Juden umgebracht werden, flammt der ganze Fußboden der Fleischersynagoge vom unschuldigen Blute.

Als der Rothaarige mich hineinstieß, war das erste, was ich sah, nicht ein blutüberströmter Fußboden, sondern der Synagogendiener Chaim. Abgemagert, gelb im Gesicht, mit einer verbundenen Wange, hinter der sich, wenn überhaupt, nur Weisheitszähne befanden, die nicht unser täglich Brot kauten, sondern die Worte der Heiligen Schrift wiederkäuten – so kam er uns entgegen und stürzte mit für ihn ungewöhnlichem Eifer auf Valius zu. Stotternd und immer wieder den von der Wange rutschenden Verband richtend, haspelte er in gebrochenem Litauisch: »Herr Chef! Herr Chef! Das ist Sünde! Das ist eine sehr große Sünde!«

Der Rothaarige wollte nichts von Sünde hören. Er hatte in seinem Leben schon genug gehört über fremde und eigene Sünden.

»Was ist los?«

»Die Leute müssen nach Hause gehen.«

»Nach Hause?« Mein Begleiter verzog das Gesicht, als habe er Wodka getrunken.

»Sie kommen wieder. Ich schwöre es.«

»Was haben sie denn dort vergessen?«

»Was sie haben vergessen? Das Wichtigste haben sie vergessen!« Der Synagogendiener Chaim umtanzte den Rothaarigen, er wand sich und stöhnte, als bekäme er Geburtswehen. »Die Mützen! Die Mützen! Ohne Kopfbedeckung darf ein Jude das Gotteshaus nicht betreten. Und nun sehen Sie sich das an … sehen Sie nur … Schamlos und gewissenlos!«

»Er wird sie auch so empfangen«, schnitt ihm der Rothaarige das Wort ab.

»Wer?«

»Gott«, sagte der Herr Chef und ging hinaus.

Während Chaim, der einzige überlebende jüdische Seelenhirt, mit dem Organisten, dem es schlecht ging ohne Alkohol, verhandelte, sah ich mich in der verwahrlosten, halbverfallenen Synagoge um.

Das Gotteshaus ähnelte eher dem schmutzigen Bahnhof unseres Marktfleckens mit seinem Bahnsteig voller Gerümpel und mit den Güterschuppen, von denen der Putz bröckelte, als einem Ort, wo aus den Mündern der Sterblichen alle Klagen und Seufzer, alle Dank- und Ruhmgebete in die graubehaarten Ohren des Allmächtigen dringen.

Auf dem Fußboden, von dem so Unglaubliches erzählt wurde, daß es einem das Herz stocken ließ, auf demselben Fußboden häufte sich allerlei Trödel und Verzweiflung.

Manche saßen auf Säcken, in die sie schnell ein bißchen Habe gestopft hatten, andere lagen, den Kopf auf die Stufen zum Pult des Thoravorlesers gestützt, wieder andere hatten sich in eine Ecke verkrochen und suchten Trost in heimlichem, schwach glimmendem Gebet.

Der Hochzeitsmusikant Leiser, fast erblindet, unsterblich wie die Musik, preßte seine Geige an die schwindsüchtige Brust. Ich trat zu ihm, und er fuhr auf, blinzelte mit den glanzlos gewordenen blinden Augen, in seiner schwindsüchtigen Brust regte sich etwas, wie unter der Rinde eines Eichenbaumes, belebte sich von innen, und er sagte, als sei gar nichts geschehen: »Wo bist du die ganze Zeit gewesen, Daniel?«

»Auf dem Friedhof.«

»Und ich habe immer auf dich gewartet. Immer gewartet. Es heißt, du hast im Gefängnis gesessen.«

»Ja, kurze Zeit.«

»Kann denn ein Totengräber etwas stehlen?« Der Hochzeitsmusikant Leiser stand auf und legte mir die Hand auf die Schulter.

»Ich habe doch nicht gestohlen ...«

»Also wegen Politik.«

»Genau.«

»Ein Totengräber, denke ich, hat nur eine Art von Politik im Sinn – seine Schaufel. Vor ihr sind alle gleich: ein Bösewicht und ein Engel, ein Armer und ein Rothschild.«

»Nicht alle«, sagte ich. »Manchmal stöhnt auch die Schaufel.«

»Der Tod, siehst du, geht an mir vorüber, als ob ich nicht Leiser Seldin wäre, sondern des Todes leiblicher Bruder. Sogar die« – der Hochzeitsmusikant wies mit dem Kopf zur Tür – »haben nicht an mich gedacht. Ich selbst ... verstehst du ... bin rausgekrochen auf die Straße ... gleich am ersten Tag. Aber ihre Kugeln waren nicht für mich bestimmt ... Solange sie bei mir ist« – Leiser nahm die Hand von meiner Schulter und zeigte auf das Geigenfutteral –, »solange sterb ich nicht. Wie oft habe ich schon versucht, sie auf den Fußboden zu schmettern, sie ins Feuer zu werfen, aber jemand hat immer meine Hand zurückgehalten. Wer wohl?«

»Der Allerhöchste. Wer denn sonst?« antwortete ihm der Synagogendiener Chaim.

»Meinetwegen ist er kein einziges Mal vom Himmel auf die Erde gekommen«, sagte der Hochzeitsmusikant Leiser. »Für ihn ist die Geige ein Nichts.«

»Die Geige ist kein Nichts. Die Geige – das sind die Lippen des Bräutigams und die Augen der Braut, wenn beide verstummen vor Glück«, verkündete Chaim im Namen des Allerhöchsten.

»Jetzt braucht man keine Geige, sondern ein Gewehr«, preßte Mendel Schwarz hervor, der Töpfer und Talmudkenner. »Hat jemand schon einmal eine Geige gehört beim Begräbnis?«

»Das gibt es nicht und wird es auch nie geben«, versicherte der Synagogendiener. »Bedecke deinen Kopf, Daniel.« Chaim riß sich plötzlich den Verband von der Wange und reichte ihn mir. »Erzürne nicht den Herrn, der uns für unsere Sünden straft.«

Der Verband, genau wie Chaim selbst, roch stickig, nach Keller und Schimmel.

»Aber Ihnen tun doch die Zähne weh«, erwiderte ich ausweichend.

»Die Seele tut mir weh«, sagte Chaim. »Doch kann man die Seele mit einem Lappen verbinden?«

»Weißt du nicht, Junge, was sie mit uns machen werden?« fragte Mendel Schwarz, der Töpfer und Talmudkenner, den es nach einem Gewehr verlangt hatte. »Ich kann bis jetzt noch nicht verstehen, warum sie uns nicht umgebracht haben.«

»Alle können sie nicht umbringen«, sagte ich.

»Die können! Und wie sie können! Die Welt wird aufwachen eines Tages, wird sich die Augen reiben – und alles wird an seinem Platze sein: die Flüsse, die Vögel, die Bäume und alle möglichen Völker ... sogar die Abessinier ... Nur wir werden nicht mehr dasein.«

»Wer – wir?«

»Die Juden.«

»Nicht so laut«, flüsterte Chaim und äugte zu einem Mann hin, der in der Nähe stand und sich ein Stäbchen drehte. »Laß dir nur nicht einfallen zu rauchen«, sagte er heftig zu ihm.

»Ich rauche, wann ich will«, gab der andere böse zurück.

»Im Gotteshaus darf nicht geraucht werden.«

»Ihr dürft nicht, aber ich darf«, widersprach der Mann gelassen.

»Mit welchem Recht darfst du? Na?« ereiferte sich der Synagogendiener.

»Ich bin kein Jude«, sagte der Mann. »Ich bin Katholik.«

»Ein Scheißdreck bist du, aber kein Katholik.« Chaim hatte seinen Verband und meinen Kopf vergessen. Seine Augen funkelten giftig, wie bei einer Katze, wenn sie eine Maus in der Mäusefalle sieht. »Du bist genau so ein Jude wie wir alle. Nur ein tausendmal schlechterer.«

Der Mann zog eine Streichholzschachtel aus der Tasche und zündete seine Selbstgedrehte an.

Ich erkannte ihn.

Es war der Schornsteinfeger Jurgis. Der Konvertit Jurgis.

Er wohnte nicht im Marktflecken, sondern auf dem ehemaligen Gut des Grafen Ogiński. Früher war sein Name Judel gewesen. Judel Zevjan. Mehr als eine Jüdin war verrückt gewesen nach dem Sohn des Wasserträgers Schmerl Zevjan. Die Tochter des Textilladenbesitzers Goldschmidt hatte seinetwegen sogar Tabletten genommen und war nur mit Mühe gerettet worden.

In seiner Jugend soll Judel ein ausgesprochen hübscher Bursche gewesen sein: groß, stattlich, mit üppigem Haar, schwarz wie Krähengefieder. In seinem Munde blitzten die Zähne wie Pessachkerzen auf dem Tisch, und unter den dichten Brauen lugten helle Augen hervor wie Schneeglöckchen am Waldesrand.

Trauer und Niedergeschlagenheit herrschten in den Häusern der Juden, als der katholische Geistliche Vaitkus ihn in der Kirche des Marktfleckens auf den Namen Jurgis taufte. Ein halbes Jahr später wurde er ebendort mit Ona, der Tochter des Gutsökonomen, getraut, und Schmerl Zevjan jagte ihn aus dem Haus.

In der alten Fleischersynagoge roch es jetzt nach selbstangebautem Tabak.

Der Synagogendiener Chaim eilte zu dem Konvertiten, packte dessen kräftige Hand und wollte ihm die qualmende Selbstgedrehte entwinden. Judel-Jurgis stieß den armen Kerl weg, der fiel hin, sprang schnell wieder auf und stürzte sich wie von Sinnen auf den Raucher. Judel-Jurgis ließ sich auf eine Schlägerei nicht ein. Er drückte ihm einfach die glühende Zigarettenkippe ins Gesicht, und durch die alte Fleischersynagoge scholl ein grausiges Aufheulen.

Der Schrei ließ den rothaarigen Valius herbeieilen.

»Was geht hier vor?«

Der Synagogendiener Chaim hielt sich die verbrannte Wange und murmelte Unverständliches von Gotteshaus, selbstangebautem Tabak und von Juden.

»Klar«, sagte der Rothaarige und wandte sich an Judel-Jurgis: »Wenn du was zu rauchen hast, dann rauch, soviel du willst. Hier bestimmt jetzt nicht Gott und auch nicht er« – der Rothaarige wies mit dem Kopf auf den geplagten Synagogendiener –, »sondern ich. Aber merke dir eins. Du bist nicht mehr Jurgis. Du bist

Jude. Wie hieß er, ehe er getauft wurde?« erkundigte sich der frühere Organist bei Chaim.

»Judel.«

»Du bist Judel«, sagte Valius und fuhr dann fort: »Wer von euch will mal raus?«

Alle schwiegen. Mendel Schwarz, der Töpfer und Talmudkenner, den es nach einem Gewehr verlangte, auch der hielt den Mund.

»Wer muß austreten?«

Keiner erwiderte etwas. Die Angst verschloß allen den Mund. Draußen krachten Tag und Nacht Schüsse.

»Also niemand?«

»Niemand«, antwortete für alle der Synagogendiener Chaim, der einzige überlebende jüdische Seelenhirt.

»Na fabelhaft«, sagte der rothaarige Valius und verschwand nach draußen.

Die Nacht brach an, doch in der Fleischersynagoge war es taghell.

Große Junisterne, diese üppigen Leuchten, die kein Petroleum brauchen, die nicht durch Feuer entzündet werden, sondern durch Gottes grenzenlose Güte, schauten zu den Fenstern herein, und das Himmelslicht überflutete Boden und Wände.

Alles war in Schweigen gehüllt. So war es leichter. Worte, endloses jüdisches Gerede – das brachte keine Erleichterung.

Nur Chaim versuchte noch, den Frauen Vorwürfe zu machen: Wo gab es das, daß sie sich in der Synagoge unter die Männer mischten. Der Platz der Frau sei oben, auf der Empore. Ein Gotteshaus, wenn auch verkommen, sei keine Badestube. Im Dampfbad könne man zur Not gemeinsam sein, das sei nicht weiter schlimm, aber hier ... Endlich verstummte auch der Synagogendiener.

Ich saß auf den Stufen zum Pult des Thoravorlesers und dachte über mich nach, über meine Einsamkeit, von der ich mich ebensowenig frei machen konnte wie der Hochzeitsmusikant Leiser von seiner Geige.

Was hatte ich in meinen achtzehn Jahren schon erreicht? Was denn?

Hatte Gruben gegraben und war selbst in eine Grube gefallen.

Rings um mich hatte sich alles verändert: die Menschen, sogar die Bäume, von der Macht gar nicht zu reden. Zuerst war im

Flecken Kristinas Vater, der Herr Jackevičius, Polizeichef gewesen, dann hatte ihn der Sohn des Schneidermeisters Benze Kogan abgelöst, Pinchas, ebenfalls ein Schneider, der die Nadel beiseite gelegt und um seine übermäßig weiten Stiefelhosen einen Gurt mit Revolvertasche geschnallt hatte. Und nun würde das Polizeirevier wahrscheinlich an den rothaarigen Valius übergehen.

Und ich?

Was ich war, das blieb ich auch.

Genau vor einem Jahr, im Jahre vierzig, kam ich aus dem Gefängnis. Pinchas Kogan, der neue Polizeimeister des Ortes, wollte mich in seinen Dienst nehmen. Du bist, sagte er, der Sohn eines Kämpfers und selbst ein Kämpfer, ein politischer Häftling. Du, sagte er, paßt haargenau hierher. Wir werden, sagte er, aus dir machen das rächende Schwert der Arbeiterklasse und der werktätigen Bauernschaft. Wir, sagte er, vergessen nicht den Dienst, den du der Partei erwiesen hast. Du wirst, sagte er, in die Hauptstadt fahren und lernen. Einverstanden? Einverstanden!

Um ehrlich zu sein, ich hatte keine rechte Vorstellung von diesem rächenden Schwert und wollte gar nicht so gern eines werden. Aber lernen!

Seit ich Judith kannte, konnte ich nichts anderes mehr denken. Lernen! Lernen! Ich mußte wissen, an welche Staaten Litauen grenzt, woraus Wasser besteht und warum jeden Abend die Sonne untergeht.

Pinchas Kogan hätte vielleicht auch Wort gehalten – was er sagte, war nie in den Wind gesprochen. Vielleicht wäre ich wirklich zum Lernen in die Hauptstadt geschickt worden, wenn nicht ... An jenem Morgen, als Pinchas auf dem Wagen gebracht wurde, mit einer Pferdedecke bedeckt, wurde ich vom rächenden Schwert der Arbeiterklasse und der werktätigen Bauernschaft erneut zum Totengräber.

»Der alte Kogan besteht darauf, daß sein Sohn auf dem jüdischen Friedhof begraben wird«, sagte unser neuer Bürgermeister, der Fischer Viktoras. »Pinchas, wie du verstehen wirst, wollte nicht dort liegen und auch auf keinem anderen. Er wollte leben. Die Feinde haben ihn umgebracht. Legen wir also unseren Genossen zu den Armen. Wie auch immer, er hat ja gerade für sie sein junges Leben hingegeben.«

»Aber dort ist kein guter Platz.«

»Wie man es nimmt«, sagte der neue Bürgermeister. »Unser Platz ist immer bei den Armen. Wo sie sind, dort sind auch wir.«

Zum erstenmal wurde in unserem Flecken ein Jude mit Orchestermusik beerdigt: Es spielten die Feuerwehrleute, die schon ein ganzes Jahr ohne Arbeit waren, weil in der Umgebung nichts brannte.

Der Fischer Viktoras hielt am Grab eine Rede.

Noch niemals hatten die Krähen gehört, daß auf dem jüdischen Friedhof das Totenamt in litauischer Sprache abgehalten wurde.

Als Pinchas in die Grube hinabgelassen wurde und ich Erde auf ihn schaufelte, spürte ich auf einmal, daß ich mit ihm auch etwas Eigenes begrub: das rächende Schwert – ach nein ... meinen eigenen Wert – ich weiß nicht ... Ich saß auf den Stufen zum Pult des Thoravorlesers in der alten Fleischersynagoge und gab die Schuld für mein mißlungenes Leben nur mir allein. Was hatte Pinchas Kogans Tod damit zu tun? Ich selbst ... ich selbst war an allem schuld.

Welcher Teufel hatte mich geritten, aus dem Gefängnis in den Flecken zurückzukommen? Ich hätte doch in der Stadt bleiben können, in einer Fabrik Arbeit aufnehmen oder schlimmstenfalls als Steinmetz an ein Beerdigungsinstitut gehen können: Immerhin konnte ich Worte in Stein meißeln, und nicht nur Worte. Kreuze beispielsweise. Und wenn nötig, auch das Profil des Verstorbenen. Ich brauchte nur eine Fotografie von ihm.

Was hatte ich denn im Flecken gesucht? Welche Wohltaten? Welche Freuden?

Ich suchte Judith.

Gab es denn auf der Welt eine größere Freude, eine größere Wohltat?

Doch auch hier hatte ich mich verrechnet. Auch hier machte sich das Schicksal über mich lustig: Judith war fort. Verschwunden! Verdorben und gestorben!

»Wo ist sie?« fragte ich, als ich Asser traf, den Sohn des Fleischermeisters Hillels.

»Weiß der Himmel. Sie haben alles im Stich gelassen und sind vor den Bolschewisten getürmt. Aus Angst wahrscheinlich.«

»Wovor?«

»Wovor haben die Menschen heutzutage Angst? Vor Sibirien! Hast im Gefängnis gesessen und weißt nicht Bescheid. Für eine Lederfabrik fassen die einen nicht mit Samthandschuhen an.«

»Aber die Lederfabrik gehörte nicht Judith, sondern ihrem Großvater.«

»Großvater oder Großmutter – ganz egal. Das sind alles Blutsauger. Hör zu, Daniel, wie wäre es, wenn wir unsere Fleischerei auf dich umschreiben ließen? Vorübergehend natürlich.«

Eine schöne Bescherung: anstelle von Judith den Fleischerladen der Hillels'.

»Ich hätte sie nicht nach Sibirien bringen lassen«, sagte ich und biß die Zähne zusammen.

»Die Fleischerei?«

Und Asser brach in Lachen aus.

Was ist aus ihm geworden, der so gelacht hat? Wo ist er jetzt?

Vielleicht käme ihm Sibirien jetzt wie das Paradies vor?

Vielleicht liegt er irgendwo am Waldrand, und rings um ihn grasen träge Kühe, die weder er noch sein Vater, der Fleischer Hillels, je mehr schlachten werden, und die Ameisen krabbeln enttäuscht in seinem zerzausten, von der Sonne erhitzten Haar herum.

Vor meinen Augen erstanden wieder die kreuzweis vernagelten Fenster des Frisiersalons meines ersten Lehrherrn, des Herrn Aron Damski, und auf einmal begriff ich so deutlich, daß es schmerzte: Alles ist vernagelt. Alles: die Vergangenheit und auch die Zukunft. Erbarmungslos. Mit eisernen Nägeln. Mit eichenen Brettern. Ohne Durchschlupf und ohne Lichtspalt.

Nur Judiths Gesicht leuchtete mir aus der höllischen Finsternis.

Wenn sie in Sibirien ist, werde ich ein Dankgebet zum Herrgott aufschicken. Denn dann haben sie sie nicht umgebracht. Dann lebt sie. Dann heißt das, wir begegnen uns wieder, ich komme nicht um.

»Du wirst nicht umkommen«, vernahm ich eine Stimme und hob den Kopf.

Auf der Empore saß Großmutter. Nur sie betete dort, wo es sich für jede gläubige Jüdin ziemt, mit dem Herrgott zu reden.

»Alle Totengräber erreichen ein hohes Alter. Wie Josef. Du bist Totengräber. Du bleibst am Leben. Du mußt am Leben bleiben.«

Es war, als schwebe Großmutter über allem: über der Geige des Hochzeitsmusikanten Leiser, über der Selbstgedrehten des Konvertiten Judel-Jurgis, über dem gebrannten Chaim und über mir und Judith.

»Die Kugeln, die euch gelten, erreichen euch nicht. Sie werden verglühen. Und die Pest wird jeden treffen, der auf euer Herz zielt.«

Draußen vor den Fenstern der alten Fleischersynagoge leuchteten die Sterne. Sie leuchteten für alle: für Lebende und Tote, für Mörder und Ermordete. Ich blickte zu ihnen auf und dachte, wie schrecklich ungerecht das ist.

Doch wer wäre imstande, auch nur einen Stern auszulöschen? Sollte das wirklich jemand können?

In meine Gedanken drang auf einmal das Weinen einer Frau.

Wer war das?

Ich blickte mich um und sah ganz vorn an der Tür Sara Hansenmüller, die Frau des deutschen Uhrmachers, der vor Hitler nach Litauen geflohen war. Sie streichelte den Kopf ihres Sohnes, des Gymnasiasten Wilhelm, und wiederholte immerzu unter Tränen: »Halt aus, Willi, halt aus.«

Wilhelm hielt sich den Bauch und krümmte sich vor Schmerzen.

»Das ist furchtbar. Das ist ein Skandal«, jammerte Sara. »Sagen Sie es ihm, Herr Daniel.«

»Was denn?«

»Daß er dort ... draußen ... erschossen wird ... Auf mich hört er nicht. Er sagt, dort draußen ... ist alles still.« Sie wandte sich wieder an mich: »Er hat es von klein auf mit den Nieren ... Er hat eine sehr schwache Blase ...«

»Komm«, sagte ich zu Wilhelm.

»Nein, nein. Ich lasse ihn nicht weg. Die Begleitsoldaten sind betrunken ... sie bringen euch um ...«

»Wir gehen nicht hinaus ... wir machen's hier ... gleich hier ...«

»Nein, nein«, widersprach Sara Hansenmüller völlig verstört. »Das laß ich nicht zu ... Das ist ein Skandal ... Das ist Gotteslästerung ...«

»Gott wird es vergeben«, sagte ich und führte Wilhelm in die Ecke. »Schäm dich nicht, Kleiner. Mach!« befahl ich.

Wilhelm knöpfte sich eilig die Hose auf.

Der Himmel stürzte nicht ein. Uns trafen weder Blitz noch Donner.

Ein warmer Strahl floß auf den schmutzigen Fußboden der verkommenen Fleischersynagoge.

Gott, unser allmächtiger, unser gütiger Herrgott strafte uns nicht: Er ließ unsere Glieder nicht reglos erstarren, er beraubte uns nicht der Sprache – er merkte einfach nichts. Vielleicht tat er auch nur so, als merke er nichts. Doch das war das Beste, was er jemals für die Flüchtlingsfrau Sara Hansenmüller getan hatte.

Und auch für mich.

Bald wird es Tag, dachte ich, dann geht die Sonne auf, ihre Strahlen fallen auf den Fußboden und trocknen das Rinnsal.

Wer aber trocknet unsere Tränen?

»Danke, danke«, stammelte Sara Hansenmüller und biß sich auf die Lippen. »Sie sind ein sehr guter Mensch. In den letzten Tagen haben wir so viel durchgemacht. *Kollossal** ... Meinen Mann haben sie weggeholt. Deutsche sollen mit Deutschen zusammen sein, und Juden mit Juden. So hat der Herr Offizier gesagt ...« Die Uhrmachersfrau brach wieder in Tränen aus. »Was wird mit uns werden, Herr Daniel?« Sie legte Wilhelm den Arm um die Schultern und sagte, ohne jeden Zusammenhang mit dem Vorherigen: »Er ist zum erstenmal in einer Synagoge. Und vielleicht auch zum letztenmal ... Denen entkommt man ja doch nicht.«

»Wem?«

»Hitler.«

Draußen vor der alten Fleischersynagoge begannen die Vögel zu singen – der Morgen brach an. Ihr Trillern und Jubilieren brachte alles ringsum zum Klingen. Die Vögel feierten den Sonnenaufgang wie eh und je. Nichts ging der Krieg sie an, nichts Hitler und auch nichts die Handvoll Juden, die da in einem verkommenen Gotteshaus eingeschlossen waren.

Auf einmal entsann ich mich meines fernen Kindheitstraumes – ein Vogel zu werden. Und dieser Traum schien mir nicht mehr so töricht wir früher. Wenn Gott wirklich existierte, so sollte er uns doch in Gefiederte verwandeln, jedem von uns einen Schnabel und ein Paar Flügel verleihen, und wir würden davonfliegen, kaum daß der Rothaarige die Tür öffnete.

Wohin würde ich fliegen?

Nach Sibirien doch wohl. Zu Judith.

Und wohin flögen sie – Sara Hansenmüller, der Gymnasiast Wilhelm, der Konvertit Judel-Jurgis, der Töpfer und Talmudkenner Mendel Schwarz, der gebrannte Chaim, der Hochzeitsmusikant Leiser?

Wohin?

Jeder Vogel braucht sein Nest und seinen Zweig.

Doch wenn der Herrgott solch ein Wunder vollbrachte, würde sich denn etwas ändern?

Wird nicht auf Vögel auch geschossen?

Vielleicht gibt es auf der Welt jüdische und nichtjüdische Vögel?

Die einen haben Flügel mit gelbem Kennzeichen – davon hatte Sara Hansenmüller mir schon vor dem Krieg erzählt –, die anderen einfach Flügel: fliege, schwebe, tummle dich!

»Was wird mit uns werden? Was wird mit uns werden?«

Sara Hansenmüllers Frage klang mir unaufhörlich in den Ohren. Sie übertönte das Zwitschern der Vögel und erfüllte mein Herz mit auswegloser Angst.

»Denen entkommt man ja doch nicht.«

Entkommt man nicht, entkommt man nicht, entkommt man nicht – klopfte es in meinen Schläfen. Sind sie denn wirklich allgegenwärtig? Kann man ihnen wirklich nicht Einhalt gebieten – weder mit Panzern noch mit Gebeten noch mit Verfluchen?

Der Panzer des Unterleutnants Kogan, des Namensvetters unseres durch Feindeshand umgekommenen Ortspolizeimeisters Pinchas, hatte im Straßengraben gelegen. Aus der offenen Luke qualmte es. Langsam und bitter stieg der leichte, schwarze Qualm zum Himmel auf. Der Leutnant selbst lag mit ausgebreiteten Armen da, und ich konnte nicht einfach Vorbeigehen.

An einem Toten. An einem Toten, der nicht begraben war.

Vielleicht hätte ich es sonst geschafft. Vielleicht wäre ich dem rothaarigen Valius nicht in die Hände gefallen, wenn ich kein Totengräber gewesen wäre, sondern ein Schneider oder ein Friseur.

Bei Gott, ich wäre dem Rothaarigen entkommen und auch Hitler entkommen. Bis zur Bahnstation waren es fünf, sechs Kilometer, dort donnerten Züge vorüber. Aus Rußland nach Litauen. Aus Litauen nach Rußland.

Aber ich konnte einfach nicht vorbeigehen.

Wer denn, außer mir, sollte den Unterleutnant Kogan begraben? Wer?

Ich lud ihn mir auf die Schultern und schleppte ihn bis zum jüdischen Friedhof.

Noch nie hatte ich so schnell eine Grube ausgehoben. Der Unterleutnant möge mir verzeihen. Das war gewiß nicht meine beste Arbeit. Ich hatte es eilig. Ich hatte es sehr eilig.

Als ich zum Bahnhof ging, sah ich überall Tote liegen – in Zivil und in Militäruniform.

Aber ich blieb nicht mehr stehen.

»Wenn die Toten nicht begraben werden – dann ist Krieg«, hatte mein Vormund mich gelehrt, der Totengräber Josef.

Es waren viele Tote.

Zu viele.

Ich konnte sie mir nicht alle auf die Schultern laden.

Als ich den Bahnhof erreichte, fuhren dort keine Züge mehr.

Auf dem Bahnsteig patrouillierten Deutsche.

Einer hatte sich auf die Schienen gesetzt und hielt sein blasses Gesicht der Sonne zugewandt.

Und die Sonne verfinsterte sich nicht. Sie schien ihm in die Augen, und er kniff die Augen zusammen vor dem Licht und vor Genuß.

Als Valius die Tür öffnete, verwandelte unser allmächtiger, gütiger Herrgott uns nicht in Vögel. Wir flogen nicht davon aus der alten Fleischersynagoge, schwangen uns nicht zum reinen blauen Himmel empor. Nur ein Strom frischer Morgenluft umstrich uns alle, und jeder – außer vielleicht dem

Synagogendiener Chaim, der sein ganzes Leben zwischen Kerzen verbracht hatte, die ihn letztendlich doch nicht wärmten – verspürte den heftigen Wunsch, dorthin zu gelangen, wo die Vögel ihr törichtes Spiel trieben, wo hinter dem erhaben aufragenden Wald die Sonne emporstieg, die herrliche Sonne, die es nur einmal gab für alle.

»He, ihr! Raus hier!« schnauzte der rothaarige Valius. »Dalli! Dalli!«

Alle trotteten hinaus auf den Hof:
sechs Männer,
acht Greise,
zwölf Frauen,
zehn Kinder
und der Konvertit Judel Zevjan.

Nur der Synagogendiener Chaim ging nicht hinaus. »Was ist mit dir?« Die Stimme des Rothaarigen verhieß nichts Gutes.

»Ich ... ich bleibe«, sagte Chaim schlicht und steckte seinen Verband vorn ins Hemd.

»Was soll das heißen?«

»Herr Chef«, sagte Chaim, schwer atmend. »Wo haben Sie schon einmal ein Gotteshaus ohne Diener gesehen, bitte schön? Wer wird den Fußboden wischen, wer wird die Tür zur Nacht verschließen, wer wird den Ofen bei Kälte heizen?«

»Er ist verrückt geworden, klarer Fall«, bemerkte herablassend unser Ortspolizist Tutkus.

»Herr Chef«, fuhr Chaim mit demselben Eifer fort. »Sie haben früher selbst in einem Gotteshaus gedient.« Und wieder bat er stotternd: »Lassen Sie mich hier bleiben. Ich werde den Fußboden wischen, werde die Tür zur Nacht verschließen und den Ofen bei Kälte heizen.«

Für wen will er ihn wischen, diesen Fußboden? Für wessen Füße? dachte ich. Vor wem will er die Tür zur Nacht verschließen, und wen, außer den Mäusen, will er wärmen?

Als sie den Synagogendiener gewaltsam aus dem Bethaus gezerrt hatten, sprach er deutlich, ohne zu stottern und mit herausforderndem Trotz: »Und doch wird jemand den Fußboden wischen, die Tür verschließen zur Nacht und den Ofen heizen bei Kälte.«

Er sprach es und begann zu weinen.

Zum erstenmal sah ich Tränen aus leblosen Augen über ein lebloses Gesicht fließen.

»Reb Chaim«, versuchte ich den Synagogendiener zu beruhigen. »Wenn Gott sich nichts aus dem Menschen macht, soll der Mensch sich auch nichts aus Gott machen.«

Aber Chaim antwortete nicht. Er fuhr nicht auf, er erregte sich nicht.

Er stand und weinte.

Die Tränen rannen über seine Wangen, wie Hochwasser im Frühling, sie liefen den faltigen Hals entlang in den Hemdkragen, auf die Brust, zum Herzen, und sie benetzten es, das vertrocknete, doch für die Wüste dieses Herzens war das alles viel zuwenig, viel zuwenig … »Herr Valius«, ließ sich in der eingetretenen Friedhofsstille eine schmeichlerische Männerstimme vernehmen. »Gestatten Sie, auf ein paar Worte?«

»Was willst du?«

»Eine delikate Angelegenheit.«

Gütiger Gott, der Müller Oisermann! Der Papa des nach Palästina ausgewanderten Schendel, der, der in den Sejm oder in die Regierung gewollt hatte oder in beides zugleich. Der reichste und gottesfürchtigste Jude in unserem Flecken. Wieso hatte ich ihn nicht früher bemerkt? War er das etwa, der die ganze Nacht in einer Ecke der Synagoge gebetet hatte? Natürlich war er's. Er war magerer geworden. Und gealtert. Trug zerknitterte Hosen, bescheidener als früher seine Mühlenarbeiter. Dazu ein gepunktetes Käppchen, auf dem sich alle Marienkäfer der Umgebung niedergelassen zu haben schienen. Durch welchen Zufall war Oisermann in unsere Mitte geraten?

»Kluge Leute finden zu allen Zeiten eine gemeinsame Sprache«, erklärte der Müller. »Sie wissen ja, Herr Valius … ich habe mich bis jetzt vor den Russen versteckt …«

»Jetzt versteckst du dich nicht mehr«, fiel ihm der Rothaarige ins Wort.

»Ausweglose Lagen gibt es nicht«, sagte Oisermann vieldeutig.

»Doch«, sagte Valius. »Eure. Jetzt wird dich keiner mehr für dein Drecksgeld verstecken. Jetzt müßt ihr zahlen, mit Zins und Zinseszins, für alles, was ihr uns angetan habt.«

»Ich habe Ihnen nichts angetan«, sagte Mendel Schwarz, der Töpfer und Talmudkenner. »Ich habe mein Lebtag Töpfe gebrannt. Vielleicht habe ich den einen oder anderen schlecht gebrannt. Aber wenn etwas herausgeflossen ist, so doch nicht Blut, sondern nur Suppe.«

»Ich habe Ihnen nichts angetan«, sagte heiser der Sattler Chone Zweig. »Ich habe hergestellt Kummet und Riemenzeug. Für mich sind alle Pferde gleich gewesen: Ihre und unsere.«

»Ich habe Ihnen nichts angetan«, versicherte der Bäcker Jossel Fain. »Tagein, tagaus habe ich am Backofen geschwitzt. Fürs Mehl habe ich bezahlt mit ehrlich verdientem Geld. Es hat jedem freigestanden, mein Brot zu kaufen oder nicht.«

»Nun, und ich habe Ihnen erst recht nichts angetan«, warf der Konvertit Judel-Jurgis ein. »Ich habe in der ganzen Umgebung die Schornsteine gefegt und nicht darauf geachtet, bei wem der Ruß am schwärzesten ist.«

»Ich habe Ihnen auch nichts getan.«

»Ich Ihnen auch nicht ...«

»Ich auch nicht ...«

»Ich auch ...«

In meinen Ohren gellte ein ganzer Jahrmarkt von Stimmen, obwohl auf dem Hof der alten Fleischersynagoge außer dem Rothaarigen und Müller Oisermann niemand sprach.

»Jetzt spielt ihr alle die Unschuldslämmer. Und wer hat die Russen nach Litauen geholt? Wer hat uns in Güterwagen und Gefängnisse gesteckt? Etwa nicht ihr?«

»Ich nicht«, sagte der Müller. »Ich bin selbst knapp dem Gefängnis entgangen. Über ein Jahr habe ich auf dem Vorwerk gehockt ... Es gibt zum Glück noch gute Menschen auf der Welt.« Er zwinkerte dem rothaarigen Valius zu.

»Laß das Zwinkern! Laß das! Du kommst nicht davon, Blutsauger! An deinem Gold kleben unsere Seufzer und Tränen!«

Der Müller Oisermann zog den Kopf ein und schwieg beschämt.

»Hör mal, Valius«, lenkte Tutkus seinen Kumpan ab. »Wann bringen sie die anderen?«

»Gegen Morgen, war versprochen«, sagte der ehemalige Organist und blickte zur Landstraße.

Auf der Landstraße kamen ein Junge und ein Mädchen auf die Synagoge zu. Die Sonne, die herrliche Sonne, die es für alle nur einmal gibt, spielte auf ihren hellen weichen Haaren, daß sie von fern funkelten wie Wetterleuchten.

Der Junge trug einen geflochtenen Weidenkorb in der Hand, während das Mädchen, offenbar seine Schwester, ein krummbeiniges zottiges Hündchen an der Leine führte.

Der Hund lief ab und zu an den Straßenrand und scheuchte die Vögel auf, die sich im Weidengebüsch bargen. Wenn die Vögel zum Himmel aufflatterten, schickte das Hündchen ihnen ein anhaltendes anklagendes Bellen nach.

Als der Konvertit Judel-Jurgis das Bellen hörte, rief er: »Das ist mein Hund! Und meine Kinder! Vladas! Monikutė! Dukis!«

Dukis riß sich von dem Mädchen los und stürmte blitzschnell mit schleifender Leine in den Hof der alten Fleischersynagoge.

Sogar Valius sah aufmerksam zu, wie eifrig und ergeben der Hund Gesicht und Hals von Judel-Jurgis leckte.

Auch die Juden sperrten die Münder auf.

Eigentlich ist das Tier der Juden die Katze, nicht der Hund.

Ein Hund, der schnappt schnell mal zu. Eine Katze dagegen rührt niemanden an, außer der Maus oder einem mickrigen Sperling. Andererseits – wirft sich die Katze dir an den Hals?

Während die Juden zusahen, wie der Hund Judel-Jurgis liebkoste, dachten sie traurig an ihr Schicksal, an ihre Häuser und ihre Katzen.

Unterdes waren der Junge und das Mädchen in den Hof gekommen. Artig begrüßten sie alle und gingen auf ihren Vater zu.

»Wer seid ihr?« gebot der rothaarige Valius ihnen Einhalt.

»Das sind meine Kinder. Vladas und Monikutė«, erklärte Judel-Jurgis würdevoll.

»Hübsche Kinder, aber ein räudiger Erzeuger«, zischte der Rothaarige, berauscht von seiner Macht.

»Das sind meine Kinder«, sagte der Getaufte, sich mühsam beherrschend. »Fleisch von meinem Fleische. Blut von meinem Blute.«

»Hättest dir vorher überlegen sollen, ob du das ausposaunst«, sagte Valius. »Wenn es deine Kinder sind, dann bleiben sie jetzt bei dir.«

»Bei mir?«

»Bei dir. Und zwar bis zum Schluß. Nach Hause zurück geht nur der Hund. Verstehst du, nur der Hund.«

»Was sagt er da, Leute?« entsetzte sich der Getaufte.

Aber alle stellten sich taub. Sie verstanden wohl, was der Rothaarige meinte, aber einmischen wollten sie sich nicht.

»Vladas! Monikutė! Kommt her! Habt keine Angst! Der Onkel macht nur Spaß. Er ist doch kein Vieh. Kein Vieh«, wiederholte der Getaufte, als wollte er sich das selbst einreden, vielleicht auch den Kindern oder sogar dem Rothaarigen.

Die Kinder standen auf dem Hof der alten Fleischersynagoge und sahen ihren Vater mitleidig an.

»Ich frage zum letztenmal: Wessen Kinder sind das?« bedrängte Valius erneut Judel-Jurgis.

»Das sind die Kinder einer Frau, nicht etwa einer Wölfin.« Mendel Schwarz, dem Töpfer und Talmudkenner, riß die Geduld. »Sie sind zu ihrem Vater gekommen. Haben ihm was zu essen gebracht: Käse, Brot, Speck ...«

»Speck hat Mama nicht reingelegt«, sagte das kleine Mädchen.

»Ei, ei, ei, nicht reingelegt«, äffte Valius nach. Er war betrunken. Den Schnaps hatte Tutkus besorgt. Er war ins Vorwerk gegangen und hatte mit dem Gewehrkolben an die Fensterläden geklopft. Wer würde da wagen, ihm nichts zu geben.

»Wessen Kinder seid ihr?« wandte sich der Rothaarige an das Mädchen.

»Meine, meine!« schrie Judel-Jurgis, die Beherrschung verlierend.

»Klar! Basta! Schluß! Tutkus, treib die Jüdlein hin zu ihrem Erzeuger!« befahl Valius.

»Nein«, heulte der Getaufte auf. »Nein!«

»Treib sie hin! Los!«

Tutkus näherte sich den Kindern.

»Nein!« Judel-Jurgis verschlug es den Atem. Er schnappte nach Luft. »Es sind nicht meine ... nicht meine ... Lauft, Kinderchen ... lauft, ihr Lieben ... ich brauche nichts ... nichts ...«

Er fiel auf die Knie und schlug mit seinem üppig behaarten Kopf auf den gepflasterten Hof der alten Fleischersynagoge.

»Nun, Daniel, was guckst du?« sagte Großmutter. »Geh hin und hebe ihn auf. – Ich kann sie nicht ausstehen, die Abtrünnigen. Aber wenn ein Mensch leidet, ist es Sünde, abseits zu stehen Sünde.«

Und ich ging hin und berührte seine Schultern und zog ihn hoch, denn seit eh und je hatte niemand auf dem Hof der alten Fleischersynagoge gekniet. Nicht dazu hatte mein Urgroßvater Josua ihn gepflastert, daß jemand mit dem Kopf auf die Pflastersteine schlüge. Sondern damit der Mensch nicht im Schlamm versänke auf dem Weg zum Herrgott, wenn der sich einfallen ließe, seinen Sklaven mit Unwetter oder Regengüssen zu versuchen.

Judel-Jurgis starrte blicklos erst auf Valius, dann zur Landstraße, wo in einiger Entfernung am Straßenrand immer noch Monikutė und Vladas standen wie verlassene junge Tierchen, und in der Kehle des Konvertiten, die vor Schmerz und Erniedrigung brannte, erhitzten sich die Worte bis zur Weißglut: »Du ... du Ausgeburt ... du Säufer ... Dieb! Das sind meine Kinder ... meine Erde ... mein Himmel! Pfui Teufel!«

Und er spie all seinen Schmerz und seine Demütigung aus sich heraus.

»Ich könnte dich erschießen«, sagte der Rothaarige. »Aber lieber ... lieber sollst du dich quälen.«

Vladas und Monikutė standen auf der Landstraße wie vordem.

Und Dukis bellte.

Und sein Bellen klang wie ein Fluch.

Der Hund verfluchte den Menschen.

»He, Alter«, rief unser Ortspolizist den Hochzeitsmusikanten Leiser an. »Du hast ja wohl eine Geige.«

»Gewiß, eine Geige«, sagte Leiser.

»Spiel etwas, bis die anderen kommen.«

»Ich kann nicht«, weigerte sich der Hochzeitsmusikant Leiser.

»Du lügst.«

»Meine Hände sind früher gestorben als ich«, sagte Leiser.

»Was faselst du da? Was quatschst du da?«

»Das sind gar keine Hände«, sagte der Hochzeitsmusikant.

»Was denn dann?«

»Das sind zwei Grabsteine, Herr Polizist«

Tutkus schien noch stärker ins Schwitzen zu geraten. Der Schweiß lief in Strömen über sein Gesicht, das wabbelig war wie Sülze.

»Sehen Sie denn nicht, Herr Polizist?«

»Nichts sehe ich.«

»Das ist der linke Grabstein und das ist der rechte.« Der Hochzeitsmusikant Leiser hob nacheinander beide Hände.

Ich sah auf seine Hände und dachte, welch seltsame, beinahe zauberische Kraft doch in diesem schwachen Körper wohnt. Leisers Geige im verblichenen, zerkratzten Futteral lag auf dem Pflaster wie eine große Erbsenschote, und auch sie hatte etwas Seltsames und Zauberisches.

»Eines Tages werden auch Ihre Hände sterben«, sagte Leiser. »Und dann, Herr Polizist, dann können Sie nicht mehr …«

Leiser ließ die Hände sinken und verstummte.

»Was kann ich nicht mehr?«

Der Hochzeitsmusikant antwortete nicht.

»Sprich weiter, Alter!« forderte unser Ortspolizist ihn gutmütig auf.

»Schlagen können Sie nicht mehr.«

»Wohin schlagen?«

»Auf Menschenrücken … oder in ein Fenster …«, sagte der Hochzeitsmusikant Leiser matt.

»Wie klug!« lobte ihn unser Ortspolizist. »Deine Hände, sagst du, sind Grabsteine, aber die Geige schleppst du mit.«

»Die Geige ist meine Gattin. Und Bogen und Saiten sind meine Kinder. Wer läßt denn seine Kinder im Stich?«

»Wie klug! Meinje, wie klug!« Tutkus glänzte vor Schweiß und vor Hochmut.

»Herr Polizist, ich will es Ihnen danken«, sagte der Hochzeitsmusikant Leiser.

»Was denn?«

»Bringen Sie mich um. Sie tun damit eine gute Tat.«

»Und was soll aus deiner Frau und deinen Kinderchen werden?« foppte ihn unser Ortspolizist.

»Die gehen nicht unter. Bringen Sie mich um!«

Leisers Bitte, so schlicht und streng, ließ alle erstarren. Der Müller Oisermann schniefte mit seiner Hakennase und trat bedrückt zur Seite. Mendel Schwarz, der Töpfer und Talmudkenner, betrachtete abwesenden Blickes seine Schuhspitzen, als könne er dort Rat und Gebot ablesen wie von Moses Gesetzestafeln. Und der Synagogendiener Chaim trat dicht an den Hochzeitsmusikanten heran und sagte leise – so leise hatte er noch nie gesprochen: »Schäme dich, Leiser. Den Tod kann man erbitten von Gott, aber nicht von einem Polizisten.«

Gegen Mittag vereinigten wir uns mit einer Kolonne, die aus anderen Orten zusammengetrieben worden war. Solch eine Menschenmenge hatte ich noch nie zu sehen bekommen. Das heißt gesehen schon, aber nicht auf einer Landstraße zwischen niedrigen, hitzedürren Kiefern.

Zum erstenmal hatte eine solche Menge mich im Jahre vierzig in Erstaunen versetzt, im Juni, als sich die Gefängnistore öffneten. Die Menschen drängten sich am Tor und riefen froh ganz erstaunliche, noch nie von mir gehörte Worte:

»Konstitution!«

»Revolution!«

Beim zweiten Mal füllten sie unseren Marktplatz, auf dem aus ungehobelten Brettern eine provisorische Tribüne errichtet worden war. Pinchas Kogan, der Sohn des Schneidermeisters Benze Kogan, trat nach dem Fischer Viktoras auf, er bohrte den Finger in die Luft unseres Marktfleckens und rief aus:

»Es lebe die Sowjetunion!«

»Es lebe die Rote Armee!«

»Es lebe die Freiheit!«

Und alle, außer Müller Oisermann und Ladenbesitzer Goldschmidt, erwiderten höflich:

»Sie lebe hoch!«

Jetzt war an Freiheit nicht zu denken, und die Rote Armee war weit von unserem Ort entfernt. Nur der verbrannte Panzer des

Unterleutnants Kogan lag im Straßengraben, und Waldtauben nisteten in seiner offenen Luke.

Neben mir, direkt am Straßenrand, trottete Judel-Jurgis in der Kolonne. Er schaute immer wieder zum Kiefernwald, und ich ahnte, woran der Getaufte dachte.

Wollte er wirklich fliehen?

Ein Stück hinter uns humpelte der Hochzeitsmusikant Leiser, und neben ihm schleppte sich Mendel Schwarz dahin, der Töpfer und Talmudkenner. In unserer Nähe hielten sich auch Sara Hansenmüller mit ihrem Sohn Wilhelm und der Synagogendiener Chaim, der aus unerfindlichen Gründen barfuß ging – entweder drückten ihn die Schuhe, oder der Ärmste dachte daran, wie unsere Vorfahren, ebenso unglücklich wie er, durch die Wüste Sinai gezogen waren.

Auch die Wachmannschaft hatte sich vergrößert. Zu Valius und Tutkus waren noch vier Begleitleute hinzugekommen. Insgesamt nicht gerade viel für ein halbes Tausend Menschen. Doch in ihren schweren runden Patronenmagazinen war für jeden eine Kugel, und diese Kugel – und vielleicht auch noch etwas anderes, unsichtbar und unüberwindlich – ließ die Kolonne demütig und stumm dahintreiben, wie ein Fluß in seinem Bette dahintreibt.

Unser Zug erstreckte sich bis zum Horizont.

Es gab eine Zeit, da glaubte ich einfältig, alle Juden wohnten in unserem Marktflecken, und irgendwo hinterm Feuerwachturm müßten andere, uns unähnliche Wesen hausen, und ich war froh und auch ein bißchen traurig bei dem Gedanken, daß wir einmalig seien, unwiederholbar, und daß, wenn wir stürben, unser ganzes Volk verschwände und es keine Schneider, Synagogendiener, Tischler und auch keine Totengräber mehr gäbe.

»Er beobachtet Sie die ganze Zeit«, warnte ich Judel-Jurgis, als der zum soundsovielten Male nach dem Kiefernwald schielte.

»Wer?«

»Der Rothaarige!«

»Das scheint dir nur so«, erwiderte Judel-Jurgis mürrisch. »Niemand beobachtet mich.«

»Doch.«

»Soll er doch«, warf der Schornsteinfeger böse hin.

Warum ist er böse, dachte ich. Ich sorge mich doch um ihn. Mir gingen seine Kinder nicht aus dem Sinn. Vladas und Monikutė. Was für schöne Namen … Hätte ich einen Jungen und ein Mädchen, ich würde auch zum Wald hinschielen … Dukis … Dukis … Was heißt Dukis?

Die Landstraße fiel in ein Tal ab.

Wodurch haben wir uns so schuldig gemacht, daß wir nicht einmal einen Hund streicheln, nicht einmal eine Blume am Straßenrand pflücken dürfen?

Womit haben wir uns so versündigt, hätte ich am liebsten laut gerufen. Vielleicht ging irgendwo in der zehnten, fünfzehnten oder zwanzigsten Reihe der Kolonne ein Weiser, klüger als alle, der antworten könnte. Warum haben sie uns gleich am ersten Tag, kaum daß die Rote Armee den Flecken verlassen hatte, auf die Straßen gezerrt und umzubringen begonnen? Warum? Die Flüchtlingsfrau Sara Hansenmüller hatte schon vor dem Krieg erklärt: »Weil wir Juden sind.«

Was ist dabei, daß wir Juden sind?

Der Fischer Viktoras, unser neuer Bürgermeister, wurde auch ermordet. Aber er war niemals ein Jude.

Also warum?

»Weil wir für die neue Ordnung sind«, hatte Sara erklärt.

Unsinn! Der Ladenbesitzer Goldschmidt war nie für die neue Ordnung. Und ihn hatten sie als ersten … vor den Fenstern seines Textilgeschäftes … Die Kolonne ging langsam. Über den Kiefern ballte sich der Staub.

»Ein komisches Volk seid ihr«, sagte Judel-Jurgis. »Ein Blick läßt euch in Ohnmacht fallen. Ich kenne euch.«

»Wen?« fragte Mendel Schwarz, der Töpfer und Talmudkenner. »Wen?«

»Euch«, sagte Judel-Jurgis mit Nachdruck.

Er sprach litauisch. Zum Trotz antworteten ihm die anderen nur jiddisch.

Hatte Judel-Jurgis wirklich in den zwanzig Jahren seine Muttersprache vergessen?

Was immer aus dir wird im Leben – ob Bürgermeister, Konvertit oder Präsident –, kann einer denn die Sprache vergessen, in der man ihm ein Wiegenlied sang oder herzhaft auf ihn schimpfte? Judel-Jurgis spielte sich ganz umsonst so auf.

»Seht ihn euch nur an«, sagte der Synagogendiener Chaim feindselig und hängte sich seine Schuhe über die Schulter. »Hat sich ein Kreuz umgehängt, spricht litauisch und denkt: Ich bin nicht ich.«

»Reb Chaim«, sagte ich, um einen erneuten Zusammenstoß zu verhüten.

Doch die Zigarettenkippe brannte offenbar noch immer auf der Wange des Synagogendieners.

»Auf der Brust ein Kreuz, aber in den Hosen ... in den Hosen ...«

»Reb Chaim!«

Sie sollten einander in Ruhe lassen, dachte ich. Das hier ist für keinen ein Zuckerlecken. Chaim und Mendel Schwarz haben es leichter. Sie haben wenigstens keine Kinder. Keinen Vladas, keine Monikutė. Aber Judel-Jurgis – und selbst wenn er türkisch spräche – ist immer noch dort, hinterm Kiefernwald, bei seinen Kindern, bei seiner Frau, bei seinem Hund.

Jeder, dachte ich, muß das Recht besitzen, sein Kreuz und seinen Hund zu wählen.

»Er denkt, ich weiß nicht mehr, wie wir bei seinem Papa, Schmerl Zevjan, dem Trunkenbold und Wasserträger, die Beschneidung gefeiert haben«, fing Chaim wieder an.

»Ihr Herren! Ihr Herren!« flehte Sara Hansenmüller. Sie konnte kaum noch die geschwollenen Füße setzen. Ein schwerer Rucksack, vollgestopft mit wer weiß was, drückte auf ihre mageren, beinahe mädchenhaften Schultern.

»Nichts habe ich vergessen«, ereiferte sich der Synagogendiener, während seine schmerzensreichen Füße im Staub badeten. »Ihr alle seid beschnitten worden zu meiner Zeit. Alle.« Und er machte eine triumphierende Armbewegung über die ganze Kolonne.

»Nun ja, nicht alle«, sagte der Hochzeitsmusikant Leiser und lächelte mit seinen halberblindeten Augen.

»Stimmt, du bist nicht bei uns beschnitten worden, sondern in Lettland«, gab der Synagogendiener zu.

»Ihr Herren«, sagte Sara Hansenmüller, gebeugt unter ihrer Last. »Hier ist ein Kind zugegen.«

Wilhelm, in kurzen Hosen und Kniestrümpfen, die seine weißen Waden nicht ganz bedeckten, drehte sorglos ein Stöckchen in der Hand. Manchmal warf er es hoch und fing es wieder auf wie einen angeschossenen Vogel.

»Hier ist ein Kind«, wiederholte Sara. »Und außerdem, ist denn jetzt die rechte Zeit für solche Gespräche?«

»Kann sein, es ist jetzt nicht die rechte Zeit«, gab der Synagogendiener Chaim großmütig nach. »Aber wer beschnitten ist, pardon, der bleibt es, meine Verehrte, bis ins Grab.«

Jemand kicherte, und dieses Gelächter, zaghaft und ganz unangebracht, flatterte über der Kolonne und verging.

»Hören Sie«, sagte ich zu Sara Hansenmüller.

»Was?« schrak sie zusammen.

»Sie sind eine Frau. Und schleppen so schwer. Und ich habe die Hände frei. Geben Sie mir Ihren Rucksack!«

»Nein, nein!« wehrte die Frau des deutschen Uhrmachers meine Hilfe ab. »Auf keinen Fall.«

»Geben Sie, geben Sie ihn ihm«, redete Mendel Schwarz, der Töpfer und Talmudkenner, ihr zu. »Der Junge ist kräftig. Der schafft das.«

»Unmöglich.«

»Ich laufe nicht weg«, scherzte ich.

»Ja, ja«, stimmte Sara zu, aber den Rucksack gab sie nicht her. Warum nur? Wem sonst, wenn nicht mir, konnte sie bedenkenlos ihre Habseligkeiten anvertrauen? Wer hatte ihnen denn im Jahre neununddreißig, als sie unbehaust, erschöpft und fremd über die Grenze kamen, umsonst die ganze Hütte überlassen? Damals besaßen sie nicht einmal eine Schüssel. Ach, was heißt Schüssel – nicht einmal einen Holzlöffel! Hans Hansenmüller hatte aus Deutschland nur die Lupe mitgebracht. Und eine Zange. Und seinen minderjährigen Sohn, der dem Kaiser zu Ehren Wilhelm hieß.

»Aber warum?« ließ ich nicht locker.

Sara Hansenmüller war eine sonderbare Frau. Die Juden unseres Fleckens hielten sie für meschugge. Eine normale Frau, die geht auf den Basar und in die Synagoge, sie ist froh, wenn sie einmal aus dem Hause kommt und für ein Stündchen ihr Herz erleichtern kann. Diese aber hockte immerzu daheim, strickte, las Bücher oder polierte die Fensterscheiben. Auf den Markt ging der Deutsche selbst, er feilschte wie verrückt, nörgelte an allem herum – nichts war ihm gut genug – und sprach deutsch vor sich hin:

»*Scheiße ... Judas. Dreck.*«*

Nur selten, sonntags, ging Sara Hansenmüller mit ihrem Sohn Wilhelm im Park des Grafen Oginski spazieren, wo ein Bronzedenkmal stand. Als ob das wunder was wäre – der Graf auf einem Pferd! Als ob das wunder was wäre – Bäume und ein grünbewachsener Teich mit Wasserlilien.

»Dieser Sack ... dieser Rucksack ... wie soll ich es auf jiddisch sagen?«

»Sagen Sie es deutsch, wir werden verstehen«, versicherte ihr Mendel Schwarz, der Töpfer und Talmudkenner.

»Er ist ein Fatum«, sagte Sara.

»Und was ist das – ein Fatum?« fragte ich, deprimiert ob meiner eigenen Unwissenheit.

»Wer ihn nimmt auf sich ... der hat ... ein Kainsmal ... der findet kein Zuhause ... muß umherziehen sein Leben lang ... jawohl ... Wie wir ... Aus Deutschland nach Litauen ... Aus Litauen wieder weiter ... Und immer wieder weiter. Und immer weiter ... So denke ich ... Ich bin überzeugt davon ... jawohl.«

»Unsinn«, sagte ich. »Ein Sack ist ein Sack. Nichts weiter.«

Und dennoch preßte es mir das Herz zusammen.

Ich stellte mir vor, wie Sara Hansenmüller, gewohnt, daheim zu hocken oder mit ihrem Sohn im Park des Grafen Oginski spazierenzugehen, in der Welt umherzieht. Sie will anhalten und kann nicht. Weil sie nicht imstande ist, den Sack abzuwerfen. Der ist an ihren Schultern festgewachsen, nicht für ein, zwei Tage, sondern für immer und ewig.

Ich muß ihr unbedingt den Rucksack abnehmen, dachte ich. Noch nie hatte ich so leidenschaftlich etwas tun wollen wie in dieser Minute, auf dieser Landstraße, auf der die wortlose, heimatlose, endlose Kolonne sich ins Ungewisse schleppte.

Ich blickte auf Sara Hansenmüllers Rücken und erschauerte. In der grellen Sonne erschien mir dieser ausländische Rucksack aus stabilem, wunderlichem Stoff, mit seinen derben Riemen und breiten Taschen, wie etwas, dem ein Fluch anhaftete, und aufs neue überkam mich der heftige Wunsch, das Schicksal zu versuchen und ihn auf meine Schultern zu nehmen.

Wenn schon jemand bestimmt war, ewig umherzuziehen, wenn schon jemand sein Zuhause verlieren mußte, so wollte ich dieser Unstete sein. Würde sich denn dadurch eigentlich mein Leben verschlechtern? Hatte ich denn bis jetzt ein Zuhause gehabt?

»Du hast ein Zuhause gehabt, du hast es und wirst es haben«, sagte Großmutter. »Ihr alle werdet ein Zuhause haben. Nimm ihr die Bürde ab. Ich weiß, wie schwer es für eine Frau ist, auf ihrem Buckel einen Sack voll Leid zu schleppen. Ich habe ihn geschleppt mein ganzes Leben. Nimm ihr die Bürde ab, Daniel!«

»Sofort«, sagte ich und holte Sara Hansenmüller ein.

Zuerst sperrte sich die Frau des Deutschen noch, dann gab sie mir den Rucksack.

Ich schulterte ihn und wunderte mich: wie leicht! Wahrscheinlich drückt fremdes Leid weniger.

»Um fremdes Leid zu empfinden«, sagte Großmutter, »muß man mit ihm mehr als eine Werst gehen.«

Wie viele Wersten mit Sara Hansenmüllers Rucksack standen mir bevor?

Wie viele?

Die Landstraße nahm kein Ende. Sie riß zuweilen ab, doch gleich danach war sie wieder unter unseren Füßen.

Judel-Jurgis sah betrübt auf den Kiefernwald: Je weiter wir gingen, desto lichter wurde er. Hinter einer Wegbiegung breitete sich ein Kornfeld. Dorthin fliehen? Zwischen den Ähren träfe dich die Kugel, du fällst aufs Gesicht, und nur die Feldmäuse richten dir eine Totenfeier aus.

Über Mendel Schwarz, dem Töpfer und Talmudkenner, kreiste eine Fliege. Er verscheuchte sie mit der schwieligen Hand, aber sie flog nicht weg. Was wollte sie von ihm? Sie hätte doch ebensogut am Ohr von Judel-Jurgis oder vom Synagogendiener Chaim summen können. Warum kreiste sie gerade über ihm?

Mendel Schwarz, der Töpfer und Talmudkenner, starrte ihre glitzernden Flügelchen an und suchte sich, während sie summten, mühsam an etwas zu erinnern. Vielleicht an den Rest Suppe in der Schüssel, vielleicht an den Fensterrahmen, vielleicht auch an etwas, das man nicht laut zu nennen wagt.

»Niemals hätte ich das geglaubt«, sagte der Synagogendiener Chaim und sah der Fliege, nach.

»Was denn?« ging Mendel Schwarz darauf ein.

»Daß ich einmal eine Fliege beneiden werde.«

»Worum beneidest du sie?«

»Sie kann zurückfliegen«, sagte der Synagogendiener. »Und wir, Mendel, wir können es nicht.«

Da ging er nun, mit den Schuhen über der Schulter. Das schwarze Rund des Käppchens krönte seinen Kopf. Nach dem Tode meines Vormunds Josef war ich Chaim nur ein einziges Mal begegnet – zu den Wahlen.

»Die Kommunisten sind Gotteslästerer, aber die Synagoge haben sie nicht geschlossen. Und deshalb stimme ich für sie«, sagte Chaim. »Stimmen – das ist nicht Beten.«

Städtchen und Einzelgehöfte blieben abseits von unserem Weg liegen. Die Begleitleute waren bemüht, sie zu umgehen, als schämten sie sich.

Es gab eine Zeit, da verband mich mit der Welt ein einziger Weg: vom Friedhof in den Flecken und vom Flecken zum Friedhof. Nichts Besonderes geschah auf diesem Wege. Was kann schon geschehen auf dem Weg der Toten? Die Verwandten weinen, der Verstorbene schweigt.

Im Jahre vierzig belebte sich der Weg der Toten. Auf ihm donnerten fröhlich die Panzer mit den roten Sternen entlang.

Ich stand am Wegrand, sah ihnen nach, und einmal berührte ich sogar eine Raupenkette. Deren Spuren sahen aus wie geheimnisvolle Schrift.

Es gab eine Zeit ... Und jetzt ... Jetzt hatte ich plötzlich entdeckt, daß es eine Vielzahl von Wegen gibt, und diese Entdeckung stimmte mich nur traurig.

Ob wohl, dachte ich, durch ganz Litauen solche Kolonnen ziehen?

Wenn man Sara Hansenmüller glauben konnte, zogen solche Kolonnen über die ganze Erde.

Nun, da übertrieb sie sicher!

Wege gibt es viele auf der Welt, doch woher sollte man dafür so viele Juden nehmen?

Die Sonne brannte unbarmherzig, an Regen war nicht zu denken. Den sparte sich der Himmel für andere auf – wir waren solchen Labsals nicht würdig.

Der rothaarige Valius schluckte krampfhaft.

Auch die anderen von der Wachmannschaft waren erschöpft.

In der fünften Wegstunde lagerten wir uns, wie der Synagogendiener Chaim sagte, am Wasser.

Unten murmelte ein Fluß, es klang einschläfernd wie Taubengurren.

»Halt!« kommandierte der Rothaarige. Er zog die Stiefel aus, stieg den Abhang hinunter und ging ins Wasser. Die Schlaufen seiner Stiefelhosen schwammen auf dem spiegelglatten Fluß.

Valius stand im Wasser und blickte in die Strömung. Was sah er dort? Wahrscheinlich uns ... Judel-Jurgis ... mich ... Sara Hansenmüller. Aber vielleicht auch die Orgel und die enge Kirche und den Geistlichen Vaitkus, dem er so ungern begegnete.

Lag es nun an der Erschöpfung oder an dem, was er im durchsichtigen Flußwasser sah, jedenfalls wirkte das Gesicht des Rothaarigen jetzt weicher. Er sah nicht mehr so böse und finster aus wie vorher. Valius schöpfte mit den Händen Wasser und wusch sich den Straßenstaub vom Gesicht. Die Tropfen glitzerten an seinen Augen wie Tränen.

Ob er jemals weint, dachte ich. Wohl doch. Und wer noch weinen kann, ist nicht gänzlich verloren. Wenn es etwas gibt, das alle auf der Welt eint, so sind es Tränen. Nicht Worte, nicht Gedanken, sondern Tränen ... »Ihr könnt trinken und euch waschen«, sagte der Rothaarige.

Alle stürzten zum Wasser.

»Und was ist mir dir?« fragte unser Ortspolizist den Hochzeitsmusikanten Leiser. »Willst du nicht?«

»Der Garten ist voller Disteln.«

»Schon wieder kluge Reden, Alter? Was für ein Garten?«

»Ob ich ihn wässere oder nicht – es wächst nichts mehr.«

»Und früher, ist da was gewachsen?« fragte Tutkus neugierig. Der Hochzeitsmusikant Leiser beschäftigte seine Polizistenphantasie. Er hegte etwas wie Sympathie für den Alten, er protegierte ihn sogar ein bißchen.

»Gewiß, Herr Polizist.«

»Und was?«

»Alles mögliche.«

»Radieschen, Kohl und Mohrrüben?« lachte Tutkus. »Was ich nicht säen wollte, hab ich nicht gesät«, erwiderte der Hochzeitsmusikant ernsthaft.

»Was hast du denn gesät, Alter?«

»Die Liebe.«

»Die Liebe?«

»Einer sät Liebe, der andere Haß, und mancher, Herr Polizist, verpachtet sein Stück Land.«

»An wen?«

»An wen es lohnt.«

»Und an wen lohnt es?«

»Jetzt – an die Deutschen«, sagte der Hochzeitsmusikant Leiser. Er trieb es auf die Spitze, reizte Tutkus und wartete darauf, daß der die Geduld verlor, sich auf ihn stürzte und schoß. Doch unser Ortspolizist dachte gar nicht daran, sich aufzuregen. Bei jedem Wort des Hochzeitsmusikanten Leiser schnalzte er mit der Zunge oder schüttelte den von Schweiß und Verwunderung feuchten Kopf.

»Marsch – trinken!« befahl Tutkus dem Alten.

Doch der Hochzeitsmusikant Leiser rührte sich nicht.

»Ich will es Ihnen danken, Herr Polizist.«

»Fängst du schon wieder an! Wir bringen niemanden um. Wir sind Begleitposten. Verstehst du – Begleitposten ... Schutz ... Bewachung ... Wir bringen euch, wohin ihr gehört, und dann – ab nach Hause. Marsch – trinken!«

Es sah aus, als wolle der Hochzeitsmusikant Leiser Tutkus gehorchen. Er ging zum Fluß, stieg die Lehmböschung hinunter ans Wasser, trank aber nicht.

Er stand am Ufer, beugte sich nieder und entließ aus seinen Händen die Geige, wie man eine Taube fliegen läßt.

Vogelgleich setzte sich die Geige aufs Wasser, kreiste flink auf einem Strudel und trieb dann langsam stromab.

Die Juden, die ihren Durst schon gelöscht hatten, starrten ihr mit staub- und angstwunden Augen nach, aber keinem kam in den Sinn, sie herauszufischen. Es wäre töricht, wegen eines Stücks Trödel Kopf und Kragen zu riskieren. Sollte sie schwimmen.

Ein Hirt, vielleicht, würde sie finden, wenn sie im Ufergestrüpp hinge, er wird sie herausziehen, das Futteral öffnen, den feuchten Bogen nehmen, ihn in der Sonne trocknen, und dann wird er versuchen, ihr einen Ton zu entlocken.

Ich sah es vor mir, wie er dasteht, sommersprossig, barhäuptig, in leinenem Hemd, wie er fiedelt, und seine Herde lauscht und schabt die warmen Flanken an den Weidenstämmen. Ich hörte ihn, den wehmütigen Ton, wie er über die abendliche Wiese schwebt, über dem taubengleich gurrenden Fluß, über den Gehöften, die von anheimelndem grauem Rauch eingehüllt sind.

Der Ton schwillt an, wird stärker, verschmilzt mit anderen, und – o Wunder! – eine Melodie wird geboren.

Ein Hirt spielt mitten in Litauen ein jüdisches Tanzlied, denn an nichts anderes erinnern sich Bogen und Saiten.

Und ein fröhliches Tänzl, ein funkelnder, feuriger Freudentanz erklingt in der Abenddämmerung, über dieser Erde, auf der kein einziger Jude mehr übrig ist.

Es ist aus mit euch!

Aus!

Und auch mit euren Geigen ist es aus!

Die Strömung trug die Geige weiter und weiter fort.

Der Hochzeitsmusikant Leiser blickte auf den Fluß, und sein Blick ließ meinen Atem stocken.

»Was haben Sie getan!« warf ich ihm vor.

»Was ich getan habe? Eine Gefangene befreit.«

»Eine Gefangene?«

»So viele Jahre war sie eingesperrt. Ist denn der Geigenkasten nicht ein Karzer? Sieh nur! Sieh!« rief Leiser begeistert.

Ich blickte wieder auf den Fluß.

»Wie sie sich freut! Wie sie tanzt!«

»Das war nicht recht, Leiser, daß du sie fortgeworfen hast«, tadelte Chaim den Hochzeitsmusikanten.

»Ich habe sie nicht fortgeworfen. Ich habe sie freigelassen«, sagte Leiser.

»Wie willst du jetzt auf Daniels Hochzeit spielen?« Der Synagogendiener stieß mich mit dem Ellenbogen an.

»Es wird keine Hochzeiten mehr geben«, sagte Leiser.

»Doch.«

»Unsere Hochzeiten sind zu Ende«, sagte der Hochzeitsmusikant Leiser.

»Zu allen Zeiten ... erinnere dich ... selbst in den schwersten ... unter Königen und Pharaonen, immer blieb ein Paar übrig ... »Ein paar Dumme!«

»Bist selber dumm ... Ein Jude und eine Jüdin ... Wir müssen auf unseren Herrn vertrauen ... Mit seinem starken Arm und seiner göttlichen Rechten wird er uns helfen.«

Ich hatte gar nicht bemerkt, wie am Flußufer, direkt vor Valius, ein Bauer auftauchte, ein Bauer in hochgekrempelten Leinenhosen und schweißdunklem Leinenhemd. Er war untersetzt und breitschultrig, und sein Gang zeugte von Gelassenheit und Kraft. Durch sein schütteres Haar schimmerte eine Glatze – ein Inselchen, von der Zeit kahlgemäht.

Er trug eine Sense bei sich, stieg langsam die Uferböschung hinab und tat ein paar Schritte ins Wasser.

»Was gibt's, Väterchen?« rief Valius ihn an.

»Nichts.«

»Konntest dir keine bessere Stelle aussuchen?« knurrte der Rothaarige.

»Hier sind alle Stellen gut«, erwiderte der Bauer und betrachtete verstohlen unsere Kolonne, die am Ufer auseinandergebröckelt war.

»Mach, Alter, mach, daß du fortkommst!«

»Das Heu verdorrt«, sagte der Bauer plötzlich. Er kletterte wieder die Böschung hoch, und aus seinen aufgekrempelten Hosen floß grünliches, lieblich-kühles Wasser an den kurzen, kräftigen Beinen herab wie an Ahornstämmen. »Lange hat es nicht so gutes

Heu gegeben ... Das reicht für zwei Jahre«, fuhr der Schnitter fort. »Ich fürchte nur, ich schaff es nicht allein. Balis, was mein Schwager ist, der mußte sich legen ... Fieber hat er ... Ich könnte Hilfe gebrauchen ...«

»Gott wird schon helfen«, sagte Valius.

»Außer Gott, vielleicht noch zwei ... Hier sind doch so viele Hände ... Ich laß es mich was kosten. Schade um das Heu. Und Sensen hab ich genug ...«

»Hast du schon mal gesehen, Alter, daß Juden Heu mähen?«

»Wenn sie nur Hände haben – beibringen kann ich's ihnen allemal.« Der Bauer gab die Hoffnung noch nicht auf.

»Zu spät, denen bringst du nichts mehr bei«, sagte Valius und drohte ihm mit der Maschinenpistole. »Geh, geh!«

Der Bauer widersprach nicht, er nahm seine Sense und ging weg.

Das hatte ich auch früher schon gehört: Wir können nicht pflügen, wir können nicht säen, wir können nicht mähen. Wir können nur handeln und betrügen.

Ich hätte es ihnen gezeigt.

Schwad auf Schwad hätte ich ihnen gemäht, die Sense würde nur so singen, und das geschnittene Gras würde sich mir zu Füßen legen.

Und gar nichts würde ich dafür verlangen – wenn ich nur das Singen der Sense hören könnte, den Duft des frischen Heus atmen, den Schmerz im Kreuz spüren, nach der Mahd ins Haus stapfen und einen Krug kuhwarmer Milch hinterkippen, daß sie mir sanft und wohlig durch die Kehle ränne.

Und dann ... Und dann schlafen und träumen. Stille Träume, duftend wie das Gras.

Auch Träume können duften.

In der Kindheit dufteten meine Träume nach Zimt.

Ich wachte auf und schnupperte am Kissen.

Und außerdem dufteten sie nach Lindenblütenhonig.

Und außerdem nach Judith, nach ihrem Haar, das wie ein Wald so dicht war. Es roch nach Honig und nach Zimt zugleich.

Die Brücke über den Fluß war durch deutsche Bomben zerstört, uns blieb nichts anderes, als mit einer Fähre überzusetzen.

Der rothaarige Valius suchte lange nach dem Fährmann, bis er ihn endlich in einem einzelnen Gehöft aufstöberte, das wie ein Schwalbennest überm Flußufer hing. Der Fährmann war verschlafen, seine Arme, lang wie Ruder, ragten aus den Ärmeln eines lange nicht gewaschenen Hemdes und schienen immerzu etwas von der Erde aufheben zu wollen – eine Beere, ein Stück Holz oder, sofern das Glück ihm hold war, ein Geldstück, das jemand verloren hatte.

»Mein Gott, so ein Haufen Volks!« Der Fährmann tat erstaunt und betrachtete die Kolonne. »Fünfhundert Mann, mindestens.«

Valius war nicht zu einem Gespräch aufgelegt. Er kaute an einem mageren Schinkenstück, das er offenbar in demselben Gehöft aufgetrieben hatte, und seine Zähne, im Gefängnis des Fleisches entwöhnt, knirschten vor Anstrengung und Bosheit.

Der Fährmann schien noch einmal die Begleitleute zu zählen, dann rieb er sich schadenfroh die Hände und fragte: »Und wer bezahlt? Du oder jeder einzeln?«

»Wofür?«

»Für die Überfahrt.«

Dem Rothaarigen geriet ein Happen in die falsche Kehle, seine Augen weiteten sich, er begann unterdrückt und abgerissen zu husten, und Tutkus eilte ihm zu Hilfe, indem er ihm mit seiner fetten Faust auf den Rücken trommelte.

Während Tutkus Valius' Rücken bearbeitete, strich sich der Fährmann das dichte lockige Haar aus der Stirn, schneuzte sich und sagte laut, daß alle es hörten: »Außer dem Klostervorsteher hab ich noch keinen einfach so übergesetzt.«

Er hatte eine sonderbare Art zu sprechen. Er biß die Worte einzeln ab und spuckte sie aus wie Sonnenblumenkerne, und jedesmal danach leckte er sich mit seiner porösen, weichlichen, weiß belegten Zunge die bös verkniffenen Lippen.

Noch etwas anderes war sonderbar an ihm: Nach jedem Wort sah er sich um, blickte zum Gehöft zurück, als fürchtete er, verfolgt zu werden. Dabei war ringsum keine Menschenseele, nicht einmal ein Hahn krähte, nicht einmal ein Hund bellte.

»Schluß mit dem Handel«, sagte Valius matt und kurz angebunden zu dem Fährmann. Der Rothaarige sah blaß aus, seine

Augen tränten, und auf seiner Stirn schwoll gelblich-grau eine Ader. Der Hustenanfall hatte ihn arg mitgenommen.

»Und wer bezahlt?«

»Niemand«, gab Valius ehrlich zu.

»Du denkst, weil du ein Schießeisen in der Hand hast, kannst du hier bestimmen ... Und wenn ich nun zwei habe ... Schießeisen? ... Es muß schon brüderlich geteilt werden ... halbe-halbe ... damit alles, wie man sagt, seine Richtigkeit hat und keiner den Schaden ...«

»Was heißt hier Richtigkeit?«

Die Trägheit des Fährmannes brachte den Rothaarigen auf. Besonders ärgerte und beunruhigte ihn, daß er sich immer wieder nach dem Gehöft umsah. Es war eine fremde und einsame Gegend, alles mögliche konnte passieren.

»Es ist nicht recht, wenn einer das Fleisch bekommt und der andere nur die Knochen«, fuhr der Fährmann fort. Es sah aus, als dächte er gar nicht daran, die Fähre flottzumachen, er stand da und rieb sich das eine Auge, das entzündet war.

Das Auge näßte wie eine Wunde.

»Kratzt was zusammen für eine Kuh, dann bring ich euch rüber. Wenn nicht, müßt ihr den Umweg machen, reichlich sechzehn Werst ...«

»Na gut«, versprach Valius. »Wir kratzen was zusammen. Es kommt ja nicht in schlechte Hände.«

»Für den Schwanz?«

»Für Schwanz und Euter.«

Valius will ihn übertölpeln, dachte ich. Immerhin könnte es wirklich auf einmal losballern, aus dem Gebüsch oder vom Dachboden des Gehöfts. Und der Kugel ist es einerlei, wo ein Jude steht und wo sein Bewacher ... »Der Fluß ist tief hier«, sagte der Fährmann unvermittelt. »Sechseinhalb Meter.«

»Willst du uns am Ende ersäufen?« scherzte Valius unfroh und sah den Mann aus dem Gehöft durchdringend an.

Der hielt dem Blick stand und erwiderte mit schnapsseliger Frechheit: »Solche wie die, hähä, ersaufen nicht.« Auf einmal klopfte er sich an die Leinenhose und rief kläglich aus: »Ach, der Schlüssel für die Fähre ... hab ihn im Haus vergessen ... Was man nicht im Kopf hat, muß man in den Beinen haben!« Der rothaarige Valius winkte Tutkus heran und flüsterte ihm etwas ins Ohr. »Verstanden«, antwortete unser Ortspolizist.

Was hatte er verstanden? Warum hatte der Fährmann den Schlüssel nicht gleich mitgebracht? Hatte er ihn im Rausch vergessen?

Er kam ebenso heimlich wieder, wie er verschwunden war.

»Zuerst die Weiber mit den Kindern, dann die Männer«, bestimmte der Fährmann. Er zog den Schlüssel aus der Tasche, hielt ihn auf jemandes Kopf gerichtet, als ziele er, dann fuhr er fort: »Nicht drängeln! Keine Panik ... Wir bringen alle rüber, lassen keinen zurück.«

»Weitergehen! Weitergehen!« Der Rothaarige trieb zur Eile an. Die Anspielungen und verworrenen Drohungen des Fährmanns hatten offenbar auch auf ihn ihre Wirkung nicht verfehlt. Jetzt drehte er sich ab und zu um und sah zu dem Gehöft hin, das am Abhang oben stand, als wolle er dort jemanden entdecken oder jemandem zuvorkommen.

»Ich habe keinen Pfennig Geld«, sagte Sara Hansenmüller ängstlich. »Können Sie mir etwas leihen?«

»Wieso?« reagierte der Synagogendiener Chaim.

»Ich bin in meinem Leben noch niemals ohne Billett gefahren«, erklärte die Frau des deutschen Uhrmachers.

»Und ich habe noch niemals Geld gehabt«, sagte Chaim. »Habe keines gehabt und werde auch keines haben, denn vom Geld kommen alle zehntausend Unglücksdinge: Gotteslästerung, Kopfschmerzen, Kriege.«

»Alle zehntausend, nur die Armut nicht«, warf der Hochzeitsmusikant Leiser ein.

»Keine Sorge, wir werden für Sie bezahlen«, beruhigte der barmherzige Mendel Schwarz, der Töpfer und Talmudkenner, die Frau.

»Und womit?«

»Womit es verlangt wird.«

»Sind das alle?« erkundigte sich der Fährmann.

»Frauen – alle«, sagte der Rothaarige und sah noch einmal besorgt zu dem Gehöft.

Das Gehöft lag wie ausgestorben. Nur der Pferdekopf am Dachfirst spitzte die hölzernen Ohren.

Heftig knarrend, setzte sich die Fähre in Gang.

Alt, ausgetrocknet, mit angefaultem Bretterbelag, wackligem Geländer und einem windschiefen Aufbau zum Schutz gegen Regen und andere Wetterunbilden, glitt sie langsam über den Fluß, wie an einem Markttag oder einem Staatsfeiertag.

Es war, als gäbe es weder den Krieg noch unsere Kolonne. Nur Sonne und Wasser. Und das Seil, das jeden mit diesem Ufer verband, mit diesem Wald, mit diesem immer schneller davongleitenden Kornfeld, in dem die unsteten Wachteln ihre Jungen ausbrüteten.

»Ein Boot!« stammelte Tutkus auf einmal und erstarrte vor Überraschung.

»Ich sehe«, erwiderte Valius, und seine Stimme zitterte.

Nicht von ungefähr ist der Fährmann noch mal zum Gehöft gelaufen, dachte ich, und mein Herz begann zu trommeln.

Mit den Rudern ins stille, tiefgrüne Wasser eintauchend, auf dem an manchen Stellen Ölflecken von einem zerbombten Benzinauto schimmerten, bewegte sich das Boot der Flußmitte zu, doch von hier oben konnten wir genau sehen, daß der Ruderer den Kopf verbunden hatte und daß noch zwei Leute mit im Boot waren. Einer saß am Bug und hatte eine doppelläufige Jagdflinte auf den Knien, der andere lag ausgestreckt im Boot, und zwischen seinen Beinen zappelte ein Stutzen wie ein gefangener Hecht.

»Die Schweine!« fluchte Valius.

»Paßt auf, Leute«, sagte ich. »Sie führen Böses im Schilde.«

Als erster wandte Chaim den Blick vom jenseitigen Ufer ab. Gott möge ihm verzeihen, aus einem Synagogendiener wird eben nie ein richtiger Mann!

Als zweiter schlug Mendel Schwarz, der Töpfer und Talmudkenner, die Augen nieder. Gott möge ihm verzeihen, er will seine Hände schonen, er hofft noch immer, wieder einmal töpfern zu können, und wegen des Verlobungsringes einer Zilli Fain lohnt es nicht, sich die Finger zu verbrennen.

Als dritter ließ Judel-Jurgis den Kopf sinken. Gott möge ihm verzeihen, er sieht niemanden außer Vladas und Monikutė.

Dem Hochzeitsmusikanten Leiser braucht Gott nicht erst zu verzeihen: Von einem Blinden wird sowieso nichts erwartet.

»Hören Sie, Herr Valius«, sagte ich. »Das sind ja Räuber.«

»Die Schweine«, wiederholte der Rothaarige. »Aber wir können doch nicht auf sie das Feuer eröffnen.«

»Es ist eine Schande, neben euch zu stehen«, sagte Großmutter. »Ihr habt weder Ehre noch Gewissen. Ihr seid keine Menschen, sondern Schafe ... eine stinkende Herde feiger Schafe ... Mit Furcht sind eure Leiber bedeckt wie mit Aussatz ... Ihr habt schon die Luft mit eurer Furcht angesteckt, ihr werdet noch anstecken das Wasser ... Was ist mit dir, Daniel?!«

»Ja, aber ...«

»Drüben am Ufer muß wenigstens ein Mann sein. Als ich jung war, konnte ich besser schwimmen als alle im Flecken. Wie ein Hund. Keiner konnte mich einholen. Komm, wir schwimmen!«

Ich schwör's bei allen Heiligen, sie zupfte mich am Ärmel, und ich legte Sara Hansenmüllers Rucksack auf die Erde.

»Das ist töricht«, regte sich der Synagogendiener Chaim auf, als ich mich auskleidete. »Kein einziger Ring ist wert, daß man seinetwegen den Kopf in die Schlinge steckt ... Was kommen soll, kommt ... Sie werden den Weibern das Gold wegnehmen, nun und?«

»Geben Sie acht auf Saras Rucksack«, sagte ich.

»Sie werden auch ohne Wertsachen weiterleben ... ohne Ringe ... ohne Uhren ... ohne Ketten ... Der Mensch soll sowieso nichts Goldenes besitzen außer seinem Herzen ...«

Ich ging zum Fluß.

»Bleib hier, Daniel«, rief Chaim. »Bist du denn lebensmüde?«

»Soll er schwimmen«, kam unerwartet von Valius die Erlaubnis.

Und ich schwamm.

Ich schwamm, und wie ein Vogel schwebte überm Wasser *sie*, meine Großmutter. Und die Tropfen spritzten nach allen Seiten und vermengten sich mit den warmen Sonnenstrahlen.

Ich hatte weder eine Doppelflinte noch einen Stutzen. Wie konnte ich, nackt und unbewaffnet, wie ich war, Sara Hansenmüller oder Zilli Fain helfen?

»Grüble nicht, schwimm!« trieb Großmutter mich an. »Die Grübelei ist die Stiefmutter des Mutes.«

Ich wartete, daß es vor oder hinter mir aufspritzen würde, nicht das Wasser, sondern eine Garbe aus dem Stutzen, der Doppelflinte oder der deutschen Maschinenpistole mit dem schweren Patronengurt. Dann würde der Fluß, die ganzen sechseinhalb Meter, sich über mir schließen, und irgendwo an einer windgeschützten Stelle, unterm Weidengebüsch, würde mein Blut hochtreiben und rot auf dem Wasser schimmern, wie das Öl aus dem zerbombten Benzinauto.

Aber es schoß niemand – weder vor mir noch hinter mir.

Mit aller Kraft strebte ich dem Ufer zu. Doch als ich an Land stieg und um mich blickte, begriff ich alles.

Die Jagd war zu Ende.

Die erfolgreichen Jäger eilten mit ihrer Beute zum Boot. Wie viele Kühe würden sie einladen? Wie viele?

Sara Hansenmüller betrachtete meinen nassen Rücken und beweinte lautlos ihre goldene Armbanduhr.

Ich empfand nicht Bitternis, sondern quälende, mich schüttelnde Scham vor ihr, vor der Bäckersfrau Zilli Fain und vor den anderen Frauen, die alle Mütter oder Ehefrauen oder Großmütter waren, als hätte nicht der Fährmann mit seinen Helfershelfern sie beraubt, ihnen die Uhren, Ringe, Armbänder abgerissen und in die zerknautschte, nach Fusel und Räuberei stinkende Mütze geworfen, sondern ich.

Und außerdem schämte ich mich vor allen, die drüben am Männerufer geblieben waren. Mußte ich mich denn so hervortun? Als gäbe es in der Kolonne außer mir nur Feiglinge und Verräter ... Als wäre ich der einzige Mutige ... Der rothaarige Valius hatte mich nicht von ungefähr schwimmen lassen ... Prahlhänse und Außenseiter müssen bestraft werden ... nun hatte er mir einen Denkzettel verpaßt ... schwimm, zeig, was du kannst ... sieh zu, wie du dich wieder rauswindest. »Wir können doch nicht auf sie das Feuer eröffnen ...« Auf wen? ... Chaim hatte recht gehabt: Was kommen soll, kommt. Wie gut die Absichten auch immer sein mögen, mit denen man sich in die Hölle stürzt, davon wird sie nicht zum Paradies. Wer rennt auch zur Brandstätte ohne Axt und Leiter, mit leerem Eimer? Dann schon lieber daheim sitzen als so hier zu stehen, neben den Flammen, und zuzusehen, wie die Decke einstürzt und die Wände lodern.

Gütiger Gott, flüsterte ich, was macht es dir schon aus – wirf mir eine Maschinenpistole herunter, eine russische oder deutsche, ganz egal, mit vier tüchtigen Kugeln – mehr brauch ich nicht –, und ich werde in deinem Namen den Fährmann und seine Kumpane strafen. Ich schieße nicht fehl. Ich treffe sie in den Rücken, dicht unterm Hinterkopf, oder ins Herz.

Wirf sie mir herunter!

Doch der Herrgott hatte offenbar keine einzige Maschinenpistole übrig.

Nun denn, so schieße ich auf sie mit meinem Schmerz, meiner Demütigung, meiner Verzweiflung.

Geht auf den Markt, ihr Herren, und kauft euch jeder eine Kuh für das gestohlene Gold! sagte ich in Gedanken zu ihnen.

»Ha-ha-ha!« erscholl es aus dem Boot. »Ha-ha-ha!« Es trieb schnell stromabwärts.

Eure Kühe, ihr Herren, werden keine gewöhnliche Milch geben, sondern blutige.

»Ha-ha-ha!«

Worüber lachten sie? Über mich, nackt und naß, wie ich war? Über den rothaarigen Valius … Sie hatten ihn geschickt hereingelegt … Über Gott selbst, der die Waffen in die falschen Hände gegeben hatte?

Jawohl, blutige Milch. Das Blut vom zerkratzten Finger der Bäckersfrau Zilli Fain wird in eure Melkeimer tropfen … Eines Tages wird der Hirt die Herde von der Weide heimtreiben, und die Menschen werden ein schwermütiges Geläut vernehmen … Und sie werden sehen: Alle Kühe tragen Glöckchen am Hals, an den euren aber schaukeln goldene Eheringe. Und der Hirt wird sich entsetzen und sie nicht mehr weiden wollen, und die Menschen werden sich abwenden von euch und eurem Vieh wie von Gezeichneten. Und wenn dennoch ein Unwissender seinen Stier dazu hergibt, eure Kühe zu decken, so werden eure Kälber auf der Stirn keinen Stern tragen, sondern auf ihnen wird leuchten das Armband vom Handgelenk der Sara Hansenmüller!

Das Boot fuhr in die stille Bucht unter dem Abhang und verschwand aus unserem Blickfeld. Gleichmäßig und gelassen trieb das Wasser des Flusses dahin, als sei nichts geschehen.

Mich weckte die Stimme des rothaarigen Valius: »He, du, wie heißt du gleich, bring die Fähre rüber! Hörst du!« Ich brachte die Fähre, und alle restlichen setzten ans andere Ufer zu den Bestohlenen über.

Die Kolonne formierte sich und zog weiter.

Und wieder staubten die Wege, schlurften die Schuhe, wieder brannte unbarmherzig die Sonne. Soviel Sonne hatte es in Litauen lange nicht gegeben. Sogar über Nacht kühlte es sich nicht ab, und am Morgen stieg die Sonne noch heißer auf als vorher.

Die Luft war heiß wie ein Backblech.

Die Alten kamen außer Atem und konnten kaum noch einen Fuß vor den anderen setzen. Der Hochzeitsmusikant Leiser verließ die Kolonne und ging auf den Wald zu.

»He, Alter«, rief Valius ihm zu. »Befehl zum Pinkeln war schon vorhin. Hast du's nicht gehört?«

»Doch, aber ich will nicht Wasser lassen«, antwortete Leiser.

»Nur Geduld, Geduld«, sagte der Rothaarige begütigend. »Wir sind bald da.«

»Ich kann nicht mehr«, sagte Leiser.

»Warten werden wir nicht auf dich.«

»Sie sollen auch nicht warten. Wenn gewartet wird, stirbt es sich langsamer. Gehen Sie nur, gehen Sie ...«

»Ach so, du willst nicht pissen, sondern dich verpissen«, unterbrach ihn der rothaarige Valius. Er versperrte mit der Maschinenpistole den Weg zum Wald, trat dicht an den Hochzeitsmusikanten heran und betrachtete ihn, wie man ein seltsames Insekt betrachtet – wo ist das bloß hergekommen?

Die Kolonne war dem Hochzeitsmusikanten Leiser dankbar für die Pause. Während er mit Valius sprach, schüttelten die Leute den Sand aus ihren Schuhen, setzten sich unter die Bäume und genossen die schattige Kühle, die ihre düsteren, erstarrten Gesichter ein wenig aufhellte.

Auf einmal wurde die Wachmannschaft unruhig und drängte uns an den Straßenrand.

»Straße frei!«

»Straße frei!«

»Straße frei!«

Der Ruf hüpfte am Zug entlang wie ein Hase.

Der Gehorsam fegte die ganze Kolonne an den Straßenrand, und alle standen still vor Erwartung.

»Deutsche«, vermutete Sara Hansenmüller, und die Angst entstellte ihr Gesicht, als habe ein Zweig es zerkratzt.

»Vielleicht ein Geistlicher mit einem Begräbniszug«, brummte Judel-Jurgis.

»Glauben Sie mir nur«, fuhr die Uhrmachersfrau fort. »Ich spüre sie ... auf Dutzende Kilometer Entfernung.«

Ach was, dachte ich, das redet sie sich nur ein. Sie sieht jetzt auf Schritt und Tritt diejenigen, die ihr den Mann weggenommen haben. Wohin sie auch schaut, überall sind sie ... sie ... sie ... Doch diesmal hatte Sara recht.

Auf der Landstraße, die das Kornfeld in zwei gleiche Hälften teilte, kam ein Deutscher. Er fuhr auf einem Fahrrad, hatte die Arme auf der Brust gekreuzt und sah ganz aus wie ein Junge, der seinen verhaßten Lehrern, ihrer offiziellen Weisheit und ihren unausbleiblichen Vorwürfen entwischt war. Der Soldat war semmelblond, hatte ein schmales weizenblondes Schnurrbärtchen, trug eine gutsitzende grüne Jacke und ein leichtes, verwegen aufgesetztes Käppi, dem Alter nach hätte er gut und gern ein Gymnasiast sein können.

Der Radfahrer trat hingebungsvoll in die Pedale, und seine Beine, die in neuen, noch nicht vom langen Marschieren auf fremder Erde abgenutzten Stiefeln steckten, erzeugten ein fröhliches Blitzen – so toll und frech glitzerten die Speichen der Räder.

Der Deutsche blickte stur geradeaus, denn er versuchte, das Rad auf einer geraden Linie zu halten, und es schien, als existiere für ihn nichts Wichtigeres auf der Welt als diese gedachte Linie, die er zu Beginn der Fahrt festgelegt und mit geheimem Sinn versehen hatte und von der er – Gott behüte! – nicht abweichen durfte.

Für ihn, dachte ich, hat sich in der Welt nicht viel verändert. Wie er früher irgendwo in Rauschen, Tilsit oder Berlin geradelt ist, so radelt er jetzt hier, mit Schwung und mit verschränkten Armen. Nur daß er dort in Deutschland gewiß keine grüne Uniformjacke und keine Soldatenstiefel getragen hat, sondern Kniestrümpfe und Halbschuhe, und außerdem war der Weg besser, Asphalt, kein Staub und keine Juden.

Der Deutsche raste vorbei, ohne auch nur den Kopf zu drehen, als wären am Straßenrand nicht Menschen, sondern Steine oder Bäume. Einen Stein oder einen Baum kannst du ansehen, solange du willst, er kommt dir keinen Schritt entgegen, er spricht kein Wort zu dir.

»Willi hatte genau so ein Fahrrad«, sagte Sara Hansenmüller nicht ohne Stolz, als wir weitergingen. »Das haben wir in der Friedrich-Schiller-Straße gekauft …«

Ich ertappte mich bei dem Gedanken, wen das interessieren könnte. Wen? Den Synagogendiener Chaim? Mendel Schwarz, den Töpfer und Talmudkenner? Den Konvertiten Judel-Jurgis?

Sie alle hatten nie ein Fahrrad besessen. Sie waren ihr Lebtag zu Fuß gegangen und auch zurechtgekommen.

»Willi fuhr besser als alle anderen«, redete Sara weiter. »Wie der Wind ist er durchs Städtchen gesaust.« Sie sah dem im Kornfeld verschwindenden Radfahrer traurig nach.

Warum erzählt sie das, dachte ich unangenehm berührt. Warum?

Und auf einmal begriff ich: Sara Hansenmüller kleidete ihren Wilhelm ein – grüne Uniformjacke, neue, noch nicht vom langen Marschieren auf fremder Erde abgenutzte Stiefel –, setzte ihn auf den Fahrradsattel und schickte ihn dorthin zwischen den Roggen, weit fort von dieser Landstraße, von diesem Straßenrand, von dieser noch nicht toten, aber auch schon nicht mehr lebendigen Kolonne.

Der Junitag neigte sich. Sogar die Sonne wurde matter.

Am Himmel erschienen leichte Federwölkchen. Es sah aus, als sei da oben eine Bäuerin vorübergegangen und habe Sauermilch aus einem Krug verschüttet.

Von den umliegenden Wäldern, Seen und Flüssen zog leichte Kühle auf, gesättigt mit dem Duft von Baumnadeln und Wasserpflanzen, von Fischen und Beeren.

Die Kühe wurden heimgetrieben – in der Luft knallten die harmlosen Peitschenhiebe der Hirten, und friedliches, zufriedenes Muhen erscholl überall.

»Was muhen sie so?« fragte Mendel Schwarz, der Töpfer und Talmudkenner, ins Blaue hinein.

»Sollen sie etwa singen?« erwiderte der Synagogendiener Chaim. »Vögel singen, Kühe muhen.«

»Und du ... du quasselst.« Mendel Schwarz, der Töpfer und Talmudkenner, wurde ärgerlich.

»Eine Kuh ist kein Mensch. Der kannst du nicht befehlen, daß sie schweigt.« Der Synagogendiener nahm es nicht übel. »Solange wir sie muhen hören, Mendel, solange leben wir noch ...«

Das Vieh muhte noch stärker – es war wie eine Antwort auf Chaims Worte.

Und die Schafe blökten.

Und die Ziegen meckerten.

»Weißt du, woran ich denken mußte?« murmelte der Synagogendiener.

»Nun?«

»An den Propheten Jesaja.«

»Bei dem Gemuh?«

»Warum nicht? Jesaja war selbst ein Hirte«, fuhr Chaim fort. »Es wird eine Zeit kommen, hat Jesaja gesagt, da werden die Wölfe bei den Lämmern wohnen und die Panther bei den Böcken lagern. Ein kleiner Knabe wird Kälber und junge Löwen und Mastvieh miteinander treiben. Kühe und Bären werden zusammen weiden, daß ihre Jungen beieinanderliegen, und Löwen werden Stroh fressen wie die Rinder. Und ein Säugling wird spielen am Loch der Otter, und ein entwöhntes Kind wird seine Hand stekken in die Höhle der Natter.«

»Nun haben wir sie ja, die goldene Zeit des Jesaja«, bemerkte giftig Mendel Schwarz, der Töpfer und Talmudkenner. »Kühe und Bären weiden zusammen, und der Löwe frißt Stroh.«

»Geduld, Mendel, Geduld«, flüsterte der Synagogendiener Chaim. »Alles, was die Heilige Schrift prophezeit, wird eintreffen.«

»Zum Teufel mit der Geduld! Mit Jesaja! Mit dem Gemuh! Zum Teufel!«

»Beruhige dich«, sagte Chaim erschrocken und sah sich ängstlich um.

Der rothaarige Valius ging neben Judel-Jurgis und achtete nicht auf die anderen.

Die matte Sonne versank hinterm Wald.

Auf die Erde legte sich sommerliche Abenddämmerung.

So war es immer gewesen, wenn Großmutter mit ihrem kleinen, energischen Mund die Petroleumlampe ausblies und alles in der Hütte einen unhörbaren Erleichterungsseufzer ausstieß: die Wände, der Tisch, die verrußte Decke, die Wanzen und die Mäuse und auch Großvater, der bei Licht immer so hilflos und unglücklich war.

Sollten wir wirklich auf freiem Feld übernachten?

Das konnte nicht sein.

Wenn auch die Sommernächte hell sind – Nacht bleibt Nacht. Judel-Jurgis, der wartet ja nur darauf ... Und ich?

Wohin sollte ich fliehen? Auf welchen Friedhof? In welche Hütte? Vielleicht zu jenem Bauern mit der Sense?

Die Heumahd währt nicht ewig.

Und der Rucksack? Was sollte mit dem Rucksack werden? Man wirft nicht so einfach ab, was man sich selbst aufgeladen hat. Und wenn man es doch tut, plagt einen das Gewissen. Das Gewissen, unser ewiger Wächter, wie mein erster Lehrherr, der Herr Aron Damski, zu sagen pflegte.

Vor uns war ein Marktflecken zu ahnen. Wie ein silbernes Fischlein spießte die Kirchturmspitze in den Himmel.

In der dämmerigen Stille läutete der Glöckner die Glocke, um die Gemeinde zur Abendmesse zu rufen.

In allen Marktflecken Litauens, zu allen Zeiten, kam immer wieder solch eine Stunde, in der weithallend und mächtig der kupferne Glockenton erscholl, und dann erhob sich wie eine Wolke über allen täglichen Verrichtungen, über Feindschaft und Liebe, über Kargheit und Fülle etwas kaum Spürbares, Jenseitiges, und im Herzen jedes Menschen – wer immer er sein mochte – regte sich unwillkürlich ein Echo: Erwiderung und Anrufung zugleich.

Besonders heftig läutete die Glocke an Begräbnistagen.

»Warum haben wir keine Glocke?« fragte ich einmal meinen Vormund, den Totengräber Josef.

»Wir haben eine«, sagte mein Vormund Josef.

»Wo?«

»Von hier aus siehst du sie nicht.«

»In der Stadt?«

»Eines Tages wirst du's erfahren. Sie wird läuten und nicht aufhören. Die Ohren, Bruder, die Ohren werden dir klingen.«

Mein Vormund, der Totengräber Josef, sprach von einer anderen Glocke. Ich aber wollte, daß wir eine eigene hätten, und zwar nicht irgendwo hinter sieben Bergen, sondern hier, im Flecken. Konnte man denn nicht an die Synagoge einen Glockenturm anbauen? Konnten nicht Müller Oisermann und Textilladenbesitzer Goldschmidt – jeder einzeln – für eine halbe Glocke etwas springen lassen? Und ob sie konnten!

Mit Freuden wäre ich Glöckner geworden und hätte an Feiertagen und alltags geläutet.

Erst später begriff ich: Die Götter sind verschieden, aber die Glocke gibt es nur einmal für alle.

»Die Glocke gibt es nur einmal für alle«, sagte ich und rückte Sara Hansenmüllers Schicksalsrucksack zurecht.

»Was für Gedanken, Daniel! Was für Gedanken!« tadelte mich der Synagogendiener Chaim. »Glockengedanken«, sagte ich.

Fern im Marktflecken toste der abendliche Kupferklang. Judel-Jurgis lauschte dem Läuten und bekreuzigte sich. Seine spröden Lippen flüsterten schwerfällig: »Vater unser, der du bist im Himmel ... Dein Reich komme ...«

Ganz sicher betete er zum Allerhöchsten für seine Kinder. Für Vladas und Monikutė. Vielleicht auch für Dukis.

Das Gebet rieselte leis dahin, kaum hörbar, als ob Judel-Jurgis nicht spräche, sondern phantasierte, und alle, sogar der Synagogendiener Chaim, lauschten ihm, und jeder öffnete ganz sacht die Lippen, es war, als würde gleich aus allen Kehlen dasselbe Gemurmel dringen, dieselben Worte, an einen anderen Gott gerichtet, doch um dasselbe flehend, um Gnade und Erbarmen ... Wie man es auch dreht und wendet – ein Gebet ist kein Zigarettenstummel, es entzündet alle.

»Dein Wille geschehe«, fuhr der Schornsteinfeger fort, » ... geschehe«, stimmte ihm Mendel Schwarz, der Töpfer und Talmudkenner, mit einem Blick zu.

» ... geschehe«, wünschte ihm Sara Hansenmüller mit ihren traurigen Augen.

» ... geschehe.« Sogar das Gesicht des Synagogendieners Chaim hatte die Brandwunde vergessen.

Nur der Rothaarige schrie: »Hör auf!«

Doch sein Schrei konnte das Gebet nicht schrecken und zur Umkehr bewegen. Es rieselte dahin, und in diesem Rieseln lag etwas Erhabenes und Unbezwingbares, wie im Klang des Kupfers auf dem Glockenturm.

Valius stürzte plötzlich wie wild zu Judel-Jurgis und riß ihm das winzige, schweißige Kreuz von der Brust, das an einem Kettchen hing und im Abendschein glänzte. Riß es ab und warf es in den Straßengraben.

Judel-Jurgis besudelte seinen Mund nicht mit einem Fluch, er biß nicht einmal die Zähne zusammen. Wie könnte man auch beim Beten die Zähne zusammenbeißen?

Er ging weiter und murmelte sein Gebet vor sich hin, nur eine Kugel hätte ihn vielleicht unterbrechen können.

Aber in das Gebet hinein zu schießen, wagte der Rothaarige nicht.

Schon kamen die Häuser in Sicht, in Dämmerung und in ihr eigenes Alter verwoben. Die Hunde des Marktfleckens, als sie die Kolonne nahen spürten, begannen, alle auf einmal, warnend zu bellen.

Früher war es so, daß sie einen Fremden oder einen Bettler anbellten und sich schnell wieder beruhigten, in die Hundehütte krochen, sich zusammenrollten und schliefen. Jetzt aber brachten die Hunde sich fast um vor verzweifelter Anhänglichkeit an ihre Herren, sie waren bereits heiser vor Zorn und verrückt vor Schlaflosigkeit. Zuerst hatten sie die erschöpften, sich nach Osten zurückziehenden Rotarmisten wütend angekläfft, dann die Flüchtlingstrecks, die eilig der lettischen Grenze zustrebten, und schließlich die Deutschen, die mit ihren siegreichen Motorrädern dröhnend und knatternd daherrasten. Das Gebell hing über ganz Litauen, so etwas hatte die Erde noch nicht gehört.

»Im Gleichschritt, marsch! Brust raus!« schrie Valius. »Ihr schleppt euch ja hin wie zum Begräbnis.«

Die Kolonne straffte sich und legte einen Schritt zu. Aus Valius' Kommando war nicht nur Zorn herauszuhören.

Der Rothaarige hatte gesagt: wie zum Begräbnis. Stünde unsere Sache ganz hoffnungslos, hätte er gesagt: wie Tote.

Also. Also ... Was also?

Niemand konnte den Stimmungsumschwung genau erklären, aber es war schon so: Wie ein leichtes Lüftchen umfächelte neue Hoffnung die ganze Kolonne, vom Ende bis zur ersten Reihe, die Leute lebten auf, und der Weg mit seinen Fahrspuren und Schlaglöchern, mit seinen Gabelungen und Kurven kam uns schon nicht mehr wie der letzte vor.

Der Marktflecken lag auf einer Anhöhe, der Sonne ein Stück näher. Er umfaßte hundert bis hundertfünfzig Anwesen und ähnelte eher einem großen Dorf.

»Das ist ja Pagiris«, sagte der Hochzeitsmusikant Leiser und starrte auf die Häuser. »Wahrhaftigen Gottes, Pagiris.« »Was ist dabei, daß es Pagiris ist?« ging der Synagogendiener Chaim darauf ein.

»Vor dreißig Jahren habe ich hier auf einer Hochzeit gespielt. Dort ist auch der Pferdestall.« Leiser zeigte eifrig nach vorn.

»Im Pferdestall habt ihr gespielt?«

»Bei Dogim, einem reichen Pferdezüchter ... Nach der Hochzeit hat er uns einen Traberhengst geschenkt.«

»Was du nicht sagst!« brummte Chaim.

»Mein Gott, was war das für ein Pferd! Der reinste Vogel!«

»Was haben Sie mit ihm gemacht?« fragte ich.

»Was wir mit ihm gemacht haben? Am Zügel genommen und fortgeführt.«

»Wohin?«

»Ich weiß nicht mehr ... Mein Schwager Jewel und ich, wir waren ganz schön angetrunken ... Wir führen ihn, und Jewel, mein Schwager, sagt zu mir: Wozu, Leiser, brauchen wir ein Pferd? Wer sind wir denn – Fuhrleute oder Musikanten? Musikanten, sag ich. Und Jewel, mein Schwager, sagt: Wenn wir Musikanten sind, dann brauchen wir es nicht ... Wir werden es dem Propheten Elias geben ... Dem ist gerade ein Beipferd eingegangen ... Hat sich an Wolken überfressen. – Gut, sag ich, geben wir es ihm.« Und abermals saugte der Blick des Hochzeitsmusikanten Leiser sich an dem Pferdestall fest, der in der Ferne schwach zu erkennen war.

»Und was war weiter?« unterbrach ihn Mendel Schwarz, der Töpfer und Talmudkenner.

»Weiter war nichts. Weiter, Mendel, ist immer nichts.« »Du hast dir alles nur ausgedacht«, sagte Mendel Schwarz, der Töpfer und Talmudkenner.

»Was?«

»Den Traberhengst und Dogim und auch den Propheten Elias.«

»Dann frag ihn doch, den Elias, der erlaubt nicht, daß ich lüge. Er hat ihn heute noch als Beipferd, den Traberhengst aus Pagiris ... Hui, ist er fortgeflogen von uns, und der Prophet hat ihn vor seinen Wagen gespannt. Wenn du, Mendel, solch einen Traber hättest, was würdest du machen? Würdest du ihn einem Latrinenräumer oder einem Wasserträger verkaufen?«

»Ich würde jeden Tag auf ihm durch den Ort reiten«, scherzte Mendel Schwarz, der Töpfer und Talmudkenner. »Von der Synagoge zur Tankstelle. Und zurück.«

»Du, mein Lieber, würdest Töpfe zum Markt fahren. Das ist besser für den Hintern und auch für den Geldbeutel.«

»Streitet euch bloß nicht! Um Gottes willen, streitet euch nicht!« mischte sich der Synagogendiener ein. »Wir müssen jetzt felsenfest zusammenhalten.«

»Streiten wir denn, Mendel? Halten wir nicht felsenfest zusammen?«

»Felsenfest.«

»Das sag ich auch: felsenfest ... Wir streiten nicht ... Wir erinnern uns: an den Latrinenräumer und den Wasserträger. Und auch an Jewel, meinen Schwager, und an den Propheten Elias auf seinem Wagen.«

»Und an die Töpfe«, seufzte Mendel Schwarz, der Töpfer und Talmudkenner.

»Und an die Töpfe«, stimmte ihm der Hochzeitsmusikant Leiser zu. »Wie viele hast du gebrannt in deinem Leben?«

»Ich hab sie nicht gezählt.«

»Zehnmal tausend? Zwanzigmal?«

»Vielleicht zehn. Vielleicht auch zwanzig. Kann sein, es waren sogar vierzigmal tausend.«

»Es würde trotzdem nicht ausreichen.«

»Wofür?«

»Fürs Erinnern«, sagte der Hochzeitsmusikant Leiser. »Aber hier in diesem Topf« – der Alte klopfte an seinen Schädel –, »da sind sie alle drin, solange er nicht zerspringt.«

Die Geschwätzigkeit der alten Männer berührte Judel-Jurgis peinlich. Er warf ärgerliche Blicke, mal auf den einen, mal auf den anderen, doch sie bemerkten gar nicht, daß er böse zu ihnen hinsah.

Auch Sara Hansenmüller konnte ihr vorwurfsvolles Erstaunen nicht verbergen. Wie konnten sie so ruhig plaudern über Latrinenräumer, Töpfe und den Propheten Elias, wo doch in der Luft noch die Federn von den mit Bajonetten aufgeschlitzten Kissen wirbelten, wo doch in Straßengräben, Kanälen und auf den Wegen Leichen lagen, nur notdürftig mit Sand oder Heu zugedeckt, und üblen Geruch verströmten, wo doch vor uns, sogar an diesem sonnigen Tag, nichts war als Dunkel, Dunkel. Wo ist es denn, dieses geflügelte Pferd, auf dem man von hier fortreiten könnte? Wo ist er, dieser Prophet Elias – oder wie auch immer –, zu Fuß oder im Wagen, der einen Ausweg weist?

Einem unbeteiligten Beobachter konnte es wirklich so vorkommen, als gingen sie nicht in der Kolonne, der Hochzeitsmusikant Leiser und Mendel Schwarz, der Töpfer und Talmudkenner, sondern säßen an einem warmen Sommerabend vor dem Haus und schwelgten in alten Erinnerungen. Ein Weilchen sitzen, eine rauchen, die Sterne begucken, sich an Erinnerungen gütlich tun und dann ächzend aufstehen und sich in der warmen Stube aufs Ohr legen.

Ich weiß nicht, wie es bei Judel-Jurgis und Sara Hansenmüller war, jedoch für sie, die so unvorstellbar alt und weise waren, gab es keine bessere und sicherere Zuflucht als ihre Erinnerungen. Die Erinnerungen schirmten sie ab vor allen Übeln, vergangenen und künftigen, vor allen Bewachern, dem rothaarigen Valius, dem massigen Tutkus, und vielleicht auch voreinander.

Ich hörte ihrem Gespräch zu und zog mich selbst auch in jene Zufluchtsstätte zurück, wo es niemals zu eng und niemals zu geräumig ist, wo jeder ein Plätzchen findet, in der Ecke oder an der Schwelle: Komm rein und wärm dich auf, von hier verjagt dich keiner.

Die Dämmerung verdichtete sich wie Honig.

Die Kolonne erklomm einen Hügel. Auf dem Hügel stand weiß der Pferdestall. Dort sollte offenbar unser Nachtlager sein.

Von Dogims Traberhengsten keine Spur. Vielleicht waren sie nachts fortgetrieben worden, vielleicht war auch wirklich alles nur Erfindung – Dogim, die Pferde, die Hochzeit und auch Leiser mit seinem Schwager Jewel?

Unter dem Ziegeldach des Pferdestalles flatterten Fledermäuse von Balken zu Balken, und das Rascheln ihrer Flügel, hart und rauh wie ein Urteilsspruch, unterstrich nur noch die öde Leere.

In den Pferdeboxen lag dunkles, verrottetes Heu.

»Kein Feuer machen! Nicht rauchen!« warnte Valius. »Nichts anrühren!«

Was gab es hier anzurühren? Was denn?

An einem rostigen Haken hing ein leerer Hafersack – wie ein graues plattgedrücktes Euter.

Sara Hansenmüllers Sohn, der Gymnasiast Wilhelm, hatte im Dunkeln einen Sattel mit Sattelzeug gefunden und setzte sich darauf.

»Der Kaiser bei der Truppenbesichtigung«, scherzte unfroh der Hochzeitsmusikant Leiser. »Er reitet seine treuen Regimenter ab ... Fehlt bloß noch Schnurrbart und Kokarde.«

Und plötzlich sang er einen Militärmarsch: »Ta-ta-ta-ta!«

»Hör auf!« sagte der Synagogendiener Chaim und ließ sich erschöpft auf dem gestampften Lehmboden des Stalles nieder.

»Ta-ta-ta-ta!« Leiser kam in Rage.

Wilhelm saß wirklich auf dem Sattel wie ein Kaiser. Und Sara Hansenmüller sah ihn mit verliebten Augen an. Eines Tages würde sie ihn hoch zu Roß sehen. Unbedingt. Und Musik würde spielen. Unbedingt. Gott wird sich seiner erbarmen. Gott wird bedenken, daß er ... ihr Sohn ist, nicht irgendwer, sondern ein Deutscher.

»Du heißt Daniel?« Judel-Jurgis rückte an mich heran.

»Ja.«

»Du scheinst kein Schuft zu sein.«

»Hier gibt es überhaupt keine Schufte«, sagte ich. »Schufte gibt es überall«, sagte Judel-Jurgis und befühlte die Stelle auf seiner Brust, wo noch vor kurzem das Kreuz gehangen hatte. »Also ja ... Daniel ... ich vergesse das nicht ...«

»Was?«

»Die Fleischersynagoge. Und deine Hand.«

»Und ich vergesse nicht ... die Zigarettenkippe.«

»Er ist selbst schuld«, meinte Judel-Jurgis und suchte mit den Augen in der Finsternis den Synagogendiener Chaim. »Wegen einer Selbstgedrehten so einen Lärm zu schlagen!«

»Wie schuldig ein Mensch auch ist, verbrennen darf man ihn nicht.«

»Oho, du bist ein kluger Bursche«, sagte der Getaufte langsam.

»Ich bin, wie ich bin.«

»Was hast du früher gemacht?«

»Nichts.«

»Das gibt's nicht. Hast du gelernt? Gearbeitet?«

»Hab Tote begraben.«

»Oh«, rief Judel-Jurgis aus.

»Ich bitte, ihr Herren! Nicht über Tote reden ... Nicht über den Friedhof ... Laßt uns schlafen ...« Sara Hansenmüllers Stimme zitterte, und über ihrem Kopf flatterten die Fledermäuse.

»Sie sind niemals zu Ihrem Vater gekommen«, sagte ich zu Judel-Jurgis. »Warum?«

»Ich weiß nicht«, erwiderte der Schornsteinfeger.

»Für tote Verwandte braucht man sich nicht zu schämen«, sagte ich. »Auch wenn es Juden sind.«

»Ihr Herren! Ihr Herren! Laßt uns schlafen«, flehte Sara. »Morgen müssen wir wieder weiter ... Wo sollen wir nur die Kraft hernehmen?«

»Schlafen Sie, schlafen Sie! Wir stören Sie nicht«, versuchte Judel-Jurgis sie zu besänftigen.

»Und er selbst ... ist er nie zu Ihnen gekommen?«

»Wer?«

»Ihr Vater ... Schmerl Zevjan.«

»Er hatte mich verflucht. Darf man denn einen verfluchen, der liebt?«

»Nein«, sagte ich.

»Richtig«, freute sich Judel-Jurgis. »Man darf es nicht.«

»Trotzdem ist es besser, wenn einer liebt, ohne sich loszusagen.«

»Wovon?«

»Von zu Hause ... von seinen Leuten.«

»Es gab keinen anderen Ausweg.«

»Und warum hat sich Ihre Frau nicht losgesagt, warum ist sie nicht Jüdin geworden?«

»Sie wollte ja, sie war dazu bereit ... Ich bin sogar zum Rabbiner gegangen.«

»Und was hat der gesagt?«

»Der Rabbiner hat gar nichts gesagt. Der Rabbiner hat gelacht.«

»Gelacht?«

»Ja.«

Die erschöpfte Sara Hansenmüller war eingeschlafen. Auch Wilhelm schlummerte, den Kopf nach Soldatenart auf den Sattel gelegt.

Der Synagogendiener Chaim hatte sich ins Heu hineingewühlt wie ein Maulwurf in die Erde, und bald drang Schnarchen aus seiner Höhle. So schnarchen Gerechte, und so grunzen glückliche Ferkel, die noch nicht von Flöhen geplagt werden.

Der Hochzeitsmusikant Leiser schlief im Sitzen, er hatte sich unter dem Hafersack an einen in die Erde gerammten Pfahl gelehnt, und sein Mund, der Zähne und der Worte ledig, war wohlig geöffnet wie bei einem Säugling, der den Nuckel ausgespuckt hat.

»Dem Rabbiner haben sie vor seinem Tod den Bart angebrannt«, sagte ich. »Und ihn zum Singen gezwungen, die Schufte.«

»Zum Singen?«

»Hm. ›Hin zum Fluß lief lachend Katjuscha.‹«

»Die Schufte!« stimmte Judel-Jurgis mir zu. »Obwohl Singen eigentlich eine feine Sache ist. Du stehst zum Beispiel auf dem Dach, ziehst aus dem Schornstein den Besen heraus, und plötzlich hörst du: Da singt jemand ... Mädchen oder Burschen, vielleicht auch Soldaten ... so schön klingt das, so harmonisch, du möchtest am liebsten mit einstimmen, aber einen singenden Schornsteinfeger hat die Welt noch nicht gesehen.«

Er schwieg ein Weilchen und sagte dann: »Weißt du, woran ich denke?«

»Ich glaube, ja.«

»Es kommt mir so einfach vor.«

»Fliehen?«

»Sich ausziehen und ins eigene Bett legen. Solange der Mensch im eigenen Bett schläft, ist er glücklich ... Nun ja, auch einmal unglücklich ... Aber er ist wenigstens Mensch! Aber jetzt ... was, meinst du, sind wir jetzt?«

Ich war sehr müde, aber Judel-Jurgis schien bis zum Morgen plaudern zu wollen. In ihm gärte Zorn, und er brannte darauf, sich davon zu befreien, seinen Zorn in diese kohlrabenschwarze Finsternis zu entlassen, ihn auszubreiten vor diesen häßlichen, schicksalhaft geheimnisvollen Kreaturen, weder Maus noch Vogel, die von Balken zu Balken flogen, und vor mir, dem einzigen Beichtvater in dieser zum Pferdestall geschrumpften Welt, wo ihm ungerechterweise Kreuz und Bett genommen worden waren.

»Wofür ihr leidet, ist mir einigermaßen klar«, sagte Judel-Jurgis, ohne meine Antwort abzuwarten.

»Mir nicht«, sagte ich.

»Aber wofür muß ich mich so quälen? Wofür? Zwanzig Jahre lang war ich für alle der Schornsteinfeger Jurgis. Zwanzig Jahre hat mich niemand, nicht einmal das dreckigste Schwein, daran erinnert, daß ich Jude bin ...«

»Wer erinnert denn einen Baum daran, daß er ein Baum ist?«

»Die Axt«, sagte Judel-Jurgis und brach ab.

Von nun an sprach er kein Wort mehr. Er lag neben mir, groß und hilflos, den lockigen Kopf zurückgeworfen, in dem quälende Gedanken gärten wie Sauerteig, und ich spürte seinen heißen, mitleidslosen Atem.

Ringsum schliefen alle. Sogar die Fledermäuse waren zur Ruhe gekommen.

Es war still und schwül.

»Und warum schläfst du nicht?« fragte Großmutter. »Schlaf!«

Seit dem Moment, da der rothaarige Valius mich vom Friedhof weggeholt hatte, begleitete die alte Frau mich unentwegt, und ihre Anwesenheit, körperlos und unsichtbar, gewann plötzlich Gestalt – ich brauchte nur die Hand auszustrecken und hätte ihr Kleid berührt oder ihre Schuhe, dieselben, nach denen ich als Kind in die Schuhmacherwerkstatt von Schöpsel Stein gelaufen war.

»Es gibt nichts Besseres im Leben als den Schlaf. Im Schlaf ist das Unglück kein Unglück, das Blut kein Blut. Schlaf.«

Ich hörte deutlich ihre Stimme, eine männlich tiefe Stimme, heiser und ein bißchen krächzend – manchmal rauchte Großmutter ein Pfeifchen –, ich sah ihre Augen, raubvogelhaft stechend, die waren nicht nur tagsüber geöffnet, sondern auch nachts im Schlaf. Es konnte vorkommen, daß man an ihr Bett trat und erschrocken davor zurückfuhr.

»Erst der Tod wird sie ihr schließen«, sagte Großvater immer.

Großvater irrte. Auch der Tod hatte sie nicht geschlossen.

Da leuchteten sie nun über mir im finsteren Pferdestall.

Da waren sie ... Da!

Sosehr ich mich auch mühte, der Schlaf wollte nicht kommen.

Wohin treiben sie uns? Dreißig Kilometer sind wir marschiert und nirgends angekommen. Gestern die Synagoge, heute der Pferdestall. Und was wird morgen sein? Was?

»Judith!« rief jemand in der Finsternis. »Judith!«

Ich erbebte.

»Deine Judith ist nicht hier«, sagte Großmutter.

»Ich weiß«, erwiderte ich. »Aber wo ist sie? Wo? In welchem Graben? In welchem Sibirien? In welchem Pferdestall?«

»Wo sie auch sein mag, du wirst sie finden«, sagte Großmutter.

Ich werde sie finden, o ja. Sonst lohnte es nicht zu leben.

Noch lange wälzte ich mich von einer Seite auf die andere, bis ich endlich gegen Morgen einschlief, von Hoffnung gewiegt.

Im Traum erschien mir eine Wiese, hüfthohes Gras, und der breitschultrige Bauer mit den aufgekrempelten Leinenhosen und dazu blitzende, singende Sensen.

Ich mähe.

Es mähen der Hochzeitsmusikant Leiser und Judel-Jurgis und der Synagogendiener Chaim und sogar der rothaarige Valius. Alle, außer Sara Hansenmüller und ihrem Gymnasiastensohn Wilhelm.

Sara geht mit dem Rechen hinter den Schnittern her und harkt das Heu zu einem Haufen, und es lodert in der Sonne, verbrennt aber nicht, wie der brennende Dornbusch, der nicht vom Feuer verzehrt wurde.

Und plötzlich tritt aus dem brennenden Dornbusch kein Engel heraus, sondern ein junger Löwe, stark, mit dichter Mähne und kräftigen Beinen, wie sie jener Bauer hatte, und beginnt zu fressen.

Und nach dem Löwen erscheint ein Ochse.

Und dann eine Kuh und eine Bärin, und sie sind freundlich zueinander.

Und am Loch der Otter steht der Gymnasiast Wilhelm und steckt seine Hand in die Höhle der Natter und spielt.

Und auf der Landstraße kommt ein flachsblonder Deutscher gefahren, der hält ein Zicklein auf dem Schoß, und seine bloßen Füße treten in die Fahrradpedale.

Das Zicklein ist weiß wie Schnee.

Das Heu ist weiß wie das Zicklein.

Die ganze Welt ist weiß, weiß wie die Hoffnung.

II

»Vielleicht hat der Herrgott noch einmal Erbarmen mit uns«, sagte der Synagogendiener Chaim und schaute zu den schiefergrauen Herbstwolken auf, die über dem Ghetto hingen. »Wie viele Male hat er sein Volk aus Elend und Not gerettet. Wie viele Male …«

Chaims Gesicht war noch gelber geworden und von Vergänglichkeit gezeichnet, seine Augen blickten starr wie Vogelaugen, voller Wehmut und Siechtum. Es war, als fürchte er zu verbrennen in der Dämmerung, an den flammendroten Blättern, die lautlos und sanft über der Glaserstraße wirbelten, genau wie seine greisenhaften Gedanken.

»Nur nicht den Mut sinken lassen«, fuhr der Synagogendiener fort, ohne den Blick von den unbeweglichen Wolken zu wenden, die Kälte und Schlechtwetter bargen. »Jetzt kommt, wie mein Vater sagte, die fünfte Jahreszeit.«

»Die fünfte Jahreszeit?« fragte der Hochzeitsmusikant Leiser.

»Ja.«

»Der Tod?«

»Du hast immer nur den Tod im Sinn«, tadelte ihn der Synagogendiener Chaim. »Warum hast du es so eilig? Du kommst schon noch zurecht … Deinen Platz nimmt dir niemand weg. Sei unbesorgt.«

In einer halben Stunde, dachte ich, haben sie sich wieder beim Wickel, wenn nicht gar früher. Das ist immer so bei ihnen. Zuerst hocken sie beisammen, dann geraten sie wegen einer sinnlosen Kleinigkeit aneinander, meistens wegen des Herrgotts, jeder sitzt in seiner Ecke, mucksmäuschenstill und eingeigelt, und sie glotzen sich an wie zwei Pferde auf dem Markt: Da hilft kein Hufescharren, das Joch läßt sich nicht abschütteln und das Zaumzeug nicht durchnagen, das schaffen die Zähne nicht, und der Herr paßt auch auf … Herbstlich raschelten im Zimmer ihre welken Gedanken.

Außer uns war niemand im Hause: Der Konvertit Judel-Jurgis raste wie verrückt im Ghetto umher und suchte Arbeit, die Flüchtlingsfrau Sara war im Krankenhaus als Putzfrau und barmherzige Schwester untergekommen, dort blieb sie bis zum späten Abend mit ihrem Sohn Wilhelm, dem künftigen Kaiser eines künftigen Deutschlands. Bei uns hatte auch noch der Töpfer Mendel Schwarz gewohnt, aber er hatte in der Bäckerei einen Verwandten gefunden, und wenn es auch im Talmud oder einem anderen Buch der Bücher heißt, der Mensch lebt nicht vom Brot allein, so war Mendel Schwarz doch für alle Fälle etwas näher zu den Teigtrögen übergesiedelt.

»Ich habe Menachem Plavin getroffen«, sagte der Hochzeitsmusikant Leiser auf einmal. »Sie wollen ein Orchester organisieren und einen gemischten Chor. Plavin hat eine ganze Stunde lang eingeredet auf mich …«

»Einen gemischten Chor?« Nicht Blut, sondern ganze Ströme von Fragen schienen durch Chaims Adern zu fließen.

»Jeden Tag wird jemand umgebracht, und sie wollen singen und spielen. Wahnsinnige, die! Sag, Daniel, wer braucht im Ghetto einen Chor und ein Orchester?«

»Alle«, antwortete Chaim an meiner Statt. »Die Juden brauchen Brot, die Juden brauchen Lieder.«

»Dich hab ich nicht gefragt«, fiel der Hochzeitsmusikant Leiser ihm ins Wort.

»Reb Chaim hat recht«, unterstützte ich den Synagogendiener. »Ich an Ihrer Stelle würde zusagen.«

»Richtig, richtig«, nickte Chaim eifrig.

»Ich habe auch zugesagt«, teilte der Hochzeitsmusikant Leiser zu unserer Freude mit. »Nur nicht im Keller der Synagoge, wie Menachem Plavin vorgeschlagen hat, sondern zwei Etagen tiefer.«

Er ging zum Fenster und stellte sich neben Chaim, so daß er diesen mit seiner altersschwachen Schulter fast berührte.

»Zwei Etagen tiefer?« stammelte Chaim.

»Was starrst du mich so an? Wo denn sonst, wenn nicht dort, gibt es Musikanten in Hülle und Fülle? Und was für welche! Nimm bloß meinen Bruder Schaje! Oder den Schwager Jewel! Oder den pockennarbigen Schachne – bis heute hört man seine Flöte von unter der Erde. Und einen Chor? Was für ein Chor könnte das werden! Weißt du noch, Chaim, wie Chaja Rodos gesungen hat? Oder diese ... na ... die hinterm Basar in dem Kurzwarenladen arbeitete ...«

»Pesja Strom«, half ihm Chaim auf die Sprünge, denn er fühlte sich geschmeichelt, daß er einbezogen wurde. »Aber die sind doch alle tot.«

»Na und? Können Tote etwa nicht singen?«

»Nein«, behauptete Chaim fest, und kaltes Grauen drang ihm durchs Leinenhemd auf seine mit schmutzigen grauen Stoppeln bewachsene Flohweide.

»Bist du dort gewesen, weißt du es genau?« hielt ihm der Hochzeitsmusikant Leiser vor. »Wenn ein Toter ins Paradies gelangen kann, warum kann er dann nicht in einem Orchester oder einem gemischten Chor sein?«

»Hüte dich vor Gottes Zorn!« flehte Chaim.

»Gott, Gott ...«, äffte Leiser ihn nach. »Dreitausend Jahre, Tag für Tag, haben wir redlich gebetet zu unserem Herrgott ... Und was haben wir dafür bekommen? Na was? Das Ghetto?«

»Du hast ja wohl nicht einmal einen Tag gebetet ... Wer selbst schuld ist, der soll mit Gott nicht hadern.«

»Schuld – woran?«

»An seinen Sünden.«

»Sündig sind alle«, sagte der Hochzeitsmusikant Leiser. »Aber nicht alle sind schuldig.«

»Wenn einer schuldig ist, sind alle schuldig.« Der Synagogendiener gab nicht nach.

Woher nahmen sie nur die Kraft? Sie waren beide hungrig und schwach, aber sie ließen nicht voneinander ab, wie zwei Kampfhähne, und sie warfen sich ihre Prophezeiungen zu wie Blutstropfen. Mein Gott, dachte ich, in welcher Zeit leben die? Warum sitzen sie hier herum, statt sich Arbeit zu suchen, warum haben sie sich auf diesen endlosen, wer weiß wann und wer weiß wodurch begonnenen Streit eingelassen, als ginge es um Leben und Tod? Als ob derjenige, der zuerst verstummt, zuerst sterben müßte.

»Vielleicht haben wir unsere Gebete nicht an den Richtigen gerichtet«, fuhr der Hochzeitsmusikant Leiser fort, vom Synagogendiener in die Enge getrieben. Soviel Angriffslust hatte er von Chaim nicht erwartet. Nun drehte und wand und kratzte er sich, um schließlich aus seinem törichten Kopfe, aus seinen morschen Gelenken etwas zutage zu fördern, dem nicht so leicht beizukommen war. »Jede Woche wechseln wir den Gott … Wie die Kerzen … Wenn eine niedergebrannt ist, holen wir aus der Kommode die nächste … Unser Gott hat niemals … niemals … nur einen einzigen Namen gehabt …«

»Er hat ihn gehabt, er hat ihn und wird ihn haben in alle Ewigkeit«, sagte Chaim überdeutlich. Seltsam, er stotterte fast nicht. Er brauchte nur mit den Lippen das unsichtbare, nach Gnade und Vergebung duftende Gewand Gottes zu berühren, schon wurde seine Rede ungewohnt fließend, seine Worte erlangten Plastizität und Glut.

»Außer dem Namen braucht es auch noch Kraft und Stärke«, erwiderte der Hochzeitsmusikant eigensinnig. »Stärke!«

»Unser Herrgott besitzt, Gott sei Dank, sowohl einen Namen als auch Kraft und Stärke!« Der Synagogendiener schnappte über vor Eifer.

»Und warum sitzen wir dann im Dunkeln, während die ganze Stadt voller Licht ist? Warum kriegen wir Hungerbäuche, während die ganze Stadt sich den Mund wischt und der Nachbar den Nachbarn rülpsen hört? Warum müssen wir unter der Erde singen wie die Würmer? Warum?« schrie der Hochzeitsmusikant Leiser.

»Würmer singen nicht.« Etwas anderes wußte der Synagogendiener nicht zu erwidern.

»Deine Ohren sind ja verstopft mit Flöhen und mit Gebeten! Sogar ein Wurm singt, wenn er einen Festtag hat!«

Es war, als stritte Leiser nicht mit Chaim, sondern mit dem Herbst, der die ganze Glaserstraße, ja die ganze Welt mit einem schweren Leichentuch voller gelber Flicken verhängte. Leisers

Stimme drang an mein Gesicht wie Wind, ich lauschte ihr und ertappte mich bei dem Gedanken, welch trauriges Glück es ist, alt zu sein, so alt, daß alles mit anderem, unirdischem Maß gemessen wird: das Brot und die Leidenschaften, und auch der Zorn, der jeden Tag etwas mehr von einem abfällt, genau wie das Laub von den herbstlichen Bäumen.

Wahrhaftig, warum hatten sie uns eingesperrt wie Vieh? Warum sind alle schuldig, wenn einer schuldig ist?

Und wer ist er, dieser eine?

Mein Vater Saul, der seinen Kopf voll heikler Gedanken irgendwo in Spanien verloren hatte?

Der Baron Rothschild?

Der Unterleutnant Kogan, der nicht zu Pferd, sondern mit einem Panzer in unseren Ort gekommen war?

Oder vielleicht ich selbst?

Warum werden wir seit undenklichen Zeiten verfolgt?

Wieso sind wir schlechter als die anderen?

»Hör nicht auf ihn, Daniel«, riß Chaims Stimme mich aus meinen Grübeleien. »Komm lieber mit ... In die Rudnizkaja-Straße.«

»In die Rudnizkaja?« fragte ich, noch ganz benommen von meinen Gedanken, die mir auf einmal genauso greisenhaft vorkamen wie die des Hochzeitsmusikanten Leiser oder des Synagogendieners Chaim.

Nur einer meiner Gedanken war jung, und der hieß: *Judith.*

Wo war sie?

Es könnte doch sein, wenn ich mit Chaim ginge, daß ich sie träfe.

Es könnte doch sein!

»Ich hab ein bißchen was verdient«, tat Chaim wichtig. »Hab nicht die Hände in den Schoß gelegt«

»Ein Bett hat er verdient!« sagte der Hochzeitsmusikant Leiser herablassend. »Und eine Flauschdecke ... Und ein Kissen ohne Überzug!«

»Bei den Juden schlafen nur die Toten auf dem Fußboden«, warf Chaim ein, den Spott schluckend. »Doch wir sind, Gott sei Dank, noch am Leben.«

»Als ob das wunder was wäre«, knurrte der Hochzeitsmusikant Leiser. »Die ehrenwertesten Menschen auf der Welt sind die Toten.«

»Komm, Daniel«, forderte Chaim mich auf.

»Geh nur, geh«, sagte der Hochzeitsmusikant Leiser. »Hilf ihm seine Wohltaten austeilen, sonst wird er sich am Ende noch verheben und eine zweite Beule kriegen auf dem Bauch.«

»Aber ich habe überhaupt keinen Leistenbruch«, meinte Chaim treuherzig und befühlte trotzdem für alle Fälle seinen Unterleib.

»Du suchst an der falschen Stelle, Flohknacker«, lächelte Leiser, dann trat er wieder ans Fenster und starrte auf das Leichentuch. Vor dem Blick des Alten – daran zweifelte ich nicht im geringsten – erschienen sein Bruder Schaje, sein Schwager Jewel und der blatternarbige Zauberkünstler Schachne, dessen Flöte noch aus dem Grabe paradiesische Töne dringen ließ, die die harte Erde aufschmolzen, und auch die Sängerin Pesja Strom aus dem Kurzwarenladen hinterm Basar, wo er, Leiser, niemals etwas verkauft oder gekauft hatte. Seine Finger, blutarm und krumm und dürr wie Meerrettichwurzeln, trommelten ans Fensterglas, und in der Scheibe – vielleicht schien es mir nur so – entstand ein Sprung, der breiter und breiter wurde.

»Schade, daß Sie Ihre Geige weggeworfen haben, Reb Leiser«, sagte ich im Davongehen.

Er aber antwortete nicht. Er stand wohl auf dem Steg und stürzte sich kopfüber ins Wasser.

Ich ging mit Chaim durch die Glaserstraße und dachte weniger an ein Bett als vielmehr an den Keller der Synagoge, wo sich – zur Not auch ohne Leiser – unter der Leitung Menachem Plavins, des hingebungsvollen Dirigenten, eine Handvoll Juden versammeln würde. Sie werden sich auf provisorisch gezimmerte Bänke setzen, werden ihre Instrumente richten, wie Schnitter die Sensen, und werden unter der Erde einen Tanz oder etwas Ähnliches spielen, und der Chor, der gemischte Chor, wird ein altes Lied anstimmen, eines, das unsere Vorfahren sangen in der ägyptischen Knechtschaft oder zu Zeiten des Königs Salomo, wenn das Herz des Königs Salomo unruhig war. Vielleicht werden sie sogar ein Wiegenlied singen.

Ich hatte nie ein jiddisches Wiegenlied gehört. Niemand hatte mir eines gesungen, es gab niemanden, der es hätte tun können. In unserem Hause sangen nur die Dielenbretter. Welchen Nutzen bringt ein Lied? Welchen Vorteil? Ein Lied ist keine Gans, man kann es nicht rupfen, keine Kissen damit stopfen. Freilich, Großvater hatte manchmal vor sich hin gesummt, doch dieses Summen ähnelte dem Singen nicht mehr als ein gefüllter gekochter Fisch einem lebendigen.

»Ich singe dir ein Wiegenlied«, sagte Großmutter und schob den Synagogendiener Chaim ungeniert mit der Schulter beiseite.

»Wann denn?«

»Meinetwegen jetzt gleich.«

»Hier? Auf der Straße?«

»Warum nicht hier.«

»Die Deutschen haben uns das Singen verboten.«

»Mir kann es niemand verbieten.«

»Warum?«

»Hast du nicht gehört, was Leiser gesagt hat? Den Toten kann man nichts verbieten. Hör zu.«

Und sie sang.

Aus unerreichbarer Ferne, aus Fenstern, die kreuzweis vernagelt waren, drang hierher auf die Kreuzung zwischen Glaserstraße und Rudnizkaja ihre heisere Stimme:

»Wenn du einst groß bist, sollst du nicht vergessen
die Stufen, wo du oft als Kind gesessen.
Vielleicht, zur Freude aller Juden, wirst du dann
kein Bösewicht, vielleicht ein reicher Mann.«

»Worauf lauschst du denn?« Der Synagogendiener Chaim sah mich aufmerksam an und kratzte sich den Bart. Plagten ihn etwa auch dort die Flöhe?

»Auf ein Wiegenlied.«

»Ein Wiegenlied?« Die Hand des Synagogendieners blieb im Bart stecken wie ein Igel im Moos. »Ich höre nichts. Leiser hat recht: Mir sind die Ohren von Gebeten verstopft. Aber ist ein Gebet nicht auch ein Wiegenlied?«

»Ich weiß nicht«, sagte ich.

»Lausche nur, lausche. Ich will dich nicht stören«, murmelte Chaim und setzte seine Schritte, drollig hüpfend, als wolle er gleich auf Zehenspitzen gehen.

Reich bin ich nicht geworden – vielleicht bringe ich's noch zum Bösewicht, dachte ich, während Chaims Schuhe gleichmäßig den Takt klopften.

Wie alt waren sie wohl, seine Schuhe?

Und das Laub?

Dreitausend Jahre, nicht weniger.

Lange vor Chaim war jemand in seinen Schuhen über die heilige Erde gegangen, irgendwo in Judäa oder Samaria.

Wie sie an ihn geraten waren, wußte nur Gott allein, und Gott war es auch, der sie flickte und besohlte.

»Ich werde für jeden von euch ein Bett verdienen«, flüsterte Chaim. »Du wirst ein Lager haben, und auch Sara und Wilhelm, natürlich nur, wenn sie nicht umziehen in eine andere Wohnung ... Und Leiser auch, obwohl er sich lustig macht über mich ... Leiser ist der einzige Gotteslästerer, den ich leiden kann. Nicht wegen seiner Lästerei, natürlich nicht. Aber wegen seiner Seele. Seine Seele ist wie ein Vogel. Was ist dabei, daß ein Vogel manchmal unsere Kappe bekleckert? Trotzdem hat er Flügel, trotzdem ist er dem Herrgott näher ... Und auch für den anderen ... den Abtrünnigen ... werde ich eines verdienen ...«

»Und wie wollen Sie sie verdienen?« fragte ich, gerührt durch die Güte des Synagogendieners.

»Durch Gebete«, antwortete Chaim. »Ihr braucht eine Geige oder einen Spaten. Ich brauche nichts als meine Stimme. Und eine Stimme, Gott sei's gedankt, die hab ich noch ... vielleicht ist sie ein bißchen mitgenommen, aber doch eine Stimme ...«

»Seit wann wird denn ein Gebet mit Wolldecken bezahlt?« foppte ich ihn.

»Jeder gibt, was er kann«, erklärte mir der Synagogendiener. »Selbst verlange ich nichts, das gehört sich nicht. Ich komme hin und sage: Wenn ihr wollt, werde ich beten für eure Toten. Das ist alles ... Vorgestern, in der Rudnizkaja, gegenüber der Badestube, hab ich für den Sohn gebetet ... Die Banditen hatten ihn direkt aus dem Bett geholt ... ja, aus dem mit der Decke ...«

Chaim stotterte nicht, er schoß die Satzfetzen heraus wie kurze Maschinengewehrgarben.

»Morgen, siehst du, werd ich das Totengebet für seine Schwester sprechen ... übermorgen für den Vater ... Ein Volk ohne Seelenhirt ist wie eine Kamelherde in der Wüste: Wer zeigt ihnen den Weg zum Brunnen? Und einen Rabbiner gibt es im Ghetto nicht. Weißt du vielleicht, Daniel, wohin unsere Rabbiner verschwunden sind?«

Ich hatte keine Ahnung, wohin unsere Rabbiner verschwunden waren. Um ehrlich zu sein, sie interessierten mich auch gar nicht.

Ich hatte einen Seelenhirten, ich hatte einen Rabbiner: *Judith.*

»Hilf mir nur, Daniel, dann wird unser Haus ein Schmuckkästchen werden.«

»Und was soll drin sein?«

»Alles. Ich werde auch Stühle und einen Tisch besorgen und sogar einen Wandschirm für Sara. Du kannst dir nicht vorstellen, welche Reichtümer ringsum verkommen. Für nichts und wieder nichts ... Du brauchst nicht dein Gesicht zu verziehen, mein Freund ... Wir sind keine Räuber, keine Marodeure ... Der Herrgott wird es uns nicht übelnehmen, wenn wir zu unserem Wohle etwas davon benutzen. Alles auf der Welt, was denkst denn du, hat früher einmal denen gehört, die jetzt tot sind ... Die Luft zum Beispiel. Und doch, wir atmen sie, und keiner macht es uns zum Vorwurf ... Oder die Erde ... Wie viele Tote sind schon auf ihr gewandelt – unübersehbar viele ... Und doch, sie versengt nicht unsere Fußsohlen, wir gehen und lassen es uns wohl sein ... In meiner Jugend hätte man mich halten können für einen Verladearbeiter oder einen Gepäckträger ... In der Fabrik in Lettland habe ich die Ballen nicht schlechter geschleppt als dein Josef ...«, schnitt der Synagogendiener auf. »So, wir sind da.«

Es war ein Holzhaus, einstöckig, mit schadhaftem Dach. Vor dem Krieg waren übers Dach vermutlich trächtige Katzen spaziert, die Sonne hatte sie geblendet, und abends hatte der Wind auf den kahlen Dachsparren gespielt wie auf einer Harfe, vielleicht eine Mazurka oder eine Polonaise.

Jetzt gab es im Ghetto keine einzige Katze mehr. Auch keinen Hund. Auch keine Taube.

Nicht einmal ein Huhn – ade, du kräftige jüdische Hühnerbrühe mit Kräpfele!

Die einzigen Tiere, die sie uns nicht genommen hatten, waren die Flöhe.

Und die Läuse.

Gott behüte, nur keine Läuse bekommen! Ein verlauster Jude ist hundertmal schlimmer als ein Jude mit Flöhen.

»Hier werden wir etwas auftreiben«, sagte Chaim.

»Ich warte draußen«, sagte ich.

Es war mir peinlich, hier zu erscheinen, in einem fremden Haus, wo erst vorgestern ... unter der warmen Decke weg ... der Sohn abgeholt worden war ... vielleicht ein Bursche in meinem Alter ... Ich konnte mir nicht vorstellen, wie es möglich sein sollte, in *dieses* Zimmer zu gehen, *dieses* Bett wegzunehmen, *diese* Decke zusammenzurollen.

»Hab keine Angst«, redete mir der Synagogendiener zu. »Ich habe alles abgesprochen. Auf Ehre und Gewissen.«

»Ich habe keine Angst.«

»Wenn wir nicht nehmen, nehmen andere.«

Chaim stieß die Tür auf und trat ein.

Ich blieb auf der Schwelle stehen.

»Ist hier jemand?« hörte ich Chaims Stimme und zuckte zusammen. Warum muß ich, ein gesunder Kerl, mich hier herumdrücken? Wozu, verdammt, brauche ich jemandes Bett? Ich kann sehr gut auch auf der Erde schlafen, auf Heu, unterm Kopf mein Kissen ohne Überzug – die Hände. Genug getrödelt. Ich muß etwas finden. Irgendeine Arbeit ... »Ein Totengräber kann nur Menschen vergraben und Menschen machen«, hatte mein Vormund Josef gesagt, wie mir jetzt wieder einfiel.

Machen? Auch das hatten die Deutschen uns verboten.

Schwangere wurden zuerst abgeholt.

Und Gott sprach: Seid fruchtbar und mehret euch und füllet die Erde.

Mit Läusen etwa?

»Ist hier jemand?« rief der Synagogendiener abermals.

Im Zimmer war niemand.

Niemand antwortete.

Ich ging zu Chaim und sah im trüben Licht des Herbsttages vier akkurat bezogene, aber leere Betten. Grau standen sie an den Wänden, und das Zimmer erinnerte mich irgendwie an das Jüdische Krankenhaus, wo ich für immer von meinem Vormund, dem Totengräber Josef, Abschied genommen hatte.

Auf dem Tisch brannte, obwohl es draußen noch lange nicht dunkel war, eine Petroleumlampe.

»Seltsam«, stammelte Chaim und versuchte sie zu löschen, versuchte die Flamme zu ersticken wie seine eigene Angst.

»Lassen Sie sie brennen«, sagte ich, und ich spürte das Herz in meiner Brust wie ein Uhrpendel schlagen, und das durchdringende Knirschen einer Uhrkette, an der schwere Gewichte hingen, dröhnte mir in den Ohren.

»Wir sind doch verabredet. Auf Ehre und Gewissen.«

»Mit wem?«

»Mit der Hausfrau.« Der Synagogendiener zeigte auf das letzte Bett.

»Lassen Sie uns fortgehen«, schlug ich vor.

»Versteh ich nicht, versteh ich nicht«, murmelte der Synagogendiener schuldbewußt. Er rührte sich nicht vom Fleck und blickte abwechselnd auf das bezogene, ihm versprochene Bett und auf die einsame Lampe, deren quälendes, beinahe schwebendes Licht wie unter bösen Vorahnungen über die Wände flackerte.

Ich wollte so schnell wie möglich fort, um das alles nicht mehr zu sehen – diese verrußte Lampe mit der spärlichen Flamme und dem fusseligen Docht, dieses ausgekühlte Bett mit der Decke, unter der noch vorgestern ein Altersgenosse von mir gezittert hatte, diesen abgetretenen Fußboden, an dem die Schuhe gegen meinen Willen festzukleben schienen – noch ein Schritt, und die Sohle oder gar die Haut wäre womöglich hin. Wie manchmal in der Kindheit, überkam mich unerklärliches wildes Verlangen zu fliehen, irgendwohin zu laufen, dann niederzufallen und zu weinen, ohne mich meiner Tränen zu schämen und meiner Angst vor jemandes Schicksal und Qual.

Auf einmal, als Chaim und ich schon gehen wollten, hörten wir von oben, wer weiß, vom Dachboden vielleicht, ein Rascheln, völlig ohne Sinn und Bedeutung, und ihm folgte ein schwaches Stöhnen, ebenso ungewiß und sinnlos wie das Licht der Petroleumlampe auf dem nackten Tisch.

Ich hob die Augen.

Auf dem Ofen saß eine alte Frau, ihre Füße in großen ausgeblichenen Galoschen hingen herab. Ihr Haar war zerwühlt, es schimmerte grau in der Dämmerung und war von Leid umwölkt. Das Herz konnte einem brechen, wenn man sie ansah.

»Er versteht nicht Jiddisch«, klagte sie, ohne uns zu beachten. »Ich habe schon versucht polnisch ... und litauisch ... Chodź tu! ... Eik čia ...«

Die Alte winkte lockend mit dem Finger in eine Ecke, vergeblich, aber hartnäckig.

»Wen rufen Sie?« hauchte der Synagogendiener Chaim.

»Ihn«, sagte die Alte.

»Wen – ihn?«

»Vorgestern ist er gekommen ... Gestern ist er gekommen ... Aber heute kommt er nicht ...«

»Erkennen Sie mich nicht?« Chaim trat an den Ofen und hielt seinen Kopf unter die Galoschen wie unter eine Himmelsleiter. »Ich bin der Synagogendiener ... Vorgestern habe ich das Totengebet für Ihren Sohn gesprochen ... Alter hieß er wohl ... Sie haben mir versprochen das Bett ...«

»Aber heute kommt er nicht«, sagte die Alte wieder. »Vorgestern ist er gekommen ... Gestern ... Und ich sitze und warte ...«

»Auf wen warten Sie, meine Liebe?« wandte sich Chaim, ungeheuer stotternd, noch einmal an die Frau.

»Nicht doch«, unterbrach ich ihn. »Sehen Sie denn nicht, Reb Chaim?«

»Ich würde es lieber nicht sehen«, sagte der Synagogendiener bekümmert, als die Alte ihn mit dem galoschenbekleideten Fuß am Kopfe traf.

Die Galosche fiel ab, und die Alte sah sie von oben her lange an, als warte sie, ob sie davontriebe oder nicht.

Die Alte wurde ärgerlich und drohte der Galosche mit dem Finger. Die aber gehorchte nicht.

Da stieg die Frau vom Ofen und gab der Galosche einen Stoß, wie man ein Boot anschiebt.

»Lassen Sie uns fortgehen«, sagte ich zu Chaim. »Gehen wir, um Gottes willen!«

In nur einer Galosche, humpelnd und schief, tappte die Alte zum Fenster, setzte sich auf den Rand des leeren Bettes und flüsterte: »Schlaf, Alter, schlaf. Sonst ruf ich den Zigeuner, der holt dich weg.«

Sie streichelte das Kissen, dann ging sie mit platschenden Schritten, als stiege sie durch Pfützen, zum nächsten Bett, glättete die Decke und begann wieder zu flüstern: »Schlaf, Mottel, schlaf. Sonst ruf ich den Zigeuner, der steckt dich in den Sack und nimmt dich mit.«

Dann ging sie zum dritten Bett, ließ sich am Kopfende nieder, starrte auf den Bettgiebel und sagte: »Schlaf, Nochemke, schlaf. Sonst ruf ich den Zigeuner, der steckt dich in den Sack und nimmt dich mit.«

Am letzten Bett zog die Alte ihre zweite Galosche aus, nahm sie in den Arm, drückte sie an ihre Brust, die vier Judenkinder genährt hatte, genährt für die Würmer jenseits des Flusses, und begann sie hin- und herzuwiegen.

»Und für dich, Mottke, sing ich ein Wiegenlied. Der Zigeuner hat Angst vor dem Wiegenlied, er wird dich nicht in den Sack stecken.

›Wenn du einst groß bist, sollst du nicht vergessen
die Stufen, wo du oft als Kind gesessen.
Vielleicht, zur Freude aller Juden, wirst du dann
kein Bösewicht, vielleicht ein reicher Mann ... ‹«

Sie wiegte die Galosche und wiederholte ohne Ende:

»Kein Bösewicht, vielleicht ein reicher Mann ...
Kein Bösewicht, vielleicht ein reicher Mann ...
Kein Bösewicht, vielleicht ein reicher Mann ... «

Ich hielt es nicht mehr aus.

Draußen packte ich den hölzernen Staketenzaun und rüttelte mit aller Kraft daran.

Der Zaun wankte und bebte.

Die Erde bebte.

Der Himmel bebte.

Und ich bebte mit ihnen.

»Was tust du, Daniel?« hörte ich die Stimme des Synagogendieners. »Sieh nur, deine Hände sind blutig!«

»Verflucht sollen sie sein, Ihre Betten!« schrie ich.

»Was haben die Betten damit zu tun?« Der Synagogendiener nahm für einen Augenblick die Mütze ab und wischte sich den Schweiß. »Ich wollte doch nur das Beste für euch alle.«

Mein ganzes Leben lang hatten sie mein Bestes gewollt. Alle. Ohne Ausnahme.

Mein Bestes wollte mein Vormund, der Totengräber Josef, der mir den Spaten pries, dasselbe wollte der Uhrmacher Hermann Hansenmüller, Saras Mann, der mich adoptieren wollte, und auch Doktor Gutmann, der mir goldene Berge versprach, damit ich nur aus dem Marktflecken verschwände, irgendwohin, nach Amerika oder Palästina. Aber, zum Teufel mit ihnen allen, von Angesicht zu Angesicht hatte ich das Beste nie gesehen, nicht einmal das Gute. Es hatte wahrscheinlich überhaupt kein Gesicht. Ein Gesicht hat nur das Leid. Das Leid kehrt uns niemals den Rücken zu. Wie diese alte Frau. Niemals.

»Das Gute hat kein Gesicht«, sagte ich zu Chaim. »Es hat keins.«

Der Synagogendiener schrak zusammen, stülpte sich die Mütze fast bis auf die Augen und ging niedergeschlagen seiner Wege.

Mir war schwindlig.

Allmählich entfernte ich mich immer weiter von der Rudnizkaja, jedoch die Alte folgte mir auf Schritt und Tritt.

»Schlaf, Daniel, schlaf. Sonst ruf ich den Zigeuner, der steckt dich in den Sack ...«

Wann hatte sie die Lampe angezündet?

Vorgestern?

Gestern?

Vor tausend Jahren?

Wie lange sollte sie noch brennen? Einen Tag, zwei Tage? Oder vielleicht bis zum Ende des Jahrhunderts? Vielleicht, vielleicht war dies ein ewiges Feuer?

Kum aher!

Chodź tu!

Eik čia!

Welche Sprache spricht der Tod?

Der gemischte Chor der Lebenden und der Toten sang ein Wiegenlied für die Galosche.

Früher hatte mir nichts größere Freude bereitet als der erste Schnee.

»Die Engel mausern sich«, sagte Großvater, und ich erwartete das ganze Jahr mit Ungeduld den Tag, da von den leichten, lieblichen Engelsflügeln der edle Flaum gemächlich auf unsere Erde niedersinken würde und ich hinaus ins Freie laufen könnte, den Kopf in den Nacken legen und spüren, wie sich auf meinem Gesicht sanft und flüchtig wie weiße Schmetterlinge die zarten Flokken niederlassen, kurzlebig wie alles Schöne.

Manchmal war bis zum Abend schon der ganze Ort eingeschneit: die Höfe, die Dächer, die Ladenschilder; und die in Schnee gehüllte Welt wirkte festlich, gerecht und bedrückend gut.

Nun fiel auch in diesem Jahr der erste Schnee, aber Freude verspürte ich nicht. Nicht etwa, weil wir in der Glaserstraße nichts zum Heizen hatten, auch nicht, weil mir Winterkleidung fehlte, sondern weil der Schnee mich an Judith erinnerte, an unser Schlittschuhlaufen auf dem Fluß, meine Flucht zu Leiser und an Asser.

Gerechter Gott, dachte ich, während ich neben Judel-Jurgis auf dem nackten kalten Fußboden lag: Ich bin bereit zu sterben, wenn ich vorher nur noch einmal mit ihr Schlittschuh laufen kann, mit ihr sprechen und die Äpfelchen sehen, die sich unter ihrem warmen Pullover hügeln.

Vielleicht liegt auch sie jetzt irgendwo auf dem Fußboden, und die zudringlichen Läuse krabbeln in ihrem dichten Haar herum, das nach Honig duftet und das man sich um den Finger wickeln kann.

Vor kurzem, gleich nachdem unsere Kolonne ins Ghetto getrieben worden war, war ich einer kahlgeschorenen Frau begegnet. Sie ging mit einem Tragjoch durch die Glaserstraße, und ihr Kopf, rund und warm, saß auf den Schultern wie ein grauer Stein. Die Leute wichen ihr aus, ich aber ging ihr nach bis zum Brunnen, als wäre ich ihr gegenüber schuldig und müsse meine Schuld um jeden Preis sühnen. In mir war der heftige Wunsch, zu ihr zu treten, mit der Hand den grauen Stein zu berühren, der in der Herbstluft schimmerte, und etwas zu ihr zu sagen, ich wußte selbst nicht, was – etwas, das ihr immer gegenwärtig bliebe, das sie ermutigte oder meinetwegen auch erzürnte, Hauptsache, ich würde es los, könnte es unverzüglich hier auf der Straße aus mir herausreden, ehe sie den Brunnen erreichte.

»Was trottest du mir nach?« fragte sie, ohne sich umzuwenden, am Tragjoch gekreuzigt, wie sie war.

»Bloß so«, erwiderte ich, und mir stockte der Atem.

»Hast nichts zu tun.«

»Ja.«

Ich spürte, daß ich das Falsche sagte, daß sie meine Worte gar nicht brauchte, denn so viele ich auch aussäen würde, es würde nichts daraus wachsen – kein einziges Haar, kein einziges Lächeln.

Ich stand am Brunnen herum und sah zu, wie sie langsam, beinahe feierlich, den Eimer hinabließ, wie sie gleichgültig, wie in Gedanken, die Kurbel drehte, und das Verlangen, sie zu berühren – ihren bis zum Ellenbogen entblößten Arm, ihren geraden Rücken, der sich plötzlich versteifte –, rötete mir heiß und beschämend die Wangen.

»Bald ... bald werden sie wieder ... wachsen«, sagte ich.

»Warum läßt du mich nicht in Ruhe?« schrie sie. »Geh zum Teufel!«

Ich ließ sie allein mit dem Tragjoch und den Eimern, über denen in der Luft meine ungesagten Worte schwebten und silbrige Spinnwebfäden, dünn und gewichtslos wie ihre Haare.

Ich traf sie nicht wieder. Doch noch lange spürte ich ein schmerzhaftes Ziehen im Herzen und die Röte auf meinen Wangen.

Draußen fiel dichter nasser Schnee. Es war kein Frost, und ich zweifelte nicht, daß nach ein, zwei Tagen die Schneehaufen schwarz würden und schmölzen, und dann würde es auf der Glaserstraße noch schmutziger sein als früher. Nun ja, lieber Schmutz als Frost.

»Sie schlafen nicht, Herr Daniel?« rief Saras Stimme mich im Dunkeln an.

Sie kam manchmal über Nacht aus dem Krankenhaus heim, brachte etwas zu essen mit und sogar Tabletten, gegen Erkältung oder gegen den Hunger.

»Vitamine«, sagte Sara dann.

Außer ihr und Wilhelm aß niemand davon: Jede jüdische Speise muß nach etwas riechen, die Tabletten aber hatten gar keinen Geruch.

»Sie schlafen nicht, Herr Daniel?«

»Nein«, antwortete ich.

»Es schneit«, sagte Sara. »Im Handumdrehen wird Weihnachten sein.«

»Es schneit«, sagte ich langsam.

»Ich fühle mich immer noch in Ihrer Schuld.«

»Nicht nötig«, sagte ich.

»Gutes muß man mit Gutem vergelten.«

»Sie sind mir nichts schuldig. Niemand ist mir etwas schuldig.«

»Wir alle sind Schuldner«, sagte Sara. »Haben Sie noch keine Arbeit gefunden?«

»Ich suche noch.«

»Ich habe eine Kette ... Die könnte man gegen warme Kleidung eintauschen ... Schlagen Sie es nicht ab ... Ich bitte Sie.« Mit den Fingerspitzen berührte sie die Schläfe des schlummernden Wilhelm. Der künftige Kaiser des künftigen Deutschland lag mit seinem hellen Lockenkopf im unschuldigen Schoß seiner Mutter und träumte wahrscheinlich satte deutsche Träume.

»Lassen Sie uns schlafen!« knurrte der Konvertit Judel-Jurgis, und Saras Stimme verebbte.

Wieder umhüllte mich die Stille. Davon wurde mir noch kälter als vorher, und ich schmiegte mich an Judel-Jurgis' warme Hüfte, um mich ein wenig aufzuwärmen. Ich muß Arbeit finden, dachte ich in der Stille. Wer keine Arbeit hat, den schleppen die

Deutschen zuerst weg. »Arbeit macht das Leben süß«, »Wer arbeitet, der lebt« – diese deutschen Weisheiten schrien uns von allen Zäunen entgegen.

»Sei nicht dumm, schreib dich als Schornsteinfeger ein«, redete Judel-Jurgis mir oft zu. »Totengräber gibt es auch ohne dich genug. Die stehen an jeder Ecke und warten.«

Ach, was für ein Schornsteinfeger sollte aus mir werden? Auf Dächern freilich war ich zur Genüge herumgeklettert – hatte Tauben gejagt, Drachen steigen lassen, war auch wohl nur hochgestiegen, damit Großmutter mich nicht für meine Streiche durchprügelte. Die Alte schaute dann zu mir hoch und rief: »Sitz nur, sitz, du Bengel. Dort wird dich schnappen und durchprügeln der Herrgott. Aber das tut noch mehr weh. Komm runter, Strolch.«

Doch ich zog den Zorn des Herrgotts Großmutters faltigen Fäusten vor.

»Die Schornsteinfeger werden außerhalb des Ghettos arbeiten.« Der Getaufte versuchte, mir die Sache schmackhaft zu machen.

»Wo denn?«

»In der Freiheit. Und ohne Bewachung.«

»Warum?«

»Erstens gibt es hier nichts zu heizen.«

»Und zweitens?«

»Zweitens wird bald niemand mehr hier sein.«

Was wahr ist, ist wahr, bald würde niemand mehr hier sein. Nur eine alte Frau mit einer Galosche im Arm würde übrigbleiben.

»Entscheide dich!« drängte Judel-Jurgis.

Aber ich konnte mich nicht entscheiden. Der Synagogendiener Chaim hatte mir geraten, in die Bäckerei zu gehen. Dort, sagte er, führt das Zepter unser Landsmann, der Müller Oisermann, ihm ist das auf den Leib geschrieben, sein ganzes Leben, kann man sagen, hat er zu tun gehabt mit unserem täglichen Brot.

»Geh hin und wirf dich ihm zu Füßen«, bat mich der Synagogendiener. »Dann werden wir satt auch ohne Saras Vitamine, verzeih und vergib, Herr.«

Nein, o nein. Zu Füßen hab ich mich noch niemandem geworfen und werde es auch nicht tun. Schon gar nicht wegen eines

Stückes Brot. Außerdem liegt mir diese Arbeit nicht: backen, was ich selbst esse.

Und der Schnee draußen fiel und fiel.

Sosehr ich mich auch mühte, ich konnte nicht einschlafen. Meine Augen leuchteten in der Finsternis wie jene Lampe auf dem nackten Tisch, und das Licht, ebenso quälend, beinahe schwebend, fiel auf die zerkratzten Wände, auf die in Fetzen herabhängende billige Tapete, auf die moderige Decke und den quietschenden Holzfußboden, wo sie alle in einer Reihe hingestreckt lagen: die Krankenschwester, Dolmetscherin und Reinigungsfrau Sara Hansenmüller mit ihrem Sohn Wilhelm, der Hochzeitsmusikant Leiser und der Synagogendiener Chaim, der unter dem Kopf kein Kissen hatte, sondern den üppigen weichen Bart unseres allmächtigen Herrgotts, ohne Überzug, und den nicht die Decke aus der Rudnizkaja einhüllte, sondern Gottes ewige Güte.

Wie spät war es jetzt?

Keiner von uns, außer Sara, besaß eine Uhr. Und auch Saras Uhr, im Schicksalsrucksack versteckt, war sicherlich längst stehengeblieben. Oder wenn sie schon eine Zeit anzeigte, dann nicht die gegenwärtige, sondern eine frühere, längst vergangene, in der Sara glücklich war, sang, sich vergnügte, nicht im Exil lebte, nicht in der Fremde, sondern in ihrer Heimat, irgendwo in Hamburg oder Königsberg, und der Uhrzeiger unter dem durchsichtigen Glasdeckel schwamm wie ein neugeborenes Fischlein.

Der Deutsche Hermann Hansenmüller, Saras Mann, war geradezu ein Zauberer von einem Uhrmacher.

Doch, wie mein Großvater zu sagen pflegte, Uhren kann man reparieren, nicht aber die Zeit.

»Razzia!«

»Razzia!«

»Razzia!« hörte ich es auf der verschneiten Straße schreien.

Andere haben es gut, dachte ich. Andere haben eine Glocke, schlimmstenfalls ein Stück Eisen, das an einem Pfahl oder an der Dachtraufe hängt – wenn Gefahr oder ein Unglück droht, können sie läuten, klopfen, lärmen. Und was haben wir? Wir haben eine Falsett- oder Fistelstimme, bestenfalls einen Baß. Wir haben nur diesen hallend-verzweifelt-durchdringend-weibischen Schrei: »Hilfe!«

»Razzia!« orgelte ein Baß. »Die Kinder ... Versteckt die Kinder!«

Der Hochzeitsmusikant Leiser und der Synagogendiener Chaim rührten sich nicht einmal. Und da heißt es noch, niemand habe solch leichten Schlaf wie die Alten. Diese hier waren gegen Morgen wie tot, und es gab für sie nichts Süßeres als diesen kurzen Tod bis zum ersten Hahnenschrei.

»Razzia!« dröhnte unsere jüdische Glocke. »Die Kinder! Die Kinder!«

Der Konvertit Judel-Jurgis bewegte sich, lauschte auf den Schrei und sagte kurz: »Mir haben sie sie schon lange weggenommen ... meine Kinder ... «

Und schlief weiter.

Oder stellte er sich schlafend?

Nur Sara zog behutsam ihren Rockschoß unter Wilhelms Lokkenkopf hervor und fragte, ohne sich direkt an jemanden zu wenden: »Haben Sie etwas gehört?«

»Hab's gehört«, erwiderte ich.

»Vielleicht schien es uns nur so ... jawohl ... es schien uns nur so ... «

Der Schrei kam näher.

Er raste durch die Finsternis, als sei er selbst auf der Flucht vor Verfolgung und Treibjagd, doch jemand holte ihn immer wieder ein, und schon schlug wildes Licht zu den Fenstern herein, schon hörten wir Fußgetrappel, eilig und schnell, als würden ausgebrochene Pferde zusammengetrieben.

»Was steh ich noch hier? *Mein Gott!** Was steh ich noch hier?« jammerte Sara. »Wo soll ich ihn bloß verstecken? Wo?«

Jedes Wort wiederholte sie mehrmals, als fürchte sie, es könne ihr verlorengehen und damit auch die Hoffnung auf Rettung.

»Hier gibt es doch einen Boden«, hauchte sie und rang die Hände.

Das trockene Knacken ihrer Gelenke war in der Stille deutlich zu hören. Es klang, als knackten im Ofen Birkenscheite, und davon wurde mir heiß, unerträglich heiß.

»Der Boden ist kein Versteck.«

»*Mein Gott! Mein Gott!** Vielleicht im Keller?«

Wir hörten am anderen Ende des Ghettos Lastwagen brummen.

»Gleich sind sie hier«, sagte die Flüchtlingsfrau. Sie lief zwischen der Zimmermitte und dem Fenster hin und her, sah auf den friedlich schlafenden Wilhelm, der seine satten deutschen Träume träumte, dann auf die alten Männer, die niemals Kinder gehabt hatten, und auf den Getauften, sie kreiste über ihnen wie ein Raubvogel und redete unentwegt: »Gleich sind sie hier ... Ihr Herren, wie könnt ihr schlafen? Aufwachen! Ihr Herren!«

Als erster öffnete der Hochzeitsmusikant Leiser die Augen.

»Wo kann ich das Kind verstecken? Um Gottes willen, sagen Sie's mir«, flehte die Flüchtlingsfrau.

»Ich weiß nicht«, erwiderte Leiser. »Ich habe noch nie jemanden versteckt.«

»Ich weiß nicht«, erwiderte der Synagogendiener Chaim. »Beten Sie zu Gott, Gott ist unsere Zuversicht und unsere Burg. Es gibt keinen anderen Schutz für die Kinder Israel.« Chaim hätte gar nicht aufzuwachen brauchen, dachte ich. Sein Beschützer ist weit, und die Lastwagen, die sind schon hier an der Ecke.

Wie aber schützen wir Wilhelm, den Sproß vom Stamme Israel mit dem deutschen Namen und dem kaiserlichen Blut?

Wie?

Meine Gedanken verwirrten sich, irrten umher, klopften an meine Schläfen wie an Glas, daß es mir in den Ohren dröhnte, daß ich glaubte, mein Kopf zerspränge – gleich würden die Splitter zu Boden fallen.

Die Lastwagen heulten in der benachbarten Schusterstraße.

Scheinwerferlicht warf Streifen auf den wirbelnden Schnee. Der Flaum der sich mausernden Engel fiel auf die Ladeflächen, wo sich frierende Erwachsene drängten, die vor einer halben Stunde noch Kinder gewesen waren.

»Ziehen Sie ihn an!« befahl ich der Flüchtlingsfrau. »So warm wie möglich! Schnell!«

»Was haben Sie vor?« fragte Sara unter Tränen. »Was haben Sie vor, Herr Daniel?«

»Wir dürfen keine Zeit verlieren. Ziehen Sie ihn an.« Die Flüchtlingsfrau weckte Wilhelm, der ließ den verschlafenen Blick über seine Mutter, mich und die aufgestörten alten Männer gleiten, dann hielt er beim Gähnen höflich die Hand vor den Mund und erstarrte.

»Hör zu, Wilhelm! Kannst du die Hände an der Hosennaht halten?« fragte ich den künftigen Kaiser des künftigen Deutschland.

»Jawohl!« sagte Saras Sohn. »Das haben wir in der Schule gelernt.« Und er klappte die Hacken zusammen.

Klappte sie zusammen und stand stramm, wie ein echter deutscher Soldat.

»Prima«, lobte ich ihn und blinzelte. »So mußt du eine Stunde stehen. Vielleicht auch länger ... Bis das Schreien aufhört.«

»Was für Schreien?«

»Auf der Straße. Und der Motorenlärm. Kannst du das?«

»Jawohl.«

»Du wirst dich nicht rühren?«

»Ich rühre mich nicht.«

»Paß auf: Wenn du deine Mama liebhast, dann steh und rühr dich nicht! Und nun komm!«

»Wohin?« fuhr Sara auf. »Ich komme mit ... «

»Gut«, sagte ich. »Und Sie, Reb Chaim, stochern mal im Ofen, vielleicht finden Sie zwei Kohlestückchen.«

»Zwei Kohlestückchen?« fistelte Chaim.

»Und dann suchen Sie noch einen Besen.«

»Einen Besen?«

»Keine überflüssigen Fragen ... Für die Nase nehmen wir statt der Mohrrübe ein Stück Holz.«

»Was haben Sie vor, Herr Daniel?« fragte Sara und stand wie gelähmt.

»Ihren Sohn zu retten. Ziehen Sie ihn an.«

Chaim stocherte im Ofen, fand zwei Kohlestückchen, ergriff den Besen in der Ecke, den einzigen Gegenstand, der in der Glaserstraße zurückgeblieben war von den früheren Bewohnern, die in der Stadt ehemalige Judenwohnungen bekommen hatten, dann folgte er uns gehorsam nach.

Wir gingen am Aborthäuschen mit dem Herzchen in der Holztür vorbei, das weit offen stand und nach Chlor und Exkrementen roch, dann machten wir halt inmitten des Gartens, in dem eine nackte Vogelscheuche aufragte, von einem alten löcherigen Eimer gekrönt.

»Stell dich hierher!« sagte ich zu Wilhelm. »Hände an die Hosennaht!«

Als der künftige Kaiser des künftigen Deutschland seinen Platz eingenommen hatte, begann ich, Schnee zusammenzukratzen.

»*O mein Gott!*« brach es aus Sara heraus.

Die Lastwagen fuhren in die Glaserstraße ein, und ihre unbarmherzigen Scheinwerfer glitten über den Garten.

Ich häufte Schnee an Wilhelms Beinen auf, und bald war er bis zum Nabel in dem weißen Harnisch gefesselt.

»*O mein Gott!*« seufzte Sara. Sie fing selbst an, Schnee zusammenzukratzen und ihren Sohn damit zu umhüllen. »Ist dir nicht kalt, Willi?«

»Mir geht's gut«, antwortete Wilhelm wie ein echter deutscher Soldat. »Mir geht's sehr gut.«

Der Synagogendiener Chaim stand ein Stück abseits, die Hände vors Gesicht geschlagen, und betete.

Er betete für Wilhelm, für mich, für die ganze Glaserstraße, für die ganze Welt.

In diesem Moment war Chaim schön, wie jeder Meister schön ist, sei er Schneider oder Tischler oder Synagogendiener.

Gebrechlich, von Krankheiten geplagt, einsam – so schwebte Chaim gleichsam über dem Schnee, über dem Aborthäuschen, über all seinem und unserem Unglück.

Ich steckte Wilhelm eine Nase an, schob ihm den Besen unter den Arm, und damit der künftige Kaiser des künftigen Deutschland nicht erstickte, bohrte ich mit einem Stöckchen zwei kleine Löcher in das Schneegesicht.

»Fertig!« sagte ich.

Von der Vogelscheuche nahm ich den alten Eimer ab, drückte den verrosteten Boden ein wenig ein und stülpte ihn auf Wilhelms Kopf.

Ein großer Schneemann glotzte mit seinen Kohlenaugen in die Welt.

»Wir holen dich dann wieder«, sagte ich zu Wilhelm.

»Wenn du am Leben bleiben willst, so steh und rühr dich nicht.«

»Ist gut«, erwiderte Wilhelm, und aus dem Schneemund krümelten ein paar weiße Körnchen.

»Schweig, Willi, schweig!« flehte Sara.

Ihr versagten die Beine. Sie setzte sich in den Schnee, Chaim und ich hoben sie mühsam auf.

»Gott wird ihm helfen«, sagte Chaim. »Ich habe seine Stimme gehört.«

Sara hing in unseren Armen, und wir trugen sie, die kleine, hilflose Frau, am Aborthäuschen vorbei zum Haus. Die Last oder auch die Angst machte Chaim schnaufen, pusten, ächzen, er reckte seinen pergamentenen Hals und versuchte immer wieder zurückzublicken zu der Schneesäule, von der in der Heiligen Schrift kein einziges Wort steht, die ihn aber ebenso unwiderstehlich anzog wie die Gebote auf Moses Gesetzestafeln.

»Du sollst nicht töten!« beschwor er einen übers Straßenpflaster donnernden Lastwagen.

»Liebe deinen Nächsten wie dich selbst«, beschwor er den, der in der Fahrerkabine saß, mit Helm und mit einer Maschinenpistole vor der Brust.

»Alle legen sich hin und schlafen«, ordnete ich an, als der LKW vor unserem Haus vorfuhr.

Sara weigerte sich, sich hinzulegen. Sie wollte zum Fenster stürzen und hätte dadurch sich und ihren Sohn verraten können. Ich hielt sie mit Gewalt zurück, warf sie neben mir zu Boden und deckte sie mit meinem ganzen Körper zu, dabei preßte ich sie auf die feuchten, von Mäusedreck wie mit Perlenstickerei verzierten Dielenbretter, und unter mir, unter meinem Leib und meinen Rippen, wand sich ihr Zorn, ihre Scham und ihre Ohnmacht.

Herein kam der mit dem Helm und der MPi vor der Brust, er ließ den Strahl der Taschenlampe durchs Zimmer schweifen und bellte: »Wo sind die Kinder?«

»Wir haben keine Kinder«, erwiderte der Hochzeitsmusikant Leiser.

»Juden ohne Kinder gibt es nicht.« Der mit dem Helm und der MPi vor der Brust hielt die Taschenlampe wie einen Penis und pißte einen Lichtstrahl auf die ausgestorbenen Ecken und Wände.

Nachdem auch Dachboden und Keller durchsucht waren, führte die Taschenlampe den mit dem Helm und der MPi vor der Brust in den Hof und zum Garten.

Sara riß sich los und stürzte zum Fenster.

»O-o-oh!« kreischte sie auf, und ich hielt ihr den Mund zu.

Sie biß, keuchend und außer sich.

Ihre Augen weiteten sich und schienen das Gesicht zu verlassen.

Sie verließen das Gesicht und strebten der Taschenlampe nach über den Schnee.

Ich hörte sie knirschen, ihre Augen ... Sie gingen zum Aborthäuschen neben den Nagelstiefeln, und sie knirschten.

Der mit dem Helm und der MPi vor der Brust knöpfte den widerspenstigen Schlitz seiner Stiefelhose zu, und das umhergeisternde Licht der Taschenlampe fiel auf den Schneemann.

Ich sah, wie der Soldat eines der Kohlestückchen herauszog und mit weiten Bewegungen auf den Leib des erstarrten Wilhelm einen krakeligen sechszackigen Stern malte. Oder vielleicht malte er ihn auch nur in der Luft?

So stand der Schneemann auch dann noch da, als jener mit dem Helm und der MPi vor der Brust wieder fort war – plump, lebendig, furchtlos, mit einem Auge, mit knorriger Nase und einem eilig unter den Arm geklemmten fremden Besen.

Ich nahm die Hand von Saras Mund, und sie kreischte noch lauter als vorhin: »O-o-oh!«

Ihre Lippen waren aschfarben, weiß wie Schnee – ein Hauch, und die Asche würde durchs Zimmer wirbeln und schmelzen.

»Wilhelm, Wilhelm!« rief sie, die Lippenlose und Augenlose, wie von Sinnen.

Und der Schneeberg zerfiel.

Und mir kam es vor, ihm entstiege, die Hacken zusammenschlagend, nicht Wilhelm, sondern ein Neugeborener.

Nackt.

Lockig.

Glücklich.

Er setzte sich in Bewegung, vorbei an der Vogelscheuche mit dem löcherigen Filzhut, vorbei an dem muffigen Aborthäuschen mit dem Herzchen in der Tür.

Er kam aufs Haus zu.

Nur über seinem Nabel war ein blutiges Mal: die krakeligen Spitzen eines mit Kohle eingebrannten sechszackigen Sternes.

Der Neugeborene winkte mir mit dem Finger.

Und ich lief ihm entgegen.

Und der Synagogendiener Chaim lief ihm entgegen. Und der Hochzeitsmusikant Leiser und der Konvertit Judel-Jurgis ...

Der gemischte Chor der Lebenden und der Toten sang ein Wiegenlied für den Schneemann.

Wie ich vermutet hatte, dauerte der Winter nicht lange, die Sonne ließ den Schnee schmelzen, und auf der Glaserstraße gurgelten und glucksten schmutzige Bächlein, vermischt mit abgefallenen Blättern und, wie der Synagogendiener Chaim sagte, mit Tränen.

Tränen waren in den letzten Tagen viele vergossen worden, Weinen hörte man in jedem Haus: dort, wo keine Kinder mehr geblieben waren, und auch dort, wo sie vorläufig gerettet werden konnten.

Was würden die Menschen tun ohne Tränen? Man kann ohne Brot leben, dachte ich, ohne warme Kleidung, ohne ein Dach überm Kopf, aber ohne Tränen nicht. Wenn man sie alle sammeln würde, entstünde wahrscheinlich ein See, vielleicht auch ein Meer.

Auf der Erde, hatte Judith gesagt, gibt es das Japanische Meer. Und das Chinesische ... Und das Norwegische. Warum soll es kein Jüdisches Meer geben?

Das Jüdische Tränenmeer.

Auf ihm würden Schiffe fahren, Fische würden darin leben, und Möwen würden über ihm kreisen, weiß und lärmend wie Kinder. Und niemand würde darin ertrinken, weil man in Tränen nicht ertrinken kann.

Judith hatte gesagt, vor undenklichen Zeiten seien die Meere über ihre Ufer getreten und hätten ganze Länder und Staaten überschwemmt. Was wäre, dachte ich, wenn das Jüdische Tränenmeer über seine Ufer träte und Hitler mitsamt seinem ganzen Deutschland ertränkte?

Natürlich ist das unmöglich.

Es ist unmöglich, weil unser Meer nicht größer ist als ein menschliches Auge, und unsere Tränen fließen auf der Glaserstraße, vermischt mit altem Laub, sie fließen die Straße hinab und versickern im nackten, klebrigen Lehmboden.

Gestern gegen Abend war der Hochzeitsmusikant Leiser verschwunden. Er war aus dem Haus gegangen und wurde nicht mehr gesehen, war wie vom Erdboden verschluckt. Niemand außer dem Synagogendiener Chaim nahm Leisers Verschwinden ernst. Es war ja auch erst zu wenig Zeit vergangen, um sich schon groß aufzuregen, noch nicht einmal ein ganzer Tag, bestimmt würde der Alte bald wieder auftauchen und alle Befürchtungen zerstreuen. Der Synagogendiener aber befürchtete nur eines – Leiser könnte plötzlich übergeschnappt sein und Hand an sich gelegt haben, obwohl es, nüchtern betrachtet, gar nicht leicht war, sich im Ghetto umzubringen: Von der Brücke konnte man nicht springen, denn Brücke und Fluß lagen außerhalb, in der Stadt, unter einen Zug konnte man sich nicht werfen, denn die Eisenbahnlinie verlief ebenfalls draußen, und aufhängen konnte man sich auch nicht ohne weiteres, die Hände waren wie Werg, man konnte sich kaum einen Schuhsenkel binden, geschweige denn eine Schlinge knüpfen.

»Leiser hat sein Leben lang davon geträumt, zu sterben«, sagte Chaim ärgerlich und verwirrt.

»Unsinn«, murmelte Judel-Jurgis. »Wer träumt so was?«

»Viele«, sagte der Synagogendiener. »Der Tod ist eben so eine Gottesgnade wie das Leben. Und es ist noch nicht sicher, welche von beiden die größere ist.«

»Er kommt zurück«, beruhigte ich den Synagogendiener. »Vielleicht hat er es sich doch noch überlegt.«

»Was?«

»Vielleicht, meine ich, hat Menachem Plavin ihn herumgekriegt, und er sucht nun nach einer Geige.«

»Gott gebe es.« Chaim schneuzte sich geräuschvoll und sprach dann weiter: »Für dich ist übrigens Besuch dagewesen.«

»Besuch?«

Mir stockte das Herz. Ist das wahr, ist das wahr, ist das wahr? tobte es unterm Hemd.

»Ich glaube, du kennst ihn ... Ein Litauer ... Aus unserem Ort ... Mit einem gelben Flicken auf dem Mantel.«

Nein, nicht Judith.

»Pranas?«

Den Synagogendiener befremdete meine Aufregung: Er hatte sich noch nie wegen eines Litauers so aufgeregt. Chaim duckte sich, bedachte mich mit einem unzufriedenen, verschnupften Blick und verließ das Haus – vielleicht, um für Verstorbene zu beten, vielleicht auch, um den Hochzeitsmusikanten Leiser zu suchen – Gott allein genügte ihm in letzter Zeit nicht mehr.

Pranas?!

Wie hatte er mich ausfindig gemacht? Was wollte er im Ghetto? Die Freundschaft der Völker in allen Ehren, aber das Hemd ist dem Menschen, wie es heißt, doch näher als der Rock ... Welcher normale Mensch, wenn er kein Jude ist, wenn er flachsblondes Haar und himmelblaue Augen hat, steckt sich einen Judenstern an dieses Hemd, das ihm näher ist als der Rock? Dazu sind nur Verliebte oder Illegale fähig. War Pranas verliebt?

Noch zu Hause im Flecken hatte er mich freilich mit seiner Beziehung zu Judith geneckt, hatte auf heimliche Begegnungen angespielt, hatte erzählt, sie träfen sich jeden Sonnabend beim pickelgesichtigen Dudak, aber ich wußte jetzt selbst nicht mehr, was für Geheimnisse sie miteinander hatten. Das »Kommunistische Manifest«?

Nein, nein, nicht aus Liebe war Pranukas ins Ghetto gekommen ... nicht aus Liebe ... Im Jahre vierzig, kaum daß wir aus der Haft entlassen waren, war er ein Vorgesetzter geworden ... Leiter der Jugend, wie er selbst es nannte. Außer der kleinen Stefanija bestand bei ihnen die ganze Familie aus Leitern: er für die Jugend, der Tischler Stasys für die Erwachsenen, und sogar Tante Teresė lief mit frischgewaschenem rotem Kopftuch durch den Ort.

Vielleicht hatte ich ihre Liebe nicht bemerkt? Vielleicht hatten sie ihr »Kommunistisches Manifest« nur erfunden, um mich abzulenken? Kaum anzunehmen ... Mehr als Judith liebte Pranas den Genossen Stalin und unsere neue Arbeiter-und-Bauernmacht, die zu hüten wie einen Augapfel er immerzu aufrief. Wie oft war Pranukas mit einem dünnen Büchlein – dem Komsomolstatut – auf den Friedhof gekommen und hatte mich überreden wollen, aktiven Anteil am Aufbau des Sozialismus zu nehmen und das Gräberschaufeln an den Nagel zu hängen. Gräber – das ist der gestrige Tag der Menschheit, ereiferte sich Pranas.

Nein, nein, nicht die Liebe hatte ihn in die Glaserstraße geführt.

Also hatte er sich den gelben Flicken aus Gründen der Konspiration an den Mantel geheftet. Also kam er hierher nicht als Verliebter, sondern als Illegaler ... Wenn das so war, wer schickte ihn ins Ghetto? Mit welchem Auftrag? Der Fischer Viktoras, der neue Bürgermeister unseres Fleckens, war tot, sie hatten ihn aus seinem Hause geholt und ihm eine Maschinengewehrgarbe in den Leib gejagt. Pinchas Kogan war auf dem jüdischen Friedhof beerdigt worden, unter den disharmonischen Klängen der »Internationale« – bis dahin hatte die Feuerwehrkapelle nur gespielt: »O Litauen, unser Vaterland, du Land der Helden«.

Der Tischler Stasys, sein Vater, der kurz vor dem Krieg aus dem fernen Rußland zurückgekehrt und Sekretär des Landbezirkskomitees geworden war?

Wer?

Und wie könnte er uns helfen? ... Um uns zu helfen, genügt es nicht, sich einen gelben Flicken an den Mantel zu heften und durchs Tor hereinzuschlüpfen.

Was ist er allein im Vergleich zu denen, die Lastwagen haben und Maschinenpistolen mit vollen Magazinen?

Aber vielleicht ist Pranukas nicht allein?

Und außerdem: Ist das denn wenig – einer allein?

Gott war einst auch ganz allein. Mutterseelenallein. Ohne Adam und Eva. Sogar ohne die Engel. Aber er schied das Licht von der Finsternis, er schuf nach seinem Bilde den Menschen, und er sprach zu ihm: Herrsche über die Fische im Meer und über die Vögel unter dem Himmel und über alles Getier, das auf Erden kriecht!

Pranas ist natürlich nicht Gott, und was er schafft, das wird nicht unbedingt überleben, und was er sagt, das muß nicht unbedingt eintreffen. Besonders, was das kriechende Getier anbelangt.

Aber einer muß doch den Anfang machen. Einer muß es darauf ankommen lassen und denen zu Hilfe eilen, die in Not sind – sei es in Spanien, in Amerika oder in der Glaserstraße gleich nebenan.

Und wenn Pranas uns nicht hilft, werde ich ihm das auch nicht zum Vorwurf machen.

Wir müssen uns selbst helfen ... *selbst* ... Bloß wie?

Wie ist der alten Frau zu helfen, die die zerfledderte Galosche wiegt?

Wie wird dem Gymnasiasten Wilhelm zu helfen sein, wenn kein Schnee mehr liegt?

»Du sollst nicht töten!« behauptet der Synagogendiener.

Du sollst nicht töten. Sollen sie doch dich töten. Du sollst nicht töten. Sollen sie dich unter der warmen Decke hervorzerren. Du sollst nicht töten. Sollen sie dich verhungern lassen, sollen sie dich einpferchen wie Vieh.

Aber ich will nicht töten.

Niemanden will ich töten.

Durch Töten kann man sich vorm Tode retten. Aber wie ... wie kann man leben auf der Welt als *Mörder* ... wie denn?

Mein ungeratener Vater Saul – wer war er?

Ein Mörder?

Nein.

Gibt es wirklich keine Gerechtigkeit ohne einen einzigen Schuß?

Ist das Böse wirklich nur durch Böses auszurotten?

Pranas ist ein kluger Bursche, ein Jugendleiter, er soll es mir erklären. Ich habe mein ganzes Leben auf dem Friedhof verbracht, von niemandem konnte ich etwas lernen – höchstens vielleicht das Krächzen von den Krähen und das Schnaufen vom Pferd. Damals schien mir alles auf der Welt einfach und vernünftig, sogar der Tod.

Jetzt aber ist alles in Bewegung geraten, verworren und verwikkelt ... »Also, was ist nun, kommst du zu mir als Gehilfe?« unterbrach der Konvertit Judel-Jurgis meine Grübeleien. »Ich muß es wissen.«

»Ich überleg mir's noch«, erwiderte ich.

»Die Zeit drängt. Bald fangen die Leute an zu heizen.«

»Ich überleg mir's noch.«

»Halte dich fern von ungebetenen Gästen, wenn du nicht reinrasseln willst«, riet mir Judel-Jurgis und knallte die Tür zu.

Wenn du nicht reinrasseln willst ... War ich nicht schon reingerasselt? Waren wir denn nicht alle reingerasselt?

Um aus dem Unglück herauszufinden, genügt es nicht, sich Eimer, Besen und Leine zu besorgen und einen Schornsteinfegerhut aufzusetzen. Welchen Hut man sich auch aufsetzt, davon ändert sich nichts, weder im Kopf noch im Leben.

Wann kommt wohl Pranas? Wird er überhaupt kommen? Vielleicht hat ihn der Synagogendiener Chaim verwechselt. Vielleicht wollte gar kein Litauer zu mir, sondern irgend so ein Baruch Dudak – der hat auch flachsblondes Haar und blaue Augen.

Mit dem gelben Judenstern kann man niemanden täuschen. Da muß auch die Haut gelb sein, die Gedanken müssen gelb sein, die ganze Vergangenheit, Gegenwart und Zukunft muß gezeichnet sein von diesem unauslöschlichen gelben Brandmal.

Was werden sie mit Pranas machen, wenn sie ihn schnappen?

Ins Gefängnis werden sie ihn nicht sperren – die Zeit der Gefängnisse ist vorbei.

Sie werden ihn zusammenschlagen und ihn in den Graben schmeißen – jetzt ist die Zeit der Gräben.

Mit Samthandschuhen werden sie ihn nicht anfassen. Kein Untersuchungsführer wird schwarzen Schnee und eine Weihnachtstanne zeichnen.

Wie ungewohnt es ist, allein im Zimmer zu sein, welch bittere Leere im Herzen!

Ich erkannte ihn sofort.

Pranas ging mit schnellen Schritten, ohne sich umzusehen, aber auch ohne jede Anspannung, sogar ein wenig lässig, und gerade in dieser Lässigkeit ahnte ich sein Verantwortungsgefühl und seine Aufregung.

Er trug einen grauen Mantel mit abgewetzten Aufschlägen und einem plüschbesetzten Kragen – schon vor dem Krieg hatte Pranukas sich à la Lenin gekleidet.

Ohnehin von kräftigem Knochenbau, war er noch breiter geworden in den Schultern, die kaum Platz fanden in seinem Mantel mit dem wie eine Blume angehefteten Flicken aus neuem, noch nicht zerknittertem oder beschmutztem Stoff.

Am meisten jedoch setzte mich sein Bart in Erstaunen, rötlich, lockig, den hatte er sich vielleicht aus konspirativen Gründen zugelegt, vielleicht auch, um solider zu wirken.

Auf einmal fiel mir ein, wie wir beide uns zum erstenmal rasieren ließen, beim alten Kowalski, denn Leo Parowosnik war schon lange tot, die Frisierstube meines ersten Lehrherrn, des Herrn Damski, war geschlossen.

Pranas, Leiter der Jugend im Marktflecken, saß im tiefen Ledersessel vor dem blankpolierten Spiegel, und der alte Kowalski scharwenzelte um ihn herum, blickte ihm in die Augen, vergeblich auf der Suche nach einem Schimmer Obrigkeit, setzte scheu sein altes nichtrostendes Rasiermesser an die Wange des namhaften Kunden und fragte, hüstelnd vor Ehrerbietung: »Herr Semaška, können Sie mir Unwissendem erklären, was das ist: Kom-so-mol?«

»Der Kommunistische Jugendverband, Genosse Kowalski«, antwortete Pranas gemessen.

»Schade«, meinte der Friseur.

»Was denn?« stutzte der namhafte Kunde.

»Auch das ist nichts für mich. Schade«, sagte der alte Kowalski nur.

In dem Augenblick, während der zehn Schritte, die Pranas bis zur Tür unseres Zimmers noch tat, zogen an mir die Jahre vorbei, die Ereignisse, die Gesichter ... Der stille Herr Apotheker, wie er Pranas' Fische zurückweist ... Großmutters entfernter Verwandter, der Hutmacher Elasar, bei dem wir auf dem Dachboden schliefen ... Die Soldaten auf der Brücke, die unseren Wagen anhielten ... Der Untersuchungsführer im städtischen Gefängnis, wie er eine

Weihnachtstanne und schwarzen Schnee aufs Papier malte ... Und auch die Sterne, die seit unseren Kinderjahren über uns leuchteten ... Und unsere Geheimnisse ... ferne, lächerliche Geheimnisse, die man begraben muß wie Menschen und die man, wie sich zeigt, beweinen möchte. Ach, diese unübersehbaren Friedhöfe der harmlosen Knabengeheimnisse – die traurigsten Friedhöfe der Welt!

Wie lange hatten wir einander nicht gesehen?

Ein halbes Jahr wohl.

Mai, Juni ... Oktober ... Zum letztenmal war ich Pranas an Pinchas Kogans Grab begegnet, als das Grabmal aufgestellt wurde – in schwarzen Granit war das Profil des Schneiders eingemeißelt, den nicht die Nadel, sondern das rächende Schwert der Revolution verewigte.

Pranas agitierte, ich solle in die Reihen der Erbauer des neuen Lebens eintreten, aber ich konnte mir einfach nicht vorstellen, was für ein Beruf das sein sollte.

»Hast du durch deine Haft denn wirklich nichts gelernt?« fragte Pranukas damals ärgerlich.

»Was kann einem das Gefängnis schon beibringen?« fragte ich zurück. »Ein Schneider kann einem was beibringen, ein Friseur. Sogar ein Totengräber.«

Pranas hatte damals keine Zeit, um bei mir, wie er sich ausdrückte, Aufklärungsarbeit zu leisten. Er mußte eilig in die jüdische Schule zu einem Meeting anläßlich der Verleihung des Ehrennamens des kühnen Adlers Valeri Tschkalow an die Pionierfreundschaft.

Ich war kein Adler, freilich nicht. Mit mir konnte er sich Zeit lassen.

Und nun geht er hier durch die Glaserstraße, der Erbauer des neuen Lebens, in einem grauen Mantel, an den wie eine Blume der gelbe Flicken geheftet ist.

Schon steigt er die Vortreppe hoch.

Schon klopft er.

Und ich laufe ihm entgegen, und vor Freude verwechsle ich die Beine wie ein Betrunkener.

»Pranas!«

»Daniel! Du erdrückst mich ja, du Dussel!«

»Bist selber ein Dussel! Dussel mit Bart!«

»Ich wußte, daß du lebst ...«

»Totengräber sterben nicht ...«

»Schon gut, schon gut ... Laß mich Luft schnappen!«

Komisch, mir fehlt die Kraft, mich von ihm zu lösen, von seinem Kräuselbart, von seinem grauen Mantel, der nach Freiheit riecht, von seinem sauberen gelben Flicken. Ich spüre: Noch eine Sekunde, und ich heule los wie ein altes Weib, immerhin habe ich schon lange, lange nicht mehr geweint, und dabei soll ein anständiger Mensch, wie Großmutter immer beteuerte, nicht weniger als zweimal im Monat weinen.

»Wie hast du mich gefunden?« frage ich, mich zusammenreißend.

»Der Nachbar hat es mir gesagt.«

»Wessen Nachbar?«

»Unserer. Mendel.«

Ich hatte ganz vergessen, daß Mendel Schwarz, der Töpfer und Talmudkenner, im Marktflecken neben der Familie des Tischlers Stasys Semaška wohnte.

»Er hat mir auch die Adresse gegeben.«

Pranas verstummt plötzlich, sieht sich im leeren Zimmer um, blickt mich an und wartet.

Worauf wartet er?

»Und du ... wo kommst du her?« frage ich, nur um das Schweigen zu brechen.

»Von da«, antwortet Pranas und weist mit seinem kräftigen Zeigefinger hinter sich. Nun kann ich mir's aussuchen, woher – von der Decke, von der Straße, vom Himmel ... »Aus unserem Ort?«

»Aus der Stadt.«

»Für lange?«

»Vorerst für einen Tag.«

Und wieder verstummt er.

»Du mußt dir den Bart abscheren«, sage ich und verfolge seinen wachsamen Blick. Traut er mir etwa nicht?

»Warum?«

»Mit Bart siehst du ganz und gar nicht wie ein Jude aus ... Soll ich dich zu Kowalski führen? Weißt du noch, wie wir uns von ihm zum erstenmal rasieren ließen?«

»Ja.«

»Der Alte hält sich noch wacker.«

»Und wer ist sonst noch am Leben?«

»Der Synagogendiener Chaim ... Der Hochzeitsmusikant Leiser ... Der Müller Oisermann ... Die Flüchtlingsfrau Sara ...«

»Und sonst noch?«

Ich merke: Synagogendiener, Hochzeitsmusikanten und Müller interessieren ihn nicht.

»Der Konvertit Judel-Jurgis. Ein Schornsteinfeger.«

»Und von den Jungen?« unterbricht er mich. »Baruch Dudak zum Beispiel?«

»Was denn, suchst du deinen Komsomol?«

»Ich suche Freunde.«

»Und ich? Bin ich etwa kein Freund?«

»Doch«, antwortet Pranas und lächelt verschmitzt von innen heraus.

»Dann laß uns offen reden!«

»Einverstanden!«

»Weswegen bist du ins Ghetto gekommen?«

»Es gibt etwas zu tun.«

»Was denn?«

»Etwas Wichtiges.« Immer noch lächelt er sein verschmitztes Lächeln.

»Anderes hast du ja sowieso nie zu tun gehabt. Durch die Bank Wichtiges und außerordentlich Wichtiges ...«

Ich werde ärgerlich auf ihn. Dieser Verschwörer, muß er mich so auf die Folter spannen? Hat sich für einen Tag den gelben Flikken angesteckt, ist ins Ghetto gekommen und denkt, nun müssen ihm alle beglückt zu Füßen fallen, dem Helden.

»Bist du gekommen, um der Pionierfreundschaft den Namen des kühnen Adlers Valeri Tschkalow zu verleihen?«

»Ich bin gekommen, um sie zu retten«, sagt Pranas ruhig. »Aber du kannst ja böse werden, merke ich. Fabelhaft. Das habe ich früher nicht an dir gekannt. Solche brauchen wir gerade.«

»Böse?«

»Böse und Besonnene ... Doktor Bubnelis ist bereit, dreißig Kinder aufzunehmen. Ich arbeite bei ihm im Kinderheim.«

»Du – im Kinderheim?«

»Ja.«

»Und wie willst du sie rauskriegen, Pranukas?«

»Das weiß ich noch nicht«

»Am Tor werden alle kontrolliert und durchsucht. Da kommt nicht mal eine Maus durch.«

»Alle?«

»Außer den Jauchefahrern. Vor denen wenden die Wachposten die Nase ab. Die werden nur auf dem Rückweg kontrolliert, wenn sie leer ins Ghetto zurückkommen.«

»Kennst du jemanden von ihnen?«

»Von den Wachposten?«

»Nein, von den Jauchefahrern.«

»Keinen. Warum?«

»Ich meine, vielleicht lohnt es, sich mit ihnen bekannt zu machen.«

»Wieso?«

»Als Scheiße getarnt, könnte man auch anderes in die Stadt transportieren.«

»Du bist verrückt!«

»Kann sein.«

»Keine einzige Mutter würde zustimmen ... würde hergeben ... auch ich, wenn ich Kinder hätte ... «

»Reg dich nicht auf. Wir können mit Waisenkindern anfangen ... Wenn es klappt, führen wir Aufklärungsarbeit unter dem Teil der Elternschaft durch, dem es an Bewußtsein fehlt ... Das Wort verfügt über eine große mobilisierende Kraft ... Das Wort leitet die Massen ... Ich freilich, das verstehst du selber, kann da nichts tun – was gäbe ich für einen Juden ab? ... Hier muß einer von euch ran, ein Urjude sozusagen ... Du, zum Beispiel, oder Baruch Dudak ... Die Seinigen überzeugt man immer ... Besser in der Scheiße als im Grab, hab ich nicht recht?«

»Recht hast du.«

»Und danach ... danach waschen wir sie ... Wir haben dort im Kinderheim auch ein Bad ...«

Nehmen wir an, das Wort verfügt über eine große mobilisierende Kraft, nehmen wir an, das Wort leitet die Massen, trotzdem ist Pranas' Vorschlag einfach ungeheuerlich. Wenn ich Kinder hätte ... wenn Judith und ich ein Kind hätten – würde ich mich zu so etwas entschließen? Nein, tausendmal nein. Pranas kann leicht besonnen sein ... Fremdes Leid ist wie der Wind: Wenn dich sein Hauch auch trifft, er beugt dich nicht zur Erde nieder. Versuche nur, eine Sara oder irgendeine Channa zu überreden, sie soll sich von ihrem Kinde trennen, lieber badet sie es in ihrem eigenen Blut, ehe sie es in einen Jauchewagen steckt. Andererseits freilich, wer möchte nicht seinem Kind das Leben retten, seinem eigen Fleisch und Blut? Doktor Bubnelis ist gewiß ein guter Mensch. Er wird sie aufnehmen, ihnen Obdach gewähren, sie waschen. Nur: Was wird aus ihnen, diesen Jauchekindern? Was? ... Doktor Bubnelis wird sie natürlich taufen, ihnen andere Namen geben, und wenn sie am Leben bleiben, werden sie ihr Zuhause vergessen, ihre Sprache, ihre Mutter ... »Werdet ihr sie dort waschen ... und taufen?«

»Das ist doch egal. Hauptsache, wir reißen sie dem Tod aus den Klauen. Wenn der Krieg zu Ende ist, kehren sie nach Hause zurück. Hast du gehört, was der Genosse Stalin gesagt hat?«

»Nein.«

»Unsere Sache ist gerecht. Der Feind wird geschlagen. Der Sieg wird unser sein.«

»Wessen – unser?«

»Des Volkes.«

»Völker gibt es viele.«

»Es gibt nur ein Volk. Das sowjetische. Klar?«

»Klar«, sage ich und weiche Pranas' Blick aus.

»Jeder muß sein Scherflein beisteuern.«

»Was ist das – Scherflein?«

»Scherflein – das ist ein Beitrag ...«

»Aber ich habe weder ein Scherflein noch einen Beitrag ...«

»Darüber laß andere entscheiden. Deine Sache ist es, zu handeln.«

»Wie handeln?«

»Ich hab es doch gesagt ... Du mußt mit den Jauchefahrern Bekanntschaft schließen ... ihr Vertrauen gewinnen ... eine Fuhre organisieren ...«

Mir fällt ein, wie im Jahre vierzig ein Wagenzug mit Fahnen und Transparenten durch den Marktflecken zur Mühle fuhr. Die Bauern lieferten Korn ab, und auf der Hauptstraße erscholl aus Lautsprechern laut und fröhlich das Lied: »Vaterland, kein Feind soll dich gefährden!«

Diesmal müssen wir ohne Fahnen und ohne Lied auskommen, denke ich.

»Du mußt unbedingt in die Stadt kommen. Du mußt dir eine Arbeit suchen, die dir Gelegenheit zu illegalen Treffs bietet.«

»Mit wem?«

»Mit allen, die wir brauchen ...«

»Judel-Jurgis sagt, ich soll Schornsteinfeger werden. Die Schornsteinfeger werden ohne Bewachung arbeiten.«

»Wunderbar. Das ist genau richtig.«

»Ja ... Aber was bin ich für ein Schornsteinfeger?«

»Und was bin ich für ein Arztgehilfe ... Wenn es die Sache erfordert, kann ich alles werden.«

»Auch ein Jude?«

»Jude. Neger. Sogar Deutscher.«

»Na, weißt du, ein Deutscher würdest du wohl nicht werden.«

»Doch! Wir können es uns nicht aussuchen. Du mußt dort arbeiten, wo du am nötigsten gebraucht wirst. Wenn du den Auftrag erhältst, auf dem Dach zu arbeiten, dann steigst du eben aufs Dach, und wenn du Befehl bekommst, in die Hölle hinunterzusteigen, dann gehst du ins Fegefeuer ... Eiserne Disziplin, klar?«

»Klar.«

»Und merke dir: Es gibt keine Festung, die wir nicht einnehmen könnten.«

»Wir beide?«

»Ja. Wir beide. Und unsere Väter. Und unsere Kinder, wenn wir welche haben werden ...«

Der Tischler Stasys kann vielleicht noch eine Festung einnehmen. Aber mein ungeratener Vater Saul – kaum. Seine letzte

Festung war das Altersheim Santa Cristina in Spanien, beim Sturm darauf hat er, wenn es stimmt, was sie sagen, den Heldentod gefunden ... »Ach, Daniel! Es könnte nicht schaden, etwas für deine politische Bildung zu tun, aber woher die Zeit nehmen ... Also gut, Bruderherz, vereinbaren wir einen Treff ... Ich erwarte dich nächsten Montag vorm Rathaus. In Ordnung?«

»In Ordnung!«

»Ich wußte, daß ich auf dich zählen kann. Und hab mich nicht getäuscht ... Leb wohl!«

»Höre, Pranukas ... Ich habe noch eine Frage ...«

»Eine politische?«

»Hm.«

»Dann frag.«

»Sag ... weißt du etwas von Judith?«

»Das soll eine politische Frage sein! Das ist eine höchst intime Frage.«

»Wie du meinst.«

»Eine Frau kann niemals Politik sein.«

»Für den einen nicht, für den anderen doch.«

»Ich habe über sie keinerlei Informationen. Sobald welche eingehen, setze ich dich in Kenntnis.«

»Danke ...«

»Keine Ursache ... Nur rate ich dir: Schlag dir jeglichen Firlefanz aus dem Kopf ... jetzt ist für Liebe keine Zeit.«

»Wofür dann?«

»Für Haß.«

»Und wohin mit der Liebe?«

»Spar sie dir auf für bessere Zeiten.«

»Die Liebe ist kein Hemd, das man nur feiertags trägt ... Leb wohl!«

Pranas ist fort, und wieder bin ich allein im Zimmer, wieder breitet sich bittere Leere in meinem Herzen aus. Wer raschelt dort in der Ecke?

Eine Maus.

Komm her. Hab keine Angst!

Sie hat Angst.

Warum bist du nicht mit den früheren Bewohnern ausgezogen, du Dumme?

Die haben dort Grütze und Brotrinden ... Was?

Ach so, das Gift!

Ja, ja ... Wir haben kein Gift ... auch keine Katze ... auch keine Mäusefalle ... Hab keine Angst. Ich bin keine Katze. Ich bin ein Mensch. Verstehst du: *ein Mensch*!

Was? Ein Jude?

Ja, ist denn ein Jude etwa kein Mensch?

Der gemischte Chor der Lebenden und der Toten sang ein Wiegenlied für die graue Maus ...

Morgen gehe ich zum erstenmal zur Arbeit. Morgen steige ich mit Judel-Jurgis auf ein Dach, und unter mir wird sich die Stadt breiten, und ich werde das Gefängnis erkennen – nicht dieses hier in der Glaserstraße unter freiem Himmel, sondern jenes, wo ich gesessen habe und auch mein ungeratener Vater Saul –, und das Jüdische Krankenhaus werde ich sehen, wo mein Vormund, der Totengräberjosef, gestorben ist. Und wenn ich meine Augen anstrenge, wird im Dunst auch unser Marktflekken auftauchen – meinetwegen nicht ganz, meinetwegen nur ein Zipfelchen, der Friedhofszaun oder der Glockenturm von der katholischen Kirche, und mein Herz wird hämmern, lauter als eine Glocke, der Wind wird das sechszackige Blatt aus gelbem Tuch von meiner Brust abreißen, wird es über Höfen und Gassen wirbeln lassen, wird es tragen und treiben, mit anderen Blättern vermengen, und niemand auf der Welt kann es dann noch herausfinden, denn der Herbst kennt weder auserwählte noch verdammte Blätter, vor ihm sind sie alle gleich, wie vor dem Baum, von dem sie abfielen.

»Nur: keine Dummheiten«, sagte in der Abteilung für Arbeit der kleine Jude mit dem dünnen Hals und den ameisenemsigen Augen. »Wenn einer von euch flieht, wird der andere erschossen. Und wenn ihr beide abhaut, erhängen sie alle eure Verwandten.«

»Wir haben keine Verwandten«, bekannte der Getaufte, und ich spürte die Herausforderung in seinem Bekenntnis. Auch der,

der die Arbeit verteilte, spürte sie. Die Ameisen in seinen Augen begannen zu wimmeln und bildeten rötliche Tüpfelchen.

»Dann werden die zur Verantwortung gezogen, mit denen ihr in der Straße gewohnt habt. Mit den Deutschen ist nicht gut Kirschen essen.«

»Mit Ihnen auch nich!«, sagte der Getaufte.

Seltsam, seine Worte brachten den Beamten nicht auf. Er drehte seinen dünnen Hals zu uns herum und sprach deutlich, wie vor Gericht: »Hier sind eure Dokumente.«

In meinem Ausweis stand es schwarz auf weiß: Daniel Kleinas, Schornsteinfeger.

Wäre Pranas nicht gekommen, hätte Judel-Jurgis mich um keinen Preis für sich gewonnen. Offen gestanden, ich traute ihm nicht recht. Wozu, zum Teufel, brauchte der Getaufte einen zweiten Mann? Als wir ins Ghetto getrieben wurden, war ich fast sicher, er würde uns im Stich lassen. Was bedeutete ich ihm? Was der schwache Hochzeitsmusikant Leiser? Oder der Synagogendiener Chaim, der versessen war auf einen Herrgott, dem er, Judel Zevjan, längst abgeschworen hatte? Was nützte ihm der Anblick der Flüchtlingsfrau Sara, die seiner Ona auch nicht im entferntesten ähnelte?

Was für ein Ziel verfolgt er?

Wenn er schon in der Kolonne mit Flucht liebäugelte, dann wird er aus der Stadt erst recht türmen, er braucht nur das Ghettotor hinter sich zu lassen. Warnungen können ihn nicht aufhalten. Was ist die ganze Glaserstraße schon für ihn?

Und wenn Judel-Jurgis nun doch nicht flieht? Er ist ja kein Lump, er weiß, wie gefährlich seine Flucht für uns wäre – für mich, für ebendiese Sara, ihren Sohn Wilhelm, den Hochzeitsmusikanten Leiser und den Synagogendiener Chaim. Wollen die Alten etwa nicht leben?

Wenn er Böses im Schilde führte, dann würde er jetzt kein Auge zutun, würde sich von einer Seite auf die andere wälzen, würde beten und seinen Gott um Vergebung anflehen.

Morgen werden wir beide in der Freiheit sein. Morgen werden wir einen Eimer Kartoffeln verdienen, einen schmutzigen, rußverschmierten Eimer voll Kartoffeln. Wir werden sie mitbringen in die Glaserstraße, die nicht im Laub, wohl aber im Unglück fast erstickt, werden uns von den Nachbarn einen Topf leihen und Pellkartoffeln kochen. Kochen und einander die heißen Kartoffeln zureichen, und jeder wird sich daran Hände und Seele wärmen. In einem Haus, wo es nach Pellkartoffeln riecht, ist immer noch Hoffnung.

Daß sie uns die Kartoffeln nur nicht am Tor wegnehmen! Was gelten denen, die am Tor stehen, schon unser Haus und unsere Hoffnung?

Die Herbstnacht dehnt sich endlos. Wie lange noch bis zum Hellwerden? Eine Stunde? Zwei?

Spätestens um sieben Uhr müssen wir gehen, Judel-Jurgis und ich. Bis wir die Kontrolle am Tor hinter uns haben, bis wir in die Stadt kommen, bis wir Straße und Haus finden, wird es vollständig hell.

Auf welchem Dach wir wohl anfangen werden?

Jenseits des Ghettozaunes mit seiner Dornenkrone aus stabilem deutschem Draht, durch den tödlicher Strom fließt, schlägt die Kirchturmuhr drei.

Die alte Kirche mit ihren dicken Wehrmauern voller Beulen und Narben steht gleich neben unserem Haus, nur einen Katzensprung entfernt. An schönen Tagen leuchten ihre farbigen Fenster in der Sonne wie Marmelade – das Wasser kann einem im Munde zusammenlaufen.

Manchmal hören wir von dort das dumpfe Geräusch des Gottesdienstes, dann lausche ich und denke über Gott nach.

Warum ist er in jener Nacht, als in der Glaserstraße die Kinder weggeholt wurden, nicht von seinem Kreuz herabgestiegen und über den Zaun gesprungen? Haben denn wirklich wir, ausgerechnet wir, ihn so fest ans Kreuz genagelt, daß er uns bis auf den heutigen Tag, nach zweitausend Jahren, diese Demütigung nicht verzeihen kann?

Was ist er für ein Gott, wenn der eigene Schmerz ihm wichtiger ist?

Gegen Morgen kommt der Synagogendiener Chaim zu mir und sagt: »Laß uns Abschied nehmen, Daniel.«

»Warum?«

»Ich weiß: Du kommst nicht wieder.«

»Ich komme wieder, Reb Chaim.«

»Du brauchst mir nichts vorzumachen. Nur versprich mir ...«

»Was?«

»Versprich mir, daß dort ... in der Freiheit ... deine Seele die unsrige bleibt ...«

»Aber Reb Chaim, alles, was ich habe, bleibt das unsrige: die Seele und auch der Körper ... Heute abend sehen wir uns wieder. Ich bringe etwas zu essen mit, und dann feiern wir ein Kartoffelfest.«

»Bis zum Abend«, brummt Chaim, »vergeht noch ein ganzes Leben.«

Er hat recht. Bis zum Abend vergeht noch ein ganzes Leben. Bis zum Abend kann sonstwas passieren. Ich selbst kann umkommen, Chaim kann umkommen. Schon früher, in besseren Zeiten, war ein Mensch nicht allzuviel wert. Und jetzt?

»Ein Abschied, als ginge es ins Grab«, knurrt Judel-Jurgis.

»Etwa nicht?« erwidert der Synagogendiener im Gedenken an meine Seele.

Dann ist der Abschied beendet.

Wir verlassen das Haus.

Es war windig und kühl. Nieselregen. Die Tropfen fielen nicht herab, sondern hingen als dichter Schwarm in der Luft, und durch diesen dunstigen Vorhang begegneten sich unsere Gedanken, meine und die von Judel-Jurgis, mühsam wie durch ein Sieb.

Wir gingen durch die öden Straßen, der Getaufte vorweg, ich ein Stück hinter ihm, wie es sich für einen Gehilfen ziemt, und plötzlich fiel mir ein wehmütiger Ausspruch ein, den mein Vormund, der Totengräber Josef, vor langer Zeit getan hatte:

»Ist nicht die ganze Welt ein Friedhof? Sind die Häuser nicht Grabsteine?«

Für die ganze Welt kann ich mich nicht verbürgen – außer in unserem Marktflecken, im städtischen Gefängnis und im Jüdischen Krankenhaus war ich nirgends gewesen –, aber diese frostige, in Finsternis gehüllte Gegend am Stadtrand ähnelte wirklich einem Friedhof, und diese äußerlich leblosen Häuser, eng aneinandergedrängt, sich wie schwindsüchtig duckend, ohne jedes

Hundegebell, ragten auf wie Grabsteine, nur daß sie keine Inschriften trugen und auch nicht die einzig denkbare Verzierung, den sechszackigen Stern.

Wir gingen dahin mit unseren Eimern und Besen, und von außen betrachtet, mochte es scheinen, als eilten da zwei Maler, die möglichst früh am Morgen diese Finsternis und diese Öde übertünchen wollten.

Ein Pinselstrich – verschwunden ist der gelbe Flicken auf der Brust.

Noch ein Pinselstrich – verschwunden ist der Posten am Ghettotor.

»Ich habe von meiner Mutter geträumt«, sagte Judel-Jurgis unerwartet, und ich schrak zusammen. »Träumst du manchmal?«

»Das letztemal träumte ich von einem Löwen.«

»Was für ein Löwe?«

»Ein gewöhnlicher. Mit Mähne.«

»Und weiter?«

»Dann kam ein Ochse.«

»Und dann?«

»Dann eine Bärin.«

»Du träumst von lauter Viehzeug«, sagte der Getaufte ärgerlich und verlangsamte seinen Schritt. Er mochte es nicht, wenn man sich über ihn lustig machte, und hinter allem, was ihm unverständlich und verworren vorkam, vermutete er eine Falle oder einen Angriff. Offenbar wartete er ungeduldig darauf, daß ich ihn gründlicher ausfragte – immerhin hatte er von seiner Mutter geträumt.

»Es war, als ob sie neben mir liegt«, erzählte Judel-Jurgis unaufgefordert, »und als ob sie sagt: Du hast die Falsche gewählt, Söhnchen.«

»Die falsche Mutter?«

»Wer wählt denn seine Mutter, du Dussel! Die gibt uns der Herrgott. Dem Glücklichen bis zum Tode, dem Unglücklichen zur Erinnerung.«

»Mir hat sie der Herrgott zur Erinnerung gegeben.«

»Sie liegt also auf dem Fußboden und sagt: Du hast die Falsche gewählt, Söhnchen! Gab es nicht genug Jüdinnen für dich?

Mira, die Tochter vom Textilladenbesitzer Goldschmidt persönlich, hat sich deinetwegen beinahe ums Leben gebracht ... Solch eine Braut hast du ausgeschlagen, Tölpel!«

»Ja, hat denn ... hat denn Ihre Mutter sie einmal gesehen?«

»Wen? Mira?«

»Ihre Frau?«

»Meine Mutter starb, als ich noch nicht vierzehn war ... das heißt, damals war ich noch der Judel ...«

»Und wie hat sie von Ihrer Heirat erfahren?«

»Das ist doch ein Traum ... Außerdem, Tote erfahren früher oder später alles.«

»Woher?«

»Wenn ein Bekannter stirbt oder jemand aus der Verwandtschaft, und wenn sie um sechs Ecken verwandt sind, der kommt dann hin und erzählt ... Du, zum Beispiel, wie viele hast du schon begraben?«

»Hab sie nicht gezählt.«

»Na ungefähr?«

»Ein halbes Hundert mag zusammenkommen.«

»Und meine Mutter ist gestorben, als du noch gar nicht auf der Welt warst. Damals begrub Josef allein ... Jemand muß ihr von mir erzählt haben – die Juden können auch im Jenseits ihre Zunge nicht im Zaum halten.«

Offen gestanden, ich war auf ein Gespräch über sonstwas gefaßt gewesen – über Flucht oder den Regen oder die Finsternis, nur nicht über Tote, die ihre Zunge nicht im Zaum halten können, nur nicht über seine Mutter und seine Frau.

»Was bedeutet solch ein Traum?«

Ich hatte keine Ahnung, was solch ein Traum bedeutet. Ich hatte niemals Träume gedeutet. Man träumt, und gut, wozu noch deuteln. Aber nun verging die Unruhe, die mich quälte, seit wir aus der Hand des kleinen Juden mit dem dünnen Hals unsere Arbeitspapiere empfangen hatten, nun fiel die Wand, die mich von dem Getauften trennte.

»Was bedeutet er?« fragte Judel-Jurgis mich noch einmal.

»Sie werden sie wiedersehen«, sagte ich. Na, war es schwer, zu lügen, oder? »Sie werden sie bestimmt wiedersehen.«

»Meine Mutter?«

»Ihre Frau. Sie werden sich wiedertreffen und noch glücklich sein.«

»Wie kommst du darauf?«

»Im Leben ist es immer so. Wenn man schlecht träumt, wendet sich alles zum besten. Wenn man gut träumt, geht in Wirklichkeit alles drunter und drüber.«

»Du bist ein Kerl ... ein Kerl wie ein Gebet. Dir möchte ich immer zuhören. Dir möchte man glauben. Deine Worte möchte man wiederholen.«

»Wiederholen Sie sie, soviel Sie wollen. Mir macht das nichts aus. Ich wiederhole auch jeden Tag wie ein Papagei: Wir werden uns wiedersehen, ich werde noch glücklich sein.«

»Mit wem?«

»Mit ihr. Mit Judith.«

»Meine Schwester heißt Judith. Sie hat einen Kürschner geheiratet und ist mit ihm nach Brasilien ausgewandert. Dort soll es Unmengen Vieh geben, die Felle sollen billiger sein.«

»So heißt nur sie.«

»Es war schon richtig, daß ich dich als Gehilfen genommen habe. Du bläst nicht Trübsal, bist nicht dumm und siehst nicht wie ein Jude aus.«

»Ich bin ein Jude und bleibe einer.«

»Kannst du ja«, erlaubte Judel-Jurgis großzügig. »Jeder soll das sein, was er will. Ohne jeden Zwang.« Und völlig überraschend fügte er hinzu: »In der Gartenstraße wohnen meine Verwandten.«

Ich hielt den Atem an. Worauf wollte er hinaus?

»Das heißt nicht meine, sondern die meiner Frau ... Sie heißen Cicėnas ... Kazimieras und Bronislava ... Gartenstraße acht ... nicht weit vom Jüdischen Friedhof ...«

Was geht mich das an, ob es seine Verwandten sind oder die seiner Frau, ob sie in der Gartenstraße wohnen oder in der Kirschenstraße, ob sie Kaukenas heißen oder Cicėnas ... Ich habe auf der ganzen Welt keinen einzigen Verwandten, von der Stadt gar nicht zu reden, nicht mal nach Brasilien oder in irgendein anderes -ilien ist vor dem Krieg einer abgehauen, zum Teufel.

Worauf wollte Judel-Jurgis hinaus?

So gesprächig war er nie gewesen. Er war überhaupt wortkarg. Die Worte saßen in seiner Kehle wie Hühner im Stall, er ließ sie selten heraus – solange sie kein Futter brauchten, sollten sie sitzen und sich nicht mucksen, in der Freiheit gab es doch nur Iltisse und Füchse. Der Getaufte sprach selten, und noch seltener wandte er sich an jemanden mit einer Bitte. Ich hatte jedenfalls kein einziges Mal gehört, daß er um etwas bat.

Worum wollte er nun mich bitten, mich, der nicht Trübsal blies; nicht dumm war und vor allem nicht wie ein Jude aussah?

Er mochte es halten, wie er wollte, aber ich würde nicht fliehen.

Ich würde ins Ghetto zurückkehren, in die Glaserstraße, zur Flüchtlingsfrau Sara, zum Hochzeitsmusikanten Leiser, zum Synagogendiener Chaim. Zu jenen Waisen, von denen dreißig Seelen aufgenommen werden sollten durch den barmherzigen Doktor Bubnelis, Gott schenke ihm Glück und Gesundheit!

Ein treuer Hund kehrt immer nach Hause zurück, soviel man ihn dort auch schlagen mag.

Ein treuer Hund fragt nicht, womit sie ihn zu Hause füttern. Der Geruch seiner Hundehütte ist für ihn süßer als ein Leckerbissen aus fremder Hand.

»Höre, Daniel. Ich habe eine Bitte an dich. Geh in die Gartenstraße und überbring ein einziges Wort.«

»Was für ein Wort?«

»Daß ich lebe ... Sie richten es dann im Marktflecken aus. Was macht es ihnen aus, einen Sonntag hinzufahren ... Zweiunddreißig Kilometer ... Und über Gaižiūnai sogar noch weniger ...«

Zweiunddreißig Kilometer ... Mein Gott, zweiunddreißig Kilometer bis in die Vergangenheit ... bis zu jenen Dächern und Grabsteinen ... Wie nah und doch wie fern!

»Wenn ich selbst in der Gartenstraße auftauche, das ist viel unpassender.«

Nun also – noch ein Auftrag, kein Komsomol- oder Parteiauftrag, Judel-Jurgis gehört keiner Partei an, die Konvertiten bilden keine Partei und die Schornsteinfeger erst recht nicht.

Der Regen nahm zu. Er fiel jetzt in schrägen Streifen, und eine Zuflucht vor ihm gab es nicht.

»Du wirst ja nicht fliehen«, sagte Judel-Jurgis. Er wollte mich günstig stimmen.

»Sind Sie sicher?«

»Ja«

»Warum?«

»Auf dich wartet niemand in der Freiheit.«

»Und sie?«

»Judith?«

»Die Freiheit selbst«, sagte ich.

»Und was willst du mit ihr machen? Willst du sie heiraten? Kinder mit ihr zeugen? Du hast doch selbst gesagt: Ich bleibe bis zum Grab ein Jude.«

»Ja, und?«

»In der Freiheit kannst du unmöglich ein Jude bleiben.«

Ich zitterte vor Kälte, vielleicht auch, weil ich mich gekränkt fühlte. Darum also hatte Judel-Jurgis mich als Gehilfen gewollt! Ich war ihm ganz schnuppe! Ihm war nur wichtig, ein einziges Wort in die Gartenstraße überbringen zu lassen ... Danach würde er zu mir sagen: Hau ab!

»Hör auf zu zittern«, sagte Großmutter. »Und höre nicht auf ihn.«

Sie war aus der Dunkelheit aufgetaucht, aus weichem Samt oder Kattun, sie berührte mich mit ihrem alten abgetragenen Capemantel wie mit einem Gänseflügel, und gleich wurde mir wärmer, und die Kränkung verebbte wie ein Lokomotivenpfiff.

»Höre nicht auf ihn. Wenn auch nur ein Mensch unfrei ist – ob Türke oder Jude, einerlei –, dann kann niemand sich frei fühlen. Sind wir etwa frei gewesen, als dein ungeratener Vater, mein Sohn Saul, im Gefängnis gesessen hat? Du und ich, wir haben auch im Gefängnis gesessen. Und der ganze Flecken hat gesessen. Die Freiheit, sie ist wie der Himmel. Der Himmel ist nicht nur für ein Vögelchen da, auch wenn es goldene Federn hat. Er ist für alle Vögel, für alle Gefiederten. Die ganze Welt ist eingesperrt, wenn auch nur ein Mensch sitzt hinter Gittern.«

»Die Sache ist nicht ohne«, sagte Judel-Jurgis. »Überleg es dir!«

»Nicht ohne«, sagte ich, schon fast entschlossen. Der Himmel mochte wissen, was mit mir los war: Ich konnte nie einen

Menschen abweisen, der es schwer hatte. Und Judel-Jurgis hatte es schwer. Vielleicht hundertmal schwerer als ich. Wäre ich an seiner Stelle und Judith wäre dort zurückgeblieben, zweiunddreißig Kilometer von hier entfernt, würde ich ihn nicht um dasselbe bitten?

Natürlich hielte ich es nicht aus, natürlich bäte ich ihn.

»Ich gehe hin«, sagte ich zu Judel-Jurgis.

Allmählich belebte es sich ringsumher. Hier und da fanden sich Menschen zusammen. Sie erstanden in der Dunkelheit wie körperlose Schemen aus dem Regen, aus dem Herbstlaub von den kahlen Bäumen, aus den tiefhängenden zerrissenen Wolken, an denen der erste fahlweiße Morgendämmer nagte.

Sie gingen zur Arbeit, genau wie wir: die einen in Kolonne zur Stadt, auf den Flugplatz, wo sie, steif vor Kälte und Wind, Hallen für die deutschen Flugzeuge errichteten, die anderen in die Werkstätten des Ghettos, wo für Hitlers Soldaten Kleidung genäht – der Winter versprach lang und hart zu werden – und Stiefel gesteppt wurden, damit sie in der russischen Erde versänken.

Bis zum Tor waren es noch hundert, zweihundert Schritte. Zuerst würden die Posten die Kolonne für den Flugplatz durchlassen, dann Judel-Jurgis und mich.

Vielleicht hatte ich doch falsch entschieden. Vielleicht hätte ich lieber mit denen gehen sollen, die bei Wind und Wetter Flugzeughallen bauten, statt mit einem Menschen, den ich kaum kannte. In der Tat, was wußte ich von Judel-Jurgis? Daß er sich aus Liebe zu einer Frau hatte taufen lassen, sich von seiner Familie und seinem Zuhause losgesagt hatte, daß er seinen Vater, Schmerl Zevjan, ins Grab gebracht hatte … Aber kannte ich denn die aus der Kolonne? Und außerdem, ein Schornstein voller Ruß ist die eine Sache, ein Flugzeug, das den Tod birgt, eine ganz andere. Wohin fliegt das, wenn seine Stunde gekommen ist?

Und dazu noch Pranas … das Kinderheim … der Doktor Bubnelis. Versuche einmal, dich mit den Jauchefahrern ins Einvernehmen zu setzen, wenn du auf dem Flugplatz nicht mal pinkeln gehen darfst ohne Begleitposten, der steht dabei, das Scheusal, und hört deiner Musik zu und treibt dich zur Eile an, sosehr du auch, Gott behüte, vom Wind durchfroren bist ... »Wenn du wüßtest, Daniel, wie ich mich nach Schornsteinruß sehne.«

Sieh mal an, auch nach Ruß kann man sich also sehnen. So was.

»Manchmal denke ich, ich werde auch auf einem Dach sterben«, fuhr Judel-Jurgis fort, als wir schon dicht am Tor standen. »Ich ziehe den Besen hoch und falle um ... Ein Spatz setzt sich auf meine Brust und tschilpt. Tschilp-tschilp ... Tschilp-tschilp ... Richtig komisch.«

»Was ist komisch?«

»Daß der Sperling mich überlebt.«

Die Kolonne quetschte sich langsam durchs Tor.

»Halt!« stoppte uns eine Männerstimme, die mir erstaunlich bekannt vorkam.

Wir blieben stehen.

»Wer seid ihr?«

»Schornsteinfeger«, antwortete Judel-Jurgis.

»Papiere!« befahl dieselbe Stimme, und ich empfand eine widerwärtige Schwäche. Die Stimme drang mir ins Ohr und weckte etwas Fernes und sehr Vertrautes. Ist das wahr, durchfuhr es mich, ist das wahr?

Asser?

Der Posten wandte mir den Rücken zu, und ich hatte Angst, mich geirrt und verhört zu haben. Wenn das keine Halluzination war, dann würde ich ihm um den Hals fallen, ihn umarmen und vielleicht sogar losheulen.

»Mein Gehilfe«, knurrte Judel-Jurgis, und der Posten drehte sich zu mir um.

Asser!

Der Sohn vom Fleischer Hillels, der erfolglos bemüht gewesen war, Schwiegersohn unseres Ortspolizeihauptmanns zu werden, jetzt in Polizeiuniform, mit blauer Armbinde und Gummiknüppel, neben einem Deutschen am Ghettotor!

»Du?«

»Ja.«

»Du lebst, Teufelskerl?«

»Wie du siehst.«

Wir standen einander gegenüber, und es gab keine Glücklicheren auf der Welt als uns, nicht einmal der Gummiknüppel tat unserem Glück Abbruch.

»Hast du den Beruf gewechselt?«

»Ja«, sagte ich.

»Komm mich besuchen«, schlug Asser vor. »Ich habe einen Haufen Neuigkeiten für dich. Ich wohne in der Pferdestraße ... Haus zehn, Wohnung siebzehn«, erläuterte mir Asser, zu dem Deutschen hinschielend.

Der Deutsche rauchte billige starke Zigaretten, und sein Gesicht, blaß und ausdruckslos wie Toilettenpapier, war von blaugrauem Zufriedenheitsdunst verschleiert. Die Maschinenpistole hing an seinem knorpeligen, faltigen Hals, und man konnte meinen, er wiege den Tod.

»Wohnst du allein?«

»Um Gottes willen, frag nichts weiter.« Der Fleischerssohn schickte wieder einen Blick zu dem Deutschen hinüber. Der Tod, das war klar, hielt die Augen stets offen.

»Ist gut.«

Kaum waren wir draußen, fragte Judel-Jurgis mißtrauisch: »Wer war das?«

»Der Sohn von unserem Fleischer. Asser.«

»Und ich dachte: dein Bruder.«

»Ich habe keine Brüder.«

»Wer, wenn er kein Verwandter ist, küßt denn die Polizei?«

»Für mich ist er einfach Asser.«

Der Getaufte sah mich ungläubig an. In seinem Lockenkopf rumorte ein Verdacht wie ferner Donner, und in den Augen blitzte es.

Ich war noch ganz dort, jenseits des Tores neben Asser, für mich existierte jetzt weder die Stadt noch Judel-Jurgis noch die Freiheit.

Was bedeutete mir die Freiheit ohne *sie*?

Wenn Asser mir das sagt, was ich am meisten von ihm erwarte, dann werde ich ihn wahrhaftig küssen. Dann vergesse ich alle früheren Kränkungen. Dann werde ich sein Freund bis ans Grab. Freilich, bis zum Grab ist es heutzutage näher als bis zur Badestube. Ich werde ihn gegen alles Unheil verteidigen, vor allem gegen jenen

Deutschen mit dem faltigen Hals, der vor seiner Brust den Untergang wiegt – meinen oder Assers oder seinen eigenen Untergang.

Wenn er es nur sagt!

Ob es ihm wohl schwerfällt, in seinem Haufen Neuigkeiten die eine Perle zu finden?

»Deine Judith lebt, Daniel.«

»Schwöre!«

»Ich schwöre.«

Sie lebt, sie lebt, klapperten meine Absätze.

Das Trottoir federte wie eine Hängematte: auf und ab, auf und ab ... Was ist schon dabei, daß Judith nicht bei mir in der Glaserstraße ist?

Je unerreichbarer Gott ist, desto mehr wird er geliebt. So spricht der Synagogendiener Chaim.

Sein Gott ist männlich.

Mein Gott ist eine Frau.

Götter leben immer, Götter sind unsterblich, solange noch ein Mensch zu ihnen betet. Erreichbar ist ein Apfel, ein Stern aber nicht, sonst würden Sterne auf dem Markt verkauft werden.

Ich ging mit Judel-Jurgis durch die Stadt und sah niemanden. Niemanden außer Judith.

Alle Frauen trugen ihr Gesicht.

Alle Frauen hatten ihren Gang.

Ich spürte den Geruch ihres Haares. Ich berührte ihre Schultern.

Gut, daß Asser Polizist ist. Sehr gut. Er kann uns auch mit den Jauchefahrern behilflich sein.

»Wir sind da«, sagte Judel-Jurgis. »Warte. Ich klingle.«

Das Haus stand abseits von der Straße – alle anderen bildeten eine Reihe, nur dieses war ausgebrochen und am Fuße eines Hügels erstarrt, es wollte wohl hinaufklettern und hatte nicht genug Kraft gehabt. Es war von einem hohen Eisenzaun umgeben, den allerlei Schnörkel zierten, Hunde- und Löwenrachen, gegen die Passanten aufgerissen und mehr vom langen Schweigen als von der Zeit rostig geworden.

Hier werden wir schwerlich Kartoffeln bekommen, dachte ich, während ich belustigt eine rostige Hundeschnauze betrachtete und zugleich Judel-Jurgis zusah, der heftig den Glockenzug an der Pforte riß.

Niemand reagierte.

Die Glocke läutete laut und selbstvergessen, es klang wie Hahnengeschrei.

Endlich zeigte sich auf der Schwelle des Hauses ein Mädchen: aufgeschürzter Rock, Arme voller Seifenschaum, im Blusenausschnitt ein kleines Kreuz.

»Warum klingelt Ihr?« fragte sie unwirsch.

Ihr Äußeres paßte nicht zu dem Haus. Das Mädchen war herausfordernd grob und schlampig.

»Haut ab!« rief sie von weitem, nachdem sie uns mit verächtlicher Anteilnahme gemustert hatte.

»Wir kommen wegen Arbeit«, sagte Judel-Jurgis und starrte auf den Ausschnitt ihres Kleides, wo friedlich und fast gewichtlos das Kreuz ruhte. Ihre Brust und das Kreuz riefen in Judel-Jurgis kühne, unvergängliche Erinnerungen wach, und er stand hilflos und reglos, vom wehmütig-süßen Licht dieser Erinnerungen erleuchtet.

»Der Herr Advokat ist nicht da«, zischte das Mädchen, es hatte seinen durchdringenden, unverschämten Blick bemerkt.

»Wir suchen nicht den Herrn Advokaten, sondern den Rauchfang.«

»Der Herr Advokat hat keinen Rauchfang«, sagte das Mädchen. Die Seife schimmerte an ihren Ellenbogen wie Flieder.

»Jede Kreatur hat einen Rauchfang«, sagte der Getaufte und brach in Lachen aus.

Sein Lachen klang unnatürlich und gezwungen.

»Wir sind Schornsteinfeger«, erklärte Judel-Jurgis. Sein Blick war immer noch auf den Ausschnitt geheftet, und das Mädchen deckte instinktiv die Hand über dieses Inselchen.

»Schornsteinfeger haben wir bestellt«, gab sie zu. »Aber ihr seid ja … ihr seid ja …« Sie wies mit dem Ellenbogen auf den gelben Flicken.

»Wir sind Schornsteinfeger«, schnitt der Getaufte ihr barsch das Wort ab.

Beim Anblick seines angespannten Gesichts, seiner geblähten Nasenlöcher, die vor Kränkung und Scham beinahe platzten, mußte ich an den verrosteten Köter am Zaun denken: Er scheint zu bellen, beißt aber nicht.

»Juden seid ihr«, sagte das Mädchen ruhig. Sie hielt noch immer die Hand auf der Brust, als sei das Kreuz von der Kette abgerissen und sie müsse es festhalten.

Judel-Jurgis biß die Zähne zusammen. In solchen Augenblikken – wenn jemand oder etwas ihn an seine jüdische Herkunft erinnerte – wurde er fürchterlich. Der Zorn brodelte in ihm, er konnte sich kaum beherrschen.

Was hat sie denn Schlimmes gesagt, dachte ich. Was regt er sich auf? Ist er nicht ein Jude, früher, jetzt und auch künftig? Man kann die Wände eines Hauses übertünchen, nicht aber das Fundament. Der Mensch ist keine Wand, er ist Fundament. Ob er sich taufen läßt oder zur Erde verneigt, ob er den Sabbat heiligt oder den Montag, ob er eine Reine oder eine Gefallene heiratet, er ändert sich nicht, er ist nicht zu übertünchen – solche Tünche gibt es in keinem Laden zu kaufen. Und wäre sie doch im Handel – käme nicht trotzdem, wie die Erde unterm Schnee, mit der Zeit die echte Farbe wieder darunter hervor, die durch nichts abzuwaschen ist?

»Und der, warum schweigt der?« Das Mädchen machte mit ihrer jungen warmen Schulter eine Bewegung in meine Richtung.

»Hier sind unsere Papiere.« Judel-Jurgis holte ein Blatt aus der Tasche. »Lies!«

Ihre Hand glitt nach unten zur Hüfte, und das Kreuz wurde wieder sichtbar auf ihrer Brust, es tauchte auf wie ein Fischlein.

Das Mädchen überflog das Dokument mit den Augen und fragte: »Was starren Sie mich so an?«

»Du bist schön«, sagte der Getaufte.

»Ja, und?«

»Schön!«

»Die Juden machen immer Komplimente. Vor dem Krieg habe ich bei einem Herrn Mandelbraut gedient ... Vielleicht kennen Sie ihn? ... Er hat mich auch immerzu angestarrt ...«

Jetzt, dachte ich, wird Judel-Jurgis explodieren, aber er beherrschte sich, nur seine Wangenknochen spannten sich.

»Na gut, ich schließe auf«, gab das Mädchen nach. »Aber Sie sollen wissen: Mein Bräutigam ist bei der Polizei.«

Sie gab Judel-Jurgis das Dokument zurück, er streckte die Hand danach aus, berührte einen winzigen Moment ihre runden fleischigen Finger und schreckte zurück, wie verbrannt von dem fremden, üppigen Feuer, sein Gesicht spannte sich, die Wangen fielen ein, nur an den Schläfen schimmerte das silbrige Spinnweb, das kein Wind mehr fortblies.

Das Mädchen führte uns über eine kreuzgefährliche Wendeltreppe aufs Dach, sie blieb noch eine Minute hüftwiegend stehen, dann wollte sie schnell wieder hinunter zu ihrem Besen oder ihrem Waschtrog.

»Hör mal«, hielt Judel-Jurgis sie zurück. »Willst du mir nicht ... das da verkaufen?« Er wies mit dem Finger auf ihren Blusenausschnitt.

»Frechheit!« Das Mädchen war starr vor Schreck.

»Nicht die Brust, sondern das Kreuz«, erwiderte Judel-Jurgis mit Würde.

»Wozu braucht ein Jude ein Kreuz?« fragte sie erstaunt.

Judel-Jurgis schoß das Blut in die Augen. Er näherte sich dem Mädchen, ihrem liederlichen Haar, ihren Armen voll Seifenschaum, noch ein Augenblick, und dem Munde der Polizistenbraut würde ein gellender Hilfeschrei entfliehen, doch es wäre schon zu spät, das Mädchen flöge kopfüber hinunter aufs Pflaster oder auf den Eisenzaun, und kein Bräutigam, wäre er dreimal Polizist, könnte ihr noch helfen.

»Er macht nur Spaß«, sagte ich und packte den Getauften an seinen zornigen Armen.

»Eure Späße kennen wir«, sagte das Mädchen böse, und bald danach hörten wir, wie sie den Dachboden abschloß.

»Das hätten Sie nicht tun sollen«, sagte ich zu Judel-Jurgis.

»Was?«

»Das«, erwiderte ich.

Da hatte ich nun gedacht, er verzehrt sich nach einer Frau, dabei hatte er es auf das Kreuz abgesehen. Als könnte das Kreuz etwas ändern ... Lächerlich ... Unterm Hemd ein Kreuz und obenauf ein gelber Flicken ... Lächerlich und – traurig.

»Wir bitten bei den Cicėnas' um ein Kreuz«, sagte ich, als wir allein auf dem Dach waren.

»Nein, bei denen nicht«, weigerte sich Judel-Jurgis. »Die denken sonst wer weiß was.«

»Dann kaufen wir eins«, tröstete ich ihn.

»Von wem denn?«

»Gleich neben dem Ghettotor an der Kirche ... Dort werden zum Patronatsfest Kreuze und auch Kerzen verkauft. Wenn Sie wollen, kaufe ich eins. Mir geben sie es. Ich sehe ja nicht wie ein Jude aus.«

Ich erzählte Judel-Jurgis noch etwas vom Patronatsfest, von Kreuzen und Kerzen, aber er hörte mir nicht zu. Sein Gesicht straffte sich noch mehr und versteinerte. Am Ausdruck seiner Augen versuchte ich abzulesen, was er dachte, aber in seinem Blick war nichts als Stumpfheit. Nicht einmal die Sonne, die aus den Wolken hervorlugte und alles ringsum erwärmte, konnte ihn beleben.

Die Sonne – gelber Flicken am blauen Himmel ... Wenn Großmutter und der Synagogendiener Chaim wüßten, was ich für den Getauften tun wollte, würden sie mich sicherlich verdammen. Er braucht ein Kreuz, also soll er sich selbst eins suchen. Ich sollte ihm meine Dienste nicht aufdrängen. Nein, das sollte ich nicht.

»Warum vergleichst du mich mit Chaim, diesem alten wurmstichigen Klotz?« hörte ich Großmutters Stimme, dünn wie ein Herbstsonnenstrahl. »Warum dichtest du mir einen falschen Verdacht an? Schämst du dich nicht?«

»Ich schäme mich«, antwortete ich ihr in Gedanken, während ich den Strahl verfolgte, der Menschenstimme angenommen hatte.

»Wenn einem Menschen durch ein Kreuz leichter wird, dann reiß dich in Stücke für ein Kreuz. Wenn ein Mensch sich glücklicher fühlt mit einer Scheitelkappe, dann lauf um die Welt und besorg ihm die Kappe. Ach, Daniel, Daniel! Was würdest du ohne mich machen?«

»Ich wäre verloren«, antwortete ich ihr in Gedanken.

»Mit wem würdest du dich beraten?«

»Mit niemandem«, antwortete ich ihr in Gedanken.

»Und Judith?«

»Sie ist nicht hier«, antwortete ich ihr in Gedanken.

»Und wenn sie auftaucht, wirst du mich dann vergessen? Du wirst mir sagen: Scher dich fort, Alte!«

»Nein«, antwortete ich ihr in Gedanken. »Ich schwöre es.«

»Schwöre lieber nicht«, sagte Großmutter. »Als dein Großvater … mein Auserwählter gekommen war … habe ich auch alle vergessen … Das Glück, Daniel, ist vergeßlich, nur das Unglück hat ein Gedächtnis, und was für eins!«

»Ich vergesse dich nicht«, antwortete ich ihr in Gedanken.

»Aber ich will nicht, daß du unglücklich bist. Ich will, daß du mich vergißt.«

»Ich vergesse dich«, antwortete ich ihr in Gedanken.

»So ist es recht«, sagte Großmutter. »Und nun an die Arbeit, und ihr verdient euch euer Kreuz und eure Kappe.«

Die Sonne blendete mich, ich kniff die Augen zusammen, aber der dünne Strahl sprach immer noch mit mir, und seine Rede war voller Trauer.

Judel-Jurgis arbeitete geschickt und flink, ich sah ihm gern zu. Sein Gesicht, von der Sonne angestrahlt, hatte sich geglättet und glänzte, in seinen Augen blitzte Eifer auf, und seine Arme, vor kurzem noch voller Haß, wurden frei, als ließe der Getaufte nicht den Besen in den Schornstein hinab, sondern alle seine Zweifel und Kümmernisse.

Seine Bewegungen wurden gleichmäßig und besonnen. Er arbeitete nicht zu schnell, er schien die Erwartung genußvoll auszukosten. Es sah aus, als wolle er aus dem Schornstein gleich ein Gefäß mit Goldbarren und Anhängekreuzen herausangeln. Dann würde er sich ein Kreuz umhängen, und die Welt würde sich verändern, alles käme an seinen Platz, wie es war und wie es sich gehört.

»Sieh nur«, rief er plötzlich. »Ein Sperling.«

Der Vogel hüpfte um einen großen Apfel herum, pickte daran mit seinem gar nicht wählerischen Schnabel, und die angefaulte Frucht war für ihn der Erdball.

»Was meinst du, Daniel, ob die Meinige kommt?« fragte Judel-Jurgis, ohne die Augen von dem glücklichen Vogel abzuwenden, der vor Eifer und Hunger wie berauscht war.

»Sie kommt«, sagte ich.

»Wenn sie nur, Gott behüte, die Kinder nicht mitbringt«, fuhr Judel-Jurgis fort. »Schlimmstenfalls sollen wenigstens sie am Leben bleiben.«

»Sie läßt sie zu Hause«, sagte ich.

»Woher weißt du das alles?«

»Wie der Mensch es sich wünscht, so wird es auch.« »Ich wünsche mir allerhand«, sagte der Getaufte. »Ich hör dir zu und denke: Es wäre gemein, es wäre schrecklich gemein, wenn du umkämest ... Ich kann es nicht leiden, wenn man jemanden lobt, aber du ... du, Junge, bist gar nicht wie ein Mensch.«

»Wie denn sonst?«

»Weiß der Himmel.« Er schwieg einen Moment und fuhr dann fort: »Um mein Leben ist mir's nicht leid. Ich habe schon alles hinter mir. Aber du, hast du wenigstens schon einmal geküßt?«

»Ja«, sagte ich, und ein warmer Erinnerungshauch streifte mich. Wieder sah ich Judith, ihr Haar, das durch meine Hände und über mein Gesicht floß, ihre Augen, blind vor Scham und Begehren.

»Und das andere?«

»Was – das andere?«

»Hast du das andere schon gemacht?«

»Nein«, sagte ich.

Seine Fragerei wurde mir unerträglich. Was quasselte er da nur? Er sollte lieber schweigend arbeiten, wie vorhin, oder von seiner Frau reden, von seinen Verwandten ... Die, übrigens, schienen ihn nicht besonders gern zu mögen, wenn er nicht einmal hinzugehen wagte ... »Halt dich ran, Junge. Es könnte sonst sein, du schaffst es nicht mehr. Du weißt, wie heutzutage die Zeiten sind.«

»Ich schaffe es«, sagte ich. »Das Gras ist noch nicht gewachsen.«

»Was denn für Gras?« wunderte sich der Getaufte.

»Unseres. Hoch und weich wie ein Federbett.«

»Du bist ein Kauz! Bei Gott, ein Kauz! Wer wartet denn, bis das Gras wächst, wenn ein Bett zur Hand ist?«

»Ich warte.«

Die Sonne stieg höher. Im Handumdrehen würde Abend sein. Herbsttage sind kurz wie die Schritte alter Menschen: Die Alten gehen auf den Winter zu, der Herbst geht auf den Winter zu.

»Und warum war dein Freund bei dir?« Judel-Jurgis ließ nicht locker. In ihm hatte sich eine Schleuse geöffnet oder so etwas, und nun mußte er reden und reden.

»Einfach so.«

»Einfach so kommen solche nicht. Lüg mir nichts vor. Ich bin doch kein Deutscher – vor mir brauchst du keine Angst zu haben.«

»Niemand hat Angst vor Ihnen.«

»Er wollte dich zu etwas überreden? Stimmt's? ... Gib ihm einen Tritt! Das fehlte dir gerade noch!«

»Was?«

»Daß du ein Illegaler wirst. Reicht es dir nicht, daß du ein Jude bist?«

»Ich werde schon allein damit fertig ...«

»Meinetwegen. Aber vergiß nicht, Junge, was dieser kleine Jude zu uns gesagt hat ... nämlich ...«

»Ich vergesse es nicht, ich nicht ...«

Ich sah Judel-Jurgis an und mußte denken, da ist nicht nur der Besen an der Leine befestigt, sondern wir beide sind aneinandergefesselt, und nur ein Wunder oder ein Unglück kann die Kette zwischen uns sprengen. Auf ein Wunder ist nicht zu hoffen, aber Unglück lauert überall, sei auf der Hut, die ganze Stadt ist heutzutage ein einziges Unglück. Ach nein, ich bereute durchaus nicht, mit Judel-Jurgis gegangen zu sein. Wäre ich Totengräber geblieben oder hätte mich als Schneider oder Bäcker eingeschrieben – wäre ich dann nicht auch an irgend jemanden gebunden? Wir alle sind mit ein und derselben Kette gefesselt, wir alle sind rostige Glieder dieser Kette, und bis zum Tode weiß keiner, welches von ihnen reißen wird.

Unter uns lebte die Stadt.

Da ging ein Mann mit Krücken, und ihr Klappern weckte Wehmut in meinem Herzen. War da etwa mein Vormund vorübergegangen, der Totengräber Josef?

Da trieb ein Junge einen Reifen vor sich her. Der Reifen rollte hügelab, und ich lief ihm nach, wie dort im Marktflecken, in unserer Vergangenheit, die nur zweiunddreißig Kilometer entfernt war, über Gaižiūnai sogar noch weniger, und die mir jetzt ein geschlossenes Rund wie der Reifen zu sein schien, ohne Fenster und Türen.

Da polterte ein Wagen übers Pflaster, mit Holz beladen, und das Pferd blickte mit seinem guten Auge schräg zu uns hoch.

Wo war er jetzt, unser Brauner? Wo war er, unser politischer Häftling? Vor welchen Wagen hatten sie ihn gespannt?

»Kusja! Kusja!« rief ich.

Judel-Jurgis schreckte von seiner Arbeit hoch: »Was ist mit dir los?«

»Nichts. Ich rufe das Pferd her.«

»Wohin?«

»Hierher. Aufs Dach. Kusja! Kusja! ... Rufen Sie doch mit!«

»Kusja!« begann der Getaufte zaghaft. »Kusja!«

»Kusja! Kusja!«

»He, ihr dort oben! Seid ihr nicht normal?« vernahmen wir die Stimme des Mädchens.

So ist es, wir sind nicht normal! Die Normalen schwingen die Peitsche, rauchen Pfeife oder eine Selbstgedrehte, fahren Holz zum Markt, heizen Öfen, waschen Wäsche, heiraten Polizisten!

»Kusja! Kusja!«

»Der Herr Advokat lädt euch zum Frühstück ein«, brüllte das Mädchen. »Kommt runter, ihr Pferde! Ich schließe gleich auf! Habt ihr gehört?«

»Der Herr Advokat lädt uns zum Frühstück ein«, wiederholte der Getaufte, als sei ich schwerhörig. »Es gibt noch gute Menschen auf der Welt«, freute er sich und zog den Besen aus dem Schornstein hoch. Es waren weder Goldbarren noch Anhängekreuze daran.

Das Mädchen schloß den Dachboden auf, und wir stiegen dieselbe kreuzgefährliche Wendeltreppe hinab zur Veranda.

Auf der Veranda saß ein Mann, der unserem Friseur Leo Parowosnik erstaunlich ähnelte. Als sei Leo von den Toten auferstanden und aus der Hölle direkt hierher in die Villa gekommen.

Er war klein, hatte ein gemütliches Bäuchlein, trug eine Filzjacke. Nachdem er uns von Kopf bis Fuß gemustert und sich an unserer Verlegenheit geweidet hatte, verkündete er: »Willkommen an unserem Tisch. Gleich bringt Sosja Ihnen etwas zu essen.«

Ich weiß nicht, warum, aber von den ersten Minuten an erfüllte mich eine unwillkürliche Abneigung gegen den Herrn Advokaten, die schwoll an wie ein Geschwür, und sogar die erstaunliche, geradezu absurde Ähnlichkeit mit Leo Parowosnik, meinem verstorbenen Freund, den Arsenik und Gewinnsucht vergiftet hatten, bewahrte ihn nicht davor. Mich störten sein schmeichlerisches, aufgesetztes Lächeln, seine Filzjacke, auf der schnörkelige Stickereien wie fette Würmer in alle Richtungen krochen, sein gemütliches Bäuchlein, diese tönerne Sparbüchse – wenn man draufschlägt, platzt es womöglich, und Silbermünzen fallen auf den Fußboden, rollen in die Dielenritzen, von wo sie kein Stöckchen und keine Ahle mehr hervorholen können.

Aus der Küche drang Geruch von gebratenem Ei. Sosja ließ sich Zeit, und der Herr Advokat, bequem im Korbsessel zurückgelehnt, atmete genüßlich die Herbstluft, die vom Aroma überreifer Äpfel gesättigt war.

»Was tut sich in der Welt? Was tut sich?« sprach er vor sich hin, während seine Finger mit den blitzenden Lederknöpfen seiner Filzjacke spielten. »Wer hätte das gedacht! Zwietracht, Haß, Blut! ... Freilich, jedes Volk muß bei sich zu Hause leben. Die Engländer bei sich, wir bei uns, die Deutschen bei sich, ihr bei euch.« Seine Rede floß gleichmäßig, als habe er einen Radioapparat in der Kehle. »Aber ist das Ghetto etwa ein Zuhause? ... Stimmen Sie mir zu?«

»Ja«, erwiderte Judel-Jurgis, der mehr an das gebratene Ei dachte als an ein Zuhause für sein Volk.

»Und Sie, junger Mann?«

»Es ist kein Zuhause«, sagte ich.

»Sehr richtig. Das Ghetto ist kein Zuhause. Das Ghetto ist ein himmelschreiendes Überbleibsel ...«

Sosja kam. Sie stellte das Essen auf den Tisch, dazu eine Flasche Hausmacherwein und Gläser.

Das Eigelb leuchtete verführerisch auf dem Teller. Geschnittener Speck und schwach gesalzene Gurken lockten, doch weder ich noch Judel-Jurgis rührten diesen unerhörten Reichtum an, den wir gar nicht verdient hatten.

»Du kannst gehen, Sosja«, gebot der Hausherr und strich über seine Sparbüchse. »Und Sie – essen Sie, essen Sie! Oder behagt Ihnen die christliche Küche nicht?« Er lächelte, entkorkte die Flasche und goß roten Johannisbeerwein in die Gläser.

»Ich, beispielsweise, bin ein Christ«, sagte Judel-Jurgis.

»Um so besser«, rief der Herr Advokat aus. »Und du, worauf wartest du?«

»Es ist mir peinlich«, sagte ich.

»Peinlich, Speck zu essen?«

»Es ist mir peinlich, unter Aufsicht zu essen.«

Der Christ Judel-Jurgis erschrak über meine Frechheit.

»Dann drehe ich mich eben um«, sagte der Herr Advokat. »Du hast recht: Es ist nicht gut, wenn man beobachtet wird.«

Und er wandte sich ab.

»Trink!« forderte Judel-Jurgis mich auf, mutiger geworden. »Auf Ihr Wohl!« wandte er sich an den Herrn Advokaten.

»Danke. Vielen Dank ... Ich habe gehört«, sagte er nach einer Pause, »es gibt doch bei Ihnen alles ... ein eigenes Gefängnis, ein eigenes Krankenhaus, eine eigene Regierung ... Der letzteren, übrigens, steht ein alter Bekannter von mir vor – der Advokat Silbermann. Wir haben zusammen in der Schweiz studiert ...«

Der Hausherr meinte wahrscheinlich den Ältestenrat des Ghettos – den Judenrat.

»Ich bin hervorragend ausgekommen mit Menschen Ihrer Nationalität. Nähen ließ ich bei Klingmann, meine Schuhe kaufte ich bei Itzikowitsch, als Arzt zog ich Pekarski vor ... Freilich, wen ich nicht liebte, das waren meine Kollegen. Eure Advokaten sind gerissene Gauner.«

Er liebte alle außer den Advokaten, genau wie ein Tischler alle liebt außer den Tischlern, ein Schuhmacher alle außer seinen Kollegen, den Schuhmachern. Wer von uns bleibt denn dann der Liebe würdig?

Mit dem Ei war ich schnell fertig. Aber den Speck aß ich nicht.

Ich ließ ihn nicht aus Furcht vor Gottes Strafe übrig. Gott hat leicht strafen – er war niemals hungrig.

Hier auf der Veranda, angesichts des vielen Essens, dachte ich am wenigsten an Strafe. Ich dachte an die anderen – an Sara und ihren Sohn Wilhelm, an den Hochzeitsmusikanten Leiser, an den Synagogendiener Chaim.

Ich stellte mir sein Gesicht vor, wenn ich aus dem Päckchen – sofern man mir eines mitgäbe – ein Stück Speck herausholte. Chaim würde davor zurückprallen und tot umfallen. Vielleicht aber würde er auch zum erstenmal den Herrgott verraten, um seines Magens willen. Es kommt ja darauf an, daß die Seele sündenfrei ist, nicht der Magen.

Judel-Jurgis trank noch einmal.

»Mein Lebtag habe ich die Erniedrigten und Gedemütigten verteidigt«, erklärte der Hausherr. »Ich wäre auch jetzt froh, helfen zu können. Doch was vermag ein Advokat in einer Welt, wo jegliches Gericht abgeschafft ist, sowohl das göttliche als auch das weltliche?«

Der Herr Advokat genoß seine Worte wie Judel-Jurgis den Wein, er berauschte sich geradezu daran.

»Wenn es nach mir ginge«, fuhr er fort, »ich hätte euch nicht ins Ghetto gesperrt ... ich würde euch nicht umbringen ... ich würde euch verkaufen und Millionen dabei verdienen ... Amerika müßte bluten ... Amerika würde zahlen ... für jeden und für alle ... Bezahlung – und Ausreise, fertig! ... Aber jetzt, welchen Nutzen bringt ihr jetzt? Schornsteine fegen, Mäntel nähen, Schuhe besohlen?«

»Also ich – ich würde nicht wegfahren, auch nicht für noch so viele Dollars«, sagte Judel-Jurgis mit trunkener Hartnäckigkeit und starrte mich an. »Kusja! Kusja!«

»Aber Sie – Sie sind ja Christ.« Das Lächeln klebte wieder auf dem Gesicht des Herrn Advokaten. »Es scheint, Sie haben auch Ihre Muttersprache verlernt?«

»Jawohl.«

»Und Ihren Familiennamen geändert?«

»Auch das«, prahlte der Getaufte. Ein Hauch von Weindunst und Verzweiflung ging von ihm aus.

»Sie sind keine Ware«, sagte der Herr Advokat. »Hier ist aber die Rede von Wareneinheiten. Stellen Sie sich vor – wenn man nicht nur Litauen nimmt, sondern ganz Europa –, welcher Goldstrom ins deutsche Staatssäckel fließen könnte.« Er kniff nachdenklich die Augen zusammen und zählte an seiner Filzjacke die Knöpfe wie Banknoten.

Der Herr Advokat schmiedete noch lange Pläne zur Rettung des jüdischen Volkes und zur Bereicherung des deutschen Staatssäckels durch amerikanische Dollars, aber mir leuchtete trotzdem nicht ein, warum die Amerikaner, irgendwelche Gebrüder Schneider oder Jakobs Parowosnik, für uns etwas bezahlen sollten – wußten sie etwa nicht, wohin mit ihrem Geld, fanden sie keine Möglichkeit, es mit größerem Nutzen anzulegen?

Macht besaß der Herr Advokat nicht, doch dafür besaß er die Villa mit Veranda, das Mädchen Sosja und den Johannisbeerwein, den Judel-Jurgis schamlos schlürfte, so daß ich schon Befürchtungen hegte: Er würde doch hoffentlich im Rausch keine Dummheiten machen, schon wenn er nüchtern war, war mit ihm nicht leicht auszukommen.

»Ist es weit von hier zur Gartenstraße?« fragte ich, als der Radioapparat in der Kehle des Hausherrn einen Moment schwieg.

»Gartenstraße? Die Gartenstraße befindet sich jenseits der Eisenbahnbrücke, neben dem jüdischen Friedhof ... Seid ihr dort auch bestellt?«

»Ja«, antwortete ich.

»Niemand hat uns auf den Friedhof bestellt. Auf dem Friedhof wird nicht geheizt«, plapperte Judel-Jurgis.

»Wir sind bestellt«, wiederholte ich.

»Hören Sie nicht auf ihn ... Er will nur nicht, daß ich trinke ... Aber ich werde ... ich werde ...«, sagte der Getaufte kratzbürstig.

»Trinken Sie«, stimmte der Herr Advokat zu. »Nur rate ich Ihnen, nicht in diesem Zustand durch die Stadt zu gehen.«

»Was denn, hat die Stadt noch keinen Betrunkenen gesehen?« fragte Judel-Jurgis trotzig und zog das Glas näher zu sich.

»Betrunkene Juden – noch nie.«

»Aber ich bin kein Jude ... Er, er ist Jude ...«

»Kusja!« sagte ich und stand auf.

»Wo wollen Sie hin?« hielt der Herr Advokat mich zurück. »Sosja packt Ihnen noch etwas ein.«

Ich brauche kein Päckchen. Ich brauche nichts. Ich habe es nicht verdient. Ich habe mich sowieso schon erniedrigt, weil ich heimlich das Stück Speck in meine Tasche gesteckt habe. Bettler ich!

Nur schnell fort von hier – von diesem Herrn in der Filzjacke, der mit Juden handelt wie mit Ferkeln auf dem Basar, von diesem Mädchen mit ihrer Hoffnung auf einen Polizisten, von diesem Judel-Jurgis, dem ein Glas Johannisbeerwein mehr gilt als die eigene Mutter.

Schnell fort! Aber nicht in die Gartenstraße zur Familie Cicėnas, sondern in die Glaserstraße!

Das welke Laub raschelt unter meinen Füßen. Ich gleite aus auf zermatschtem Fallobst.

Ich gehe nicht, ich renne zur Pforte.

Schon bin ich außerhalb des Eisenzaunes.

Warum bleibe ich stehen?

Den Hügel herab kommt ein struppiger Hund gelaufen: gesträubtes Fell, schmutzige Pfoten, die Schnauze von Sonnenstrahlen umspielt.

Wem gehört der? Wo kommt er her?

Ich greife in die Tasche. Hole das Speckstück heraus. Werfe es ihm vor.

Die Promenadenmischung von Hund guckt mich an, wedelt mit dem Stummelschwanz.

Was ist los? Warum frißt er nicht?

Ist er satt?

Oder ist er jüdischen Glaubens?

Wo hast du deinen gelben Flicken, Köter?

Hinter mir höre ich schweres Atmen.

Ich drehe mich um.

Judel-Jurgis!

Er blickt mich schuldbewußt an und sagt: »Verzeih, Daniel!«

Auf dem Boden des Eimers liegt dunkel ein Päckchen – das Opfer des Herrn Advokaten an eine Welt, in der das Gericht abgeschafft wurde, sowohl das göttliche als auch das weltliche.

Ich schweige. Der Hund schmiegt sich an mich, als wolle auch er für den Getauften um Verzeihung bitten.

»Wenn du willst«, sagt Judel-Jurgis, »dann falle ich auf die Knie.«

Und er, betrunken, wie er ist, kniet nieder. Der Hund läuft zu ihm, beschnuppert den Eimer und bellt.

»Stehen Sie auf«, sage ich. »Man sieht Ihnen zu!«

»Wer?«

»Der Hund«, sage ich.

Judel-Jurgis steht langsam und erleichtert auf. So hat er sich wahrscheinlich früher von den Knien erhoben, in der katholischen Kirche in unserem Flecken, zum Patronatsfest, das ihm Wein und Vergebung gleichermaßen bot.

Eine Zeitlang gehen wir schweigend: ich, Judel-Jurgis und der Hund.

»Du brauchst nicht in die Gartenstraße zu gehen«, sagt der Getaufte nach einer Pause.

»Gehen Sie selbst hin?«

»Nein«, antwortet Judel-Jurgis. »Ich gehe nicht selbst.«

»Aber warum?«

»Man kann niemandem etwas beweisen.«

Er scheint wieder nüchtern zu werden. Die Nüchternheit macht ihn älter. Er geht gebeugt, sein Kopf hängt zur Seite, fast bis auf die Schulter.

»Sie sind ihr Mann, sie ist Ihre Frau. Was gibt es da noch zu beweisen?«

»Vor Gott – ja ...«

»Auch vor den Menschen.«

»Es gibt jetzt keine Menschen«, sagt er und beißt sich auf die Lippen.

»Wo sind sie denn hin?«

»Jetzt gibt es Deutsche, Litauer, Juden, aber Menschen gibt es nicht.«

Von meinem Zorn von vorhin war nichts mehr übrig. Er war verflogen, hatte sich in der Herbstluft aufgelöst. Ich kenne mich. Ich brauche nur mit anderer Leute Schmerz in Berührung zu kommen, schon verlassen mich augenblicklich aller Stolz, alle Rachegefühle und alle Konsequenz.

»Und ich bin sowieso weder dies noch das«, sagte Judel-Jurgis. »Bis zum Nabel ein Jude, und weiter oben – das weiß nicht mal der Teufel.«

Der Hund bellte zustimmend. Er folgte uns auf Schritt und Tritt, und seine Schnauze glänzte vor Ergebenheit und Einverständnis.

Nach dem Herrn Advokaten kamen wir zu Pani Kuzówna – so stand es in der Liste. Sie war groß, in ein wollenes Tuch gehüllt, trug ein langes und übermäßig weites Kleid. Sie bedachte uns weder mit Speck noch mit Gesprächen, sie interessierte sich nicht im geringsten für unsere Regierung, unsere Gefängnisse und unseren Bettelsack: Sie hatte Schornsteinfeger bestellt, und nun waren sie gekommen, und da sie da waren, mochten sie, bitte schön, an die Arbeit gehen, nichts da mit Zungewetzen, der Winter steht vor der Tür, der Rauchfang hat keinen Zug, am Ende, Gott behüte, würde der Ruß noch Feuer fangen, dann müßte sie Zeter und Mordio schreien. Das fehlte gerade noch, ein Brand auf ihre alten Tage, das Alter ist selbst wie eine Feuersbrunst, alles, bis zum letzten Spänchen, ist ihr schon weggebrannt.

Die Sonne hatte den Zenit überschritten.

Judel-Jurgis, müde vom Wein, lag auf dem Dach und dämmerte vor sich hin.

Ich arbeitete mit Feuereifer.

Wer ist sie, diese Pani Kuzówna? Wo sind ihre Kinder? Für wen hütet sie das Haus?

Die Fragen schwärmten wie Bienen in meinem Kopf herum, sie stachen und summten.

Vielleicht kämpfen ihre Söhne im Krieg? Mein ungeratener Vater Saul hat ja auch in Spanien gekämpft.

Wenn sie im Krieg sind, auf wessen Seite wohl?

Bei den Deutschen? Den Russen? Den Polen?

Nehmen wir an, bei den Deutschen. Würde ich dann etwa aufhören, ihren Schornstein zu reinigen?

Die Mütter sind nicht schuld. Schuld an allem sind wir selbst, ihre Söhne.

Pani Kuzówna sah mir von unten her zu. Sie schien nicht auf der Erde zu leben, nicht in der Zeit, sondern in ihrem langen Kleid, das sie wie eine Festung abschirmte gegen das Leben, gegen ihre in alle vier Winde verstreuten Kinder, die irgendwann – wann wohl? – ihre hellbraunen, rötlichen oder schwarzen Köpfe in ihrem Rockschoß geborgen hatten.

Ebenfalls dort unten wieselte der Hund umher, und ich gedachte seiner voll Dankbarkeit. Gott selbst hatte ihn geschickt, genau in dem Augenblick, als ich gekränkt davonlaufen wollte, fort von Judel-Jurgis, vom Herrn Advokaten und von allen auf der Welt. Ich weiß nicht, was aus mir geworden wäre, wenn ich allein ins Ghetto zurückgekommen wäre, ohne den Getauften, aber auf jeden Fall hätte ich ihn nie wiedergesehen, weder ihn noch die Stadt noch die Pani Kuzówna, deren Schweigen mich mehr benebelte als der stärkste Wein.

Judel-Jurgis lag unbeweglich, die schweren Hände unter den Kopf geschoben, und ich wagte nicht, ihn zu wecken.

Ich sah ihn an und wurde neidisch. Konnte man wirklich durch Wein alles vergessen?

»Ich schlafe nicht«, sagte er plötzlich, wie um sich zu rechtfertigen, und bewegte sich. »Du hast mich auf der Schwelle ertappt ... Du brauchst gar nicht zu staunen: Ich stehe auf der Schwelle, und meine Mutter läßt mich nicht durch, sie hat die Türen abgeschlossen und läßt mich nicht ein. Ich bitte sie im guten, ich drohe ihr – hilft alles nichts. Ich lehne mich mit dem ganzen Körper an die Tür, will sie aufstoßen, aber sie gibt nicht nach. Ich denke, springst du eben durchs Fenster, aber die Fenster sind mit Zement zugemauert.«

»Das haben Sie geträumt?«

»Nein. Ich konnte weder rein noch raus. Ich habe es sogar von hier aus probiert ... von der anderen Seite ... vom Dach ... Half alles nichts ... Draußen stand mein Vater ... Schmerl Zevjan ... der ließ mich nicht durch ...«, klagte er.

Gerechter Gott, wie oft habe ich mich selbst schon auf den Heimweg begeben – vom Friedhof, aus dem Gefängnis, in das ich mit Pranas geraten war, und aus der Glaserstraße, zurück in den Marktflecken, zur Schwelle meines Hauses, zu jener vertrauten Tür mit ihrem Quietschen, süß wie Nachtigallenschlag.

Oh, wie süß quietschen die heimatlichen Türen!

Eines Tages werden wir dorthin zurückkehren. Nicht in Gedanken, sondern in Wirklichkeit.

Eines Tages werden wir nicht mehr Ausgestoßene sein in unserem Zuhause.

Eines Tages.

Pani Kuzówna stand unten und wartete geduldig, daß wir mit unserer Arbeit fertig würden. Sie trieb uns nicht an, weder mit Geschrei noch mit Seufzern, sie schien ganz in sich versunken, vielleicht dachte sie auch an einen hellbraunen, rötlichen oder schwarzen Kopf, der sich seinerzeit im Schoß ihres weiten, beinahe zigeunerhaften Kleides geborgen hatte.

»Das, Junge, ist schrecklich«, murmelte Judel-Jurgis.

»Was?«

»Wenn die Tür von beiden Seiten verschlossen ist. Von innen und von außen. Das ist schrecklich.«

Mit dem Kleid raschelnd, schlurfte Pani Kuzówna zum Schuppen, um bald wieder mit einem Armvoll Birkenholz herauszukommen.

Jetzt wird sie heizen, dachte ich.

Und sie heizte wirklich.

Aus dem Schornstein quoll Rauch. Er ballte sich über dem Dach, und der Herbstwind trieb ihn auch dorthin, zur Schwelle unseres Hauses.

Pani Kuzówna belohnte uns reich für den Rauch über ihrem Dach – sie brachte einen Weidenkorb voll Kartoffeln, die schütteten wir in unseren Eimer und legten die Leine darüber. Wenn Asser bis zum Abend nicht abgelöst würde, wenn wir durchkämen, dann zöge in der Glaserstraße tatsächlich Hoffnung ein.

Von Pani Kuzówna aus begaben Judel-Jurgis und ich uns zur nächsten Adresse. Jedesmal leerten wir den Eimer und legten die Kartoffeln akkurat auf den Dachziegeln nieder, um sie anschließend wieder einzusammeln. Von unten mußte das alles recht komisch aussehen: Wir spazierten auf dem Dach umher wie zwischen Gartenbeeten. Aber man konnte sich ja so viele Kartoffeln nicht unters Hemd stecken.

Dann wurde es Zeit, den gelben Flicken abzumachen und in die Gartenstraße zu gehen, zu Judel-Jurgis' Verwandten.

Wir vereinbarten, daß er am Pumpenhaus unweit der Gartenstraße warten sollte. Vielleicht wollten die Cicėnas' ihn sehen, sie brauchten dann nicht so weit zu laufen, und er selbst sollte das Schicksal lieber durch nichts herausfordern, sonst geriete er am Ende noch an einen Schuft – und Schufte trieben sich genug in der Stadt herum –, dann würde ihn auch das Dokument nicht retten. Und wenn er es hundert- oder zweihundertmal vorwiese, könnte er niemanden überzeugen. Dokumente lassen sich fälschen, ein Gesicht aber ... ein Gesicht nicht.

Ich riß mir den Flicken von der Brust und reichte ihn Judel-Jurgis.

»Verstecken Sie ihn ...«

Der Getaufte nahm den Flicken.

»Welche Hausnummer haben die?«

»Acht«, sagte Judel-Jurgis und sah mich merkwürdig an. »Na, wie ist es?«

»Was denn?«

»Wie fühlst du dich ohne ihn?«

»Genauso.«

»Ohne ihn bist du genau wie alle.«

»Ein Schuft?«

»Ein Fremder«, sagte Judel-Jurgis. »Geh mit Gott!«

Er bekreuzigte mich.

Wir näherten uns dem Eisenbahngelände. Oben donnerte ein Zug über die Brücke.

»Geh!« rief der Getaufte und kletterte die Böschung hinauf.

»Also es bleibt dabei: am Pumpenhaus«, erinnerte ich noch einmal.

»Hab keine Angst«, erwiderte er geistesabwesend, und mir tat es in der Seele weh.

Judel-Jurgis dachte nicht daran, wieder vom Bahndamm herunterzukommen. Er stand dicht an den Schienen und betrachtete nachdenklich die morschen, mit Maschinenöl befleckten Schwellen, als wolle er sie zählen – zehn Kilometer ... zwanzig ... zweiunddreißig ... Auf der ganzen Welt schien es für ihn nichts Wichtigeres zu geben als dieses lautlose Zählen, das ihn der unsichtbaren Vergangenheit näher brachte, jener quietschenden Tür seines Vaterhauses, die er vergebens zu öffnen sich mühte.

»Komm mit, Daniel«, sagte er plötzlich.

»Sie sind wahnsinnig!«

»Wir springen aufs Trittbrett und fahren weg ... wenigstens für eine Stunde ... wenigstens für einen Augenblick.«

»Das ist unmöglich«, sagte ich.

»Warum?«

»Der Zug ist weg.«

»Bald kommt der nächste. Hier fahren oft welche. Wir springen auf und – tut-tut!«

Er ahmte den Lokomotivenpfiff nach, so laut es seine von Ruß und Kränkungen erfüllte Lunge zuließ.

»Worauf wartest du noch«, sagte er. »Um einen Menschen unter die Räder zu bringen, genügt es nicht, ihn zum Juden zu machen.«

Der Himmel hatte sich wieder mit Wolken überzogen. Sie hingen tief, schwarz und schwer. Es schien, als habe es über ihnen nie eine Sonne gegeben und als würde es keine mehr geben.

Auch der Himmel hat den gelben Flicken abgelegt, dachte ich.

Ein Militärzug raste vorbei. Auf offenen Plattenwagen drängten sich neue Panzer mit riesigen Hakenkreuzen an den Seiten. Die Hakenkreuze streiften uns wie Blitze, und wir sahen ihnen bedrückt nach, bis sie hinter einer Biegung verschwanden. Hier, Freundchen, war nicht an Aufspringen zu denken, erst recht nicht an Rückkehr zur heimatlichen Schwelle, weder für eine Stunde noch für einen Augenblick.

Wäre ich als Deutscher geboren worden, so würde ich wahrscheinlich jetzt mit ihnen davoneilen. Nach Osten, den russischen Feldern und dem russischen Winter entgegen, nach Tobolsk, wo irgendwann der Unterleutnant Kogan zur Welt gekommen war.

Saras Sohn Wilhelm, der künftige Kaiser des künftigen Deutschland, wäre glücklich darüber. Er säße auf einem Panzer oder würde aus der Luke herausgucken und Mundharmonika spielen. Aber ich?

In meinen Ohren dröhnte noch lange das erbarmungslose Rattern der Räder. Es hatte wohl alle anderen Geräusche erstickt, sogar das Schlagen meines Herzens, und die Hakenkreuze auf den

Panzern hatten alles durchgestrichen: uns und auch die Stadt, alles bis zum Horizont.

Der Weg zur Gartenstraße führte am jüdischen Friedhof vorüber.

Durch die halbverfallene Mauer waren graue Grabsteine zu sehen, flach und rissig.

Einen Moment schien mir, ich sei nach Hause zurückgekehrt, in die ungeheizte Hütte meines Vormunds Josef, zu unserem Braunen, der im Stall auf mich wartete.

Und plötzlich vernahm ich ein Wiehern – langgezogen, schwermütig.

Ich steckte den Kopf durch eine Mauerlücke und sah neben einem Grabstein aus körnigem schwarzen Granit einen leeren Wagen. Die Deichselgabeln lagen auf der Erde wie schwarze Schienen. Dort waren auch die Zugstrange hingeworfen, und das schweißgegerbte Joch gähnte mich an.

Das Pferd selbst graste ein Stück entfernt.

Ich trat näher.

Drei Männer waren dabei, mit Brechstangen geschickt und ohne Hast den Grabstein umzustürzen.

Nach allen Seiten flogen Splitter von dem Stein.

»Gott zum Gruß!« sagte ich.

»Was treibst du dich hier rum?« dröhnte einer der Männer und kam auf mich zu.

»Macht ihr die Juden fertig?« fragte ich gespielt gleichmütig.

»Was geht's dich an?«

Der Mann hielt die Brechstange wie ein Gewehr.

»Geschieht ihnen recht, den Blutsaugern. Geschieht ihnen recht!« Meine Stimme zitterte, meine Wangen flammten.

»Scher dich fort!« riet der Mann.

Sein Rat war vernünftig. Ich hätte gehen sollen. Aber ich stand wie angewurzelt. Ich stand und wartete, bis ich an der Reihe wäre, bis von mir nach allen Seiten die Splitter flögen, die Fetzen, die Überreste.

»Vielleicht kann ich helfen? Wieviel verlangt ihr für einen Stein? Ich brauche Geld, dringend ...«

Ich trieb es wahrscheinlich zu weit, doch der Mann blieb hart.

»Komm morgen«, knurrte er. »Steine gibt's genug für alle.«

Er führte das Pferd herbei, spannte es vor den Wagen, wartete, bis die beiden anderen den Grabstein aufgeladen hatten, und ruckte an den Zügeln, ich konnte auf dem körnigen schwarzen Granit gerade noch entziffern:

Salman Kaznelson 1876–1936.

Wohin haben sie Sie gebracht, Reb Salman?

Ich zitterte am ganzen Leibe.

Sollen sie unser Gold rauben, dachte ich, sollen sie uns hungern lassen, uns eine gelbe Zielscheibe vor die Brust hängen – nur unsere Toten sollen sie nicht anrühren. Alle Toten sind gleich. Alle Toten sind von einem Stamme – vom Stamme der Toten ... Und keiner kann sie zählen!

Der Wagen fuhr zum Friedhofstor hinaus.

Zuerst dachte ich, Tränen flössen mir über die Wangen, aber es waren nicht Tränen, sondern Regen.

Als ich die Gartenstraße erreichte, regnete es – es goß wie aus Eimern.

Lange wurde mir nicht geöffnet. Entweder erwarteten sie niemanden, oder sie wollten nicht herauskommen. Wer steckt schon gern bei solchem Wetter die Nase aus dem Haus, da liegt man lieber auf dem Ofen und döst vor sich hin, wenn man sich nicht an Salman Kaznelson die Hände schmutzig machen will.

Endlich schnappte der Riegel, und im Spalt der mit Lumpen ausgepolsterten Tür erschien eine Glatze, die leuchtete inmitten strubbeliger Haare wie ein kleiner See inmitten von Riedgras.

»Wohnt hier Familie Cicėnas?«

»Das sind wir«, teilte die Glatze völlig uninteressiert mit.

»Ich komme von Jurgis.«

»Was für ein Jurgis?« Die Glatze nieste, ohne mich einzulassen, aber auch ohne zu verschwinden.

»Ihr Verwandter.«

»Meine Verwandten sind alle tot«, klagte der Mann, und an seiner Nasenwurzel zogen sich die Augenbrauen zusammen – zwei Raupen, die sich auf einem Zweig begegnen.

»Das heißt von Ihrer Frau«, sagte ich. »Kommt sie bald?«

Das Wasser rann in Bächen an mir herab. Ich wäre gern in die Diele getreten, hätte meine Kleider abgelegt und ausgewrungen.

»Wer kennt sich bei den Weibern aus? Eine Frau ist wie eine Wolke. Läßt ewig auf sich warten und hängt dann plötzlich über einem«, erwiderte der Mann, erstaunt, daß ich so gut Bescheid wußte.

Er war bereit, über alles mögliche zu reden, nur nicht über Jurgis.

»Sie brauchen keine Angst vor mir zu haben«, beruhigte ich ihn.

»Hab ich auch nicht … Sind Sie von hier?«

»Nein.«

»Woher denn?«

Ich nannte unseren Marktflecken.

»Nanu … nanu …« Er horchte auf.

»Jurgis bittet, daß Sie in den Flecken fahren und seiner Frau ausrichten, daß er lebt.«

»Du verwechselst was … Sie verwechseln etwas«, korrigierte er sich.

Ich drehte mich um und ging weg.

Er stellt sich dumm, dachte ich. Er hat gleich begriffen, von wem ich spreche, nicht von ungefähr haben sich seine Brauen zusammengezogen. Die Augenbrauen lügen nicht. Solche Jurgisse gibt es nur ein-, zweimal. Ein Konvertit ist bei uns in Litauen keine geringere Seltenheit als ein Erdbeben.

Der Herr Cicėnas, wurde mir mit einem Schlage bewußt, lebt ja auch in einem Ghetto. Nur daß sein Ghetto keinen Zaun hat, keinen Stacheldraht, keine Posten am Tor, er lebt hinter seiner lumpengepolsterten Tür, hinter seinen Worten, die von Mißtrauen durchtränkt sind … Angst, Angst, Angst – das ist sein Ghetto. Und im Gegensatz zu uns lebt er freiwillig darin.

»Wo wollen Sie hin bei diesem Regen«, holte Cicėnas' Stimme mich ein.

»Ich habe keine Zeit«, sagte ich.

Bald begann in der Stadt die Ausgangssperre. Und auch Judel-Jurgis würde Gott weiß was denken. Er war meiner immerhin nicht ganz sicher. Wenn ich nun plötzlich auf alles pfiffe – auf die Glaserstraße, auf alle Pranasse, Verwandten und Waisenkinder –, wenn ich drauf pfiffe und fliehen würde?

Töricht, von einem Ghetto ins andere zu fliehen. Töricht.

»Sehen Sie, meine Bronislava hat Verwandte so viel wie manch anderer Läuse«, sagte Cicėnas schuldbewußt. »Lassen Sie uns ein Weilchen sitzen, Tee trinken, damit Sie etwas trocknen können.«

Ich war einverstanden, zog mich in der Diele nackt aus und begann, meine Sachen auszuwringen.

Cicėnas stand daneben, wandte keinen Blick von mir und sprach vor sich hin: »Zum erstenmal sehe ich einen Beschnittenen ... Zum erstenmal ...«

Er breitete auf dem Ofen meine Hose und mein Hemd aus, nahm einen abgetragenen Halbpelz vom Haken und murmelte, beschämt ob seiner Neugier: »Ohne Selbstgebrannten wärmt mein Halbpelz aber nicht.«

Cicėnas brachte eilig eine Flasche und füllte die Gläser.

Wir tranken, ohne anzustoßen und ohne etwas nachzuessen.

»Wie geht es ihm dort ... dem Jurgis?« fing er an.

»Ganz gut.«

»Schlimm«, sagte Cicėnas. »Die Kinder verwaist ... Die Familie ohne Ernährer ... Schlimm.«

Draußen goß es. Cicėnas schaute ab und zu zur Tür, als hätte er sie offengelassen, und in seinem Blick, der feucht war vom Alkohol und von Aufrichtigkeit, schimmerte jetzt nicht mehr Angst, sondern furchtsame Anteilnahme und Mitleid. Wen bemitleidete er? Mich? Judel-Jurgis? Sich selbst? Oder vielleicht den Regenguß, der ganz umsonst auf die Erde peitschte?

»Nirgends wird Bronislava hinfahren«, sagte er und goß Schnaps nach. »Und mir erlaubt sie es auch nicht ... Ihr seid sowieso schon so gut wie gestorben ... gestorben für alle ...«

Er trank das Glas in einem Zuge leer, und ich folgte seinem Beispiel.

Die feuchte Kleidung dampfte. Im Zimmer war es warm – vom Ofen, vom Alkohol und von der Einsamkeit.

»Ich werde gehen«, sagte ich.

»Bleiben Sie noch ein bißchen«, sagte Cicėnas unsicher. »Hat Sie auch niemand gesehen, als Sie kamen?«

»Niemand.«

»Wenn du willst, nimm meinen Halbpelz mit. Ich habe noch einen anderen.«

»Er wärmt ja nicht ohne Selbstgebrannten«, scherzte ich und hüllte mich fester ein.

Der Halbpelz roch nach Kohle und fremdem Schweiß. Und außerdem roch er nach meinem Vormund, dem Totengräberjosef, und ich hätte ihn am liebsten von meinen zitternden Schultern gestreift, denn Erinnerungen wärmen nicht schlechter als Hausmacherbier.

»Nimm auch den Selbstgebrannten mit«, verfügte Cicėnas großzügig. »Trink ihn mit Jurgis. Der ist trinkfest. In der guten alten Zeit hat er allein eine Flasche geschafft. Putzte eine Flasche weg, manchmal, und fing an zu singen. Schön hat er unsere Lieder gesungen. Mit Gefühl. Besonders das von den Ulanen ... ›Die Ulanen, sie reiten ... Frau Wirtin, Frau Wirtin ...‹«

Cicėnas summte das Motiv, um gleich danach verschämt abzubrechen.

Ich stand auf, ging zum Ofen, warf die Erinnerungen ab und kleidete mich an.

Das Hemd war fast trocken, nur die Hosen klebten an den Waden.

»Beleidige mich nicht«, bat Cicėnas leise. »Nimm den Pelz. Wirst ihn brauchen. Der Winter steht vor der Tür.«

»Ich nehme ihn für Jurgis«, sagte ich, und Cicėnas schloß hinter mir die Tür. Schloß sie und sah sich um. Niemand. Keine Menschenseele.

Jeder hat seinen Deutschen, dachte ich. Bei Cicėnas ist der Deutsche offenbar seine Frau.

Was sollte ich Judel-Jurgis sagen? Daß er für alle gestorben war ... für seine Frau ... für Vladas, für Monikutė ... für die ganze Familie Cicėnas, so zahlreich sie auch sein mochte? Daß es keinen Zweck mehr hatte, in die Gartenstraße zu gehen, weil nichts zurückzuholen war, weil man sich nur die Seele vergiftete und die Lippen blutig biß?

Wenigstens der Halbpelz sollte ihm ein wenig Freude bereiten, ihn für kurze Zeit trösten, ihm etwas Hoffnung gewähren. Die Wahrheit würde ich ihm ohnehin nicht sagen. Und hatte er mich denn geschickt, um die Wahrheit zu erfahren?

Am jüdischen Friedhof blieb ich stehen und lauschte. Kein Pferdeschnaufen mehr. Kein Brechstangenlärm. Es war still, wie es bei Verstorbenen zu sein hat.

Wer wohl in unserem Marktflecken die Grabsteine stürzt? Valius? Zu solcher Arbeit ist er sich zu gut. Tutkus? Der hat sogar vor Toten Angst.

Wer dann?

Was kostet wohl ein Friedhofsstein im Flecken? Werden nun wirklich Kuhställe daraus gebaut? Oder vielleicht Denkmäler? Ist es wahrhaftig in ganz Litauen so?

Das kann nicht sein.

Wenigstens ein Friedhof muß irgendwo übrigbleiben, wenn auch nicht in dieser Stadt, wenn auch nicht in unserem Flecken. Einer muß übrigbleiben, und die Krähen werden auf seinen Kiefern nisten, und im Frühjahr wird anstelle der Gebete das Gras flüstern.

»Hier«, sagte ich, als ich das Pumpenhaus erreichte, »ein Geschenk! Ihre Verwandten schicken Ihnen einen Gruß und den Halbpelz.«

Meine Gedanken weilten immer noch auf dem Friedhof, und ich sah vor mir nicht Judel-Jurgis, auch nicht Cicėnas' Glatze, sondern jenen namenlosen hartgesottenen Mann, wie er gelassen das Pferd direkt vor den Grabstein spannt. Der Stein mit der Inschrift *Salman Kaznelson* wird über den feuchten Lehmboden geschleift, Blätter bleiben an ihm kleben, und das Geräusch seines Gleitens schläfert mich ein wie ein Schlafpulver.

Oder spukt mir der Schnaps im Blut?

»Was ist, hast du einen gezwitschert?« Judel-Jurgis packte mich an der Brust, zog mich zu sich heran, schnupperte und stieß hervor: »Hast einen gezwitschert!«

»Frau Wirtin, Frau Wirtin«, sang ich.

»Wann wollen sie fahren?«

»Wann? Nächsten Montag ... Sobald sie die Kartoffeln aus der Erde haben ...«

»Was für Kartoffeln, wenn sie keinen Garten haben?«

»Die Ulanen, sie reiten!«

»Hör auf! Erzähle vernünftig!«

»Am Montag ... Wollen Sie einen Schluck?« Ich reichte dem Getauften die Flasche.

Judel-Jurgis setzte sie an und trank gierig von dem Selbstgebrannten.

»Mit wem hast du gesprochen: mit ihr oder mit ihm?«

»Mit beiden.«

»Eine Hexe ist sie … die Bronislava …«

»Ein Deutscher«, sagte ich und nahm auch einen Zug aus der Flasche. »Zuzka, Zuzka!« rief ich in die Dunkelheit.

Der Hund kam hinterm Pumpenhaus vorgesprungen, er scharwenzelte um uns herum, bleckte die Zähne, zitterte. »Los, Köter, wir gehen ins Ghetto.«

»Den lassen sie nicht rein.«

»Doch.«

»Ich sage: nein.«

»Und ich sage: ja. Wir stecken ihm 'nen gelben Flicken ans Fell und gehen. Wo ist mein Flicken?«

»Du hältst dich ja kaum auf den Beinen«, sagte der Getaufte. »Deine Zunge holpert.«

»Soll sie doch holpern … Ich hasse sie … hasse sie …« Judel-Jurgis faßte mich unterm Arm und zog mich fort.

Den ganzen Weg überschüttete er mich mit Güte. Er würde es mir bis zum Grabe nicht vergessen … hä-hä … was er für mich … was ich für ihn getan habe … der erste, für den er beten wird … brrr, brrr … ist nicht seine Frau, sind nicht seine Kinder, sondern ich … er wird eine Kerze kaufen … auch im Himmel soll man wissen … ha! … daß nicht alle auf Erden Schufte sind.

Scheiß auf die Kerze … auf den Himmel … ich hasse … ich hasse meine lügnerische feuchte Zunge … Brrr!

»Frau Wirtin, Frau Wirtin! … Warum singst du nicht, Köter? Sing! … Gemischter Chor: ein betrunkener Jude und ein betrunkener Hund!«

Wo sind wir?

Im Wald?

Judel-Jurgis setzt mich auf eine Bank unter einer weitausladenden Linde, und ich lehne den Kopf an, vielleicht an ihren rissigen Stamm, vielleicht auch an seine Schulter …

Am Ghettotor schlängelte sich eine Kolonne, mindestens dreihundert Mann.

Der Arbeitstag war zu Ende.

Früher als in einer Stunde haben wir die Kontrolle nicht hinter uns, dachte ich, während ich mir die spröden Lippen leckte und von Ausruhen träumte. Zu Hause angekommen, würde ich auf den Fußboden fallen und schlafen, bis der schauderhafte, erbarmungslose Fusel in mir sich ausgetobt hatte – mir brummte noch immer davon der Schädel, und vor meinen Augen zogen weißliche Nebelfetzen vorüber.

Ein hellblonder Deutscher, nicht der mit dem faltigen Hals, sondern ein anderer, ein Stämmiger ohne Mütze und mit offenem Mantel, durchsuchte eine junge Frau. Er tastete sie ab, und plötzlich, als traue er seinen außergewöhnlich langen Händen nicht, befahl er: »Zieh dich aus!«

Die Frau rührte sich nicht.

»Zieh dich aus!« wiederholte der Blonde. »Halt die Kolonne nicht auf. Kleid aus!«

Langsam, wie an einem drückend heißen Tag am Fluß, zog sie ihr Kleid aus und bedeckte damit ihren Körper, der im Schein der Lampe überm Lagertor bläulich wirkte.

»Leibchen!« kommandierte der Posten.

Lange – wohl dreitausend Jahre lang – knöpfte die Frau ihr Mieder auf.

Jemand lachte unterdrückt.

»Schlüpfer!«

Der Schlüpfer fiel aufs nasse Pflaster, und ich könnte schwören, daß ich es poltern hörte.

Nun trug die Frau nur noch Strümpfe mit dickem Gummiband, die waren bis zu den Knien hinabgeglitten.

Der Posten betrachtete ihren weißen, noch nicht von Armut und Leidenschaft erschöpften Körper und lachte.

»Und ich hab gehört ... ich hab gehört«, sagte er, vor Lachen fast erstickend, »daß bei den Juden alles verkehrt ist ... Lüge!«

Was wäre, wenn so etwas mit Judith geschähe?

Ich würde mich auf ihn stürzen und ihm die Kehle durchbeißen.

Und jetzt? Jetzt stand ich und rührte mich nicht. Nur das Poltern hallte in meinen Ohren wider. Nur ihre Strümpfe wanden sich mir um den Hals und drohten mich zu erdrosseln.

Wer sind wir eigentlich? Eine Hammelherde? Er ist allein, und wir – wie viele sind wir?

Oh, diese tausendjährigen Visagen, von Mitleid und Neugier entstellt! Vielleicht ist bei uns wirklich alles verkehrt: die Ehre, die Würde, der Mut?

»Kannst dich wieder anziehn«, sagte der Posten.

Doch die Frau hörte ihn nicht. Im Licht der Lampe schimmerten rosig ihre Brustwarzen – zwei Rosinen auf einem Festtagskuchen, zwei süße, zwei erreichbare Rosinen.

»Du kannst gehen«, wiederholte der Soldat.

Sie bückte sich nicht, hob das Kleid nicht auf, griff nicht nach ihrem Schlüpfer – sie stand noch einen Moment, dann setzte sie sich in Bewegung, nackt, versteinert, und die Finsternis öffnete sich vor ihr und schloß sich hinter ihr wieder.

Warum war sie nicht gestorben? Warum hatte sie sich gehorsam ausgezogen? Konnte sie wirklich nach all dem einfach nach Hause gehen, sich neben ihren Mann legen, und der würde sie womöglich nicht einmal spüren, die blonde Lüsternheit auf ihrem Körper?

Es würgte mich, und ich erbrach in den Eimer, direkt auf die Kartoffeln.

»Was hast du gemacht?« rief Judel-Jurgis. »Das ganze kostbare Gut verdorben!«

Ich griff in den Eimer und begann, die besudelten Kartoffeln der Menschenmenge zuzuwerfen.

»He, ihr! Freßt!« rief ich, ich war ganz außer mir. »Freßt! Kugeln! Kartoffelpuffer! Pflaumenzimmes! Herbei, gute Leute, herbei!«

Und sie hoben sie auf.

Alle Kartoffeln, bis zur letzten.

Ich aber hob das Kleid auf.

Ich hielt es in den Händen und schwor Rache: für sie, für mich,
für den lachenden Deutschen
und für jene Frau ...

Der gemischte Chor der Lebenden und der Toten sang am Ghettotor ein Wiegenlied für unseren Mut.

III

»Gefällt es dir bei mir?« fragte Asser.

»O ja.«

Ein großes Zimmer, mit unserem nicht zu vergleichen. Eine hohe Decke. Tapeten an den Wänden. Auf den Tapeten Blumen, geschmacklose große, duftende Blumen. Wonach riechen sie? Nach Feuchtigkeit? Nach sauer gewordener Milch?

Auf dem Tisch Wein und ein Imbiß. In der Ecke ein Grammophon.

»Mach dir's bequem.« Asser bot mir Platz am Tisch an. »Gleich werden wir uns stärken. Und Musik hören.«

Ich war einverstanden mit der Stärkung und auch mit der Musik, obwohl meine Ohren eigentlich nicht darauf eingestellt waren, sondern auf die Neuigkeiten.

»Ich habe ganz gute Platten«, sagte Asser und schaltete das Grammophon ein. Die Nadel entlockte ihm ein Lied.

»Der Befehl schickt ihn nach Westen,
sie nach Ost zum Kampf hinaus,
und so ziehn die Komsomolzen
gegen weiße Horden aus.
Ziehn hinaus und nehmen Abschied
von der Heimat stillem Ort.
›Liebste, da ich dich verlasse,
sag mir noch ein letztes Wort.‹ –
›Wenn der Feind dich trifft, ach, Liebster,
sei die Wunde harmlos, klein;
solltest du im Kampfe fallen,
soll dein Tod ein leichter sein.‹«

»Das ist alles, was von ihnen geblieben ist«, seufzte Asser und setzte sich neben mich.

»Von wem?«

»Von den Russen. Wenn nicht heute, dann morgen nehmen die Deutschen Moskau. Wer hätte das gedacht?«

Er hielt die Augen geschlossen. Ich betrachtete sein gedunsenes Gesicht, seine glattrasierten Wangen – ließ er sich beim alten Kowalski rasieren? –, die ausdrucksvollen, von Sinnlichkeit leicht entstellten Lippen, die geöffnete Jacke und den rechten Ärmel mit der blauen Binde ... Sogar zu Hause nahm er die nicht ab. Wahrscheinlich ging er auch damit zu Bett, er könnte ja nachts geweckt werden, dann wüßten sie gleich, wer er ist und wo er dient. Nackt kann man nichts beweisen, so aber war alles klar – ein Herr Polizist.

»Bedrückt dich etwas?«

»Mich bedrücken die Deutschen«, sagte ich.

»Mich auch«, sagte er. »Aber das ist nun mal Tatsache.«

»Ich habe Kristina gesehen«, sagte ich, um meine Ungeduld zu zügeln und Asser auf das zu lenken, weswegen ich eigentlich gekommen war. Wo blieb er denn, sein Haufen Neuigkeiten? Er hatte mich doch nicht herbestellt, um mit dem Grammophon anzugeben und mir von den Deutschen zu erzählen, die demnächst Moskau einnehmen würden.

»Kristina?« Asser öffnete die Augen, blinzelte wie kurzsichtig, sah aber nicht mich an, sondern die Tapete, als spaziere dort inmitten der geschmacklosen Blumen sein Zicklein, seine frühere Liebe, die Polizeihauptmannstochter. »Gott, o Gott, wie dumm wir waren!«

»Hast du sie denn nicht geliebt?«

»Geliebt, geliebt«, stieß Asser verächtlich hervor. »Da ist längst Gras drüber gewachsen.«

Er goß Wein ein und hob das Glas. »Auf unser Wiedersehen!«

»Auf unser Wiedersehen«, sagte ich und war starr vor Erwartung. Wann würde er endlich von Judith sprechen?

»Du wirst es nicht glauben, Daniel, aber ich bin ihnen dankbar ... Meinen Vater haben sie umgebracht, meine Mutter, aber ich, stell dir vor, bin ihnen dankbar.« »Wofür?«

Nur mit Mühe verbarg ich meinen Zorn und meine Ungeduld. Doch Asser wurde nicht ärgerlich, sondern noch herablassender und weicher.

»Dafür, daß ich Jude geblieben bin«, sagte der Sohn des Fleischermeisters Hillels und trank einen Schluck. Er drehte sein Glas und hielt es gegens Licht, als sähe er durch das spröde Glas, wie durch einen Nebelschleier, sein ganzes bisheriges Leben: den Tisch voller Speisen zum Pessachfest; sich selbst, feierlich mit Samtkäppchen, bereit, die Fragen zu beantworten, die der Vater ihm am Feiertag stellt; die brennenden Kerzen; das silberne Tablett mit dem Gebäck, das weich und üppig ist wie die Brust der Mutter; die Mutter schließlich, stumm und unwahrscheinlich gut, in ihrem schwarzen Kleid mit einer Kette, die glitzert wie Honigschnaps.

»Da haben dich nicht Mutter und Vater, sondern die Deutschen zum Juden gemacht?«

»Zum Juden gemacht hat mich die Unterdrückung. Wer da unterdrückt – die Deutschen, die Spanier –, das spielt keine Rolle. Verstehst du?«

»Nein.«

»In dem Litauen, wo Kristina lebte, war es trotz allem besser. Trink!« Er schob mir das Glas zu, ging zum Grammophon und traf Anstalten, eine neue Platte aufzulegen.

»Jeden Abend geht ein Bursche
auf und ab vor meinem Tor,
winkt mir zu mit seinen Augen,
bringt kein einzig Wort hervor.
Was soll nur, ihr Leute,
dies Zwinkern bedeuten?«

»Asser«, sagte ich. »Du weißt doch, warum ich gekommen bin.«

»Ich weiß. Aber von Judith später.«

»Lebt sie?«

»Später, später.«

»Einen Brief hat er geschrieben
gestern, rätselhaft und stumm:

nichts als Punkte auf den Zeilen. –
Und ich frage mich, warum ...«

»Also, ich führe meinen Gedanken weiter aus«, redete Asser auf mich ein.

Was belästigte er mich bloß mit seinen Gedanken? Mir war schon von meinen eigenen ganz übel. Aber ich hielt sie – solange ich nüchtern war – unter Verschluß, wie Großmutter das Geld in der Kommode, so war es sicherer, man sollte sie nicht einfach so herauslassen. Sogar ein Baum entblößt seine Wurzeln nicht, damit die Schweine sie nicht unterwühlen. Und erst ein Gedanke? Da findet sich immer ein Schwein, das dran herumkratzt, sobald man ihn bloßlegt.

»Was wäre ich geworden in jenem Litauen? Na was?« drängte Asser.

Ich hatte nicht die geringste Lust zu raten, was Asser in jenem Litauen geworden wäre. Er wäre jedenfalls nicht untergegangen, dafür hätte sein Papa schon gesorgt ... »Na was?« Asser regte sich auf.

Ich schwieg. Wenn ich ihn unterbräche, würde er sich noch mehr ereifern.

»Der Schwiegersohn des Polizeihauptmanns? Ein Schmarotzer, der seine Muttersprache vergessen hat? Eines Tages hätte ich doch einen Tritt in den Hintern gekriegt ... Aber jetzt ist mein Weg klar ... Ein eigenes Gefängnis, Daniel, ist besser als fremde Freiheit.«

»Es gibt nur eine Freiheit.«

»Nein, Freund, nein ... Dort ist unsere Unfreiheit, hier ist unsere Freiheit.«

»Und die Razzien?«

»Wieso die Razzien?« fragte Asser erstaunt.

»Was ist das, verdammt noch mal, für eine Freiheit ohne Kinder, ohne Greise, nur mit Polizisten und Schornsteinfegern?«

»Man muß Geduld haben. Die hat unser Volk seit jeher nicht gehabt. Wenn man ihm alles auf einmal gäbe – Gleichheit, Brüderlichkeit, Macht ...«

Ich bin nicht sicher, ob unser Volk Geduld gehabt hatte oder nicht, meine jedenfalls war erschöpft. Ich hatte keine mehr. Kein Quentchen. Kein bißchen.

»Was ist mit Judith?«

»Interessiert sie dich wirklich mehr als unser Volk?«

»Oja!«

»Du bist ja ganz besessen von ihr.«

»O ja!«

»Ein glücklicher Mensch bist du.«

Asser sagte das ganz aufrichtig, beinahe gramvoll, das Lächeln verschwand aus seinem gedunsenen Gesicht, nur die Augen waren von Neid entstellt.

Ich blickte Asser nicht mehr an. Und plötzlich fiel mir Judel-Jurgis ein und meine Lüge. Sollte Asser doch lügen. Ich brauchte die Wahrheit nicht. Die Wahrheit war draußen, jenseits der Türen und Fenster, dort, wo junge Männer unter Wolldecken hervorgezerrt wurden, wo Kinder ergriffen, auf Lastwagen gestoßen, fortgebracht und ermordet wurden, wo man einen Menschen nackt auszog. Sollte Asser mit Hilfe einer Lüge wenigstens sie auferstehen lassen – Judith.

»Deine Judith lebt«, sagte er.

»Du lügst nicht? Hast du sie gesehen?«

»Nein.«

»Wer dann?«

»Ruben Stoljartschik.«

Assers Augen waren weinfarben. Er sah mich wie aus weiter Ferne an, und die Entfernung zwischen uns wuchs und wuchs, als entgleite der Fleischerssohn in einen Traum, ins Unwirkliche ... »Wie kann ich ihn finden?«

Ich konnte noch immer nicht an mein Glück glauben.

»Stoljartschik, ach Gott, der ist tot.«

»Tot?«

»Ja.«

»Aber er hat doch ... er hat doch nicht als Toter mit dir gesprochen ...«

»Als Halbtoter«, sagte Asser.

»Und was hat er dir gesagt?«

»Herr Hillels, hat er gesagt, ich habe in der Stadt die Tochter von Doktor Gutmann gesehen. Das war alles.«

»Das war alles?«

»Bist du nicht zufrieden?«

»Ich? Wieso? ... Ich bin zufrieden. Sehr sogar ... Und was macht sie dort?«

»Bringt Litauer zur Welt. Das macht sie.«

Ein andermal hätte ich ihn geschlagen. Ich hätte ihm eins auf sein gedunsenes Gesicht gegeben, auf seine neidischen Augen. Diesmal aber beherrschte ich mich, biß nur die Zähne zusammen und zerdrückte mein Glas, daß mir das Blut über die Hand floß.

»Einen anderen Weg gibt es vorläufig nicht.« Asser tat es nicht leid um das Glas. Auch mein Blut war ihm einerlei, es floß ja genug Blut auf der Welt. Seine Worte zischten wie Grieben in einer Pfanne, sie platzten und spritzten aufs Tischtuch, auf die Tapete, auf mein Gesicht. »Entweder Assimilation oder Ghetto ... Einen anderen Weg gibt es vorläufig nicht ... Das ist deren Himmel und deren Sumpf. Wenn sie wollen, schweben sie oben, wenn sie wollen, kriechen sie im Dreck ... Und wir? Wir sind Gnadenbrotempfänger, Fremde, Blätter im Wind ... Und das bleiben wir, solange wir nicht unseren eigenen Himmel und unseren eigenen Sumpf haben ... Ich beneide Schendel. Er hat sich rechtzeitig davongemacht. Aber noch ist nicht alles verloren. Hauptsache: überleben. Und dann ... dann sehen wir weiter ...«

Mir war übel von seinen Worten. Ich hatte die Politik satt. Ich wollte an Judith denken.

Wenn ich sie fände, hätte ich meinen eigenen Himmel. Es gibt keinen höheren und reineren Himmel auf der Welt als die Liebe. Trotz Wolken und Gewitter.

Wie sollte ich sie finden in der großen Stadt?

Sie bringt Litauer zur Welt? Was tut's?

»Hör mal«, sagte Asser. »Warum, zum Teufel, mußt du auf die Dächer steigen? Komm zur Polizei ... Statt fremden Dreck wegzuräumen, hilf lieber den Unsrigen.«

»Und wie hilfst du ihnen?«

»Wie ich kann.«

»Kannst du eine Frau anziehen?«

»Du hast bloß die Weiber im Kopf.«

»Ich frage: Kannst du eine Frau anziehen?«

»Sie ausziehen ist angenehmer, soviel ich weiß«, sagte Asser und lachte gezwungen.

Man könnte denken, er wüßte von nichts, er hätte nichts gehört. Dabei sprach das ganze Ghetto von dieser Frau.

»Ich habe ihr Kleid aufgehoben.«

»Wovon sprichst du?« Asser wandte den Blick ab, um sich nicht zu verraten.

»Stell dich nicht dumm. Du weißt es sehr gut.«

Asser wiegte den Kopf, befeuchtete seinen Finger mit Speichel und versuchte, den Blutfleck vom Tischtuch abzuwischen. Der Schlag hatte gesessen, o ja!

»Immer hast du irgendwelche Phantastereien im Kopf«, sagte der Fleischerssohn. »Ich weiß noch, wie ich dir zu Hause im Flekken die Schlittschuhe geborgt habe ...«

»Zieh sie an, und dann rede über den Sumpf, über Himmel und Hölle!«

»Sag mal, bist du gekommen, um mich zu beschimpfen?«

»Nein. Aber wenn du wirklich so stark bist, dann mach sie ausfindig und zieh sie an. Das Kleid bringe ich dir.« »Zieh sie selber an!« schrie Asser. »Ich habe sie gar nicht gesehen. An dem Tag stand Jankel Fejges als Posten am Tor!«

»Danke für die Bewirtung«, sagte ich und stand auf. »Vielleicht bleibst du über Nacht?« fragte Asser. »Es ist schon spät, am Ende gerätst du noch, Gott behüte, an eine Streife ...«

»Ich komme schön durch.«

»Mein Bett ist breit ... ein Doppelbett, wie du siehst ...« Das Gespräch hatte ihn offensichtlich verstört, er wollte einlenken. »Wir haben beide Platz ... Bleib doch! Wirst es nicht bereuen ...«

Es hatte in der Tat keinen Sinn, sich mit Asser zu überwerfen. Immerhin, nicht ich, sondern er stand mit der blauen Armbinde am Tor, und im Notfall würde er, wenn auch nicht helfen, so doch wegblicken. Außerdem war es wirklich spät, Ausgangssperre, und falls ich einem Blonden begegnete, dann ade, Judith, ade, alle Sümpfe der Welt, sei gegrüßt, Himmel von Palästina! ... Ich würde bleiben ... Schon recht ... Ich würde bleiben ... Ein halbes Jahr hatte ich in keinem Bett geschlafen, war es nicht mehr gewöhnt, immer nur auf dem Fußboden, wie eine Katze ... von einem Doppelbett gar nicht zu reden ... In unserem Haus gab es kein Doppelbett, Großvater und Großmutter schnarchten getrennt, das klappte bei ihnen gut, und meine Eltern hatten mich im Wäldchen gefunden, sie durften nicht zusammen in ein Bett, Großmutter war dagegen, es ist zu früh für sie, sagte sie, zu früh ... »Na schön«, sagte ich, und Assers gedunsenes Gesicht zerfloß zu einem Lächeln.

»Ich mache gleich das Bett«, sagte er. »Willst du vorn liegen oder an der Wand?«

»An der Wand.«

»Bei den Blumen? Ich pflücke manchmal welche und verschenke sie.«

»An Kristina?«

»Ja«, sagte Asser.

»Also ist doch noch nicht über alles Gras gewachsen.«

»Es wächst allmählich.«

»Das Gras?«

»Na ja ... «

»Ich habe sie gesehen, als ... als ich durch den Flecken getrieben wurde. Sie hat sogar ein Wort für mich einlegen wollen.«

»Kristina ist gut«, sagte Asser. »Hat sie nichts über mich gesagt?«

»Eigentlich nicht.«

»Leg dich schlafen.«

»Und du?«

»Ich komme auch gleich.«

Ich legte mich zu Bett und wartete, daß Asser sich auszöge. Aber er hatte es nicht eilig. Er saß auf dem Bettrand und dachte nach.

Worüber? Dachte er an Kristina? Jeder Mensch hat etwas, woran er denkt. Sogar ein Polizist. Obwohl, was war denn Asser für ein Polizist? Er hatte nichts außer dem Gummiknüppel und der blauen Armbinde. Keine Uniform, nicht einmal eine straffe

Körperhaltung. Und auch seine Gedanken waren nicht polizeimäßig, genau wie bei unserem Giedraitis.

»Mach dir nichts draus«, sagte ich.

»Woraus?«

»Geh ruhig mit der Armbinde schlafen.«

»Du bist ein Unikum, Daniel! Ein Unikum!«

Asser nahm die Armbinde ab, zog sich aus und legte sich neben mich.

»Wälzt du dich auch nicht herum im Schlaf?«

»Nein, nein.«

»Aber ich.«

»Das macht nichts.«

»Komisch«, sagte Asser. »Vor dem Einschlafen denke ich immer an Mama. Und du?«

»Ich? An Großmutter.«

»An meine Großmutter kann ich mich nicht erinnern«, sagte Asser. »Aber Mama, die hatte sehr schönes Haar. Es war schon immer grau. Einmal, da war ich zehn, hab ich die Schere genommen, bin heimlich zu ihr geschlichen und wollte es ihr abschneiden.«

»Warum?«

»Damit anderes wachsen sollte. Richtiges. Wie bei jungen Menschen.«

»Hast du Prügel gekriegt?«

»Nein. Mama hat mir die Schere weggenommen, hat sie in der Kommode versteckt und hat gesagt: Du kannst nichts ändern, Asser … Erst jetzt begreife ich, was sie gemeint hat.«

»Was denn?«

»Nicht die Schere … Durchaus nicht die Schere, Daniel.«

Seine Stimme wurde leiser. Er legte die Hände aufs Kopfkissen, als ergäbe er sich – dem Schlaf, den Erinnerungen und noch jemandem, der unsichtbar im Zimmer weilte, einem Richter oder Spion.

»Ob sie wirklich Moskau nehmen?« seufzte er. »Die Russen sind immer noch besser als die Deutschen …«

»Der Feind wird geschlagen. Der Sieg wird unser sein«, sagte ich.

»Wo hast du das her?« Asser drehte sich zu mir herum und sah mir erstaunt auf den Mund.

»Woher?«

Nein, von Pranas würde ich nichts sagen. Immerhin war Pranas ein Illegaler, und Asser war, wenn auch ein jüdischer, so doch ein Polizist.

»Woher?« wiederholte ich seine Frage. »Aus der Heiligen Schrift ... Der Synagogendiener Chaim ...«

»Dieser Synagogendiener hat dir regelrecht das Gehirn vernebelt. Schlaf!«

Ich schloß die Augen.

»Laß mir wenigstens ein paar übrig«, fing Asser wieder an.

»Was denn?«

»Ein paar Blumen. Ich kenne dich doch: Du möchtest alle für sie pflücken. Alle.«

Wie schnell Asser einschlief! ... Seine Hände lagen immer noch auf dem Kissen, gepflegte Hände ohne Schwielen und Schrammen, mit deutlich erkennbaren, verschlungenen Handlinien. Großmutter konnte daraus lesen.

»Du hast eine sehr gute Linie, Daniel«, sagte sie, »und sie führt weit.«

Wohin sie wohl führen würde, meine Linie? In die Glaserstraße? Oder weiter?

Gleichmäßig, wie Teig im Ofen, hob sich Assers Brust. Wie behaart er ist, dachte ich, wie behaart! Wir stammen alle vom Affen ab, hatte Judith versichert. Ich weiß nicht, wie es bei uns ist, aber Asser – bestimmt.

Seltsam. Da lagen wir nun zusammen im Bett, und zwischen uns war weder Hillels' Fleischerladen noch sein Steinhaus. Nur ein winziger, kaum spürbarer Zwischenraum von der Breite einer blauen Armbinde.

Ich drehte mich zur Wand. Ich pflückte die erste Blume auf schwankendem dünnem Stengel.

»Für dich, Judith«, sage ich.

»Danke«, sagt sie.

»Wenn du willst, pflücke ich dir noch mehr.«

»O ja.«

Und ich schreite über die papierne Wiese und pflücke eine Blume nach der anderen.

»Wie wunderschön sie duften!« freut sich Judith. »Du bist sehr, sehr gut ... Ich liebe dich.«

»Und ich dich.«

Asser stöhnte im Schlaf.

»Werde meine Frau«, sage ich.

»Gut«, sagt Judith.

»Gut«, sage ich. »Gut.«

Meine Hand glitt über die Tapete, ich flüsterte etwas, das Flüstern erhitzte mein Blut, mein Körper summte, und dieses Summen schwang sich weit und weiter – zu eng wurden ihm Bett und Zimmer, zu eng die Straße draußen, zu eng die ganze Erde von Horizont zu Horizont.

»Wo warst du über Nacht?« empfing mich der Synagogendiener Chaim zu Hause.

»Bei Asser.«

»Das soll ich glauben? Ich weiß, wo einer in deinem Alter übernachtet. Ach, Daniel, Daniel! Dein Fleisch wird dich ins Verderben stürzen. Ins Verderben.«

»Ich war bei Asser. Dem Sohn von Fleischermeister Hillels. Er ist jetzt Polizist.«

»Wozu brauchst du die Polizei? Die Juden brauchen keine Polizisten ... Für uns, Daniel, gibt es nur einen Polizisten – den Herrgott. Er straft uns, und er schützt uns auch ... Kaum ist Leiser erschienen, schon verschwindest du. Und was soll ich machen? Mir reißt es das Herz entzwei ...«

»Leiser ist wieder da?«

»Richtig ... Menachem Plavin hat ihn noch herumgekriegt ... Hat ihn überredet ... Und hat für ihn eine Geige besorgt ... darauf, sagt er, hat ein Junge gespielt ... der Junge ist nicht mehr ... aber die Geige ist geblieben ... Er lebt, solange sie noch singt, meint Leiser ... Und er hat zugesagt ... Gestern hat er den ganzen Tag seine Finger gequält. Hat sich von Sara geben lassen eine Nadel, und los ging die Stecherei ... Sticht in die Finger und brabbelt: Aufwachen, ihr Lumpen ... An der linken Hand, glaub ich, sind drei Finger aufgewacht, die restlichen schlafen noch ...«

»Er hat sie früher ausgepeitscht.«

»Denk an meine Worte, Daniel: Der Herrgott wird sie alle aufwecken.«

Chaim war außerordentlich aufgeräumt. Er strahlte vor Freude übers ganze Gesicht, im Bewußtsein, seine Pflicht erfüllt zu haben. Die Wende in Leisers Leben schrieb er sich selbst zu – wer, wenn nicht Gott, hatte dem Hochzeitsmusikanten eingegeben, wieder zur Geige zu greifen, zu Gott aber hatte nicht Leiser selbst gefleht, sondern er, der Synagogendiener, sein Bevollmächtigter auf Erden.

»Das sind noch nicht alle Neuigkeiten«, fuhr Chaim fort, er wollte seine Freude mit mir teilen.

»Was denn noch?«

»Endlich haben wir einen Rabbiner. Gepriesen seist du, Herr! Einen richtigen Rabbiner ... Keinen, der sich selbst dazu macht ... Aus Ukmergė ...«

»Ukmergė ist eine große Stadt.«

»Freilich, er hat noch keinen Bart ... Aber der Bart ist ja nicht der Verstand. Der Bart wird wachsen.«

»Haben sie ihm den etwa weggebrannt?«

»Nein«, sagte der Synagogendiener. »Er hat ihn selber abgeschnitten, damit er nicht erkannt wurde ... Drei Monate war er unterwegs zu uns, nun ist er endlich da. Ich sehe, das freut dich gar nicht?«

»Wenn es Sie freut, dann ist es auch für mich eine Freude ... Und sonst noch Neuigkeiten?«

»Ich habe zwei Leichentücher besorgt«, sagte Chaim zu meiner Überraschung.

»Zwei Leichentücher? Wozu?«

»Falls wieder Razzia sein wird. Gleich zeige ich sie dir.«

»Das ist nicht nötig.«

»Wieso nicht nötig? ... Auch du wirst sie gebrauchen können, wenn diese Unmenschen bei uns eindringen.«

»Ich habe nicht die Absicht zu sterben.«

»Wer hat die schon?«

Meine Begriffsstutzigkeit brachte Chaim regelrecht aus der Fassung. Soviel Einfalt hatte er von mir nicht erwartet. Ich begriff auch wirklich nicht, und wenn man mich totgeschlagen hätte, ich begriff nicht, welch wunderliche Art der Rettung vor den Unmenschen Chaim sich ausgedacht hatte. Noch dazu mit Hilfe eines Leichentuches. Das war doch sozusagen Frevel, damit verhöhnte man doch das Geheimnis des Todes. Das war doch – weiß der Teufel, was das war!

»Gleich zeige ich es dir«, murmelte Chaim. Er machte sich über mich lustig und spannte mich auf die Folter mit seinem scharfsinnigen Einfall. »Du wirst gucken und wirst sagen: Chaim hat Köpfchen! Chaim ist klug!«

Der Synagogendiener ging eilig in die Ecke, und eine Minute später erschien er vor mir in einer Aufmachung, daß mir der Mund offenblieb.

Wäre er in dieser Tracht nachts ohne Vorankündigung aufgetaucht, so hätte mich eine Ohnmacht zu Boden geschmettert, obwohl meine Nerven stark waren und ich schon vieles zu sehen bekommen hatte.

Bevor ich den Mund schließen konnte, war Chaim schon geschickt niedergekniet und hatte sich auf dem Fußboden hingestreckt.

Das Leichentuch bedeckte seinen Kopf, diesen klugen, den er mir so gepriesen hatte, seine dürren Hände, nur die Schuhe lugten unterm Stoff hervor, vorsintflutliche Schuhe mit löcherigen Sohlen, an denen nicht nur irdischer, sondern auch himmlischer Staub haftete.

»Nun, wie ist das?« fragte Chaim unter seiner Vermummung hervor.

»Was?«

»Wirkt es echt?«

»Was?«

»Was, was, was?! Sehe ich aus wie ein echter Toter?«

Offen gestanden, auch der lebende Chaim sah einem Toten ähnlich. Nicht im Leichentuch, sondern im Kaftan oder in seiner berühmten Jacke, die er sich damals in Lettland nähen ließ, als er in der Tabakfabrik arbeitete. Älter als diese Jacke war nur Gott.

»Sehr sogar«, sagte ich.

»Ist es dir jetzt klar?«

»Was?«

»Wirst du noch lange fragen – was, was, was?«

Der Synagogendiener lag auf dem Fußboden und erhob sich nicht.

»Stell dir vor«, sagte er, einen Zipfel des Leichentuches lüftend, »sie kommen rein ...«

»Wer?«

»Die Unmenschen ... Sie machen Jagd auf Alte oder auf sonst jemanden ... Und Leiser und ich liegen auf dem Fußboden ... Liegen, rühren uns nicht ... Wir liegen, und du und, sagen wir, Sara, ihr weint ...«

»Wie kann man denn Lebende beweinen?«

»Ein Jude findet immer einen Grund für Tränen. Also, wir liegen, und ihr weint. Ihr weint, und sie fragen: *Wos is das?**«

»Nicht *wos is das**, sondern *was is das**«, korrigierte ich Chaim.

»Dann sagt ihr: Wehe, wehe ... Onkel Chaim ist gestorben ... und Onkel Leiser ... oder Tante Sara ... Je nachdem, hinter wem sie her sind. Verstanden?«

»Verstanden.«

»Tote rühren sie nicht an. Gütiger Gott, jetzt habe ich mir die ganze Seite wund gelegen, weil du so langsam hast begriffen.«

Chaim stand auf, ein wenig erschöpft zwar, aber zufrieden.

»Das ist nicht schlecht«, sagte ich begütigend. »Aber vielleicht fällt uns noch etwas Besseres ein.«

»Du mit deinen Litauern, ihr laßt euch sowieso nur einfallen, was uns den Kopf kann kosten. Denkst du, ich weiß nicht, warum er ist gekommen ... Ich weiß alles ... Wieder Weltrevolution! Wieder: Wacht auf, Verdammte dieser Erde ...«

Die Worte des Synagogendieners verblüfften mich mehr als das Leichentuch. Wann hatte unser allmächtiger Herrgott ihm die in den Mund gelegt? Im Jahre vierzig oder früher?

Überhaupt setzte Chaim mich von Tag zu Tag mehr in Erstaunen. Woher hatte er auf einmal diesen Schwung? Seine unwahrscheinliche Frömmigkeit paarte sich jetzt mit zähem Unternehmungsgeist, nüchterner Berechnung und der Wendigkeit eines Kaufmanns.

Tagein, tagaus durchstreifte er das Ghetto, handelte mit Gebeten und besorgte Lebensmittel, Möbel, Totengewänder.

»Wer jung ist, sollte sich schämen, einen Toten zu spielen«, sagte ich fast angewidert.

»Und die Toten zu vermehren? Sie zu vermehren – dafür sollte man sich nicht schämen?« rief Chaim aus.

Mir fiel auch auf, daß er in letzter Zeit weniger stotterte. Seine Sprechweise war glatter geworden, wie ein Nagel unter Hammerschlägen. Das Leid ist ein gewaltiger Hammer, es heilt jedes Gebrechen.

»Sie müssen nicht denken ... Ich habe nichts gegen Ihr Leichentuch ... Aber woher sollen wir soviel Stoff nehmen?«

»Mit Stoff sieht es wirklich schlecht aus«, sagte Chaim bedauernd und wieder auf diese kaufmännische Art. »Aber wer begibt sich schon freiwillig in die Höhle des Löwen?«

Ich schwieg.

»Weißt du, was ein Elefant macht, wenn er ausruhen will?« fragte er plötzlich, den Löwen vergessend. »Der Elefant legt sich hin und ruht aus. Das Leben von Millionen Ameisen interessiert ihn nicht. Der Elefant legt sich hin und ruht aus.«

»Und die Ameisen, Reb Chaim, was machen die?«

»Die Ameisen können nur pissen auf den Elefanten.«

Er faltete das Leichentuch zusammen, barg es in dem von ihm verdienten zweitürigen Schrank, dessen Türen so vergilbt waren wie seine Wangen, und ging hinaus.

Er ging wohl pissen – Ameise im Leichentuch ... Oder zu dem Rabbiner aus Ukmergė. Chaim, der Gute! Wenn Gott es verlangte, würde Chaim seinen halben Bart verborgen. Ach, was heißt halber Bart – alles würde er hergeben, bis zum letzten Fetzen.

Warum hatte ich ihn nicht gefragt, wo Judel-Jurgis ist? Wahrscheinlich auf dem Boden. Wahrscheinlich im Cheder.

Der Getaufte hatte eine Schule eröffnet, ein richtiges Cheder mit richtigen Schülern.

Judel-Jurgis' Schüler waren nicht irgendwelche unbekannten, sondern durch die Bank namhafte Leute, beinahe Berühmtheiten.

An arbeitsfreien Tagen – wir gingen nicht täglich in die Stadt, sondern alle zwei, wenn Sabbat war, alle drei Tage –, an freien

Tagen also unterrichtete der Getaufte auf dem Dachboden alle, die es wünschten.

Und er konnte sich kaum vor ihrem Ansturm retten.

Unbegreiflich! So viele wollten Schornsteinfeger werden!

Außer mir waren unter Judel-Jurgis' Schülern auch ein Mathematikprofessor und ein ehemaliger Zuckerfabrikant namens Eidelmann. Vor dem Krieg tranken wir unseren Tee immer mit seinem Zucker. Wenn ich heimlich einen Löffel Zucker aus der Dose kratzte, packte Großmutter mich am Arm und sagte ärgerlich: »Du bist nicht Eidelmann!«

Und nun erlernte also der Zuckerfabrikant Eidelmann zusammen mit mir und dem Mathematikprofessor Judel-Jurgis' Handwerk. Nicht umsonst natürlich. Welcher Meister lehrt schon umsonst?

Judel-Jurgis war kein Halsabschneider. Er verlangte wenig von seinen Schülern. Der Professor und Eidelmann bezahlten in Rubeln.

Wozu brauchte der Getaufte Rubel?

»Wenn nun nach dem Krieg das alte Geld wiederkommt?« sagte Judel-Jurgis.

Von selbst, ohne die Russen, würde das alte Geld nicht wiederkommen.

Die Russen aber dachten jetzt nicht an Tscherwonzen, sondern an Moskau.

Der Zuckerfabrikant Eidelmann war schwer von Begriff, jede Kleinigkeit mußte man ihm dreimal erklären. Der Professor hingegen, der nahm alles im Fluge auf. Allerdings rieb er sich immerzu verächtlich die Hände und sagte: »Vollkommen klar. Alles nach den Gesetzen der Aerodynamik.«

Ich werde hinaufgehen, dachte ich. Wenn Judel-Jurgis dort ist, werde ich warten, bis er mit seinen Erklärungen fertig ist, und dann sage ich ihm alles, ohne zu lügen. Er soll Bescheid wissen. Er soll nicht mehr auf mich und nicht mehr auf die Cicėnas' vertrauen.

Wie lange hätte ich ihn noch täuschen können?

Mir schien, er ahnte alles schon. Er wollte nur die Wahrheit noch von sich fernhalten. Sonst wäre er längst selbst in die Gartenstraße gegangen, weswegen hätte er mich schicken sollen?

Schlimmer wäre, mein Betrug käme ans Licht. Dann würde Judel-Jurgis kein Erbarmen kennen. Dann jagte er mich zu des Teufels Großmutter, und wenn ich tausendmal geschickter war als der Einfaltspinsel Eidelmann.

Also hinauf in die Dachkammer, ins Cheder, die Lunge vollgepumpt mit der feuchten muffigen Luft und schnell gesagt: Nirgends werden Ihre Verwandten hinfahren ... nichts werden sie Ihrer Frau und den Kindern ausrichten ... wir sind gestorben für die ... verstehen Sie, so gut wie gestorben ... Nach den Gesetzen der Aerodynamik.

Unter solchen Gedanken, nach eben diesem geheimnisvollen Gesetz der Aerodynamik, stieß ich die Tür zum Cheder auf.

Neben dem Schornstein saß der schwere, kräftig gebaute Zukkerfabrikant Eidelmann, er hatte sich einen Eimer unter seinen dicken Hintern geschoben, der Ledersessel und Plüschsofa gewohnt war. Er war weit über vierzig, sah aber trotz seiner Fülle wesentlich jünger aus. Eidelmann unterschied sich durch nichts von gewöhnlichen Sterblichen, seine Fabrik war schon vor dem Krieg enteignet worden, und er war irgendwohin in die Einöde gefahren, fast bis zur polnischen Grenze, die er mit falschem Paß auf den Namen Ludwik Szczepański – das war sein Mitschüler in der Warschauer Handelsschule gewesen – zu überschreiten hoffte. Ob nun mit dem Paß etwas schiefgegangen war, oder ob er die Grenzen verwechselte, jedenfalls geriet Eidelmann ins Minsker Gefängnis, und von dort wurde er nach langer Gerichtsverhandlung am Vorabend des Krieges entlassen, wegen seiner aktiven Mithilfe in der MOPR, wie er erzählte.

»Guten Tag«, sagte ich.

»Tag«, erwiderte Judel-Jurgis und wandte sich, im Unterricht fortfahrend, wieder an Eidelmann. »Nächste Woche nehme ich Sie mit aufs Dach. Wir wollen prüfen, wie es mit Ihrem Gleichgewicht steht. Ob Sie keine Höhenangst haben ...«

»Mit meinem Gleichgewicht stand es nie zum besten ... Besonders mit dem politischen.«

»Macht nichts«, beruhigte ihn der Getaufte. »Sie werden sich gewöhnen.«

»Juden gewöhnen sich an alles«, sagte Eidelmann wehleidig. »Kann ich gehen?«

»Bis Donnerstag«, sagte der Getaufte.

»Herrgott!« rief sein Schüler, während er aufstand. »Wenn mir früher jemand gesagt hätte, daß ein Donnerstag kommen wird, an dem ich, Benjamin Eidelmann, mit Eimer und Schornsteinfegerbesen aufs Dach steige, dann hätte ich den nicht angespuckt, auch nicht die Treppe hinuntergeworfen, sondern ich wäre zur Kasse gegangen, hätte mir ein Schiffsbillett gekauft und wäre auf die Insel Honolulu gefahren. Warum, fragen Sie, auf die Insel Honolulu? Weil dort Zuckerrohr wächst. Weil es dort keine Öfen gibt. Weil dort niemals die Sonne untergeht.«

Damit entfernte sich der ehemalige Zuckerfabrikant. »Der gehört in den Judenrat, aber nicht aufs Dach«, entfuhr es mir.

»Judenrat gibt es nur einen, Dächer unzählige«, meinte Judel-Jurgis.

»Er wird runterfallen«, prophezeite ich. »Er fällt bestimmt runter. Gleich am ersten Tag.«

»Warum?«

»Er wird immerzu nach seiner Fabrik Ausschau halten.«

»Und wir, halten wir nicht auch Ausschau?«

»Schon«, gab ich zu. »Aber wir sehen nichts, was unser ist.«

»Doch«, knurrte der Getaufte.

»Nicht mit den Augen.«

»Auch mit den Augen.« Judel-Jurgis bohrte seinen Blick ins Bodendach.

Jetzt oder nie, sagte ich mir. Wann kommt noch einmal so eine Gelegenheit? Warum zögere ich? Warum schweige ich? Judel-Jurgis sieht etwas mit seinen Augen, und ich will ihm Schwefelsäure hineinspritzen, dann wird er erblinden ... Die Wahrheit macht immer blind ... Wie kann man leben mit von der Wahrheit erblindeten Augen?

»Du verbirgst mir etwas, Daniel«, sagte der Getaufte schlicht. In seinem Ton lag weder Vorwurf noch Drohung. Nur dies: Ich würde ja an deiner Stelle genauso handeln, aber eines Tages ... eines Tages kommt alles heraus ... die Sonne bringt es an den Tag, sozusagen ...

und dann wird es dir peinlich sein im plötzlichen Licht ... »Ich kenne dich doch als ehrlichen Burschen, als aufrechten ... Nun?«

Ich schwieg.

»Hast du mich belogen?«

»Ich war nicht dort«, sagte ich.

»Und der Halbpelz?«

»Der Halbpelz? ... Den hab ich gestohlen ... Auf dem Friedhof ... Dort waren Männer, die haben Grabsteine gestürzt ...«

»Dieser Halbpelz ... das ist meiner«, sagte Judel-Jurgis leise.

»Ihrer?«

»Ich habe ihn Vaclavas einmal zu Weihnachten hingebracht. Sie lebten immer ärmlich. Vaclavas hat alles vertrunken ... alles, bis zum letzten Centas.«

Ich lehnte mich an den Schornstein. Ich hörte, wie der Wind darin orgelte. Vielleicht aber orgelte es auch in mir – meine Verlegenheit, mein Mitleid, mein Schreck.

»Zum Dieb taugst du nicht«, resümierte der Getaufte. Wir beide standen inmitten von Dachbodengerümpel, da lagen offene Kartons, rostige Blechstücke, Lumpen, Zeitungsfetzen mit lange überholten guten Nachrichten, und auch wir selbst waren überholt, vergangen, verschlissen, man brauchte uns nur zu rütteln, schon würden wir zerfallen, Staub würde aufwölken und sich niederlassen, sich einfressen in diesen Abfall, diesen Rost, dieses Aas. Die Bodenkammer wurde immer enger, das Dach sank tiefer herab, mir war, als müsse ich den Kopf einziehen, diesen Kopf, den der Mensch, ohne groß darüber nachzudenken, so beharrlich für wertvoll hält. Wer, zum Teufel, braucht ihn? Wer braucht diese Kuppel, diese Kapsel, in der wir jede Minute einen Teil unserer Gefühle und unserer Hoffnungen einsargen?

»Ich habe gelogen«, sagte ich. »Bronislava war nicht zu Hause.«

»Und er?«

»Ohne sie entscheidet er nichts.«

»Warum hast du mir das nicht gleich gesagt ... damals, am Pumpenhaus?«

»Ich hatte Angst.«

»Wovor?«

»Ich kann nicht Grabsteine stürzen … Ich dachte: Wenigstens sie sollen bleiben, die Grabsteine.«

»Dann meinst du, meine Frau … und meine Kinder – das sind Grabsteine?«

»Ich weiß nicht«, sagte ich.

Auf einmal fühlte ich mich innerlich leer und ausgehöhlt, daß mir davon ganz übel wurde, Judel-Jurgis aber nahm den Schlag wider Erwarten gelassen hin, als bezögen sich meine Worte nicht auf ihn, sondern auf einen anderen. Das verstehe, wer kann!

»Was rätst du mir?«

Ich zuckte die Schultern.

»Das einfachste wäre: fliehen. Aber was wird mit den anderen? Sie können doch alle fortschleppen? Das können sie doch?«

»O ja.«

»Sich verstecken geht auch nicht … Und in einen Hund kann man sich nicht verwandeln … Wenn das möglich wäre, würde ich nicht lange überlegen, dann würde ich fliehen … Ich liefe auf unseren Hof, kröche in die Hundehütte und würde jeden Morgen, jeden Tag, den Gott werden läßt, warten, bis sie aus dem Haus kommen … sie … und Vladas … und Monikutė … Ich würde ihnen um die Beine streichen, ihnen an den Hals springen … Für alle, für die Verwandten und die Nachbarn, wäre ich ein Hund … irgendein Sargis oder Margis … aber für sie wäre ich der Vater und der Mann …«

»Sie dürfen nicht verzweifeln«, sagte ich. »Wenn der Krieg zu Ende ist, kommen Sie wieder heim.«

»Nicht für alle geht der Krieg zu Ende … Und wer weiß, ob sie auf mich warten wird. Wer wartet schon auf einen Juden?«

Zum erstenmal höre ich so etwas von ihm, schoß es mir durch den Kopf. Zum erstenmal. Früher hat er immer vermieden, so über sich zu sprechen, das hätte ihm früher keiner entlocken können. Seit er in der katholischen Kirche getauft worden war, betrachtete Judel-Jurgis sich nicht mehr als Juden, und auch für die anderen war er keiner. Für alle, sowohl für den katholischen Priester als auch für den Rabbiner, war er ein Schornsteinfeger. Und so wurde er im Marktflecken auch genannt: Schornsteinfeger-Judel-Jurgis.

»Jede Frau wartet auf ihren Mann, jede Mutter auf ihren Sohn. Was er ist, spielt keine Rolle«, sagte ich.

»Meinst du?«

»So muß es sein.«

»Wie es sein muß, ist es nie. Nie.«

»Wofür soll man dann leben?«

Der Antwort enthoben wurde Judel-Jurgis durch den Mathematikprofessor, seinen eifrigsten Schüler.

»Komme ich nicht zu spät?« fragte der, die Tür öffnend.

»Nein«, sagte der Getaufte.

»Vor dem Krieg war ich immer pünktlich«, bemerkte der Professor. »Und forderte Pünktlichkeit auch von anderen ... Ich bin bereit. Ich bin ganz Ohr.«

Ich war überzeugt, daß Judel-Jurgis nach unserem Gespräch seinen pünktlichen Schüler nicht unterrichten würde, doch der Getaufte raffte sich zusammen und sagte: »Bitte, Herr Professor ... Heute werden wir über die Beschaffenheit von Schornsteinen sprechen ... Schornsteine gibt es verschiedene ...«

Der Professor zog einen Notizblock aus seinem Übergangsmantel hervor, entnahm der Brusttasche seines Jacketts einen Bleistift, prüfte ihn und begann, die Worte seines unglücklichen Lehrers mitzuschreiben.

Judel-Jurgis sah zu, wie der Bleistift flink, ohne zu stocken, übers Papier kratzte, und dieses Kratzen schien ihn ganz in Bann zu ziehen. Er spickte seine Rede mit Ausrufen, mit allerlei Spitzfindigkeiten, sogar mit Sprichwörtern, manchmal verhedderte er sich, fing von vorn an, entschuldigte sich bei seinem Schüler, jedoch in seinen Augen, seinen moorfarbenen Augen, schimmerte Trauer wie grünliches Pflanzengeschling, er war am Versinken, und niemanden gab es – weder in der Glaser- noch in der Gartenstraße –, der ihm die Hand reichen konnte, ihn vorm Untergang zu retten.

Der Bleistift des Professors schrieb Zeile für Zeile, Judel-Jurgis redete des langen und breiten über Schornsteine, ich aber sah ihnen zu, und das Jüdische Meer schwoll um einen weiteren Tropfen an ... Über dem Rathaus wehte die deutsche Fahne mit dem Hakenkreuz, das sah aus wie die mit Kreide gemalten und von Schuhen halb verwischten Hopsefelder auf dem Trottoir in unserem Marktflecken. Was es bedeutete, wußte ich nicht, aber es machte einen häßlichen Eindruck auf mich. Anders als Hammer und Sichel. Mit der Sichel wird gemäht, mit dem Hammer geschmiedet, was aber tut man mit einem Hakenkreuz?

In reichlich zwei Jahren hatten wir drei verschiedene Fahnen, und das war wahrscheinlich noch immer nicht die letzte.

Als der Textilladenbesitzer Goldschmidt einmal sah, wie der Hausmeister ein neues Fahnentuch an seinem Steinhaus anbrachte, sagte er: »Du hättest dir lieber ein neues Hemd daraus nähen sollen, Kazimieras. Weniger Prunk, mehr Nutzen.«

In der Tat, welchen Nutzen bringt eine Fahne?

Pranas mußte jede Minute kommen. Er ließ auf sich warten, und ich wurde schon unruhig, ihm könnte etwas zugestoßen sein, immerhin war seine Arbeit, um es geradeheraus zu sagen, gefährlich, mit dem weißen Arzthelferkittel konnte er sich nicht tarnen. Wenn Pranas jetzt geschnappt würde, käme er nicht mit einer Gefängnisstrafe davon.

Passanten gingen an mir vorüber.

Ein Mädchen schnalzte und lächelte mir zu.

Ich lächelte zurück.

Wohin sie wohl eilte? Zum Rendezvous? Zur Arbeit? Ein Blinder mit Stock trat zu mir und bat: »Führen Sie mich bitte über die Straße.«

Weist man etwa einen Blinden ab?

Ich ergriff seinen Arm und führte ihn.

»Wer bist du?« fragte er.

»Ich? ... Vladas ...«

»Und von Beruf?«

»Ich arbeite in der Fabrik.«

»In welcher?«

»In der Möbelfabrik.«

Plötzlich erfaßte mich seltsame und demütigende Aufregung. Warum fragte er mich aus? Was ging es ihn an, wie ich heiße, in welcher Fabrik ich arbeite. Er sollte sich bedanken, und basta ... »Warum zittert denn deine Stimme?« drang der Blinde weiter in mich.

»Meine Stimme? Die soll zittern?«

»Du sprichst auch nicht rein ... mit Akzent ... Blinde haben ein gutes Gehör ... ich hab's gleich gemerkt ...«

Laß ihn stehen, laß ihn los, flüsterte es in mir. Und verschwinde, solange noch Zeit ist. Solange er dich noch nicht den Klauen der Polizei ausgeliefert hat. Er findet schon irgendwie allein über die Straße, die Fahrbahn ist leer, kein einziges Auto ist zu sehen, er kommt nicht unter die Räder, aber du ... du kommst ... Der Blinde preßte meinen Arm noch fester. Nicht nur sein Gehör war gut, sondern auch seine Kraft, bärenstark war er. Der konnte einen zerquetschen, ehe man sich's versah.

»Denkt der Pan, ich wäre ein Verrückter?«

Fort! Fort!

Ich riß mich los, ließ den Blinden mitten auf der Fahrbahn stehen und tauchte in der Menge der Passanten unter, ehe er sich besann.

»Ein Jude! Haltet den Juden!« Ein schriller Diskant erschütterte die ganze Straße.

Der Blinde stieß den Stock in die Luft wie sonst aufs Pflaster.

Die Leute blieben stehen, sie vergaßen ihre Sorgen, ihren Dienst, ihre Wege, wie auf Vereinbarung musterten sie einander – Nase, Augen, Haar – und gingen weiter.

Der Blinde aber fuchtelte mit seinem Stock und schrie: »Haltet den Juden! Haltet den Juden!«

Endlich verstummte er und verlor sich ebenfalls in der Menge.

Gerechter Gott, dachte ich, hinter einer Ecke verborgen, kann man in dieser Welt nicht einmal einen Blinden über die Straße führen, ohne sein Leben aufs Spiel zu setzen?

Womit hatten ihn die Juden so geärgert?

Hatten sie ihm die Augen ausgestochen?

Hatten sie ihm seine Kinder weggenommen?

Welcher Fluch lastet auf uns, welche Schuld?

Ich merkte gar nicht, wie Pranas kam.

»Warum versteckst du dich hier, du komischer Verschwörer?« flüsterte er. »So, Freund, erregst du erst recht Aufmerksamkeit.«

»Ach, ich wäre beinahe in eine Falle geraten.«

Pranas sah sich um.

»Wie?«

»Hab einen Blinden über die Straße geführt, und ihm mißfiel meine litauische Aussprache.«

»Warum hast du dich überhaupt auf ein Gespräch mit ihm eingelassen?«

»Wenn mich einer was fragt, dann antworte ich.«

»In Zukunft wirst du klüger sein, Freund.«

»Klüger – nein. Vorsichtiger.«

»Erst mal weg von hier«, sagte Pranas. Jetzt kann jeder Blinde sehend sein und jeder Sehende blind.«

»Es gibt mehr Blinde als Sehende. So viele!« Ich wies mit dem Kopf auf die Menschenmenge. »Sehen die wirklich nicht, was ringsum geschieht?«

»Sehen genügt nicht. Handeln muß man. Handeln. Gehen wir, Genosse Blindenführer!«

Wir gingen zu jenem Park, wo ich nach der Rückkehr von Cicėnas betrunken auf einer Bank geschlafen hatte, suchten uns ein stilles Fleckchen direkt am Fluß und setzten uns ins Gras, das ockerfarben gesprenkelt und herbstlich zerzaust war.

Der Fluß strömte Ruhe aus.

Am jenseitigen Ufer graste eine glückliche weiße Ziege. Träge rupfte sie die spärlichen vergilbten Hälmchen, hob von Zeit zu Zeit ihren hübschen leichten Kopf und schaute lange zum kalten Himmel empor. Sicherlich hatte auch sie ihre heimlichen Ziegenträume, am Ende gar Gebete. Doch wenn der Herrgott schon das ganze Jahr dem Menschen gegenüber taub ist, was kann dann eine Ziege im Spätherbst erwarten?

Pranas kitzelte mich mit einem Grashalm und sagte: »Ich habe dir einen Brief mitgebracht.«

»Von wem?«

»Von Doktor Bubnelis.«

»Für mich? ... Hör auf zu kitzeln!«

»Du übergibst ihn Abel Awerbuch, dem Direktor des jüdischen Waisenheimes ...« Pranas malte mit dem Grashalm etwas auf meine Wange.

»Was kitzelst du mich?«

»Ich habe dir den Namen auf die Wange geschrieben: Abel Awerbuch.«

»Vielleicht schreibst du dort noch den ganzen Brief hin?«

»Der Brief ist zugeklebt ... Schon gut, nimm's nicht übel«, sagte Pranas und warf den Grashalm in den Fluß. »Gut«, sagte ich. »Ich übergebe ihn.«

»Das ist nicht so einfach ... Abel Awerbuch ist mit seinen Waisen unter die Erde gegangen.«

»Tja, dort kann ich ihn nicht ausgraben.«

»Brauchst du auch nicht. Er kommt manchmal selbst an die Oberfläche. Taucht auf, sozusagen, um Lebensmittel und Medikamente zu besorgen.«

»Ich kenne eine Krankenschwester. Sara. Die Frau von einem Uhrmacher aus Deutschland.«

»Ich erinnere mich«, sagte Pranas.

»Sie müßte ihn kennen.«

»Kann sein.«

»Und was ist mit den Jauchefahrern? Hat jemand mit ihnen gesprochen?«

»Ja.«

»Und?«

»Sieht schlecht aus bis jetzt.«

»Wollen sie nicht?«

»Sie zögern.«

»Sie treiben den Preis hoch ... Übrigens, Sara hat mir eine Kette versprochen, eine richtige, aus Gold ...«

»Mit Geld kriegen wir sie nicht. Weißt du, sie haben nicht einmal um sich selbst Angst ...«

»Um die Kinder?«

»Auch nicht um die Kinder. Obwohl die ihnen auch leid tun.«

»Um wen denn dann?«

»Das Faß – bitte schön, das Riemenzeug – alles wollen sie gern geben, aber ein Pferd ... ein Pferd unter keinen Umständen.«

Pranas erläuterte mir ausführlich die Situation. Die Situation, wie er sich ausdrückte, war ungewiß. Aber die Zeit drängte. Bald würde Frost einsetzen, dann flöge die Operation auf, denn bei Frost arbeiten die Jauchefahrer nicht, niemand bringt die Scheiße weg, sie ist ja zu Eis gefroren, man kann sie nicht mit Brechstangen zerklopfen oder auslassen wie Gänseschmalz.

Bis zum Frühjahr warten? Das ist zu lange. Ehe das Eis taut, sterben die Kinder oder werden weggefangen. Es sind ja auch schon alle Tauben weggefangen worden, damit wir sie nicht als Nahrung verwenden. Nicht einmal Sperlinge kommen ins Ghetto geflogen, dort gibt es für diese kleinen Vagabunden nichts zu fressen, denn jedes Krümchen wird mit der Zunge aufgenommen, nicht mit dem Schnabel.

Den Jauchefahrern sind ihre Kinder wichtig und ihre Pferde. Wo könnte man eine klapprige Mähre auftreiben, wenigstens eine für den Anfang?

Totengräber war ich schon, nun war ich unter die Schornsteinfeger gegangen, zum Nutzen der Sache könnte ich ja auch noch Pferdedieb werden.

Oder sollte ich mich selbst vor das Faß spannen?

Ginge es nach mir, so täte ich das.

Wenn man einen Menschen vor den Pflug spannen kann, warum dann nicht vor einen Jauchewagen?

Das wäre ein Schauspiel!

Die ganze Stadt würde der Fuhre folgen: der Herr Advokat, und auch das Mädchen, das mir zugelächelt hatte, und auch der Blinde, der durch einen solchen Anblick gewiß sehend würde.

Hi-hi-hi! Ha-ha-ha!

»Trotzdem werden wir sie herumkriegen«, sagte Pranas. »Wir bieten ihnen eine anständige Summe und kriegen sie rum. Das Leben eines einzigen Menschen ist mehr wert als eine ganze Herde Pferde.«

»Jetzt ist eine ganze Herde Menschen weniger wert als ein einziges Pferd«, sagte ich.

»Du bist ja ein ausgemachter Pessimist«, bemerkte Pranas.

»Was ist das für eine Partei?«

»Die zahlreichste ... die, die nur an das Schlechte glaubt.«

»Ich glaube nur an das Gute«, sagte ich.

»Zum Beispiel?«

»An ein Pferd«, sagte ich.

»Das ist wenig«, warf Pranas ein. Mag sein, für ihn, den Leiter der Jugend, war das wirklich wenig, für mich aber genügte es vollauf ... jedenfalls so lange, bis wir Abel Awerbuchs Waisen aus dem Ghetto gebracht hatten. Und dann ... dann würde ich auch noch an etwas anderes glauben – ich wußte selbst nicht, woran ... Vom Fluß her wehte Kühle. Die Ziege war zu einer Weide gegangen und rieb ihre eingefallene Flanke am Stamm. Das feinbehaarte rosige Euter schaukelte wie eine Glocke, und zartes Milchgeläut umkoste meine Ohren.

Jetzt immer so sitzen bleiben, dachte ich, zur Ziege hinüberschauen und die Flanke an meiner eigenen Weide reiben – am Türpfosten der heimatlichen Hütte, an einem Grabstein auf dem Friedhof in unserem Ort, an Großmutter ... Sie ist es, an die ich noch glaube!

»Wir sitzen schon recht lange hier«, sagte Pranas. »Es wird Zeit.«

Ich hörte ihn nicht. Ich rieb mich immer noch an meiner Weide.

»Was ist, hörst du nicht? Es ist Zeit!«

»Hast du schon mal deine Flanken an einer Weide gerieben?« fragte ich ihn.

»Ich bin doch keine Ziege«, lachte Pranas auf.

»Ein Böckchen bist du«, sagte ich.

Ich stand auf, klopfte mir die Grashalme von der Kleidung, schielte zum jenseitigen Ufer hinüber, und einen Moment kam es mir vor, als sei die Ziege auch aufgeschreckt, als habe sich ihr schmutzigweißer Rücken angespannt und gebuckelt und der Herbstwind ihr zum Abschied das flaumige Rückenfell wie Pusteblumen gezaust.

»Wir treffen uns wieder hier am Fluß. In zwei Tagen ... Um zwölf Uhr«, sagte Pranas überdeutlich.

»Ich hab keine Uhr.«

»Also gut, mittags. Mit der Antwort von Awerbuch.«

Ob wohl übermorgen die Ziege noch hier ist? dachte ich. Ich dachte es und knüpfte einen Wunsch daran. Wenn die Ziege noch da wäre, würde er in Erfüllung gehen. Sonst aber ... »Was träumst du denn?« Pranas stieß mich mit dem Ellenbogen an.

»Hör mal, Pranukas ... Was meinst du, ob wohl die Ziege in zwei Tagen noch hier ist oder nicht?«

»Wieso interessiert dich das?«

»Wird sie hier sein oder nicht?«

»Sie wird schon hier sein«, sagte Pranas ärgerlich. »Wo soll sie sonst sein? ... Du denk lieber an Awerbuch.«

»Ich habe mir nämlich etwas gewünscht«, erklärte ich ihm.

»Von einer Ziege hängen unsere Wünsche nicht ab«, unterbrach er mich.

Von wem hängen sie sonst ab? Von der Roten Armee? Aber die ist weit, und die Ziege ... die Ziege ist hier ... Und außerdem – hatte er wirklich nichts verstanden? Hatte er nicht begriffen, was ich mir wünschte? Oder verstellte er sich? ... Freilich wünschte ich, daß wir ein Pferd bekämen, daß wir Awerbuchs Waisen ins Jauchefaß laden und heil und lebendig zu Doktor Bubnelis bringen könnten ... Ich wünschte auch, der Feind würde geschlagen und der Sieg wäre unser ... Aber am allermeisten wünschte ich, *sie* wiederzusehen ... »Sie ist in der Stadt«, sagte ich, übermannt von allen Wünschen und von jenem einzigen, größten.

»Wer?«

»Judith«, sagte ich. »Du weißt, wie ich sie finden kann.«

»Ich weiß es nicht.«

»Du weißt es und verheimlichst es mir. Sei unbesorgt. Ich verrate euch nicht. Ich bin einverstanden ...«

»Womit einverstanden?«

»Ich bin einverstanden, dem Komsomol beizutreten.«

»Hättest du längst tun sollen«, meinte Pranas.

»Sag mir ihre Adresse.«

»Hör auf! Wir werden schon beobachtet«, beunruhigte sich Pranas.

»Sag sie mir. Ich stehle auch ein Pferd ... Ich stehle zehn Pferde ... Ich schwör's ...«

»Wenn ich etwas erfahre, gebe ich dir bestimmt Bescheid«, wich Pranas einer Antwort aus.

Er war nicht zu erweichen – nicht durch Bitten, nicht durch Diebstahl, nicht einmal durch den Komsomol.

»Hast du sie wenigstens gesehen?« Ich ließ nicht locker.

»Deine Fragerei geht mir auf die Nerven. Ich habe dir doch deutlich gesagt: Sowie ich was erfahre, geb ich Bescheid.«

»Und wenn mir was passiert, Pranukas? Hm?«

»Wer liebt, hält durch«, beruhigte mich Pranas.

Für ihn war alles klar. Er liebte die neue Arbeiter-und-Bauern-Macht, für die würde er durchhalten, und wenn tausend Hakenkreuzfahnen in der Stadt wehten, und wenn tausend Panzer nach Osten rollten, nach Moskau, nach Tobolsk, er würde durchhalten.

Und ich?

»Du wirst auch durchhalten«, sagte Großmutter, als Pranas in eine Seitengasse gebogen war und ich allein zurückblieb. »Zur Hochzeit werde ich euch Piroggen backen ... meine Piroggen mit Rosinen und Zimt! Zum erstenmal in meinem Leben werde ich trinken ein Glas Honigschnaps ... Das wird eine Hochzeit, Daniel! Die Hochzeit aller Hochzeiten! Wir werden den ganzen Marktflecken einladen. Alle! Juden und Christen! Und wir werden auch die Ziege dazuholen. Ja, ja dieselbe Ziege, die ihre weiße Flanke am Weidenstamm gerieben hat. Und wir werden auch das Pferd herzubitten ... Ihr besorgt ein Pferd und bringt in Fässern alle heraus, die darin Platz finden. Die Jauchekinder werden zu eurer Hochzeit einen Reigen tanzen, und ihr Lehrer Abel Awerbuch wird weinen vor Glück ... Und aus den Fässern, wenn sie sauber gewaschen sind, wird selbstgebrautes Bier fließen, und die guten Jauchefahrer werden ihren ewigen Durst stillen. Der gemischte Chor unter der Leitung von Menachem Plavin wird euch zu Ehren Hosianna singen! ... Dann erst, Daniel, werde ich sterben. Dann erst, mit einem Hochzeitskuchen in der Hand, gehe ich ins Grab. Und bewirte die Toten. Auch die Toten sollen kosten von eurer Freude ... Kopf hoch, Daniel! Das Mehl wird schon gemahlen in der Mühle! Schon ist das Bier angesetzt!«

Ich ging durch die Stadt, und unsagbar stark war mein Wunsch, zu leben. So stark wie nie ... Der Hochzeitsmusikant Leiser war urplötzlich wie von einem Zauberstab berührt, nicht von einem bösen, sondern von einem guten, er hatte sich vollständig verändert.

So etwas gibt es ja: Da lebt ein Mensch, alle haben sich an sein Aussehen gewöhnt, an seinen Husten, an sein Gezänk, und eines schönen Morgens oder Abends ist er auf einmal bis zur Unkenntlichkeit verwandelt, als sei er in einer geheimnisvollen Schneiderwerkstatt, zu der gewöhnliche Sterbliche keinen Zutritt haben, ganz neu zugeschnitten und zusammengeflickt worden. Hineingegangen ist der Mensch zerlumpt, abgenutzt, mit Haarschuppen auf Kragen und Revers, und heraus kommt er als richtiger Geck, tipptopp gekleidet, ordentlich gekämmt, strahlenden Blickes, man brauchte ihn nur noch mit Eau de Cologne zu besprühen und neben einer Schaufensterpuppe aufzustellen, niemand könnte ihn von der Puppe unterscheiden, nicht einmal ein Neunmalkluger.

Ein Geck war der Hochzeitsmusikant Leiser nicht geworden, fürs Schaufenster eignete er sich nicht, auch wenn man mit Eau de Cologne nicht sparen würde, doch trotzdem war er wie ausgewechselt.

Ich sah ihn an und staunte. Er hatte – unerhörte Begebenheit! – selbst seine Hose und sein Hemd gewaschen. Die hatten zum letztenmal vor fünf Jahren auf der Leine gehangen, vielleicht auch noch früher.

Der Hochzeitsmusikant Leiser saß im Zimmer, ein Totengewand über seine schamhaften Stellen gebreitet, und wartete den ganzen Tag, daß seine Sachen im Herbstwind trocken würden. Der Herbstwind hatte es nicht eilig, er hatte ja noch genug anderes zu tun, wer sollte die Blätter von den Bäumen reißen, wer sollte die Wolken treiben, doch nicht etwa Leiser.

In der Hand hielt der Hochzeitsmusikant Leiser die Geige und ließ seine Finger über die Saiten gleiten.

Noch vor dem Krieg, als ich mit der Geige von Schimon, Doktor Jochelsohns Sohn, zu Leiser kam und bei ihm lernen wollte, hatte der Hochzeitsmusikant mich abgewiesen, hatte seine Hände vorgezeigt und gesagt: »Alle deine Lehrer – meine zehn Finger – sind gestorben. Du bist nach dem Begräbnis gekommen.«

Dasselbe hatte er unserem Ortspolizisten Tutkus gesagt. Nur nannte er seine Hände damals Grabsteine. Sogar seine Geige hatte er ertränkt.

Und plötzlich so ein Wandel!

Was hatte ihn wohl veranlaßt, wieder zum Bogen zu greifen? Der Ärger über den Sensenmann, der ihn ständig links liegenließ, als fürchte er sich selbst vor ihm? Der Wunsch, seine Einsamkeit wenigstens etwas zu übertönen? Oder hatte vielleicht Menachem Plavin, der ehemalige Militärkapellmeister und jetzige Leiter des gemischten Chors und des jüdischen Orchesters, ihn mit einem Honorar gelockt? Es hieß, der Vorsitzende unserer Regierung, der Advokat Silbermann, habe einige Mittel für »kulturelle Zwecke« zur Verfügung gestellt.

Jedenfalls spottete Leiser nicht mehr über die, die er noch gestern meschugge genannt hatte. Er war selbst davon angesteckt, obwohl es eigentlich, wie der Synagogendiener Chaim versicherte, nichts anzustecken gab, denn er, Leiser, sei schon immer ein Meschuggener gewesen, nur daß er sich nicht ins Gesicht geschlagen habe, nicht durch die Straßen gerannt sei und geschrien habe wie unser armer Zuckermann: »Es lebe der Imperator der ganzen Welt … Nikolai der Zweite!«

Hier allerdings, in der Sache mit dem Orchester, stand Chaim ganz und gar auf Leisers Seite. Er unterstützte den Hochzeitsmusikanten mit demselben Eifer, mit dem er ihm früher dumme Ideen ausreden wollte. Wenn der Synagogendiener Chaim etwas im Überfluß besaß, so war es Eifer, der reichte bei ihm für alle Wechselfälle des Lebens.

»Was starrst du mich so an, Daniel?« fragte der Hochzeitsmusikant Leiser, als er meinen erstaunten Blick bemerkte. »Hast du noch nie einen Nackten gesehen?«

»Sie sind ja nicht nackt.«

»Ich bin immer nackt, auch wenn ich angekleidet bin … Wir alle, Freundchen, sind nackt«, knurrte Leiser und legte die Geige beiseite. »Und das ist gut so.«

»Das soll gut sein, daß wir nackt sind?«

»Ja«, sagte Leiser. »Niemand kann etwas verbergen, nicht unterm Hemd, nicht unter der Uniform, nicht unter der Livree. Weißt du wenigstens, Freundchen, was das ist, eine Livree?«

»Nein.«

»Weißt es nicht, aber starrst mich an.«

»Ich starre nicht.«

»Guck nur, guck! Bald werdet ihr mich nicht wiedererkennen!«

»Sie sind schon jetzt kaum wiederzuerkennen.«

»Kaum, aber gerade noch … Aber bald … Bald, Daniel, bekommen wir eine Uniform.«

»Eine Militäruniform?«

»Ach was, das ist nichts für uns. Ein Jude in Militäruniform ist ein Soldat, und wenn einer kein Jude ist, ist er erst recht kein Musikant. Ich meine etwas anderes. Die Männer bekommen blaue Jacken und blaue Hosen, die Frauen schwarze Röcke und weiße Blusen. Menachem Plavin hat es versprochen.«

»Mit Flicken?«

»Die Uniform, Freundchen, wird sein ganz neu. Ohne alle Flikken.«

»Ich meine: mit gelben?«

»Ohne gelbe, ohne rote, ohne violette, ohne alle! … Aber nun, Freundchen, sieh mal aus dem Fenster! Haben sie mir auch nicht meine Sachen geklaut?«

Ich ging ans Fenster.

»Wenn sie jemand klaut, muß ich im Leichentuch zur Probe gehen«, sagte der Hochzeitsmusikant Leiser und zog das Leichentuch höher. Jetzt bedeckte es nicht nur seine schamhaften Stellen, sondern auch seine Brust, die war dünn wie ein Wandschirm, man konnte wohl gar durch ein Guckloch in sein Inneres blicken.

»Ihre Sachen hängen noch da, Reb Leiser.«

»Gott sei Dank! Sonst würde ich doch die Aufnahme verderben.«

»Was für eine Aufnahme?«

»Menachem Plavin sagt, zu uns wird ein Fotografierer kommen.«

»Wozu?«

»Damit wir in die ganze Welt geschickt werden können. Nach Amerika, nach Afrika, nach Spinnland …«

»Nach Finnland!«

»Schaut, liebe Leute, so singen und spielen die Juden! Schaut es euch an und sagt nicht, ihr hättet es nicht gesehen … Weiße Blusen, blaue Hosen … und nicht ein einziges Leichentuch … Verstehst du?«

»Ich verstehe ... Und was, Reb Leiser, singen Sie da? Was spielt das Orchester?«

»Was wir spielen? Was wir singen? Ach, so was Komisches ...«

»Nichts Jüdisches?«

»Von einem Deutschen ... Menachem Plavin sagt, daß er ein Genie ist! Menachem Plavin schwört, daß er kein Antisemit ist. Sag, mein Lieber, woher kann Menachem Plavin wissen, ob er ein Antisemit ist oder nicht, wenn dieser Mensch im vorvorigen Jahrhundert gelebt hat? Hier kannst du nicht einmal für deinen Nachbarn die Hand ins Feuer legen, obwohl du den doch jeden Tag vor den Augen hast. Ist Menachem Plavin etwa bei ihm zu Gast gewesen?« »Bei wem?«

»Bei diesem Beethoven ... Hat er etwa mit ihm Ziegen gehütet? Beethoven, Beethoven! Das leiert er wie eine Drehorgel – die hört auch nicht auf, bis du dem Drehorgelmann eine Münze in seinen Hut gespendet hast. Was findet er bloß an ihm? Die Melodie ist ja noch ganz leidlich, aber die Worte! Der reinste Hohn, bei Gott! Und dann noch singen in deutscher Sprache ... Die Worte wird der Fotografierer wenigstens nicht aufnehmen, nur die Münder. Aber aus denen quillt lauter Teufelszeug. ›*Alle Menschen seinen Brüder ...*‹* Verstehst du das?«

»*Alle Menschen sind Brüder*«*, sagte ich. »Das sind doch schöne Worte.«

»Schön sind sie«, stimmte der Hochzeitsmusikant Leiser zu. »Nur nicht für unsere Münder.«

»Ich finde, sie sind schön für jeden Mund.«

»Dann komm doch hin und sing mit!«

»Vielleicht tu ich es auch.«

»Tu das, tu das. Der Chor nämlich, mein Lieber, wird kleiner mit jedem Tag. In einer knappen Woche hat Menachem Plavin fünf Sänger verloren. Weggeholt haben sie die.«

»Von der Probe?«

»Von zu Hause. Und drei Musikanten auch: eine Flöte ... eine Oboe ... und die Becken ... Becken, Freundchen, gibt es nicht nur zum Waschen. Im Leben kann man auskommen ohne sie, man kann einfach aus dem Brunnen schöpfen, aber in der Musik geht es nicht ohne Becken, besonders bei festlichen Gelegenheiten nicht, zum Pessachfest oder wenn einer stirbt ... Da muß alles dröhnen.«

Der Hochzeilsmusikant Leiser klatschte in die Hände, um mir zu zeigen, wie die Becken dröhnen müssen.

Ob nun seine Hände zu schwach waren, oder ob der Schlag nicht die richtige Stelle traf, jedenfalls kam das erwartete Dröhnen nicht zustande. Der Hochzeitsmusikant Leiser wurde verlegen, betrachtete seine Hände, und seine Gedanken flogen wohl zum Fenster hinaus und hängten sich neben der nassen Hose und dem Hemd auf die Leine.

»Ich sehe, du willst mich etwas fragen, Freundchen. Genier dich nicht. Frag!«

»Reb Leiser«, begann ich, verblüfft, daß er es spürte. »Sind Ihre Finger wirklich wieder aufgewacht?«

»Ja«, sagte er.

»Alle?«

»Alle außer dem linken Daumen. Der linke Daumen ist unwiderruflich entschlafen. Er war schon immer ein Faulpelz. Immer.«

»Wie kann das sein«, fuhr ich fort. »So viele Jahre haben sie geschlafen, und plötzlich ...«

»Das ist ganz einfach«, sagte der Hochzeitsmusikant Leiser. »Ganz einfach ... Antworte mir, mein Lieber: Kannst du schlafen, wenn es donnert?«

»Ja.«

»Und wenn die Erde bebt?«

»Unter mir hat sie noch nie gebebt.«

»Du Glücklicher!« sagte Leiser. »Aber kannst du schlafen, wenn sie deine Braut nackt ausziehen und schänden?«

»Ich habe keine Braut.«

»Was hast du dann?«

»Nichts«, sagte ich.

»Das gibt es nicht«, sagte der Hochzeitsmusikant Leiser. »Sogar der letzte Bettler hat irgendwas. Wenn nicht ein Stück Brot, dann einen tiefen Krug. Wenn keinen tiefen Krug, dann ein schönes Plätzchen irgendwo auf der Synagogentreppe. Wenn kein schönes Plätzchen, dann doch die Hoffnung ...«

Der Hochzeitsmusikant Leiser holte Atem, grub die erwachten Finger in sein Zottelhaar und wühlte darin, daß es nach allen Seiten abstand rings um seinen hartnäckigen Kopf über den bloßen Schultern.

»Die Finger eines Musikanten können nicht schlafen, wenn es donnert, wenn die Erde bebt, wenn eine Braut geschändet wird. Sic wachen auf und greifen in die Saiten. Und die Saiten singen Hoffnung wie der Krug des Bettlers.«

»Und warum haben Sie Ihre Geige fortgeworfen?«

»Warum? Ich Dummkopf habe gedacht, daß ich schon kein Musikant mehr bin, daß ich ... wie soll ich es dir erklären ... altes verfaultes Fleisch bin, in dem die Würmer wimmeln ... Und nun hat sich gezeigt, es ist gar nicht so ... das heißt nicht ganz so ... Die Würmer wimmeln im Fleisch, aber ich bin noch ... ich bin noch *Leiser* ... Und dazu dieser Junge ... Dieser Junge, der niemals mehr auf einer Hochzeit spielen wird ... Er ist zu mir gekommen und hat gesagt: Der Tod kann die Geige nicht umbringen. Eine Geige ist stärker als der Tod, denn es wird immer Holz bleiben und ein Meister und Pferdehaar anstelle der Saiten.«

»Ich komme. Ich komme bestimmt und höre Ihnen zu.«

»*Alle Menschen seinen Brüder?*«*

»Warum eigentlich nicht?«

»Vielleicht ist dieser Deutsche, dieser Beethoven, wirklich kein Antisemit? Menachem Plavin ist bekannt als Lügner, aber selbst ein Lügner spricht einmal im Jahr die Wahrheit, das passiert auch ihm. Obwohl, wenn man es recht bedenkt, sogar für einen Antisemiten sind alle Menschen Brüder, außer uns Juden.«

Und wieder rüttelten seine Gedanken an der Wäscheleine im Hof, nicht mehr mit Lüge und Wahrheit beschäftigt, sondern mit den trocknenden Sachen.

In der Tat, dachte ich, warum nicht einmal abends hingehen und diesen Beethoven anhören? Was hat es für Sinn, jeden Abend auf dem Fußboden zu liegen, an die Decke zu starren und sich zu grämen, daß wieder ein Tag vergangen ist und nichts auf der Welt sich geändert hat. Möglicherweise kann ich auch nicht nur zuhören, sondern für jemanden von denen einspringen, die niemals mehr ein Fotograf aufnehmen wird. Nicht für die Oboe natürlich, auch nicht für die Flöte, aber, sagen wir, für die Becken. Zum Singen bringen mich keine zehn Pferde, ich habe auch in besseren Zeiten nicht gesungen, wer singt schon auf dem Friedhof, ein Totengräber ist keine Nachtigall, kein Stieglitz und auch kein Pirol. Aber die Becken schlagen – bitte schön, nichts dagegen. Die Hauptsache dabei ist, wie ich verstanden habe, daß man zur rechten Zeit schlägt, keine Minute zu früh, keine Minute zu spät, sondern genau in dem Augenblick, da der Krach eben nötig ist, zum Beispiel, wenn ein Bösewicht einen Menschen umbringt oder wenn alle frohlocken aus Anlaß des Pessachfestes oder eines anderen Triumphes, etwa der Zustimmung der Jauchefahrer, gegen gutes Geld ein Pferd zur Verfügung zu stellen.

Der Gipfel des Glückes wäre, mit Judith dorthin zu gehen. Sie wüßte genau, ob Beethoven ein Antisemit ist oder nicht. Im Hause von Doktor Gutmann erklang immer Musik. Genau wie bei Jochelsohn. Die Doktoren können überhaupt nicht ohne Musik auskommen ... Und Doktor Bubnelis?

Sein Brief steckte in meiner Tasche, ich griff von Zeit zu Zeit hin und befühlte ihn, als könne er durch den Hosenschlitz entwischen.

Der Hochzeitsmusikant Leiser bemerkte mein Fingern, er schmunzelte und sagte: »Spielt das Hörnchen?«

»Was für ein Hörnchen?« fuhr ich auf.

»Nun, was hat ein Bursche für ein Hörnchen, wenn er achtzehn ist und kein Hirtenknabe?«

Ich spürte, wie mir das Blut zu Kopfe stieg, wie hochrote Flekken auf meine Wangen traten.

»Ich habe hier einen Brief«, erklärte ich.

»Brief ist Brief, aber Hörnchen ist Hörnchen«, lächelte der Hochzeitsmusikant Leiser. »Nicht umsonst hast du tomatenrote Backen gekriegt! Auch ich, Freundchen, war einmal jung, auch ich habe meine Nöte gehabt«

Was schwätzte der Alte bloß? Was wußte er von meinen Nöten? Ach was, er brabbelte einfach Unsinn ... Leiser aber ließ nicht locker: »Du, mein Lieber, hast ein Hörnchen. Und sie hat eine

Laute. Eines Tages werden sie sich begegnen, und ihre Töne werden miteinander verschmelzen wie die Trauben am Weinstock ... Aber nicht doch, du brauchst nicht rot zu werden! Deine Tomaten kann sowieso niemand essen ... Sie heißt Judith. Stimmt es?«

»Stimmt.«

»Und meine hieß Esther ... Alle denken, ich hätte nie jemanden gehabt, ich wäre zeitlebens ein Junggeselle gewesen. Aber ich habe sie gehabt ... Esther! Gütiger Gott, was war das für eine Laute!«

Der Hochzeitsmusikant Leiser verstummte, stand vom Stuhl auf, tappte in die Ecke, steckte den Kopf in einen Eimer – er trank immer so, wie ein Pferd –, befeuchtete sich Stirn und Ohren und kam langsam wieder zurück, während ihm Tropfen aufs Leichentuch fielen.

»Du wirst es nicht glauben, aber ich träume sogar jetzt noch manchmal von ihr.«

»Auf unserem Friedhof liegt sie aber wohl nicht«, sagte ich, während ich seine nasse Stirn betrachtete und die Ohren, die an die Henkel eines Kruges erinnerten.

»Sie liegt auf keinem Friedhof. Auf gar keinem«, sagte er. »Außer diesem.« Und er schlug sich aufs Herz. »Wie viele Jahre hast du mit dem Spaten gearbeitet?«

»In diesem Herbst sind es fünf.«

»Fünf Jahre!« rief der Hochzeitsmusikant Leiser aus. »Und in all den Jahren, Freund, hast du nicht begriffen, daß das Herz der Friedhof ist, den jeder immer bei sich trägt ... solange er lebt ... Es ist ein Irrtum, daß wir unsere Nächsten in der Erde vergraben. Ein Irrtum. Hier sind sie begraben, hier ... Schade, daß ich von niemandem dort begraben werde.«

»Aber das stimmt nicht«, sagte ich.

»Von dir?«

»Zumindest von mir.«

»Hab Dank, mein Lieber. Du bist ein guter Junge. Hab Dank ... Aber vergiß nicht: Das ist ein sehr kleiner Friedhof, alle kannst du dort nicht begraben. Und manchmal bleibt er auch völlig leer.«

»Meiner bleibt nicht leer.«

»Großmutter, Großvater, Mama, der Vater ... Und vielleicht auch sie – Judith ...«

»Sie lebt«, rief ich heftig. »Sie ist in der Stadt gesehen worden.«

»Na und?« Der Hochzeitsmusikant Leiser schlug sich wieder aufs Herz. »Dieser Friedhof ist nicht so sehr für die Toten, er ist mehr für die Lebenden.«

Der Wind trocknete im Hof seine Sachen, er orgelte vorm Fenster, ließ das Blech auf den Dächern klappern, ich aber hörte nicht das Heulen, nicht das Klappern, sondern die Töne einer Laute. Die drangen zu mir durch die Dämmerung, durch das unwirtliche Herbstwetter, und das Horn erwiderte ihren Ruf, daß die Klänge miteinander verschmolzen wie eine Weintraube mit der anderen.

Die Begegnung mit Abel Awerbuch, dem Direktor des jüdischen Waisenheimes, vermittelte mir Sara. Sie sagte mir, wann er im Krankenhaus sein würde, und ich ging schon vorher hin, um ihn, Gott behüte, nicht zu verpassen, denn sonst hätte ich ihn suchen müssen wie eine Stecknadel im Heuhaufen.

Das Krankenhaus, wo Sara arbeitete, war im ehemaligen Kino »Gloria« untergebracht, aus dem man nicht einmal die Sitze entfernt hatte. Man hatte einfach die Rücklehnen abgesägt und die Sitze in eine lange Reihe gestellt, so dienten sie als wacklige, niedrige Liegebetten.

An den Wänden des »Gloria« hingen noch Plakate. Da jagte Tschapajew auf einem Maschinengewehrwagen durch die Gegend. Die Hälfte des Wagens war mit neuen, maschinegeschriebenen Befehlen überklebt, auf denen ganz oben der gierige Reichsadler seine Schwingen breitete. In einem der Befehle hieß es, daß »vom heutigen Tag an den Juden verboten ist, Schnurrbärte zu tragen, um die Behörden nicht über ihre nationale Zugehörigkeit zu täuschen«. Da Tschapajew wohl Russe war, bezog sich das nicht auf ihn, und sein Schnurrbart sträubte sich lanzengleich.

Sara führte mich hinein, hieß mich auf einem Stuhl Platz nehmen und sagte, Awerbuch betreffend: »So ein Dürrer ... Mit Zwikker ... Bin ich froh ...«

»Ja?«

»Der Chefarzt ist einverstanden, Wilhelm ins Krankenhaus aufzunehmen.«

»Ist er denn krank?«

»Nein ... Aber hier ist es weniger gefährlich. Von hier haben sie bis jetzt noch niemanden abgeholt. Zwar muß Willi bei Typhuskranken liegen. Aber immer noch besser Typhus als der Lastwagen ... Warten Sie hier, Herr Daniel, ich muß nun wieder ...«

Und die Flüchtlingsfrau ging weg.

Besser Typhus als der Lastwagen. Von Typhus kann man noch geheilt werden, aber gegen den Lastwagen gibt es keine Medizin. Warum kann der Chefarzt nicht Abel Awerbuchs Waisen ins Krankenhaus aufnehmen? Wahrscheinlich kein Platz ... Im »Gloria« gab es vor dem Krieg nur ganze zweihundert Plätze.

Der Zwicker ließ auf sich warten. Alle möglichen Gestalten huschten an mir vorüber, sie sahen durchaus nicht nach Typhus aus. Alle machten rätselhafte Gesichter, als erwarte sie hinter der Tür, hinter der sie verschwanden, etwas Schlimmes. Ich erkannte unter ihnen auch unseren Mohel Eser Kurlandtschik, der die Säuglinge beschnitten hatte. Eser Kurlandtschik würdigte mich keines Blickes, und ich war ja auch wirklich für ihn nicht von Interesse. Gott sei Dank, schon achtzehn Jahre war es her, daß ich beschnitten wurde, ein zweites Mal konnte er mit mir nichts anfangen.

Was machte unser Mohel im Krankenhaus? Wen wollte er beschneiden? Etwa den künftigen Kaiser des künftigen Deutschland?

Eser Kurlandtschik will selbst im Krankenhaus liegen, vermutete ich. So gewitzt wie unser Mohel war niemand, er kam immer irgendwie durch, erreichte alles, obwohl er sein Geld nicht mit Zucker verdiente wie Eidelmann, sondern mit dem Messer. Die Leute erzählten, es sei gar kein heiliges Messer, Eser Kurlandtschik habe es von meinem ersten Lehrherrn, dem Friseur Aron Damski, erworben, wer konnte das genau wissen. Wenn ich an Wilhelm dachte, so schien mir, im Krankenhaus waren mehr Gesunde als Kranke. So wunderbar ein Totengewand auch sein mochte – bot es etwa sichere Zuflucht? So trügerisch ein Schneemann auch war – konnte man denn jeden mit Schnee bedecken und im Garten aufstellen? Weit besser war die Flucht in eine Krankheit, man gab sich als blutspuckender Schwindsüchtiger aus oder als Epileptiker, dann konnte man liegen, solange einen niemand anrührte, konnte man zittern, wenn Kontrolle kam. Und doch, ins Krankenhaus gelangte nicht jeder; nicht alle, sagte die Flüchtlingsfrau Sara, wurden aufgenommen. Um in die Krankheit zu flüchten, brauchte man ebenfalls Geld. Und nicht nur Geld, sondern auch einen Namen.

Der Zuckerfabrikant Eidelmann beispielsweise hatte beides, doch trotzdem war er zu Judel-Jurgis ins Cheder gekommen. Und nicht etwa, weil er keine passende Krankheit für sich finden konnte, und auch nicht, weil er nun sein Leben lang Schornsteine reinigen wollte.

»Man muß vorausschauen«, sagte Eidelmann.

Wenn sie jetzt die Gesunden abholen, werden sie früher oder später auch die Kranken nehmen, schätzte er, wozu also umsonst Geld ausgeben, sich mit Pülverchen vollstopfen lassen und auf einem stinkenden Krankenhausbett schlecht schlafen. Die Juden, meinte Eidelmann, können sich nur durch Nützlichsein retten. Schornsteinfeger sind nützlich, also nicht ins Krankenhaus, sondern unter die Schornsteinfeger gegangen, ohne im mindesten zu zögern. Sollte an Schornsteinfegern eines Tages kein Bedarf mehr sein, wird eben ein anderes Handwerk erlernt.

Und wenn Henker gebraucht werden?

Dann gehen wir unter die Henker, antwortete ich an Eidelmanns statt.

Nützlich, nützlich, dachte ich! Wenn es Sommer wird – ach was, Sommer: Frühling, wenn kein Rauchwölkchen mehr über den Dächern zu sehen ist, dann hat das schöne Schornsteinfegerdasein ein Ende.

Und was heißt das? Gibt es nur zwei Berufe, die ewig sind? Unsinn! Unsinn! Auch für den Henker muß jemand das Beil schärfen, wenn es stumpf geworden ist, auch für den Totengräber muß jemand einen neuen Spaten anfertigen, wenn der alte rostet …
»Sind Sie Herr Abel Awerbuch?«

Ich stand auf und trat auf einen großen hageren Mann mit beschlagenem Zwicker zu, der den Gang des ehemaligen »Gloria«-Kinos entlangkam.

»Ein Herr bin ich nie gewesen, aber ansonsten haben Sie recht: Ich bin Abel Awerbuch.«

Der Mann polierte seinen Zwicker, dann nahm er ihn zwischen zwei Finger wie eine Prise Salz und steckte ihn wieder auf seine fleischige Nase, die die Größe einer reifen Gurke hatte.

»Mit wem habe ich die Ehre?«

»Daniel«, sagte ich.

»Und Sie wünschen?«

Abel Awerbuch war trocken und wortkarg.

»Ich habe einen Brief für Sie.«

»Interessiert sich denn noch jemand für mich?«

»Gewiß«, versicherte ich und holte den Brief heraus.

Abel Awerbuch nahm mir mit denselben zwei Fingern den Brief ab, hielt ihn sich dicht vor die Zwickergläser und fragte: »Und wer?«

»Doktor Bubnelis«, sagte ich, die Stimme senkend, obwohl außer uns keine Menschenseele auf dem Gang war. Flüstern hat immer etwas Geheimnisvolles. Man braucht nur zu flüstern, schon gewinnt alles, sogar eine Nichtigkeit, Gewicht und geheime Bedeutung.

»Doktor Bubnelis?« Abel Awerbuch schnaufte angespannt mit seiner fleischigen, pickeligen Gurkennase, und in seinem Schnaufen lag nicht weniger Geheimnis als in meiner Nachricht. »Doch nicht etwa der Bubnelis, der bei Rubinson praktiziert hat?«

»Doktor Bubnelis erwartet Antwort von Ihnen.«

Abel Awerbuch richtete seine Zwickerlinsen auf mich, und ich spürte, wie meine Augenbrauen versengt wurden. Was mustert er mich so, dachte ich, innerlich erbebend. Ich bin kein Feind. Und auch kein Spion.

»Hitler hat geantwortet auf alle Briefe«, erklärte der Direktor des unterirdischen Waisenheimes und schritt von dannen.

Meinetwegen soll Hitler auf alle Briefe geantwortet haben, aber Abel Awerbuch wird mir nicht entgehen. Ich werde ihm folgen wie ein Spürhund. Biegt er um die Ecke, biege ich um die Ecke. Schlüpft er in einen Torweg, schlüpfe ich in den Torweg. So lange, bis er den Brief liest und beantwortet – schriftlich oder mündlich, wie er will.

Wahrscheinlich hatte ihn mein Flüstern verwirrt. Was mußte ich auch auf dem leeren Gang flüstern?

Während ich mich insgeheim wegen meiner Unbedachtsamkeit schalt, war Abel Awerbuch verschwunden. Direkt vor meiner Nase – weg.

Ich umkreiste das ehemalige Kino »Gloria«, rüttelte an der einen Tür, an der anderen, fragte die Flüchtlingsfrau Sara aus – der Waisenhausdirektor war nicht mehr aufzufinden. Sollte er mir wirklich durch die Lappen gegangen sein? Ich Dussel! Pranas würde es mir geben, oh, er würde es mir geben! Und mit Recht!

Ich war schon nahe am Verzweifeln, mein Blick glitt traurig über den papiernen Maschinengewehrwagen, und Tschapajews ausgestreckte Hand lenkte ihn in die Straßenschlucht, wo die gebeugte Gestalt des langen Abel Awerbuch sich allmählich entfernte.

Los, sagte ich zu mir, lauf, was du kannst!

»Was gibt es – Razzia?« rief mich jemand im Vorübergehen an und rannte selbst los, ohne meine Antwort abzuwarten.

Razzia! Razzia auf Abel Awerbuch!

Ich holte ihn an der Ecke ein, neben dem Dampfbad, nicht weit von Assers Haus, und ich sagte ohne Umschweife: »Begreifen Sie doch, ich bin kein Deutscher.«

»Ein Jude – das ist auch keine Garantie«, parierte der Direktor des unterirdischen Waisenhauses und beschleunigte seinen Schritt. »Juden gibt es verschiedene.«

»Doktor Bubnelis will Ihre Waisen aufnehmen«, führte ich meinen letzten Beweis ins Feld.

Und dieser letzte Beweis, der wirkte. Abel Awerbuch blieb stehen, der Zwicker sprang von seiner Nase, wie ein Grashüpfer vom Baumstumpf, und hing an der Kette herab.

»Wie?«

»Es steht alles im Brief.«

»Aber ich ...«, sagte der Direktor des unterirdischen Waisenhauses verlegen, »aber ich habe ihn nicht.«

»Ich habe ihn Ihnen gegeben.«

»Das bestreite ich nicht«, sagte Abel Awerbuch. »Aber ich habe ihn zerrissen und in den Spucknapf geworfen.«

»Das kann doch nicht sein!«

Juden gibt es verschiedene, doch solch einem war ich noch nicht begegnet, solch einer war mir noch nicht untergekommen. Einen Brief in den Spucknapf zu werfen?! Ein Brief kann doch nicht schießen, kann niemanden an der Kehle packen und erwürgen. Wenn er dir nicht gefällt, dann laß ihn unbeantwortet, bitte schön. Aber in den Spucknapf?! Aus Feigheit etwa? Ach nein, Abel Awerbuch war kein Feigling. Ein Feigling hätte längst die Waisen im Stich gelassen, hätte sich nicht um sie gekümmert, wäre nicht wegen Lebensmitteln und Medikamenten ins »Gloria« gelaufen ... Aber warum hatte er den Brief zerrissen? Warum?

»Ich bin gewohnt, meinen Briefwechsel über die Post abzuwickeln. Andere Verbindungen kenne ich nicht«, sagte der Waisenhausdirektor. Er sah mich aus den Augenwinkeln an und schien seine Tat zu bereuen.

Im Ghetto gibt es keine Post, und für Abel Awerbuch wird keine eröffnet werden, dachte ich. Was machen wir nun?

»Kennen Sie den Inhalt?« fragte Abel Awerbuch mich.

»Ja.«

»Dann kommen Sie mit. Ich kümmere mich um die Kinder, und dann können wir reden.«

Abel Awerbuchs Waisenheim befand sich im Keller unter einer Weinhandlung. Der Laden selbst war zerstört, von ihm waren nur die Wände übrig und ein Schild: Weinhandlung.

Abel Awerbuch sah sich um, ob wir auch nicht verfolgt würden, dann richtete er seinen Zwicker, der ihm auf die Nasenspitze geglitten war, und führte mich, vorbei an Schutthaufen, die mit halbvergilbten Tapeten, zerbrochenem Flaschenglas und gekrümmten Eisenteilen vermischt waren, in die ehemalige Diele, dort blickte er sich abermals um, beugte sich nieder und klopfte mit einem Stück Ziegelstein dreimal auf eine von Müll verdeckte Luke.

»Gleich machen sie auf«, sagte er.

Bald knirschte die Luke, und in einem Spalt erblickte ich einen Frauenkopf, grauhaarig und unansehnlich wie Müll.

»Treten Sie ein«, forderte mich der Waisenhausdirektor auf.

Ich stieg eine hölzerne Leiter mit wenigen, aber stabilen Sprossen hinab, und hinter mir kletterte Abel Awerbuch selbst, vorsichtig, ächzend und stöhnend.

Der Keller war geräumig. Leere Weinkisten, übereinandergestapelt, teilten ihn gleichsam in zwei Hälften.

»Machen Sie sich bekannt. Das ist Slata, meine Schwester und Gehilfin«, stellte Abel Awerbuch die Frau vor.

»Daniel«, sagte ich.

Hinter den Kisten, in der anderen, größeren Hälfte des Kellers, regte es sich plötzlich, verschwörerisches Wispern war zu hören. Ein Paar große Augen, flackernd in der Dunkelheit und vor Neugier, suchte meinen Blick.

»Und dort« – der Waisenhausdirektor neigte seinen müden Kopf zur Seite – »sind sie, meine Schüler.«

»Wie viele sind es?« fragte ich.

»Vor der Razzia waren es dreißig. Jetzt sind es elf.«

Unter der Decke hing eine vergitterte Lampe. Das spärliche, düstere Licht fiel auf Abel Awerbuch, auf seine Schwester und Gehilfin Slata, auf seine elf Zöglinge, getrennt von mir durch die Pyramide aus Kisten, die noch nach teurem Wein und altem Heu rochen.

»Leider können wir Ihnen nichts anbieten«, sagte Slata. »Höchstens ein Gläschen Wein ...«

»Ich trinke nicht, du trinkst nicht, wir trinken nicht«, konjugierte Abel Awerbuch. »Ich weiß selbst nicht, warum wir ihn aufheben.«

»Für einen Festtag«, sagte ich.

»Was kann unter der Erde für ein Festtag sein?« fragte der Waisenhausdirektor. »Ich werde schnell mit den Kindern die Lektion wiederholen, dann stehe ich Ihnen zu Diensten.«

Und Abel Awerbuch ging in die Klasse.

»Was haben wir heute, Kinder?« hörte ich seine Stimme.

»Sie haben versprochen, ein Märchen zu erzählen, Herr Lehrer«, rief jemand. Vielleicht derselbe, der mich durch den Spalt zwischen den Kisten mit seinen großen flackernden Augen gesucht hatte.

»Ihr wollt immer nur Märchen«, tadelte Abel Awerbuch den Vorlauten. »Und wer lernt für euch das Alphabet?«

»Das Alphabet lernen wir später«, beharrte der Frechling.

»Ein Märchen bekommt ihr auch noch. Das reißt nicht aus. Sorkin, an die Tafel!«

Ich warf einen Blick über die Kisten in die andere Kellerhälfte, in die Klasse, doch eine Tafel sah ich nicht.

»Nimm die Kreide und schreib: Alef, Bet, Gimel, Dalet«, diktierte der Waisenhausdirektor.

Aber Kreide sah ich auch nicht.

»Sie müssen sich nicht wundern«, sagte Slata, als sie meinen Blick bemerkte. »In unserer Schule gibt es weder Tafel noch Kreide. Von Heften und Büchern gar nicht erst zu reden.«

»Wie unterrichten Sie dann?«

»Einfach so«, sagte Slata. »Die Finger ersetzen Kreide und Bleistift. Das wichtigste, meint Abel, sind Phantasie und Fleiß.«

Vor der nackten Kellerwand stand ein schwächliches Jüngelchen von sieben, acht Jahren in viel zu langen Hosen und trat von einem Fuß auf den anderen. Er kratzte mit dem Fingernagel etwas an die Wand, drehte sich ab und zu nach Abel Awerbuch um, sah ihn an und versuchte erfolglos, mit dem Ärmel seine Stupsnase vom verwirrten Gesicht zu wischen, als sei die schuld an all seinen Qualen und Fehlern.

»Setz dich, Sorkin«, knurrte Abel Awerbuch enttäuscht. »Zum zweitenmal rufe ich dich an die Tafel, und zum zweitenmal weißt du nichts. Schämst du dich nicht?«

»Ich schäme mich, Herr Lehrer.«

»Wie willst du auf der Welt leben, so unwissend?«

»Aber ich will ja nicht ...«

»Unwissend sein?«

»Leben, Herr Lehrer.«

»Dummchen«, sagte Abel Awerbuch. »Morgen kannst du das ganze Alphabet auswendig. Verstanden?«

»Ja, Herr Lehrer.«

»Und heute bekommst du kein Mittagessen. Faulpelze füttere ich nicht durch. Mühlstein!« rief er einen anderen Schüler zur Tafel. »Zeig diesem Taugenichts, wie das Alphabet geschrieben wird!«

»Gibt er ihm wirklich kein Mittagessen?« fragte ich Slata.

»Mittagessen bekommen sie alle nicht«, erwiderte sie. »Warum?«

»Weil wir nichts haben.«

»Was hat die Strafe dann für einen Sinn?«

»Alles, meint Abel, muß so sein wie im richtigen Leben: auch Lob und Strafe. Bald ist der Unterricht zu Ende, dann begibt er sich mit den Kindern auf Exkursion.«

»Wohin?«

»Nach Trakai. Oder ans Meer ... Ans Meer hat er sie übrigens schon in der vorigen Woche geführt. Hat ihnen von Walen und von Bernstein erzählt. Aber in der alten Hauptstadt Litauens waren sie, glaube ich, noch nicht.«

»Du störst, Slata«, rief der Waisenhausdirektor hinter den Kisten. »Weiter, Mühlstein, weiter!«

Mühlstein malte altjiddische Buchstaben auf die nackte Wand, Abel Awerbuch verfolgte streng den lange nicht verschnittenen Fingernagel und nickte zufrieden mit dem Kopf.

»Deine Handschrift, Mühlstein, ist wie die eines Thoraschreibers. Du machst deiner Muttersprache keine Schande.«

»Danke, Herr Lehrer.«

»Du brauchst mir nicht zu danken. Das brauchst du nicht. Und nun alle zusammen. Sprecht mir nach: Alef ...«

»Alef!«

» ... Bet.«

»Bet!«

» ... Gimel.«

»Gimel!«

» ... Dalet.«

»Dalet!«

Ich hörte zu, wie die spröden Kinderstimmen hier im Gewölbe des Weinkellers die wunderlichen Buchstaben des alten Alphabets nachsprachen, ich blickte auf den gebeugten Abel Awerbuch, der seine ungeschickten, aber ausdrucksvollen Hände bewegte, auf die still und widerspruchslos wie ein Echo verharrende Slata, und ich wurde das Gefühl nicht los, einen verschwommenen Traum zu träumen, in dem alles – Menschen und Gegenstände – in seiner ersterschaffenen, noch nicht gefestigten Form erschien, sich berührte, ineinander überging, schmolz und neu erstand, wie morgendliche Wolkengebilde, deren Zug vorherbestimmt und doch unerwartet ist – soeben wogten sie noch über dir, und schon sind sie verschwunden, soviel du auch zum Himmel aufschaust und sie suchst.

Das Traumgefühl wurde noch dadurch verstärkt, daß hier Leben gespielt wurde, jenes längst vergangene Leben mit Bernstein und Walen, mit Strafe und Lob, Mittagessen und Zensuren. Real erschienen mir nur der Zwicker auf Abel Awerbuchs pickeliger Nase, die müllfarbenen Haare seiner Schwester und Gehilfin Slata und die leeren Kisten von dem geraubten und eilig ausgetrunkenen Wein.

Würde nun etwa noch ein Märchen folgen?

Ein Märchen erzählte Abel Awerbuch diesmal nicht. Nach dem Alphabet prüfte er die Kenntnisse seiner Schüler in Mathematik und sprach dann mit ihnen über die Beschaffenheit des Weltalls.

Ausgerechnet hier, dachte ich, während ich seiner Rede lauschte, die langsam floß, als gälte es, eine Krankheit zu besprechen. Im Weinkeller, im feuchten und muffigen unterirdischen Gewölbe redet er über die Beschaffenheit des Weltalls?! Was wissen sie von Sonne und Sternen? Was wissen sie von der Erde?

»Die Erde kreist um die Sonne.« Abel Awerbuch streichelte den runden, fleißigen Kopf seines Lieblingsschülers Mühlstein, als striche er über einen Globus. »In einem Jahr dreht sie sich außerdem dreihundertfünfundsechzigmal um sich selbst. In Schaltjahren erhöht sich die Zahl der Umdrehungen um eine ...«

»Und wir kreisen auch, Herr Lehrer?«

»Wir auch, Mühlstein.«

»Und die Deutschen?«

»Die Deutschen auch.«

»Die sollten lieber allein kreisen, Herr Lehrer.«

»Bist ein kluger Junge, Mühlstein. Aber das geht nicht. Alle kreisen gemeinsam: Gerechte und Bösewichte, Kluge und Unwissende, Riesen und Zwerge.«

»Und geht das noch lange so?«

»Wie, Mühlstein?«

»Werden wir noch lange mit ihnen kreisen, mit den Deutschen?«

»Ich weiß nicht. Aber bis zur nächsten Razzia sicherlich ... Eure Haare müssen geschnitten werden«, beschloß der Waisenhausdirektor plötzlich, ganz unerwartet. »Ihr seht ja aus wie Wilde. Wir müssen einen Friseur kommen lassen, der euch schert.«

»Und wer ist das, den Sie mitgebracht haben?« fragte Abel Awerbuchs Lieblingsschüler.

»Immer willst du alles wissen«, tadelte ihn der Waisenhausdirektor.

Dank sei Mühlstein. Ohne ihn hätte Abel Awerbuch gar nicht mehr an mich gedacht. Er hätte weitergeredet: übers Weltall, über die Milchstraße, den Großen Bären und andere außerirdische Wunderdinge.

»Slata«, besann sich Abel Awerbuch. »Erzähle ihnen ein Märchen, während ich mich mit unserem Gast unterhalte.«

Und der Direktor des unterirdischen Waisenhauses verließ, mit den Kisten polternd, die Klasse.

»Nach der Razzia sind meine Kinder ganz faul geworden«, klagte er. »Sie wollen einfach nicht mehr lernen. Dabei muß man unter allen Umständen lernen. Unter allen! Bis zum Tode.«

»Ja«, sagte ich, ohne innerlich mit ihm einverstanden zu sein. Wäre ich etwa nicht faul geworden? Und wie! Nichts zu essen, kein Platz zum Spielen, von früh bis spät nur feuchte Moderluft zum Atmen, blind machende Finsternis, kaum gebessert durch das Lampenlicht, wie Rübensuppe durch einen Klecks Sahne – und dann Geschichten über Sonne und Sterne anhören und sich mühen.

Die Sterne?

Wenn man die zu sehen bekommt, dann nur für einen kurzen Moment, während man mit heruntergelassener Hose mitten im Schutt hockt und Slata ihren unansehnlichen müllgrauen Kopf aus der Luke steckt, um einen nur schnell wieder unter die Erde zurückzuholen.

»Unsere Geschichte strotzt von Verfolgungen. Wer hat nicht alles Jagd auf uns gemacht. Die Römer, die Spanier ...«, fuhr Abel Awerbuch fort. »Es gab soviel Unglück, aber wir haben gelernt, haben Bücher geschrieben, neue Sterne am Himmel und neue Wege auf der Erde entdeckt.«

»Herr Lehrer«, begann ich aufgeregt. »Wenn es Ihnen recht ist, werden Ihren Waisen die Haare in der Freiheit geschnitten.«

»Ich wäre überaus glücklich«, erwiderte Abel Awerbuch.

»Sie werden frisiert und auch gebadet.«

»Ich weiß schon nicht mehr, wann wir das letztemal im Bad waren. Wohl vor dem Krieg. Ich habe mit ihnen zusammen gebadet. Sie spritzten, grölten, peitschten mich mit dem Badebesen. Es macht immer Spaß, seinen Lehrer zu peitschen. Sie hatten nie das Vergnügen?«

»Nein.«

Aus dem Klassenraum drang Slatas Stimme, leise, demütig, wachsweich: »Holofernes rief zu sich alle Feldherren und die Hauptleute des assyrischen Heeres, er wählte aus für den Kampf einhundertzwanzigtausend Männer und zwölftausend berittene Schützen ... er nahm viele Kamele, Esel und Maultiere ...«

»Bei Doktor Bubnelis werden sie Essen und Kleidung haben«, versicherte ich Abel Awerbuch. »Sie brauchen nur zuzustimmen ...«

»Ich war nie dagegen, daß meine Kinder Essen und Kleidung haben«, meinte er.

»Und wenn es Ihnen nicht leid ist um das Alphabet ...«

»Um das Alphabet?« Abel Awerbuch nahm den Zwicker ab und sah mich mit bloßen, altersverschleierten Augen an. »Darum ist es mir nicht leid. Ich verstehe: Bei Doktor Bubnelis werden sie ein anderes lernen. Was macht das schon? Wer opfert denn das Leben für die Buchstaben? Das eigene Leben vielleicht, aber fremdes ... Fremdes darf man nicht opfern. Aber wie ... wie kommen sie hin zu ihm? Wir können sie nicht an der Hand nehmen und hinausführen, wir können sie auch nicht in Säcken forttragen ... He, Mühlstein, lauschst du etwa?«

»Ich lausche nicht, Herr Lehrer«, gab sein Lieblingsschüler zurück. »Ich bin gerade mit Judith in das Zelt von Holofernes geschlichen. Gleich werden wir ihn umbringen.«

Mit Judith?

Abel Awerbuch führte mich in eine Ecke und sagte: »Ich bin einverstanden. Im Ghetto kommen sie sowieso um. Wenn nicht bei einer Razzia, dann vor Hunger. Ich kann sie im Schreiben und Rechnen unterweisen. Ich kann ihnen das Weltall erklären. Aber es steht nicht in meiner Macht, sie zu schützen und ihnen einen Platz unter der Sonne zu sichern. Da darf ich mir nichts vormachen. Und ihnen auch nicht ... Der Weise hat recht: ›Es kommt eine Zeit, da die Hüter des Hauses zittern und die Starken sich krümmen, und müßig stehen die Müllerinnen, weil es so wenige geworden sind, und finster werden, die durch die Fenster sehen.‹ – Jeden Morgen erhebe ich mich mit einem einzigen Gedanken, jeden Morgen sage ich mir: Genug, Abel, ergib dich! Und fange doch immer wieder von neuem an ... Was bin ich ohne sie? Ein kranker alter Tölpel. Vierzig Jahre meines Lebens habe ich voll und ganz ihnen gewidmet ... Nein, ich bereue nichts, gar nichts ... Ich habe auch den Brief nur deshalb zerrissen, weil ich Mitleid und schwülstiges Intellektuellengeschwätz nicht ausstehen kann ... Slata und ich haben nie für uns selbst zu leben verstanden. Aber stehen wir denn damit allein? Für wen wächst der Wald? Für wen fließt der Fluß? Für wen leuchten die Sterne? Je reicher der Mensch, desto freigebiger kann er sein. Nur eine Laus lebt für sich allein, nur eine Spinne, obwohl die im Grunde auch Gutes tut – sie fängt schädliche Insekten in ihrem Netz ... Sie wollen entschuldigen, daß ich monologisiere, aber ich habe lange mit niemandem gesprochen ... nur gebettelt und geschimpft ... Aber die Seele – die Seele, mein lieber Daniel, ist wie ein reißender Fluß: Sie will überströmen.«

Abel Awerbuch verstummte, ließ seinen Blick durch den Keller schweifen, lauschte der leisen Erzählung seiner Schwester und sagte dann: »Also, womit kann ich dienen?«

»Sie ... Sie müssen die Kinder vorbereiten ... überzeugen ...«

»Wovon überzeugen?«

»Sehen Sie, Herr Lehrer ... Die Sache ist nicht so einfach ... Am Ende wollen die Kinder nicht hinein ...«

»Wohin?«

Mein Mund war ganz trocken. Als hätte man Schmirgelpapier hineingestopft.

»Wohin?« wiederholte der Waisenhausdirektor, und seine Zwikkerlinsen versengten mich durch und durch bis auf die Rippen.

»Ein Jauchefaß ist nicht das Zelt des Holofernes«, entschloß ich mich zu sagen.

»Was?«

»Ich sagte: Ein Jauchefaß ist nicht das Zelt des Holofernes.«

»Dann wollen Sie sie also in Fässern ... wie Exkremente?«

»Einen anderen Ausweg gibt es leider nicht«, sagte ich.

»Das ist unmöglich.«

»Warum?«

»Da fragen Sie noch? Das ist ja barbarisch! Das ist ja Vergewaltigung der Persönlichkeit!«

»Herr Lehrer! Die Jauche kann von der Persönlichkeit wieder abgewaschen werden, der Tod dagegen niemals.« Eifrig und stotternd erläuterte ich ihm die Vorzüge unserer Idee. Alles ist bis ins kleinste Detail durchdacht, alles ist sicher, ein Risiko ist freilich dabei, aber schiefgehen – schiefgehen kann es nicht ... Besonders eindringlich verwies ich auf das anschließende Bad, auf die Macht von Wasser und Seife. Wann hätten denn Wasser und Seife nicht geholfen, ich verlegte mich unversehens aufs Vergleichen, bezeichnete das Jauchefaß als etwas Ähnliches wie Windeln: Auch da, sagte ich, kommt der Mensch mit allem möglichen in Berührung, und doch haftet es ihm nicht sein Leben lang an.

Abel Awerbuch unterbrach mich kein einziges Mal, und der Art, wie er zuhörte, entnahm ich: Aus der Sache wird nichts.

Trotzdem redete ich wie aufgezogen weiter. Ich berief mich auf seine Worte von der Nächstenliebe, ich bewies, schmeichelte, flehte. Was bleibt anderes übrig, wenn nur auf diese Weise ein Platz unter der Sonne zu retten ist für den Schlingel Sorkin, für den Lieblingsschüler Mühlstein und für alle, deren Namen ich nicht kenne und denen er sich so viele lange Jahre voll und ganz gewidmet hat?

»Ich bin für sie verantwortlich vor Gott«, sagte Abel Awerbuch und brach plötzlich ab. »Warum schweigen Sie?«

»Was gibt es da zu sagen?«

»Ich dachte, Sie sagen: Es gibt keinen Gott.«

»Wenn Sie vor ihm verantwortlich sind, dann heißt das, es gibt ihn«, sagte ich, um ihn nicht zu erzürnen.

»Es gibt ihn, mein lieber Daniel. Aber er hat zur Zeit Urlaub.«

»Gott hat Urlaub?«

»Ja. Und es vertritt ihn der Teufel.«

In der anderen Kellerhälfte waren sie inzwischen mit Holofernes fertig, hatten ihn geköpft und den Kopf zur allgemeinen Besichtigung auf die zinnenbewehrte Mauer gespießt. Fröhlich erschollen die Tympana, triumphierend erklangen die Zimbeln.

Slatas Stimme zitterte. »Und Judith sprach: Wehe denen, die sich erheben wider mein Volk, Gott wird sie strafen am Tag des Gerichts, er wird schicken Feuer und Würmer auf ihre Leiber, sie werden Schmerz leiden und weinen ewiglich.«

»Sie lehnen also ab, Herr Awerbuch?« fragte ich, während der Herrgott sein Feuer und seine Würmer schickte. »Habe ich Sie richtig verstanden?«

»Ich lehne nicht ab«, zischte der Waisenhausdirektor. »Ich muß mich beraten ... mit meiner Schwester und mit den Kindern. Sie sollen selbst entscheiden. Warten Sie einen Moment.«

Zu meinem größten Erstaunen dauerte die Beratung nicht lange.

»Zehn sind dafür, einer dagegen«, teilte mir Abel Awerbuch mit, als er zurückkam. »Richten Sie es Doktor Bubnelis aus. Er soll seine Jauchefahrer schicken.«

»Vielleicht stimmen Sie den einen noch um, der dagegen ist.«

»Kaum anzunehmen. Mühlstein will bei uns bleiben.« »Aber ...«

»Er ist zu groß für so ein Faß. Er reicht ja fast bis an die Decke. Und wann, mein lieber Daniel, kommen Sie mit Ihren Barbaren?«

»Bald.«

»Ich würde die Kinder gern begleiten ... Ich würde gern mit Doktor Bubnelis sprechen ... ihm einige Hinweise geben ... Immerhin habe ich sieben Jahre mit meinen Kindern gearbeitet. Ich kenne jeden in- und auswendig. Sorkin, zum Beispiel, ist eine Naschkatze. Zeitlin hat zuviel Phantasie. Krut lügt gern ein bißchen ... Was meinen Sie, könnte ich als Jauchefahrer gehen?«

»Abel!« regte sich Slata auf. »Was ist mit dir?«

»Könnte ich?« beharrte der Waisenhausdirektor.

»Durchaus«, erwiderte ich. »Nur der Zwicker.«

»Den Zwicker liquidiere ich. Und die Nase?«

»Was – die Nase?«

»Ist die Nase passend?«

»Sie ist normal.«

»Und die Augen? Die Ohren? Das Hinterteil?« ereiferte sich Abel Awerbuch. »Du lieber Gott! Was ist das für eine Welt? Was ist das für eine Zeit, wenn das Tor zur Freiheit sich nicht für die Liebe öffnet, nicht für die Weisheit, sondern für den Mist?«

Abel Awerbuch sank noch mehr in sich zusammen, als beuge er seine Schultern in Erwartung einer Last, und zum erstenmal in sechzig Jahren wurde sie ihm aufgebürdet – ein Faß, noch eines ... Wie viele?

»Sie werden es nicht glauben, mein lieber Daniel, aber manchmal juckt es mir in den Fingern, ein Schießeisen zu nehmen und ein paarmal ordentlich durchs Universum zu ballern!«

Er stieg mit mir nach oben, klappte die Luke auf, ließ mich hinaus, und sein ergrauter Kopf ragte noch lange inmitten der Ruinen auf, wie ein Himmelskörper, der allmählich im Sternenstaub versinkt.

Mit schwerem Herzen kehrte ich aus dem unterirdischen Waisenhaus zurück. Trotz der Verabredung überkamen mich Zweifel. Wenn Abel Awerbuch es sich nun in letzter Minute anders überlegte, sein Wort bräche, keinen herausgäbe? Sie waren doch recht seltsame Leutchen, er und seine Schwester Slata. Unter der Erde reisten sie ans Meer, schrieben ohne Bleistift und Kreide, spekulierten übers Weltall, begeisterten sich an den Taten der tapferen Witwe Judith, kämpften gegen Nebukadnezar.

Womöglich kämen wir mit unserem Wagen bei den Ruinen der Weinhandlung an und müßten hören: Macht wieder kehrt! Wir wollen nichts von Bubnelis wissen. Seht ihr nicht: Wir feiern gerade vorm Tempel in Jerusalem. Holofernes ist tot! Nebukadnezar ist geschlagen.

Und sinnlos wäre es, zu widersprechen, ihnen vorzuhalten, daß ihr eigentlicher Feind nicht in der großen Stadt Ninive haust, sondern hier, zehn Schritte von der Weinhandlung entfernt, daß er nicht auf dem Pferd reitet, keinen goldenen Helm trägt, sondern einen Stahlhelm, daß er nicht Nebukadnezar heißt, sondern Hans oder Friedrich. Oder Wilhelm.

Wenn Abel Awerbuch nicht Wort hielte, wären all unsere Bemühungen umsonst gewesen. Wo sollten wir andere Kinder hernehmen? Wer würde sie uns geben?

Nein, beruhigte ich mich, nein, alles wird klappen. Abel Awerbuch weiß, welche Gefahr seinen Waisenkindern droht. Noch ist Abel Awerbuch bei klarem Verstand, obwohl man im Keller leicht durchdrehen kann.

Ich hatte natürlich gelogen, als ich sagte, er könne durchaus als Jauchefahrer gehen, er sah nicht einmal wie ein Wasserträger aus, wir konnten ihm nicht die Zügel in die Hand geben, ihn nicht auf den Kutschbock steigen lassen ... Und das lag nicht am Zwicker. An seiner ganzen Erscheinung würde Abel Awerbuch scheitern. Damit käme er nicht weit: entweder würde das Pferd scheuen und ihn abwerfen, oder ein Posten würde Unheil wittern und ihn anhalten.

Sie würden sich unten im Keller voneinander verabschieden müssen. Oder am Wagen, bevor die Kinder ins Faß klettern. Nun ja, ein Treffen mit Doktor Bubnelis könnte man später arrangieren, wenn Abel Awerbuch ihm unbedingt einige Hinweise geben muß. Im übrigen, war es für Doktor Bubnelis wirklich so wichtig zu wissen, daß Sorkin nicht nur ein Frechdachs ist, sondern auch eine Naschkatze, und daß Krut manchmal lügt?

Ich ging und dachte darüber nach, was aus Abel Awerbuch würde, wenn er allein bliebe mit Slata und dem klugen Mühlstein. Ob er sich eine andere Behausung sucht? Ob er endlich aus dem Untergrund auftaucht? Aber vielleicht ... Vielleicht würde er auch zehn neue Waisen um sich scharen und sie mit unter die Erde nehmen. Waisen werden im Ghetto niemals rar.

Genau wie Witwen.

Genau wie Witwer.

Er würde sie mitnehmen, und wieder würde Slata die Sage von der großen Stadt Ninive erzählen, vom grimmigen Herrscher Nebukadnezar, und wieder würde Abel mit ihnen das Alphabet lernen:

»Alef!«

»Bet!«

»Gimel!«

»Dalet!«

Ich hatte selbst nicht bemerkt, daß ich laut sprach, den Passanten Buchstaben zuwerfend, wie zum fröhlichen Feste Simchas Tojre Bonbons geworfen werden.

Die Leute wandten sich nach mir um und zuckten mit den Achseln.

Konnte ich ihnen klarmachen, daß ich nicht verrückt war?

Ich könnte Abel Awerbuch natürlich auch vorschlagen, zu Judel-Jurgis ins Cheder zu kommen und kurzfristig auf Schornsteinfeger umzulernen. Aber er würde mich nur auslachen. Vierzig lange Jahre hatte er Hirne und Herzen gereinigt. Und nun auf einmal Schornsteine!

Je länger ich über Abel Awerbuch nachdachte, desto stärker bedrückte mich das Bewußtsein, daß unser Vorhaben sinnlos und vergeblich war. Nehmen wir an, alles geht wie geschmiert, nehmen wir an, er überlegt es sich nicht anders, er gibt uns alle Kinder, sogar Mühlstein – und dann?

Man kann das Meer nicht mit einem Löffel ausschöpfen.

Können wir etwa auf zwei Wagen, in zwei Fässern, alle aus dem Ghetto bringen, denen der Untergang droht?

Im Laderaum eines Lastautos finden fünfzig Menschen Platz – und in einem Faß?

Wenn du bis zur Decke gewachsen bist – verrecke!

Wenn du hustest – verrecke!

Wenn du niest – verrecke!

Das Faß darf weder niesen noch husten, weder weinen noch stöhnen.

Und außerdem: Wie viele solcher Doktoren wie Bubnelis gibt es auf der Welt? Sein Kinderheim ist nicht aus Gummi, es läßt sich nicht dehnen.

»Du bist nicht auf dem Basar, Daniel«, vernahm ich Großmutters Stimme. »Dort wird nach Stück gezählt: ein Huhn, zwei Schweine, zehn Eier ... Bist du etwa ein Stück?«

»Nein.«

»Und Sorkin, wenn er auch ein Frechdachs ist, und Doktor Bubnelis, wenn er auch nur einer ist in der ganzen Stadt – sie sind keine Stücke. Wer Menschen nach Stücken zählt, der liebt die Menschen nicht. Weil, ein Stück kann man zerteilen wie ein Schwein, kann man rupfen wie eine Gans, kann man zerquetschen wie einen Käse. Den Menschen aber nicht.«

»Doch«, sagte ich. »Du hast es früher selbst gesagt. Weißt du noch, vor der Kirche?«

»Früher bin ich dumm gewesen. Die Lebenden, Daniel, sind immer törichter als die Toten.«

Sie löste sich zwischen den Passanten auf, zurück blieb nur der Geruch von ihrem schmuddeligen weiten Mantel und von ihrem Mund, der niemals Ruhe oder Gnade gekannt hatte.

Als ich ins Haus kam, war der erste, den ich sah, der Synagogendiener Chaim. Er stand in der Küche und nagelte ein mit Gebeten erarbeitetes Waschbecken an die Wand. Das Becken war alt, die Emaille geplatzt, der Kolben rostig. Als er es befestigt hatte, legte Chaim den Hammer beiseite, spuckte wie einen Zahn einen überzähligen Nagel aus, ließ Wasser ins Becken und machte sich daran, seine trockenen fleißigen Hände zu waschen. Er wusch sie lange, betätigte wild den rostigen Kolben, schmatzte mit den Lippen und betrachtete voll Begeisterung den kräftigen gebogenen Strahl.

»Eine Wohltat!« sagte er. »Eine Wohltat!«

Der Synagogendiener trocknete sich die Hände an den Hosen ab, betrachtete noch einmal sieghaft das Waschbecken und sagte: »Ich habe eine Neuigkeit für dich, Daniel.«

Die Worte des Synagogendieners drangen gar nicht recht in mein Bewußtsein, sie weckten weder Interesse noch Neugier. Ich hatte mich längst an seine Neuigkeiten gewöhnt. Wahrscheinlich war es wieder etwas über die Synagoge, über den neuangekommenen Rabbiner oder über seinen Beschützer, den Herrgott.

»Dein Mitarbeiter hat sich davongemacht«, teilte Chaim mir mit.

»Judel-Jurgis?«

»Für manche heißt er Jurgis, für mich immer noch Judel ...«

»Wie – sich davongemacht?«

»Wie macht sich ein Mensch davon? Er öffnet die Tür und – ab geht's.«

»Hat er Ihnen etwas gesagt?«

»Ich gehe nach Hause, hat er gesagt. Ich kann nicht mehr, hat er gesagt. Vergebt mir, hat er gesagt, vergebt mir alles. Sie und auch Daniel. Ich überlasse ihm, hat er gesagt, den Eimer, den Besen und die Leine ... soll er arbeiten und glücklich sein ...«

Mein Schweigen schien dem Synagogendiener unangenehm zu sein.

»Ich sehe, du bist verwirrt?«

»Ja«, sagte ich.

Durch Judel-Jurgis' Fortgehen stieg in mir mit erneuter Wucht ein dumpfes Schuldgefühl auf, das ich nie bis ins letzte hatte wahrhaben wollen, das mich aber gequält hatte, als hätte ich ihm helfen können und es nicht getan, als hätte ich ihn vor dem Unglück bewahren können und ihn dennoch nicht bewahrt Mein Gott, seit wann waren Zuhause, Frau und Kinder ein Unglück? Seit wann?

»Mach dir nichts daraus«, tröstete mich der Synagogendiener. »Ich denke, das ist nicht der größte Verlust in deinem Leben. Du kannst auch ohne ihn leben. Glaub nicht, aus meinem Munde spräche Rache ... Wofür sollte ich mich an ihm rächen wollen? Für die glühende Zigarette? Ach, ich bin gebrannt worden von ganz anderen Feuern, in meiner Jugend und auch später ... Dafür, daß er unseren Glauben verraten hat? Er hat ihn wenigstens offen verraten, und wie viele gibt es, die ihm nicht treu sind in der Seele? Sie stehen in der Synagoge am Altar, sie beten, aber Glauben haben sie nicht für einen Fünfer ... Judel Zevjan ist ein unglücklicher Mensch. Er gehört nicht zu uns und nicht zu den anderen. So zu leben ist schwer, sehr schwer ... Vielleicht erwischen sie ihn nicht. Vielleicht kommt er bis nach Hause ... Ich werde für ihn beten ...«

»Bis nach Hause kommt er«, sagte ich.

»Das ist die Hauptsache«, meinte der Synagogendiener. »Dort kann er ruhig sterben ... Alle auf der Welt träumen von etwas: du ... Sara ... Leiser ... Und ich, Daniel, ich träume auch ... Das findest du wahrscheinlich lächerlich?«

»Träume sind niemals lächerlich.«

»Ich verstehe: Lächerlich kann ein Leben sein ... zum Beispiel meines ... Und trotzdem träume ich ...«

»Wovon denn, Reb Chaim?«

Meine Gedanken waren mit dem Getauften beschäftigt, aber ich wollte den Synagogendiener nicht kränken, so erregt und aufgeschlossen war er selten.

»Ich träume, Holz zu hacken«, sagte Chaim.

»Sie werden noch welches hacken.«

»Ich träume, den Ofen zu heizen.«

»Sie werden ihn heizen.«

»Ich träume, den Fußboden in der Synagoge zu wischen ... dort, in unserem Flecken.«

»Sie werden ihn wischen.«

»Wischen und dann sterben ... Doch zuerst müßten wir heimkehren.«

»Wir werden heimkehren, Reb Chaim.«

»Du kannst es noch ...«

»Auch Sie, auch Sie.«

»Wenn Gott gütig ist und ich kehre heim, dann gebe ich dir alle Kerzenstummel, Daniel. Forme, wen du willst, deine Sünde soll mir angelastet werden.«

»Danke, Reb Chaim.«

»Kommst du?«

»Ich komme.«

»Wie gefällt dir das Waschbecken?« fragte der Synagogendiener aufgeregt.

»Eine großartige Sache«, lobte ich.

»Sara hat versprochen, aus dem Krankenhaus Seife mitzubringen. Dann geht es uns gut, Daniel!«

Chaim trat abermals ans Waschbecken, betätigte abermals den Kolben, freute sich über den gebogenen Strahl, der nicht nur seine derb gewordenen Hände zu erquicken schien, sondern noch mehr den Rasenbewuchs auf seiner Seele.

»Ich gehe und bringe den Hammer zum Nachbarn zurück«, sagte er und schlüpfte leise durch die Tür.

Ich ging aus der Küche ins Zimmer.

In der Ecke stand der Eimer.

Auf dem Fußboden schlängelte sich wie eine satte Natter die Leine. Und der Besen fletschte seine schwarzen Borsten wie Zähne.

Das ist nun Judel-Jurgis' ganzer Nachlaß, dachte ich. Er ist aufs Trittbrett gesprungen und losgefahren. Der Zug bringt ihn schnell in den Marktflecken. Auch zu Fuß kommt man in einem Tage hin. Zweiunddreißig Kilometer. Zuerst die Chaussee entlang, dann die Landstraße. Und über Gaižiūnai, über Feldwege, ist es noch näher. Gott möge ihm helfen!

Ich verurteilte den Getauften nicht. Kann man denn einem Menschen verbieten, nach Hause zu gehen? Und wenn es um den Preis seines Lebens ist – wer wollte es ihm verbieten?

Würde Judith zweiunddreißig Kilometer von der Glaserstraße entfernt auf mich warten oder auch hundertzweiunddreißig, ich machte mich auch davon, ich nähme auch auf niemanden Rücksicht.

Auf niemanden? Und Abel Awerbuchs Waisen?

Judel-Jurgis hätte mir Bescheid sagen sollen. Immerhin hatten wir zusammen gearbeitet, wir hatten dem Kleinen aus der Abteilung für Arbeit unser Wort gegeben, und der hatte ein gutes Gedächtnis. Er konnte plötzlich auftauchen und fragen: Wo ist dein zweiter Mann?

Was sollte ich antworten? Nach Hause gegangen? Aus Sehnsucht nach Frau und Kindern?

Dem Kleinen waren unsere Frauen und unsere Kinder schnuppe. Gesetz ist Gesetz, besonders wenn es von denen gemacht wurde, denen sie dienen, diese Kleinen.

Chaim brauchte ganz schön lange, um den Hammer abzugeben! Wahrscheinlich saß er und schwätzte mit dem Nachbarn. Ob ich auch hingehen sollte? Mich ein bißchen ablenken, zerstreuen?

Unser Nachbar war Schuhmacher. Er und seine zwei Söhne fertigten in der Ghettowerkstatt Soldatenstiefel. Sie nähten, ohne Maß zu nehmen, als nähten sie für Tote.

»Maß genommen wird an Ort und Stelle«, sagte der Schuster immer. »Die legen sie in Rußland um und messen dann.«

Dazu lächelte er pfiffig.

So war er eben – nie um eine Antwort verlegen. Ein Scharfzüngiger! Und quicklebendig!

In seiner Jugend, vor wohl zwanzig Jahren, soll er in der Ukraine bei der Roten Kavallerie gedient haben.

»Zu Hause«, sagte er, »in Marijampolė, da hängt noch ein Säbel an der Wand. Den hat mir Budjonny persönlich geschenkt.«

»Nicht für Tapferkeit hat er ihn bekommen, sondern für seine Stiefel«, behauptete Chaim.

Wo blieb er nur?

In Chaims Gegenwart hatte ich mich sicherer gefühlt. Allein wurde mir mulmig.

Dabei, wovor fürchtete ich mich eigentlich?

Vielleicht würde der Kleine sich gar nicht an Judel-Jurgis erinnern. Vielleicht würde alles gut gehen.

Hauptsache – nicht die Möglichkeit einbüßen, ohne Bewachung in die Stadt zu gelangen.

In der Stadt war Pranas. In der Stadt war Judith.

Unter Umständen nähme ich als zweiten Mann den Mathematikprofessor oder den Zuckerfabrikanten Eidelmann.

Ich konnte und wußte ohnehin mehr als sie. Und mit dem Gleichgewicht war bei mir auch alles in Ordnung, daran hatte Gott nicht gespart, ich konnte getrost über ein gespanntes Seil oder mit geschlossenen Augen über einen Baumstamm balancieren – da pustete mich so leicht kein Wind runter.

Mit Eidelmann, das wäre wohl besser. Wenn er auch nicht der Geschickteste war, aber es geht ja manchmal seltsam zu im Leben. Alles konnte sich noch einmal umkrempeln, noch schwankte die Welt wie ein Betrunkener. Wenn Eidelmann nach dem Krieg seine Fabrik zurückbekäme, dann könnte ich ohne weiteres in meinen Tee nicht nur einen Löffel Zucker nehmen, sondern soviel mir beliebte. Eidelmann würde unsere gemeinsame Arbeit nicht vergessen.

Kam da jemand?

Chaim?

Eidelmann! Kaum hab ich an ihn gedacht!

Der Zuckerfabrikant säuberte auf der Schwelle lange seine Schuhe, wie er es von früher gewohnt war. Vorkriegsschuhe mit dicken Ledersohlen, vorn breit wie Bulldoggennasen. Nicht zu vergleichen mit meinem Schuhzeug, wo die Zehen durch die Löcher guckten.

Wenn man genau hinsah, ähnelte Eidelmann auch selbst ein bißchen einer Bulldogge. Er hatte ein breites schweres Kinn, als hinge ein Gewicht daran; dazu große Ohren, blaß und mit geschwollenen Adern, wie Klettenblätter; und schließlich kurze krumme Beine mit fetten Waden wie trefes Schweinefleisch.

»Wo ist unser Anführer?« fragte er, den Blick zu Boden gerichtet.

Ich wußte nicht, was antworten.

»Abgeholt?«

»Nein.«

»Er hat versprochen, mir Eimer und Besen zu besorgen.«

Eidelmann schielte zu des Getauften Nachlaß hin.

»Früher konnte ich alles besorgen. Bis hin zu Vogelmilch«, prahlte Eidelmann. »Früher konnte ich halb Litauen kaufen. Wälder, Haine ... Und jetzt bekommt man nicht einmal einen lausigen Besen!«

»Herr Eidelmann«, unterbrach ich ihn. »Können Sie mir sagen, warum Hitler sich ausgerechnet uns, die Juden, ausgesucht hat?«

»Warum?« Der Zuckerfabrikant richtete sein gewichtiges Kinn auf mich. »Weil wir die ewigen Sündenböcke sind. Hans fragt, warum er kein Brot hat. Sie antworten ihm: Schuld sind die Juden. Friedrich fragt, warum sein Sohn hemmungslos säuft. Sie antworten ihm: Schuld sind die Juden. Wolfgang fragt, warum er nicht an der Universität aufgenommen wurde. Sie antworten ihm: Schuld sind die Juden ... Juden ... Verfluchte Juden ... «

»Und wenn wir nicht mehr da sind, wer wird dann schuld sein?«

»Irgend jemanden werden sie schon finden ... Wo ist denn nun unser Anführer?«

»Er hat mir nichts gesagt.«

»Also ist heute kein Unterricht?«

»Nein.«

Ich konnte mich immer noch nicht entschließen, ihm die Wahrheit zu sagen. Lieber bis morgen warten.

»Kommen Sie morgen«, sagte ich.

»Jeder Tag ist kostbar«, sagte Eidelmann. »Ich hörte, sie bereiten eine neue Razzia vor. Nachricht aus sicherer Quelle. Ich möchte so schnell wie möglich den Kurs beenden und die Arbeit beginnen. Schornsteinfeger und Klempner rühren sie nicht an. Aber ich kann doch nicht umlernen und werden ein Klempner … Die Papiere habe ich schon gekauft …«

Wieviel er dem Kleinen wohl zugesteckt hatte?

»Schlimmstenfalls«, sagte ich, »lernen Sie allein zu Ende.«

Pfeif drauf, auf den zusätzlichen Löffel Zucker. Lohnte es denn, sich deswegen mit einem Menschen einzulassen, der halb Litauen kaufen konnte? Oder einen Wald, um Besen daraus zu machen? Ich würde mir einen anderen zweiten Mann suchen, jenen Mathematikprofessor, mit dem konnte ich auf dem Dach Aufgaben rechnen. Das war zwar nicht süß, aber dafür eine sichere Sache und interessant.

Draußen wütete der Herbst. Der Wind machte Razzia auf die letzten Blätter.

Der Wind ist für sie Hitler, dachte ich. Von ihm ist keine Gnade zu erwarten, o nein.

Kaum hatte sich die Tür hinter dem Zuckerfabrikanten Eidelmann geschlossen, da kam der Hochzeitsmusikant Leiser.

»So ein Wetter!« sagte er. »Man friert bis ins Mark.«

Ich entzündete die Petroleumlampe, und der Hochzeitsmusikant Leiser wärmte sich über ihr die erstarrten Hände.

»Hast du schon gehört?« fragte er mich.

»Was?«

»Es heißt, bald ist wieder Razzia. Diesmal wollen sie die Alten nehmen. Lächerlich.«

Ich verstand nicht, was daran lächerlich sein sollte, und der Hochzeitsmusikant Leiser erklärte es mir: »Wer macht denn Jagd auf ausgestopfte Tiere? Wer vergeudet dafür auch nur einen Schuß Pulver?«

Endlich kam Chaim.

»Habt ihr schon gehört?« überfiel er uns.

»Ja«, antwortete der Hochzeitsmusikant Leiser. »Leg das Leichentuch bereit.«

»Was denn?« Chaim zwinkerte beleidigt. »Weißt du ein anderes Mittel?«

»Wir wollen Kartoffeln kochen«, besänftigte ich die beiden. »Sie sind gewiß hungrig?«

»Von Beethoven allein wird man nicht satt«, schmunzelte der Hochzeitsmusikant Leiser.

»Ich habe beim Rabbiner eine Prise Salz besorgt.« Der Synagogendiener Chaim griff in die Tasche, holte ein Läppchen daraus hervor und entfaltete es feierlich, als wäre es die Thora. »Für einmal reicht es.«

Jeden Tag besorgte er etwas und brachte es ins Haus. Wenn kein Bett, dann ein Waschbecken, wenn nicht Petroleum, dann Salz. Ich konnte nicht genug staunen, wie er das schaffte.

»Hättest auch um einen Hering bitten können«, foppte ihn der Hochzeitsmusikant Leiser. »Vor dem Tod hat man immer Appetit auf Gesalzenes. Du nicht?«

»Nein.« Chaim riß die Augen auf.

»Schade«, meinte der Hochzeitsmusikant Leiser.

Sie stritten noch lange: über den Rabbiner, über den Tod, über einen Hering.

Ich schüttete indessen Kartoffeln von Pani Kuzówna in den gußeisernen Topf, stellte ihn auf den Herd, steckte mit Papier das feuchte Holz in Brand und wartete, bis das Wasser kochte.

Das Feuer kam nur langsam in Gang. Einzelne Funken sprühten auf den Fußboden, es sah aus wie Goldstaub.

Was macht Judel-Jurgis jetzt, dachte ich, während ich das Feuer mit dem eisernen Schürhaken anfachte. Sicherlich liegt er mit seiner Ona im Bett, und sie haben sich lieb. Das ist ja kein Pappenstiel – ein halbes Jahr Trennung, ein halbes Jahr in Ungewißheit und Angst. Sicherlich küßt er sie, und das Horn verschmilzt mit der Laute wie eine Weintraube mit der anderen. Und im Nebenzimmer auf dem Liegebett schlafen Kopf an Kopf Vladas und Monikutė. Sie wissen noch nichts – sie schliefen, als er kam. Und in der Hundehütte wälzt sich Dukis – nicht wegen der Flöhe, sondern vor Glück. Auch Hunde können glücklich sein. Vielleicht sogar öfter als wir.

Im Topf begann das Wasser zu brodeln.

Gerechter Gott, wieviel kann einem zuzeiten so ein schlichtes, gutmütiges Blubbern bedeuten! Man lauscht, und die Gedanken platzen aus ihrer Hülle wie reife Kastanien, leicht und summend gleiten sie dahin, und die Welt ist wie neu geboren, nicht mehr feindlich, es gibt weder Razzien noch unterirdische Gewölbe, weder Hunger noch Tod, nur Weite ohne Ende, nur Himmelsbläue und Licht.

Im Zimmer roch es schon nach gekochten Kartoffelschalen.

Ich goß das Wasser ab und stellte den Topf auf den Tisch.

Wir aßen im Stehen, denn der Synagogendiener Chaim hatte noch nicht für alle Stühle auftreiben können, und unser Mahl hatte etwas von einer Abendandacht.

Sogar Chaims Schmatzen störte die andächtige Stille nicht.

Niemand hatte es eilig. Niemand stritt. Alle waren plötzlich mild gestimmt, vergaben einander Sünden und Kränkungen und waren durch das Schweigen miteinander verbunden wie durch ein Gelübde.

Draußen tobte der Wind, er drückte auf die Fenster, rüttelte am Dach, und die Wolken fühlten sich am Himmel nicht mehr wohl und schmiegten sich an die Erde.

Bei den Nachbarn wurde das Licht gelöscht. Der sparsame Schuhmacher ging wohl schlafen.

Wieder war ein Tag vorüber.

Vielleicht unser letzter.

Auch für uns war es Zeit zum Schlafengehen.

Es war Zeit.

Morgen heißt es früh aufstehen. Morgen treffe ich mich mit Pranas.

Wie es wohl mit den Pferden steht?

Regen prasselte los. Er schlug mit großen Tropfen aufs Dach, trommelte an die Fensterscheiben.

Die Tropfen – das ist das himmlische Alphabet, dachte ich flüchtig. Alef, bet, gimel, dalet.

»Wenn sie kommen«, sagte der Hochzeitsmusikant Leiser beim Hinlegen, »werde ich mich nicht in ein Leichentuch wickeln. Ich nicht.«

»Doch«, krächzte der Synagogendiener Chaim. »Solange ich dir nicht einen Hering gebracht habe, solange wirst du nicht sterben. Du selbst hast verlangt nach etwas Gesalzenem. Du selbst.«

»Chaim hat recht«, unterstützte ich den Synagogendiener. »Gute Nacht!«

»Gute Nacht«, knurrte der Hochzeitsmusikant Leiser.

Die Alten schliefen sofort ein.

Ich aber lag und lauschte dem himmlischen Alphabet. Ich sprach es dem Regen nach, und der Schlaf senkte sich auf meine Lider.

Ich träumte von Judith.

Wir lagen zusammen im hohen Friedhofsgras, aber ringsum war kein einziger Grabstein zu sehen.

Sogar Großmutters Stein war verschwunden.

Ich küßte Judiths Lippen, ihre Augen, ihren sommersprossenübersäten Ellenbogen, sie aber wollte sich losreißen, stieß mich weg und rief: »Das ist ja ein Friedhof!«

Ich wälzte mich herum, warf mich über sie, atmete heiß in ihr winzig kleines Ohr und flüsterte: »Das ist eine Wiese. Das ist eine Wiese.«

»Nein, nein«, sträubte sich Judith.

»Es ist eine Wiese. Und wir sind zwei Eidechsen ... zwei grüne Eidechsen ...«

An dieser Stelle weckte mich wütendes Klopfen an der Tür.

Kamen sie etwa?

»Aufstehen! Aufstehen!« weckte ich die alten Männer. »Es geht los!«

Der Synagogendiener Chaim stürzte zum zweitürigen Schrank, zog ein Leichentuch heraus und hüllte sich in fieberhafter Eile ein.

»Und du, worauf wartest du?« fuhr er Leiser an.

Der antwortete nur mit einem Gähnen.

Das Klopfen aber wurde immer wütender.

»Wer ist da?« fragte ich töricht.

»Mach auf! Ich bin's. Judel! Judel Zevjan!«

Judel?

Der Synagogendiener Chaim erstarrte in seinem Schutzumhang.

Ich öffnete die Tür.

»Ihr schlaft ja wie Tote!« warf der Getaufte böse hin.

Er war ganz naß. Aus seinen Haaren troff bräunliches Wasser auf den Fußboden.

»Gott sei Dank«, sagte Chaim und wickelte sich weiter ins Leichentuch.

»Es gibt keinen Gott, Alter! Es gibt ihn nicht! Gemeinheit regiert die Welt.« Judel-Jurgis zog seine lehmbeschmierte Jacke aus, warf sie in die Ecke, ging zum Tisch, schaute in den leeren Topf, nahm eine kalte Kartoffel, steckte sie sich in den Mund und sagte grollend, vor Zorn halb erstickt: »Wodka her!«

Ich brachte die Flasche von seinem Verwandten Cicėnas, die noch nicht leer war, und ein Glas.

»Sauft, Juden!« forderte er uns unfroh auf.

»Nachts pflegen die Juden zu schlafen«, erwiderte der Hochzeitsmusikant Leiser kratzbürstig.

»Auf die Heimkehr des verlorenen Sohnes!« sagte Judel-Jurgis und leerte das Glas in einem Zug. »Uch!«

Er ist also umsonst hingefahren, dachte ich. Ona ist wohl mit den Kindern in einen anderen Ort umgezogen, damit niemand sie an die Vergangenheit erinnert: Valius nicht, Tutkus nicht und auch nicht die Nachbarn. Sie hat ihren Hausrat auf einen Wagen geladen und ist umgezogen, ohne die neue Adresse zu hinterlassen. Vielleicht ist nur noch Dukis dort zu Hause. Und was kann man von einem Hund schon erfahren. Ein Haushund ist kein Spürhund, der nimmt die Spur nicht auf.

Und so tobte er nun und wütete. Solch ein Risiko auf sich nehmen – und dann unverrichteter Dinge umkehren müssen! Jeder an seiner Stelle wäre in Zorn geraten.

Aber vielleicht war auch alles viel einfacher.

Weshalb hatte er sich vor der Tür Judel genannt? Judel Zevjan? Von selbst, aus freien Stücken?

Wenn sie ihn nun gar nicht über die Schwelle gelassen hatten, vom Bett ganz zu schweigen?

Dukis, auch den ließen sie nicht zu ihm ... sperrten ihn in die Hundehütte, legten ihn an die Kette ... Da soll einer ruhig bleiben, wenn man sogar den Hund von ihm fernhält.

Judel-Jurgis war fix und fertig, vom Wodka, vor Zorn und vor Erschöpfung.

Er stierte auf den Tisch und wandte sich in jiddisch an den Synagogendiener Chaim:

»Schenk mir dein Leichentuch, Chawer. Um Christi ... um Gottes willen, ich bitt dich: Schenk es mir!«

»Das kann ich nicht«, antwortete der Synagogendiener.

»Dann nimm ein Messer! Daniel, gib ihm ein Messer!«

»Wozu?« schrak Chaim auf.

»Laß uns eine Beschneidung machen, Chawer!«

Judel-Jurgis goß sich den letzten Schnaps ins Glas.

»Sie wird nicht zweimal vollzogen«, wehrte sich Chaim.

»Nu, nicht den Schwanz, den Kopf sollst du mir abschneiden!« rief der Getaufte aus, seine unflätige Ausdrucksweise genießend. »Den Kopf!« Und er ließ ihn auf den Tisch fallen.

Seine kräftigen Hände preßten das Glas.

»Haben sie dich fortgejagt?« fragte der Hochzeitsmusikant Leiser einfältig. Er lag auf dem Bett irgendeines Wohltäters, das hatte schnitzereiverzierte Giebel, und ihm zu Häupten auf dem Holz schwebten geschlechtlose Engel – Zeugen von jemandes Leben und Lieben.

»Was kümmert das euch?« krächzte Judel-Jurgis, ohne den Kopf zu heben.

»Hat dich nicht gewarnt dein Vater, der Wasserträger Schmerl Zevjan?« Der Hochzeitsmusikant Leiser setzte sich im Bett auf und verdeckte mit seinem Rücken die Engel. »Hat es dir deine Mutter denn nicht gesagt?«

»Was?« Judel-Jurgis legte den Kopf zurück und goß sich Schnaps in die Kehle.

»Daß du eines Tages reumütig zurückkehren wirst ... Nun bist du zurückgekehrt ... Grüß dich, Judele, grüß dich!«

»Sie haben ihr Angst eingejagt ... Sie ist nicht schuld!«

»Wenn du nicht sehr besoffen bist, dann wirst du wissen, Judele, wem man niemals Angst einjagen kann.«

Der Getaufte schüttelte den Kopf, als wolle er Rausch und Verzweiflung herausschütteln.

»Die Liebe und den Tod, Judele«, sagte der Hochzeitsmusikant Leiser, »die hat noch niemand einschüchtern können. Niemand. Und niemals. Also haben sie dich nicht geliebt.«

»Doch!« Der Getaufte gab noch nicht auf.

»Vater und Mutter«, sagte der Hochzeitsmusikant Leiser. »Sonst niemand.«

Wider Erwarten stürzte sich Judel-Jurgis nicht auf Leiser, seine Erregung klang ab, er wollte schon aufstehen und zu seiner Schlafstelle gehen – auch für ihn hatte der Synagogendiener Chaim ein Sofa mit zerrissenem Bezug besorgt –, doch plötzlich überfiel den Getauften ein Husten. Vielleicht war es auch kein Husten, sondern ein unwiderstehlicher Brechreiz, gräßlich und sinnlos bei seinem leeren Magen. Es würgte ihn, er riß den Mund auf und schnappte nach Luft, dieser Luft voller Demütigung und Hoffnungslosigkeit. Das Weiße in seinen Augen färbte sich gelb, und in diesem Gelb, feucht von erzwungenen Tränen, lag auch nicht der Schimmer eines Gedankens. Judel-Jurgis stülpte die Flasche ins Glas, aber es kam nichts mehr heraus, sie war leergetrunken bis zur Neige, bis zum letzten Tropfen. Er war krebsrot vom Husten, vom Übelkeitskrampf, und plötzlich warf er die Flasche an die Zimmerdecke, so daß von oben wie Eiszapfen die Scherben niederprasselten. Dann packte er den gußeisernen Topf und stülpte ihn sich auf den Kopf, als wolle er diesen verbergen, ihn verstecken vor dem Hochzeitsmusikanten Leiser, vor dem Synagogendiener Chaim, vor mir und vor der Petroleumlampe, deren Licht sich wie feuchter Lehm auf sein Gesicht legte, es leblos machte und entstellte wie eine Gespensterfratze.

So saß er da: mit dem Topf auf dem Kopf, schmutzig, gefühllos, wie versteinert.

Allmählich graute der Morgen.

Außerhalb des Ghettozaunes, so nah, als wäre es im Hof der Kirche nebenan, krähte plötzlich kurz und schrill ein Hahn. Nach einer Minute wieder, noch unmelodischer und schriller.

»Ein Hahn«, sagte der Synagogendiener Chaim, als könne das jemand bezweifeln.

»Ein Hahn«, preßte Judel-Jurgis hervor und krähte plötzlich selbst los, wie ein Echo auf das morgendliche triumphale Gekreisch.

»Hör auf«, wies der Hochzeitsmusikant Leiser den Getauften zurecht.

Aber Judel-Jurgis achtete nicht darauf.

»Kikeriki! Kikeriki!« grölte er, die Hände zu Fäusten geballt, und krümmte sich.

»Sei still!« Leiser wurde unruhig in seinem Bett. »Mir ist sowieso schon übel.«

»So schlachtet mich doch! Schlachtet mich!« verlangte Judel-Jurgis. »Dann habt ihr Suppe zum Mittag! Koschere! Kostenlose Suppe! Was denn, ihr wollt nicht?«

»Gehen Sie schlafen«, riet ich ihm. »Morgen müssen wir arbeiten.«

Der Hinweis auf die Arbeit dämpfte seine Raserei. Er hob die Augen zu mir, und in ihnen glomm etwas wie Scham oder Verwunderung, ein zaghaftes Flämmchen.

»Ja, ja«, murmelte er, erhob sich vom Tisch und taumelte zu seinem Lager. »Sie hat mich immer geliebt. Mehr als Vater und Mutter ... Die Arbeit ... Nur sie liebt uns wirklich. Nur sie, Reb Leiser. Mehr als Vater und Mutter.«

Er fiel mit dem Gesicht nach unten aufs Lager und verstummte.

»Nicht verzweifeln, Judel«, sagte der Synagogendiener Chaim, der über ihm stand wie der Herrgott. »Es ist nicht so schlecht, ein Jude zu sein. Ist es denn schlimm, ein Sperling zu sein? Hat der nicht auch zwei Flügel? Gehört ihm nicht der Himmel? Nur darf er nicht zu den Habichten ins Revier fliegen, nur soll er nicht einen Schwan ausbrüten wollen ...«

Einen Moment schien mir, der Synagogendiener hätte ihn bekreuzigt – Chaims Hand, die heute frisches Wasser und die Wärme der Pellkartoffeln genossen hatte, hing mit gespreizten Fingern in der Luft über dem breiten, grabsteinglatten Rücken des verlorenen Sohnes, der in die ausgestorbene Glaserstraße heimgekehrt war.

Die ganze Zeit, bis zum Mittag, arbeiteten wir schweigend. Es war, als habe Judel-Jurgis nach der letzten Nacht die Sprache verloren, er hatte gekräht, gekräht – und war verstummt. Ich versuchte, mit ihm über den Zuckerfabrikanten Eidelmann zu reden, über die Flüchtlingsfrau Sara – war sie nicht auch eine Gattin? –, doch er ließ sich auf keinerlei Gespräch ein. Er sah mich düster an, forschend, mitleidig, vorwurfsvoll – und schwieg. Vielleicht wartete er, daß ich mir ein Herz faßte und nach seiner Familie fragte, danach, wie alles gewesen war, doch ich fand nicht den Mut, an seine Wunde zu rühren, Worte, und seien es die gütigsten, konnten die Wunde nicht schließen, durch Neugier war sie nicht zu heilen, sondern nur noch weiter aufzureißen, ich würde selbst dabei leiden, das war klar. Und zum Seelentröster taugte ich nicht. Über Sperlinge und Schwäne, wie der Synagogendiener Chaim, würde ich mich nicht verbreiten, Judel-Jurgis war ein Mensch, kein Sperling.

Er vermied auch Gespräche mit den Hauswirten, beantwortete ihre Fragen unwirsch und einsilbig: »Ja.« Oder: »Nein.«

Die Leute zuckten vor seinem Schweigen zurück wie vor einem heißen Eisen. Wer sich verbrannt hat, meidet es.

Hin und wieder riß sich Judel-Jurgis von der Arbeit los, und ich bemerkte seinen leeren, durchdringenden Blick, der über die Ziegel- und Blechdächer hinweg auf einen fernen Punkt gerichtet war, welcher entmutigend schnell auf ihn zustrebte, immer größer wurde und plötzlich platzte wie eine Seifenblase.

Auch ich wandte nicht selten den Kopf in jene Richtung, furchtsam und heimlich, und dann erschien mir auf der schweren Leinwand, die die Herbstwolken bildeten, das Profil von Vladas und Monikutė, wie eine Kohlezeichnung. Manchmal lief über die Wolken auch Dukis, bellend, mit eingezogenem Schwanz, das schüttere Fell gesträubt.

Und es kam auch vor, daß mir zwischen den Wolken ein Frauengesicht erschien.

Nicht Judiths, sondern das jener eingeschüchterten Frau, die ihn nicht aufgenommen, nicht geliebkost hatte.

Sie weinte, rechtfertigte sich, schimpfte auf Valius und Tutkus, verfluchte sich selbst wegen ihrer Feigheit und ihres Kleinmutes.

Ich hörte zu und sprach flüsternd mit ihr, damit Judel-Jurgis es nicht hörte.

Vom Dach aus war die Kirchturmspitze gut zu sehen, und als der Zeiger sich der Zwölf näherte, sagte ich: »Ich muß für ein Stündchen fort.«

Doch auch jetzt tat Judel-Jurgis den Mund nicht auf.

»Ich bin bald zurück.«

Er sah mich verständnisvoll, beinahe mitfühlend an und winkte mit dem Besen.

In diesem Winken lag ein Abschiednehmen und ein guter Wunsch zugleich.

Gerechter Gott, wie groß war meine Freude, als ich auf dem jenseitigen Ufer die Ziege sah!

Sie weidete an derselben Stelle, sie war noch genauso weiß und genauso glücklich.

Alles wird gut, dachte ich. Alles wird gut.

Die Ziege setzte ihre dünnen zottigen Beine, und jeder ihrer Schritte brachte mich und meine Wünsche dem Ziel meiner Sehnsucht näher, der Traumwiese, wo Horn und Laute miteinander spielen wie zwei grüne Eidechsen.

Ich und Judith.

Mann und Frau.

Pranas war immer noch nicht da. Der alte Freund und Verschwörer verspätet sich, dachte ich. Zum Treffen mit einem Freund ist es nie zu spät. Nie zu spät, aber unter diesen Umständen könnte er sich doch beeilen.

Ich streckte mich auf dem Gras aus und beobachtete mit Vergnügen die Ziege.

Auf einmal sprang aus dem entlaubten Himbeergesträuch ein Zicklein heraus, weiß und glücklich wie seine Mutter. Es stupste sie mit seinem ungehörnten Kopf, warf die Hufe und meckerte in bedenkenloser übermütiger Freude – wie schön ist es, zu leben, wie gut!

Die Mutter tadelte es zärtlich und meckerte wohl etwas vom dunklen Wald und vom grauen Wolf.

Geh nicht allein ins Himbeergebüsch, paß auf! So mußte die Weisheit lauten, die ihrem zarten dünnen Bärtchen entströmte.

Aber was ist da zu machen, wenn doch seit eh und je die Wölfe verlockender sind als die Weisheit?

Endlich kam Pranas.

»Entschuldige«, sagte er. »Hab ’n Haufen Arbeit.«

»Man könnte denken, wir beide hätten keine Arbeit zusammen vor.«

»Doch, doch«, erwiderte Pranas. »Nun, was ist mit Awerbuch?«

»Eine harte Nuß!«

»Seid ihr einig geworden?«

»Mit Mühe.«

»Leicht erreichst du nie etwas. Wie viele Kinder sind dort?«

»Zehn.«

»Dann müssen wir eine Extrafuhre machen. Wir haben nur zwei Pferde.«

»Und wer kutschiert?«

»Den einen Wagen Bartkus. Das ist ein gestandener Mann. Den anderen du oder ich.«

»Warum oder?«

»Alles hängt von der Wache am Tor ab. Wir müssen den kleinsten Vorteil nutzen.«

»Welchen Vorteil haben wir von der Wache?«

»Einen direkten«, sagte Pranas. »Wenn der Sohn vom Fleischer Hillels Posten steht, dann fährst du. Dir scheint er nicht feindlich gesinnt zu sein.«

»Du weißt auch von Asser?«

»Wir wissen alles«, sagte Pranas und lächelte. Das Lächeln verfing sich in seinem Bart wie ein Falter in Wacholdergestrüpp. Es flatterte und kam nicht los.

Nun ja, alles wußte er auch nicht. Aber der Gedanke an Asser war durchaus vernünftig. Nicht immer kontrollierten die Deutschen selbst, manchmal übertrugen sie die Kontrolle den Juden mit blauer Armbinde. Asser war nicht mein Feind. Wenn er es wäre, der herantritt und den Deckel öffnet, dann wären wir wahrscheinlich über den Berg.

»Asser verrät uns nicht«, sagte ich.

»Das ist noch nicht so sicher«, warf Pranas ein. »Immerhin dient er den Faschisten.«

»Einmal kann er auch uns einen Dienst leisten.«

»Darauf hoffen wir ja auch ... Unmittelbar vor der Fahrt bekommst du eine Waffe.«

»Eine Waffe?«

»Eine Pistole.«

»Aber ich kann nicht schießen.«

»Wenn du leben willst, wirst du es lernen. Es ist ganz einfach: richtig zielen. Sonst noch Fragen?«

»Du hast versprochen, in Erfahrung zu bringen ...«

»Persönliche Fragen später.«

»Wann?«

»Nach allem«, sagte Pranas.

»Nach was?«

»Nach dem Sieg. Klar?« Und er lächelte wieder sein unbestimmtes Lächeln. Mit dem Handrücken strich er sich den Bart, kniff die Augen zusammen. Sie wurden schmale Schlitze – nichts konnte man darin erkennen, kein einziges Staatsgeheimnis.

Ja, aber war denn Judith ein Staatsgeheimnis?

Wenn Pranukas über den Sohn vom Fleischer Hillels Bescheid wußte, dann doch erst recht über Judith. Er wußte es und schwieg. Wen wollte er durch sein Schweigen schützen? Sie? Mich? War er denn blind, sah er nicht, daß ich nicht den Faschisten diente? Und niemals dienen würde: weder ihren noch unseren.

Eine Waffe konnte man mir also geben, aber die Adresse – rutsch uns den Buckel runter!

Na warte, Pranukas, na warte, drohte ich ihm in Gedanken. Wir rechnen noch ab. Und zwar vor dem Sieg.

»Deine Ziege grast noch«, bemerkte Pranas. »Also gehen deine Wünsche in Erfüllung ... Und das Zicklein? Ist das Zicklein nicht zufällig von dir, Ziegenbock?«

»Dussel!«

»Willst du denn nicht so ein Zicklein haben?« Pranas ließ mir keine Ruhe.

»Ich antworte nur auf politische Fragen.«

»Die Zickleinfrage ist ja eine politische. Eine durch und durch politische. Um eines zu bekommen, so ein kleines weißes, mußt du die Faschisten schlagen. Und ob du mußt!«

»So kann man sie nicht schlagen.«

»Wie?«

»Auf einem Faß mit Scheiße sitzend.«

»In dem Faß, Bruder, ist ja keine Scheiße. Da sind Menschen drin. Unsere Zukunft. Unser morgiger Tag. Die Zukunft, Daniel, riecht immer ein bißchen nach Scheiße. Und nach Blut. Da brauchst du nicht auf Feine-Leute-Art die Nase zu rümpfen. Überhaupt nicht.«

»Ich rümpfe sie ja nicht.«

»Das klingt schon anders.«

»Abel Awerbuch würde die Waisen gern zum Kinderheim begleiten. Er möchte Doktor Bubnelis treffen und einiges mit ihm besprechen.«

»Das ist unmöglich.«

»Daß sie sich treffen?«

»Niemand außer dir und Bartkus wird sie begleiten. Ein Treffen ... ein Treffen können wir später arrangieren. Doktor Bubnelis läuft ihm nicht weg.«

»Doktor Bubnelis läuft nicht weg, aber Abel Awerbuch können sie ...«

»Auch Doktor Bubnelis können sie ... Noch eher als deinen Abel.«

»Er ist nicht meiner«, sagte ich. »Er gehört niemandem.«

»Deine Stimmung gefällt mir nicht, Daniel. Nicht ein bißchen Freude sehe ich in deinen Augen«, sagte Pranas nachdenklich.

»Was erwartest du denn für Freude, Pranuk?«

»Kampfesfreude. Die Freude, ein Ziel zu erreichen. Wenn du nicht überzeugt bist, Bruder, dann lehne lieber ab. Lebe wie früher. Reinige Schornsteine! Grab Tote ein!«

»Wir wollen nicht streiten, Pranuk. Sag mir lieber, wo und wann wir uns treffen.«

»Um sechs. Am Franziskanerkloster. Findest du hin?«

»Ja.«

»Dort kriegst du andere Kleidung, und dann los.«

»Andere Kleidung?«

»Wegen der Ähnlichkeit.«

»Mit wem?«

»Na, nicht mit der Wache.«

Feiner Schnee fiel, wie himmlisches Manna. Er ging nieder über dem Fluß, überm blattlosen Himbeergesträuch und der Weide.

Die Ziege reckte ihr hübsches Köpfchen, hielt es unter das Gegraupel, spitzte die koketten Ohren. Das Zicklein folgte ihr auf Schritt und Tritt, stupste seine Mutter in die eingefallene Flanke, als stieße es an einen Zaun, und seine Äuglein leuchteten wie zwei kleine Spiegel in mattem, ungetrübtem Glanz.

Es sah gewiß zum ersten Male Schnee, und die weiße Pracht ängstigte und bezauberte es.

Pranas und ich trennten uns in bedrückter Stimmung, ohne den üblichen Schwung und die gegenseitigen Frotzeleien, und ich ging noch den ganzen Tag mit Judel-Jurgis von Haus zu Haus, von Dach zu Dach, Gesprächen ausweichend, die Menschen samt ihren Fragen und ihrem Mitgefühl meidend.

Meinen Mitarbeiter in das Geheimnis einzuweihen, das ich mit Pranas teilte – und nicht nur mit Pranas –, dazu hatte ich kein Recht, aber ich konnte auch nicht fortgehen, ohne etwas zu sagen. Was uns bevorstand, war kein Spaß, es konnte sogar den Tod bedeuten. Kein Vergleich mit dem Gang in die Gartenstraße oder der Fahrt in den Marktflecken. Wenn es schiefginge, würde ein Deutscher – der mit dem faltigen Hals oder ein anderer – das ganze Faß mit Kugeln durchlöchern, und aufs Pflaster würde nicht Jauche fließen, sondern Blut. Um mich selbst bangte ich nicht. Wer würde schon um mich weinen? Der Synagogendiener Chaim? Der Hochzeitsmusikant Leiser? Pranas? Judel-Jurgis selbst? Judith?

»Ich bleibe heute länger in der Stadt«, sagte ich zu dem Getauften, als wir vom Dach stiegen.

Er antwortete nicht.

»Wenn mir etwas passieren sollte – lassen Sie die Alten nicht im Stich.«

Noch immer zeigte Judel-Jurgis kein Interesse.

»Leben Sie wohl!«

»Warte!« Er schien plötzlich aufzuwachen.

Ich blieb stehen.

»Es ist dumm, was ich dich fragen will ... Aber du ... du kennst doch die Stellen aus dem Gedächtnis.«

»Was für Stellen?« fragte ich irritiert.

»Ich weiß nicht mehr, wo sie begraben liegen. Und die Grabinschriften werden verwittert sein in all den Jahren.«

Ich konnte durchaus nicht verstehen, wieso er nach allem, was geschehen war, hier in der Stadt inmitten einer Unmenge fremder Häuser wissen wollte, wo sich die Grabstellen seiner Eltern befänden. Wollte er etwa noch einmal in den Flecken? Zu einer Gedenkfeier?

»Jeder muß irgendwohin heimkehren«, sagte er dumpf und hängte sich die Leine um. »Wenn nicht zu den Lebenden, dann zu den Toten. Lebende habe ich dort nicht mehr.«

Das Leinenende hing herab wie eine Zündschnur – als könnte vom kleinsten Streichholzflämmchen alles explodieren.

»Denk nach, Daniel!«

Ich strengte mein Gedächtnis an.

»Ihr Vater ... Schmerl Zevjan ... der liegt, glaub ich, in der vierten Reihe ... rechts ... gleich hinter der Biegung ... unter einer gespaltenen Kiefer ... Ja, bei Ihrem Vater bin ich sicher.«

»Und Mutter?«

»Ihre Mutter? Das weiß ich nicht. Mit den Frauen hat sich mehr Josef befaßt.«

»Nicht so schlimm. Der Vater sagt es dem Sohn ... Kriege dauern nicht ewig. Danke.«

Judel-Jurgis wandte sich um und ging weg. Nach zehn, zwölf Schritten blickte er zurück und rief: »Bald taut der Schnee, und dann wächst euer Gras. Hoch und weich wie ein Federbett.«

Seine Worte klangen wie eine Parole, und mir brach der Schweiß aus.

»Gib acht, daß du nicht vom Dach fällst! Hörst du?«

»Ja.«

Und Judel-Jurgis verschwand.

Am Franziskanerkloster erwartete mich, wie vereinbart, Pranas.

Wir gingen zusammen durch enge Höfe, in denen hing Wäsche zum Trocknen, und es roch nach Sauerkohl, schließlich erreichten wir ein Bauernhaus mit verwitterten Verzierungen und einer knarrenden Wetterfahne, daneben standen zwei angespannte Jauchewagen.

Die Pferde waren von niedrigem Wuchs, total abgewirtschaftet, mit eingefallenem Rist, mit schmutzstarrenden Schwänzen und abgenutztem Geschirr – man muß für alles dankbar sein.

Pranas führte mich hinein und machte mich mit Bartkus bekannt, einem kräftigen pockennarbigen Mann in abgetragenem Bauernrock, mit Hasenfellmütze und schweren Wasserschutzstiefeln.

»Du hast Glück«, sagte Pranas. »Am Tor steht der Sohn vom Fleischer Hillels.«

Er brachte aus einem anderen Zimmer einen Schafpelz – genauso einen hatte Bartkus –, eine Hasenfellmütze mit abgerissener Ohrenklappe und ein Paar Stiefel. In die Stiefel kam ich lange nicht hinein, und Pranas umkreiste mich fluchend.

Endlich gaben die Stiefel oder auch die Füße nach.

»Hier hast du eine Pistole«, sagte Pranas und zeigte mir, wie ich damit umgehen mußte. »Eine Kugel für dich, die übrigen für sie. Klar?«

»Klar«, erwiderte ich.

Ich barg die Waffe im Schafpelz. Sollte meine Kugel sich an mein Herz gewöhnen. Vielleicht würde sie es verschonen.

»Du fährst als erster ans Tor, nach dir Onkel Vincentas. Auf dem Rückweg umgekehrt: vorweg Onkel Vincentas, dahinter du.«

»Hierher zurück?«

»Onkel Vincentas kennt den Weg«, erklärte Pranas. »Willst du nicht noch etwas schreiben?«

»Einen Brief für Judith?«

»Keinen Brief – eine Erklärung.«

»Eine Erklärung für Judith?«

»Wenn ich umkomme, bitte ich, mich als Bolschewisten zu betrachten«, erklärte Pranas feierlich.

»Und mündlich geht das nicht?«

»Mündlich geht es nicht.«

»Wir haben kein Papier, Pranukas«, mischte sich Bartkus ins Gespräch. »Auch keine Tinte, keinen Federhalter.«

»Wie könnt ihr leben, Onkel Vincentas, ohne Tinte und Papier?«

»Wir leben eben, Pranukas«, erwiderte Bartkus. »Wir leben eben so.«

»Da gibt es nur einen Ausweg«, sagte Pranas. »Nicht umkommen.«

»Das ist ein hervorragender Ausweg«, unterstützte Bartkus ihn. »Nun aber los, es wird sonst noch ganz dunkel.«

Der Schafpelz beengte mich, ich konnte nur mit Mühe aufsitzen. Als die Schindmähre den Kutscher spürte, ließ sie die Ohren spielen.

»Auf Wiedersehen, Pranuk«, sagte ich.

»Mach's gut«, gab er zurück.

Ich ruckte mit den Zügeln, und der Wagen setzte sich in Bewegung. Eine Zeitlang ging Pranas neben uns, dann blieb er zurück und ging schließlich weg, vielleicht, um Tinte und Papier zu suchen.

Während Bartkus und ich zum Ghettotor unterwegs waren, setzte Schneetreiben ein. Die schnee- und kälteschwangeren Wolken kamen ganz plötzlich nieder, und der durchdringende Wind war ihre Hebamme.

Die Straßen leerten sich.

Den Kragen seines Mantels oder Pelzes hochgeschlagen, lief noch der eine oder andere durch die Stadt, den das Unwetter überrascht hatte, und verschwand so schnell wie möglich in einer Toreinfahrt. Nur schleunigst unter ein Dach!

Kruppe und Rist des Pferdes bedeckten sich mit einem weißen Überzug. Vom Wind tränten ihm die Augen, die keine Scheuklappen trugen, und große Pferdetränen fielen auf die Straße, wo sie sich mit dem Weiß vermischten und zu Eis gefroren.

Wild gewordene Schneeflocken klatschten mir ins Gesicht. Die Kälte kroch unter meinen Schafpelz und breitete sich dort aus.

Der Schneesturm ist unser Verbündeter, dachte ich, während ich vor Kälte zitterte. Bei schlechtem Wetter läßt die Wachsamkeit der Posten nach. Wer denkt an Wachsamkeit, wenn ihm die Zähne klappern und sein ganzes Sehnen einer Flasche Schnaps zum Aufwärmen gilt.

Es war kurz vor der großen Abendkontrolle. In ein, zwei Stunden würden die Kolonnen einrücken – vom Flugplatz, vom Straßenbau. Da mußte jeder abgetastet werden, Taschen, Blusen und Jacken umgekrempelt, und zwar nicht bei hundert Menschen, nicht bei zweihundert, sondern bei Tausenden. Unwillkürlich geschah bei solchem Wind alles eiliger, flüchtiger.

»Halt!« kläffte ein Deutscher. »Wohin fahrt ihr?«

»Jauche holen, Herr Soldat«, antwortete ich und zog mir die Hasenfellmütze tiefer in die Stirn.

Mein Herz flatterte wie die abgerissene Ohrenklappe.

»Faß öffnen!« forderte der Posten, es war der mit dem knorpeligen, faltigen Hals und der Maschinenpistole vor dem frostklammen Bauch.

Ich öffnete den Deckel.

Der Deutsche trat ans Faß heran, zog eine Taschenlampe aus der Brusttasche, hob sich auf die eisenbeschlagenen Spitzen seiner Stiefel, schaute hinein, leuchtete, hielt sich die Nase zu und sagte: »Pfui! Das stinkt! *Donnerwetter!** Da haben sie schon soviel rausgefahren, aber die Judenscheiße nimmt kein Ende.«

»Das ist keine Judenscheiße, Herr Soldat«, sagte ich. »Das ist aus alten Gruben. Von vor dem Krieg.«

Ich sagte es und bereute es gleich danach.

In solchen Situationen sollte man seine Zunge im Zaum halten, statt zu widersprechen und zu zeigen, was man weiß.

»Weiterfahren! *Schneller, schneller!** Man kriegt ja keine Luft!«

Gott sei Dank!

Er hätte wütend werden und uns nicht durchlassen können. Wer legt sich mit einem Posten an?

Aber vielleicht hatten meine Worte ihm Vertrauen eingeflößt? Wenn ich nicht schweige, heißt das, ich habe keine Angst, gehöre also dazu. Schweigen würde einer, der Böses im Schilde führt, der ein schlechtes Gewissen hat.

Das zweite Faß untersuchte der Deutsche nicht, er überließ die Kontrolle Asser.

Hatte Asser mich wirklich nicht erkannt?

Oder verstellte er sich?

Höchstwahrscheinlich verstellte er sich. Wir erkannten einander stets an der Stimme.

Nun gut, mochte er sich verstellen. Vorerst brauchten wir seine Hilfe noch nicht so nötig.

Der Schneesturm ließ nicht nach. Unentwegt schneite es, und bald versank alles ringsum in weißen Schneewehen.

Die Ruinen der Weinhandlung waren restlos zugeweht.

Wo war die Luke?

»Was suchst du?« fragte Bartkus mich, er sprang ab und versank mit den Stiefeln im Schnee.

»Den Eingang«, sagte ich.

»Welchen Eingang?«

»Zum Waisenheim ... Hier muß irgendwo der Eingang sein ... Irgendwo muß er sein«, sprach ich vor mich hin, während ich mit der Hand im watteweichen Weiß herumscharrte. Meine Hand stieß auf Flaschenglas, auf halbverfaulte Abfälle, auf bereifte Eisenhaken, und Verzweiflung preßte mir die Kehle zusammen.

»Lange können wir hier nicht stehen«, murmelte Bartkus. »Im ganzen Umkreis kein Abort. Am Ende verpfeift uns jemand.«

Und der Schnee fiel und fiel.

Wir zertrampelten ihn, schoben ihn mit den Füßen zur Seite, kratzten ihn mit Brettern weg, aber alles umsonst.

Mein Gesicht glühte vom Wind und vor Ohnmacht und Scham. Wie konnte ich so vergeßlich sein?

Beinahe hätte ich geweint.

Hier war die Diele.

Von hier nach rechts.

Ein Schritt, zwei Schritte, drei Schritte.

Hier!

Und wieder nichts.

Laut und langgezogen wieherte eines der Pferde. Sein Wiehern weckte ein unheilverkündendes Echo in mir, hier inmitten der weißen Ruinen, unter denen Abel Awerbuch und seine Waisenkinder begraben waren.

»Hast du nicht zufällig den Laden verwechselt?«

»Nein.«

Ich verfluchte meine Vergeßlichkeit. Ich verfluchte unseren Verbündeten, den Schneesturm. Ich verfluchte Abel Awerbuch – hätte er nicht einen anderen Schlupfwinkel wählen können.

»Leer können wir nicht zurückfahren«, sagte Bartkus. »Entweder mit Jauche oder mit den Kindern.«

Seine Besonnenheit und Ruhe brachten mich auf. Er aber, als wäre nichts, holte aus seinem Bauernrock einen Tabaksbeutel hervor, stopfte eine kurze Pfeife und begann zu rauchen. Der graublaue Rauch hing über den Ruinen, löste sich aber gleich auf, vom Schneesturm fortgerissen, und Bartkus blickte ihm lange nach im weißen Gestöber.

Plötzlich ertönte das Knirschen rostiger Scharniere, und ich sah, wie direkt unter einem der Jauchefässer der Boden sich bewegte, wie weiße Schneebatzen von der Luke rutschten.

»Treiben Sie das Pferd ein Stück weiter«, sagte ich. »Da haben wir uns den richtigen Platz für den Wagen ausgesucht!«

Bartkus ergriff die Zügel und führte das Pferd beiseite.

Aus der Luke tauchte Abel Awerbuchs Kopf – nicht ganz, sondern nur der Haarschopf, ergraut und zerzaust.

»Slata hörte das Wiehern und sagte: ›Mach auf, Abel, sie sind da!‹ Mein Gott, was für ein Wetter!«

»Ist bei Ihnen alles bereit?«

»Ja.«

»Dann wollen wir keine Zeit mehr verlieren. Führen Sie die Kinder heraus.«

»Werden sie sich auch nicht erkälten?« fragte der Waisenhausdirektor. »Ihre Fässer sind ja wohl nicht geheizt.«

»Sie erkälten sich schon nicht«, sagte ich.

»Und für mich ist, wie ich sehe, kein Platz?«

»Doktor Bubnelis wird sich freuen, Sie ein andermal zu sehen.«

»Das ist sehr liebenswürdig von ihm. Sehr liebenswürdig ... Mit wem fangen wir an? Mit den Jungen oder den Mädchen?«

»Ganz egal. Nur schnell.«

Abel Awerbuch schien es aber nicht eilig zu haben. Genußvoll atmete er die frische Luft und schaute weniger auf Bartkus und mich als vielmehr auf das Schneetreiben. Nun gut, sollte es seine Zweifel und seinen Schmerz verwehen.

»Das beste Ghetto auf der ganzen Erde ist der Mutterleib«, sagte der Waisenhausdirektor. »Aus ihm gehen alle als Gleiche hervor. – Zeitlina!« rief er und stieg heraus.

Aus dem Keller schlüpfte ein unansehnliches kleines Mädchen mit im Nacken zusammengesteckten Zöpfen, es trug einen leichten Sommermantel, seine dünnen ängstlichen Hände barg es in einem Muff.

»Viel Glück, Zeitlina«, sagte Abel Awerbuch hinter ihr. Er stand da, leicht gekleidet, ohne die Kälte zu spüren, sein Zwicker war von Schnee verklebt.

»Ihnen auch, Herr Lehrer«, antwortete das Mädchen. »Wir werden Sie nie vergessen. Nie.«

Bartkus klappte den Deckel zurück und half ihr, ins Faß zu klettern.

»Bystrizkaja!«

Abel Awerbuch rief seine Waisenkinder auf wie im Unterricht, und sie gingen widerspruchslos und demütig zum Wagen, statt zur Tafel.

»Chaikina!«

Chaikina war die letzte – ein kleines Dickerchen mit Pausbakken und vollen, wie zum Kuß geöffneten Lippen.

»Kommen Sie uns besuchen, Herr Lehrer«, flüsterte sie.

»Unbedingt«, versicherte Abel Awerbuch. »Und auch in einem Faß. Der Böttcher ist schon dabei, eines anzufertigen für Slata und mich ... Nur verhaltet euch richtig. Nicht husten. Nicht niesen. Nicht schubsen. Denkt daran: Eng zusammen, aber friedlich.«

Mit den Jungen wurden wir schneller fertig. Sie gingen schweigend zum Wagen, wie Erwachsene. Ohne Lärm und ohne Streit hockten sie sich mit angezogenen Beinen hin, und ihre Köpfe mit allen möglichen Kopfbedeckungen stießen an das von rostigen Reifen zusammengehaltene Dach, an dem übelriechende, verkrustete Fladen klebten. Durch die Ritzen zwischen den ausgetrockneten Faßbrettern drang ein wenig Luft – dürftige Sauerstoffration, gerade so viel, um nicht zu ersticken.

Nur der Lausbub Sorkin ging erst zu Abel Awerbuch, trat von einem Fuß auf den anderen und sagte: »Weinen Sie nicht, Herr Lehrer.«

»Wie kommst du darauf, Sorkin, daß ich weine?«

»Ich höre es«, sagte Sorkin. »Ich höre Ihre Tränen.«

»Tränen, Sorkin, kann man nicht hören, sondern sehen.«

»Aber Ihre, Herr Lehrer, kann man hören. Ich höre sie. Bitte, weinen Sie nicht!«

»Alle?« fragte Bartkus, klopfte seine Pfeife aus und steckte sie ein.

»Alle«, antwortete Abel Awerbuch. »Außer Mühlstein. Fahren Sie ab, mein lieber Daniel!«

»Wir sehen uns bald, Herr Lehrer«, sagte ich.

»Geb's Gott! ... Seien Sie vorsichtig!«

Bartkus gab dem Pferd die Peitsche.

Auch ich erklomm den Kutschersitz.

Abel Awerbuch stand einen Moment, dann folgte er dem Wagen.

»Kommen Sie nicht weiter mit. Es ist kalt«, sagte ich.

Es fehlte noch, daß er sieht, wie wir füllen, dachte ich. Mir selbst standen beim Gedanken an das Füllen die Haare zu Berge.

Plötzlich bückte sich der Waisenhausdirektor, formte einen Schneeball und warf ihn nach dem Faß.

Einen, noch einen.

»Im Winter machten wir immer Schneeballschlachten. Immer«, sagte er zum Abschied.

Die Wagen fuhren davon, Abel Awerbuch aber stand immer noch zwischen den Ruinen der Weinhandlung, formte Schneebälle und warf sie uns blindlings nach.

Auf das Faß!

In die Finsternis!

Ins Universum!

Bartkus, wie es sich für einen Jauchefahrer gehört, ging geschickt mit dem Eimer um. Er senkte ihn in die Grube und schöpfte ihn randvoll, mich jedoch quälten Gestank und Ekel. Ab und zu hob sich mein Magen und wollte heraus durch die enge, vom üblen Geruch gedemütigte Kehle. Noch ein Eimer, ein Schwapp noch, und gleich würden sich meine Innereien, meine rebellierenden Därme befreien.

Und die Kinder?

Die Kinder schwiegen.

In diesem Brei, in dieser widerwärtigen Brühe.

Oh, die hatte Abel Awerbuch abgerichtet!

Oder der Tod. Der Tod richtet jeden ab.

»Haltet aus«, sagte Bartkus zu ihnen. »Christus hat noch ganz andere Qualen ertragen.«

Wir leerten noch einen Abtritt, hängten die Eimer hinten an die Wagen, klappten die Deckel zu und fuhren los.

Die Eimer schlugen schaukelnd und klappernd ans Faß.

Ihr Getöse, so schien es, übertönte das Heulen des Sturmes.

Sobald sie still sind, dachte ich, ist der Krieg zu Ende. Sobald sie still sind!

Über dem Ghettotor brannten die Laternen.

Der deutsche Posten sah uns kommen und rief jemandem, wohl Asser, zu: »Die Scheiße riech nur selber!«

»Absteigen!« grölte Asser laut und betont grimmig, so daß der Deutsche es hörte, als ich bei ihm angelangt war. »Kennst du die Ordnung nicht, he? Was rast du so? Ein Stück zurück! Zeig deine Ladung!«

Er hatte mich erkannt. In seinen Augen glitzerten ungeheuchelte Verwirrung und auch Haß.

»Was transportierst du da?« Er blickte verächtlich auf meinen Schafpelz, auf die Hasenfellmütze mit der baumelnden Ohrenklappe. Hast also den Jauchefahrerkittel einer Polizeiuniform vorgezogen, du Trottel, dachte er wohl.

Die Eimer schwiegen, aber der Krieg ging weiter.

»Was ich transportiere? Kartoffeln! Rindfleisch mit Soße! Bedienen Sie sich, Herr Polizist.«

»Steig ab! Rede nicht!«

Im Faß rührte und regte sich nichts.

Ich stieg ab, öffnete das Faß und schob für alle Fälle die Hand unter den Schafpelz, dorthin, wo die Kugel sich an mein Herz gewöhnen sollte.

Wenn Asser uns verraten würde, würde ich ihn auf der Stelle umbringen. Sowohl für ihn als auch für seinen Gönner würde sich eine Kugel finden.

Der Fleischerssohn blickte in die Öffnung und erstarrte.

»Gefällt dir die Tunke nicht?« fragte ich leise.

»Idiot!« erwiderte Asser noch leiser. »Besser, diese Kinder würden als Juden sterben! ... Fahr zu!«

»Was gibt's da?« interessierte sich der Deutsche.

»Nichts, Herr Gefreiter.«

Der Gefreite kam auf den Wagen zugestapft, und mir wurde schwarz vor Augen.

»*Schneller, schneller!*«* kreischte er. »Auch ohne euch stinkt's schon genug!«

Mit einer Hand hielt ich die Zügel, mit der anderen umklammerte ich die Pistole: Ich traute Asser immer noch nicht. Wenn er nun plötzlich zu dem Deutschen liefe und ihm ins Ohr flüsterte: Da schwimmen Kinder in der Scheiße, Kinder, Herr Gefreiter ... »Besser, sie würden als Juden sterben!« Wie konnte er so etwas sagen! Wer gab ihm das Recht, über fremdes Leben zu verfügen? Er sollte sich um sein eigenes kümmern! Die Welt braucht keine Toten. Tote gibt es genug, auf Schritt und Tritt. Und ist er denn selber ein Lebender, dieser Asser? Eine Puppe mit blauer Armbinde statt eines Schleifchens ist er. Eine Marionette, und der Faden, der sie lenkt, ist der Lederriemen der Maschinenpistole am Hals des Herrn Gefreiten. Der braucht nur zu ziehen, schon gibt es den Sohn des Fleischermeisters Hillels nicht mehr, genau wie den Fleischer selbst.

»Glück gehabt«, seufzte Bartkus, als wir die Kirche hinter uns hatten und in die Stadt einfuhren. »Klapp den Deckel hoch! Laß die Kinderchen atmen! Laß sie atmen!«

So, mit geöffneten Fässern, fuhren wir bis zum Stadtrand, wo in der erhalten gebliebenen Hälfte einer ehemaligen zaristischen Kaserne das Kinderheim von Doktor Bubnelis untergebracht war.

Uns empfingen Pranas und Bubnelis selbst. Der Doktor war klein, hatte üppiges Haar, war weder jung noch alt, trug einen bäuerlichen Halbpelz, der ihn noch untersetzter erscheinen ließ.

»Alle ins Bad! Sofort! Alle!« sagte er schnell.

»In einem fremden wasche ich mich nicht, Herr Doktor«, sagte Bartkus. »Das bin ich nicht gewöhnt.«

Abel Awerbuchs Waisen kletterten aus ihrem Gefängnis heraus und nahmen brav Aufstellung im dunklen asphaltierten Hof.

»Guten Tag, Kinder«, begrüßte Bubnelis sie.

»Guten Tag«, antworteten sie im Chor.

»Jetzt waschen wir uns, essen Abendbrot und gehen schlafen«, verkündete Bubnelis. »Und morgen – morgen beginnt der Unterricht.«

Und er ging voraus, auf das erleuchtete Haus zu.

Die Kinder trippelten hinterdrein, und stinkende Brühe tropfte auf den zaristischen Asphalt wie Blut.

Als wir uns gewaschen hatten, trat im Vorraum des Bades Pranas an mich heran. Er strahlte vor Sauberkeit und Zufriedenheit, und er sagte: »Jetzt bekommst du die Belohnung, Bruder.«

Er hatte außer Bastwisch und Handtuch nichts in der Hand, und ich fragte lachend: »Den Bastwisch?«

»Wer wird denn einen Bastwisch als Lohn für Tapferkeit vergeben?«

»Den Handtuchorden?«

»Etwas viel Besseres!« sagte Pranas. »Aber gib mir erst dein Ehrenwort!«

»Unehrliche Worte benutze ich nicht. Meine Worte sind alle ehrlich.« Ich ging auf das Spiel ein.

»Daß du mich nicht erwürgst!«

»Dich erwürgen? Bei solch einem Hals – wie ein Floßstamm ...«

Ich wußte nicht, worauf er hinauswollte, aber das Spiel machte mir Spaß. Und auch die Kinder beobachteten uns mit fröhlicher Neugier. Allmählich schwand das Grauen, es trat zurück und löste sich auf wie der Dampf über der auskühlenden Sitzbank im Bad.

»Merk dir die Adresse: Waldstraße neun. Du fragst nach Regina Leikūnaitė.«

»Leikūnaitė?«

»Deine Judith heißt jetzt nicht Gutmann.«

Ich stürzte zu Pranas, entriß ihm das Handtuch und barg darin mein Gesicht.

»Was hast du?«

»Waldstraße! Neun! Waldstraße! Neun!« keuchte ich in das Handtuch. »Regina! Regina Leikūnaitė!« wiederholte ich unter Tränen.

Gerechter Gott, was für ein Glück! Schnell! In die Waldstraße! Zu ihr! Zu Regina-Judith Leikūnaitė-Gutmann!

»He, du! Was machst du mit meinem Handtuch?« stoppte Pranas meinen Eifer.

Als wäre das jetzt wichtig!

Ich gab ihm das Handtuch zurück.

»Heute solltest du nicht mehr hingehen«, warnte mich Pranas. »Es ist schon zu spät. Außerdem hab ich dir noch nicht alles gesagt.«

Mir stockte das Herz. Hatte sie etwa wirklich einen kleinen Leikūniukas zur Welt gebracht?

»Auf dem Fensterbrett muß ein Blumentopf mit Begonien stehen. Verstehst du, mit Begonien. So heißt eine Blume.«

»Ich kenne mich mit Blumen nicht aus.«

»Und mit Blumentöpfen?«

»Na, mit einem Hut verwechsle ich einen Blumentopf nicht.«

»Also gut«, fuhr Pranas fort. »Wenn kein Blumentopf im Fenster steht, gehst du nicht hinein. Klar?«

Pranas drückt sich immer klar aus. Er ist so, Halbheiten liebt er nicht.

»Ich vergesse es nicht.«

Glücklich kehrte ich ins Ghetto zurück.

Seit heute bin ich dort der einzige glückliche Mensch. Danke, Pranukas, danke.

Ob wohl der Hochzeitsmusikant Leiser schon einmal eine Begonie gesehen hat?

Oder der Synagogendiener Chaim?

Der kennt sich nur in Paradiesblumen aus.

Judel-Jurgis – der wird es mir erklären, er ist ja ein halber Gärtner. Sie hatten im Flecken einen Vorgarten und einen Nutzgarten.

Je näher ich dem Ghetto kam, um so stärker schwoll das beängstigende Motorengedröhn an.

Razzia!

Nicht von ungefähr hatte das Gerücht die Häuser in Unruhe versetzt.

Nach den Kindern kam die Reihe nun an die Greise.

In der Rudnizkaja trieb ein Soldat eine alte Frau zum Lastwagen. Sie hielt sich kaum auf den Beinen, preßte eine Galosche an ihre flache Brust und flüsterte friedlich: »Schlaf, Mottele, schlaf. Denn sonst kommt der Zigeuner, der steckt dich in den Sack und nimmt dich mit.«

Die alte Frau konnte nicht allein aufsteigen, der Soldat hob sie hoch, federleicht war sie, und setzte sie in den Laderaum, zusammen mit ihrem Wiegenkind aus Gummi.

Als ich ins Zimmer stürzte, saßen neben dem unbeweglichen, ins Leichentuch gehüllten Synagogendiener Chaim Judel-Jurgis und die Flüchtlingsfrau Sara. Sie brachte manchmal aus dem Krankenhaus Augentropfen für den Hochzeitsmusikanten Leiser, und ich gab sie ihm mit einer Pipette. Die Razzia hatte Sara offenbar von Wilhelm getrennt, und die Flüchtlingsfrau wischte sich Tränen aus den Augen. Der Hochzeitsmusikant Leiser selbst machte sich am Fenster mit seiner Geige zu schaffen, er versuchte, eine gerissene Saite neu zu befestigen.

»Leg dich hin, Leiser«, flehte ihn der Synagogendiener an. »Sei nicht so starrköpfig.«

»Wir können es doch versuchen«, redete Judel-Jurgis ihm zu. »Am Ende überlisten wir sie wirklich.«

Der Hochzeitsmusikant Leiser hatte die Saite aufgezogen, er betrachtete den am Boden erstarrten Chaim, kitzelte ihm die Fußsohlen und sagte kurz: »Komödie!«

»Man darf sich nicht einfach ergeben«, sagte die Flüchtlingsfrau Sara. »Nutzen Sie Ihre Chance.«

»Geben Sie nach, Reb Leiser«, wandte ich mich an ihn. »Sie sind doch ein Glückspilz!«

»Ein Günstling des Schicksals«, sagte der Hochzeitsmusikant Leiser giftig und fuhr fort: »Wenn das Publikum es wünscht, füge ich mich …«

Er hüllte sich in ein Leichentuch und legte sich neben Chaim.

»Nun kann er wenigstens nicht kitzeln«, freute sich der Synagogendiener.

»Aber ich bin nicht kitzlig«, sagte der Hochzeitsmusikant Leiser. »Mich könnt ihr kitzeln, soviel ihr wollt – ich muß nicht lachen. Meine Haut ist so … hart wie Rinde …«

»Still jetzt«, sagte Judel-Jurgis.

»Wir werden noch lange genug still sein, Judele«, sagte der Hochzeitsmusikant Leiser. »Was soll ich deinem Vater, Schmerl Zevjan, ausrichten?«

Das Getöse des näher kommenden Lastwagens ließ den Alten verstummen.

»Er fährt vorbei«, sagte die Flüchtlingsfrau. »Vorbei.«

Durch die Glaserstraße donnerten Militärfahrzeuge, man hörte abgerissene Kommandos, doch an unseren Fensterladen klopfte niemand.

Gegen Morgen verstummte alles: der Schneesturm und auch das Motorengedröhn.

Draußen breitete sich der Schnee wie ein Tischtuch zum Pessachfest.

Der Synagogendiener Chaim bewegte sich, beugte die steif gewordenen Beine in den Knien, steckte sein gelbes Gesicht aus dem Stoff hervor und flüsterte: »Gesegnet sei in Ewigkeit unser allmächtiger Herrgott! Amen!«

Dann drehte er sich zur Seite, streckte die Hand aus und klopfte dem Hochzeitsmusikanten Leiser auf den Rücken. »Steh auf! Hörst du! Steh auf. Die Razzia ist vorbei!« Der Hochzeitsmusikant Leiser rührte sich nicht.

»Jetzt werdet ihr sehen, wie er nicht kitzlig ist!«

Und der Synagogendiener kitzelte ihn unterm Arm, dann am Hinterkopf, dann in der Leistengegend. Chaims Bewegungen wurden immer heftiger, immer schneller. Jetzt strich er nicht mehr nur, sondern zwickte Leiser, knetete ihn, bis er schließlich von dem auf dem Boden hingestreckten Körper zurückfuhr und in langgezogenes, nicht enden wollendes, gar nicht greisenhaftes, anklagendes Stöhnen ausbrach.

»Leiserke, was hast du getan? Was hast du nur getan?« wehklagte der Synagogendiener. »Wir haben doch gesiegt!«

Und er begann zu schluchzen.

Zusammen mit Judel-Jurgis trug ich den Hochzeitsmusikanten Leiser hinaus, wir legten ihn in den Schnee.

Niemand war da für eine Totenfeier.

Der Brauch schrieb zehn Männer vor, wir aber waren nur zu dritt: ich, Judel-Jurgis und Chaim.

Mehr würden wir sowieso nicht zusammenholen können – die einen versteckten sich, die anderen waren schon zur Arbeit gegangen.

Freilich hätte man ihn auch ohne alle Zeremonien beerdigen können – der Hochzeitsmusikant Leiser war nicht übermäßig gläubig gewesen –, doch ich grub ihn nicht ein.

Was hätte er davon, irgendwo im Freien neben einem Aborthäuschen zu liegen, allein?

Sollte er im Schnee liegenbleiben, und irgendein Deutscher, so wie der mit dem faltigen Hals, oder ein Asser mit blauer Armbinde sollte ihn aufsammeln und einem Lastwagen mitgeben, dorthin, zu den Gräben, zum Waldrand.

Sollte der Hochzeitsmusikant Leiser zu denen gelangen, denen er ein halbes Jahrhundert auf seiner Geige aufgespielt hatte.

Er durfte nicht allein liegen. Das nicht.

Allein konnte er nicht mehr zu den anderen gehen, und anders gelangte er nicht hin.

»Wie einen Hund!« ereiferte sich der Synagogendiener Chaim. »Wie einen räudigen Köter!«

Aber ich rührte den Spaten nicht an.

Der Hochzeitsmusikant Leiser lag im Schnee und wartete auf den letzten Liebesdienst von den Menschen.

Von den Unmenschen.

Ich brachte seine Geige zu Menachem Plavin.

Der gemischte Chor und das Orchester studierten Beethoven ein.

Ich setzte mich auf eine Bank und hörte zu.

Die Frauenstimmen sangen leise: »*Alle Menschen werden Brüder** ... Seid umschlungen, Millionen!«

Ich hielt die Geige fest und wiederholte hartnäckig vor mir selbst: Seid umschlungen, Millionen! Seid umschlungen, umarmt euch, Totengräber und Jauchefahrer, Uhrmacher und Schneider, Schornsteinfeger und Hochzeitsmusikanten. Umarmt euch, Lehrer und Doktoren, Synagogendiener und Flüchtlinge! Umarmt euch, Litauer und Juden, Russen und Deutsche, Getaufte und Mohammedaner!

Umarmt euch, Lebende und Tote!

Alle Menschen werden Brüder, wiederholte ich unentwegt.

Alle sind sie Kinder der Menschheit.

Und kein einziges Stiefkind ist darunter! Ha-ha-ha!

Weide, Ziege, weide, noch bleckt der graue Wolf seine Zähne, aber Großmutter bäckt schon Hochzeitskuchen mit Rosinen und Zimt.

152 *Rosch haschone* – Zweitägiges jüdisches Neujahrsfest im September oder Oktober.

196 *Zimmes* – Ostjüdisches Gericht, bestehend aus geschmortem Obst und Gemüse, das mit Fleisch zusammengekocht wird.

Pejes – Schläfenlocken der orthodoxen osteuropäischen und orientalischen Juden.

250 *Jeschiwe* – Talmudhochschule.

251 *Cheder* – Jüdische Elementarschule.

262 *Scholem alejchem!* – Friede sei mit euch! Jüdische Grußformel.

276 *Vilkas* – (lit.) Wolf.

Meschumed – (jidd.) Getaufter, Abtrünniger.

288 *Gannef* – (jidd.) Dieb.

340 *Mesuse* – Pergamentröllchen mit Bibelversen in einem Behälter, der am Türpfosten befestigt ist.

445 *Kum aher* – (jidd.) Komm her.

Chodź tu – (poln.) Komm her.

Eik čia – (lit.) Komm her.

527 *MOPR* – Meshdunarodnaja organisazija pomostschi borzam rewoljuzii – Internationale Hilfsorganisation, die mit der Kommunistischen Internationale verbunden war.

565 *Simchas Tojre* – Fest der Gesetzesfreude, letzter Tag des Laubhüttenfestes im Oktober.

571 *trefe* – Nicht den jüdischen Speisegesetzen entsprechend.

577 *Chawer* – (jidd.) Freund.

Ewiger Sabbat
ist im März 2014 als dreihunderteinundfünfzigster Band der **Anderen Bibliothek** erschienen.

Die Herausgabe lag in den Händen von Christian Döring.

Er hat mit Linda Vogt das Lektorat besorgt.

Unter dem Titel *Swetschi na wetru* (*Kerzen im Wind*) erschien der erste Roman von Grigori Kanowitsch 1979. Aus dem Russischen übersetzt wurde er von Waltraud Ahrndt und erschien 1984 beim Aufbau-Verlag Berlin und Weimar.

Die Zeichnungen auf der Buchschleife sowie die Illustrationen im Band stammen von Adasa Skliutauskaitė, 2007, wofür wir danken. Die Rechte liegen bei The Vilna Gaon State Jewish Museum.

Grigori Kanowitsch, eigentlich Jakov Semenovitsch, wurde 1929 als Sohn eines jüdischen Schneiders in Jonava, einem kleinen Ort unweit der litauischen Stadt Kaunas, geboren. Noch während seines Slawistik-Studiums in Vilnius begann er zu schreiben. Er veröffentlichte Gedichtbände, Romane, Filmszenarien und Theaterstücke und übersetzte. Mit seinen in russischer Sprache verfassten Romanen setzte er dem litauischen Judentum ein Denkmal, vielfach wurden sie in Litauen, Israel und Russland ausgezeichnet.

Ab 1989 engagierte sich Grigori Kanowitsch in der litauischen Unabhängigkeitsbewegung und lebt seit 1993 mit seiner Frau in Israel.

Dieses Buch wurde von Tomas Mrazauskas, Berlin, gestaltet und aus der Tyfa Text Pro, Tyfa Antikva Pro so wie Marat Sans gesetzt.

Die Herstellung betreute Renate Stefan, Berlin.

Das Memminger MedienCentrum druckte auf 100 g/m² holz- und säurefreies, ungestrichenes Munken Lynx. Dieses wurde von Arctic Paper ressourcenschonend hergestellt. Den Einband besorgte die Buchbinderei Lachenmaier in Reutlingen.

Die Originalausgaben der Anderen Bibliothek sind limitiert und nummeriert.

1.–4.444 2014

Dieses Buch trägt die Nummer:

4135

ISBN 978-3-8477-0351-8
AB – Die Andere Bibliothek GmbH & Co. KG
Berlin 2014

Die Andere Bibliothek